야담문학연구의 현단계

정명기 엮음

보 고 사

머리말

지금 야담 문학 연구는, 활발하고도 치열하게 전개되었던 예전과는 달리 나름의 긴장감조차 상실한 듯 보인다. 이러한 위기 의식(?)은 결코 편자의 느낌만이 아니라, 우리 연구자들 모두가 갖는 견해라는 점에서 문제의 심각성은 더해진다. 여기서 이러한 현상이 나타나게 된 원인이 무엇인가에 대해서는, 비록 뒤늦은 느낌은 있지만, 우리들 모두가 진지하게 고민할 필요가 있다. 연구자들은 각자의 시각 아래 다양한 의견을 제기할 수 있어야 하고, 또 그런 응답이야말로 오늘날의 시점에서 매우 적절하기까지 한 작업이기도 하다.

그러나 이 모든 고민과 응답은, 결코 과거 연구성과에 대한 막연한 동경과 찬탄이라는 일방적 통로에서만 가능한 것은 아니다. 그것은 도리어 미래의 의미 있는 작업을 낳기 위해 이들 연구성과에 대한 '제 살 깎기'식의 철저한 자기 부정이 있을 때 비로소 그 가치를 부여받을 수 있다.

이러한 문제 의식은 편자로 하여금 그간의 야담 문학 연구 성과를 진지하게 뒤돌아보게 하는 계기가 되었다. 편자는 나름대로 일정한 연구사적 의미를 갖는 것으로 여겨지는 논문들을 선별, 수록함으로써 이러한 고민에 대해 미흡하게나마 답하고자 하였다. 물론 여기서 마련한 응답만이 야담 문학 연구의 미래를 담보하는 것이라고는 편자 또한 결코 생각하지 않는다. 그 점은 편저가 우리 연구자들의 현재적 고민과 미래적 응답을 여실히 보여주는 다양한 연구성과들로 엮어졌음에도, 몇몇 특정 분야에서는 선별할 만한 적절한 연구 성과를 찾지 못해 편제상의 균형 감각을 상실한 듯한 부분조차 없지 않다는 점에서 익히 확인된다.

러나 이런 응답만이라도 현 시점에서는 마땅히 요청되는 작업이라는 점이 편자로 하여금 이 작업에 1년 이상 매달리게 하였다. 이런 작업은 성격상 편자만의 노력과 투자만으로는 결코 이루어질 수 없다. 이런 작업을 가능케 한 연구자들의 연구성과가 있었기 때문에 비로소 그것은 가능해졌다. 이에 많은 공력을 쏟아 작성하신 주옥같은 연구성과들을 이 편저에 재수록할 수 있도록 적극적으로 도와주신 여러 연구자들께 이 자리를 빌어 새삼 마음 깊은 곳으로부터 고마움과 존경을 표한다.

자의 애초 편집 의도가 여기서 완벽하게 이루어졌다고는 여기지 않는다. 그것은 여러 상황으로 인하여, 꼭 실려 마땅한 몇몇 논문들을 어쩔 수 없는 사정으로 여기에 수록할 수 없었다는 점에서 증명된다. 편자로서는 극히 아쉽기까지 한 일이 아닐 수 없다. 이런 아쉬움은 뒷날 다시 보완될 때 사라질 것으로 생각한다.

자의 작업에는 언제나 그래왔듯이 이번에도 김준형 선생의 노고가 컸다. 김선생께 이 자리를 빌어 거듭 고마움을 표한다. 또한 여러 어려움 속에 처해 있음에도, 단지 오랜 인연이 있다는 이유만으로 이번 작업도 기꺼이 맡아 주신 보고사 김흥국 사장님과 편집부 박윤희님께도 고마움을 표한다.

2001. 10. 5.

坪村 主一齋에서
정 명 기 (원광대학교 국어교육과 교수)

목 차

3 권

1. 개별작품론

2. 미학적 연구

3. 사회사적 연구

4. 소설화 과정

1 권

1. 총 론
조희웅   野 談
정명기   야담 연구에서의 자료의 문제

2. 형성론
김태준   野談의 起源에 對하야
임형택   漢文短篇 形成過程에서의 講談師
김상조   야담의 강담형성설 비판과 전대문헌 수용

3. 갈래론
이강옥   일화의 설정과 그 정의 및 역사
이래종   筆記의 特性과 類型
김상조   필기·패설·야담
김화경   야담의 장르적 성격에 관한 고찰

4. 찬자론
김동욱   『天倪錄』 研究
진재교   『天倪錄』의 作者와 著作年代
이명학   安錫儆과 그의 漢文短篇들
김영진   조선후기 사대부의 야담 창작과 항유의 일양상

2 권

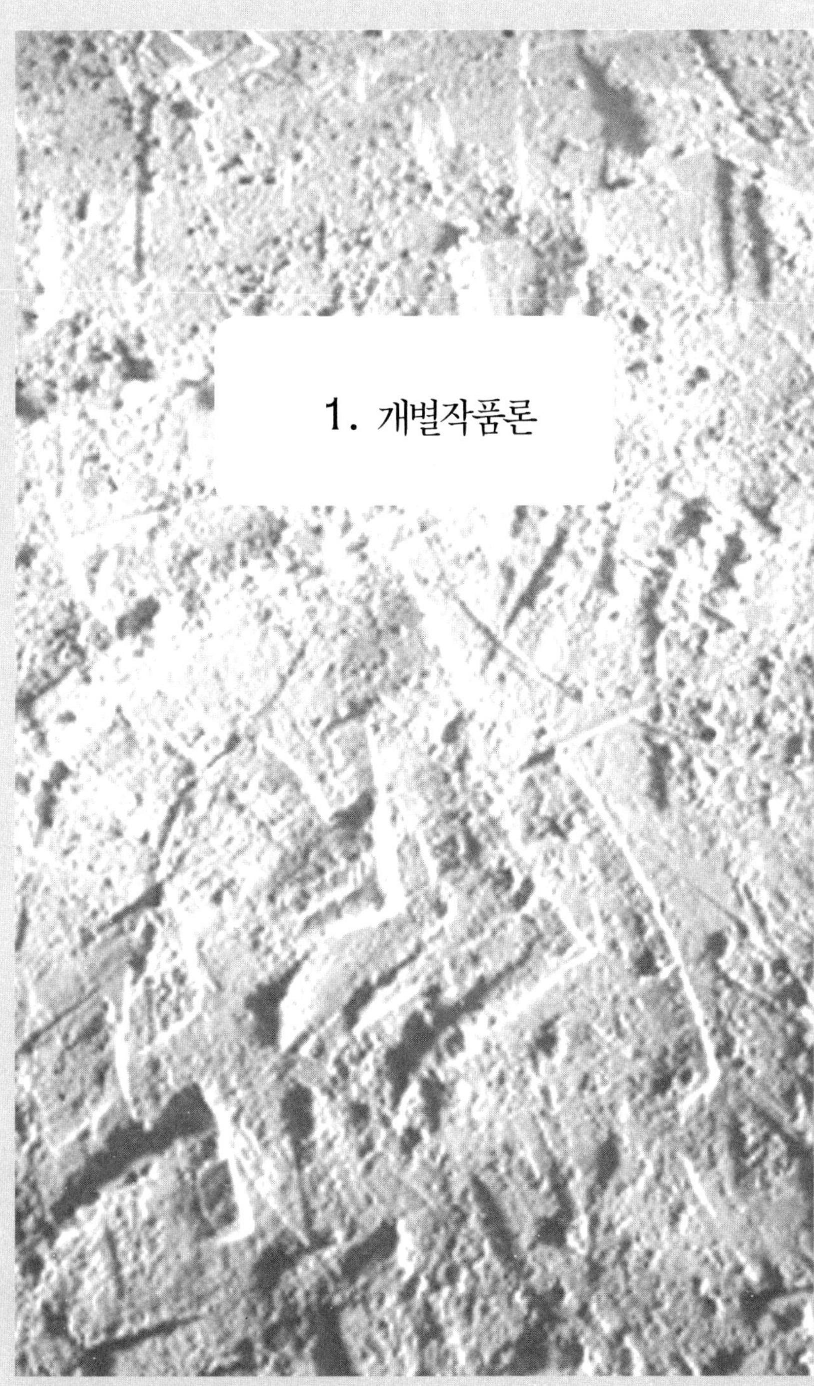

1. 개별작품론

아담문학연구의 현단계

〈一朶紅 이야기〉의 여성지인담 성격 연구

Ⅰ. 서 론

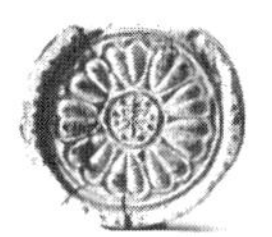 한국 서사문학에서 知人之鑑을 중요 화소로 삼아 사건과 인물의 얽힌 관계를 형상화한 작품이 흔히 발견된다. 특별한 예견 능력을 지닌 사람이 잠재력 있는 사람을 알아보아 일정한 관계를 맺으며 예상대로 잠재력을 발휘하는 이야기 구조를 지닌다. 이러한 이야기를 통털어 지인담이라 할 수 있다. 그러나 지인담에 대한 연구성과는 이제 시작 단계이다. 그 연구 가치도 검증되지 않아 서사문학사에서의 위상이 불분명하다.

'知人譚'은 특히 조선후기 야담집에 집중되어 있다. 그중에서도 여성지인담이 많은 비중을 차지한다. 또 〈일타홍 이야기〉는 『어우야담』 『천예록』에 수록된 이후 약 3세기에 걸쳐 32편[1]의 화집에 출연할 만큼 인기가 있었다. 이는 22편의 화집에 나타나는 〈홍순언 이야기〉[2]와 비교해도 매우 폭넓게 전승되었음을 말해준다. 뿐만 아니라 사실에서부터 허구까지, 허구에서 소설화의 변개과정까지 함께 살펴볼 수 있어 매우 중요한 類話임을 알 수 있다.[3]

이러한 까닭에 〈일타홍 이야기〉는 그 변이와 전승 요인에 초점이 맞춰져 연구가 선행되었다. 정명기는 〈일타홍 이야기〉가 편찬자나 화자의 적극적 개입으

---

1) 이는 이신성, 「일타홍이야기의 전개양상과 그 의미」, 『한국한문학연구 14』(1991) 141쪽의 분류방식을 수용하였다. 곧 동일 제명의 화집이라도 이본이면 각편으로 인정한다.

2) 이신성, 앞의 논문, 149쪽 참조.

3) 본고에서는 앞으로 야담의 서사 유형을 지칭할 경우에는 '~譚'이라 하고, 동일한 題材가 유사한 서사 구조를 유지하며 전승되는 類話를 지칭할 경우에는 '〈~ 이야기〉'라 한다. 그리고 유화의 각편을 지칭할 경우에는 '『~』本 〈~ 이야기〉'이라 부르기로 한다.

로 개변이 두드러지는 대표적인 작품 중의 하나로 보았다.[4] 그러나 서사구조와 서술 문면에 치우쳐 작품 내의 중요한 화소를 파악하지 못했다는 한계가 있다. 그럼에도 불구하고 〈일타홍 이야기〉의 중요성을 인식시켰다는 점을 의의로 인정할 만하다.

또한 김희경은 일타홍의 신분이 기생이라는 데에 초점을 맞추고 기녀결연 야담을 통한 당대인의 인식과 성취동기를 규명하려고 하였다.[5] 그러나 어떤 類話를 단일한 주제로 파악한다는 것은 아무래도 무리가 뒤따른다.

현혜경은 〈일타홍 이야기〉에서 지감 화소를 최초로 부각시켰다. 지인담의 서사구조를 추출하여 여러 유화를 함께 논의할 수 있는 근거를 마련하였다.[6] 그러나 고전소설 논의[7]를 위한 전제 작업이어서 나름대로 의의를 지니기는 하지만 야담 연구에 그대로 적용하기에는 일정한 한계가 뒤따른다. 야담에서의 변모 자체를 중시하면서 그것이 소설에 어떻게 연계되는가 면밀히 살펴야 이른바 '지인지감유형 소설'에 해당된다고 본 작품들 사이의 차별성을 더 효과적으로 설명해 낼 수 있을 것이다.

이신성은 〈일타홍 이야기〉를 전체적으로 다루어 학계에 보고한 최초의 연구자이다. 그는 여러 화집을 '10개의 〈일타홍이야기〉'로 분류하여 이들의 전개양상과 의미를 살폈다.[8] 그러나 지인지감 부분은 현혜경의 논지를 답습하였고, 변이 발전양상을 변별적으로 파악하지 않음으로써 평면적인 논의에 그친감이 있다.

선행연구의 성과에도 불구하고 女性知人譚의 성격은 단면적으로 파악되었다는 한계를 지닌다. 본고에서는 〈일타홍 이야기〉에서 知鑑 화소가 최초로 차용

---

4) 정명기, 「野談의 變異樣相과 意味硏究」(연세대 박사, 1988)

5) 김희경, 「妓女 結緣 野談 硏究」(연세대 석사, 1990)

6) 현혜경, 「知人之鑑類型 古典小說 硏究」(이대 박사, 1990)

7) 梁惠蘭은 「奇逢類小說硏究」(이대 박사, 1989)에서 기봉류소설의 하위 유형으로 '知人知鑑型'을 설정하였다. 곧 기봉류에 나타난 결연방식으로 인간이 갈고 닦은 풍부한 경험을 바탕으로 한 예지적 안목을 이용하여 결연을 성취시키는 유형이다.

8) 이신성, 앞의 논문 참조.

된 이후 그것이 변이 발전되면서 단계적으로 서사문학적 성격을 달리해왔다는 전제에서부터 출발한다. 그래서 한 유화라고 하더라도 몇 개의 계열을 이루고 각 계열은 다시 상호 영향을 받으면서 각자의 전승 과정을 거쳤다고 본다. 단일 제재의 유화로서는 최다수의 각편을 지닌 〈일타홍 이야기〉를 택하여 야담에서 지인담의 비중을 가늠하고 지인담이 서사문학적 변용을 거듭했음을 밝히고자 한다. 여성 지인의 등장이 지인담에서 매우 중요한 서사적 계기를 마련해 주었음을 밝히기 기대한다.

Ⅱ. 知人의 유래와 知人譚의 개념

知人이라는 용어는 일찍부터 유가 경전에서 등장한다. 『논어』에서는 知의 핵심을 단연코 知人(사람 알아보는 것)이라 했고[9], 관리가 어진 사람을 알면서도 함께 조정에 서지 않으면 지위를 도둑질한 사람이라고 비난했다[10]. 지인이란 사람을 알아보는 행위로서 구체적으로는 인격이나 능력 등 남보다 탁월한 점을 알아보는 것이다.

그런데 유가서 경전에서는 대개 지인이라는 행위를 관리로의 발탁까지 연결된 개념으로 규정하고 있다. 『서경』에서 그러한 점이 잘 드러나 있다. 고요가 우임금에게 의견을 개진하는 대목에서 정치의 핵심은 '사람 알아보고 백성 편안케 하는 데 있다.'고 했다. 그것에 대하여 우임금은 '그 같은 일은 위대한 요임금도 어렵게 여긴 것이다.'라고 동의하면서 '사람 알아보면 哲이니 사람을 관리 삼을 수 있고 백성 편안케 하면 惠이니 모든 이를 품을 수 있다.'고 부연했다.[11] 지인이란 알아보는 것에 그치는 것이 아니라 택하여 관리로 등용하고 궁

---

9) 『論語』〈顔淵 제12〉 #22, "樊遲問仁 子曰 愛人 問知 子曰 知人"
10) 같은 책 〈衛靈公 第15〉 #14, "子曰 臧文仲 其竊位者與 知柳下惠之賢 而不與立也"
11) 『書經·皐陶謨』, 『書經集傳』(이이회 영인, 1982) 152쪽, "皐陶曰 都 在知人 在安民
    禹曰 吁 咸若時 惟帝其難之 知人則哲 能官人 安民則惠 黎民懷之"

극적으로 백성을 다스리는 일에 동참하게 하는 일련의 행위와 연결된다.

그렇다면 어떻게 사람을 알아보는가? 그 방법에 대하여 『중용』에서는 적지 않은 관심을 기울였다. 위정이란 사람을 얻는 데 있다고 하는 대전제는 여타 경전과 다름이 없다. 그런데 사람을 자기 몸으로써 취하고 자기 몸을 도로써 닦고 도를 인으로써 닦는다고 하면서 그렇기 때문에 군자는 修身, 事親, 知人, 知天을 단계적으로 하지 않을 수 없다고 했다.12) 다분히 수양론에 흐른 것 같지만 그렇지만은 않다. 개인적인 문제와 공적인 문제, 수양과 정치를 연결시키려고 하는 유가의 이상이 잘 반영되어 있다. 지인의 문제와 관련시켜 해석하더라도 결국 사람을 알아보고 쓰는 일은 수양, 경험을 통한 안목, 주변의 인간 관계, 이치를 따지는 것 등을 통해서 가능하다는 의미를 지닌다. 인격, 경험, 식견, 추리 등이 지인의 방법론으로 거론되었다 할 수 있다.

한편 『태평광기』에도 〈지인〉條가 2권에 걸쳐 편찬되어 있다. 모두 54명의 지인담이 수록되어 각종 이야기가 풍부하다. 유가 경전이 지인의 의미를 사상적으로 따졌다고 한다면, 이 책은 지인의 모습을 문학적으로 형상화해 놓은 작품집이라 할 수 있다. 그러므로 경서에서와 같이 '지인'을 어떤 행위의 개념으로 고정화시켜 이해할 필요는 없다. 『태평광기』 각 조에 제목을 붙인 용례를 보거나, 〈지인〉조에 수록되 각편의 제목이 사람 이름으로 붙여진 점을 참고하더라도, '지인'이란 사람 알아보는 안목을 지닌 사람, 즉 하나의 인물형을 지칭했을 가능성이 오히려 더 많다. 이 중에서 〈苗夫人〉 이야기는 본고에서 다루려고 하는 여성지인담의 선례로서 좋은 참고가 된다. 남편의 반대에도 불구하고 못난 사위를 골라 딸을 시집보내고 모든 사람의 질시를 나무라며 지속적으로 후원자 노릇을 하다가 사위가 나중에 큰 인물이 된 다음에야 識鑑을 인정받는다.13) 하나의 이야기를 구성하기 위해 어떠한 요소가 필요한가를 잘 보여 준다.

---

12) 『中庸』 제20장, "爲政在人 取人以身 修身以道 修道以仁 故 君子不可以不修身 思修身 不可以不事親 思事親 不可以不知人 思知人 不可以不知天" 한편 '爲政在人' 구절은 『孔子家語』의 유사한 대목에서 '爲政在於得人'이라고 되어 있다.

13) 『太平廣記』 권170 장6, 『文淵閣四庫全書 1044.』(대만;상무인서관 인행) 137쪽 참조

이상의 논의를 기초로 하여 지인과 관련된 몇 가지 개념을 정의해 볼 수 있다. 고전에서 지인이란 사람을 알아보는 행위를 지칭했었지만, 이것이 이야기 형태로 수용되면서 남의 비범함을 그 비범함이 구체화되기 이전에 알아보는 인물형을 지칭하게 되었다. 그러므로 본고에서는 이야기 구조 속에서 지인을 다루므로 知人이라는 용어를 앞으로는 인물형의 명칭으로 고정시켜 사용하기로 한다. 또한 지인은 남을 알아보는 특별한 능력을 지닌 인물이다. 知人之鑑이란 바로 그러한 지인의 예견능력을 지칭하는 용어이다. 이는 줄여서 知鑑이라고도 하지만 뜻의 변화는 없다. 또 識鑒이라는 용어도 있는데, 이 또한 다른 사물에 대한 능력은 제외하고 특별히 사람을 알아보는 감식력만을 지칭한다. 그러므로 지감이라는 용어와 대동소이하다. 한편 식감의 근거로는 인격, 신통력, 관상, 경험, 추리 등이 제시된다. 그런데 신통력이 강조되면 지인은 異人의 면모에 근접하고, 인격이나 추리에 지나치게 기대면 지인은 사대부적 지식인의 한 모습일 뿐이고 별도의 인물형으로 설정하기 곤란해진다. 그럼에도 불구하고 그같은 다양한 성격 때문에 오히려 지인라는 인물형이 서사물을 통해 형상화되고 또한 여러 가지로 변형될 여지를 지니게 된다.

한편, 지인담이란 식감있는 사람이 평범한(또는 열등한) 인물의 비범성을 알아보고 선택하여 관계를 맺으면서 사건이 벌어지고 기존 상황이 반전되는 이야기이다. 그런데 여기에는 기본적으로 반드시 필요한 이야기의 요소, 즉 화소가 요청되고 일정한 성격의 '인물형'이 등장한다. 그러므로 본고에서는 앞으로 '지인담'을 서사 유형의 개념으로 사용하기로 한다. 지인담에서 지인은 남성 또는 여성인데 반해 피지인은 거의 남성이다. 남성이 여성을 취하는 사건은 알아준다는 것 이상의 의미를 부여하기 어렵기 때문인 듯하다. 전통 사회에서 여성은 철저히 남성에게 예속되어 있어 남성이 여성을 선택한다고 해서 여성의 잠재력이 기존의 상황을 반전시키는 데까지 나아가기 어려웠던 실제 상황도 이유로 작용했을 것이다. 지인담이 하나의 흥미로운 이야기 유형이 되기 위해서는 이것이 단순히 잠재력을 지닌 사람을 지인이 알아보았다는 이야기에 그치지 않고 지인의 피지인 선택, 상황의 반전 등이 화소로 포함될 수밖에 없다. 지인담은 지인과 피지인이 일생에 거쳐 긴밀한 관계를 유지한다.

Ⅲ. 女性知人譚의 서사구조

〈일타홍 이야기〉의 본격적인 논의를 위해 예비적으로 여성지인담14)의 서사구조를 살펴보자. 조선후기의 야담에 자료가 집약되어 있으므로 우선 조선후기 3대 야담집인 『계서야담』 『청구야담』 『동야휘집』에서 주자료를 택하여 논의를 진행한다. 단, 여성지인담의 서사구조에서 주인공은 대개 被知人인 남성이 아니라 지인인 여성이다. 야담 기록자가 비록 남성 위주의 편찬의식을 보였다고 하더라도 본고에서는 여성 지인의 이름을 따라 題名으로 삼는다. 이름이 제시되지 않은 경우에 피지인과의 관계로 제목을 표시한다.

여성지인담 유형에 속하는 유화로는 〈이기축처 이야기〉, 〈정기룡처 이야기〉, 〈참종댁여종 이야기〉, 〈재상댁여종 이야기〉와 〈선천기 이야기〉, 〈급수비 이야기〉, 〈단천기 이야기〉, 〈일타홍 이야기〉 등이 발견된다. 이중 논의의 편의를 위해 대표적으로 〈이기축처 이야기〉와 〈선천기 이야기〉를 선택하여 그 내용을 단락 별로 살펴보자.

이기축처 이야기(『계서야담』 本)

1) 노둔한 주막 노비(이기축)가 동서를 구분 못 하나 용력이 절륜하다.
2) 주막집 딸은 문자를 알고 영특하다. 부모가 애지중지 하여 좋은 사윗감을 물색 중이었다. 딸은 부모의 반대에도 불구하고 그(이기축)와 혼인하다.
3) 혼인 후 부모의 재산을 나눠 가지고 서울로 와 주막을 차리다.
4) 어느날 남편에게 신하가 임금을 폐위하는 역사서 구절을 대주며 모처에 있는 사람들에게 배워오라 하다. 모처 사람들이 놀라 찾아오자 후대하며 남편을 반정에

---

14) 현혜경은 앞의 논문에서 지인담을 서사전개상의 중심인물에 따라 '문·무관지인담', '이인지인담', '현녀지인담'으로 분류하였다. 본고에서는 주인공이 '여성'이면 '여성지인담'이라고 명명한다.

끼워달라고 하다. 이후 회합의 장소로 주막을 제공하다.

5) 인조반정 때 남편이 앞장서서 창의문을 부수다.

6) 기축년에 태어났다 하여 이기축이라는 이름을 하사받고 인조 반정 2등공신에 봉해지다.

선천기 이야기(『계서야담』本)

1) 노진은 가난하여 혼인도 못하자 선천고을 원으로 있는 당숙에게 혼수비용을 구하러 가다.

2) 선천까지 갔으나 문지기에게 막혀 당숙도 못 만나고 노자도 떨어졌을 때 지나가던 아이 기생이 유심히 노진을 살펴보더니 자기 집으로 데려가다.

3) 당숙을 만났으나 냉대받고, 노진의 이야기를 들은 童妓는 모은 돈 전부를 주며 '10년 안에 반드시 귀하게 될 相'이니 후일 급제 후 다시 만나자고 하다.

4) 노진과 이별 후 동기는 암자로 들어가 두문불출하며 기도만 하여 '生佛'이라고 일컬어지다.

5) 노진은 얻은 돈으로 혼인하고 학업에 힘써 급제하다.

6) 급제 후 수의사또가 되어 선천으로 찾아가 보니 행방이 묘연하다. 이리 저리 찾다가 어느 암자에서 재상봉하다.

7) 행복하게 해로하다.

이상의 이야기 단락을 상호 비교하면서 사건이 더 복잡한 〈선천기 이야기〉를 화소별로 정리해 보이면 다음과 같다.15)

A. 피지인 제시 - 1)
B. 지감에 의한 지인의 피지인 선택 - 2)
C. 지인의 피지인에 대한 헌신 - 3)
D. 지인의 이별과 기다림 - 4)

---

15) 각편의 단락은 내용을 요약하여 사건 순서에 따라 순차적으로 열거하기로 한다. 그러므로 동일 유화의 경우에는 각편의 단락 번호가 대개 유사하게 대비될 수 있으나 다른 유화의 경우에는 단락 번호 사이에 특별한 관련이 없다. 반면에 화소는 특별히 기억될 만한 이야기 요소로서 독립성을 띤다. 그러므로 순차적으로 열거하지 않고 특정 화소에 고유한 번호를 부여한다. 그래서 유화들 사이의 화소 출입 관계를 손쉽게 대비할 수 있도록 고려한다. 단, 단락은 오른쪽 괄호 친 아라비아 숫자, 즉 1), 2), 3) 등으로 표시하고, 화소는 영문 대문자 A, B, C 등으로 표시한다.

    E. 피지인의 노력과 급제 - 5)
    F. 피지인의 탐색과 재상봉 - 6)
    G. 재상봉 이후 - 7)

〈이기축처 이야기〉의 단락을 동일한 방식으로 정리해 보이면 다음과 같다.

    A. 피지인 제시 - 1)
    B. 지감에 의한 지인의 피지인 선택 - 2)
    C. 지인의 피지인에 대한 헌신 - 3), 4)
    E. 피지인의 활약과 현달 - 5), 6)

이상의 이야기에서 각 화소는 여성지인담 서사구조를 이룩하는 데 특별한 의미를 지니며 전승의 뼈대 구실을 한다. 여성지인담이 '예언 - 예언 적중'의 구조를 지니는 단순 '예언담' 내지 '관상담'과 구분될 수 있는 요소를 제공한다. 구체적으로 〈이기축처 이야기〉는 피지인의 제시 이후로 지인과 피지인이 사건 전개에 상호 지속적으로 관여하고 특히 B.선택, C.헌신이 강조되어 있으므로 단순한 知人 소재의 일화와 구분되는 본격 지인담 서사 구조를 이룬다. 그러나 지인이 피지인을 선택한 후 지감 적중을 이룩하기까지 별다른 시련이 드러나지 않아 사건 전개가 평면적이다. 그리고 E.활약과 현달도 지인의 예견에서 벗어나지 않고 예정된 것이어서 피지인과 지인 사이의 새로운 관계를 이끌 만한 요소로 발전될 여지가 없다. 오히려 단락 3)에서 지인의 기지가 매우 흥미로운 소재로 부각될 만하다.

그에 비해 〈선천기 이야기〉는 A, B, C, E에서는 유사한 화소를 지니지만 D, F, G에서 변이가 일어났다. 그 가장 큰 이유는 지인과 피지인의 신분이 두 이야기에서 서로 다르게 설정되었기 때문인 듯하다. 〈이기축처 이야기〉는 피지인의 신분이 노비이고, 지인의 신분이 평민이다.[16] 지인과의 신분격차로 인한

---

16) 〈이기축처 이야기〉 유화에서는 이기축처의 신분이 각편에 따라 다른 경우도 있다. 평양기생(청구야담), 퇴기의 딸(동야휘집), 춘천 촌여자(금계필담) 등 다양한데 주막집 딸로 설정된 것이 가장 많다.

갈등과 반전의 여지가 피지인이 양반인 <선천기 이야기>보다 적다. 평민 이하의 피지인이 추구할 수 있는 사회적 성취 동기는 급제가 아니고 그 이외의 출세이다. 부일 수도 있고 자유일 수도 있고 활약일 수도 있다. 또한 여성 지인과의 관계에서 양반인 피지인이 따로 혼인을 하고 등과 후 여성 지인을 첩으로 맞아들여야 하는 기존 윤리에 구애받지 않는다. 급제를 위한 고행의 기간이 요구되지 않기에 D.이별과 기다림의 화소가 없다. 또한 이별이 없으니 F.탐색과 재상봉의 화소도 없다. 오로지 아내로서 남편을 위한 지략과 헌신만이 강조된다.

<선천기 이야기>에서 변이가 일어난 것은 피지인이 열악한 환경의 양반이라는 점에 기인한다. 양반으로서 가장 큰 사회적 성취 동기는 벼슬에 올라 가문을 빛내는 것이다. <선천기 이야기>의 노진, <일타홍 이야기>의 심희수, <급수비 이야기>의 우하형 등은 모두 가난한 선비 또는 무반으로서 지인의 헌신과 감내에 힘입어 출사하고 재상봉한다. 그러나 그러한 신분상의 특징 때문에 부가되었던 화소 D, F는 여성지인담 서사구조에 특별한 의미를 부여한다. '시련'과 '시련극복'이라는 의미가 그것이다. 단순히 지감 적중을 부각시키기보다 절실한 인간 관계에 의한 감동에 초점이 맞추어져 있다. 지감 적중은 당위적으로 예정되어 있는 것이 아니라 새로운 관계로의 발전을 통해 지감이 완성됨을 보여준다.

지인의 입장에서 보자면 <선천기 이야기>류의 지인 신분은 기생이다.[17) 기생은 미천하면서도 다양한 경험을 통해 지혜와 능력을 지닐 개연성이 큰 신분이다. 이같은 신분의 특성이 갈등 요소이자 또한 어떤 사건을 통한 반전의 가능성을 마련해 준다. 그러므로 미천한 양반과 관계를 맺고 피지인의 급제나 출세를 위해 이별을 단행한다. 이들에게 이별은 공간적인 이별 이상의 의미를 지닌다. 피지인에 대한 절실한 동기 유발과 지인 자신의 뼈저린 기다림이 맞바꾸어지고 있다. 비범함을 알아보고 헌신한 것이 최초의 선택이라면 이는 지감의 완성을 위한 마지막 승부수이다. 그래서 피지인도 지인과의 상봉을 위해 발분하고 급제

---

17) 일타홍의 신분이 각편에 따라 달라지지만 거의 기생이다. 또한 급수비는 관아에 딸린 노비이지만, 기생 또한 관아에 소속되어 있다는 점에서 유사한 신분이다.

후 지인의 소재를 탐색한다. 기생과 양반은 정식 부부 관계를 맺을 수 없으니 애정만이 그들의 남녀 관계를 지탱해 줄 수 있다. 시련과 시련 극복, 곧 '이별'과 '재상봉'이 그만큼 의미가 있고 새로운 관계의 지평이 열렸으므로 지인과 피지인이 지감을 증명해 보인 이후 어떻게 살았는지도 관심거리이다. 복잡하든 간단하든 화소 G.재상봉 이후의 후일담이 추가된 것은 서사구조로서 특별한 의미를 지닌다.

이 두 종류의 여성지인담은 '주인공 제시 - 지감 선택(남녀결연) - 지인 헌신 - 지감석중'이 공통이다. 이것이 여성지인담의 기본적인 서사구조라 할 수 있다. 차이는 '시련(이별) - 시련극복(재상봉) - 후일담'이다. 여성지인담에 이 구조가 삽입됨은 밀도있는 구성으로의 확장을 가능하게 한다. 서사문학적으로 보다 발전된 형태라 할 수 있다. 〈일타홍 이야기〉는 〈선천기 이야기〉류에 속하는 대표적인 여성지인담이다. 뿐만 아니라 여성지인의 성격이 여러 갈래로 변모해 갔고 표현 방식 또한 다양하게 모색되었다. 여성지인담의 더욱 발달된 유화로서 구체적으로 살필 만하다.

Ⅳ. 〈일타홍 이야기〉의 세 계열과 전승의 특징

기생 '일타홍'은 『어우야담』에서 一松 沈喜壽의 일화 속에 최초로 등장한다. 심희수와 유몽인이 동시대 인물이며 『어우야담』이 대개 편찬자가 듣고 본 것을 기록했다는 점을 참작할 때 심희수와 일타홍의 관계는 어느 정도 사실에 기초하고 있다고 인정할 만하다.18)

沈부원군은 一朶紅이라고 하는 기생을 사랑했다. 일찍이 그 기생에게 말하기를 "네 평소 사랑하는 자를 말해라. 손꼽아 두겠다."하니, 기생이 능치며 "심부원군입니

---

18) 이신성, 앞의 논문, 143쪽과 155쪽 참조. 단, 번역과 해석에 대해 이견이 있으므로 다시 시도한다.

다."했다. "나를 놀리지 말고 바른대로 말해라."하니, 기생이 "梁熊山입니다."했다. 심부원군이 엄지손가락을 꼽다가 반쯤 꼽더니 꼽기를 꺼렸다. 이날 그 종에게 묻기를 "양웅산이 무슨 색 말을 타느냐?"하니 "桃花馬입니다."했다. "네가 마굿간에서 도화마를 끌고 와라. 날이 밝기 전에 일타홍 집에서 기다렸다가 그자의 말을 쫓아 버리고 이 말로 바꾸어 놓아라. 그자가 타거든 내리지 못하게 하고 잡아 끌고 와라." 다음날 아침 과연 데려왔다. 부원군이 인견하여 세웠다 앉혔다 하고 술 먹이고 노래를 듣고는 이르기를 "일타홍의 情人이 될 만하구나!"했다.19)

이 <일타홍 이야기>는 단적으로 사대부의 애정담이다. 사대부 일화라고 해도 좋다. 그런데 사랑에 빠진 사대부가 오히려 기생의 특성과 사생활을 인정하고 또한 情敵인 셈인 양웅산의 사람됨을 알아보았다는 것으로 이야기거리를 삼았다. 일타홍이 주인공도 아니고 지인지감이 있다면 오히려 심희수에게 있다. 또한 심희수의 사대부다운 넓은 도량이 주제이다. 이 이야기가 60여 년만에『천예록』에서는 여성지인담으로 변개되어 실린다.20) 일타홍이 지인이 되고 심희수가 피지인이 되어 결연을 맺고 보다 서사적인 사건으로 전개된다. 이후 모든 화집에서 <일타홍 이야기>는 오직 여성지인담으로만 전승된다.

논의의 편의를 위해『어우야담』본을 제외한 31편의 각편을 다음의 기준을 통해 특징을 추출하고 몇 계열로 분류해 보자. '심희수의 처지는 비참한가? 여유가 있는가?', '일타홍의 헌신과 시련은 뚜렷하게 드러나 있는가?', '일타홍의 지감 능력은 신통력, 관상, 추리 등 어디에 근거하는가?' 이같은 기준을 적용해 보면 대개 각편의 경향이 드러난다. 심희수의 현실 상황이 악화될 수록 일타홍의 지감 능력은 강화되며 아울러 현실 상황의 개선을 위한 헌신도 동반된다. 그러나 심희수의 처지가 넉넉하면 일타홍의 지감능력이 상대적으로 약화되고 헌

---

19)『於于野談』(만종재본),『어우집·어우야담』(景文社, 1977) 45쪽, "沈府院君愛一妓 名一朶紅 常謂妓曰 爾言平生愛 當爲屈指 妓戲曰 沈府院君也 曰無戲我 實言之 妓曰 梁熊山也 沈府院君屈大指 其指半屈 忌之也 是日 問其僕曰 梁熊山騎何色馬 曰 桃花馬也 曰 爾牽廐中桃花馬 天未曉 俟一朶紅 逐彼馬 以此馬替之 彼騎之勿使下 扶執以來 翌朝果致之門 府院君引見之 饋以酒 聽以歌 曰 宜作一朶紅之情人也"

20)『어우야담』이 1621년에 편찬되고,『천예록』이 1680년대에 편찬되었다.『천예록』에 관한 고증은 이신성,「천예록 연구」(동아대 박사, 1993) 5-18쪽 참조.

신도 강렬하지 않다. 또한 지감의 근거가 신이성을 띨 때 심희수의 처지가 넉넉
하다. 반면 지감의 근거가 觀相일 때 심희수의 처지는 열악하다. 그 결과 여성
지인담에 속하는 〈일타홍 이야기〉는 대개 세 계열로 구별된다. 즉, 첫째『天倪
錄』本 〈일타홍 이야기〉계열, 둘째『東稗洛誦』本 〈일타홍 이야기〉계열, 셋째
『東野彙輯』本 〈일타홍 이야기〉 등의 기타 계열이다. 각 계열의 類話를 지칭
할 경우에 이들을 각각『천예록』계열 〈일타홍 이야기〉,『동패낙송』계열 〈일타
홍 이야기〉, 기타 계열 〈일타홍 이야기〉라 한다.

　단, 기타 계열에 속하는 각편은 서술자의 개입이 적극적이어서 개변의 정도가
심한 특징이 있다. 그래서 공통 단락 말고도 변이 단락이 다수 존재하며 상호
간에 독립성마저 뚜렷하다. 그러나 앞의 두 주요 계열을 벗어나 새로운 시도를
모색했다는 점에서 매우 중요한 공통점이 있으므로 한 계열로 묶어 고찰하기로
한다.

1.『천예록』계열의 〈일타홍 이야기〉

　『천예록』계열은 심희수의 사대부로서의 자존심과 품위를 유지하는 한도 내에
서 일타홍의 지감을 드러내려고 했다는 것이 가장 큰 특징이다.『어우야담』본
을 수용하면서 지인담의 서사구조를 적용시켰다고도 볼 수 있다. 한편 이야기
구성 역시 심희수가 회고하는 액자 형식을 취하고 있어 남성 위주의 서술을 견
지하려 했다. 그만큼 사대부의 편찬 의식이 여러 가지로 상존해 있는 셈이다.

　『천예록』계열은 8편이다.21) 그런데『천예록』,『동패추록』본의 내용이 동일

---

21)『天倪錄』,『韓國野談史話集成 4』(태동출판, 1989) 439쪽.

　　『東稗追錄』,『韓國野談資料集成 1』(계명문화사, 1987) 270쪽.

　　沈鋅 編著,『松泉筆譚』(장서각 소장) 권6 장6.

　　『海東奇話』,『韓國文獻說話全集 5』(동국대학교 한국학연구소, 1991) 421쪽.

　　『東野輯史』,『韓國野談資料集成 11』36쪽.

　　『叢話』,『韓國野談資料集成 6下』886쪽.

　　『記聞叢話』,『韓國野談資料集成 6下』501쪽.(본 영인본은 6권이 두 책이다. 구분을
　　위해『記聞叢話 乾』『我東奇聞』수록 책을 6상으로, 다른 책을 6하로 표시한다.)

하고 『동야집사』, 『해동기화』, 『총화』, 『기문총화』, 『실사총담』의 내용이 유사
하다. 후자 다섯 본은 피지인이 청천 심수경으로 되어있다. 그러나 『해동기화』
『총화』의 경우 말미의 서술자 평에서는 피지인이 심희수로 되어있다. 앞에서는
심수경으로 뒤에서는 심희수로 되어있는 셈이다. 『기문총화』에는 서두에서 심
수경으로 기록한 옆줄에다 '一松 沈壽'라고 교정해 놓았다. 모두 피지인이 심희
수인 <일타홍 이야기> 유화라고 보아 무리가 없다.
  각 편의 공통 단락을 정리해 보면 다음과 같다.

1) 심희수는 용모가 옥설같고 문장이 뛰어나 사람들이 '仙童'이라고 불렀으며 소
   년등과하고 현재 나이 일흔의 재상이다.
2) 어느 날 비변사에 나아가 관원들에게 이별을 고하고 귀가해 자리에 누었는데
   평소 아끼던 병조좌랑이 찾아와 연유를 묻자 일타홍 이야기를 하다.
3) 내가 소시적에 친구들과 어떤 대갓집 잔치자리에 갔다가 '天仙'같은 기생 일타
   홍을 보고 사모하는 마음이 생겼으나 어쩔 도리가 없었다.
4) 그 후 10여일 후 공부를 마치고 귀가하는 대로상에서 단장한 미인이 다가와 심
   희수가 아니냐고 반색을 했다. 관례전이었고 보는 사람이 많아 부끄러웠다.
5) 함께 일타홍의 이모집으로 가서 두문불출 사랑을 나누었다.
6) 10여일 후 일타홍은 '당신의 器度와 才品이 필시 일찍 급제하여 卿相의 지위
   에 오를 것이다.'하고 등과 후 만나자며 아쉬운 기색도 없이 가버렸다.
7) 귀가해 부모에게 이실직고도 못 하고 부모명으로 부인을 맞았으나 금슬이 좋지
   못했다. 대신 일타홍을 만나기 위해 불철주야 면학하여 급제했다.
8) 일타홍은 노재상댁에 양딸로 은거해 있으며 급제를 기다렸다.
9) 급제한 후 삼일 유가할 때 노재상댁에서 일타홍과 해후했다.
10) 일타홍을 대동하고 금산 고을 원으로 부임했는데 어느 날 일타홍이 자신의 죽
    음을 예고하고 5,6일이 지나자 고통 없이 죽었다.
11) 일타홍 유언대로 선영에 묻으러 갈 때 금강가에서 애도시를 지었다.
12) 그후 10여년간 집안 대소사가 있으면 일타홍이 꿈에 나타나 미리 알려주었는
    데 틀린 적이 없었다.
13) 어젯밤 꿈에 일타홍이 나타나 나의 죽음을 알려주어서 주변정리를 한 것이다.
14) 과연 상공 심희수가 다음날 죽다.
15) 서술자 평

崔永年 編著, 『實事叢談』(朝鮮文藝社, 1918)(나손문고 소장) 115쪽.

이 중 1), 2), 13), 14), 15)는 주로 액자 형식을 이루는 단락이고 나머지가
지인담의 내용을 구성한다. 이를 다시 앞의 장에서 추출한 여성지인담을 주요
화소 별로 정리해 보면 다음과 같다.

    A. 피지인 제시 - 1), 3)
    B. 지인의 피지인 선택 - 4), 5)
    C. 지인의 헌신
    D. 지인의 이별과 기다림 - 6), 8)
    E. 피지인의 노력과 급제 - 7)
    F. 피지인의 탐색과 재상봉 - 9)
    G. 재상봉 이후 - 10), 11), 12)

심희수는 전형적인 사대부 집안의 귀도령이다. 『천예록』본의 입장에서 보자
면 『어우야담』과의 관련도 무시할 수 없을 것이다. 일타홍의 지인지감과 신이
한 면모는 새로운 서사구조를 가능하게 했으나 심희수의 명성과 처지는 그대로
유지되는 것이다. 각편의 표현을 살펴보면, 심희수는 뛰어난 용모에 글솜씨가
뛰어나 아이 때부터 仙童이라고 했다[22]고도 하고, 총각시절에 명성이 자심하
며 風儀 映發하여 사람들이 아름답게 칭하는 이가 많았다[23]고도 했다.[24] 더
군다나 부모가 具存하니 사대부가의 촉망받는 책방도령이 아닐 수 없다. 그러
므로 피지인으로 설정되어 있더라도 양반으로서의 체면을 돌본다. 우연히 일타
홍을 먼발치에서 보고 사모하는 마음이 있으나 어쩔 도리가 없는 것으로 묘사되
는 것은 당연하다. 10여 일 후 서당에서 귀가할 때 만난 일타홍이 말에서 내려
자기 손을 잡기까지 하며 반가워하는데 심희수는 대로상이라고 부끄러워한다.
일타홍과 이별하여 귀가한 후에도 부모에게 이실직고를 못한 채 거짓말을 하고,

---

22) 『천예록』, 앞의 책 439쪽, “一松沈相公 顔貌玉雪 標格淸秀 八歲能屬文 文藻儁異 自
   在童孺 人皆目之以仙童”

23) 『기문총화』, 앞의 책 500쪽, “沈聽天壽慶(sic 一松喜壽) 總角時 聲名藉甚 風儀暎發
   人多艶稱”

24) 일타홍은 심희수를 ‘天仙’같다고 표현하기도 했다. ‘狂童’이라고 손가락질 당하는 『동패낙
   송』계열의 심희수의 모습과는 모두 좋은 대조를 이룬다. 구체적인 비교는 뒤에 상술한다.

마음에도 없는 혼인을 정해주는 대로 하여 금슬도 좋지 않다. 급제 후 노재상집에서 노재상이 '옛날 연인을 보고 싶은가?' 물었을 때도 심희수는 머뭇거린다. 그러나 일타홍에 대해 미적지근한 것은 아니다. 그를 향한 집념은 사건을 진행시키는 원동력이다. 이처럼 『천예록』계에서의 심희수는 사랑에 이끌리면서도 철저하게 양반의 품위를 유지하려는 인물이다.

한편 仙童이라고까지 불린 심희수의 장래는 이미 어느 정도 예견될 수 있는 것이었다. 이러한 피지인의 조건은 지인의 지감을 뚜렷하게 부각시킬 수 없게 한다. 피지인 선택의 장면을 살펴보자. 심희수를 어떤 잔치에서 먼발치에서 보고는 사모의 정이 생겨 심희수가 오가는 길가를 지키다가 만난다. 여성이 적극적이란는 것 이외에는 여느 남녀애정담과 특별히 다를 게 없다.

심희수는 넉넉한 처지이며 체면을 지키는 양반이기에 일타홍과 은밀한 관계를 맺는다.25) 또 일타홍의 입장에서 보아도 공적으로 인정될 만한 관계가 성립될 수 없으므로 심희수와 육체적 결연으로 평생을 결정짓는다. 지감이 작용했다면 지감의 근거나 구체적인 방법이 무엇인지 분명치 않다. 지감의 정체는 나중에나 어렴풋이 밝혀진다.26) 일타홍의 능력은 아직 공인되지 못하고 개인적인 차원에 머문다.

다음 '지인의 헌신' 화소에 대해 살펴보자. 『천예록』계에서는 피지인의 처지와 능력이 범인보다 뛰어나게 설정되어 그 처지를 회복시키기 위한 지인의 후원이나 희생은 생략되어 있다. 다만, 이별 후 기다리는 동안의 潔身, 재상봉 후 집안을 슬기롭게 다스리고 심희수의 내조를 잘했다는 것이 부각될 뿐이다.

다음 '지인의 이별과 기다림' 화소에 대해 살펴보자. 일타홍은 심희수와 10여

---

25)『동패낙송』계열에서는 일타홍이 가난한 심희수의 집으로 들어오기는 하나 육체적인 결연을 바로 맺지는 않는다. 도덕적으로 타락한 심희수이기에 정실을 들이게 한 후에야 엄격한 규칙을 세워 합방한다.

26) 이별 시 소년 등과와 경상의 지위를 예언하고, 죽은 뒤 현몽하여 집안 대소사를 계속 알려주었다는 대목을 상기한다면 일타홍의 지감은 신통력의 일종이다. 知人이기는 해도 異人의 면모가 강하다 할 수 있다.

일간 뜨거운 사랑을 속삭이다 느닷없이 '長久之道'가 아니라면서 다음과 같이
이별을 선언한다.

> 첩은 종신토록 당신을 섬길 결심을 이미 했습니다. 단지 낭군께선 위로 부모님이
> 계시는데 아직 정실도 맞지 않고 먼저 축첩함을 지금 어찌 허락하시겠습니까? 첩이 낭
> 군의 器度와 才品을 살펴보건대 필시 일찍 등과하여 卿相의 지위에 오를 것입니다.
> 첩은 금일부터 당신과 이별하여 몸을 정결히 하고 절개를 지켜 당신의 등과를 기다리겠
> 습니다. 遊街 3일 안에 다시 낭군과 만날 것입니다. 이를 금석같이 약속합니다. ……
> 낭군이 과거에 오르는 날이 첩을 다시 만나는 때입니다.27)

사람을 살펴보았다는 것은 바로 지감의 방법이다. 지인지감의 능력이 피지인
을 선택할 당시가 아니라 이 대목에서 뒤늦게 제시된 셈이다. 그만큼 전체적으
로 지감 자체에 대해서는 강조되지 않고 있음을 알 수 있다. 또한 이 대목에서
겨우 내보인 지감의 실체가 구체적으로 무엇인지도 분명치 않다. 다만 여러 가
지 앞일을 예언하고 그것을 믿어 기다림을 감내한다는 것은 일종 신이성을 내포
하고 있다. 일타홍은 이인적 면모가 강조된 지인이다. 일타홍에 대한 애초의 표
현이 '天仙'같았다고 한 점, 그의 죽음이 '神女'에 비의된 점도 일관된 맥락으로
서 참고할 만하다.

일타홍과 헤어진 후 심희수는 부모에게 이실직고도 못하고 속앓이를 한다. 이
별은 지인의 고난일 뿐 아니라 피지인의 고난이기도 하다.

> 홍을 그리는 정을 아예 잊을 수 없어 침식을 폐할 정도였다. 한참만에 조금 진정할
> 수 있어 드디어 과거공부에 정력을 다하여 불철주야로 열심히 했다. 대개 일타홍을 만
> 나기 위한 심산이었다.28)

---

27) 『천예록』, 앞의 책 441쪽, "妾之終身事君意 已決矣 但君上有父母 而未聚正室 卽今
　　豈許君之先畜一妾乎 妾觀君器度才品 必當早登科第 位踏卿相 妾從今日辭君而去 當
　　爲君潔身全節 以待君之登科 遊街三日之內復與君相會 以此爲金石之約 …… 君之登
　　第之日 是妾重逢之秋耳"

28) 『천예록』, 앞의 책 441쪽, "紅思戀之情 初不能忘 至於寢食俱廢 久而後稍 能自定 遂
　　乃專精致力於科業 晝夜孜孜不輟 盖爲遇紅計也"

그러나 고난은 권면이 되고 다시 노력을 불러일으킨다. 고난의 화소는 필경 고난을 극복하기 위한 씨앗을 자기 안에 내재하고 있다. 어떻게 보면 지인의 예견대로 피지인의 잠재력이 가시화되기 시작하는 것일 수도 있다. 그렇다고 지감이 사건 자체를 결정론적으로 고형화시키는 것은 아니다. 일타홍이 노재상집에 몸을 숨긴 과정이나, 심희수가 급제 후 유가 첫째, 둘째 날까지 일타홍을 찾지 못해 실망하는 모습, 또는 노재상이 두 연인을 만나게 해 주는 장면 등은 그 자체가 하나의 사건이고 흥미를 끌기에 충분하다.

재상봉 후에야 심희수는 부모님께 사연을 고하고 일타홍을 부실로 맞아들인다. 그 뒤 금산 고을살이에 일타홍이 따라간다. 어느 날 자신의 죽음을 심희수에게 미리 알리고 아무 고통도 없이 죽는다. 지감이 적중된 이후 지인이라는 인물형에 신이성이 본격적으로 부가되기 시작했다 할 수 있다. 반면 일타홍의 현실적 능력이나 활약은 상대적으로 약화되어 있다. 지인지감이 구체적으로 드러나지 않은 반면 전반적으로 일타홍의 능력이 신이성을 띤 채 심희수의 합리적 태도와 영달, 일타홍의 부덕이 강조되어 있다. 그러나 死後에 일타홍은 심희수가 죽을 때까지 현몽하여 길흉사를 예언한다. 현실과 초현실을 잇는 극대능력의 소유자인 셈이다. 이는 심희수와 일타홍의 정신적 연결고리가 견고했다는 것을 의미하기도 하고 일타홍의 이인적인 면모이기도 한다.

한편, 『천예록』계열은 『동패추록』본을 제외하고는 『천예록』본 특유의 신비적 성향이 축소 또는 강화의 변형 과정을 보인다.

각 화집 별로 살펴보면 다음과 같다.

『천예록』, 『동패추록』본에서 심희수는 더할 나위 없는 준수한 인재이다. '仙童' '天仙'이라고 표현한 말에 그러한 상황이 집약되어 있다. 반면 『동야집사』, 『해동기화』, 『총화』, 『기문총화』, 『실사총담』본에서는 '사람들이 아름답게 칭했다.'고 간접적으로 언급할 뿐이고 피지인 심희수의 상황이 그렇게 과장되지 않는다. 더구나 『송천필담』본에 가면 심희수 이름 석자 이외에는 별다른 묘사가 없다. 이상의 각편을 변격 『천예록』류라 칭하기로 한다.

한편 위 변격 류에서는 거의 대부분 '2)재상으로서의 은퇴' '3)잔치에서 미색에 끌림' '12)사후 일타홍의 현몽 예시' 등의 단락이 탈락되어 있다. 단락 2)가 탈락되었음은 액자 형식의 후퇴이다. 그럴 경우 단락 1)은 오직 피지인 제시라는 화소로 구실할 뿐이다. 또 단락 3)의 탈락은 지인 제시가 충실치 못함을 의미한다. 단락 12)의 탈락은 일타홍의 신이성을 약화시킨다. 일타홍의 죽음도 『천예록』과 『동패추록』본에서는 5, 6일 전에 스스로 심희수에게 알려주지만, 변격류에서는 금산에 따라 와서 미구에 병사한 것으로 되어 있다. 변격류에서는 심희수의 죽음에 대한 일타홍의 현몽 단락 자체가 없으니 일타홍의 신이성과 연결되지 않는다. 오히려 일타홍의 제삿날이라고 눈물을 흘리는 심희수를 어떤 사람이 보고 '마음이 바뀌었으니 미구에 죽을 것이다.'라고 예측한다. 신이한 예언이 사라지는 대신 유교적 합리성이 자리잡는다.

『천예록』계열의 가장 특이한 변이형은 『송천필담』본이다. 작품 전후의 액자 구성이 제거되어 있다. 내용 단락을 정리 열거하여 보면 다음과 같다.

> 1) 심희수가 어려서 우연히 어느 날 밤에 백악 아래를 지나다 불이 켜진 집에 들어가 낭자를 만나다.
> 2) 낭자는 공을 마치 잘 아는 사람처럼 대접하며 결연을 맺다.
> 3) 낭자가 급제 후 만나자며 아쉬운 기색도 없이 작별을 고하다.
> 4) 뒤에 가보니 아무 흔적도 없어 낭자를 만나기 위해 공부에 힘써 급제하다.
> 5) 유가할 때 노재상 집에 갔는데 술을 바치는 미인을 보니 그 낭자이다.
> 6) 낭자는 노재상 집에 양딸로 의탁하며 급제를 기다리고 있었다.
> 7) 함께 집에 와 아내노릇을 슬기롭게 하다.
> 8) 자신이 일타홍이라며 자기 고향인 호서방백이 되길 원하다. 호남영에 부임하여 얼마 안 가 病死하다.
> 9) 죽을 때 비가 오면 이별 눈물인줄 알라더니 정말 비가 내려 애도시를 짓다.
> 10) 금강을 건널 때 널이 가벼워져 상여꾼들이 錦江神女가 되었다고 하다.

『송천필담』본의 특징은 주인공들의 심리 갈등묘사가 과감히 생략되고 여백으로 처리되었다는 점이다. 심희수에 대한 묘사가 없음은 앞에서 언급했다. 심희수가 일타홍을 우연히 잔치에서 보았다든가 대로상에서 만났다든가 하는 단락 등도 없다. 단지 심희수가 백악 아래를 지나다가 야심할 때 길 곁에 불이 밝혀진 집에 들어가 일타홍을 만난다. 그런데 평소에 잘 아는 사람처럼 흔연히 대접하고 결연을 맺고 며칠 후에는 오래 머무를 곳이 아니라면서 등과하는 후일을 기약한다. 심희수는 몰랐으나 일타홍은 심희수를 미리 익히 알고 있었고 심희수를 맞이하기 위한 만반의 준비를 다 한 것이다. 자신의 뜻에 의해 심희수를 선택하여 인연을 맺은 뒤에 그의 학업을 위해 이별하지만, 그같은 과정에 관한 묘사가 여백의 미로 채워져 있다. 오직 일타홍의 지감에 의한 선택과 기다림, 그리고 죽음까지 제3자의 객관적인 담담한 시점으로 서술하고 있다. 따라서 일타홍의 행적이 오히려 매우 신비감을 돋우며 부각된다. 결연방법도 특이하고 분위기도 다른 본과 다르다. 문장이 간략하고 고도의 절제미를 느끼게 한다.

『송천필담』본에서는 일타홍의 신분이 기생이 아니다. 이름 모를 異人이라고나 할 수 있는데 그가 남자의 장래를 예견하고 情人으로 받아들인다. 일정한 거처도 없고 이름은 재상봉 후에나 밝힌다. 그리고 장사를 지내러 강을 건널 때 관이 가벼워져 금강의 神女가 되었다고 했으니 尸解仙이 된 셈이다. 일타홍의 이인적 면모를 효과적으로 부각시켰다고 평가할 만하다. 변격 류 중에서는 『송천필담』본이 『천예록』 계열의 초기 전통 중 신이성을 계승했다 할 수 있다. 피지인의 사대부적 면모를 강화하면서 지인의 부덕을 부각시키려 했던 여타 변격 류와 좋은 대조를 이룬다.

『천예록』계열의 작품은 『천예록』본 〈일타홍이야기〉 이후 『동패낙송』계열에 기선을 빼앗긴 채 겨우 명맥만 유지한 것 같다. 그러나 1917년의 『실사총담』본에까지 변격으로나마 전승된 것으로 보아 각편 수는 적어도 『동패낙송』계열과 대응되는 독자적 전통을 뚜렷하게 유지했다고 보아 마땅하다.

2. 『동패낙송』계열의 〈일타홍 이야기〉

〈일타홍 이야기〉이라 하면 대개 『동패낙송』계열을 이른다. 〈일타홍 이야기〉

의 전형인 셈이다. 가장 선본은 『계서야담』이나 『천예록』이후의 가장 최초로 변모를 보인 『동패낙송』으로 계열명을 삼는다. 『동패낙송』계열은 『동패낙송』 『계서잡록』 『대동기문』에 이르기까지 많은 화집에 전승되었는데 모두 16편[29] 이다. 이를 내용 단락별로 정리하면 다음과 같다.

> 1) 심희수는 조고실학하고 호탕하여 남들이 '狂童'이라고 손가락질하다.
> 2) 어느 잔치자리에서 금산 신출내기 기생 일타홍을 보고 추근대나 그 기생이 싫어하질 않다.
> 3) 일타홍이 심희수의 집에 찾아와 어머니께 심희수가 '大貴人의 骨相'이므로 10년 기한으로 공부하면 성취할 것이며 자신이 심희수를 권학시키겠다고 하여 허락을 받아내다.
> 4) 일타홍이 집안대소사를 돌보면서 엄한 규칙으로 심희수를 권학시키고 본부인을 맞이하도록 권하다.
> 5) 심희수가 차츰 옛 버릇이 살아나 공부를 게을리하다.
> 6) 일타홍이 자신을 다시 보고 싶으면 급제 후 三日遊街 때 만나자며 집을 떠나다.
> 7) 일타홍은 노재상 댁에 양딸로 은거하며 심희수의 급제를 기다리다.
> 8) 심희수가 일타홍을 백방으로 찾다 포기하고 발분하여 면학한 결과 급제하다.

---

29) 1. 『東稗洛誦』, (栖碧外史海外蒐佚本)(亞細亞文化社, 1990) 23쪽.
   2. 『溪西雜錄』, 『韓國野談資料集成 5』 앞의 책 450쪽. 이하 『野談』으로 약칭.
   3. 『記聞叢話·三』, 『野談 6하』 266쪽.
   4. 『記聞叢話·乾』, 『野談 6상』 26쪽.
   5. 『記聞叢話』(정명기본), 『野談 6하』 567쪽.
   6. 『記聞叢話』, 『韓國文獻說話全集 5』 앞의 책 496쪽. 이하 『文獻』으로 약칭.
   7. 『溪西野談』, 『文獻 1』 201쪽.
   8. 『東稗集』, 『韓國野談史話集成 1』(泰東, 1989) 262쪽. 『別本東稗洛誦』1과 같은책.
   9. 『青邱野談』, 『文獻 2』 564쪽.
  10. 『青邱野談·下』, (서벽외사해외수일본)(아세아문화사, 1985) 160쪽.
  11. 『청구야담』, 『野談 3』 281쪽.
  12. 『選言編』, 『文獻 5』 496쪽.
  13. 『荷潭漫錄』, 『野談 7』 252쪽.
  14. 『瑣語』, 『野談 7』 35쪽.
  15. 姜斅錫, 『大東奇聞』(1925) 265쪽.
  16. 李能和, 『朝鮮解語花史』(1927) 61쪽.

9) 심희수가 3일 유가 때 일타홍과 재상봉하고 함께 집으로 돌아오다.

10) 일타홍의 청으로 일타홍 부모가 있는 금산 고을 원으로 부임하여 집안 잔치를 열어주다.

11) 일타홍은 자신의 죽을 날을 미리 알리고 죽다.

12) 심희수는 금강가에서 애도시를 짓다.

이를 화소별로 정리해 보이면 다음과 같다.

A. 피지인 제시 - 1), 2)

B. 지인의 피지인 선택 - 3)

C. 지인의 헌신 - 4)

D. 지인의 이별과 기다림 - 5), 6), 7)

E. 피지인의 노력과 급제 - 8)

F. 피지인의 탐색과 재상봉 - 9)

G. 재상봉 이후 - 10), 11), 12)

여성지인담의 전형적인 서사구조인 '주인공 제시 - 남녀결연 - 헌신 - 시련 - 시련극복 - 지감적중 - 후일담'의 순차적인 구성으로 되어 있다. 단,『대동기문』본에는 이별과 재상봉단락이 생략되어 있어 오히려 〈이기축 이야기〉류의 여성지인담 구성에 가까우나 후일담을 포함한 모든 서사단락이 본 계열의 다른 각편과 일치하므로 다소 작품성이 떨어지는 예외적인 작품이라 할 수 있다.

『동패낙송』계열의 특징은 일타홍의 지인 능력을 부각시키는 데 반해 심희수의 처지가 매우 열악하게 설정된다는 점이다. 아울러 심희수를 위한 일타홍의 헌신과 희생이 두드러진다.『천예록』계열에서는 심희수와 결연한 후 심희수의 급제까지 기다림으로 결연이 유지된다면, 본 계열에서는 심희수의 열악한 처지을 개선시키기 위하여 직접 현실 공간에 개입하며 심희수의 성취를 위해 치밀하게 계획된 행동을 실천한다. 한편 일타홍의 신분은 대부분 '금산 신출나기 기생'이다. 그러므로 심희수가 등과 출세한 후 금산 고을 원이 되어 일타홍이 금의환양하게 되었음을 강조한다.『천예록』 계열에서는 일타홍의 神異性이 강조되든가 변이형으로 婦德을 부각시키려 했다면, 본 계열은 일타홍의 현실적 能力과 성취동기를 핍진하게 그려내었다. 각 화소별로 구체적인 의미를 따져보자.

심희수의 처지는 다음과 같이 제시된다.

> 일송 심희수는 어려서 아버님이 돌아가시고 공부를 못해 아이 때부터 일삼는 것은
> 호탕함이었다. 날마다 협사청루에 드나들었으며 공자왕손의 잔치자리나 춤추고 노래
> 하는 기생이 모이는 자리에는 가지 않는 법이 없었다. 쑥대머리와 남루한 몰골로 도무
> 지 수치심이 없으니 사람들이 모두 '미친 놈'(狂童)이라고 손가락질했다.[30]

홀어머니 밑에서 있다는 것은 경제적으로는 가난하며 또한 사대부로서 체통
상실을 의미한다. '失學'은 그같은 조건의 당연한 귀결이다. 이 모든 현실 상황
이 '狂童'이라는 표현으로 집약된다. 『천예록』계열의 부모구존한 어엿한 귀도령
으로서 '仙童'으로 칭송되었던 것이 이제는 망나니로 손가락질을 받는다. 거기
다 체면 불구하고 '耽色'의 호색행각을 즐긴다.[31] 이러한 그에게 사람노릇을
기대할 수 없으니 급제하여 입신양명하길 바라는 것은 더더욱 상상할 수도 없
다. 이러한 피지인의 상황 설정은 지인의 지감능력을 더욱 돋보이게 하는 효과
를 초래한다. 또한 헌신을 암시하는 복선으로도 작용한다. 심희수뿐만 아니라
심희수의 어머니 입장에서 보면 일타홍은 구세주이다.

> 우리 아이가 어려서 아버지를 여의고 학업은 일삼지 않고 매우 방탕하기만 했다.
> 이 늙은 몸이 제지할 방도가 없어 날마다 애를 태웠다. 이제 어디에서 이 좋은 바람이
> 불어와 그대같은 가인을 보내 왔는가. 우리 미친놈(狂童)을 성취할 수 있도록만 한다
> 면 이보다 더 큰 은혜가 어디 있겠는가.[32]

---

30) 『계서야담』, 앞의 책 201쪽, "沈一松喜壽 早孤失學 自編髮時 專事豪宕 日夜往來於
    俠肆靑樓 公子王孫之宴 歌娥舞女之會 無處不往 蓬頭突鬢 破履弊衣 少無羞澁 人皆目
    之以狂童"

31) 『계서야담』, 앞의 책 201쪽, "一日又赴權宰宴席 雜於紅綠叢中 唾罵而不顧 歐逐而不
    去 妓中有少年名妓 一朵紅者 新自錦山上來 容貌歌舞 獨步一世 沈童慕其色 接席而坐
    紅小無厭苦之色 時以秋波"

32) 『계서야담』, 같은 책 202쪽, "夫人曰 吾兒早失家嚴 不事學業 專事狂宕 老身無以制之
    方以是晝宵熏心矣 今焉何來好風吹送 如汝佳人 使吾狂童得至成就 則可謂莫大之恩也"

『천예록』계에서 부모에게 말도 못하고 결국 훗날을 기약할 수밖에 없었던 처지와는 전혀 다르다. 심희수의 처지에 따라 지인 일타홍의 면모도 변화한 것이다. 일타홍은 용모와 가무가 독보적인 소년명기이다. 뿐만 아니라 지감도 있어 사람을 볼 줄 안다. 일타홍이 심희수의 모친을 만나 건네는 대화의 일부분이다. 앞의 것은 『동패낙송』본이고 뒤의 것은 『계서잡록』이다.

> 오늘 어느 댁 잔치에 가서 귀댁도령을 여러 사람들 사이에서 뵈었습니다. 모두 미친놈 취급을 했으나 내 본 바로는 분명 大貴人의 骨相입니다. 다만 그 氣가 흩어져 길들이기 어렵고 耽色만을 일삼습니다. 그 좋아하는 바를 인하여 잘 인도한다면 가히 성취할 수 있습니다.33)

> 오늘 모 재상집 연회에서 마침 귀댁 도령을 보았습니다. 여러 사람들이 미친놈이라 지목했지만 천첩의 우견으로는 그 대귀인 기상을 알 수 있었습니다. 그런데 氣가 크게 麤粗하여 가위 色中餓鬼입니다. 지금 억제치 않으면 장차 사람 구실 못합니다. 그 형편을 인하여 잘 인도함이 낫습니다.34)

우선 전자와 후자는 같은 계열이라 해도 심희수의 처지는 단적으로 '狂童 耽色'에서 '狂童 色中餓鬼'로 표현의 강도가 높아졌다. 이 대목은 후자의 표현이 그 이후 『동패낙송』계열에서 변함 없이 유지된다. 그런데 일타홍은 『천예록』계열의 신이한 면모에 비해 지극히 현실적인 인물이다. 지감이 있다고 하더라도 그 것은 알 수 없는 신비한 그 무엇이 아니라 현실을 개선하기 위한 예지의 범위를 벗어나지 않는다. 지감의 근거가 다름 아닌 觀相으로 구체화되어 있다. 그는 여느 사람들의 평가를 무시하고 심희수에 대해 장점과 단점을 파악하여 적절한 처방까지 내린다. '대귀인', '골상', '기상', '기' 등이 모두 구체적인 관상 용어이다.

---

33) 『동패낙송』, 앞의 책 23쪽, "今日赴某宅宴 得見貴宅都令主於坐間人 皆視之以狂童 而以吾所見 則的是大貴人骨相也 第其氣逸難馴 專於耽色 因其所好而利導之 則庶幾成就"

34) 『계서잡록』, 앞의 책 452쪽, "今日某宰家宴會 適見貴宅都令矣 諸人以狂童目之而以賤妾之愚見 可知其大貴人氣象 然而其氣大麤粗 可謂色中餓鬼 今若不得抑制 則將至不成(人)之境矣 不如仍其勢而利導之" ()안은 『계서야담』본의 추가字.

관상학에서 말하는 바를 참고해 보자. 얼굴과 머리 그리고 몸의 골격을 보는 것을 골상이라고 한다. 골격은 한번 이루어지면 영원히 변하지 않는 것이지만 기색은 시시각각으로 변화한다.35) 기는 오장육부의 여정이다. 피부 밖으로 나타나는 것은 色이요 안에 있는 것은 氣라고 한다. 이러한 기가 완화하지 못하고 맑고 부드럽지 못한 것을 기가 흩어졌다고 하여 '氣散'이라고 한다. 이를 피지인 심희수에게 적용해 보면 대책이 선다. 심희수는 골상을 귀하게 타고났다. 그러나 그 마음가짐과 정신의 반영물인 기는 달아났으니 곧 관상학에서 말하는 '氣散'의 상태이다. 아무리 骨相이 좋아도 氣가 麤粗하다면 성취할 수 없으니 선천적인 행운도 놓치고 만다. 반면 기는 변할 수 있는 것이다. 원래 좋은 조건을 타고나서 기만 흩어졌다면, 이제는 기를 변화시켜 원래의 행운으로 되돌릴 수 있다.36) 이렇게 기를 변화시키기 위해선 마음가짐과 神이 바뀌어야 되며 마음가짐과 신이 바뀌려면 심희수의 행동이 바뀌어야 하는 것이다.

한편 심희수의 처지 악화는 지감이나 선택을 넘어 헌신과 시련을 필수적으로 요구한다. 지감이 결연의 계기로서 그치는 것이 아니라 현실 생활의 개선을 위한 능력의 발휘로 이어져야 한다.

일타홍은 기류에서 발자취를 끊고 가난한 심희수의 집안가정사를 돌보며, 심희수를 낮에는 서당에 보내고 귀가 후면 책상머리에 지켜앉아 밤새도록 공부를 권면한다. 혹 심희수가 일타홍에게 異性으로 접근하려하면 '떠나버리겠다.'고 위협한다. 심희수의 학문뿐 아니라 도덕적 만회를 위해서도 혼인 전에 축첩을 해서는 안 된다는 것이다. 일타홍 때문에 혼인을 꺼려하는 심희수를 꾸짖어 정실을 맞게 하고 학업에 지장이 없도록 정실과 자신의 방에 드는 날도 배분하여

---

35) 〈麻衣先生石室神異賦〉, 『懸吐註解 麻衣相法』(명문당, 1988 중판) 86쪽, "當知 骨格은爲一世之榮枯하고氣色으로定行年之休咎니라 註云骨格은無易이라 相之體也則 一世之榮枯를可由而知오氣色은旋生이라相之用也則行年之休咎를可由此而驗……"

36) 앞의 책 〈論氣〉편, 21쪽, "夫形者는質也라氣所以充乎質하야質因氣而宏이니神完則氣寬하고神安則氣靜하야得失이不足以暴其氣하고喜怒ㅣ不足以驚其神則於德에爲有容이오於量에爲有度니乃重厚有福之人也라"

스스로를 절제한다. 일타홍은 심희수를 훈도하는 스승 구실을 했고 혼인 후에야
부실의 자격이 첨가되었을 뿐이다.

　일타홍의 이별 또한 그의 현실 감각과 밀접히 관련된다. 관상이 현실 상황의
개선 의지와 맞물려 있는 것처럼 이별은 다시 헌신의 끝에서 이루어진다. 불퇴
전의 각오가 극대치를 보인 것이라 할 수 있다. 이 점은 다시『천예록』계열과
대비해 보면 극명하게 드러난다.『천예록』계열에서는 이별이 단적으로 '長久之
道'으로 일환으로 시도되었다. 10여일 간의 뜨거운 사랑이 현실적으로 인정될
수 없는 것이기에 달리 선택의 길이 없었던『천예록』계열에서의 남녀주인공과
본 계열의 주인공은 처지가 사뭇 다르다.

> 　일타홍이 입으로 다툴 수 없음을 알았다. 한 번은 심희수가 없는 것을 보고 어머니
> 에게 말했다. "첩이 몇 년간 댁에 머문 것은 전적으로 서방님 학업 때문이었습니다. 그
> 런데 근래 염증을 크게 부려 소첩의 권면으로도 어찌할 수 없습니다. 목하 떠나가는
> 길만이 激勸의 上策입니다."37)

　'激勸之道'가 이별하는 이유의 핵심이다. 관상에 근거한 지감이 일타홍의 헌
신으로 연결되었다면 헌신은 다시 한계를 드러내고 전혀 다른 차원의 헌신을 필
요로 하게 된 시점에 이르렀다. 그것은 충격의 방식이다. 헌신이 순리적인 권면
의 방식이었다면 충격은 그같은 권면을 완성시키는 방식이다. 물론 그것까지 내
다보는 것을 그의 지감이라고 보아도 좋지만, 그의 지감은 어디까지나 현실개선
의지에 동반되는 생활의 예지 같은 종류이다. 그는 심희수의 집을 나와 안식구
가 없는 노재상을 찾아 비복이 되기를 자청한다. 그런데 노인의 수발을 들어 양
녀가 되기까지 노재상을 영민하고 지혜롭게 섬기는데 이 또한 일타홍의 면모를
잘 보여준다. 과연 그의 예상대로 피지인은 배전의 노력을 기울이고 재상봉의
기회를 마련한다.

---

37)『동패낙송』, 앞의 책 280쪽, "紅之不可以口舌爭 嘗瞰沈之無 告于大夫人曰 妾之積年
　　留宅 專爲書房主學業 而近則厭症大肆 小妾之勸 亦末如之何 目下去字一條路 惟爲激
　　勸之上策"

한편 금산고을 원으로 함께 가있는 동안 일타홍은 심희수에게 자신의 죽음을 다음과 같이 알린다.

> 하루는 안에서 종년이 소실의 말을 전하며 들기를 청했다. 마침 공사가 있어서 즉시 가지 못했다. 종년이 계속 와 청하기에 공은 이상한 생각이 들어 내실에 들리니 일타홍은 옷을 갈아입고 침구를 새로 깔고 그다지 아픈 기색도 없이 안색이 매우 처참했다. 이어 "첩은 오늘 진사님과 영결하려합니다. 원하건대 진사님께서는 신체보중하시고 영화를 누리십시요. 첩이 죽었다고 슬퍼마십시요. 첩의 소원은 첩의 유체가 반장되어 진사님의 선영 아래에 묻히는 것입니다."라고 했다. 홍은 말을 마치자마자 죽었다.[38]

일타홍은 자신의 죽음을 알았다고도 할 수 있다. 그러나 『천예록』계열과 같이 신이한 예견 능력은 아니다. 죽는 당일 임종을 위해 심희수를 불러들이는 정도이고 유언을 남기기 위한 조처였다. 또한 유언의 내용 또한 심희수와의 결연이 소실로서가 아니라 한 가문의 일원으로서 정식 추인되기를 바라는 것이다. 그리고 장례 과정에서나 죽은 다음에 이인적 면모도 전혀 나타나지 않는다. 철저히 현실 생활에 충실하고자 했던 의지가 일관되게 마무리되고 있다.

이상의 논의를 정리해 보면 『동패낙송』계열은 피지인 심희수의 처지가 악화됨에 따라 지인 일타홍의 현실 능력이 강조되는 특징을 지닌다. 따라서 지감의 근거도 관상이라는 구체적 방법을 제시하며 현실 개선의 행위와 연결시키고 있다. 또한 헌신과 이별의 의미를 부각시켰으며 반면 죽음도 현실 의지의 연장선상에서 처리했다. 또한 같은 계열 내에서도 후대본이 될수록 심희수의 처지는 악화되고 현실 생활의 예지로서 기능하는 일타홍의 지감은 강화된다. 이러한 경향은 근대적인 요소가 부상함에 따라 미천한 여인의 현실능력 확대를 소망하는 민중의 염원을 투사한다는 의미도 지닌다.

---

38) 『계서야담』, 앞의 책 208쪽, "忽一日自內 婢傳小室之言請入 適有公事 未卽起 婢子連續來請 公怪之入內 問之 則紅着新件衣裳 鋪新件枕席 別無疾恙 而 顔帶悽慘之色 而言曰 妾於今日 永訣進賜 長逝之期也 願進賜保重 享榮貴 而勿以妾之故 疚懷焉 妾之遺體 幸返葬於進賜先塋之下 是所願也 言罷奄然而沒"

3. 기타 계열의 〈일타홍 이야기〉

기타 계열은 위의 두 계열에 비해 보다 많은 변개를 특징으로 하며, 각각의 독자적인 성향도 지닌다. 『동야휘집』본 〈일타홍 이야기〉, 『금계필담』본 〈일타홍 이야기〉, 『양은천미』본 〈일타홍 이야기〉가 이에 속한다.

『동야휘집』39)은 이전 화집에 산재되어 있는 어떤 類話를 종합하고 자기대로 부연하는 경우가 많다. 〈일타홍 이야기〉의 경우 『동패낙송』계열과 『천예록』계열의 전통을 절묘하게 종합하였다. 그리고 묘사상의 독자성을 확보하면서 작품성을 높이려 한 특징이 있다.

『동야휘집』본의 내용을 단락별로 구분해 보면 다음과 같다.

1) 심희수는 風儀動蕩하며 소년 등과해 정승에 이르다.
2) 어느 날 비변사에 나가 후배 관리들에게 이별을 고하고 귀가해 자리에 눕자 병조좌랑이 문안오다. 연유를 묻는 병조좌랑에게 이야기를 하다.
3) 내가 15세 때 文才는 있었으나 放蕩했다. 노는 친구들과 어울려 잔치에 가서 일타홍을 만났다.
4) 일타홍어 우리 집으로 찾아와 매서운 말로 나에게 다짐받고, 어머니를 만나 권학시키겠다고 허락받았다.
5) 공부를 권면하고 집안 대소사를 돌보며 정실부인을 맞아들이게 하였다.
6) 옛 버릇이 나와 공부를 게을리하자 일타홍이 별 도리가 없다고 판단하고 가출하여 충격을 주었다.
7) 일타홍은 노재상 집에 은거하며 급제를 기다렸다.
8) 급제하여 삼일유가 때 노재상 댁에서 만나 함께 집으로 왔다.
9) 일타홍의 부탁으로 금산고을 원이 되어 홍의 부모 일가친척을 불러 잔치를 열어 주었다.
10) 어느 날 자신의 죽음을 예고하고 죽었다. 금강가에서 애도시를 지었다.
11) 그 후 집안의 길흉사를 일타홍이 내 꿈에 미리 알려주었다.

---

39) 『동야휘집』의 이본으로 15종이 알려져 있으나 확인된 것은 7종이다. 이 중 〈일타홍 이야기〉는 경북대유인본, 천리대본, 대판본에만 수록되어 있다. 내용은 대동소이하다. 필자는 대판본(정명기편, 『原本 東野彙輯·上,下』, 寶庫社, 1992)을 이용하였다. 〈일타홍이야기〉는 券下 384쪽부터 수록되어 있다. 이후 쪽수표시는 券下이다.

12) 어젯밤 일타홍이 내 죽을 것을 알려주어 신변정리를 하였다.

13) 얼마 뒤 심희수가 죽다.

14) 서술자 평.

위 내용 단락에서 1), 2), 11), 12), 13)은 『천예록』계열과 대동소이하다. 반면 3)에서 10)까지는 『동패낙송』계열의 구성과 거의 일치한다. 액자 구성과 후일담은 전자에서 많은 영향을 받은 것으로 볼 수 있다. 그러면서도 지인과 피지인의 면모에 있어 『동패낙송』계열과 같이 일타홍의 현실 능력이 강화되어 있으면서 한편으로 『천예록』계열과 같이 심희수의 처지를 보다 넉넉한 것으로 설정하였다. 그러나 세부적으로는 선행본의 특징들을 종합하면서도 사건전개의 고리를 보다 합리적으로 보충하여 우연성을 제거하려 하였다. 또한 일타홍과의 대화를 통해 심희수의 심리 묘사를 곡진하게 그린다. 한문고전과 傳奇 작품의 적절한 用事 등을 통해 표현의 함축성을 심화시키기도 하였다. 보다 유식한 독자들을 염두에 두었다 할 수 있다. 중요 화소별로 구체적인 의미를 점검해 보자.

피지인 제시의 도입부를 보자.

> 風度가 아름답고 詞章을 잘했다. 소년 등과하여 대각 벼슬에 이르렀다.40)

> 나는 어려서 아버지를 여의고 집이 가난하였네. …… 나이 열다섯에 경전과 역사책을 대략 떼고 시부를 지을 수 있었다네. 훈장이 그래서 칭찬했고 헛된 명예가 세상에 시끄러웠네. 서당 아이 중에 방탕한 집 자식이 있었는데 항상 여러 아이를 꾀여 화류계에서 장난질치곤 하였는데, 나도 그의 종용을 받았었네.41)

심희수의 처지가 『천예록』계열의 '仙童'이나 『동패낙송』계열의 '狂童'과 같이 명확하게 제시된 것은 아니다. 그러나 두 계열의 특징을 조금씩 나누어 가지고 있다. 우선 풍채 좋고 글 잘한다는 것, 그리고 세상에 명성이 났다는 점은 전자 계열의 특징을 따르면서 표현을 누그러뜨렸다. 한편 早孤家貧하고 방탕한

---

40) 『동야휘집』, 앞의 책 384쪽, "沈相國喜壽號一松 美風度 善詞章 妙年登科 致位臺閣"

41) 같은 책 385쪽, "吾早孤家貧 …… 年十四五 略涉經史 能綴詩賦 師從而詡揚 虛譽課一世 塾童中 有一宕家子 常誘群童 嬉耍花柳場中 余亦被其慫慂"

친구와 어울렸다는 것은 후자의 특징을 따르면서도 완곡하게 표현하였다. 크게
는 전자 계열의 구성을 따르면서도 후자를 수용하기 위한 배려로 이해된다. 그
러나『동패낙송』계열과 대비해 보아도 생짜로 공부시켜 급제시켰다는 것보다
가능성과 문제점을 동시에 지니고 있는 피지인을 권면하여 급제시켰다는 편이
훨씬 더 합리적이다.

이제 지인의 면모를 보자. 단락 4)가 여기에 해당된다.『천예록』계열에서 일
타홍은 고아로서 동리 노파에게 양육되어 기적에 올랐다. 소종래를 알 수 없는
'天仙'이다. 한편『동패낙송』계열에서는 부모가 금산에 생존해 있는 금산신래기
이다. 현실 기반을 나름대로 지니고 있는 여인이다. 이 두 속성에 비해 본 작품
에서는 '금산의 양가집 딸인데 동리노파에게 납치되어 기적에 오른 처녀'로 설정
되었다. 납치되었다는 극적인 상황이 전제 조건으로 부가되어 있다. 뒷날의 금
산으로 가 부모상봉을 하고 금의환양해야 하는 극적인 당위성이 하나의 복선으
로 깔려 있는 셈이다. 그리고 '천선'과 같다고 표현한 일타홍의 아름다움도 다만
'달과 같고 꽃과 같다.'고 하여 신비감을 배제하였다.

일타홍의 지감 능력도 관상으로 바로 노출되지 않는다. 단지 '肉眼'[42]으로
확인했다는 말에서 충분히 지인지감의 능력을 암시할 뿐이다.『천예록』계열의
이인적 면모나『동패낙송』계열의 관상이라는 구체적인 방법이 없고 그 대신 합
리적이고 이성적인 능력이 강조되어 있다. '백마지사', '상여꾼' 운운한 표현은
물론 傳奇〈李娃傳〉의 내용을 用事하고 있는 것이지만, 중요한 점은 재주만
믿고 착실하게 공부를 하지 않으면 과거에 합격할 수 없다는 지극히 당연한 언
급을 하고 있다는 사실이다.

지인의 헌신과 이별 화소에 대해 살펴보자. 단락 5), 6), 7)이 해당된다. 대
부인을 만나는 과정과 여러 현실개선의 일들이『동패낙송』계열과 대동소이하
다. 다만 심희수를 힐난함이 곡진하고, 힐난을 받아 마땅한 심희수의 심리상태

---

42) 같은 책 388,389쪽, "聞貴宅公子 聲華藉甚 昨於某處宴席 偶獲邂逅 以妾肉眼 亦知名
　　下無虛 矢心歸身 但公子而方興未艾之年 有馳鶩冶遊之想 若不勉學飭躬 頓變前習 則
　　白馬黃昏 復作詩料 而亨衢發軔 自當差遲 妾用是爲慮"

가 잘 묘사되어 있다. 우선 심희수가 일타홍의 조건을 수락한 것은, 지인의 피지인 선택과 헌신을 인정한 것과는 거리가 멀다.

> 내가 헤아려 보았지. '여자가 스스로 자원해 내 집에 머무는 것이라면 홍을 가까이 하여 정을 풀기란 주머니를 뒤져 물건을 꺼내는 것과 같을 테지!'하였네.43)

> 나는 예전처럼 공갈하는 것인 줄만 알았지. 다음날 인근 모임에 잠깐 갔다가 돌아와 보니 홍은 이미 갔어. 들어보니 집사람이 가는 곳을 물었지만 역시 그 처소를 말하지 않았다고 하는 것이야.44)

여타 본에서는 전혀 묘사되지 않았던 심희수의 심리상태이다. 일타홍이 심희수의 훈도에 있어 '말로 다투기는 어렵다.'고 판단한 것이 매우 타당함을 설득력 있게 제시한 셈이다. 피지인의 진정한 認識의 변화가 요구되는 것이다. 지인의 지감이 신통력이나 관상에 의존하여 어떤 결정론적인 결말을 예정하는 것은 아니라고 할 때, 『동야휘집』본의 지인 일타홍은 결국 무엇을 통해 예견 능력을 증명해 보일 수 있을까? 이 물음에 일타홍의 이별과 기다림이란 화소는 매우 중요한 시사점을 던져준다. 사람을 알아본다는 진정한 의미는 그 대상을 선택한다는 것이고, 선택함은 그 사람의 장래에 깊이 관여하는 것이다. 관여란 결과를 함께 책임진다는 각오이고, 그러한 각오는 주인공들의 서사적인 얽힘을 동반한다. 일타홍의 마지막 승부수가 바로 이별을 통해 이루어짐을 강조 표현함은 〈일타홍 이야기〉의 서사 구조를 견고하게 만드는 작업의 일환이라 평가된다.

한편, 재상봉 이후의 후일담을 보자. 『천예록』계열의 구성을 수용하면서도 『동패낙송』계열의 현실 지향적인 일타홍의 면모를 중첩시켰다. 우선 죽기 몇 일 전에 심희수에게 자기 죽음을 예견하고 미진한 정을 풀었다는 것은 전자와 일치한다. 그런데 죽음을 어떻게 예견하느냐는 물음에 대해서는 '나름대로 알 수 있다.'고 할 뿐 구체적으로 그 능력의 근거가 무엇인지 밝히지는 않았다. 오

---

43) 같은 책 388쪽, "汝自揣 女旣自薦 而留在吾家 偎紅紓情 當如探囊取物"

44) 같은 책 391쪽, "余認以如前恐動 翌日暫赴鄰社 歸見紅已去矣 聞家人問所之亦不言 其處云"

히려 생사 수명의 운수에 대해 순응하겠다는 태도가 표명되어 있다. 일종의 순리를 따른다는 합리성이 강조된 셈이다. 사후의 현몽도 '지성이 감동되어 정이 유통'한 것으로 평하여 『천예록』계열의 신이성을 약화시켰다.

『금계필담』본은 기타 계열에 속하는 각편으로서 변개양상이 두드러지면서도 여타 각편과 방향을 달리하는 작품군이다. 우선 구성에서『금계필담』은 여타의 〈일타홍 이야기〉에 없는 '버려진 아이' 화소가 들어간다. 또한 피지인 제시가 앞서는 것이 관례인데 본 작품에서는 처음부터 지인이 제시되어 그의 내력이 상술된다. 이어 지감의 발휘와 목적까지 함께 묘사된다. 내용 단락을 차례로 살펴보면 다음과 같다.45)

  1) 명종조 한 재상이 강변에서 울고 있는 6세쯤 된 女兒를 데려다 키우다.
  2) 여아는 자색이 뛰어나고 재주가 능해 재상의 사랑을 받다.
  3) 서집갈 나이가 되자 스스로 신랑감을 고르겠노라 필운대 아래 집을 구해 오가는 행인을 몰래 살피다.
  4) 어느 날 지나가는 심희수를 보고 기뻐 맞아들여 인연을 맺다.
  5) 심희수가 독서를 게을리하다. 여인이 여러 번 권했으나 듣지 않다.
  6) 여인이 등과 후 만나자며 행방을 감추다.
  7) 심희수가 여인을 만나기 위해 열심히 글을 읽어 급제하다.
  8) 三日 遊街 때 어느 노재상집에서 만나 함께 집으로 돌아오다.
  9) 후에 錦伯이 되어 갔을 때 여인이 작별인사를 하고 죽다.
  10) 통탄해 하며 운구하는데 관이 가벼워 열어보니 꽃 한 송이만 놓여 있다.
  11) 심희수가 만시를 짓다.

---

45) 1. 『錦溪筆談』(국립중앙도서관 해외반환문화재본) 일명 『左海逸事』
   2. 『錦溪筆談』(한국정신문화연구원본)
   3. 『錦溪筆談』(서울대 가람문고본) (한국정신문화연구원 하성문고 소장본)
   4. 『錦溪筆談』(고려대 본)『文獻 8』230쪽.
   5. 『錦溪筆談』(서울대 상백문고본)
   단, 4.는 〈강계기 이야기〉 말미에다가 〈일타홍 이야기〉의 후반부를 연결한 것이다. 물론 두 이야기의 문맥은 통하지 않는다. 단지 흥미로운 것은 전사자가 여타 본에서는 서로 멀리 떨어져 있는 각각의 두 유화를 동일한 주제로 인식하여 〈강계기 이야기〉를 하다가 〈일타홍 이야기〉를 바로 연결시켰다는 점이다. 그러나 실수라고 해도 이 두 유화를 같은 유형에 속한 작품이라고 당대인들이 인식하고 있었다는 증거이기도 하다.

일타홍의 신분이 본 편에서는 기생이 아니다. 『송천필담』본과 본편을 제외하고는 〈일타홍 이야기〉 유화 전체에서 보이지 않는 예외이다. 그만큼 본 편은 변이가 적극적이라 할 수 있다. 기생이 아닌 대신 孤兒이므로 또한 당연히 금의환향과 같은 후일담은 없다. 여타 각편에서는 심희수와 이별 후 몸을 숨기기 위해 양녀의 관계를 맺었던 노재상이 본 편에서는 처음부터 매우 중요한 구조자 역할을 한다. 그런데 결혼할 나이가 되자 일타홍은 자신이 스스로 신랑감을 선택하겠다면서 행인이 많이 다니는 곳에 집을 구해 행인들을 살폈으니 특별한 예견 능력을 지니고 있는 인물임에는 틀림없다. 지속적으로 지인을 소개하는 단락이 계속되는 셈이다. 반면 피지인 심희수에 대한 정보는 거의 없다. 모두 문면에 숨어 다음 이야기를 보아야만 짐작이 가게 하였다. 『천예록』과 같은 '仙童'류의 표현이나 『동패낙송』계열의 '狂童' 등의 표현도 없고 잔치에서 최초로 상봉하는 장면도 없다. 단지 여인과 결연 후 너무 여인을 사랑하여 글읽기를 소홀히 했다고 했다. 그 뒤 여러 내용 단락은 『동패낙송』계열과 대동소이하다. 반면 죽음 부분에서는 오히려 『천예록』 계열에 가깝다. 오히려 예견 능력이 강조되고 신이성이 극대화되었다. 장사를 지낼 때 관이 가벼워 열어보니 한 떨기 꽃만 놓여있다고 했다. 『천예록』계열에서 尸解仙을 암시했다면 본 편에서는 그같은 신이성을 그대로 확인시킴으로써 작품의 대미를 장식하였다. 앞에서 여성 지인자의 제시가 남성 피지인자에 비해 매우 상세했어도 그 이름은 한 번도 언급되지 않았었는데 이 꽃 한 송이로 그의 이름이 비로소 유추될 수 있다.

『양은천미』본46)은 대체적으로 『동패낙송』계열에서 변형된 작품이라 할 수 있다. 내용 단락을 차례로 살펴보면 다음과 같다.

> 1) 조선 현종 때 재상 심희수는 어려서 아버지를 여의고 책읽기를 싫어하며 단지 방탕히 노는 것만 일삼다.
> 2) 하루는 팔도의 기생들이 모여 기악을 익히는 장악원에 가서 평양기 일지홍을 보고는 부질없이 침만 흘리다.

---

46) 『揚隱闡微』, 『野談 12』, 34쪽.

> 3) 일지홍이 심희수의 집에 찾아와 그 어머니에게 심희수는 오래도록 빈천하고 방탕할 사람이 아니라며 심희수에게 의탁할 뜻을 말하다.
> 4) 패물을 팔아 장가들이고 부지런히 집안을 건사하니 온 집안이 화락하고 살림이 점차 일어나다.
> 5) 심희수가 처음에는 독서를 부지런히 하더니 나중에는 다시 게을러져 옛 습관이 나오다.
> 6) 심희수의 행동이 고쳐졌다는 소식을 들으면 재회하겠노라고 대부인과 본 부인에게 말하고 가출하다.
> 7) 심희수는 사방으로 일지홍을 찾으나 행방이 묘연하다. 결심을 굳게 하고 독서에 힘써 급제하다.
> 8) 일지홍은 노재상 집에 의탁하며 심희수의 급제를 기다리다.
> 9) 급제소식을 듣고 노재상에게 전말을 고하자 노재상이 新恩을 청해오다. 심희수와 일지홍은 노재상이 마련한 혼인식을 치루고 귀가하다.
> 10) 평생토록 환락하고 심희수는 종국에 명재상이 되었다. 증거되는 시가 있다.

일타홍이 '평양기생 一枝紅'으로 되어 있다. 또 후일담에서는 금의환향부터 애도시 부분까지가 없다. 일타홍의 죽음 대신 '행복한 결말'로 끝을 맺는 유일한 작품이다. 그러나 『금계필담』본의 예와 대비한다면 그리 중요한 변화는 아니다. 오히려 『양은천미』본은 〈일타홍 이야기〉의 완전한 한문소설화를 지향했다는 점에서 특색을 찾을 수 있다. 묘사가 핍진하고 허구적인 화소를 삽입하여 구성을 견고하게 한 점이 돋보인다.

우선 피지인 제시 화소에서 심희수의 열등한 처지는 매우 노골적이어서 표현의 강도가 높다. 무孤失學하고 장가도 못 간 채 방탕하게 노니는 소년이다. 단적으로 '色鬼'라 불리웠다고 했다. 묘사의 곡진함은 단순히 수식적인 차원이 아니라 모든 상황을 더욱 심각하게 조성해 긴장을 고조시킨다.

한편 여성 지인의 선택 화소를 살펴보자.

> 첩은 평양기생 일지홍입니다. 오늘 기악을 익히다가 영랑을 만났습니다. 영랑께서는 언제나 빈천하고 오래도록 방탕히 노닐 사람이 아닙니다. 첩이 평생 의탁하려고 왔습니다.47)

지감의 근거가 신통력도 관상도 아니다. 예견의 말이 극히 일상적인 어휘로 짜여져 있다. 그러나 여전히 장래를 예견하고 지아비를 스스로 택한다. 知鑑擇夫 화소가 소설로 전변되는 과정에서 특정한 경향보다 이같이 일상적인 내용이 더 유리할 수 있다. 한편 그 선택과 헌신이 한계성을 드러내자 이별을 할 때 양부인에게 심회를 털어놓는 대목에서도 최초 선택할 때의 상황이 잘 묘사되어 있다. 요컨대 재모가 남에 뒤지지 않으니 얼마든지 잘난 남자를 고를 수 있는데 심희수를 택한 것은 한 번 보고 장래의 희망이 있음을 알았기 때문이라 했다. 심리 묘사를 세밀하게 함으로써 지감이 신통력과 같은 막연한 분위기나 관상같은 기존 방법에 의지하지 않고 일종의 추리에 의존하게 한다.

한편 노재상집에 의탁할 때 일타홍의 꾸민 말은 여타 각편에서는 없었던 고도의 허구이다. 또한 국·한문소설 등에서 주로 쓰이는 '且說'이라는 어휘는 야담에서는 용례가 드물다.48)

V. 결 론

이상에서 남녀 결연을 주제로 하는 여성지인담 유형의 하나로서 〈일타홍 이야기〉 유화에 대해 고찰하였다. 이는 야담에 집약적으로 수록되어 있는 지인담의 바른 자리매김을 위한 첫 시도이다. 각 장에서의 논의를 요약하고 새로운 논의의 출발점으로 삼고자 한다.

知人은 한문고전에 근거를 둔 전범적인 개념이다. 지인의 원래 개념은 특정 행위를 지칭했으나, 이야기의 주제로 채용되면서 그러한 행위능력을 지닌 인물형으로 변화되었다. 한편 지감, 식감, 지인지감은 그같은 능력을 지칭하기 위해 옛날부터 써왔던 용어이다. 또 능력의 근거로는 인격 수양, 경험 추리, 관상,

---

47) 『揚隱闡微』, 앞의 책 36쪽, "妾乃平壤妓一枝紅也 今日習樂得遇令郞 令郞非長貧賤 而久遊蕩者 妾欲爲終身之托 是以來也"
48) 『揚隱闡微』, 앞의 책 34쪽 참조.

신통력 등이 거론되었다. 지인담은 위정자의 인재발탁담이 위주였으나 조선후기 야담에 오면서 여성지인담이 주류를 이룬다.

여성지인담은 거의가 여성이 남성을 선택하는 혼사결연담이다. 서사구조상 두 가지 형태를 지닌다. '주인공 제시 - 지감선택 - 헌신 - 지감적중'의 구조와, '주인공 제시 - 지감선택 - 헌신 - 이별 - 지감 적중 - 재상봉 - 후일담'의 구조가 있다. 대표적으로 <이기축 이야기> 유화와 <선천기 이야기> 유화가 그것에 각각 해당된다. 그러나 여성지인담 중에 서사문학적 의의가 높은 쪽은 이별과 재상봉을 통해 시련과 극복이라는 의미를 부여한 <선천기 이야기>류이다. <일타홍 이야기>는 여기에 속하는 대표적인 유화이다.

<일타홍 이야기>는 32편의 화집에 걸쳐 전승되는 거대한 類話이다. <일타홍 이야기>는 題材가 유사한 작품군이지만 서사 단락이나 화소의 출입이 생겨 크게 몇 계열이 존재한다. 단락의 출입은 기본적인 화소와 서사구조의 변화를 초래하지 않지만 계열 상호간에 화소의 의미와 강조점이 달라져 전체 유형의 생성 변화에 영향을 끼친다. 본고에서는 사대부 단순 일화인 『어우야담』본을 제외한 31편을 『천예록』계열, 『동패낙송』계열, 『동야휘집』본을 비롯한 기타 계열로 분류하였다. 구분 기준으로는 피지인의 처지, 지인의 지감능력 근거, 헌신의 의미, 죽음의 해석 등 주로 화소의 의미 변화를 문제삼았다. 『천예록』계열은 사대부 일화적 속성을 유지하면서 지인의 이인적 면모를 강조하였다. 피지인 심희수의 처지는 여유가 있으며 지인 일타홍의 능력은 신이성을 띤다. 그러면서 애정의 진실성을 부각시키려 하였다. 반면 『동패낙송』계열은 지인의 현실적 능력을 강조하고 피지인의 처지는 상대적으로 악화되어 있다. 그러면서 애정의 사회적 의미를 부각시키려 하였다. 또한 기타 계열은 대개 두 경향을 종합하면서 표현의 치밀함과 합리성을 추구하였다. 소설과의 연계성을 모색했던 것으로 이해된다.

한편 각 계열에서 지인의 지감방법으로 제시된 것도 서로 다르다. 『천예록』계열에서는 신통력, 『동패낙송』계열에서는 觀相, 기타 계열에서는 推理 등을 내세웠다. 이들은 물론 각 계열의 강조점인 이인적 면모, 현실 생활의 예지, 합

리적 사건 전개 등과 맥락을 같이 하는 특징이다. 이중 관상은 미천하고 무능력해 보이는 인물에게 탁월한 현실적 능력을 부여하기 위한 배려에서 고안되었다고 본다. 이인도 아니고 군자도 아닌 지인을 통해 일반 백성의 현실적 소망과 생활의 예지를 담아내려고 했기 때문이라 이해된다.

〈일타홍 이야기〉는 야담사에서 여성지인담이라는 한 유형의 전승과 변이를 입체적으로 보여주는 유화이다. 이같은 작품군이 보이는 계열상 특징을 통해 지인담이라는 유형 전체의 발전 추이도 가늠해 볼 수 있으리라 생각한다. 여성지인담의 소설화과정, 지인시감형 소설과의 관계 등의 과제는 후일을 기약한다.

강 영 순   단국대학교 강사

〈金英娘 이야기〉에 나타난 身分上昇의 實現과 그 意味

Ⅰ. 서 론

〈金英娘 이야기〉는『揚隱闡微』所載作品 36편 중 두 번째 실려 있는 작품인데 原題는 '김영랑이 꾀를 써서 귀한 가문에 시집가다.(金英娘用智嫁貴門)'이다. 〈김영랑 이야기〉는 女性中心의 視角에서 서술된 야담이기 때문에 女性人物野談에 속하고 身分上昇型 女性人物野談이다.1)

〈金英娘 이야기〉는 坦漢2)의 딸인 金英娘이 平安監司의 아들과 정식 부부

---

1) 이신성,『天倪錄 硏究』, 보고사, 1994. 참조.

　　──,『韓國古典散文硏究』, 보고사, 2001. 참조

2) ㉠坦漢의 가정 형편이나 신분에 대해서 구체적으로 언급한 것이 없다.『古法典用語集』(1979. 法制處編)이나『朝鮮語辭典』(朝鮮總督府編, 1920. 아세아문화사, 1975) 등에도 坦漢에 관한 기록이 없기 때문에 坦漢이 어떤 신분인지 명확히 알 수 없다. 다만 '至賤'은 '낡은 사회에서 신분이 가장 천한 것(『朝鮮語辭典』, 中國 연변 新華書店, 1991, 도서출판 泰東〈영인 출판〉)', '신분이 매우 천한 것(『국어대사전』, 금성출판사, 1991)' 등으로 뜻매김을 해 놓았다. 그러나 이는 至賤에 관한 낱말 풀이에 지나지 않아 밑에 제시한 ②의 내용과 같은 '至賤'과 '坦漢'과의 관련성이나 至賤이 어떠한 신분인지 그 실체를 알 수 없다.

　　坦漢이 감사의 아들에게 자기를 소개한 내용과 감사의 아들이 자기 할머니에게 金英娘의 신분에 관해 언급한 내용을 들어보기로 한다.

　　①소인은 탄한 김모입니다.(小人 則坦漢金某也)

　　②감사의 어머니가 말했다. "지체가 어떠하냐?" "至賤입니다." "鄕族, 常賤, 官屬, 妓族, 巫家 어느 것이냐?" "아닙니다." "그렇다면 어떤 사람이냐?" "坦漢입니다."(大夫人曰門地何如 曰至賤 曰鄕族乎 非也 曰常賤乎 曰非也 官屬乎 妓族乎 巫家乎 曰俱非也 曰然則何人也 對曰坦漢也)

가 되는 과정을 보여 주는 이야기이다. 더구나 김영랑의 아비도 딸이 양반 자제와 결혼하게 되므로 해서 免賤되어 벼슬길에 오르게 된다.

> 조선 성종 때 어떤 한 재상이 평안감사가 되어 가족을 거느리고 부임했다. 그 아들은 나이가 이제 15,6세인데 아직 장가들지 않았다…….3)

위에서 보는 바와 같이, 이 이야기의 시대 배경은 朝鮮 成宗으로 되어 있다. 내용 중 '평안감사'나 '推奴' 등의 역사적 사실과 부합시키기 위한 것 외는 명확한 문제의식 하에서 의도적으로 시대 배경을 성종 때로 잡은 것이 아니라 단순한 배경적 借用이 아닌가 한다. 이는 『揚隱闡微』가 편찬된 시기(1907~1919)와 놓고 볼 때, 『揚隱闡微』에 실려 있는 작품이 편찬 시기의 사회상과 비슷한 양상을 띠고 있기 때문이다. 〈金英娘 이야기〉에서 보더라도 賤民의 딸이 양반 자제와 결혼하고 그 아비까지도 벼슬에 오른다는 것은 성종조 때는 있을 법하지 않다. 그렇다면 신분을 초월한 혼인이 성사될 수 있는 시대는 성종조 때가 아니고, 정치, 사회, 제도 등 舊制度의 일대 개혁이 이루어졌던 甲午更張(1894)에서 『揚隱闡微』가 편찬된 1900년 대 초에서 찾아야 할 것으로 본다.

〈金英娘 이야기〉에서 '감사의 아들(도령)'은 신분이 천한 김영랑이 兩班子弟(감사의 아들))와 결혼하는 과정 상 동원된 보조적 존재에 지나지 않는다. 여주인공은 성과 이름까지 밝혔지만, 남주인공은 성도 이름도 없이 '감사의 아들' 또는 '도령'으로만 명명되어 있다. 이와 같은 명명은 남주인공이 작품 속에서 제한적인 역할만 하는 것과 상관성이 있다.

김영랑에 관한 이야기는 아직까지 다른 話集에서는 찾지 못했으므로 『揚隱

위에서 보면 ①小人則坦漢 金某라 했고 ②坦漢을 至賤이라고 했다. 坦漢(至賤)은 官屬, 妓族, 巫家 등과 같은 부류의 신분이거나 이보다 더 못한 신분일 수 있다. 본고에서는 身分名으로 쓰인 '坦漢'을 그대로 쓰고자 한다. 탄한을 免賤시켜 벼슬을 주었다.(以坦漢免賤授爵)

ⓛ은 坦漢은 屠坦漢을 말하는데, 곧 소나 돼지를 잡던 일을 맡아하던 白丁을 일컫는다.(이신성·정명기 共譯, 『揚隱闡微』, 2000. 2, 26쪽, 참조.

3) 朝鮮成宗時 有一宰相爲平安監司 率眷赴任 其子年方十五六 姑未成娶…….

闡微』所載 〈金英娘 이야기〉만 대상으로 해서 살펴보기로 한다.

이제 김영랑이 聰明한 才質과 識見을 유감 없이 발휘하여 감사의 아들과 정식 부부가 되는 과정(身分上昇의 實現)을 통해서 그 의미가 무엇인지 고찰해보기로 한다.

Ⅱ. 門地를 넘어선 才德

〈金英娘 이야기〉에서 남녀 주인공은 才子佳人型과 窈窕淑女型이다. 그러나 고소설에 흔히 등장하는 상투적으로 요란하게 美辭麗句로 꾸며진 才子佳人과 窈窕淑女와는 다르다.

> 그는 나면서부터 자태가 준수하고 본래 학문을 좋아하는 성품이어서 평양과 같은 금수강산에 문밖을 나서 본 적이 없어서 花柳世界에 마음이 쏠릴 일이 없었다. 하루는 봄날이 화창하고 햇볕이 맑아 경치를 사랑할만했다. 감사의 아들은 통인 한 명을 데리고 걸어서 외성으로 나갔다. 강을 따라 유람을 하다 보니 빨래하는 처녀가 갑자기 보였다. 그녀는 나이는 17, 8세쯤 되어 보이고 아름다운 자태와 용모가 과연 속세의 모습이 아닌 것 같아 한 눈에 정이 들어 한나절이나 눈길을 주었는데도 처녀는 보고도 못 본 체하였다.4)

〈金英娘 이야기〉에 등장하는 남녀 주인공은 '生得丰姿 性本好學'이나 '美態佳容 果非塵胎凡骨'과 같이 간단명료하게 묘사되어 있을 뿐이지 요란한 美辭麗句나 상투적인 표현은 보이지 않는다. 그리고 이런 인물의 모습은 인물형에 걸맞게 작품 속에 내면화되어 유기적인 행동성으로 이어진다.

김영랑은 빼어난 자태와 용모만 지닌 것이 아니고 自意識이 강하여 시대의 변화에 기민하게 대처하여 현실적인 實利를 추구하는 인물이다. 여기에 비해 '감사의 아들'은 양반 자제라는 姑息的인 틀에서 벗어나지 못한 인물이다.

---

4) 生得丰姿 性本好學 錦繡江山未嘗出門 粉黛世界未嘗動心 一日春和景明風光可愛 率一知印步出外城 沿江遊覽 忽見浣紗處女 年可十七八 美態佳容 果非塵胎凡骨 一見鍾情 半日注目處女 則視若不見.

"사또자제께서 너를 첩으로 삼으려고 하시니, 어찌 영광이 아니냐?"

"비록 천한 집에서 태어났지만, 뜻은 천하지 않습니다. 일찍이 들은 말로 '혼례를 하지 않고 결혼하면 첩이라'했으니 아직 음란하게 멋대로 놀아난 적이 없는데 어찌 첩이 되겠습니까."5)

영랑 아비가 영랑에게 감사 아들의 말을 전하니, 영랑은 분명한 어조로 거절한다. 감사의 아들은 영랑과 같은 下賤民쯤이야 얼마든지 妾으로 삼을 수 있다는 생각이다. 영랑아비는 '使道子弟納汝爲妾 豈不榮感乎'라고 말했듯이, 자신의 처지로 보면 딸이 사또 자제의 첩으로 들어가는 것은 대단한 영광으로 생각하고 있다. 보통 여자의 경우, 영랑아비와 같은 생각을 할 수 있을 것이다. 즉 여자 쪽에서 더 바라고 있다는 말이 되므로 감사의 아들은 자신 있고 당당할 수 있다. 감사의 아들은 영랑의 태도에 대해서 처음에는 비록 성이 났으나, 그녀에 대한 그리운 정을 떨치지 못하고 한참 생각하다가 영랑을 한 번 보도록 해달라고 한다.6) 감사의 아들은 틀에 박힌 사고방식에 변화를 가져오지 않으면 문제 해결이 어렵다는 점을 인식한 것이다.

그 사내(영랑 아비)는 도령을 안내하여 안에 들어가 서로 만나게 했다. 도령은 마음이 설레어 말했다.

"네가 내 첩이 되면 영광이 아니냐?"

"무릇 인생의 지체(門地)는 바람 앞의 꽃이요, 더렵혀진 인초7) 같습니다. 한번 바람에 더렵혀진 인초는 인초만 더렵혀지는 것입니다. 사람의 貴賤은 언제부터입니까? 부부란 인류의 시작으로 才德이 먼저요, 門地(지체)는 그 다음입니다. 재덕과 지체가 함께 온전할 수 없다면 마땅히 재덕을 따져야지 지체로 비교할 수 없나이다. 청컨대 깊이 생각하소서."

"아버지께 아뢰지 않고 장가를 든다고 할 때, 어떤 예를 갖출 수 있겠나?"

"다만 혼서 한 장이면 충분합니다."

---

5) 使道子弟納汝爲妾 豈不榮感乎 女曰 生則雖賤志則不賤 嘗聞奔則 爲妾未嘗淫奔 何以妾爲.

6) 道令始雖生怒 終難捨懷沈 思良久曰 第與一見何如.

7) 풀이름, 이 풀로 자리를 만든 것이 인초석이다.

그날 밤 드디어 몰래 결혼했는데 혼례를 치루자마자 신랑은 매우 걱정했다.
"이를 장차 어찌할꼬?"
"걱정하실 것 없습니다. 꼭 다시 오실 것도 없고 다만 가셔서 기다리십시오. 반드시 도리가 있을 것입니다."8)

김영랑은 자기 주장을 논리정연하게 펼칠 뿐만 아니라, 그것이 남을 공감시켜 자기 주장대로 일을 끝까지 관철시키고야마는 자의식이 강한 여자이다. 김영랑은 坦漢女라고는 할 수 없을 정도로 뛰어난 재질과 識見을 갖추고 있다. 김영랑은 '부부란 인류의 시작으로 才德이 門地보다 앞서야 한다'는 일관된 논리를 펼친다. 이 논리의 일차적인 관철은 감사의 아들이 영랑의 뜻대로 자신의 門地를 굽히고 들어온 데서 찾아볼 수 있다. 이에 비해 감사의 아들은 영랑과의 野合으로 인한 걱정이 앞선다. 그는 벌어진 일을 해결할 만한 능력을 갖추고 있지 못하다. '生得丰姿 性本好學'하는 자질을 지녔고 사또 자제라는 지위로 영랑과 그 아비에게 큰 소리를 치던 당당함은 온데간데 없고, 그는 무기력하고 수동적인 인물로 떨어지고 만다.

김영랑은 밤중에 평양감영의 內衙에 나타난다. 김영랑의 태도와 얼굴과 행동거지는 감사의 어머니와 감사부인의 호감을 한 몸에 받게 된다. 生面不知의 김영랑은 급기야 감사와 父女之義를 맺게 된다.

〈金英娘 이야기〉의 전반부는 김영랑과 감사의 아들(도령)과의 野合과 이를 정당화하기 위해 김영랑이 감사와 父女之義를 맺는 과정이다. 후반부는 감사가 公的, 私的인 심각한 문제에 직면할 때마다 김영랑은 이를 시원스레 해결해 버린다. 김영랑은 이런 지적인 활동과 노력으로 신분의 벽을 뛰어 넘고 드디어 감사 자제와 정식으로 부부가 된다. 그뿐만 아니라 김영랑은 그 아비까지 免賤하

---

8) 坦漢遂同道令入內與之相見 及見尤不可定情 道令曰汝爲吾妾不亦榮乎 女曰 大凡人生門地有如風花 漚茵一番風動漚者爲茵茵者爲漚人之貴賤何嘗之有 夫婦人倫之始 才德爲先門地爲後才德門地不可兩全 則宜以才德爲論不宜以門地爲較請熟思之 道令曰不告而娶何以備禮 女曰 一張婚書足矣 其夜遂以潛婚 婚旣成 卽甚憂曰 此將奈何 女曰不必爲憂 不必再來 第往俟之 必有道矣.

여 벼슬에 오르는 영광을 안게 된다.

Ⅲ. 才德과 身分上昇의 相關性

이제 김영랑이 감사를 도와 현안 문제를 능란하게 해결하는 모습을 순차적으로 살펴보기로 한다. 김영랑은 그녀가 지닌 빼어난 자태와 才德으로 감사와 父女之義를 맺는다. 이제 그녀는 재덕을 십분 발휘하여 감사가 당면한 難題를 쉽사리 해결한다. 그래서 그녀를 둘러싸고 있는 사람들(婚事에 장애를 일으킬 수 있는 인물들)에게 門地보다 才德이 더 중요하고 앞선다는 사실을 인식시켜 자신의 身分上昇(감사의 아들과 정식 부부가 됨)으로 직결시킨다.

제1문제는 訟事를 해결하게 된다.

> 하루는 감사가 공무를 마치고 내아로 들어와서 무엇을 골똘히 생각하는 듯한 기색이었다. 감사의 어머니가 물었다.
>
> "무슨 걱정거리라도 있는가?"
>
> "예, 오늘 公事 판결에 매우 괴이한 일이 있었습니다. 鄕族끼리 결혼한 지 이미 오래되었는데 처녀는 혼인을 의뢰한 탄원서(呈狀)를 올렸기에 처녀의 애비를 가두었습니다. 오늘 처녀가 직접 와서 수탉 한 마리를 바치고 가 버리니 무슨 뜻인지 해결할 수 있어야지요. 이 때문에 걱정입니다."
>
> 그녀는 얼굴을 가다듬고 앞으로 나서면서 말했다.
>
> "신랑을 데려 와서 통인들을 시켜서 바지를 벗겨 하체를 조사하게 하시면 자연 처결할 방도가 있을 것이옵니다."
>
> 감사는 宣化堂에 나가 그녀의 말대로 했더니 신랑은 과연 囊腎이 없었다. 감사는 처녀의 아비를 석방하고 내아로 들어와서 義女에게 물었다.
>
> "너는 그것을 어찌 알았더냐?"
>
> "저가 일찍이 들으니 닭은 腎이 없다고 하였사옵니다. 아버님, 이 처녀는 異人이옵니다. 이 처녀는 신랑이 이와 같음을 알고서도 감히 밝혀 말하기 어려웠으므로 이와 같이 本官(평양서윤)께 아뢴 것이옵니다.9)

---

9) 一日監司衙退入內有思慮色 大夫人曰 有何所思 對曰 今日公事甚怪 鄕族兩家結婚已

혼사 문제의 해결이다. 鄕族끼리 혼인한 지 이미 오래되었는데 처녀가 관청에 破婚 歎願書를 냈다. 관청에서는 처녀의 애비를 가두니 처녀가 관청에 수탉 한 마리를 놔두고 갔다. 감사는 처녀가 왜 수탉을 놓고 갔는지 알 수가 없었다. 그 이유를 알아야 문제를 해결할 수 있다. 義女는 수탉에서 남자가 性不具者라는 사실을 유추해내었고, 따라서 그 유추는 사실과 부합하여 문제는 쉽사리 해결될 수 있었다. 처녀는 性不具者인 남편과 정상적인 결혼생활을 할 수 없게 되자, 관청에 이혼 청구소송을 내기에 이르렀다.10)

義女의 역할은 여기에서 그치지 않는다. 그 처녀를 감사에게 異人이라고 말하면서 平壤庶尹의 자제와 결혼시킬 것을 권유한다. 그래서 평양서윤은 門地에 구애받지 않고 자기 아들과 그 처녀를 혼인시켰는데, 결혼 후 그 처녀는 과연 절묘하고 기특한 면을 보였다.11) 이 처녀는 보잘 것 없는 鄕族의 신분인데 平壤庶尹의 자제와 再婚했다. 鄕族處女는 再婚과 신분상승이 한꺼번에 이루어졌다. 여기서는 才德 앞에 身分과 再婚은 조금도 흠으로 작용하지 못했다. 즉 오로지 門地보다 才德을 앞세우는 양상이 잘 나타나 있다. 이는 바로 義女의 입지를 강화시키는 것과 통한다. 즉 義女는 이 결혼을 통해서 처녀를 異人이라고 치켜세워 주위 사람들에게 才德의 중요성을 은근히 刻印시키고 있다. 이는 자신의 문제에 맞추어 사전에 포석을 깔았다고 할 수 있다.

제2문제는 推奴 關聯事이다. 推奴 간 감사의 친구 宋生이 죽게 되었는데, 義女가 이 難題에 機敏하게 대응하여 宋生을 死地에서 구출해 낸다.

久 處女賴婚至有呈狀 捉囚處女之父 今日處女來納雄鷄而去 決處甚難 是以爲憂 女乃斂容而前曰 邀來新郎使知印輩 驗其下體則自有決處之道矣 監司出如其言 卽果無腎 放出處女之父入問義女曰 如何以知之 對曰 嘗聞鷄者無腎此處女異人也

10) 이미 혼인한 여자를 婦人, 婦女, 女人, 女 등과 같은 용어를 쓰지 않고, '處女'라고 한 이유에 관해서 생각해볼 필요가 있다. 남자는 腎이 없는 性不具者이다. 그러므로 결혼을 했지만, 性關係가 이루어질 수 없었기 때문에 처녀성은 그대로 지니고 있었을 것으로 보아 '處女'라고 한 것이 아닐까 생각한다.

11) 本官聞之不拘門地 遂以成婚 那處女果是絶奇

감사의 친구 宋生이라는 사람이 江界로 奴婢推尋12)하러 가는 길에 감영을 지나다가 들렸다. 송생은 奴婢推尋을 끝내고 돌아가는 길에 들리겠다는 말을 하고 떠났다. 그 뒤 송생은 사정상 들리지 못하겠다는 편지를 보내 왔다. 감사는 편지를 보고 이상한 예감이 들어서 義女에게 편지를 보였다.

송생은 도망간 노비들이 일가를 이루고 살고 있는 강계에 도착했는데, 노비로부터 죽음 직전의 위기에 놓이게 된다.

송생이 강계에 도착하니 노비들은 다 부유하고 족속들이 많았다. 그 중에 간교하고 영리한 놈들끼리 서로 모의했다.

"타향(殊方)에 자취를 감추고 사는데 奴婢身分이 탄로 나면 첫째는 수치스럽고 해마다 贖良金을 거두어 가는 것이 苛斂誅求(奏求)13)로 끝이 없게 될 것입니다. 둘째는 속량금을 계속 내기가 어려울 것(필자주: 펑계로 하는 말)이니 일찍 도모하여 입을 없애버리는 것(죽이는 것)이 낫겠소."

드디어 노비들은 송생을 암실에 가두고 자결하라고 협박했다. 송생은 말했다.

"나는 평안감사와 舊交가 있어서 올 때에 들어가 감사를 뵙고 왔고 가는 길에도 다시 들르기로 약속했다. 너희들이 만약 나를 죽인다면 반드시 후환이 있으리라."

간교한 노비들이 또 꾀했다.

"그러면 지금 곧 죽이지 않으리니 다만 속량금을 거두어 바로 떠난다는 편지를 써라."

이렇게 협박하는 것은 첫째 감사와의 親疎關係를 탐지하기 위함이요, 둘째는 후환을 없앤 뒤에 죽여도 가능하다고 생각했다.

드디어 글 잘 쓰는 사람을 데려 와서 면전에 앉히고 말했다.

"〈특히 후한 대접을 받고 또 속량금도 많이 거두어 바로 곧장 노비들을 거느리고 떠나기 때문에 (감사께) 들러 만나고 가지는 못하겠소. 감사는 즉시 회답을 주시오.〉라는 뜻으로 편지를 써라."

송생은 어찌할 수 없어서 다만 그 말대로 썼다. 편지를 다 쓰자 종놈들은 발빠른(急足)놈을 시켜 편지를 감사에게 발송시켰다.14)

---

12) 자기집 노비가 도망가서 살면 그곳을 찾아가서 돈을 받음.

13) 奏求: 진시황이 세금을 거둔다는 말이다.

14) 入及到江界 奴皆富饒多族 其中狡黠者相與謀曰 殊方藏跡奴名綻露 一則羞恥 每年推贖秦求無已 二則難繼 不如早圖滅口之爲愈 遂乃幽之暗室 使之自盡 宋生曰 吾與監司有舊來時入見 約以去路更見 汝若殺吾 必有後患 黠奴又謀曰 然則今不可使殺 第以推贖 直去之意 脅使修書 一以探其親疎 一以除其後慮然後害之可也 遂使能文者 數人來坐面前 以特受厚待 又捧重贖 方欲領率直行 不得歷拜 卽速賜答之意 脅之修書 宋生無可奈何 只是依言書之書成 奴以急足發送.

도망간 노비들이 요족한 생활을 하고 있는데 奴婢推尋이란 명목으로 옛 주인이 찾아 왔을 때, 主從關係가 철저했던 당시에도 거부 반응은 있을 수 있는 일이다. '노비 신분이 탄로나면 수치스럽다'는 이유 이외에도 物心兩面으로 자신들의 생활에 불안과 타격을 줄 수 있기 때문이다. 推奴의 어려움을 담고 있는 이야기는 野談에 많이 전한다.

감사가 편지를 받아보고는 처음에는 매우 기뻤으나, 끝마무리가 아무래도 의심스러워 내아로 들어와 말했다.

"송생이 속량금을 듬뿍 받았다는 것은 기쁘지만, 가는 길에 바로 떠난다는 게 의심쩍구나."

그녀(義女)는 말했다.

"송씨의 편지를 한 번 보았으면 하옵니다."

감사는 원래의 편지를 내어 주었더니, 그녀는 편지를 받아 처음 터진 곳(接合 부분이 터짐, 破綻 : 옷솔기가 터짐)이 없는가 보고 되 읽어보고는 점점 의심쩍어 하다가 年月日(發信日) 아래에 宋欽 拜15)란 글씨를 보고 말했다.

"송씨의 이름이 (徽字) 欽字이옵니까?"

"아니지."

"답서를 보내셨사옵니까?"

"아직 보내지 않았어."

"답서가 만약 가게 되면 송씨는 죽고 마옵니다!"

"무슨 소리냐?"

"옛날 송나라 휘종 황제와 흠종 황제가 금나라에 잡혀가서 갇혔사옵니다. 지금 송씨가 역시 갇혔사온데, 편지를 쓸 즈음에 이름을 드러낼 수 없어서 다만 隱語를 써서 구제해주기를 바란 것이옵니다."

감사는 취했다가 바로 깬 듯, 꿈이 처음 깬 듯, 급히 감영의 장교를 보내어 首謀者 몇 놈을 잡아와 법에 따라 처치했다.

송생이 별탈 없이 돌아오니 감사가 말했다.

"그 어떤 사람이 이처럼 현명한 딸을 두었을꼬?"16)

---

15) '宋徽欽'이라 해야 옳은데 '宋欽 拜'라고 한 것은, '宋徽欽 拜'의 준말로 볼 수 있다. 이 이야기는 송의 휘종과 흠종의 부자가 金(女眞族이 세운 나라)에 끌려가 돌아오지 못하고 죽은 사실을 말하는데, 靖康의 變이라고 한다.

『靑邱野談』(栖碧外史海外蒐佚本)에 실려 있는 〈옛주인을 협박하다가 叛奴가 형을 받다(劫舊主叛奴受刑)〉는, 推奴하러 간 上典이 노비들의 협박에 의해 작성하는 편지 끝에 '徽欽 頓'이라고 표기하여 위기를 벗어날 수 있었던 이야기인데, 이는 위의 宋生事와 비슷한 내용이다. 〈假稱鎭基〉(『禦睡新話』所載作品)) 〈彦陽〉(『雪橋別集』〈漫錄〉5 所載作品)17) 등에서도 推奴 過程의 일들이 나타난다.

휘종과 흠종의 고사는 널리 알려진 것인데 감사가 모를 리 없다. 그러나 여기서 감사는 문제를 해결할 능력이 없는 인물이고 義女만이 難題를 풀 수 있도록 꾸며진 것은 무엇 때문일까? 김영랑의 才德이 출중하다는 것을 의도적으로 내세우기 위한 것으로 보여진다. 그래서 이는 '彼何人斯生女如此乎'라는 감탄의 말로 이어지게 한다. 제1, 제2, 제3문제에 다 같이 해당한다.

〈金英娘 이야기〉는 제3문제가 있기 전에 감사의 아들이 김영랑 때문에 相思病을 앓게 된다. 그럴 수밖에 없는 것이 두 남녀는 서로 좋아하여 부모 몰래 野合한 후, 한 지붕 밑에서 생활하면서도 애정을 교감할 수 없게 되니, 병이 나지 않을 수 없다. 그의 祖母와 母는 병을 낫게 하기 위해(병도 병이지만 도령의 병은 김영랑을 맞아들일 좋은 구실이 생기게 된 것임)감사 몰래 김영랑을 孫婦(子婦)로 맞이해 들일 것을 약속한다.

제3문제는 감사가 兵符를 紛失했으나 도로 찾도록 한 일이다.

---

16) 監司得書 始則甚喜 終則滋疑入內而言 日宋生之推贖 甚厚可回路直行可疑 女日宋生之書 願得一見 監司以原書與之 女接書一見并無破綻 飜*覆去轉生疑訝 及見年月日下書 日宋欽拜 女日 宋生之名欽字乎 非也 女日答書修送否 日姑未修送 女日答書若去則宋生必死 監司驚問日 何爲也 女日 昔宋欽宗被囚于金 今宋生亦被囚而 修書之際 不得顯言 只以隱語冀其相救 監司如醉方醒似夢 初覺急發營校押來首謀者幾人按法照律 宋生則無羔率還 監司尤加歎服 日彼何人斯生女如此乎.

17) 『삽교별집』에는 원래 제목 없이 실려 있는데 『李朝漢文短篇集(중)』에 제목을 〈彦陽〉이라고 했다. 〈過錦江急難高義〉, 〈宋班窮途遇舊僕〉(『청구야담』)) 등도 도망 간 노비나 推奴事를 다룬 이야기이다.

하루는 감사가 근심스런 기색으로 내아로 들어와 義女에게 비밀리에 물었다.

"군사기밀의 지휘권인 兵符[18]를 잃어버렸는데 이를 어쩌면 좋으냐?"

"들자오니 中軍將과 매우 사이가 좋지 않으시다고 하온데 정말 그러하시옵니까?"

"그렇지. 나도 중군장의 짓이라고 여기고 있는데 장차 무슨 꾀로 찾겠느냐?"

"오늘밤, 달빛이 매우 좋거든 본관(평양서윤)과 중군장을 청하여 연광정에서 잔치를 베푸시옵소서. 띠를 끌러 놓고 화창하게 술을 마실 즈음, 반드시 객사에 불이 났다는 경보가 있게 되오면 빨리 병부를 찼던 띠를 끌러 중군장에게 맡긴 뒤에 객사로 행차를 옮기시오면 불은 반드시 꺼질 것이옵니다. 감영으로 돌아오신 뒤에 천천히 軍禮로 '兵符를 바치시오'하시면 저절로 찾으시리이다."

감사는 크게 기뻐하여 그 말대로 군례를 행하고 병부를 바치는 자리에서 감사가 말했다.

"병부를 맡긴 때는 일이 창졸간이라 살필 겨를이 없었으나 받을 때는 일이 신중한 것이라 살피지 않을 수 없소이다."

곧 살펴보았더니 密兵符가 완연히 들어 있어서 감사는 기쁨을 이길 수 없었다.[19]

제3문제가 해결된 후, 감사는 김영랑과 같은 여자를 며느리로 맞아들이면 소원이 없겠다는 푸념을 한다.

감사는 내아에 들어와 말했다.

"만약 이런 며느리를 얻게 되면 소원이 풀리련마는……"
대부인은 틈을 타서 웃으며 말했다.
"이미 자네의 자부인데 다시금 무슨 한탄인고?"
감사가 놀라서 묻자, 대부인은 그 사실을 갖추어 이야기했더니, 감사가 말했다.
"자부가 이처럼 현숙한데 어찌 지체를 따지겠습니까?"
날을 받아 잔치를 베풀고 비로소 新婦禮로 뵈옵게 되었다.[20]

---

18) 병부는 사또가 입고 있는 관복의 늘어뜨린 끈에 달려 있는 주머니에 넣어 다녔다. 병부는 유사시에 군사를 지휘하는 信票가 되었다.

19) 一日監司入內憂形于色 密問義女曰密符見失爲之奈何 女曰聞與中軍甚不相得云 果否 曰然 吾亦疑中軍所爲而將以何術覓出乎 女曰今夜月色正好 請邀本官及中軍設宴于鍊光亭 解帶暢飮之際 必有客舍火 警急以密兵符所佩之帶任與中軍 然後出次 客舍則火必撲滅 還營後 徐以軍禮命納則自覓矣 監司大喜依其言行之軍禮來納之席 監司曰 任時則事出倉卒無暇考驗 受時則事係愼重不得不察 乃察之 密兵符宛然自在 喜之不勝

20) 入內而言曰 若得如此子婦則志願足矣 大夫人乘時而笑曰 已爲汝子婦 汝復何歎 監司

   감사는 영랑의 미모와 재질을 탐내어 김영랑과 父女之義를 맺었다. 제1문제가 해결되고 나서 義女의 말대로 異人 처녀를 평양 서윤의 아들과 결혼시키게 한 뒤 감사는 '왜 내 자식을 그녀와 成娶시키지 못했던고? 괜히 남에게 성혼시켰어.'21)라고 후회한 것은 이미 의녀와 아들의 혼인이 순조롭게 이루어지리라는 암시를 준다. 감사의 이 말에 '자제분의 배필로 어찌 그럴 만한 사람이 없겠사옵니까?'22)라고 말한 義女는 자신을 감사의 며느리감임을 意中에 두고 한 말이다. 이는 제2문제가 해결되어 송생이 별탈 없이 돌아오니 '그 어떤 사람이 이처럼 현명한 딸을 두었을꼬?'라고 한 것이나 '만약 이런 며느리를 얻게 되면 소원이 풀리련마는……'라고 말한 감사의 내면 심리는, 온통 義女를 며느리로 삼았으면 하는 염원으로 차 있다.

   결국 김영랑은 가족 모두의 찬성으로 감사의 아들과 정식 혼례를 치룬다. 김영랑은 '才德이 먼저요, 門地는 그 다음'이라는 소신을 주위 사람들에게 인식시켜 身分上昇의 영광을 안았다.

Ⅳ. 결 론

   『揚隱闡微』所載 36편에는 작품마다 끝에 '증거가 되는 시가 있다(有詩爲証)'라고 하고 七言 絶句를 부기하고 있다. 이는 36편의 이야기가 다 實際談임을 증명해 보이기 위해서 絶句를 부기한 것이라기보다는 『揚隱闡微』를 편찬한 편찬자(작가)의식의 표출로 보여진다. 〈金英娘 이야기〉에 부기된 시는 다음과 같다.

   奇質異才豈獨男　　기이한 재질 어찌 다만 남자뿐이겠나
   天生女子一般參　　하늘이 낳은 여자도 일반으로 참여하지

   驚問 大夫人具道其事 監司大喜曰 有婦如此何論門地 擇日設宴 始以新婦禮見之
21) 監司後悔曰 何不令吾于成娶
22) 對曰 子弟良配豈無其人乎

試看英娘妙歲事　　시험삼아 영랑의 妙齡 때 일을 보면
身貴家隆盛美談　　몸 귀하게 되고 집안 융성하게 한 미담이 되지

위의 시에서 보면, 起와 承은 才質에는 남녀 구별이 있을 수 없다고 했고, 轉에서는 그 예로 英娘의 才德 발휘를 들었고, 그 才德은 門地를 초월하여 미천한 신분이 귀하게 되었을 뿐만 아니라 貴門을 隆盛시켰다.(結)고 했다.

'才德은 門地보다 앞선다'는 영랑의 소신은 〈金英娘 이야기〉의 처음부터 끝까지 흔들림 없이 일관되게 나타나고 七言絶句에까지 그대로 지속된다. 이는 김영랑의 소신이자 작가의식의 표출로 보아야 한다. 작가는 여주인공 김영랑을 통하여 '才德은 門地보다 앞섬'을 강하게 표출시키고 있다.

> "저 美人은 곧 저의 아내인데 여쭙지 않고 장가들었으니 죄는 만 번 죽어도 아까울 것이 없습니다. 이 때문에 병이 들었습니다."
> 감사의 어머니가 말했다.
> "지체가 어떠하냐?"
> "至賤입니다."
> "鄕族, 常賤, 官屬, 妓族, 巫家 어느 것이냐?"
> "아닙니다. 坦漢입니다."
> "비록 난처하기야 하지만 사람됨과 범절이 보통보다 뛰어 나며 너의 애비도 애중히 여기니, 꼭 지체에 얽매일 것은 아니다. 비록 지체로 트집을 잡더라도 할미인 내가 있는데 어찌 감히 뜻을 어기겠느냐? 너무 걱정하지 말고 병이나 낫도록 해라."
> 大夫人과 夫人은 그녀가 孫婦요 子婦가 됨을 알고 평일보다 갑절로 그녀를 친애했다.23)

위의 내용은 얼핏 보면 손자의 相思病을 처방하기 위해 영랑을 孫婦로 받아들이겠다고 한 말로 인식될 수 있다. 그러나 '그녀가 손부요 자부가 됨을 알고 …… 친애했다'는 표현은 비공식적인 입장이지만 공식적으로 손부(子婦)임을 공

---

23) 彼美之人卽孫之婦 不告而娶 罪合萬死 是以成病 大夫人曰門地何如 曰至賤 曰鄕族乎 非也 曰常賤乎 曰非也 官屬乎 妓族乎 巫家乎 曰俱非也 曰然則何人也 對曰坦漢也 大夫人曰雖甚難處 爲人凡節逈出尋常 汝父亦愛重之必不以門地爲拘 雖欲爲拘 惟我在 曷敢違志 勿以爲憂 惟病是瘳 大夫人及夫人知其爲孫婦子婦而 親愛之倍於平日

포함과 마찬가지이다. 감사도 大夫人으로부터 그 간의 사정을 듣고 '자부가 이처럼 현숙한데 어찌 지체를 따지겠습니까?'라고 하면서 義女 김영랑을 바로 며느리로 지칭하며, 김영랑을 며느리로 받아들이는 문제를 전폭적으로 수용한다.

　따라서 우리는 여기서 看過해서는 안 될 문제가 있음을 알 필요가 있다. 김영랑의 소신은 처음에는 개인적인 것으로 출발했지만, 나중에는 구성원 全員一致의 납득과 수긍을 획득했다는 점이다. 이는 사회적인 공인 절차를 밟았음을 의미한다. 『揚隱闡微』의 편찬 연대와 생각해 볼 때, 김영랑의 신분상승은 단순히 개인의 것으로 그치는 것이 아니라, 新女性의 출현과 관련한 女性權의 인식 提高와 그 擴張과 관련성이 있다.

이 신 성　부산교육대학교 교수

〈世祖公主〉담의 야담화 과정과 사대부의식

Ⅰ. 서 론

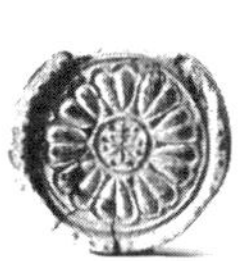 본고는 『錦溪筆談』 소재 각 편중 하나인 세조공주담을 통해 그 것이 설화이면서도 단순히 구전으로 머물지 않고 야담으로 정착 되기까지의 서사적 승계 및 그에 부수된 이면의 담론적 성격을 살피는데 뜻을 둔다. 줄거리의 넘나듦이 있으나 『삼국사기』나 『삼국유사』에 오른 공주들 가령, 樂浪공주, 平岡공주, 善花공주의 이야기와 같이 공주 설화는 '쫓겨난 여인'담의 한 계열로 보아도 될 것이고, 이제까지의 연구들은 역시 여인담 안에 각 편들을 포괄해서 보는 것이 일반적이었다. 그럼에도 불구하고 본고에서 '세조공주'를 '쫓겨난 여인'에 귀속시키지 않고 '쫓겨난 공주'형에 넣어 논의하려는 데는 몇 가지 까닭이 있다. 첫째 그 주인공들이 평범치 않는 지위와 신분일 뿐만 아니라 귀하기 이를 데 없는 왕의 딸이면서도 추방당한 끝에 비천한 사내를 만나 결혼한다는 婚事障碍的 패턴에 귀속되기 때문이다. 둘째 '쫓겨난 여인'담이 익명성과 흥미적 요소를 추구하는 민담적 구비전승인데 반해 '쫓겨난 공주'담은 평강, 선화, 세조공주처럼 역사상 인물이거나 적어도 擬歷史性을 농후하게 드러내고 있기 때문이다. 셋째 민담 속의 쫓겨난 여인들이 자기의지와 상관없이 초년에는 고난에 처했다가 타고난 복 때문에 행운을 맞는 것으로 줄거리가 반전하지만 '쫓겨난 공주'에서는 공주자신으로부터 고난이 시작될 뿐더러 그의 극복도 주인공의 남다른 결심, 정의감, 통찰력 등에 의해 가능해진다는 점 때문이다.[1]

---

1) 金大琡은 「여인 발복설화의 연구」, 『한국설화문화의 연구』, 집문당, 1994. 62쪽에서 공

　논의 전의 기대치이기는 하지만, 이 작업을 통해 구비전승이 사대부적 수용에 의해 어떤 서사적 변이를 겪게 되는가, 왜 야담은 허구적 상상력을 일면 기피하면서도 역사해석에 직면해서는 직접적이고 구체적 발설을 자제하며 강한 서사적 실천으로 나타나지 못하는가, 설화에서 야담 혹은 소설에 끼친 구체적 서사적 징후 등은 무엇인가 등등에 걸쳐 몇 가지 의문을 풀 실마리를 찾을 수 있지 않을까 한다.

Ⅱ. 〈쫓겨난 공주〉형의 테두리

　이야기란 본디 현실에 바탕을 둘 뿐더러 삶과 무관한 데서 나올 수 없다 하지만 민담은 현실감의 일탈이 심한 탓으로 사실담을 지향할수록 수용을 주저하게 되기 마련이다. 이점에서 '쫓겨난 공주' 형의 유래를 일러주는 것이 실상『三國史記』,『三國遺事』등 대표적 史書라는 점을 발견하는 순간, 우리는 당황할 수밖에 없다. 물론 이들 사서들은 공주가 실제 역사인물이었다는 확고한 인식에서 수용했던 것이겠다. 그러나 유구한 담론의 전통 안에서 볼 때 그것은 역사와 설화를 갈라보기보다는 통합의 양식으로 받아들인 중세기 서사의식에 기반한 것이었다고 보는 것이 마땅할 것이다. 어느 경우든 사서 속의 '쫓겨난 공주' 이야기를 역사로만 한정시킬 필요는 없고 얼마든지 테두리를 넓혀 서사문학적 대상으로 삼을 수 있지 않을까 싶은 것이다. 기연구들 역시 '내복에 산다' 형 설화 등으로 공주 이야기를 포괄시키면서 그 동안 적지 않는 관심을 보였던 것이 사실이다.2)

　주와 다른 여인들과의 차이를 이렇게 밝히고 있다.
　　"쫓겨난 여인발복담의 주인공들은 자기의지와는 상관없이 가족에게 내쫓겨 집을 나서게 되고 '복진' 유형의 주인공들은 자기가 지닌 복도 의식하지 못한 채이다. 무엇을 찾거나 앞날을 개척하겠다는 계획도 없이 우연히 숯구이 총각의 집에 당도하게 되고 남다른 혜안으로 그를 알아본다."
　2) 민가의 며느리 및 공주에 이르기까지 갈등 없이 안주하던 일상의 공간에서 내침을 당하는

巫歌계열의 서사물인 <바리데기공주>는 '쫓겨난 공주'담의 가장 앞선 설화로 꼽아 무리가 없을 것인데, 아는 것처럼 천진하고 마음씨 고운 공주가 부왕의 비위를 잘 맞추는 언니들과 대조적으로 미움을 사서 쫓겨나지만 종국에는 神祖로 격상하는 것으로 마무리된다. 이는 공주 逐宮談의 기원을 아득한 시기로까지 올려잡을 수 있는 근거담으로 삼을 만한 사례가 아닐 수 없다. 그와 溫達(~590)이나 武王(600~641)의 출세에 있어서 결정적 역할을 하는 평강과 선화, 두 공주의 이야기는 궁궐이란 선택된 공간에다 부귀와 아름다움의 상징인 공주에게 서사의 초점을 맞춤으로써 특별한 흥미와 호기심을 불러일으킬 수가 있었다. 그러나 그 전승범위나 유형의 다양함으로 따진다면, '복진 며느리' 형이나 '쫓겨난 여인' 형이 설화 각편으로서는 훨씬 풍족한 편이다. '쫓겨난 공주'는 서사에 오른 것을 제외하고는 그 후대적 전승이 미미한 편이다. 그런 점에서 『錦溪筆談』에 '쫓겨난 공주' 유형에 속하는 <光廟有一公主>가 올라있음은 퍽 주목되는 바 있다. 이 각 편은 편찬자 徐有英의 말에 따르면, 그의 온전한 창작은 아니고 사대부간에 유전되던 공주담을 정착시킨 것이다. 그렇다면 <光廟有一公主>는 즉발적으로 퍼진 이야기가 아닐 뿐더러, 그 주인공을 공주로 삼고 있는 것으로 보아 민담에서의 여인의 발복담, 그리고 공주추방담과 어떤 식으로든 관련을 맺고 있으리라는 추론이 가능해진다.

공주추방담중 가장 앞선 시기의 것으로는 바보 온달이야기로 더 잘 알려진 平岡公主談을 꼽아야 할 것이다. 어릴 적 그녀는 掌中寶玉의 보호에도 불구

여인의 이야기는 논자에 따라 각기 다른 이름을 앞세우며 거듭 논의되어 왔다. 대표적인 논저는 아래와 같다.

사재동, 「서동설화연구」, 『장암지헌영선행생회갑기념논총』, 1971.
최운식, 「쫓겨난 여인발복설화고」, 『한국민속학』 6집, 1973.
임재해, 「무왕형설화의 유형적 성격과 여성위기의식」, 『여성문제연구』 10집, 1981.
이승균, 「복 많은 여자계 민담연구」, 『계명대석사논문』, 1981.
김석배, 「내복에 산다형 민담연구」, 『문학과 언어』 3집, 1982.
김영만, 「쫓겨난 여인발복설화의 여성상징연구」, 『국어국문학연구』 20집, 부산대 국문과, 1983.
김대숙, 상게서.

하고 울기를 멈추지 않아 애를 먹이다가 부왕한테서 "그렇게 울어대면 바보 온달에게 시집보내겠다."고 엄포를 자주 듣게 된다. 물론 그 말은 본심이 아니라 공주를 달래 보려는 흰거짓말일 뿐이었는데 뒷날 공주가 이를 사실로 받아들이려하면서 공주의 運은 명암이 갈린다. 성년에 이르러 공주에게 婚事가 거론되자 지난날 부왕의 말을 곧이곧대로 받아들인 공주가 온달과 결혼하겠다고 고집했고 참다못한 왕은 大怒하여 그녀를 추방시킨다. 기존 연구들이 지적하다시피, 부왕의 말은 어린 아이의 울음을 그치도록 장난삼아 한 말이었으니 문제는 공주에게 있는 것이지, 왕에게 있는 것은 아니다.3) 그것은 물정을 모를뿐더러 삶의 체험이 얕은 공주의 독단으로 말미암은 당연한 축출이라는 생각마저 갖게 한다. 현실감각이 뒤떨어지는 이 부분에서 우리는 공주의 행위란 민담 속의 주인공과 엇섞여 생겨난 서사적 변이부분이 아닐까 싶다. 역사상의 인물임에 틀림없는 공주이긴 하지만 그 담론이 민담과 뒤섞이면서 부분적 대체가 일어난 것으로도 볼 수 있겠다는 것이다. 그러나 평강공주 이야기는『삼국사기』소재 傳으로서의 효용성을 앞세운 서술이므로 무조건적으로 이야기의 취향에만 이끌린 나머지라 판단해서는 곤란하다. 따라서 담론 내의 서사적 층위를 불러오는 경우가 필연적으로 빚어지기 쉬운데, 다음 부분에서는 민담적 인물로서의 공주가 아니라 충절과 신의로서 임금을 보필한 그 지아비와 함께 덕성있는 여인의 상징이 된다. 평강공주를 列傳篇에 올린 것부터가 그 德性의 칭양을 염두에 둔 것이겠는데, 바보로 무시당하던 사내가 대장군의 지위까지 차지할 수 있게 된 데는 무어라 해도 아내의 지성어린 후원이 가장 큰 힘이었다. 이같은 여인의 자취는 男尊女卑의 사고가 미만해 있던 중세적 공간에서도 이상적인 여인의 像으로 굳어지고 열전에 오를 수 있는 당위성을 지니게 된다. 다만 주목할 점은 열전이란 공식적 전기체제인 만큼 인간적 품평은 논리적 근거에 바탕을 두고 이루어지고 있음을 알 수 있다. 아래에 소개하는 공주의 말을 통해 우리는 賢女라는 말에 걸맞게 그녀가 어려서부터 비범한 판단력과 정연한 논리를 갖추고 있음을 발

---

3) 김대숙, 상게서, 70쪽.

견하게 된다.

> "대왕께서는 항상 말씀하시기를 너는 꼭 온달에게 시집보내겠다고 하옵더니 지금은
> 무슨 까닭으로 먼저 하신 말씀을 고치시나이까. 필부도 오히려 식언을 하지 아니 하옵
> 고자 하거늘 항차 지존하신 말씀으로서 어찌 그러할 수 있사오리까. 그런 까닭으로 왕
> 자는 희언이 없다 하옵니다. 지금 대왕의 명하심은 잘못된 것이므로 소녀는 감히 그
> 명을 받들지 못하겠나이다."4)

똑같이 공주의 생을 담고 있는『三國遺事』소재 善花공주이야기는 일견 愚
夫賢女型의 일반적 전개를 의식하고 있는 것으로 보인다. 하지만 여기서는 愚
夫가 아니라 賢夫라는 것이 다르다. 즉 서동은 아비 없이 태어나 마를 캐어 살
정도로 미천했으나 명석한 머리에다 그 야망 또한 대단했던 인물이었다. 자신의
목적을 위해 변장을 하고 신라로 넘어가서는 아이들을 꾀어 자신과 선화공주간
의 외설담을 퍼뜨리는데 성공한다. 용과 관계하여 태어나 唾棄의 대상이 될 법
한 그가 남다른 능력과 기지를 지녔음을 예증해주는 부분이다. 그러니까 서동은
스스로를 운명에 맡기기보다 운명에 대해 주도권을 쥐고 개척해나간다는 의지
로 불타는 청년이었다. 金烈圭는 온달과 서동의 출세과정을 혼사장애와 그 극
복으로 보기도 하지만 결국 서동이 왕위로 오르는 결말을 헤아리면 서동의 목
표는 단순히 혼사의 성취로 종결되지 않는 것이다.5) 마침내 百濟王位를 차지
하는 薯童은 민담적 인물이 아니라 신화적 질서의 산물이라는 판단이 훨씬 무
리가 없다.6) 武王설화가 형성되는 과정에서의 의미에 관심을 더 기울이는 까
닭에 무왕을 신화적 질서를 수행하는 인물로 파악하는 것이다.7) 〈무왕〉 설화는
傳을 의식하기보다 미천한 환경과 신분에서 왕위에 오르는 건국영웅의 잔영과
함께 민중중심의 흥미담이 강하게 삽입되어 배태된 이야기일 것이다. 앞부분이

---

4) 김부식, 『삼국사기』 권제45, 〈온달전〉, "大王常語 汝必爲溫達之婦 今何故改前言也乎
   匹猶不欲食言 況至尊乎 故王者無戲言 今大王之命謬矣 妾不敢祗承"
5) 김열규, 『한국민속과 문학연구』, 일조각, 144-145쪽.
6) 김대숙, 상게서, 87쪽.
7) 김대숙, 상게서, 87쪽.

무왕이 왕위에 초점을 두고 있다면, 말미는 미륵사 창건담으로 되어있어 다목적적인 서사의 성격도 읽게 해준다. 서두에서 과부가 서울 남쪽 못가에서 살다가 용과 관계해서 낳은 것이 서동이었다고 했으나 言衆의 호기심의 대응하기 위한 배려라면 몰라도 正史지향의 서사물로서는 신뢰성이 훼손될 여지가 없지 않은 것이 武王傳記에서의 문제이다. 하지만 異物交婚의 개입이 원래 神聖素이므로 人物記述의 혼란이라고 몰아붙일 수는 없다. 그보다는 선화공주를 꾀는 단계에서 숯쟁이 총각으로 전이되어 건국의 영웅상을 흐려놓는다는 점이 문제거리이다. 하지만 이 역시 서사적 차원에서 이해할 경우 역사기술에 민담이 개입해 초래한 결과일 뿐 건국의 영웅적 형상이 단일하게 표징되지 못하고 있다는 지적은 시대적 편차를 너무 건너뛴 것이다. 적어도 무왕설화가 퍼질 즈음에는 순수한 의미의 신화담은 존재하지 아니하고 민담과 전설, 그리고 신성한 영역의 이야기가 공존하는 것이 일반적 현상이지 않았나 싶다.

시간이 흐르면서 愚夫賢女型의 민담구조에서 그 목적성에서 벗어나고 점차 내용이나 구조상 일탈의 정도가 점점 심화되는 시기가 도래한다. 그 개변에서 가장 큰 요인이라면 설화적 측면을 가능하면 탈색시키고 역사의 사실위주로 객관성을 높이자는 유교주의적 찬술의식이 틈입해서 촉발된 일이라고 보아야 할 것이다. 하지만 열전 등 개인의 역사기록 등에 있어 나름의 서사적 방책을 세우고 진정한 사실만의 기록에 이바지할 자료는 상대적으로 부족한 대신, 口傳傳承이 우위를 점하고 있었을 터였다. 正史와 列傳에까지 구전류들이 삽입되는 것은 원치 않는 일이었을지 모르나 민담적 서사가 사료의 대치개념으로서 역사적 사실을 설명하는 데 그 소용도가 아직 인정되고 있었다.8) 이렇게 본다면 공주에 대한 형상도 공주 주동의 평강공주 계열과 사위중심으로 사건이 펼쳐지는 선화공주 두 계열로 나뉘어져 승계되어 왔다고 보겠다.

'쫓겨난 공주' 설화를 일별했으므로 이제 비교관점에서 〈세조공주〉 설화를 살펴보기로 하겠다. 世祖공주 이야기는 구체적으로 『錦溪筆談』에 '光廟朝有一

---

8) 차하순, 「역사의 문학성」, 『역사와 문학』, 서강대 인문과학연구소, 1981, 13쪽.

公主'라는 題名의 각 편을 가리킨다. 먼저 줄거리를 파악하기로 한다.

> ① 世祖에게 한 공주가 있었는데 어려서부터 어질고 덕스러웠다.
> ② 召陵(端宗의 母) 참변이 임박하자 공주가 울면서 부당함을 간하니 세조가 대노했다.
> ③ 王后인 정희대비가 패물과 乳母를 딸려 공주를 멀리 피신시켰다.
> ④ 報恩郡으로 피신한 공주는 그곳에서 한 총각을 만나 같이 살기로 한다.
> ⑤ 乳母는 보물을 내놓고 피란 사정을 알리는데 총각 역시 金宗瑞 손자인 것이 밝혀졌다.
> ⑥ 공주부부는 산중에서 내려와 패물을 팔아 田畓을 마련하고 행복하게 산다.
> ⑦ 세조가 俗離山을 찾아가는 길에 공주와 해후하고 용서해 준다.
> ⑧ 세조가 承旨를 보내 공주 내외를 불렀으나 부부는 야반을 틈타 사라져 버린다.

세조공주 설화가 서사무가인 '삼삼공풀이본', '내복에 산다' 형, '복 많은 며느리'형 민담과 각각 줄거리를 공유하고 있는 것으로 보아 앞의 것들이 쫓겨난 공주설화에 모티프를 제공했을 가능성을 배제할 수 없다. 유기성을 따진다면 역사인물 설화인 평강공주나 선화공주 설화 등과 더욱 긴밀하게 맺고있다. 세조공주의 인물적 기능을 앞선 공주설화들과 비교해 볼 때, 우리는 몇 가지 점에서 아래와 같은 공유점을 발견할 수 있다.

첫째, 세조공주가 앞의 공주들과 마찬가지로 덕스럽고 심성이 고왔음을 강조하고 있는 것이다. 평면적으로 보아서는 그런 덕성의 소유자가 부왕과 마찰을 빚게 하는 것은 논리적 전개에 확실히 반하는 것으로 비친다. 부왕과 공주들 간의 마찰요인에는 작지만 큰 차이점이 내재한다. 다시 말해 앞선 공주들은 심각한 사안이라고 할 수 없는 일로 불화를 일으키거나 적어도 타자와의 관련에서 갈등이 빚어지고 있으나 〈세조공주〉는 그녀 스스로 자초한 갈등이라는 점이 눈길을 끈다. 세조공주가 부왕을 성토하고 나선 것은 私黨을 통한 무력 찬탈이 君臣의 위계를 허물어뜨리는 행위일 뿐만 아니라 그 과정에서 숱한 이들을 살상할 수밖에 없기 때문에 이를 막고자 하는 의연한 마음에서 비롯된 것이었다. 그만큼 세조공주는 민담형 주인공들에서 찾기 힘든 성숙한 사고를 내재하고 있었던 셈이다. 실제 그녀는 단종 폐위와 함께 사육신 등 단종 비호세력들이 거사를 모의했다가 발각되자 눈물을 흘리고 식음을 전폐했고 그 뒤 단종의 모인 顯德王后가 참변을 당한 것을 목도하고는 울면서 노골적으로 부왕에게 그 부당함을 간하기도 했다. 하지만 사태를 돌려놓을 수는 없었고 도리어 공주의 내침이 불가피해질 수밖에 없게 된다. 화가 목전에 닥치자 貞熹大妃는 유모를 딸려 도피시킴으로써 공주의 생명만은 부지시키기로 한다. 逐出동기가 민담과는 크게 달라짐을 알 수 있다. 공주의 내침을 주된 모티프로 삼고 있다고 하나 불행한 결과의 近因이 공주주변의 사적인 것이 아니라 정치적 사건이 빌미가 되었고 부녀간의 관계악화도 공적인 일이라는 데서 주목할 전개로 꼽지 않을 수 없다. 흔히 중재의 대상으로 母를 떠올리는 바, 세조공주에 닥친 위험을 간파하고 축궁을 주선하는 정희대비는 전형적인 조력자(helper)로서 우리가 상고적 설화에서 만났던 그 어미의 상이 여지없이 여기서도 확인된다. 다시 말해 貞熹大妃는 선화공주의 모나 朱蒙의 母 柳花가 아들이 궁을 떠날 때, 금붙이나 씨앗 등을 챙기고 유모를 딸려 보내며 안쓰럽게 뒷모습을 지켜보는 어머니의 상은 여기서도 바뀌지 않는다. 이 역시 전통적 민담의 구조가 일정부분 세조공주담에 수용된 흔적으로 볼 수 있을 터이다. 하지만 父와 母의 갈등과 고집을 중재해줄 위치에 서 있음에도 민담 속에서처럼 貞熹大妃는 파국을 가라앉힐 대안이나 제안은커녕 공주의 축출을 바라보는 것으로 그칠 뿐이어서 아쉬움이 적지 않다. 공주의 상은 적극적이고 의지적 인간으로 변색되었으나 왕비만은 허약한 전통적 모습에서 조금도 변하지 않았음을 여기서도 확인하는 것이다.

시종일관 단종의 폐위와 이후 역사 속에서 이 사건을 바라보는 민중과 사대부들의 의식을 추적한 徐有英은 몇 백년의 간극에도 불구하고 조선초 전대미문의 이 비극적 政亂을 취택해 우회적으로나마 비판을 감행하려 한다. 단종 폐위 이후 사람들은 단종을 폐하고 禪位를 강요하고 왕위를 강취한 세조의 악행에 대한 은밀하면서도 끈질긴 비판의 화살을 거둘 줄 몰랐다. 그렇더라도 세조에 대한 관심과 직설적 비난은 많은 세월이 흐르기를 기다려야 했는데 아무래도 반동의 축은 명분을 중시하는 유자들일 수밖에 없었다. 그들은 패륜적 행위에 대해 격렬히 성토할 수는 없었으므로 일단 우회적 방법을 모색하는 쪽으로 생각을 돌렸을 법하다. 세조에게 하나밖에 없는 딸을 부왕과 대립적 관계로 설정한 것도 실상 그런 방법론적 선택일 터인 즉, 참으로 절묘한 인물배치라 하겠다. 공주의 부왕에 대한 반대와 성토는 실제 현실적 정황은 아님이 분명하지만 인물설정에 있어 대단한 고심을 익히 읽을 수가 있는 것이다. 중요한 것은 현실의 재현이냐 전설의 승계냐 하는 계통의 문제가 아니라 이야기로서의 갈등구조를 해치지 않으면서도 지난 역사중의 크게 잘못된 부분을 짚어내 사대부적 역사의식으로 다시 한 번 날카롭게 이를 비판해 나갔다는 데 있다.

Ⅲ. 〈世祖公主〉의 야담화

조선후기 숱하게 등장하는 야담집의 출현이 지닌 특징을 말할 때 무엇보다 그 수용층을 문제삼지 않으면 안 된다. 양반 사대부 혹은 몰락한 양반 등이 이야기의 화자로 나서는 경우 민중의식의 위축이 오는 것은 당연하나 견문의 한계를 넘어 비의적 일화나 궁 내외의 이야기까지 적극적으로 수용, 재화할 수 있는 나름의 장점이 있었다. 뿐만 아니라 화자인식, 역사의 문학과, 주제 지향적 측면에 이르기까지 식자 고유의 특징적 면모들이 적잖게 드러나는 것이다. 세조공주를 등재하고 있는 『錦溪筆談』도 그런 측면을 살피는 데 더없이 적절하다. 조선후기 야담집에 나타난 경험을 전설 민담중 전대의 구비설화장르와 사대부일화, 평민일화, 야사, 야담계일화는 물론이고 소설까지도 포섭한다.9)는 점에서 보면 『錦溪筆談』은 일단 사대부 일화중심으로 펼쳐진 이야기라 할 수 있다. 야담은 여러 층위의 이야기가 엇섞여 있는 이야기라고 하지만 역시 사대부 일화의 비중이 가장 크다할 수 있고 그 수습방식에 따라서『公私見聞錄』이나『五山說林』

---

9) 이강옥, 「조선후기 야담집연구」, 서울대학원 석사논문, 1982, 13-52쪽.

과 같이 지은이의 직접체험이나 증언담은 오히려 드물고 대대로 물려오던 이야기를 수집 정리한 것, 혹은 앞선 이들의 증언이나 기록에 따라 귀철한 것 등으로 수용담이 구별된다 하겠다. 무엇보다 사대부간의 의식이 적층된 산물인 것이다.

> "우리 稗說의 작자는 끊임없이 각자가 보고들은 것을 수집하여 책을 꾸민다. 따라서 여러 사람들이 지은 책의 내용도 겹치게 되고 編史瑣錄이 모두 일철을 이루게 되어 후기가 사적을 많이 빠뜨리게 되니 마침내 증명할 수 없게 된다."10)

徐有英의 『錦溪筆談』 편찬동기와 과정도 여기서 보는 『東野彙輯』의 서문과 별반 다를 게 없으니, "그래서 옛날에 들어서 아는 것을 거둬들이는 한편 생각에 떠오르는 대로 그때그때 기록해서 겨우 139가지 사실을 얻게 되었다."11)고 밝히는 것이다. 보고들은 것을 잊지 않기 위해 혹은 뒷날 후인들의 世敎에 염두에 두었다는 다짐과는 별개로 신이하고 기괴한 전설 쪽으로 흐르는 것을 피하기 어려우니 편찬자들은 이점을 유념해야만 했다. 역사의 보전, 역사의식의 표출, 그리고 문학성마저 띤 담론의 구현, 바로 그것이 편찬자들이 지향한 야담이었겠는데, 기대치만큼 실현은 수월치가 않았을 터이다. 무엇보다 진실된 증언을 만나기가 수월치 않았던 당대의 사정을 무시할 수도 없다. 『왕조실록』 같은 正史가 없지 않으나 그것은 왕위나 위정자 중심의 굳어버린 시각으로 본 역사일 뿐 생동하는 역사12)로서의 실천적 사례를 만나기는 생각같이 쉽지 않았다. 통치자 시각으로 고정된 역사는 정사가 아니라 민중의 대다수는 정말 생동감있게 살아 숨쉬는 역사를 꿈꾸었다. 즉 한 마디로 말해 文史 복합체로서의 이야

---

10) 李源命, 『東野彙輯』 序. "我東稗說作者 接武各隨聞見 蒐輯成書諸家之名日 帙帙鱗鱗片辭瑣錄 滔滔一轍 而傳記多闕事蹟 莫徵 豈不惜哉"

11) 서유영, 『錦溪筆談』 序. "乃掇拾舊聞 隨思輒錄 僅得百三十九事"

12) 생동감 넘치는 역사 서술이란 자칫 반역사를 의미하는 것으로 받아들일 수도 있다. 오해를 푼다는 의미에서 아래의 진단은 경청할 만하다.
　차하순, 상게서, 9쪽. "역사는 그 자체의 독자적인 방법에 따라 일반화를 추구하면서도 다채로운 설화성을 상실하지 않고 늘 대중에게 친근감을 준다는 전통을 좀처럼 상실할 것 같지 않다. 역사는 무미건조한 사실들의 나열로서가 아니라 생동감 넘치는 이야기로서 강력한 감동을 일으키겠다는 이상을 향해 계속 나가고 있다."

기 일터인즉, 야담은 두 지향점 위에서 한 대안이 될 수 있었다. 이 대안의 서사물을 통해 강렬한 역사인식을 표출할 수 있고 나아가 정사가 감당할 수 없는 것들까지 수용할뿐더러 사대부들의 사유를 수렴해줄 수 있는 등의 복합적 쓰임을 기대할 수가 있었던 것이다.

이제 徐有英의 야담찬술동기 가운데 그가 지닌 역사적 상상력과 그에 대한 경사가 뜻하는 바를 살펴보려고 한다. 이것은 서유영 한 개인의 야담의식은 물론 사대부들이 간직했던 서사적 이해와 그 편찬동기를 점검하는데도 의미 있는 작업이 되리라고 본다. 야담을 대신해서 野史, 野話라는 말도 자주 쓰이는 것처럼 역사를 토대로 기술된 서사물이라는 의식이 무엇보다 강하게 지배한다. 때문에 역사의식이나 비판적 시각대신 흥미나 기이함에 쏠리는 구비전승과 여러 모로 구별되는 특색을 간직했으리라는 추론은 퍽 자연스럽기까지 하다. 하지만 야담이 사실위주를 지향하면서도 허구가 가세하여 문헌설화로서의 특징이 흐려지는 경우가 빈번하다. 이는 史記物인『삼국사기』나『삼국유사』조차도 구비설화와 강한 親近性을 간직한데서도 찾아볼 수가 있다.13)

역사는 과학이라는 인식을 앞세울지언정 통찰력과 직관력을 바탕으로 한 독자적인 인식영역과 자율적인 설명방식의 산물이라는 점에 대해서는 선뜻 공감하기를 꺼린다. 하지만 역사는 마무리나 어떤 구조를 생각할 여지가 없다는 점을 인정하면서도 실제 우리가 마주하는 역사는 완결된 형태의 허구적 서사물일 수밖에 없다는 아이러니에 봉착하고 만다. Nussel Nye가 지적하고 있는 것처럼, 역사와 문학은 언어로부터 의미와 힘을 얻으며 내적 외적 경험의 기록이라는 점, 창조적 행위라는 사실에서 뗄 수 없다는 등의 친연성이 있음을 상기할 때 일반적으로 지니고 있는 역사개념을 수정해야 할 것이다.14) 아무튼 서사에서 역사의 구현여부는 늘 강박관념으로 다가오는 항목이었음을 엿볼 수 있겠는데,『錦溪筆談』과『東野彙輯』에서 편찬자의 머리말을 보고 논의를 이어가자.

---

13) 이석래, 「고대소설에 미친 야담의 영향」, 정명기 편,『야담문학론』하, 보고사, 263쪽 참조
14) 차하순, 상게서, 6-9쪽 참조

"그래 옛날에 들었던 것을 거둬 적는 한편 생각날 때마다 적어서 겨우 139가지 이야기를 얻게 되었다. 이를 1개월 만에야 마치고 책이름을『錦溪筆談』이라고 했다. 이 책이 비록 근거가 확실하지 않은 허술한 저술이라고 말해도 상관없다. 대체로 이 한 권의 책에는 믿을 만한 역사적 사실에서 빠진 것도 있을 것이고 혹은 여러 사람들 사이에서 들은 것도 있어서 아마도 진실과 거짓이 반반을 차지할 것이다.15)

"……옛것을 찾고 사실을 밝히며 요속을 징험하여 세교의 보탬이 될 수 있는 것이다. 비록 신괴한 일은 건너뛰고 성문에서는 이야기하지 않는 바이나 전인이 이미 적어 놓았고 또 한낱 齊諧記인 까닭으로 역시 주워들은 것을 모았으니 선악과 응보의 이치의 빠르기가 그림자와 같다."16)

약간씩 다르게 편찬동기가 토로되었으나, 언질 가운데 "보고들은 바를 수집하고 추스려 책을 만든다."고 한 말은 야담의 찬술자라면 공히 밝혔던 상투어이다. 이 점은 각 야담집간의 유기적 관계를 부정할 수 없게 하는바, 실제 삼대 야담집간의 이야기를 수수관계를 보면,『어우야담』(1621) -『학산한언』-『기문총화』-『계서야담』-『청구야담』-『해동야서』(1864필사) -『동야휘집』(1869)17)으로 승계되어 처음과 마지막 작품간에는 2백여 년의 서사적 격차가 나타난다. 이처럼 야담은 무책임하다고 할 정도로 앞선 자료의 移記만을 표방함으로써 그로부터 편찬자 개인의 허구적 상상력을 개입할 여지는 줄어버렸다. 다른 측면으로 보아 편찬자들은 단순하게 흥미만 촉발시키는 笑話나 비현실적 이적에만 초점을 맞추는데 대한 주변의 비판과 부정적 반응을 벗어날 수 있는 안전망으로 여겨 유독 間텍스트적 접근을 선호했을 수도 있겠다. 혹은 허위나 날조, 왜곡, 과장 등에 대한 일종의 면죄부를 노렸는지도 모른다.『錦溪筆談』만 하더라도 序에서 "……후기가 사적을 빠뜨리게 되니 마침내 증명할 수 없게 된다."고 자탄하는데 역사의식의 제고와 도덕률의 주입 등 유교적 세계관의 구현이, 겉으로는 적어도

---

15) 徐有英,『錦溪筆談』序. "乃掇拾舊聞 隨思輒錄 僅得百三十九事 纔一月而單 各篇曰 錦溪筆談 雖謂之杜撰 亦可矣 盖此一篇 惑漏信史 雜出野聞 多有眞贗之相半"

16) 李源命, 상게서 序. "可以溯古摭實驗謠俗而裨世教 雖惑事涉神怪 聖門之所不語者b 前人旣備述 而但一齊諧記 故亦歸掇拾聞 有善惡報應之理 捷如影響"

17) 조희웅,『조선후기문헌설화의 연구』, 형설출판사, 42쪽.

가장 큰 서사적 지향으로 밝혀진다.

　편찬자에 따라 야담의 서사적 경향이 유동적인 것도 사실이다. 편찬시기를 훨씬 벗어나 전대의 이야기를 掇拾하는 쪽이 있는가 하면 자신의 체험에 근거하여 동시대의 人情物態를 적극적으로 찾아나서는 쪽도 있다. 이중 徐有英은 자기시대의 문제보다도 오히려 前代의 사실을 수습하고 이를 평한 편이다. 그렇다고 해서 당대 문제의 예민함을 무조건 피해가기 위한 뜻에서 그리했다거나 무관심의 탓만은 아니다. 오히려 그는 공공연하게 입에 올리기를 꺼리는 揷話들을 적극적으로 수습하는 편이었다. 〈세조공주〉 이야기도 그 한 예였다. "『錦溪筆談』중 세조공주에 대한 평과 왕, 비빈, 재상, 장수 등 상층신분에 있는 인물의 현덕과 능력을 보이거나 요사와 모해로 인해 좌절되는 내용을 통해 바람직한 정치상황의 질서를 제시하는 내용이다."18)라고 야담의 내용과 성격을 진단한 것은 적절하다. 이처럼 당대적 질서의 붕괴를 안타까운 심경으로 바라보던 서유영에게 〈세조공주〉 설화는 결코 빼버릴 수 없는 예화였음에 틀림없다. 서유영이 지향한 역사적 사실로서의 은밀하고 기의적 부분을 선호한 까닭은 흥미적 차원이 아닌, 지난 역사에 대한 비판에서 비롯된 것이라고 보아 마땅하다.

Ⅳ. 〈世祖公主〉에 나타난 사대부의식

　서유영의 야담 목록을 일별하다 보면 취택된 이야기의 대부분이 중한 事案이면서도 역사의 뒤편에 묻혀 방치되었던 것들이 두드러지게 많다. 현실의 급박감 속에서 위정자 그 주변인등에 초점을 두어 선택된 삶에 주목해 운명은 거역하기 힘들다는 인간적 한계와 나약함을 드러내는데 관심이 누구보다 컸다는 뜻도 되겠다. 하지만 그 같은 조명은 인간적 추회, 혹은 동정적 차원을 넘어서고자 하는 강한 의지가 없고서는 이루어지기 어려웠다. 가령 단종 폐위와 인조반정, 영

---

18) 장효현, 『徐有英文學의 硏究』, 아세아문화사, 1988, 199쪽.

조폐위모사, 인현왕후의 폐위 등만 해도 숱한 각편에서 선별된 것으로 史評까지 부언하여 결코 망각될 수 없는 역사로 반추하고 있다. 특히 단종 폐위사건에 대한 그의 인식은 퍽 각별하여 139개의 예화 중 5개의 각편을 수습해 놓고 있다. 〈梅竹軒成三問〉, 〈端宗遜于寧越〉, 〈賢德王妃權氏〉, 〈定順王妃宋氏〉, 〈光廟有一公主〉 등이 그것으로, 단종 폐위사건에 대한 피상적 관심을 넘어 힘들여 찾아낸 비화들이다. 민중의 전승 속에서는 쉽게 오를 수 없는 이 각편들은 사대부 아니면 수습하기 힘든 내용이고 손에 잡힐 듯, 설명과 묘사를 적절히 구사하고 있어 더욱 주목된다. 사건 당시에는 험악한 분위기에 눌려있다가 세조가 세상을 뜨고 나자 비로소 애원성처럼 토해낸 일화들이 아닐까 싶다. 주인공의 면면이 단종의 모, 그 왕비, 그리고 세조의 공주 등과 같이 대면이 쉽지 않은 여인중심으로 된 것도 이야기의 흡입력을 한껏 고조시켜준다. 그렇다면 이 시대 정사에서는 이들 사건들을 어떻게 형상화했던가. 먼저 볼 것이 『단종실록』이다.

『단종실록』은 애초 『魯山君日記』라고 하여 단종이 살해된 3년 뒤인 세조 3년(1457) 10월 이후 찬술된 탓에 실상과 동떨어져 있을 뿐만 아니라 주체는 밀치고 도리어 세조를 옹호하는 기록으로 가득 차있다. 『노산군일기』는 세조 재위시에 작성19)된 것이므로 결과론적 현실을 반영하듯 어린 단종이 왕위를 누리는 데서 야기되는 문제점 및 한계를 어떤 것보다 부각시키고 있다. 또 단종 옹위세력인 金宗瑞, 皇甫仁 그리고 젊은 혈기로써 단종을 보위하던 집현전 학사를 포함, 수양의 반대편에 섰던 무리에 대해서는 가차없는 비판이 따른다.20)

---

19) 세종대왕기념사업회편, 『단종실록』 1, 1977, 3쪽 참조

　　『魯山君日記』가 수양대군을 중심으로 기술되고 단종의 자취는 유명무실하게 된 데는 이것이 수양대군이 군사쿠데타에 성공하고 그가 권좌에 올라있을 때 이루어진 작업이라는 데 일차적 까닭이 있을 터이다. 세조실록 10년(1464년)甲申 10월 14일 甲午조의 기록에 따르면 『노산군일기』가 찬술된 것은 적어도 세조 10년 10월 이후의 일로써 세조가 이제 막강한 권세를 휘두르던 때였다. 따라서 단군이 재위하던 때의 약사라고 하나 당시 왕권탈취를 위해 권력주변을 끊임없이 서성이던 세조가 도리어 미화되어 나타나는 것은 어쩔 수 없는 현실이었다. 거기다 그 작업에 참여한 史官들까지도 申叔舟, 韓明澮, 崔恒, 盧思愼 등 정난공신의 주역들로 짜여져 있어 단종을 무능하고 부정적인 상으로, 아울러 옹위세력들을 철저히 폄하시킬 수밖에 없는 불가피함이 있었던 것이다.

반면에 靖難功臣의 주역들이라 할 신숙주, 한명회, 최항, 노사신 등은 위기의
역사를 바로잡는 중추적 인물들로 비중있게 떠오른다. 하지만 왜곡된 역사를 정
사인양 자리매김할 수는 있었으나 그것을 진실된 역사로 알고 흔쾌히 수용하는
이는 드물었다. 특히 권부의 생리와 치부를 엿볼 수 있는 상층으로 갈수록 공식
적 역사에 회의감이 컷을 것이다. 단종 위주의 설화가 민중, 사대부간에 끊임없
이 조성되어온 것은 바로 그런 측면과 관련되는 것은 아닐까. 야사, 야담에 대
한 사대부간의 경사도 따지고 보면, 이런 측면과 무관한 것이 아니었겠다. 아무
리 엉뚱하게 조작하고 인위적으로 서술하더라도 역사적 진실은 쉽게 가려질 수
없다는 것을 과거사가 깨우쳐주거니와, 무엇보다 윤리의식으로 고무된 일부 사
대부들의 시각은 은근하고도 끈질기게 광정의 그날을 고대하고 있었다. 왕위를
숙부에게 빼앗기고 강등은 물론 끝내 목숨까지 잃은 노산군의 억울함은 아무리
늦더라도 반드시 파헤쳐져야 할 명제가 되다시피 한다. 그리하여 中宗, 宣祖,
光海君, 孝宗, 顯宗 조에서 들어와서는 마침내 단종에 대한 致祭가 각각 거행
된다. 아울러 숙종조 24년(1698년) 무인 9월에는 전헌감 申奎가 단종의 복위를
상소했고 같은 해 11월 8일에는 영의정 柳尙運 등이 端宗이라는 廟號를 올리
자는 상소가 임금에 의해 받아들여진다.21) 이렇듯이 소년왕 단종을 향한 동정

---

20) 노산군 3년(1455년) 1월 24일 정난공신들에게 단종이 교서와 맹족을 내리면서 한 말은 세
조의 입김이 얼마나 강하게 반영되었는지 짐작하게 한다. 아래 일부분을 발췌해서 보인다.
　"……이때에 瑢(안평대군)이 至親의 처지에 있어서 윗사람을 무시하는 마음을 가지고 과
인(단종)더러 어려서 임금 노릇을 못한다고 하고 大位를 간계로 혹은 엿보기도 하고 나라에
후하게 은혜를 베풀어 사람들에게 명예를 구하니 소인무리들이 다투어 돌아와서 私門에서 黨
을 지었다. 不軌한 계획을 萬端으로 엿보았다. 간신 皇甫仁, 金宗瑞, 李, 穰 閔伸, 趙克寬
들이 寵任하는 은혜를 생각하지 않고 가만히 융화의 계교를 품었다. 속으로 黨援을 지어 흡
연히 따라 붙었다. 나의 幼沖함을 멸시하고 나의 威福을 도둑질하였다. 권세를 오로지하고
세력을 임의로 하여 사사를 끼고 은혜를 팔았다. ……숙부(수양대군)가 일찍이 그 연고를 통
분하여 疏를 올려 말하였으나 내가 심상하게 여기어 살피지 못했다. 대개 瑢에게 당부한 것
이 저와 같았으므로 조정에서 탁란하는 것이 이와 같았다. 흉한 꾀가 더욱 깊어짐에 미쳐 매
일 밤에 사사로이 모이었다. 안으로는 近侍 宦官을 통하여 비밀히 동정을 엿보고 밖으로는
方鎭 장수를 꾀어 속으로 날짜와 시기를 약속하였다."(세종대왕 기념사업회, 상게서, 170쪽)
21) 세종대왕기념사업회, 상게서, 2쪽.

과 신원의 뜻은 사대부들이거나 비천한 백성들을 가리지 않고 피어올랐는데 노산군에서 단종으로의 복위와 묘를 왕릉으로 격상해야 마땅하다는 실천적 의론으로 요약되었다. 서유영은 누구보다 단종복원에 관심이 많았음에 틀림없다. 이는 단종당대의 현실과 역사이면을 찬찬히 수집하는데서 나아가 각종의 비의적 일화를 야담집에 적극 등재시킨 데서 쉽게 엿볼 수 있는 것이다.

단종의 비극적 생은 그만의 불행으로 한정되지 않고 여러 사람의 운명적 부침을 동반하게 된다. 단종에게 왕모 貞順王妃, 그 부인 顯德王妃, 충직한 신하의 대표로 삼고 있는 成三問, 그리고 노골석으로 그 적개심을 드러내지는 않으나 악인으로 지목되고 있는 세조, 부왕을 비난하는 세조공주 등등 인물설정은 역사적 인물이면서도 작중인물로서의 두 형상을 동시에 수행한다. 그럼에도 불구하고 최소한의 사실만 충족시킬 뿐 이야기가 실제 상황과 사건을 토대로 전개되는 것만은 아니었다. 세조공주는 편찬 시점으로부터 400여 년을 소원하여 단종처지를 안쓰러워하고 추모하고픈 의지에 따른 서사물이겠으나 그 오래 전부터 구전이나 기록문을 두루 망라하여 단종의 신원과 복원의 이야기적 전통은 폭넓게 형성되어왔다고 볼 수 있다. 그런 흐름이 바탕이 되어 역사적 진실과 담론적 흥미를 한데 아우르는 서사양식으로 야담이 크게 발흥했던 것이다.

사실 세조와 貞熹왕비(1418~1483) 사이에는 德宗, 睿宗 이외에 義淑공주가 있기는 있었다. 하지만 하나뿐인 義淑공주가 부왕인 세조에게 반기를 들었음을 증거해 주는 역사자료는 달리 없다. 그럼에도 민가에서 떠도는 이야기나 사대부들이 올린 야사에는 세조가 불만을 표시하는 꼿꼿한 성격의 공주와 김종서 손자간의 인연을 사실인양 받아들이기를 주저하지 않았다.22) 이것은 유교사

---

22) 徐有英, 상게서, 光廟有一公主
　　　서유영조차도 세조공주 이야기를 사실담이라는데 조금의 의심도 하지 않았음을 다음의 기사에서 읽을 수 있다. "나는 社皐 朴承輝(1802~?)로부터 이야기를 전해듣고 節齋 金宗瑞의 후손에 대한 이런 시말을 자세히 갖추어 조정에 올리려 하였으나 당시 承旨로 있던 박승휘가 이 일은 증빙이 될만한 근거가 빈약하다고 하면서 받아주지 않아 임금에게 알려지지 못했다."(徐從社皐朴尙書承輝 聞此說 節齋後孫具此始末 上言于朝社皐時以承旨 謂其事涉無據 逐退却 不爲上聞云)

회가 지닌 철저한 종적 질서와 직접적 언설을 자제하는 당대적 풍4토에 비추어 파격적인 발상이 아닐 수 없다. 특히 부왕에게 맞서는 인물로서 공주의 설정은 퍽이나 시사적이다. 하지만 공주는 유자들의 세조에 대한 비판적 시각을 반영하는 하나의 통로라고 보면 무리가 따르지 않는다. 즉 공주를 통해서 세조를 우회적으로 성토하고자 한데서 나온 인물배치일 수 있다. 아득한 시기부터 흘러 내려왔던 몇 개의 공주이야기와 '쫓겨난 여인' 설화는 야담의 출현은 물론 그 내용, 형식미 등에 이르기까지 영향을 끼쳤다고 할 수 있고 이런저런 자료로 보아 세조공주의 야담적 승계는 필연적으로 보이기도 한다. 주목할 바는 사대부뿐만 아니라 하천민과 초동목부에 이르기까지 단종에 추모의 기운이 생각 이상으로 깊었다는 것이다. 아래 생판중추부사 崔錫鼎의 의론은 그런 분위기를 잘 전한다.

> "노산이 화를 만난 것은 여러 재상의 밀찬에서 이루어졌으므로 나라 사람들이 지금도 불쌍히 여기고 있거니와 그러나 위호를 추후하는 자는 의론은 듣지 못하였으니…… 노산께 일찍이 대위를 밟으셨다가 폄강이 되신 것은 흔덕으로 말미암은 것이 아닌데도 오늘까지 신주가 오랫동안 여염집에 있어서 낮음이 필부와 서인의 천함과 같으니 끝내 편하지가 못한 바가 있었습니다. ……그 신께서 선대하신 일에 대하여 대개 당시의 사람으로 촌의 아낙네와 마을의 아이 같은 이들이 어찌 일찍이 군신의 의리를 알았겠습니까만 대체로 그 입에서 나와 소리를 발하는 것은 애후하며 참탄하는 뜻이 아님이 없으며 오히려 오늘에 이르러서도 그치지 아니하고 있습니다.23)

감히 토로할 수 없는 말들이 세월이 바뀌자 급속도로 퍼졌고 실록에 부록을 붙일 만큼 단종복위는 공식적으로 이루어질 수 있는 시기를 맞기에 이른다. 민중이나 사대부간의 의식에서 그치지 않고 후대 왕들도 이제 역사를 되돌려 놓아야 한다는 의무감을 느끼며 앞장서 실행하지 않을 수 없게 되는 것이다. 그리하여 中宗때부터 시작되어 숙종연간에 마침내 단종복위가 성취된다. 무엇보다 이런 변화에는 사대부들의 치열한 역사인식이 큰 몫을 했을 터, 그들의 역사인식은 아무래도 민중의 역사 이해방식으로서의 흥미적 민담취향을 넘어 왜 단종복

---

23) 세종대왕기념사업회, 상게서, 347쪽.

위가 당위적인가를 치밀하게 논증하는 단계로까지 발전한다. 이런 현실적 움직임에 비출 때, 단종폐위시의 주변정황들, 가령 궁내의 살육과 왕위침탈로부터 집안과 개인의 비극적 운명은 야담적 각편으로 가장 흥미를 끄는 소재로 당연히 부상했을 것이다.

이쯤에서 우리는 미처 살피지 못한 樂浪공주를 상기해볼 필요가 있겠다. 〈樂浪공주〉 설화는 〈溫達〉이나 〈武王〉의 것보다도 시기적으로 앞선다. 낙랑공주는 쫓겨난 공주담에 해당하지는 않으나 적대국의 好童왕자와 사랑에 빠지는 바람에 父王을 배반하고 나라를 멸망에 빠뜨린 여인으로 기존 체제 안에서 거세당하는 위기에 빠진다. 일찍이 낙랑에는 적의 침입을 여지없이 감지해서 저절로 우는 自鳴鼓가 있었다고 했다. 공주가 사랑하게 된 好童왕자는 이를 이용, 공주에게 破鼓를 사주한다. 자신의 행동이 얼마나 배반된 일인지 생각할 겨를도 없이 공주는 북을 찢고 호동에게 알린다. 이 틈을 놓치지 않고 고구려 군사들이 공격해 낙랑을 멸망시킨다. 뒤늦게 시말을 알게 된 樂浪王 崔理는 낙랑공주를 죽이고 고구려에 항복한다. 일견 비극은 공주로부터 비롯되고 단죄당할 자는 그녀 이외 아무도 없는 것처럼 비치지만, 알고 보면 남성들의 행위도 당당한 것만은 아니고 어떤 면에서는 속물적이기까지 하다. 즉 호동과 달의 결혼을 주선한 이가 최리였고 혼사장애를 스스로 제거한 끝에 호동을 사위로 맞아들이고자 별렀던 이도 역시 최리였음을 놓쳐서는 안 된다. 호동도 진정한 사랑을 꿈꾸는 공주에 비해서는 너무 이해타산적이다. 애초 그의 목적은 결혼이 아니라 공주를 통해 자명고를 파괴하는 데 있을 뿐이었다. 물론 고구려의 입장에서 보면 호동왕자가 계모의 계책을 알면서도 부왕에게 直告하지 않고 스스로 자진을 택한 것은 儒敎孝行의 행적으로 아로새겨도 부족함이 없을 정도이다. 그러나 인간적 순수성이나 사랑에 대한 신의 따위를 의식하지 않았다는 점에서는 위선과 속물에서 벗어날 수 없다. 혹 호동이 비련의 주인공처럼 미화되었다면 그것은 지고지순하기 이를 데 없었던 낙랑공주가 못 잊어 하던 사람이었다는 데서 찾아야 한다. 호동의 위선적 면모가 아쉽기는 하지만 적국간의 남녀가 정치현실의 벽에 가려 끝내 비련과 죽음으로 생을 마감하는 전개는 퍽이나 극적이다. 누가 우리에게 로미오와 줄리엣 같은 로망이 없다고 말할 것인가.

과장의 정도가 심한 것 같으나 낙랑공주담은 민담세계를 벗어나 현실에서 드리워질 수 있는 비극적 현장을 놓치지 않고 잘 포착한 예가 된다. 그런데 호동이 나라, 부왕, 자신의 장래를 위해 고민하는 현실적 안목의 소유자였다면 공주의 모습 - 상대청년에 한없는 애정을 베풀고 그의 청이라면 나라의 멸망까지도 무릅쓰는 천진함 - 은 흥미적 소재와 인물에만 몰두하는 민담의 세계에서는 찾기 어려운 상이다. 외골수의 인물이 몇 백년 뒤에 흡사한 공주상을 『錦溪筆談』속에서 다시 보게 되는 것은 주목할 일이다. 두 이야기에서의 핵심적 친연성은 공주들이 모두 스스로 옳다고 믿는 바를 위해서는 죽음까지 두려워하지 않을 정도로 가열찬 의지의 여인이라는 점이다.

세조공주 이야기는 부녀간의 관계를 적대적으로 배치하고 있어 일견 낙랑공주설화를 연상시키는가 하면 정치적인 사안과 그에 대한 사람들의 현실적 시각을 주입함으로써 야담적 담론으로 얼마든지 비화될 수 있는 가능성을 크게 높여준다. 전승민담의 수용이라 할, 〈바리데기공주〉, 〈삼공본풀이〉의 공주, '쫓겨난 여인'담 등과 비교하여 초반의 역경은 흡사하나 세조공주 쪽이 보다 의지적이며 역사의식까지 겸비한 인물로 등장한다 하겠다. 평강공주의 축궁이 울음을 그치게 할 양으로 내뱉은 우스개 소리가 단초가 된 경우라면, 선화공주는 자신의 의지와 상관없이 난데없이 날아온 외설담 때문에 쫓겨난 것이다. 이를 보면 민담 속의 공주상은 한편으로 중세적 낭만주의, 낙천적 세계관이 그 저변에 강하게 깔려있는 것이 아닌가 한다. 반면 〈세조공주〉 설화에서는 공주와 부왕의 갈등조건이 단종과 그 주변인물에 관한 것보다 구체적이고 현실적으로 바뀌고 있다. 전통적으로 부모의 뜻을 존숭하고 수용하는 것이 봉건기의 보편적 모습임을 감안할 때, 父王에 반하고 나서는 공주의 행위는 완고한 당대적 인습이 아니더라도 불량스럽기 그지없는 행위이다. 따라서 왕위 환탈을 보다 못한 끝의 저항임이 분명한데도 누구도 그녀를 동조하거나 감싸주지 않는 상황에서 희생과 고난

은 공주 혼자의 것일 수밖에 없다. 전승담 속의 공주는 한결같이 적극적이면서
도 명분과 도덕률에 충실한 여인상으로 눈앞의 이익과 신분적 우월감에 연연하
지 않으며 옳다고 여기는 바대로 살아가는 주체적 인간이다. 적어도 이 대목만
으로 볼 때 세조공주와 방불한 이는 평강공주이다. 두 공주는 부왕의 행위가 인
간의 명분에 합당하지 않음을 직시하며 축출을 아랑곳하지 않고 시비를 가리는
데 적극성을 보인다. 대단한 주체성과 자기성찰을 지닌 여인들이다. 그렇지만
막상 축궁과 함께 그들은 부귀와 영예, 기득권으로부터의 담대한 결별을 각오해
야했고, 나아가서는 갖가지 인간사 고초를 감내하지 않을 수 없게 된다. 같은
逐宮의 부류라고 해도 〈溫達〉, 〈武王〉 설화가 화려한 복귀를 전제로 한 민담
의 산물이었다면 세조공주는 그런 낭만성과는 일부러 거리를 갖고 있는 듯, 허
무한 종결로 처리된다는 점이 다르다. 뒤에서 다시 언급하겠으나 이는 현실에
대한 고발로서 정치적 혼란 및 인간사의 복잡미묘함을 표출하기 위한 또 다른
배려라고 해야 할 것이다.

Ⅴ. 徐有英의 야담의식과 주제지향

야담을 다른 말로 문헌설화라 하듯, 기록으로 정착되어 있되, 그 속성에는 여
전히 구비적 특징이 은폐되어 있다. 하지만 문자로의 정착에 따라 구전에서는
만나지 못했던 갖가지 서사적 특질을 부수적으로 갖추게도 된다. 야담의 편찬자
들은 채록자로서 야담집을 집성하면서 의도하지 않았던 제 특질에 대해 상당히
당황했던 것을 목격하게 된다.24)

---

24) 구술성과 문자화에 대한 월터 J 옹의 연구는 야담의 서사적 의미를 다지는 데 도움을 줄
    것이다. 그는 『구술문화와 문자문화』, 문예출판사, 1997, 60-92쪽에서 구술성의 특징을 이
    렇게 지적했다.
      ① 종속적이기보다는 첨가적이다. ② 분석적이기보다는 집합적이다. ③ 장황하거나 다변적
    이다. ④ 보수적이나 전통적이다. ⑤ 인간의 생활세계에 밀착된다. ⑥ 논쟁적인 어조가 강하
    다. ⑦ 객관적이기보다는 감정이입적 혹은 참여적이다. ⑧ 향상성이 있다. ⑨ 추성적이기보

역사의 실체를 드러내기보다 비의성을 한껏 간직하고 있던 세조대의 이야기는 다른 무엇에 비해 여전히 흥미를 끄는 담론일 뿐더러 시시비비를 거듭 불러일으킬 제재가 아닐 수 없었다. 특히 속으로 응결된 세조에 대한 비판을 누구를 내세워 수행하느냐는 큰 난제가 될 수밖에 없었다. 한데 이때 왕이 가장 사랑하는 대상으로서 공주가 의미있는 서사적 대상으로 지목되었다. 왜냐하면 공주는 막혀있는 언로와 상관없이 선왕에 대해 직설할 수 있는 유일한 인물인 데다 그 현실안과 현명함까지 갖추고 있던 인물이었기 때문이다. 다시 말해 사대부적 의식과 세계관25)의 토로에 있어 공주야말로 가장 이상적 인물적 통로가 된다는 판단에 서게 된 것이다. 인물의 신중한 배치는 공주만이 아니라 김종서 손자를 내세운 데서도 여실히 입증되고 있다. 연좌제가 유독 강하게 지배하던 중세적 분위기도 그렇지만, 개인의 삶은 거대한 혈족의 비극으로 비화될 수 있는 상황에서 정치적 파쟁의 전율을 체험하거니와, 부왕의 야망이 주위 사람의 삶을 어떻게 파탄시키는지를 보여주는 것만으로도 세조에 대한 비판은 일정 부분 실현된다. 세조공주의 배우자로 김종서 손자를 지목한 것 또한 세조에 대한 부정적 인식을 강화해준다. 그같은 인물 등장은 쫓겨난 여인이 숯구이 총각을 만나고 發福하는 것과는 영 다르다. 전승담에서 흔히 보는 초현실적 혼사장애가 세조공주담에서는 결코 심각하게 반영되지 않고 있음은 주목할 특징이다. 물론 상대

다는 상황의존적이다.

　구술성의 제 특징을 설화문학에 직접 대입시킨다는 것이 무리일지 모르나 위의 지적 중 많은 것이 참조가 될 수 있을 것이다. 야담의 근본 성격을 문자화에서 찾을 경우 특히 ②③⑦⑨를 거꾸로 한다면 매우 적절한 야담의 성향에 해당한다고 하겠다. 가령 집합적이기보다는 분석적이다. 장황하지 않고 간결하게 정리된다. 감정이입 혹은 참여적이기보다는 객관적 거리를 유지한다. 상황의존적이기보다는 추상적이다. 등등으로 말을 뒤집으면 야담이 지닌 대의와 통한다는 것이다.

25) "서유영은 유가사대부로서 그의 의식은 기본적으로 유가의 사의식에 기초하고 있었기에, 서유영의 윤리의식의 요체는 仁 義의 실현을 희구하는 유가적 윤리의식"이라는 장효현의 지적(상게서, 223쪽)은 적절하거니와 『금계필담』에서 민중간의 설화보다 위국 충절 신의 정절 등 사대부정신의 구현을 높이는 각편들이 대다수를 차지하는 것도 그 때문이다. 정도의 차이는 있으되 그것은 야담 편찬자들을 지배한 보편적 의식이었다 할 것이다.

가 각각 세조의 유일한 공주이며 죽음을 피해 달아난 金宗瑞의 손자로 밝혀지자 그 얄궂은 운명적 만남에 크게 경악한 것은 사실이다. 하지만 오래지 않아 이들은 인간으로서 현재적 처지를 헤아려주며 신뢰성으로 그 난관을 무난히 극복하게 된다. 전날의 신분과 처지를 완전히 벗고 인간적 친화를 꾀하려는 두 사람의 성숙된 사고가 뒷받침되었음은 물론이다.

참담한 처지로 전락했다가 도리어 더 화려한 위치로 격상하는 〈溫達〉, 〈武王〉식의 시원한 해결을 세조공주에서도 똑같이 기대한 독자라면 불만이 적지 않을 수 있다. 성스러운 존재는 언젠가 다시 그 성스러움을 회복한다는 구조는 민담과 전설에서 취하는 상투적 전개라면, 〈세조공주〉는 그런 유형의 일방적 추종을 거부하고 있는 셈이다. 편찬자는 해피엔딩적 처리를 몰라서 불투명하게 마무리한 것은 아니겠고, 왜곡된 역사의 한편을 방치할 수는 없다는 자각으로 상투적 마무리를 거부했던 것이다. 추측컨대 이는 설화의 담당층이 사대부나 識者層의 몫으로 넘어오고 문자화에 따른 야담적 정착의 징후를 드러내는 대표적인 마디가 아니었던가 하는 생각도 든다.

세조공주는 사대부적 의식을 반영해 재구된 인물답게 사사로운 일상차원의 갈등대신 권부의 이면을 꿰뚫거나 모순과 상황에 주목하고 그에 저항 끝에 축출의 운명에 빠졌다가 결국 凡夫의 바람을 쟁취하는 데까지 이르는 인물이다. 하지만 그녀나 부왕이나 서로 떨어져 있는 동안은 여전히 회한을 끌어안고 살아야 했다. 그 점에서 끝말의 부녀 상봉은 이야기의 절정편이다. 어느새 많은 세월이 흐르고 딸에 대한 증오심도 거의 탈색할 무렵, 속리산에 행차했던 세조가 우연히 공주와 조우한다. 기쁨은 세조가 훨씬 더 컸다. 당장 자신과 더불어 궁궐로 돌아가자고 청하는 데서 그 동안 맺혔던 아비의 애틋한 심정이 절절하게 묻어난다. 그런데 귀경 후 부왕이 서둘러 승지를 보내 공주부부를 맞아오도록 했으나 부부는 야밤을 틈타 홀연히 흔적을 감추고 만다.

이 결구야말로 사대부들이 추종한 야담의 구비전승과 크게 달라지고 있는 구조임을 명징하게 암시해주고 있다하겠다. 행복스런 끝마무리는커녕 허무주의적

처리에 가까운 종결은 민담적 줄거리에 익숙했던 사람들을 여간 당혹하게 만드는 것이 아닐 수 없다. 그것은 世祖 - 世祖公主, 世祖 - 金宗瑞 손자간의 화해보다도 세상에 남겨진 운명의 끈을 철저히 부정하고 그 세계로부터의 일탈을 염두해서 일어난 거부로 해석할 수도 있다고 본다. 현실은 낭만적 세계관으로 보듯, 그런 즐거운 공간도 아니며 미래의 행복만을 예비해 주는 공간일수 없다는, 현실주의적 시각이 여기에 은근히 반영되고 있는 것이다. 야담 속에 깃들어 있는 세조의 형상은 현실적 치적이나 업적과는 상관없이 다분히 부정적으로만 묘파되어 있음도 같은 맥락이다.

단종 폐위를 직·간접적으로 담고 있는 나머지 4편의 야담도 그 비극적 역사의 단초로서 세조에 대한 우회적 비판이 아직 식지 않았으며 사대부들이 바라보는 역사적 허무주의 내지 운명주의적 사고조차 진하게 깔려 있는 것으로 보인다. 물론 徐有英은 採錄者에 불과한지 모르나 그 같은 전개에 동조하고 있다는 인상을 지울 길이 없다. 그는 아무리 추하고 부정하고픈 역사라 할지라도 외면할 수 없다는 사대부적 명분에 옹호하며 『錦溪筆談』을 매개로 서사적 중계인의 역할을 자임하고 있는 셈이다. 서유영에 있어 『錦溪筆談』은 민중들의 거침없는 힘의 방출에 대한 일종의 거세행위의 소산이요, 구체적인 힘의 묘사보다는 謙讓이라는 윤리를 제시하고자 하는 사대부의 보수적 태도의 소산이라고 해석할 수 있다.26) 하지만 겸양과 보수주의적 서술태도로 말미암아 극적 반전이나 세조에 대한 적접 비판이 여의치 않자 편찬자를 비롯한 야담의 담당층은 공주를 내세워 우회적으로나마 애초의 의도를 수행하기로 한 것이다. 필자는 보수적 서사의식이 던져준 한계보다는 민담을 자기화하여 마침내 세련된 문학성을 갖추어 나갔다는 그 서사적 전이에 더 의미를 부여하고 싶다.

---

26) 이강옥, 「六美堂記와 錦溪筆談의 비교분석을 통한 소설과 야담계 서사체의 관계양상」, 『한국학보』 42집, 135쪽.

VI. 〈세조공주〉의 소설성

『錦溪筆談』에 오른 사건과 등장인물을 일별하다 보면 하나같이 운명론적 세계에 갇혀 이를 끝내 탈피하지 못하는 인물들로 선별될 뿐만 아니라 敍事동기를 엄정한 역사해석에 둔다는 의식이 비교적 희박하다는 생각이 앞선다. 死六臣, 그리고 정순, 정희왕비를 주인공으로 삼고 있는 〈光廟有一公主〉 등속은 서유영 같은 사대부층이 수월하게 접할 수 있는 일화가 될지는 모르나, 街談巷說類처럼 쉽게 청취하고 무심하게 퍼뜨릴 만한 그런 유형은 아니다. 필자가 보건대 이 각 편들은 이미 야담의 성격을 강하게 반영하고 있는 것으로 보인다. 야담이란 유자들의 嗜趣用事와 유전되는 이야기를 정착시킨 것에 불과할 뿐 창작이 아니라는 변27)을 따른다면 사실 구비전승담과 크게 다른 서사적 변별점을 추출하는 것은 쉬운 일이 아닐 수도 있겠으나 담당층의 목적성까지도 구비전승담과 같은 것으로 파악하려는 것은 무리이다. 모든 서술은 화자나 문맥과 괴리되어 존재할 수 없다는 견해가 아니라도 야담은 사대부층의 의식을 반영하는 서사물에 가깝기 때문이다. 특히 街談巷說에서 유입된 것을 크게 부정하지 않으면서 동시에 단순한 이식을 넘어서서 적극적 변개를 수행하고 있다고도 볼 수 있는 것이다.

徐有英이 등재한 세조공주 역시 민가의 구비전승에 비해서 단순한 정보적 전달을 넘어 사실적이고 逼眞한 담론을 지향하고 있음이 분명히 드러난다. 무엇보다 단순한 인물구도와 전형화된 민담적 기능에 머무르지 않고 주인공조차 최종의 승리나 타고난 복으로 처리하기를 꺼리는 결론부위는 편찬자 서유영의 주관이 크게 개입되고 있는 것이 아닌가 싶다. 그는 우선 선과 악의 분명한 경계를 먼저 긋고 事必歸正的 결말을 상투적으로 대입함으로써 도리어 현실과 역사를 곡해하던 전례를 좇지 않는다. 해피엔딩적 처리는 사람들이 진정 원하는 것일지 모르나, 현실과 역사를 날카롭게 응시하는 이들에게는 한낱 공소한 처리

---

27) 이석래, 「고대소설에 미친 야담의 영향」, 정명기편, 『야담문학론』 하, 보고사, 264쪽.

에 불과한 것으로 보고 있었던 것이다. 서유영은 현실에 기반하여 핍진성을 드러내는 일이야말로 야담이 지녀야할 가치로 삼고 있다. 그러므로『錦溪筆談』에서는 결국 주인공일지라도 선과 악의 극명한 도출에 목적이 있는 것이 아니라 은근하고도 신중하게 도식화된 결말처리를 부정하고 나타난 것이다.

내용뿐만 아니라 표현방식에서 도달한 세련미는 문자화가 야담에 부여한 가장 값진 혜택이기도 하다. 다음에는 구비문학에서의 話者와 야담에서의 편찬자 간 서술의 특성과 그 편찬자의 정도를 짚어보고 세조공주담이 지닌 서사적 성숙도와 세련미를 파헤쳐 보기로 한다.『錦溪筆談』소재 세조공주담과 짝할 구비 전승적 설화는 두 편을 거론할 수 있는데, 하나는『구비문학대계』28)에, 다른 하나는『상주의 얼』29)속에 들어있다. 우선『구비』소재의 것이 구술성이 강한 반면『상주의 얼』에 오른 것은 변개와 윤색이 심해 구비적 특성이 많이 훼손된 경우이다. 우선『錦溪筆談』과 구비의 맨 첫머리를 제시하고 두 이야기를 비교해 보기로 한다.

① 그때 당시에 세조 단종을 내쫓는 세조대왕의 얘기요, 세조대왕이 자신의 조카를 내쫓고 자기의 동생이 일곱이나 됐었는데요, 그 일곱 동생을 다 죽이다시피 하고 그때 임금이 되기 위해서는 임금의 자리를 방해하는 사람은 누구나 다 죽였으니까. 마지막에는 당시의 공주인 따님 말야. 공주가 공주께서 자기 아버님을 보고 말야. 아버님 이게 도저히 후세의 역사에 길이 오명을 남길 일이니까. 그러지 말라고 그 오라버니께 말야. 단종께 왕위를 도로 양해하시라, 따님이 그런단 말야.

② 세조에게는 한 공주가 있었는데 어려서부터 성품도 덕성스러웠다. 공주는 단종이 물러나고 절재 김종서가 사육신 및 충의를 지키려는 신하들과 함께 단종의 복위를 도모하다가 순절하고 그 가족들이 죽임을 당하는데 이르는 것을 보고 일찍이 눈물을 흘리며 밥도 먹지 아니하였다. 그리고 단종의 어머니인 소릉이 참변을 당할 때에는 울면서 간하기를 그치지 아니하니……

---

28) 한국정신문화원,『한국구비문학대계』2-8, 1986, 516-521쪽.
29) 상주군,『상주의 얼』, 1982.

말과 문자의 몫이 겹치기도 하고 달라지기도 하는 것이므로 같은 내용일지라도 수사와 표현에 있어 차이는 당연해질 터인즉, 이는 구술과 문자화에 대응되는 각각의 개별성을 함축한 데서 오는 결과이다. ①에서는 세조를 악행의 본으로 단정짓고 있으며 듣는 편에서도 이를 염두에 두고 경청하도록 한다. 민중들 간 담론 중 세조에 대한 부정적 인식을 그대로 표출하는 것으로 보아 구비전승의 특징이 고스란히 표출되고 있다고 보아야 할 것이다. 그에 비해 ②에서는 공주를 주인공으로 설정하고 공주의 발언과 태도를 통해 세조의 공과를 묻고 있는 것이다. 공주가 세조에게 반대를 하고 나선 것은 두 各篇이 동일하다고 보지만 ①과 비교할 때 ②에서는 金宗瑞와 死六臣이 端宗의 복위를 꾀하려다가 중도에서 탄로나 결국 수포로 돌아가고 궁 안팎이 피바다를 피할 수 없는 결말을 맞고야 만다. 거기다 소릉의 묘를 파헤친 사건 때문에 그러잖아도 불만이 가득했던 그녀가 부왕에게 재고를 청하면서 사태가 호전되기는커녕 부왕의 진노만을 살 뿐이었다. 하지만 ②는 세조를 악인으로 평하는 등의 설명적 제시를 하지 않고 있다. 청자들의 세조에 대한 기본적 지식을 전제로 하고 있는 것이다.

요컨대 야담은 구전을 보다 세련된 담화체계로 추슬렀다고 보지만 역시 으뜸가는 특징으로는 흥미발현과 함께 역사적 인식을 끊임없이 주입시킨다는 것이고 그런 목적을 위해 서사적 변이를 궁리한다는 것이다. 결말을 앞세운 서사적 성급함 때문이었겠으나 묘사적 부분을 찾기가 어렵고 늘 빠른 요약으로 마무리되는 것도 한 특징이다. 한 예로, 궁을 떠나서 공주가 낯모르는 총각의 집에 몸을 의탁하는 전개로 하여 공주나 총각의 신분이며 과거가 밝혀지는 것이 민담적 특징이라면, 『錦溪筆談』에서는 1년 남짓 동거하다가 혼례를 올리고 나서도 신분을 감춘 채 지냈다고 했으니 현실감을 감안한 전개가 아닐 수 없다. 총각은 유난히 많은 보물을 지참하고 있는 것하며 유모까지 동반하여 피란한 점을 괴이하게 여기고 있으면서도 상대방의 눈치를 보며 한동안 그 궁금증을 털어놓지 못하고 있다. 이같은 신중한 내용과 차분한 전개는 민중적 시각을 반영한 민담적 전개하고는 확연히 구분된다. 총각이 공주에 대해 품는 의문의 몇 가지를 나열하고 계기적 전개를 거쳐 상호 이력을 밝히는 부분도 실생활에 즉한 핍진한 서술과 무관한 것이 아닌성 싶다. 助力者로서 유모의 존재는 추방된 공주담에 흔히 등장하는 것이기는 해도 세조공주에게 있어 유모는 뒷날까지 공주를 보필하는 진정한 동반자의 기능을 수행하고 있어 주목된다. 가령 공주부부가 살림이 궁해지자 패물을 처분하자고 제의한 이도 유모였던 것이다. 세부적 상황의 제시와 차분한 전개, 거리에 더해 논리적이며 현실에 즉한 관찰과 묘사는 구비전승과 일정한 거리를 두고 있음에 틀림없다.30) 거기다 우리는 마지막 결말처리에서 또 한 번 핍진성에 의거한 소설적 조짐을 찾을 수가 있다.

> 세월이 흘러 그때 禍의 법망이 풀어지게 되자 총각은 보물을 팔아 많은 돈을 얻어 산밑으로 내려와 넓은 전지를 마련하고 몸소 밭을 갈고 책을 읽으며 아들 딸을 낳아 기르면서 살았다.31)

산중에 몸을 감춘 공주가 가정을 꾸리고 전날의 아픈 기억을 떨치고 평온한 삶을 누리게 되었다고 했으니 대단원의 시점에 이른 감을 역력하게 느낄 수가 있다. 한데 뜻밖에 속리산에 행차했던 세조가 공주와 조우하는 것으로 이야기는 다시 급박하게 선회한다. 구조적으로 결말에 이르렀으니, 행복감이 충만한 생으로 마무리하기 위한 배려처럼 비치는 것이 실상이다. 거기다 산중의 공주가 어찌 왕과 조우할 수 있었는지, 공주가 도피한 장소를 속리산으로 정한 까닭은 무

---

30) 설화와 소설의 차이에 대해서 아래의 설명은 세조공주담을 올려 놓고 있는 『錦溪筆談』의 서사적 수준을 이해하는 데에도 도움이 될 듯 싶다.
　　"환경의 경우 전기 소설은 인물이 놓인 시간적 공간적 환경을 구체적으로 확정하고 서술한다. 그에 반해 설화는 인물이 놓이는 시공간에 대해 뚜렷한 규정과 구체적 인식을 보여주지 않는다. 때문에 설화적 시공간은 추상적이다. 만일 설화가 환경에 자세한 묘사를 보여준다고 한다면 그 설화는 이미 다른 장르로 이행중일 가능성이 높다."(박희병, 「한국소설의 발생 및 발전단계의 문제들」, 『소설과 사상』, 1994년 봄호, 고려원, 249쪽)
　　위 논의는 전기소설을 중심으로 거론한 것이기는 하나 넓게 보아 소설과 다른 서사물과의 차이와 그 식별기준을 제시하는 것으로 삼더라도 큰 무리가 따르지 않는다.
31) 서유영, 상게서. "歲久禍綱稍弛 總角盡賣輕寶 得數千金 築室於山下 廣置田庄 躬耕讀書連生子女矣"

엇인지 따위를 이야기 전체 속에서 적절한 유기성과 복선으로 한데 아우르고자 한 의도도 엿보인다.32) 사실『세조실록』등에 따르면 실제로 세조는 속리산을 비롯 중부권의 名山, 名刹을 수시로 찾아 건강과 국태민안의 기도를 올린 것으로 확인이 되고 있다.33) 이와 달리 구비전승에서 세조와 그 공주에 대한 전승담이 영월의 것 이외에는 어느 곳에서도 채록되지 않은 것이 의아스럽기는 하지만, 어쨌든 부왕과 공주가 속리산 어디쯤에서 해후하는 것으로 처리한 것은 어색한 일이 아니다. 이들의 해후는 먼저 세조가 길에서 한 아이를 우연히 발견하는 것에서 비롯된다. 임금의 행차중에도 노는데 정신이 팔려 있던 한 아이를 세조가 내려다 보고는 자신의 얼굴 생김과 흡사한 것에 몹시 놀랐던 것이다. 바로 아래 대목이다.

> "세조는 그 말년에 절을 두루 돌아다니며 부처님전에 지난날을 참회하는 기도를 했는데 속리산으로 향하다가 마침 공주가 사는 동네를 지나치게 되었다. 이때 한 아이가 길가에 있었는데 세조가 그 아이의 용모를 살펴보니 자기와 같았다. 세조는 이를 기이하게 여겨 수레를 멈추게 하고 앞으로 불렀다."34)

---

32) 세조공주 이야기는『錦溪筆談』의 것 말고도『구비문학대계』2-8(한국정신문화연구원, 1986)과『상주의 얼』(상주군, 1882)에 각각 채록된 것이 있다. '구비'의 것은 서유영의 야담집에 오른 이야기와 대동소이한데 차이라면『금계필담』에서는 속리산을 배경으로 사건이 진행되는데 반해 '구비'의 것은 따로 구체적인 공간을 적시하지 않고 있다는 것이다. 화자란 대개 자신과 관련된 공간을 미화하고 의미화하려는 경향이 있으니 영월지역에서 채록한 이 설화가 굳이 속리산을 지리적 공간으로 고집할 까닭은 없을 터이다. 尙州誌에 오른 것은 속리산과 그리 멀지 않은 상주군 화북면 입석리로 적시하고 있고 여기에 제목을 "보굴암에 얽힌 사랑이야기"라고 했으니 문화재유래 전설로 삼으려는 의도가 뚜렷하다. 내용을 보면, 보굴암의 그 자리에서 공주가 김종서의 손자와 결혼하는 것으로 전개되고 있을 뿐 세조와의 조우를 설정하지 않고 조력자로서 두 집안의 유모들을 포함하여 네 사람이 행복하게 살았다는 것으로 매듭을 맺고 있다.

33)『조선왕조실록』권 5, 세조 10년 정월 27일 庚戌條에는 "車駕經報恩縣東平 夕次于屛風松 僧信眉來謁獻餠百五十盆 賜扈從軍士"라 했고 동 28일 辛亥條에는 "上行俗離寺又禍泉寺 賜福泉寺米三百石 奴婢三十九田二百結 俗離寺米豆井三十石 申時還幸宮"이라는 기록이 올라있다. 그 외 속리산뿐만 아니라 관동지역을 포함, 그의 명산명찰 순행은 어느 왕에게서도 찾을 수 없을 만큼 아주 빈번하게 나타나고 있어 그의 호불적 성향이 어떠했던가를 헤아려 볼 수 있다.

이때 천진한 아이는 세조와 공주의 조우를 마련한 매개적 인물로 세조에게는 혈연을 찾는 기쁨을 한층 강하게 부각시킬 수 있게 해주는 계기로 나타난다. 아직 우발적으로 즉흥적 사건처리를 우의적으로 수용하던 전설 민담은 물론이고, 고소설에서도 상투적 전개가 여전했음을 감안하면, 부녀의 상봉 장면은 현장성의 부각과 함께 핍진성을 높여주는데 크게 기여한다. 내심 外孫을 親孫보다 더 애틋하게 여긴다는 말이 있다시피 이제 세월과 함께 공주에 대한 배신감과 서운함은 절로 녹고 원래의 父情이 되살아나는 것이다. 다시 말해 공주 및 외손자와 만나 그 동안 피란 생활의 자초지종을 듣고 난 세조가 마침내 딸을 용서하고 그 남편을 사위로 인정하기에 이르는 것이다.

그런데 해원을 원하는 부왕의 뜻과 달리, 그에 대한 공주의 반응은 예상 밖이다. 즉 길가에서 잠깐의 해후를 뒤로하고 한양으로 올라간 세조는 즉시 承旨를 내려보내 공주와 가족을 데려오도록 한다. 그러나 그들이 집을 찾았을 때 공주부부는 야밤을 틈타 홀연히 자취를 감춘 뒤였다. 이제 모든 갈등과 증오가 풀어지고 부왕의 제안에 따라 입궁만 한다면 더 없는 행복을 누릴 수 있게 되었음에도 공주가 남편과 자식과 더불어 더 깊은 곳으로 몸을 숨겨 세상과의 인연을 단절한 까닭은 무엇일까. 허무감을 가득 안기는 결말처리는 편찬자가 세조와 그의 세대에 보내는 냉소적 시선이 아닌가 하며 공주를 행방불명으로 처리함으로써 편찬자의 의도했던 대로 극적 여운을 길이 남길 수 있게 되었다고 여긴다. 서유영은 이미 세조공주담 이외 4편을 통해 단종 시대의 이면에 남겨진 단종 폐위에서 야기된 비극의 當事者들을 거듭 거론하지만, 세조에 대한 역사적 평가는 세조공주에 있어서도 비판적 시선이 조금도 누그러지지 않고 있음을 확인할 수가 있다.

설화에서 낭만적 기능의 대명사로 통할 수 있었던 공주를 혼돈의 역사흐름 속에서 헤어나지 못하고 결국은 허무한 운명의 존재로 그려내고 있음은 민담에서부터 야담으로 진행된 서사적 맥락과 무관한 일이 아니다. 거듭 확인하는 바

---

34) 서유영, 상게서. "光廟晚年 遍行佛事 祈佛懺悔 將向俗離山 過公主所居之村 一小兒在 路傍 觀光其容貌 克肖聖躬 光廟奇之 駐蹕招前"

이지만 서유영은 전통적으로 답습되는 민담적 구조의 이야기적 수용에 안일하게 머물지 않고 역사에 대한 날카로운 비판의식 위에다 역사적 상상력을 보태 또 하나의 공주를 창조해 내는 데 성공하고 있는 것이다.

Ⅶ. 결 론

〈世祖公主〉 이야기는 徐有英이 전문을 바탕으로 해서 『錦溪筆談』에 올린 各篇의 하나에 불과한 것이나 좀더 자세한 읽기를 통해 이 이야기 앞에는 길고도 강한 서사적 연맥이 드리워져 있음을 확인할 수 있었다. 주인공 여인이 쫓겨났다는 점에 초점을 맞출 경우 적지 않게 전해오는 여인발복담과의 승계를 부정할 수 없을 것이며 주인공이 공주라는 사실을 초점화할 때는, 오구대왕과 길대부인의 일곱째 딸로 태어났다가 사소한 일로 추방당하는 바리데기와의 운명을 연상할 만도 했다. 하지만 보다 직접적인 친밀성은 온달이야기에 나오는 평강공주, 혹은 적대적 집안출신끼리의 사랑 끝에 생을 비극적으로 마감하는 낙랑공주가 될 것으로 본다. 무엇보다 세조공주는 이 두 공주들처럼 민담 속의 여인들과 달리 고난과 시련을 스스로 자초한다는 데에 그 특징을 찾을 수 있다. 다시 말해, 민담의 여인들이 타고난 발복 때문에 곧 위기를 벗어나는 운명 순응자들이라면, 이 공주들은 그들 앞에 닥친 문제를 치밀하게 헤아려 주체적 판단을 내리고 적극적으로 이를 헤쳐나가는 것으로 그려지고 있는 것이다.

이런 시각은 그 유사성이 인정되는 여타 민담 및 신화와 크나큰 편차를 노정하는 것인데, 무엇보다 서사 수용담당층의 의식변화가 이런 변이를 촉발했고 그것은 현실과 역사를 날카롭게 응시하고 있는 士大夫들의 세계관과 무관할 수 없다고 여기게 되었다.

『錦溪筆談』의 採錄者 徐有英은 다른 사대부들처럼 지난 역사에 대한 시비에 대단한 관심을 가졌으되, 특히 단종 폐위에 이어 심각한 운명의 부침을 당하는 인물들을 찬찬히 살피고 있었다. 野史의 하나이므로 正史와 상충될 수밖에 없음을 인정하더라도, 세조공주에서의 세조에 대한 비판은 몹시 날카로웠다. 하지만 직설적인 비판의 공공연한 표출은 아직 삼갈 수밖에 없었으므로 우회적 방식을 모색하고 나섰고, 그 대안으로 등장하는 것이 바로 세조공주였다. 오래 전에 일어난 단종 폐위사건의 始末, 곧 수양이 권력쟁취를 위해 얼마나 많은 이를 희생시켰으며 그로부터 야기된 도덕과 인륜의 추락은 얼마나 큰 후유증을 남겼는지를 반추하고 시비를 가려 이런 件이 반복되지 않아야 한다는 것이 명분론자인 사대부들의 記事的 입장이었고 이는 그대로 徐有英의 뜻이기도 했다. 따라서 이 경우 공주는 사대부적 심정을 온전히 대신하는 서사적 代理人으로 보아 무리가 없다.

공주의 추방은 사소한 일상차원에 머물지 않고 미묘한 정치적 사안의 비판적 제기에서 비롯된 것이므로 민담적 흥미를 넘어서는 심각성을 내재할 수밖에 없었다. 거기다 은거지에서 만난 상대를 金宗瑞의 손자로 처리하여 적대 집안간의 기구한 만남을 통해 대단한 충격과 흥미를 발현시키는 데 성공한다. 하지만 야사로서의 진지성을 다시 반추하게 하는 대목은 아무래도 그 종결부위였다. 이제 안온한 삶으로 복귀할 수 있는 현실적 여건이 다 조성되었음에도, 이를 마다하고 공주가 홀연히 자취를 감추는 것은 담당층의 의식이 어디에 놓여 있는지를 암시해 주면서 극적인 대단원을 가능케 하는 요인이 되고 있다. 아울러, 이를 통해 우리는 서유영을 비롯된 사대부들이 세조에 대한 비판의식이 여전히 가셔지지 않고 완고하게 남아있음을 다시금 확인하게 된다.

문학적 성취도를 진화론적 시각을 통해 드러내고자 하는 의도는 딱히 바람직한 태도일 수는 없으나, 신화나 민담에서 나아가 역사와 서사를 한 데 아우르며 한 차원 높은 서사성을 성취한 작품이 있다면 이에 대한 초점화는 당위적인 일이 아닐까 싶다. 필자에게 서유영의 『錦溪筆談』 소재 〈세조공주담〉은 그 좋은 예로 주저 없이 꼽을 수 있는 것이었다.

김 승 호 동국대학교 교수

義賊說話 〈盜宰相〉考

Ⅰ. 서 론

한국문학연구에 있어서 설화연구는 소설 연구자들에 의해 소설 연구의 일환으로 이루어졌다. 소설 연구자들은 설화와 소설이 유사한 내용을 가지고 있다는 사실에 유의하여 설화를 소설의 전 단계로 규정하고, 설화 속에서 소설의 素材源泉을 찾고자 했다.1) 이와 같은 소설 연구자들의 노력에 힘입어 대수롭지 않은 이야기로 취급되던 설화가 학문연구의 범주 안에 들어오게 되고, 설화의 존재 양상과 본질에 대한 연구가 활발하게 이루어질 수 있었다. 그러나 이러한 연구는 설화에 대한 올바른 이해를 가로막는 하나의 요인이 되기도 한다. 소설 중심의 시각으로 바라볼 때 설화는 소설보다 저급한 문학이거나 아니면 문학 이전의 단계에 머무는 것으로 보는 경향이 있다. 소설과의 관계 속에서만 바라볼 때, 설화는 소설의 소재 이상의 의미가 없는 것으로 이해되고, 설화 자체의 다양한 기능과 의미가 드러나지 못한다. 설화는 소설의 소재원천이 될 수 있지만, 그와 반대의 경우도 있을 수 있다.2) 따라서 설화는 소설과 마찬가지로 이야기문화의 전통 속에서 고유한 영역을 갖는 하나의 독립된 문학 양식으로 볼 수 있다.

---

1) 김태준은 그의 『조선소설사』에서 소설 발생의 전 단계를 설화시대로 규정하면서, 설화를 소설의 소재 원천으로 다루었다. 그 후 이 같은 연구 시각은 하나의 典範처럼 인식되면서 일정 기간 동안 그대로 유지되어 왔다.

2) 설화는 소설의 소재 원천이 되기도 하지만, 소설을 통해서 설화가 생성되거나 변모되는 경우도 있다. 『삼국지연의』가 국내에 들어온 이래로 여러 지역에 關羽와 관련된 설화들이 생겨난 것이나, 『춘향전』을 토대로 한 설화들이 남원 주변에서 생성된 경우가 그 예이다.

이 글에서 검토하고자 하는 〈盜宰相〉은 『蘭室漫筆』에 수록된 한문단편이다. 이 작품은 의적단의 두목인 도재상 의적 활동에 초점을 맞추어 서술한 의적설화의 일종이다. 이것은 구전설화를 바탕으로 해서 저작된 문헌설화이지만, 작품 자체의 내용을 기준으로 해서 판단한다면 소설로 볼 수도 있다.3) 이 작품은 비록 완벽한 소설적 구조를 갖지는 못했지만, 개별 작가가 義賊의 人生歷程을 이야기한 설화를 새로운 시각에서 해석하고 소설적 구조에 따라 서술하고 있기 때문이다.

필자가 이 작품을 검토하게 된 이유는 이 작품이 가진 의적설화로서의 성격과 그것이 가진 독특한 결말구조에 있다. '義賊모티프'는 한국문학사에 가장 강렬하고 지속적인 영향을 미친 서사적 요소 가운데 하나이다. 이 모티프를 수용한 작품은 설화와 고소설, 한문소설, 신소설, 현대소설 등에 걸쳐 헤아릴 수 없이 많으며, 그 가운데 상당수의 작품은 '古典'으로서의 위치를 확고히 하고 있다. 이들 작품들이 의적설화의 전통과 직접 간접으로 갖는 상관 관계를 고려할 때, 의적설화에 대한 정밀한 검토가 절실히 요구된다. 지금까지 김석배, 윤오현, 윤재근, 장양수, 진재교 등에 의해 이루어진 의적설화연구는 대체로 의적설화의 전반적 성격을 다루고 있어 의적설화에 대한 이해의 폭을 넓히고 있다. 그러나 구체적 작품에 초점을 맞춘 연구는 별로 활발하게 이루어지지 못하고 있어, 연구의 성과가 구체적이지 못할 우려가 있다. 본고는 이러한 문제점을 고려하면서 〈盜宰相〉이란 한 개별 작품에 대한 정밀한 글읽기로서 시도된다. 이 작품은 의적설화 가운데는 드물게 작자가 밝혀진 작품이다. 따라서 이 작품을 통해서 작자의 저작의도와 작품의 의미를 어느 정도 구체적으로 짚어볼 수 있지 않을까 생각한다.

〈盜宰相〉은 그 내용에 있어서 〈홍길동전〉이나 〈許生傳〉과 깊은 관련성을 가진다. 이 작품은 〈홍길동전〉과 전체적으로 유사한 구조를 가지고 있으며, 〈許生

---

3) 〈盜宰相〉이 실려 있는 자료가 『蘭室漫筆』이라는 설화집이라는 점에서 이 작품을 '설화'에 포함시키고 있지만, 이 작품은 개별 작가의 새로운 시각에 의해 저작된 작품이라는 점에서 '한문소설'의 하나로 보아도 무방하다.

傳〉과도 일정 부분 유사한 면을 갖는다. 이를 보고 〈盜宰相〉을 이들 두 작품의 근원설화나 아류작 정도로 취급될 수도 있으나 이것은 성급한 판단이다. 〈盜宰相〉이 반드시 이들 소설과의 관련 속에서만 이해되어야 하는 것은 아니다. 그 것은 소설과는 별도의 자체적 생명과 傳承史를 가지고 있으며 자체의 존재 의 의를 가지기 때문이다. 〈盜宰相〉이 〈洪吉童傳〉이나 〈許生傳〉과 갖는 관련성 을 제대로 이해하기 위해서는 먼저 이 작품이 갖는 독자적 성격을 인정하면서 그에 대한 정밀한 검토가 있어야 한다.

Ⅱ. 義賊說話의 生成과 傳承의 背景

의적설화의 중심화소인 '義賊모티프'는 전 세계적으로 가장 보편적이고 지속 적인 문학의 주제 가운데 하나이다. 그것은 현실과 밀착된 사회 문제를 다룸으 로써 독자들의 흥미와 관심을 끌면서 설화, 소설, 시가, 희곡 등 다양한 형태의 문학적 형상화를 이루어 왔다. 서구에서 '로빈후드(Robin Hood)' 전승은 여러 지역에서 장구한 기간에 걸쳐 전승되어 왔으며, 비교적 근래의 일이기는 하지만 중남미 제국에서도 같은 주제를 가진 '판초빌라(The memoirs of Pancho Villa)' 같은 소설이 적지 않게 나왔다. 중국에서 의적모티프는 〈수호지〉로 집대성되었 고, 우리 나라의 경우에는 다양한 형태의 의적설화와 함께 〈홍길동전〉, 〈전우치 전〉, 〈林巨正〉, 〈장길산〉 같은 소설의 형태로 나타나 있다.4)

의적설화의 바탕이 된 것은 현실적으로 존재했던 '義賊團'의 활동이었으며,5) 이 의적단의 발생을 가능하게 한 사회적 배경은 당대의 경제적 궁핍과 관료사회

---

4) 장양수, 『韓國義賊小說史』(문예출판사, 1991) 참조.

5) 『조선왕조실록』을 살펴보면 거의 모든 王代에 걸쳐 盜賊에 관한 기사가 해마다 빠지지 않 고 나온다. 〈홍길동전〉의 배경으로 되어 있는 광해군 재위 15년 동안 무려 250건에 달하는 도적에 관한 기사가 나오고, 〈춘향전〉의 배경이 된 숙종 대에는 140여 건의 같은 기사가 나 온다. 이 가운데 상당 부분은 가난한 백성들이 모여서 만든 賊徒에 관한 내용이다.

적 부조리였다. 의적단은 원래 궁핍한 현실을 타개하기 위해 재물을 탈취하러 나선 도적들의 집단이었다. 의적단의 구성원은 가난 때문에 생업을 포기하고 도적이 되었던 절박한 처지의 서민이었다. 그들의 일차적 목표는 일정 재산을 마련하여 생계를 유지하고 빠른 시일 안에 정상적 생활로 복귀하는 데 있었다. 의적설화에서는 정치나 사회 문제를 기치로 내걸고 있지만, 그들의 주된 요구는 경제적 궁핍을 해결해 달라는 것이었다. 의적단의 출현은 역사상 '극히 보편적으로 인정된 사회현상의 하나'였으며, '놀라울 정도로 공통된 유형'을 가지고 있다.6) 따라서 이를 바탕으로 한 의적설화 역시 유형성을 띠게 된다.

의적설화의 중심인물은 의적단의 두목인 의적이다.7) 의적설화는 의적단 전체의 활동을 이야기한 것이 아니고, 의적단의 두목인 의적의 생애와 활약상에 초점을 맞추고 있다. 의적설화는 의적의 身元을 소개하고, 그가 처한 불우한 처지와 그것을 계기로 적도에 가담하게 되어 賊徒의 두목이 된다. 그는 불가피한 상황 때문에 적도에 가담하기는 하지만 그것을 자신의 최종 목표로 삼지는 않는다. 그가 궁극적 목표로 삼는 것은 사회정의의 실현이었다. 의적은 자신의 가난을 개인적 문제가 아니라 사회적 모순으로 인식한다. 그는 적도들을 이끌고 불의한 관리나 부자들의 재물을 탈취하여 불우한 이웃을 구제한다. 그는 재물을 탈취하는 경우에도 가난한 백성들의 재산이나 국가의 공공 재산에는 손을 대지 않고 불의한 재물만을 대상으로 삼는다. 그는 탈취한 재물을 가지고 가난한 이웃을 구제하는 데 사용하며, 일정 재산이 모이면 적도들에게 나누어주어 양민으로 돌아가게 한다. 의적의 통솔로 해서 단순한 賊徒들의 집단은 의적단이 되고, 그들의 재산 탈취는 정당성을 획득하게 된다. 의적설화는 '도적질'이라는 부정적 행위와 '正義의 實現'이라는 긍정적 행위를 접목하여 궁극적으로는 긍정적 의미

---

6) E.J. Hobsbawm, Bandits, Weidenfeld and Nicolson, London, 1969 :『義賊의 社會史』, 황의방 역, 한길사, 1978. 11-15쪽.

7) 의적단의 두목을 의적설화에서는 賊魁, 賊將, 魁首, 大賊之魁, 大元帥 등 다양한 호칭으로 부른다. 이는 의적설화를 기록한 작자의 시각과 의식에 따라 다르게 나타난 것으로 보이는데, 이 글에서는 의적이라 부르기로 한다.

를 창출해 내는 이야기이다.

의적의 활약상이 청중이나 독자들의 관심을 끌면서 거듭해서 이야기되는 가운데 구전전승을 이루게 되고, 그것이 어느 시기에 문자로 기록되면서 작품으로 정착하게 된다. 여기에는 여러 가지 요인이 있겠지만, 가장 중요한 것은 작품의 내용에 대한 청중들의 관심과 흥미였을 것이다. 가난한 서민들에게 있어서 경제적 궁핍을 해결해 줄 수 있는 인물의 출현은 언제나 관심의 대상이 될 수밖에 없었다. 설령 그것이 비현실적이고 꿈이라 하더라도 청중들은 그에 대해 관심을 갖지 않을 수 없었을 것이다.

의적의 활동이나 성격에 대한 시각에는 상반된 측면을 갖는다. 그의 행위 자체가 부정적인 면과 긍정적인 면을 동시에 가지기 때문이다. 부정적인 측면에서 볼 때, 그는 타인의 재물을 탈취한 도적이며, 국가의 법을 어긴 범법자이고, 폭력을 휘두른 폭도이다. 뿐만 아니라 그는 사회의 기강을 문란하게 하고 불안을 조성한 不穩分子이다. 이와는 달리 긍정적인 측면에서 볼 때, 그는 불의한 관리를 懲治한 의인이며, 가난하고 약한 이웃을 돕는 자선가이다. 뿐만 아니라 그는 사회의 모순을 앞장서서 비판하고 개혁의 방향을 제시하면서 그것을 몸소 실천한 사회개혁자이다. 서민들은 대체로 적도단의 두목을 의적으로 보는 반면에, 국가의 권력기관에서는 그를 匪賊으로 규정한다. 의적의 행위가 갖는 양면적 성격과 그를 보는 상반된 시각 때문에 그에 대한 전승 방향도 두 갈래로 나뉘게 된다. 그의 활동을 긍정적인 입장에서 이야기할 때는 의적설화가 되지만, 부정적 입장에서 이야기할 때는 匪賊설화가 된다. 의적설화에서는 적도단 두목이 의적으로 추앙되고 그가 작품의 중심인물이 되지만, 匪賊설화에서는 그가 중심인물이 아니고 그를 잡는 捕將이 중심인물로 나타난다.[8] '義賊'과 '捕將'은 같은 설화 안에서 활약하는 대립적 인물이다. 이 두 인물 가운데 어느 편에 비

---

8) 의적의 성격을 어떻게 규정하고 어떤 역할에 비중을 두느냐에 따라 설화의 의적설화와 비적설화로 나뉘어 각기 다른 양상으로 전승된다. 의적설화의 중심인물은 의적이 되는 반면에 비적설화의 중심인물은 의적을 잡으러 나서는 포장이 된다. 이 두 가지 설화는 평행선을 이루며 각기 義賊과 捕將을 美化하고 영웅화하는 방향으로 전개된다.

중을 두고, 또 어느 편에 정당성을 부여하느냐에 따라 이야기의 성격과 중심인물이 결정된다.

의적설화의 발단은 의적의 활동을 전하는 단편적 일화였으나, 전승의 과정을 거치는 사이에 점차 몇 가지 형태로 유형화되는 경향을 보인다.9) 의적설화의 원초적 형태는 각기 다른 모습이었을 것이지만, 그것이 전승되는 과정을 거치면서 일부분이 과장되기도 하고 현실과는 동떨어진 허황한 내용을 끌어들이는 경우도 있다. 그 내용에 있어서 사실임을 강조하고 있지만 사실과 어긋나는 요소를 삽입하기도 한다. 의적의 말로가 비참하게 끝난 경우에도 그에 대한 설화는 그의 승리를 이야기한다.

현재 전해지는 의적설화의 내용은 크게 세 부분으로 구성된다. 첫째 부분은 의적이 적도단에 가입하게 되는 과정이고, 둘째 부분은 그가 적도단의 두목이 되어 활동하는 양상이며, 셋째 부분은 의적이 적도 행위를 청산하고 원래의 자리로 돌아가는 결말이다. 義賊 설화는 이야기로서의 흥미와 사회적 의미 때문에 서민들에게 뿐만 아니라 지식인 계층에까지 관심의 대상이 된다. 이리하여 서민사회에서 구전되던 의적설화는 지식인들에 의해 새로운 의미를 부여받으면서 문자로 기록되고 작품화되기도 한다.10)

한국의 의적설화는 一然(1206~1289)의 『三國遺事』에 나오는 〈永才遇賊〉에서부터 張志淵(1864~1921)의 『逸士遺事』에 나오는 〈朴長脚〉, 〈葛處士〉 등에 이르기까지 헤아릴 수 없이 많다. 그 가운데 대부분은 〈盜宰相〉과 시기에 나온 것으로 『記聞叢話』, 『溪西野談』, 『靑丘野談』, 『東野彙輯』, 『蘭室漫筆』 등 여러 설화집에 기록되어 전한다. 이들 작품은 그 내용과 형식에 따라 여러 가지 분류가 가능하다.11) 작품 안에서 의적이 차지하는 비중을 놓고 볼 때,

---

9) 이강옥, 『조선시대 일화연구』, 태학사, 1998, 90-92쪽.

10) 연암의 〈許生〉은 구전설화나 문헌설화를 바탕으로 하면서 그것을 새롭게 해석한 작품이다. 이런 예는 李鈺의 〈李弘傳〉에서도 볼 수 있다.

11) 김석배 교수는 「의적계 한문단편의 성격」(『문학과 언어』 6, 1985, 49-58쪽)에서 이것을 義賊과 官邊의 대결 양상을 기준으로 해서 4개 유형으로 분류한 바 있다.

의적설화는 크게 세 가지로 분류해 볼 수 있다. 첫째는 의적을 중심인물로 그린 경우이고, 둘째는 의적을 여러 중심인물 가운데 한 사람으로 그린 경우이며, 셋째는 의적을 주변 인물로 그린 경우이다. 현재 전해지는 의적설화 가운데 단편적인 자료는 제외하고 독립된 설화 작품들을 이런 기준에 따라 구분해 보면 다음과 같다.

1) 의적을 중심인물로 설정한 설화

金進士(溪西野談) / 諭義理群盜化良民(靑丘野談) / 還玉童宰相償債(靑丘野談) 綠林客誘致沈上舍(靑丘野談) / 善感化論盜歸良(東野彙輯) / 再掠財感化群情(東野彙輯)

三施計獲致重寶(東野彙輯) / 贏萬金夫妻致富(東野彙輯) / 盜宰相(蘭室漫筆)

2) 의적을 여러 중심인물 가운데 하나로 설정한 설화

語消長偸兒說富客(靑丘野談) / 誤結交納賊失財(靑丘野談) / 鄭陽坡(溪西野談)

責失信警罰布衣(東野彙輯) / 會林宮四儒問相(靑丘野談) / 偸隣釀四儒詠詩(靑丘野談)

3) 의적을 주변인물로 설정한 설화

林將軍慶業(溪西野談) / 逐鹿客解縛論交(東野彙輯) / 對綠林論劍結義(東野彙輯)

毓蛇角錄林修貢(東野彙輯) / 林將軍山中遇綠林(靑丘野談) / 盜隱(蘭室漫筆)

Ⅲ. 〈盜宰相〉의 구성과 전개

〈盜宰相〉을 수록하고 있는 『蘭室漫筆』은 현재 日本 天理大學 圖書館에 소장되어 있는 今西龍文庫 가운데 들어 있는 說話集이다. 이 책은 『蘭室漫筆』이라는 표제 이외에도 '破睡錄'이라는 內紙 題名을 가지고 있으며, 목차를 표시한 데서는 '雜記古談'이라는 명칭을 붙이고 있다.12) 작자와 저작연대는 분명히 표시되지 않았으나, 그 내용을 바탕으로 볼 때 영·정조 연간의 文人이었을 것으로 추론된다.13) 필사본 상태로 전해지는 이 책에는 한문으로 기록된 '24題 27篇'의 단편설화를 수록하고 있는데, 작품의 앞에는 각기 그 작품의 주제를 알리는 '醫巫', '奇奴', '女狹', 등의 제목이 붙어 있다.14) 이들 이야기들은 작자가 직접 見聞한 일이나 들었던 것을 기록한 것으로,15) 각 작품에는 작자의 견해를 밝히는 작자의 말이 붙어 있다.

『蘭室漫筆』에서 다루어진 내용은 사회의 하층민이거나 소외계층 인물에 관련된 이야기들이다. 여기에는 〈盜宰相〉 이외에도 〈盜隱〉이라는 또 한 편의 義賊說話가 수록되어 있는데, 이는 불우한 처지에 있는 옛 이웃에게 도움을 준 義賊團 頭目에 관한 이야기이다. 여기서는 의적을 중심인물로 내세우지는 않았지만, 작자는 이 작품을 통해 盜宰相과는 또 다른 유형의 의적을 제시하면서 의적에 대한 관심을 보여주고 있다.

〈盜宰相〉은 『蘭室漫筆』의 27話 가운데 제4화로 수록되어 있다. 작품의 구성은, 본문이 나오기 전에 '작자의 말'이 있고, 이어서 도재상이 적도에 가담하게 되는 과정, 의적의 활약상, 의적 생활을 청산하고 사회로 복귀하는 일 등을 차례로 서술한다. 그리고 나서 작품의 말미에 다시 간단한 작자의 말이 붙어 있다. 작품의 서술 순서에 따라 그 내용을 검토해 보면 다음과 같다.

---

12) 진재교 교수는 「『雜記古談』의 著作年代와 作者에 대하여」(『書誌學報』 12. 1994. 62-65쪽)에서 이 작품의 제명을 논하면서 『蘭室漫筆』이라는 명칭보다는 『雜記古談』이라고 부르는 것이 타당하다는 의견을 제시한 바 있다. 필자도 이 의견에 동의하지만 『雜記古談』이란 제목이 일반 명사에 가까워 다른 설화집과 변별성을 찾기 어렵다는 점을 고려하여 이 작품의 겉표지에 제시된 대로 『蘭室漫筆』이라는 명칭을 사용하고자 한다.

13) 진재교 교수는 『蘭室漫筆』 작자는 任邁이며, 이 작품의 저작 연대는 1750년경으로 추정한 바 있다.(「雜記古談의 著作年代와 作者에 대하여」, 『書誌學報』 12. 1994. 65-74쪽)

14) 박용식, 「蘭室漫筆 해제」, 『한국사화야담집성』 3, 도서출판 태동, 1990. 617-625쪽.

15) 진재교, 「〈雜記古談〉 研究」, 『이지형교수정년퇴임기념논문집』, 1996. 803-928쪽.

1. 作者의 말

〈盜宰相〉은 구전설화를 바탕으로 한 작품이지만 특정 작가에 의해 새롭게 '創作'된 작품이다. 이 작품 속에서 작자는 '蘭室'이라는 호를 밝힌 것 이외에 자신의 신원에 관한 정보를 거의 밝히지 않고 있다. 그러나 그렇다고 해서 작자의 창작활동이 소극적이거나 수동적인 것만은 아니다. 그는 자신이 체험했거나 간접적으로 들었던 사실을 바탕으로 작품을 저작하면서 자신의 견해를 강하게 반영시키고 있다. 작자는 〈盜宰相〉의 이야기를 시작하기 전에 먼저 義賊에 대한 자신의 견해를 피력하는 것으로부터 출발한다.

> 온갖 못된 일 가운데 가장 흉악한 것은 도적질이다. 사람을 죽이고 불을 지르고, 재물을 겁탈하고 하면서도 죽음을 겁내지 않고 부끄러운 줄도 모르니, 참으로 어리석고 못난 것이다.(萬惡之中 惟盜最兇. 殺人放火 劫掠財物 瞀不畏死 恬不知恥 誠可憨而亦可鄙也.)

작자는 먼저 원론적인 차원에서 도적에 대한 세간의 부정적 인식을 소개한다. 그러나 그는 일반적 상식에 머물지 않고 그것을 넘어서는 견해를 피력하면서 이야기를 풀어나간다. 그는 도적질이란 '평범하고 잣다른 인물이 할 수 있는 일은 아니다.(非庸碌鎖屑者所能爲也)'라고 하여 도적에 대한 새로운 인식을 소개하면서, 이것을 실증할 수 있는 역사적 인물들을 몇 사람 제시한다. 朱子가 杲老를 가리켜 '승려가 되지 않았더라면 반드시 적도의 괴수가 되었을 것'이라고 한 사실을 소개하면서, 그의 사람됨을 '뛰어나고 빼어난 인물(傑特絶人之姿)'이라고 평한다. 뿐만 아니라 역대의 산적 두목들 중에서 무기를 버리고 바른 길로 들어와 걸출한 위인이 된 예로서 漢나라의 王常, 唐나라의 李勣 같은 名將과 晉나라의 戴淵 같은 名士를 그 예로 든다. 작자는 "도적의 재주를 어찌 과소평가할 수 있겠는가.(盜之才又曷可少哉)"라는 감탄어린 말로 서두 부분을 마무리한다. 이 서두 부분은 선비들이 글을 쓸 때 흔히 덧붙이는 序言에 해당하지만, 다른 면에서 보면 이것은 자신이 소개할 〈盜宰相〉의 전개 방향과 저작 의도를 예시하는 길잡이가 되기도 한다.

2. 작품의 時代 背景

〈도재상〉은 중심인물인 의적의 인물담에 해당한다. 인물담의 일반적 서술 방식은 인물의 가계와 유래를 밝히는 것이 통례이지만 여기서는 다만 그의 시대배경만을 제시하고 있다.

　　내가 들으니 고려 때 한 유생이 있었는데……(余聞前麗時 有一儒生……)

작자는 의적설화의 시대 배경을 高麗 때로 설정하였으며, 작품의 마지막 부분에서도 이 사실을 거듭 확인한다.[16] 조선 말기에 나온 소설이나 설화에서 시대 배경을 중국으로 잡지 않고 조선시대 이전으로 잡는 것은 조선 후기 서사문학의 한 관행이었다. 〈三韓拾遺〉, 〈玉仙夢〉, 〈呂圭亨本 沈淸傳〉 같은 작품은 시대 배경을 신라로 잡았고, 〈廣寒樓記〉는 고려 말기를 시대 배경으로 잡았다. 그럼에도 불구하고 실제 작품의 내용을 보면 그것이 조선시대의 이야기임을 쉽게 알 수 있다. 〈盜宰相〉의 시대 배경도 고려 시대로 되어 있지만 그 내용은 작자가 살았던 당대의 이야기임을 쉽게 알 수 있다.

작자가 작품의 시대 배경을 高麗로 설정한 데는 몇 가지 이유가 있었을 것이다. 의적의 이야기는 아무리 미화된다 하더라도 적도의 이야기일 뿐이다. 그것은 드러내놓고 이야기할 수 있는 성질의 것도 아니고, 더구나 양반 지식인의 입장에서는 더욱 그러하다. 그것을 당대의 사건으로 이야기했을 때, 혹시라도 야기될 수 있는 문제점은 쉽게 예상할 수 있다. 작가는 시대 배경을 달리함으로써 그것을 미리 차단하고자 했던 것 같다. 또한 이야기를 전개해 나가는 과정에서 느끼게 되는 제약을 피하고 자유로운 서사 전개를 위해서도 시대와 장소를 다르게 설정하는 것이 필요했을 것이다.[17] 더구나 이것이 자신의 見聞을 바탕으로 해서 이루어진 이야기임을 고려할 때, 작자는 작품의 시대 배경을 구체화하지

---

16) 或以此爲本朝人 是實不然 余之所聞以爲麗人者當之(〈盜宰相〉)
17) 김태준은 대부분의 고소설 작품들이 시대와 지역적 배경을 중국으로 삼은 것은 이유 가운데 하나로 작가가 자유로운 상상력을 발휘하고 거침없는 풍자를 하기 위한 것이라는 견해를 밝힌 적이 있으며,(『조선소설사』, 15-16쪽) 〈도재상〉의 경우도 이와 상통하는 면이 있다.

않음으로써 소재원천에 대한 독자들의 추적을 피할 수 있었을 것이다.

3. 출중한 人品과 곤궁한 處地

작자는 〈盜宰相〉의 시대배경을 이야기하고 나서 중심인물인 도재상의 처지와 인물됨을 서술한다. 이는 그가 왜 적도에 가담하여 괴수가 되었는지를 이야기하기 위한 전제이다.

> 한 유생이 있었는데, 뛰어난 글재주를 가졌으나 재산이라고는 한 푼도 갖지 못했다. 자주 끼니를 거르며 떨어진 옷조차 제대로 갖추어 입지를 못했으나, 힘써 글공부를 하여 성공해 보려고 기대했다.(有一儒生, 才有八斗之當 富無一錢之産, 三旬九食 弊褐不完而刻意勖書 必期成名.)

도재상은 뛰어난 재주를 가지고 과거를 보기 위해 글공부에 전념하는 평범한 書生이었다. 그의 理想은 '修身 齊家 治國 平天下'로 이어지는 유교적 이념을 실현하는 것이었다. 그는 그러한 이상을 실현하기에 부족함이 없는 넉넉한 재주를 가지고 있었으며, 그것을 위해 열심히 노력하고 있었다. 그러나 그의 노력은 쉽사리 결실을 맺지 못하여 가난하고 어려운 생활을 오랫동안 지속하고 있었다. 도재상이 이런 출중한 재주를 가지고도 과거에 오르지 못한다는 것은 인재 선발의 불공정과 사회의 부조리를 보여주는 것임을 간접적으로 비판하면서 의적의 행위를 합리화하려는 복선을 깔고 있다.

4. 學業의 중단과 賊徒團 投入

도재상은 극도의 가난 속에서도 희망을 가지고 책보자기를 짊어지고 山寺로 올라가 공부에 힘을 기울인다. 그러는 동안에 그가 돌보아야 할 가정은 더할 수 없이 어려운 처지에 놓이게 되었다. 산사에서 몇 달을 돌아오지 않자 아내는 양식을 구해 보내면서 이렇게 편지를 썼다.

지난번에 보내드린 양식은 저의 왼쪽 머리털을 잘라 마련한 것이고, 이번에는 또 오른쪽 머리털을 잘라 이 양식을 마련했습니다. 이제 더 이상 잘라 팔 머리털도 없으니 우물에라도 빠져 죽을 수밖에 없습니다.(昔者之米, 是妾左鬢編髮矣, 今又以右鬢, 辦此升斗, 此後無髮可剪, 將投井而死耳.)

이 글을 받은 도재상은 혼자서 생각한다.

내가 애써서 공부하는 것은 과거에 올라 처자와 부귀를 누리자는 것인데, 과거 시험 칠 날은 오지도 않고 아내는 죽겠다고 하니 글공부는 해서 무엇하겠는가.(我之勤苦讀書, 將以求科甲, 圖富貴, 與妻子共享也. 今科甲不來, 糟糠將亡, 讀書何爲.)

생각이 이에 미치자 그는 책보자기를 싸 짊어지고 집으로 돌아온다. 집으로 돌아오니 아내는 맨머리가 되어 그가 오는 것을 보자 얼굴을 가리고 울기 시작한다. 그도 자기도 모르는 사이에 슬픈 생각이 들어서 몇 마디 말로 아내를 위로해 주고는 바깥 사랑에 나와 혼자 하늘을 우러러 탄식한다.

아아 하느님, 어쩌자고 나를 이런 극단의 지경에까지 이르게 하십니까? 내 문장이 어찌 남에게 떨어지며, 내 재주가 어찌 남에게 미치지 못하며, 내 가문이 어찌 남에게 밑가며, 내 생긴 모양이 어찌 남에게 뒤진단 말입니까? 그런데도 내 나이 서른이 되도록 과거에 들지 못했습니다. 내 뱃속에 만 권 책이 들어 있어도 한 끼의 가난도 구제하지 못하고, 내가 쓴 수천 편의 글도 한 번 취할 만한 술값을 감당하지 못합니다. 내 한 몸이 곤하고 처자는 추위와 굶주림에 떨고 있습니다. 어찌하여 나로 하여금 이런 극단의 지경에 이르게 하십니까.(嗟乎, 天也. 夫何使我至於此極也. 我文章豈不及於人, 才略豈不及於人, 門楣豈不及於人, 骨相豈不及於人, 年登三十, 未成一第. 腹破萬卷, 不救一飢, 筆下千篇, 不直一醉. 一身困悴, 妻子凍餓, 夫何使我至於此極也.)

도재상은 기약도 없는 글공부에 매달려 자기는 물론 가족까지 추위와 굶주림에 떨게 하는 것이 도리가 아니라고 생각하여 글공부를 집어치우기로 마음을 굳힌다.

내가 가난에 찌들려 물불을 가리지 못할 지경에 이르렀는데 부귀를 어느 때나 이루겠는가. 차라리 붓과 벼루를 불태워 버리고 다른 살길을 찾아보는 것이 낫겠다.(我已陷於窮餓之水火焚溺迫頭, 須富貴何時, 不如焚棄筆硏, 別作生計.)

글공부를 버리기로 한 도재상은 생계를 위해 자기가 할 일거리를 여러 가지로 궁리해 보지만 마땅히 할 일이 없었다.

백성이 선택할 직업이라고는 사·농·공·상 네 가지뿐인데, 이제 선비 노릇을 할 수 없게 되었으며, 工匠이도 일찍이 배운 바가 없으니 어찌 갑자기 할 수 있겠는가. 이제 남은 것이라고는 농사와 장사 두 가지가 있는데, 농토가 없으니 농산들 할 수 있으며, 자본이 없으니 장산들 할 수가 있겠는가. 다른 일을 하자 해도 무엇을 하겠는가.(萬民之業, 士農工賈四者耳. 今士不可爲. 工亦未嘗學習, 何可猝爲也. 只有農商二途, 無田土可農, 無本資可商, 雖欲別作生計, 將何爲謀.)

士農工商 가운데 아무 것도 할 수가 없음을 깨달은 도재상은 마지막 수단으로 적도에 가담하기로 마음을 먹는다. '사흘 굶어 도둑질 안 하는 사람 없다.'는 속담을 그대로 실현하게 된 것이다.

이제 남은 것이라고는 도둑질이 있을 뿐이다. 대장부가 어찌 앉아서 죽기를 기다릴 수 있겠는가.(惟有盜耳. 丈夫安能坐而待死.)

도재상은 성문을 나서 산속 깊숙한 곳을 뒤진 끝에 마침내 도적의 소굴을 찾아내었다. 그가 찾아갔을 때, 강도 수백 명이 한 곳에 모여서 재물을 빼앗을 궁리를 하고 있었다. 도적들은 숫자도 많았고 힘도 있었지만 재략이 부족하여 재물을 탈취할 계략을 세우지 못하고 있었다. 도재상은 자신의 재략을 과시함으로써 적도들을 설득시키고 그들의 두목이 되고자 한다.

나는 가슴속에 도략을 갊아 있고 손에는 풍운을 잡고 있으며, 모든 종교와 학문을 내 이야기처럼 외우며, 천문지리를 손바닥 보듯 한다. 그대들이 만약 나를 장수로 삼는다면 가는 곳마다 성공을 거두고 어느 곳에서나 많은 이익을 얻게 될 것이다.(我胸藏韜略, 手握風雲, 三敎九流, 若誦己言, 天文地理, 如示諸掌. 汝若以我爲將, 則所向成功, 吉利無方.)

적도들은 도재상의 말에 자신감이 있고 태도가 당당한데다, 그가 양반 출신인 것을 보고는 그를 장수로 삼기로 합의한다. 이러한 선택은 도재상이 비록 否定的 측면에서이기는 하지만 자신의 재능을 드러내 보일 기회를 얻기 위한 방편이었다. 여타의 의적설화들이 대체로 자신의 의지와는 상관없이 적도에 가담하여 두목으로 추대되는 데 반해,18) 이 작품에서는 비록 불가피한 상황에서의 선택이기는 하지만 적도에 가담하는 것이 도재상 자신의 자발적 선택이라는 점에 특색이 있다.

5. 義賊 活動

賊徒들은 도재상의 公言한 바를 믿고 그를 장수로 받아들였다. 따라서 그는 적도들 앞에서 그것을 증명해 보일 의무를 지고 있다. 그는 재물을 탈취하러 나서기에 앞서 '將率之禮'를 거행하고 행동지침을 밝힌다. 軍令을 엄히 하며, 그것을 어길 경우에 중벌을 내릴 것임을 선포한다. 그는 도적으로서 갖추어야 할 덕목으로 智·仁·勇 세 가지를 제시한다. 智는 일을 계획하고 탈취할 대상을 찾아내는 지혜이고, 仁은 사람을 해치지 않고 '차마 빼앗을 수 없는 물건'을 빼앗지 않는 마음이며, 勇은 일을 당해서 두려워하지 않고 과감하게 하는 용기이다. 이러한 원칙 위에서 그는 먼저 빼앗아서는 안 되는 사례를 다음과 같이 제시한다.

> 재물 가운데는 빼앗을 수 없는 것이 세 가지 있다. 하나는 양민의 재산인데, 이는 서민 집안의 부자 형제들이 손발이 잦아지게 밤낮으로 부지런히 일해서 모은 것이니, 이를 빼앗는 것은 어질지 못한 일이다. 둘째는 장사치의 재산인데, 이는 눈바람을 무릅쓰고 이슬과 서리를 맞아 가며 멀고 험한 곳을 넘어 고생하여 얻은 이익을 모은 것이니, 이것을 빼앗는 것도 역시 어질지 못한 일이다. 셋째는 관가의 창고에 쌓아둔 재물인데, 이는 백성의 피땀을 짠 것으로 나라에서 쓸 것이니, 이것을 빼앗으면 나라의

---

18) 金進士(溪西野談), 諭義理群盜化良民(靑丘野談), 三施計獲致重寶(東野彙輯) 등에서 지식인 출신 의적들은 적도들에게 납치되어 그들의 두목으로 추대되는 것으로 되어 있다.

쓰임새가 부족해지고 백성의 피를 더욱 심하게 짤 것이니, 이것을 빼앗는 것은 가장 못할 일이고 빼앗아서도 안 될 것이다.(財之不可取者, 有三, 一曰, 良民之産, 小人家父子兄弟, 胼胝手足, 日夜勤勞, 董成積聚, 而取之非仁. 二曰, 商賈之重, 被犯風雪, 蒙霧露越險阻, 四方千里, 辛苦歲月, 得無贏利, 而取之, 非仁也. 三曰, 官庫之儲, 此萬民膏血, 國家所需, 此而取之, 國用不足, 而民之膏血, 將重被浚削, 此最不忍, 亦不可取也.)

도재상이 제시한 위의 기준에서 눈길을 끄는 것은 '장사치의 재산'을 빼앗을 수 없다는 부분이다. 조선시대 이래로 선비들은 商業을 직업 가운데 가장 낮은 자리에 놓고, 商人들에 대해 '장사치'라고 비하하였다. 농민의 재산과 관청의 재산에 대해 손을 대지 않는 것은 의적설화에서 보편적으로 언급되고 있지만, 상인의 재산에 대해 정당성을 부여하고 거기에 대해 손을 대지 못하게 한 것은 작자의 새로운 職業觀을 반영하고 있는 것이다. 작자가 도재상을 통해 탈취할 수 있는 재물로 거론한 것은 오로지 부정한 관리의 뇌물성 재물이었다.

> 빼앗아도 되는 것은 지방에서 관리를 지낸 자가 꾸러미를 만들어 권세 있는 사람에게 올려보내는 것이니, 이는 모두 나라의 물건인데 그 자들이 훔친 것이다. 나라의 물건은 마땅히 나라 사람들이 함께 나누어야 하지 한 사람이 독차지해서는 안 되는 것이다. 하물며 그 자들이 훔친 물건이니 우리가 훔치는 것이 어찌 바르고 의리에 맞는 일이 아니겠는가?(所可取者, 惟外君之舊官, 歸裝權門苞苴, 此皆國家之物, 彼所竊取者也. 國家之物, 當與國人共之, 不當使一人獨專, 況彼旣竊取, 吾亦竊取, 豈不名正, 而義順乎.)

도재상이 관가의 뇌물만을 탈취의 대상으로 삼은 것은 그가 사회의 부정과 부패에 얼마나 큰 반감을 가지고 있는지를 보여준다. 그가 재주를 가지고도 과거에 오르지 못하고, 따라서 벼슬길에 나아가지 못한 이유가 바로 거기에 있었기 때문이라고 생각했던 것이다.

도재상은 적도들을 지휘하여 자신의 계획을 하나씩 실천에 옮겨 나간다. 그는 자신이 제시한 원칙에 따라 탈취할 재물의 정보를 얻어오게 하고, 기발한 계책을 써서 그것을 탈취하는 데 성공한다. 이런 일이 거듭되는 동안 그는 적도 두목으로서의 재능과 책략을 증명해 보이고 자신의 지위를 공고히 한다. 그는 탈취한 재물로 생계를 유지하고, 남은 재물로 가난한 사람들을 구제한다. 이러한 행위를 통해 그는 명실상부한 義賊으로 인정받게 되고 그가 이끄는 적도의 무리는 義賊團이 될 수 있었다.

6. 義賊 活動의 淸算과 賊徒의 解散

도재상의 의적 활동은 무한정 계속될 성질의 것이 아니었다. 그것은 궁핍한 현실을 일시적으로 타개해 나가기 위한 權道에 지나지 않았기 때문이다. 얼마 동안 생계를 유지하는 데 급급하던 도재상은 무리들을 불러모아 놓고 적도 생활을 청산할 계획을 세운다.

> 생은 다시 여러 도적들을 구석진 곳에다 모두 모아 놓고 말했다.
> "우리가 이런 재주를 부리는 것은 옷과 음식을 마련하기 위한 것일 뿐이다. 자질구레한 재물은 단지 손만 더럽히고 잦은 노략질은 항상 근심만 안겨줄 뿐이다. 차라리 한바탕 크게 하여 걱정을 덜고 낡은 습관을 영원히 벗어 던지고 마음 편히 사는 것이 좋지 않겠는가?"(生復使群盜齊會于一僻處, 播告曰, 吾徒之所以作此伎倆, 不過圖衣食也. 小小行資, 只可濡手, 頻頻發市, 常懷憂虞, 不如 一場大搶, 使一生之計, 足以無憂而永革舊習, 快活自在 則不亦可乎.)

도재상은 마지막으로 크게 한 번 털 대상을 물색하던 중에 성 안에 어떤 부자가 銀을 삼천 냥씩 묶어서 네댓 꾸러미나 감추어 두고 있다는 정보를 얻게 되었다. 알아보니 그는 탐욕스럽기로 소문이 난 사람이었고, 그 돈은 부정한 것이었다. 부자는 재산을 많이 가진 만큼 그에 대한 방비도 엄중했다. 앞에는 사람들의 왕래가 끊이지 않는 도로가 나 있고, 옆에는 사람들이 사는 집들로 둘러 싸여 있었다. 힘으로는 재물을 탈취할 수 없음을 깨달은 도재상은 계교를 이용하기로 했다. 그는 지형을 자세히 파악한 뒤에, 무리들로 하여금 밤마다 그 집 주위에 매복하고 있다가 돌을 집어던져 위협을 가하도록 했다. 며칠이 지나자 부자는 집안에 액이 끼었다고 하면서 맹인에게 점을 치고 경을 읽고 하더니, 마침내 종들만을 남겨 놓고 집안 식구들과 함께 다른 곳으로 피해 가버렸다. 이에 도재상은 상여 수레 다섯을 마련해서 거기다 무기를 잔뜩 싣고, 장사 백여 명을 데리고 뒷담을 넘어 들어가, 야차로 분장해서 종들을 협박하여 금은을 다 탈취해 온다. 도재상은 천금만을 가지고 나머지는 모두 무리들에게 나누어주었다. 무리들은 도적질을 청산하기로 맹서하고 적굴과 무기류들을 다 불태운 다음 각자 제 집으로 돌아가 양민이 되었다.

7. 後日譚

의적설화에 있어서 후일담의 존재와 의미는 지대하다. 의적의 향방에 따라 설화의 의미와 기능이 달라질 수 있기 때문이다. 〈도재상〉은 후일담을 통해 독자와 청중이 궁금하게 여기는 뒷소식을 들려주고, 아울러 의적 행위에 대한 작자의 입장을 밝힌다. 일거에 많은 재물을 얻게 된 도재상은 생계를 걱정하지 않고 중단했던 글공부에 전념한다. 그 결과 몇 해 뒤에는 과거에 올라 문장과 재주로 조정에서 인정을 받게 되고, 여러 고을 수령과 감사를 거치는 동안 청백한 관리로 칭송을 받다가 마침내 재상의 지위에까지 오르게 된다.

후일담은 여기서 그치지 않고, 그가 마지막으로 재물을 탈취한 집의 뒷 이야기까지 전해주고 있다. 도재상에게 은 꾸러미를 탈취당한 집은 몰락의 길을 걷게 된다. 재물을 잃고 나서 집안 살림은 기울어지고 주인은 세상을 떠난다. 그 아들은 죄에 연루되어 죽음을 면할 수 없게 되었다. 도재상은 이를 알고 그 재판 기록을 살펴보았으나 전혀 살려낼 길이 없었다. 그는 상소를 올려 자신을 죄과를 고백하고, 그 아들의 목숨을 살려 줄 것을 청했다. 그 집의 재물이 자신을 청렴한 관리가 될 수 있게 했을 뿐 아니라, 많은 적도들을 일시에 해산하여 나라에 근심을 덜게 했으니 이런 점을 참작하여 그의 죄를 용서해 달라고 빌었다. 조정에서는 그의 상소를 보고 지난날의 잘못을 용서하는 동시에 부자의 아들도 살려 주었다.

〈도재상〉의 후일담은 이 작품이 가지고 있는 내부적 모순을 해소하기 위해

마련한 장치이다. 작자는 도재상의 재물 탈취 행위에 대해 정당성을 부여하면서
도, 한편으로는 그것이 가진 원천적 문제점을 간과할 수 없었다. 불의한 방법으
로 타인의 재물을 탈취하여 생계를 유지하고, 과거에 올라 높은 관직을 얻은 일
은 정당화될 수 없는 일이었다. 그리하여 작자는 도재상으로 하여금 자신의 죄
과를 고백하고, 자신으로 인해 파산한 부자를 도와주는 인정을 베풀게 한다. 이
부분은 〈홍길동전〉의 결말 부분처럼 작품의 의미를 크게 훼손하는 부분이기도
하다. 길동의 의적 행위가 결국 자신의 영달을 위한 방편에 불과했다는 혐의를
쓴 것과 마찬가지로, 이 후일담으로 인해서 도재상의 의적 행위 역시 자신의 영
달을 위한 수단으로 전락하고 말기 때문이다.

8. 作者의 말

작자는 도재상의 이야기를 마무리하고 나서 이 작품의 배경에 대한 자신의
견해를 다시 한 번 밝힌다. 작자는 이 작품의 배경이 고려시대임을 거듭 강조하
면서, 그 시대에는 비록 간사하고 교활한 무리들이 많기는 했지만 그와 동시에
자잘한 법망에 얽매이지 않는 名將과 名臣들이 많이 있었다고 한다. 도재상의
이야기는 이런 사실을 확인시켜 주는 자료라고 하면서, 도재상과 같은 義賊이
나올 수 있었던 고려시대를 긍정적으로 평가한다. 작자는 高麗, 또는 高句麗로
표현되는 북방 기질에 대해 막연한 憧憬心을 가지고 있었다. 비록 교활하고 간
사한 무리들이 섞여 있기는 하지만, '뛰어나고 얽매이지 않는 사람이 많았던(多
魁偉磊落之人)' 고려 때를 작자는 은근히 동경한다. 주어진 규범의 틀에 갇혀 日
常을 살아가는 조선 후기 사회에 대해 답답함을 느낀 당대 선비들이 변화를 갈
구하는 심경을 엿보게 하는 대목이다.

Ⅳ. 〈盜宰相〉의 설화적 脈絡과 文學的 意義

1. 〈盜宰相〉의 설화적 맥락

〈盜宰相〉은 설화적 맥락을 계승하면서 그것을 새롭게 창작한 작품이다. 여기에 등장하는 대부분의 화소들을 다른 의적설화에서 익히 찾아볼 수 있는 것들이다. 의적의 신원을 落拓한 선비로 설정한 것은 앞에 소개한 대부분의 의적설화에서 공통적으로 보이는 요소이다. 가난한 가정 형편 때문에 아내가 머리털을 잘라 생계를 유지하는 장면, 가난에 쪼들린 도재상이 글공부를 버리고 도적이 되기로 결심하는 장면 등은 〈許生傳〉이나 〈허생별전〉 등의 전반부와 대동소이하다.19) 도재상이 집을 나서서 적굴을 찾아가고 거기서 적도들의 두목으로 추대되는 장면은 〈홍길동전〉 계통의 작품과 유사하다. 도적의 두목이 된 도재상이 도적의 윤리로 智·仁·勇을 논하는 대목은 그 연원을 중국 설화에서 찾을 수 있으며, 대부분의 의적설화가 공통적으로 수용하고 있는 요소이다. 도재상이 부자의 재물을 탈취하기 위해 사용하는 방법은 『청구야담』과 『동야휘집』 등에 나오는 설화들과 유사하다. 부잣집 주위에 매복하였다가 돌을 던짐으로써 겁을 주어 가족들이 피하게 하는 장면은 〈還玉童宰相償債〉(靑丘野談)에 나오는 내용이며, 상여수레에 병기를 숨겨 부잣집을 습격하는 장면은 〈語消長偸兒說富客〉(靑丘野談), 〈誤結交納賊失財〉(東野彙輯) 등에 나오는 내용이다. 탈취한 재물을 적도들에게 나누어주며 양민으로 돌려보내는 장면은 앞에서 말한 〈許生傳〉이외에도 〈諭義理群盜化良民〉(靑丘野談), 〈善感化論盜歸良〉(東野彙輯), 〈再掠財感化群情〉(東野彙輯), 〈贏萬金夫妻致富〉(東野彙輯) 등에서 두루 보이는 내용이다. 마지막으로 도재상이 글공부를 계속하여 높은 벼슬에 오르고, 자신이

---

19) '허생전 계열'의 설화에서는 선비가 도적질 대신에 장사로 나서는 것이 다르기는 하지만, 거기서도 허생의 아내는 남편에게 아무것도 못 하겠으면 왜 도적질은 못 하느냐고 다그치는 장면이 나온다. 허생 설화의 초기 형태는 주인공이 도적이 되는 것으로 되어 있었으나, 그것이 사회에 받아들여질 수 없는 이야기임을 고려하고, 또 후에 대두되는 상업주의의 영향을 받아 주인공이 장사치가 되는 것으로 바꾼 것이 아닌가 추론된다.

재물을 탈취했던 집을 돕는 장면은 〈還玉童宰相償債〉(靑丘野談)의 내용과 유사하다.

〈盜宰相〉은 의적설화의 여러 구성요소들을 빠짐없이 갖추고 있어 '의적설화의 한 典型'을 이룬다. 이 작품의 상당 부분이 동시대의 다른 설화와 유사성을 보이고 있다는 점으로 미루어 볼 때, 이 작품이 기존 설화의 모자이크식 수용을 통해서 이루어진 것이 아닌가 짐작된다. 그러나 여기에는 기존 설화에서 수용한 요소 이외에도 작자 자신이 새롭게 만들어 넣거나 수정한 요소도 적지 않게 보인다. 〈盜宰相〉이 현실적 사건이나 인물을 題材的 근원으로 하고 있는 것으로 추론되지만 그것이 구체적으로 어떤 사건이나 인물인지는 밝히기 힘든다. 비록 이 작품이 어느 특정 사건을 계기로 해서 생성된 이야기라 하더라도 그것이 전승되는 동안에 유사한 여러 가지 사건이나 설화들의 영향을 받았을 것이기 때문에 그 제재적 근원을 밝히는 것이 불가능할 것이다.

〈盜宰相〉이 기존 의적설화의 맥락을 계승하고 그것으로부터 영향을 받아 생성된 작품이지만, 이 작품이 의적설화의 맥락 속에서 가지는 위치는 여기서 그치지 않는다. 이 작품이 기록되어 설화집에 수록되고, 또 그것이 독자들에게 읽혀지는 동안에 그것이 받은 영향만큼의 영향을 후대의 의적설화에 끼쳤을 수도 있었을 것이다. 이에 대한 확인은 의적설화 전반에 대한 검토를 통해서 보다 구체적으로 이루어질 수 있을 것으로 보고, 여기서는 단지 〈盜宰相〉이 의적설화의 맥락을 계승하면서 새로운 전통을 형성하는 데 일정 부분 기여했을 것이라는 추론을 세우는 데서 그치기로 한다.

2. 義賊 盜宰相의 人間像

〈도재상〉의 중심인물인 義賊의 인물형은 여러 가지 측면에서 살펴볼 수 있다. 그는 하나의 개인이며, 동시에 한 부류나 계층을 대표하는 상징적 인물이다. 이 두 가지 측면은 서로 별개의 것이 아니고 상호연관적이다. 그러나 도재상의 성격은 개인으로서보다는 특정 부류를 대표하는 인물로서의 성격이 강하다. 그것 때문에 그는 의적설화의 중심인물이 될 수 있었고, 독자나 청중들의 관심을 끌 수 있었기 때문이다.

의적 도재상의 유형적 원천은 『史記列傳』의 〈游俠列傳〉에 나오는 여러 인물에서 찾을 수 있다. 사마천은 游俠의 성격을 이렇게 규정하고 있다.

> 游俠은 그의 행위가 반드시 정도에 합치되는 것은 아니지만, 말에는 신용이 있고, 행동은 과감하여 한번 승낙한 일에는 반드시 성의를 다하며, 자신의 몸은 아끼지 않으면서 남의 고난을 돌볼 뿐 일신의 존망 사생 따위는 아예 무시한다. 그러면서 그들이 수치로 여기는 것은 자신의 재능이나 덕을 자랑하는 일이다. 이런 것들을 보아도 그들 유협에게는 역시 본받을 점이 있지 않겠는가.[20]

도재상은 크게 볼 때 游俠의 범주에 속한다. 그는 비록 正道를 걷지는 않았지만, 말과 행동에는 신의를 지켰고, 남의 고난을 돌보았으며, 가난한 이웃과 의지할 데 없는 적도들을 구제하고, 자신의 재능이나 공을 자랑하지 않았다. 도재상의 행위도 여기서 크게 벗어나지 않는다. 그는 자신의 智略을 발휘할 정당한 기회를 얻지 못하여 한낱 불의한 재물을 탈취하는 데 사용하고 말았지만 그의 재주는 장수가 되기에 부족함이 없었다. 그는 적도들의 두목으로서 그들을 통솔할 능력과 지략을 갖추었고, 선과 악을 구분하여 실천하는 판단력과 과단성을 함께 갖추고 있다. 도재상이 뒷날 자신의 재능을 바르게 사용했을 때, 그는 재상의 지위에 올라 司寇의 직분을 훌륭하게 수행할 수 있었다. 작자는 도재상의 의적행위를 적극적으로 옹호하지도 않지만 그렇다고 해서 그것을 단죄하지도 않는다. 오히려 그는 도재상의 탈취 대상을 不義한 재물로 설정함으로써 그의 행위를 정당화할 바탕을 마련해 놓고 있다.

> 게다가 수백 명의 장도들을 일시에 해산하여 나라에는 놀라는 걱정을 없게 하였고, 백성들은 재산을 빼앗기는 재앙을 면하게 하였으니……(且數百强盜 一時解散 國家 無桴鼓之警 生民免劫奪之災)

---

20) 今游俠 其行雖不軌於正義 然其言必信 其行必果 已諾必成 不愛其軀 赴士之窮困 旣已存亡死生矣 而不肯其能 樹伐其德 盖亦有多者焉 (『史記』 권 124, 游俠列傳)

　도재상이 재물을 탈취한 부잣집의 아들을 구하기 위해 올린 이 호소문은 실상 자신의 공을 드러내는 주장이기도 하다. 그는 자신의 의적 행위가 타락하고 불의한 세상을 바로잡기 위한 임시방편이었다고 주장한다. 그의 의적 행위는 구멍난 국가의 통치 행위를 보완한 것이었으며, 일정 부분 유교적 理想을 실현한 것이었다.

　도재상이 의적활동을 마무리하고 본연의 자리로 돌아온 것은 의적 행위의 본질과 의미를 보여주는 일이다. 의적행위는 그에게 있어서 극한 상황을 탈피하기 위한 權道였다. 그가 적도들을 해산하고 양민으로 돌아왔을 때 그는 여러 관직을 거치면서 청렴결백함으로 칭송을 받았다. 그가 애초부터 재능을 발휘할 기회를 가졌다면 그는 개인적으로나 국가적으로 매우 유용한 일을 할 수 있었을 것이다. 그렇게 하지 못하고 그로 하여금 적도가 되게 한 것은 궁극적으로 인재를 바르게 등용하지 못한 국가에 책임을 물을 수밖에 없었다. 그가 지난날의 과오를 자백하고 처벌을 자청했을 때, 왕은 "젊었을 때의 궤도를 벗어난 잘못을 가지고 이미 마무리된 것을 추궁할 수 없다."(不可以少時跌跎之過 追劾於先病旣瘳之後)고 하여 자신의 책임을 어느 정도 인정하는 판결을 내린다.

　이 작품의 결말 부분은 현실성이 다소 떨어지는 내용이지만, 그것이 갖는 의미는 현실성 여부에서보다는 宣言的 차원에서 이해되고 평가될 수 있다. 許生이 무리한 방법으로 재물을 획득한 뒤에 그것을 흩어버리고 다시 학업에 복귀한다거나, 홍길동이 賊徒 행각을 청산한 뒤에 왕의 용서를 받고 스스로 왕도를 실현하기 위해 국가를 건설하는 일은 도재상의 행위와 같은 맥락에서 이해될 수 있다. 도재상의 작자는 '허생'이나 '홍길동'과 같이 '바람직하지는 않지만 의미 있는' 하나의 人間像을 창출해 놓았다.

3. <盜宰相>의 主題와 文學的 意義

　설화는 현실사회의 반영이며 현실의 모순과 한계를 정신적으로 극복하고자 하는 의지를 표출한 이야기이다. 의적설화가 공통적으로 제기하는 문제는 크게 두 가지이다. 하나는 사회제도의 矛盾과 不條理에 대한 지적이고, 다른 하나는 관념적 개혁론의 전개이다. 〈도재상〉도 여기서 예외는 아니다. 뛰어난 재능을 가지고도 생계를 유지할 수 없는 경제적 궁핍과 선량한 백성을 도적으로 내모는 타락한 사회 구조가 이 설화의 생성 배경이었다. 作者는 사회 전반의 문제를 개인이나 소수 집단의 구체적 모습으로 형상화하고 있다. 따라서 그가 제기하는 문제와 그가 제시하는 해결 방안은 보다 구체적이고 실질적인 모습으로 독자들에게 다가온다. 그리하여 이 이야기는 같은 현실을 체험하는 독자 개개인의 공감을 불러일으킴으로써 보편적 문제로 확산되어 나간다.

설화는 과거를 이야기하고 있지만, 그것이 갖는 의미는 당대와 미래를 위한 제안이다. 현실의 한계와 모순을 정신적으로 탈피해 보고자 하는 의적설화는 상징적 의미를 강하게 지닌다.[21] 특히 작품의 시대적, 지역적 배경이 분명히 밝혀져 있지 않은 설화에서 작중인물은 그만큼 넓은 대표성을 갖게 된다. 작자는 〈盜宰相〉을 특정 지역, 특정 시대의 이야기가 아니라 당대의 사회 전반에 해당하는 이야기로 전환함으로써 독자들로 하여금 각기 자기네 이야기로 받아들이게 하는 효과를 창출한다. 힘겨운 생활고에 시달리는 서민들이나, 울울한 처지에 처해 있는 몰락 양반에게 있어 탐관오리를 징벌하고 그들에게서 탈취한 재물을 흩어 빈민을 구제하는 의적의 모습은 자기들이 대망하는 관리의 모습이었을 것이다. '正義 없이는 살아도 希望이 없이는 살지 못하는' 민중들에게 그것은 하나의 희망이 되었던 것이다.

〈盜宰相〉의 주제는 유교적 이념이나 가치관을 강하게 내포하고 있다. 도재상의 의적 행위는 궁극적으로 '治者의 道'를 실현하는 한 방법이었으며, 『孟子』에서 제시한 혁명의 원리를 현실화한 것이었다.[22] 도재상이 적도를 해산하고

---

21) 소설이나 설화 속의 등장하는 인물은 구체적 개인이지만, 그들은 각지 자신이 속한 계층과 직업을 대변하는 대표성과 상징성을 띤다. E.J. Hobsbawm, 전게서, 175쪽 참조.

22) 『孟子』에서는 통치자가 제 구실을 하지 못할 때는 그를 추방할 수 있다는 혁명의 논리를 펴고 있다.(孟子謂齊宣王曰 王之臣 有託其妻子於其友而之楚遊者 比其反也 則凍餒其妻子 則如之何 王曰 棄之, (梁惠王章句下)) 의적설화에서 의적은 왕의 교화가 미치지 못

나서 다시 글공부를 하여 관계에 진출함으로써 자신의 이상을 실현하는 것은 그의 의적행위가 유교적 이념과 별개의 것이 아님을 말해 준다.23) 〈盜宰相〉의 작자가 의적단의 두목을 士族으로 설정한 것은 작품의 주제와 무관하지 않다. 작자는 도재상의 의적행위가 王化가 미치지 못하는 부분을 부각시키기 위한 방편이며, 국정을 보완하는 權道임을 누누이 강조하고 있다. 도재상이 의적 행위를 스스로 청산하고 본업에 복귀하여, 과거를 거쳐 바람직한 관리상을 실현한 것은 이 작품의 주제가 어디에 있는지를 거듭 확인해 준다.

한국문학사의 경우 '의적 모티프'는 설화와 소설에 다양하게 수용되어 있으며, 양자는 긴밀한 관계를 맺고 있다. 소설과 설화는 비록 서로 다른 존재 양식을 통해 독자들을 만나게 되지만, 동일한 범주 안에서 생성되고 전승되어 왔다. 따라서 설화와 소설은 같은 서사구조를 공유하고 있으며, 주제와 사상에 있어서 공통성을 보여 준다. 의적 모티프를 수용한 작품으로 거론되는 〈홍길동전〉과 〈許生傳〉은 의적설화의 맥락 속에서 바라볼 때 더욱 깊이 있게 이해할 수 있다. 〈홍길동전〉에서 길동이 병조판서를 제수받은 뒤에 자신의 이상과 주장을 공적으로 실현하지 못하고 굳이 나라를 떠나서 율도국을 세우는 부분이나, 〈許生〉에서 수십만 금의 재물을 얻은 뒤에 문득 적굴로 들어가 그들을 이끌고 이상향을 개척하는 장면 등은 의적설화의 맥락에 대한 이해가 없이는 설명하기 힘드는 부분이다.

〈홍길동전〉이나 〈許生〉 같은 완성된 소설 작품을 설화와 연결지음으로써 다시금 소재적 차원으로 끌어내릴 의도는 없다. 다만 이들 작품들도 설화적 맥락에서 파악할 때 작품의 본질을 보다 깊이 있게 이해할 수 있고, 작품이 가진 한

하는 그늘진 사회에서 왕을 대신해서 정의를 실현하고 있다는 의식을 가지고 있다. 의적이 재물을 탈취할 때 '탐관오리의 물건과 부유하면서도 베풀지 않는 자'(貪官汚吏之物 富民之좀而不施者)의 재물만을 빼앗는 것은 이런 의식의 표출이다.

23) 〈盜宰相〉에서 주인공이 이 스스로 적도가 되기로 결심하고 적굴을 찾아나서는 것은 의적설화 가운데서도 특이한 모습이다. 이는 작자가 의적 행위의 의미를 보다 적극적이고 긍정적으로 평가하고 있음을 말해 준다.

계와 문제점에 대한 해명도 보다 용이해지지 않을까 생각될 뿐이다. 이들 두 작품은 설화적 전승을 바탕으로 하면서 작자의 뛰어난 역량을 발휘하여 이런 걸작을 산출할 수 있었던 것이다. 그러면서도 이들 두 작품은 설화적 기본 구조를 완전히 벗어나지 않은 것을 볼 때, 오랜 기간에 걸쳐 생성된 설화의 구조는 허균이나 박지원 같은 뛰어난 작가로서도 쉽사리 깨뜨릴 수 없었음을 확인하게 된다.

V. 결 론

본고는 의적설화의 전통 속에서 생성된 〈盜宰相〉이란 개별 작품에 대한 글읽기로 시도된 것이다. 수백 년, 또는 수십 년 전에 기록되어 한동안 세상에 알려지지 않은 채 전해 오다가 일본으로 넘어갔던 이 작품이, 소재영, 박용식, 大谷森繁 교수와 鄭明基 교수 등에 의해 우리에게 소개된 지도 10년이 지났다. 이 작품을 처음 대했을 때는 깔끔한 문장과 독특한 내용이 눈길을 끌었고, 작자의 말과 독특한 작품 구성이 필자의 관심을 끌었다. 이 작품을 몇 차례 거듭 읽으면서 의적설화 전반에 대한 새로운 관심을 촉발하는 계기를 얻었다. 또한 이 작품은 설화의 문학성을 새롭게 확인하는 빌미를 제공해 주었으며, 앞에서 살펴본대로 설화와 소설과의 관계를 다시금 생각하는 길을 생각하게 해 주었다.

〈盜宰相〉은 의적설화의 맥락을 계승하면서 작자의 작가의식이 분명히 드러나 있는 작품이다. 여기에는 저작 당시의 시대 정신이 잘 반영되어 있다. 작품의 내용에는 현실성이 떨어지는 부분이 있지만 그것을 통해서 작자가 보내는 메시지는 현실성을 가지고 독자의 공감을 불러일으킨다. 작자가 제시하는 것은 현실적 행동 지침이 아니라 현실 뒤에 감추어져 있는 사실을 일깨우는 이야기이다. 그것은 '公的 歷史와는 또 다른 종류의 裏面史'이며, '公的으로는 禁忌視되고 斷罪되었으나 민중에 의해 영원히 기억될 저항운동의 記錄'이다. 〈도재상〉에는 불의와 부정에 대한 비판, 정의 사회에 대한 갈망, 새로운 세계에 대한 기대 등이 함축되어 나타난다. 다만 그것이 서사방식상의 미숙함과 투철한 작가의식의 결여로 짜임새 있게 마무리되지 못한 점이 아쉬움으로 남는다.

　〈盜宰相〉은 '義賊모티프'를 수용한 同系의 설화와 소설에 대한 이해를 새롭게 하는 데 기여하는 작품이다. 특히 '義賊모티프'를 수용한 소설을 이해하는 데 이 작품에 대한 이해는 결정적으로 중요한 기여를 할 것으로 생각된다. 의적 설화의 맥락 속에서 생성된 〈홍길동전〉과 〈許生傳〉 등은 〈盜宰相〉과의 관련 속에서 바라볼 때 깊이 있는 이해가 가능하게 된다. 이들 두 작품은 비록 역량 있는 두 작가의 뛰어난 재능을 바탕으로 해서 창작된 걸작이지만, 그 바탕에 깔린 설화적 구조를 완전히 벗어나지는 못한 것으로 보인다. 이로써 볼 때 오랜 기간에 걸쳐 생성된 설화의 구조에 대한 이해 없이는 이들 작품에 대한 이해에 한계가 있음을 깨닫게 된다.

　의적설화에 대한 이해는 문학의 범주 안에서만 파악될 수 있는 것이 아니다. 그것이 다루는 내용은 정치, 경제, 사회적 문제와 직접적으로, 그리고 긴밀하게 결합되어 있는 문제다. 따라서 이에 대한 깊이 있는 이해를 위해서는 인접 학문과의 학제간 연구가 바탕이 되어야 한다. 또한 의적모티프는 전 세계적으로 보편된 것이며, 시대적으로도 끊이지 않고 이어지는 것이다. 따라서 의적설화에 대한 연구는 필수적으로 비교문학적 고찰을 거쳐야 한다. 본고에서 검토한 개별 작품에 대한 연구는 앞으로 의적설화에 대한 종합적 연구의 전제로 시도된 것이며, 보다 광범위하고 다양한 방법의 연구를 위한 하나의 試論이다.

▌부록

자료

盜宰相

　萬惡之中　惟盜最兇. 殺人防火　劫掠財物　瞥不畏死　恬不知恥　誠可慸而亦可鄙也. 然亦非庸碌鎖屑者所能爲也. 朱夫子有言曰　杲老當時若不爲僧　必爲大倘魁首. 盖其有傑特絶人之姿　而縛於戒律　纔免拔扈耳. 自古綠林中　自號大王者　其財皆必有過於人者. 若一朝投劍而反乎正則　漢之王常　唐之李勣　豈不是名將　而晉之戴淵　周處不害爲名士矣. 盜之才又曷可少哉.

余聞前麗時 有一儒生 才有八斗之當 富無一錢之産 三旬九食 弊褐不完 而刻意劬書
必期成名. 嘗負笈山寺 數月不歸. 其妻辦送粮米 兼附書曰 昔者之米 是妾左鬢編髮也.
今又以右鬢 辦此升斗 此後無髮可剪 將投井而死耳. 生接書默想 我之勤苦讀書 將以求
科甲 圖富貴與妻子共享也. 今科甲不來 糟糠將亡 讀書何爲. 遂撤卷還家 則其妻髡首
而坐 見生掩面而啼. 生亦不覺慨然 僅以數語慰安其妻. 出坐于外 仰天長歎曰 嗟乎天
也. 夫何使我至於此極也. 我文章豈不及於人 才略豈不及於人 門楣豈不及於人 骨相豈
不及於人. 年登三十 未成一第 腹破萬卷 不救一飢 筆下千篇 不直一醉 一身困悴 妻子
凍餓 夫何使我至於此極也. 旣而自憤曰 天生我才 必不令死於溝壑 大丈夫豈可以貧窮
而自墜其宿昔之志氣哉. 當益勵初心 以待水到成渠之時. 旣而嘆曰 我已陷於窮餓之
水火焚溺迫頭 須富貴何時不如 焚棄筆硏 別作生計. 旣而又嘆曰 萬民之業 士農工賈四
者耳. 今士不可爲 工亦未嘗學習 何可猝爲也. 只有農商二途 無田土可農 無本資可商
雖欲別作生計 將何爲謀. 百方忖度 悲咤者半夜 蹶然起曰 惟有盜耳. 丈夫安能坐而待
死 卽迅步出城門 周行於林藪幽隱之地 尋求盜穴 果有數百强盜 聚會一處 方議劫掠
生挺身直入 據首席而坐. 群盜驚問曰 公何人也. 生曰 我是某處某生也. 來何爲. 曰 汝
大將. 群盜曰 公有何才能. 生曰 我胸藏韜略 手握風雲 三敎九流 若誦己言 天文地理
如示諸掌. 汝若以我爲將 則所向成功 吉利無方. 群盜相顧曰 此公口出大言 必有其實
且聞其士族也 可合爲帥. 生曰 汝旣許我爲帥 當行將率之禮. 衆扶生踞坐於高阜之上
羅拜於下. 生曰 軍中不可無紀律約束. 當發令 違令者 重治. 衆皆曰 將令誰敢違乎. 生
曰 凡爲盜之道 必具智仁勇三達德. 智者隨機設計 摘出深藏者 是也. 仁者 不害人物
不取不忍 是也. 勇者 臨事果敢 不震不恐 是也. 踰墻越屋 去來無踪 勇之次也. 有此三
者 然後 方可謂盜之善者也.

智可相時而發 勇則各隨其姿 惟仁甚大 不可不明定條約爾. 衆咸聽 衆皆拱手而坐.
生乃言曰 財之不可取者有三. 一曰 良民之産 小人家父子兄弟 胼胝手足 日夜勤勞 董
成積聚 而取之非仁. 二曰 商賈之重 被犯風雪 蒙霧露越 險阻 四方千里 辛苦歲月 得
無贏利 而取之非仁也. 三曰 官庫之儲 此萬民膏血 國家所需 此而取之 國用不足 而民
之膏血 將重被浚削 此最不忍 亦不可取也. 所可取者 惟外君之舊官 歸裝權門苞苴. 此
皆國家之物 彼所窃取者也. 國家之物 當與國人共之 不當使一人獨專 況彼旣窃取 吾亦
窃取 豈不名正 而義順乎. 衆皆鼓掌稱善曰 至當至當. 乃使其徒 刺求外郡私馱之在道
者來告 則生出奇發策 指授方略 果然 無不得志 亦不發露. 衆咸悅服 然生以所掠略資
救窮 餘則 盡散於衆 以此衆莫不稱頌 而隣比之人 終不覺生之所爲如是者數年. 生復使
群盜齊會于一僻處 播告曰 吾徒之所以作此 伎倆不過圖衣食也. 小小行資 只可濡手頻
頻發市 常懷憂虞 不如一場大搶使一生之計 足以無憂 而永革舊習 快活自在 則不亦可
乎. 衆皆伏曰 甚便. 生曰 然則 汝等可於京鄕搜問厚積者以告. 後數日 一盜來言曰 城
中某官 家極富 棧上銀一槓 三千兩者四五 但其家前則大街 左右閭閻 後墻高幾二丈

重門複壁 層疊深邃 誠難下手. 生曰 某人者本以貪饕聚此 此固可取而有也. 其家後墻
外 抑有通行之路乎. 對曰 有曲巷小徑 通於大路. 生曰 然則易與耳. 任爾十重鐵關詎
制 我飛入. 乃使十餘人往江口 拾來水磨石 圓滑班爛 大如鷄卵者 人各十枚. 又使十餘
人 分藏石子. 令曰 爾可潛身往於其墻外 以石子抑入. 初日一次 翌日二次 日加一次
至五日以後 毋過五次 必伺隙乘便 勿使人知. 其家見石子自墻外飛入 逐日不止. 或撞
破器 或中傷人頭面 石皆圓滑班爛. 始則謂墻外人戲投 群噪而詈之. 旣而疑怪之 末乃
擧家驚惧 謂之宅災. 盜來告曰 某家邀盲問卜 間數日又告誦經 又告方謀出避 又數日來
言 果渾舍出避 只留奴婢數人 守直內堂. 生曰 可矣. 乃裝喪車五乘 引葬諸具 分置屛
處 壯士百餘人 發伏于其門外 以備杠貨. 又迸趫捷者數人 從後墻入伏於暗中 使待時開
門. 又以壯士二人 裝夜叉面 身纏斑布 手執鋼叉. 夜半時 踰墻以入 立于中堂 發大喊.
其守直之人 從睡夢中 驚覺瞥見 靘面朱髮之鬼 聲如虎嘷 驚仆失魂 冥迷不省. 乃大開
前門 引其黨入從容 啓樓鑰臺銀 凡數萬兩 分載喪車. 群盜搖鈴杵唱呼耶 先後出城門
至野外隱僻之地 碎櫬出銀. 生自占千金 以其餘 分於衆人 皆足爲一家産. 於是以次列
坐 對天發誓 敢有後踏前徑者 天必殛之 悉焚其器械兵仗 而散遣之.

　生自是 不復憂衣食 專意債文 不數年而擢甲科. 以文章才藝 見重於朝右 連典雄州.
累按方岳 而又以淸白見稱於世. 後位至宰相 爲司寇之職. 某官家旣失銀 家道漸壞 不
能復振而死 其子又以罪繫獄當死. 生知之 自閱其案 終無生理 乃退而上章 自陳曰 臣
少時迫於飢寒入於 萑蒲之黨 賴得此人之財 得以保全軀命 僥倖科第 叩恩至此 若非此
人 臣之爲溝中之瘠久矣 安得有今日. 臣之昔者行已不端 冒干國紀之罪 萬死難贖 刀鋸
鼎鑊 實所甘心 願盡納官爵 以贖此人 退伏刑誅 以示國人. 且數百强盜 一時解散 國家
無桴鼓之警 生民免劫奪之災 實此人積財之功 將此折罪宜傳生議也. 章下諸臣 合議皆
以爲此臣素著忠勤 不可以少時跅跎之過追劾於先病旣瘳之後 朝家從之. 幷許免某人之
死云.

　余嘗觀麗史將相名臣 多魁偉磊落之人 權奸巨猾之作亂者 亦復極其兇惡無所顧忌
因意其一代人品習氣 多亢爽 果毅不拘拘於繩墨之內也. 今以此生本末見之 不其然歟.
或以此爲本朝人 是實不然. 本朝人物 則雖豪傑魁梧之姿 必帶戰兢 臨履之志 間有狂猖
不羈之流 亦自托於詩酒 引重於氣節 未嘗有胖棄規矩 越禮踰閑 若是放肆者也. 余之所
聞以爲麗人者當之.〈『蘭室漫筆』第五話〉

정하영　이화여자대학교 교수

2. 미학적 연구

야담문학연구의 현단계

야담의 속 이야기와 등장인물의 자기 경험 진술

I. 서 론

 등장인물의 말은 서사문학에서 중요한 요소이지만 우리 학계에서 이 부분은 정당한 관심을 받지 못했다. 필자는 조선 초·중기 일화를 분석하면서 조선 초에 들어와 말이 주된 관심의 대상이 되는 현상을 포착하고 말의 성격이 어떻게 변하는가를 살핀 바 있다.[1] 조선 초기 일화에서는 말의 재치, 말대꾸의 특이함 등 말 자체에 관심이 집중되었다면 조선 중기 일화에 이르러 말하는 사람의 사상이나 인격, 의지 등이 말에 담겨지기 시작했다. 그리고 말이 유발하는 결과도 보다 지속적이고 심각한 것이 되어, 말 한 마디로 자기 생명을 잃는 경우까지 생겼다. 조선 초기와 중기 공히 등장인물의 말은 단어나 구, 그리고 한 개 정도의 문장 길이로 구성된다는 점에서 공통된다.

조선 후기 야담계일화나 야담계소설에서는 등장인물의 말이 더 빈번하게 문제될 뿐만 아니라 말이 이야기의 내용과 형식을 담고 있다는 점에서 특별하다. 등장인물의 말이 몇 개의 문장이나 한 단락, 나아가 한 사건 단위를 포괄하는 정도까지 확장된 것이다. 그리고 많은 경우 그 이야기의 내용은 등장인물 자신의 경험과 관련된 현실적인 것이다.

등장인물의 말에 의해 만들어 진 이야기는 서술자의 서술에 의해 만들어진 '겉 이야기' 속에 들어 간 '속 이야기'가 된다. 이러한 서사구조는 동서고금 서사문학이 잘 활용하는 것이지만 그 모든 것을 '액자구조'라고 동일시 해 버릴 수는

---

1) 이강옥, 「조선초·중기 일화의 형성과 변모과정 연구」, 서울대 박사논문, 1993. 126-145쪽.

없을 것 같다. 특히 야담계일화나 야담계소설의 경우는 독특한 액자구조를 동반하고 있어 그 특성에 대한 상세한 검토가 필요하다.

본고는 우리의 서사문학 연구에 있어 등장인물의 말이나 등장인물 간의 대화에 대한 관심을 촉구하면서 그 말에 대한 연구의 한 방법론을 모색한다는 목표를 가질 뿐만 아니라, 조선 후기에 형성된 야담계일화나 야담계소설의 고유한 서술원리를 해명하고자 하는 목표 또한 가지고 있다.

이와 관련되는 선행연구로는 먼저 서사한시 영역에서 찾을 수 있다. 서사한시의 서술방법을 해명하면서 시인(혹은 제1발화자)과 등장인물(혹은 제2발화나, 제3발화자)의 진술이나 대화에 관심을 기울인 것이다. 먼저 임형택 교수는 서사한시의 시점과 서술방식을 구별하여 '시인과 주인공의 대화적 서술 방식'(제1형), '주인공의 고백적 서술의 방법'(제2형), '객관적 서술의 방식'(제3형) 등으로 나누고2) 그 특징을 설명하였다. 박혜숙 교수는 이를 보다 더 발전시켜 1명의 발화자가 등장하여 시종 혼자서 진술을 행하는 '단면적 서술의 개별발화'(제1형), 시인의 목소리뿐만 아니라 다른 인물의 목소리도 등장하여 시인은 그들의 발화를 단면적으로 매개하는 '단면적 서술의 매개발화'(제2형), 여러 목소리가 나타나며 인물과 사건을 유기적으로 결합시켜 서술하는 '유기적 서술의 매개발화' 등으로 나누어 설명했다.3) 두 선행연구는 본격 서사장르가 아닌 한시에 등장인물의 말이나 담화가 직접 나타나는 현상을 포착하고 그것을 나름대로 체계화했다는 점에서 연구사적 의의가 크다고 하겠다. 그런데 서사한시에 새롭게 나타난 이러한 양상들은 야담을 비롯한 서사문학에서는 필수적이고 일반적인 특징이었다. 그리하여 서사문학인 야담의 경우, 기본적으로 서사한시에서 나타난 이러한 변화에 대응되는 현상이 생겼지만 그 양상은 상당히 다르다. 서사한시에서 서술자가 한 등장인물의 처지나 행동, 그리고 말에 대해 보다 더 진지하고 집요한 관심을 가지거나, 혹은 둘 이상의 등장인물의 대화를 존중하여 그것을 그대로 작품 속

---

2) 임형택, 『이조시대 서사시』(상), 창작과 비평사, 1992. 25-27쪽.
3) 박혜숙, 「서사한시의 장르적 성격」, 『한국한문학연구』17집, 1994. 304-323쪽.

으로 수용해 준 것은, 사대부 시인이 일반 민중들의 처지에 공감하고 그 목소리에 귀를 기울인 결과라 하겠는데, 바로 그러한 태도가 야담에도 나타났다고 할 수 있다. 본고는 야담 작품에서 확인되는 등장인물의 자기 진술이야말로 그러한 태도에서 비롯된 것이라고 본다. 다만 서사한시와 분명히 다른 점은 야담의 자기 진술은 상대 인물과 주고 받는 말의 수준이 아니라 독립된 이야기의 수준으로까지 나아갔다는 사실이다.

한편 김현주 교수와 신동흔 교수의 선행 연구는 야담의 자기 진술 대상이 진술자의 경험이라는 사실과 관련하여 좋은 시사를 준다.4) 김 교수는 주로 일상 경험담의 구술성 연구에 초점을 맞추어 결속구조적 층위, 어법적 층위, 서사구조적 층위 등에서 구술성 구성소들을 살폈다. 신 교수는 '사실의 이야기'임과 동시에 '나의 이야기'인 경험담의 특징을 설명했다. 이러한 연구는 '일화'를 새롭게 조명한 필자의 연구5)와 함께 경험담 혹은 일화를 문학적으로 복권시켜 그 문학적 논의의 출발점을 마련했다는 점에서 중요한 의의를 가진다고 본다.

이러한 연구들이 경험담을 독립시켜 분석했다면, 본고는 그것이 작품 안에서 차지하는 상대적 위치를 고려해야 한다는 입장에 선다. 경험담에 대한 연구에서 밝혀진 경험담의 성격들을 전제하면서 아울러 그것과 작품의 나머지 부분과의 관계, 그것 자체의 기능, 그것 자체의 존재 의의 등을 살펴야 한다는 이유에서 새로운 접근 시각이 요청되는 것이다. 본고는 그 하나의 시각을 제시하여, 일화나 경험담의 연구에 유기성과 역사성을 부여하고자 한다.

Ⅱ. 조선 후기 야담에서의 자기 진술자와 수화자

서사체에서 서술자(narrator)는 청자(narratee)에게 어떤 이야기를 전달한다.

---

4) 김현주, 「'일상경험담'과 '민담'의 구술성 연구」, 『구비문학연구』 제4집, 한국구비문학회, 1997.
　　신동흔, 「경험담의 문학적 성격에 대한 고찰」, 『구비문학연구』 제4집, 한국구비문학회, 1997.
5) 이강옥, 「조선 초·중기 일화의 형성과 변모과정 연구」, 서울대 박사논문, 1993.

그런데 상당수의 야담 작품들은 서술자의 이러한 역할을 존중하면서 그 속에 등 장인물의 이야기를 독특한 양상으로 삽입한다. 한 등장인물이 상대인물에게 자 기 이야기를 진술하는 것이다.

'서술자 - 청자'의 짝과 '자기 진술자 - 그 진술을 듣는 상대인물'의 짝은 야담 에 존재하는 두짝의 '발화자 - 수화자'이다.

먼저 '서술자 - 청자'는 야담계일화나 야담계소설이 이야기꾼의 구연물을 모태 로 한 것이라는 이유로 다른 어떤 서사문학보다 더 분명하게 나타난다. 서술자 는 조선 후기 현실에 존재했던 이야기꾼의 목소리를 우선 계승하였다고 볼 수 있다. 이야기꾼은 많은 이야기들을 기억하고 그것을 체계적이며 흥미진진하게 재구성하여 감동적으로 구연하는 자질을 갖춘 존재이다. 기록된 야담의 서술자 는 구연단계 이야기꾼의 이러한 목소리를 계승함으로써 서술자 - 청자의 관계가 두드러지게 했다. 아울러 서술자는, 경험자인 등장인물의 자기 경험에 대한 이 야기를 다 듣고 난 뒤, 그것을 서술자 자신의 목소리로 완전하게 변성시켜 이야 기하기도 한다.6) 이 경우 등장인물들은 서술자에 종속되어 그 목소리에 권위를 부여하는 역할을 할 따름이다. 이처럼 야담계일화나 야담계소설에서는 서술자 의 서술대상에 대한 지배력이 강하다고 할 수 있다.

원칙적으로 볼 때 서술자는 그 권위적 위치를 시종 유지할 수 있다. 야담의 형식적 특징 중의 하나인 서두와 평결부분, 그리고 중간에 나타나는 스토리의 압축 제시 부분에서 특히 그러하다. 아울러 등장인물이 어떤 발언을 한다고 하 더라도 그의 말은 서술자의 이야기 문맥에 종속된 것일진대 여전히 서술자의 권 위는 유지된다고 하겠다. 등장인물의 말은 형식적으로 '……曰'이라고 독립된 듯 하지만, 어디까지나 서술자의 서술의도를 구현시키기 위해 서술자가 설정한

---

6) 〈遊淇營風流盛事〉(청구8. 318 : 『청구야담』의 인용은 『청구야담』(상)(하)(서벽외사 해 외수일본, 아세아문화사)에 의한다. 1권~5권은 (상)이고 6권~10권은 (하)이다.)의 다음 과 같은 끝부분의 진술은 이 경우를 암시한다. "各散其家 唯桂蟾守墓不去 白頭絲絲 方瞳 黯黯 向人說道如此"(323쪽). 여기서 서술자는 계섬의 이야기를 듣고 그것을 자기 식으로 재구성하여 청자에게 재진술한 셈이다.

것이기 때문이다. 가령 〈營妓伴狂隨谷倅〉(청구 7, 231쪽)는 '곡산 기생 매화 -
늙은 순사 - 곡산 원' 사이의 삼각관계를 골격으로 한 사건의 전개 과정을 보여
준다. 늙은 순사가 매화를 총애하는 데서부터 시작하여 젊은 곡산 원이 등장하
여 매화를 얻기 위해 매화의 노모를 매수하고 마침내 매화를 자기 여자로 삼아
순사를 파직시키는 데에 이르기까지 사건의 전개는 급박하고 생생하다. 중간 중
간 등장인물들의 말들이 삽입되지만 그 말은 서술자에 의해 서술되는 사건을 구
성하는 부분들에 지나지 않는다. 서술자는 모든 등장인물의 행동뿐만 아니라 그
말까지도 빠른 사건 전개를 위해 활용하는 것이다. 그리고 서술자의 이러한 위
력은 결국 서술자가 궁극적으로 이 이야기를 통해 추출하고자 하는 이념을 중시
하기 때문이라고 하겠다. 끝에 붙은 '처음 순사로부터는 계교를 부려 벗어나고
뒤에 곡산 원에게는 立節死義했으니 진정 여자 중의 豫讓이도다.'[7]라는 서술
자의 평은 그 이념적 태도를 분명하게 보여준다. 즉 서술자는 이념적 문제 의식
에 힘입어 등장인물들의 목소리를 압도하고 자기의 의도에 맞게 등장인물들의
말과 행동을 재편성한 것이다.

그러나 다른 많은 야담 작품들에서는 어느 단계에서 서술자의 목소리가 사라
지고 등장인물의 목소리가 그대로 나타나기도 한다. 그리고 등장인물의 진술내
용은 서술자의 서술내용과 일단 단절된다. 등장인물은 그 직전까지의 서술내용
을 무시하고 자기 경험에 바탕을 둔 이야기를 진술하는 것이다.[8] 물론 끝에 가
서 그것이 서술자에 의해 수용되어 서술자의 서술내용과 원만하게 연결되기는

---

7) "初於巡使則用計而圖免 復於本倅則立節死義 亦其女中豫讓歟."(236쪽)

8) 등장인물의 목소리가 그대로 노출되는 경우도, 말재주를 보여 준다거나 서술 문맥에 필요한
자신에 대한 간략한 소개를 한다거나 하는 것은 서술자의 서술의도를 충족시키는 역할을 하
는 것이기에, 등장인물의 목소리가 서술자로부터 독립되어 있다고 볼 수 없다. 가령 "賊曰吾
卽婢之子也 吾自母死後 爲人收養 至於長成志未嘗一日忘汝 汝雖未知有吾 吾之伺間
久矣."(「問名卜中路遇舊僕」(청구9), 466쪽)에서 '호랑'이란 사나이는 자기 어머니를 죽인
상전에게 원수를 갚기 위해 그 상전을 넘어뜨리고 그 위에 올라 타서 자기 진술을 한다. 그
런데 이것은 그 상전을 올라 타 목에 칼을 겨누는 독특한 행동에 대한 직접적 해명이다. 즉
호랑의 자기 진술은 서술자에 의해 제시되는 행동들에 종속된 것으로서 서술자의 계획에 따
른 것이다.

하지만 이 진술의 시점에서는 분명 단절되어 있다. 이때 서술자는 등장인물의 발언을 자기 식으로 번역하기보다는 분명한 거리를 유지하며 그것을 대상화하였다고 볼 수 있다.

등장인물은 자기를 강하게 주장하려 하고 서술자는 등장인물의 그것을 대상화하려 하는 태도를 시종 유지하고 있는데, 이때 주도적 역할을 한 쪽은 서술자가 아니라 등장인물이다. 물론 서술자와 등장인물의 서술의지가 항상 상호 배타적인 것은 아니다. 서술자는 등장인물의 진술내용에 대해 적극적인 관심을 갖고 그것을 작품 전체를 위해 필요하다고 생각했기 때문에 그의 진술이 삽입되는 것을 허용했다. 다만 등장인물의 목소리를 서술자 자신의 목소리와 동일시하지 않았다는 점은 등장인물의 목소리를 변성시켜 서술자 자신의 목소리로 만든 경우와 구분된다고 하겠는데, 전자가 가능했던 것은 ①서술자의 등장인물에 대한 대상화 경향 ②등장인물의 주체적 자기 주장 경향이란 두 측면에서 해석할 수 있다. 대체로 ②의 요인이 더 강하게 작용했다고 보겠는데 이럴 때 등장인물은 서술자의 서술지향으로부터 벗어나 자기 나름의 서술지향을 갖게 되는 것이다. 그것은 먼저 진술 내용의 성격과 관련된 문제이고 다음으로 청자인 상대인물과 가지는 관계의 문제이다.

먼저 진술내용 면을 살펴보자. 등장인물은 자기 진술을 하기 전 이미 스스로 판단하기에 아주 새롭거나 충격적이거나 소중한 경험을 하였다. 등장인물의 그 경험은 남의 목소리로 번역될 수 없을 정도로 자신에게 큰 의미를 지니는 것이다. 이 경험의 강렬한 인상은 어디서 비롯된 것일까? 등장인물의 자기 경험에 대한 진술이 나타나는 대부분의 야담계 서사체에서는 주인공이 자기 집을 떠나는 것이 사건의 결정적 계기가 된다. 즉 상인이 물건을 팔러 집을 나서거나, 몰락양반이 추로를 위해 길을 떠나거나, 종이 자기 살길을 찾아 주인집을 탈출하거나, 선비가 과거에 응시하기 위해 길을 떠나거나, 중앙 관리가 지방의 부임지로 떠나면서 이야기가 시작되는 것이다. 등장인물은 서두에서 익숙하지 않은 공간으로 떠나 낯선 사람을 만나 관계를 맺게 된다. 이 개방적 공간과 다양한 인간들과의 관계에서 만들어진 경험은 익숙한 공간에서 낯익은 인간들과 만들었던 경험과는 질적으로 다른 아주 새롭고 인상적인 것이다. 이 '낯익은 공간으로부터의 떠남'과 '낯선 사람과의 만남'이란 설정은 다양하고 유동적인 조선 후기의 생활 여건과 관련된 것이다. 조선 후기 사회는 그 속의 인간들로 하여금 그 이전에는 목도하지 못했던 다양한 사태들을 배태시키고 있었던 것이다. 자기 진술을 하게 되는 등장인물은 이런 배경에서 이렇듯 독특한 경험을 하게 되어 자기만의 사연을 간직한 사람이다.

그런데 그 사연은 자기가 처한 부정적 처지를 폭로하는 내용이거나 자기만 간직한 재미나거나 특이하고 소중한 경험을 과시하는 내용이다. 그는 그것을 단순하게 기억하거나, 미련을 가지고 거기에 집착하거나 특별한 의미를 부여하며 그것을 자랑하려 한다. 그것에 대한 태도는 부정적인 것과 긍정적인 것으로 양분될 수 있다.

먼저 부정적 태도는 진술 내용이 자기가 처한 부정적 처지를 폭로하는 것일 때다. 〈雪神寃完山尹檢獄〉(청구 4, 497쪽), 〈雪幽寃夫人識朱旗〉(청구 8, 333쪽) 등에서 자기 진술자들은 억울하게 죽은 귀신들인데, 이들은 자기의 억울한 죽음에 대해, 그리고 그 죽음의 실상이 밝혀지지 않은 점에 대해 한을 품고 있으며, 자기 진술 행위를 통해 그 점을 알리고 청자가 자기들의 한을 풀어주기를 소원한다. 이들의 자기 진술은 마땅히 풀려져야 할 문제 투성이다. 이들은 자기 진술 내용을 자랑하는 것이 아니라 그 내용으로부터 자신이 해방되기를 간절히 바란다. 그런 점에서 자기 진술 내용에 대해 부정적 입장을 취한다고 할 수 있다.[9]

긍정적인 태도를 취하는 경우는 그 경험 내용을 자랑스런 것으로, 아름다운 것으로, 기특한 것으로, 떳떳한 것으로 생각하는 경우이다. 가령 〈聽驟雨藥商得子〉(청구 2, 157쪽)에서 약 거간꾼은 소나기를 피해 약방에 모여 있던 사람들에게 갑자기 "오늘 내리는 비는 소싯적 내가 조령을 넘을 때의 비와 같구나!"라

---

9) 이러한 점은 상기한 두 작품이 전설에서 출발한 데서 비롯되었다 하겠다. 즉 두 작품은 전설에서 야담계일화 쪽으로 전화되는 과정에 있는 것이다.

소리쳐 사람들의 호기심을 돋군다. "비에 어찌 고금이 있소?"라 하니 "그때 웃기는 일이 있어 지금까지 잊지 못하고 있소."라 대답하고는 그 경험을 진술한다.10) '웃기는 일'(可笑事)이란 자신의 그 경험을 비웃거나 비하하는 말이 아니라 많은 사람들의 흥미를 끌 내용이라는 점을 겸손하게 표현한 말이라 보아야 한다. 그래서 소싯적 일이지만 지금까지 잊지 못하고 있는 것이다. 자기 진술 부분의 간결하면서도 도도한 어투가 얼마나 자기 경험의 핵심을 자랑스럽게 드러내고자 했는가를 말해 준다. 그리고 이때 그 이야기를 듣는 수화자에게 그 이야기의 내용은 감동이나 흠모의 대상이게 마련이다.

자기 진술 내용에 대한 이같은 부정적 태도와 긍정적 태도는 야담에 공존하고 있지만 부정적 태도에서 긍정적 태도로 나아갔다고 말할 수 있다. 부정적 태도는 대체로 전래하던 전설의 문제 해결 방식과 관련된 것이다. 자기 진술자는 자기 경험에 대해 부정적 태도를 견지할 뿐만 아니라 문제를 해결하는 데 있어서도 자기 능력을 믿지 않는다. 스스로 문제를 해결하기보다는 능력이 뛰어난 타인(청자)에게 의지하고자 한다. 그래서 자기 진술의 태도는 당당하기보다는 절박하다. 이에 비해 긍정적 태도는 기본적으로 당대적 경험을 수용한 일화의 문제 해결 방식이나 욕망 충족 과정과 관련된 것이다. 여기서 자기 진술자는 풀어야 할 절박한 문제가 없거나 문제가 있어도 그 내용을 진술 속에 노골적으로 나타내지 않을 때가 많다. 그만큼 자기 진술 내용은 서술 문맥으로부터 자유롭다. 그러나 그 진술은 예기치 못했던 결과를 초래한다. 자기 진술의 결과 진술자는 뜻밖에 처지를 향상시키거나 문제를 해결하게 되는 것이다. 자기 진술의 동기와 결과 사이에 비약이 존재한다고 하겠다.

등장인물의 독특한 경험은 만일 그가 또 다른 사람을 만나지 않았다면 자기만의 기억으로 존재하다가 곧 망각되었을 것이다. 그런데 자기 진술이 나타나는 야담 작품에서 등장인물은 독특한 경험을 하여 그것을 기억하고 있다가 다시 낯

---

10) "英廟方幸毓祥宮 時當四月 驟雨注下 溝渠漲流 觀光諸人 避雨於藥肆 房室簷廡 彌滿 簇立 藥儈時在房中 忽言今日之雨 若吾少時 踰鳥嶺時雨也 傍人曰雨豈有古今哉 曰其 時有可笑事 故尙今不忘 傍人曰可得聞乎 曰……."(158쪽)

선 공간으로 나아가 새로운 사람을 만나게 되는 공통점을 지니고 있다. 즉 그 상대인물은 자기 진술의 청자라 할 수 있는데, 청자로서의 상대인물이야말로 등장인물로 하여금 자기 진술을 하도록 재촉하는 두 번째 요소이다. 상대인물은 익숙하지 않은 세계와 인간에 대해 대단히 강한 호기심을 가진 존재이다. 그는 자기 진술자가 어떤 모습으로 나타났다 하더라도 강한 호기심이나 넓은 아량을 가지고 그가 하는 말을 기꺼이 듣는다. 그는 대체로 동떨어지거나 폐쇄된 공간에서 생활하고 있기에 무료하거나 고독하다. 그래서 스스로는 다양한 경험을 할 처지에 있지는 않다. 그러나 그는 남의 새로운 견문이나 경험에 대해 알고자 하는 호기심이 많다. 새로운 사회가 도래하고 있고 그 속에서 새롭고 독특한 인간 관계도 가능하다는 사실을 막연하게나마 깨닫게 된 것이 그러한 호기심의 원천이라 할 것이다.11)

자기 진술을 듣는 상대인물이 이처럼 큰 호기심을 가지게 된 데에는 그외 몇 가지 요인이 더 작용했다고 볼 수 있다. 먼저 자기 진술자와 상대인물 간의 계층적 차이를 들 수 있다. 자기 진술자가 다양한 경험에 대해 열려 있는 개방적 계층이라면 상대인물은 그렇지 못한 계층이다. 그리하여 상대인물은 다른 계층의 경험에 대해 큰 호기심을 가지게 되었을 뿐 아니라 다소 다른 시각에서 그 경험을 바라볼 가능성이 생긴 것이다. 아울러 동일 계층이라 할지라도 처지가 다르기에 상대방의 경험에 큰 관심을 가졌을 것이다.

여기서 듣기의 방식이나 태도에 대한 논의가 필요하다. 어떤 공간에서 어떤

---

11) 경험 영역의 폭이 넓지 못한 사람이 경험의 폭이 넓은 사람의 이야기를 듣고 싶어 했다는 것은 특히 숙종의 태도에서 확인할 수 있다. 숙종은 밤마다 숙직하는 신하들을 불러 고금의 일들을 논했을 뿐만 아니라 여항의 이야기들을 들으며 시간을 보냈다.(肅廟春秋腕晩 以眼眚不豫 每夜悉召禁直諸臣 怡然閑話商確古今且及閭巷諺俚之語 以爲消遣之策(「金丞相窮途遇義妓」(청구 3. 316쪽)). 또 「葬三屍湖武陰德」(청구 1. 76쪽)에서 병조판서의 늙은 아버지인 동지공은 하루 내내 집 안에서만 지내다가 밤 깊도록 잠을 이루지 못하던 노인인데, 뜻밖에 나타난 무변에게, "그대는 경향각지를 돌아 다녔으니 필히 경력(經歷)한 바가 많을 것이고 또 눈으로 보고 들은 바가 많을 것이네. 원컨데 한번 들어 봄세"(君奔走京鄕 必多經歷 亦多有目覩耳聞者 願一聞之(84쪽))라 하며 우여곡절을 많이 겪은 무변의 이야기를 간절하게 듣고 싶어 한다.

자격으로 진술을 듣는가 하는 점이다. 먼저 자기 진술을 하는 공간이 개방된 곳인가 아니면 폐쇄된 곳인가를 따져 보아야 한다. 이때의 개방, 폐쇄의 구분은 공간적인 것이라기 보다는 정서적인 것이다. 자기 진술자가 자기 이야기를 개방하고자 하면 개방된 공간이 되고 그렇지 않으면 폐쇄된 공간이다. 자기 진술자가 진술내용이 자랑스러운 사연이라면 진술의 공간을 개방할 것이고, 그 내용이 비밀스런 정보와 같은 것이라면 폐쇄적 공간을 확보하려 할 것이다. 그리고 그 진술에 대해 듣는 사람은 진술자의 허락을 받고 '바로 듣기'도 하고 그렇지 못할 때 진술자 몰래 '엿듣기'도 한다.

야담의 자기 경험 진술 중 전형적인 것은 '개방된 공간에서의 바로 듣기'와 '폐쇄된 공간에서의 바로 듣기'이다. 전자는 경험을 제한 없이 공유하고자 하는 자세의 반영이고 후자는 제한된 범위에서 그 경험을 공유하고자 하는 자세의 반영이다. 이에 비해 '개방된 공간에서의 엿듣기'와 '폐쇄된 공간에서의 엿듣기'는 다소 주변적인 것이다. 그중 전자는 '개방된 공간에서의 바로 듣기'와 그 본질에 있어 큰 차이가 없다. 진술자가 자기 이야기를 개방시키고 있는 한 듣는 자의 자격이 문제되지 않기 때문이다. 이에 비해 '폐쇄된 공간에서의 엿듣기'는 비밀의 누출과 연결되기에 심각한 문제를 유발한다. 가령 〈責荊妻淸士化隣氓〉(청구 4, 399쪽)에서는 도둑질하러 어떤 집에 잠입했던 사나이가 그집 부인의 이야기를 엿듣는다. 그 부인은 끼니를 잇지 못해 옆집의 이삭을 몰래 베어와 죽을 쑤었다는 사실을 남편인 선비에게 고백한 것이다. 이에 선비는 죽을 쏟아 버리고 부인의 종아리를 때린다. 이 사연과 행동에 감동한 도둑은 개과천선하여 선비집을 도와 부유하게 만들어 준다. 비밀의 엿들음이 뜻밖에 좋은 결과를 가져왔다. 그러나 이런 변화는 소통의 결과가 아니다. 선비 부인의 자기 진술은 도둑을 향한 것이 아니었다. 그래서 이야기를 통한 상호 소통은 없다. 엿들은 자의 일방적 변화만 존재한다. 부인의 특이한 경험에 대한 진술이 도둑을 감동시켰기 때문에 도둑이 변화된 것이 아니다. 오히려 그 경험을 부정하고 경험자를 응징하는 선비의 이념 혹은 윤리가 당당했기에 도둑이 변화한 것이다. 이념이

경험을 지배하고 있다는 점에서 경험을 강조하는 야담의 자기 경험 진술 중에서
는 예외적인 것이다.

〈定佳成地師聽癡僮〉(청구 1, 92쪽)의 자기 진술 부분은 이렇게 시작된다.

> 하루는 밤이 깊어지자 그 어머니가 하인들을 모두 물리치고 세 아들을 불러, "나는
> 본디 모처 모 양반가의 여종이었다. 너희들이 비록 귀하게 되었으나 모름지기 옛 주인
> 의 은혜를 잊지 말아라."라고 이야기 해 주었다. 이날 밤도둑이 들어 와서는 주인이 잠
> 들기를 기다리면서 창가에 귀를 대고 있었는데 때마침 이 이야기를 듣고는 속으로 '사
> 소한 물건을 훔쳐가기 보다는 옛 주인의 집을 찾아가 사실을 고하고 추로하게 하여 그
> 얻은 것의 반을 먹는 것이 더 낫겠네.'하고는 모처 모 양반의 집을 찾아가 일일이 고해
> 바쳤다.12)

어머니는 밤이 깊어지자 종들을 모두 물리치고서 자기 진술을 위한 공간을
철저히 폐쇄적인 것으로 만들었다. 세 아들 이외 누구도 그 진술을 들어서는 안
된다. 그러나 도둑이 엿듣는다. 그런데 어머니의 자기 진술 내용은 세세한 사연
의 재현이라기 보다는 숨겨둔 자기 정체를 드러내는 것으로서 일종의 비밀 정보
의 제공에 해당된다. 그것을 엿들은 도둑은 정보를 획득하고 그 정보의 교환가
치를 정확하게 포착한다. 그에게 그 정보가 갖고 있는 윤리적 가치나 감동은 무
의미하다. 이 점에서 청자의 감동을 유발하는 것과는 다르다. 이 사례는 '폐쇄된
공간에서의 엿듣기'가 야담의 전형적인 자기 진술을 보여주지 않는다는 사실을
확인하게 한다. 진술 내용이 경험을 구체적으로 제시하는 것이 아니며, 진술의
결과 자기 진술자에게 새로운 처지가 확보되는 것도 아니라는 점에서 먼저 그러
하다. 여기서 자기 진술자는 자기 삶을 거의 마무리하는 단계에서 자기 진술을
했다. 그녀에게는 더 이상 바랄 것이 없다. 그리고 자기 진술의 상대자는 세 아
들인데도 불구하고 세 아들은 어미의 자기 진술에 대해 가시적인 반응을 보이지

---

12) "一日夜沈後 其母悉屛婢屬 招其三子 詳言家世之顚末曰我本是某處某班之婢也 汝輩
雖貴 須勿忘舊主之恩 是夜盜入家中 方待主人之睡 屬耳窓外 適聞此言 自思曰與其偸
去些少之物件 毋寧往告其舊主之家 使之推奴而分食其半 遂尋往某處某班之家 一一詳
細言之."(100-101쪽)

않는다. 그 대신 도둑이 자기 욕망을 충족시키기 위해 반응을 보이는 데, 그것은 자기 진술자와 청취자간의 상호 소통에서 비롯된 것이 아니라 엿들은 자의 일방적 판단에서 비롯된 것이다.

이상 '서술자 - 청자'의 짝과 '자기 진술자 - 그 진술을 듣는 상대 인물'의 짝이 야담 작품의 이야기 진술에 관여하는 양상을 살펴보았다. 한 등장인물은 자기 진술을 당당하게 수행하여 상대인물과 직접적이고도 구체적인 관계를 맺는다. 서술자는 사건 전개를 압축하여 제시하여 청자와 느슨하고도 암시적인 관계를 맺는다. 그 정도가 다양하기에 두 짝은 '겉 이야기(액자)'와 '속 이야기'를 형성하여 작품 내에서 다양한 관계를 맺게 한 것이다.

Ⅲ. 속 이야기(자기 진술)의 실현 양상과 겉 이야기와의 관계

등장 인물의 자기 경험 진술이 어떤 위치에서 어떻게 실현되는가 하는 점은 등장인물의 자기 진술에 의해 만들어지는 속 이야기와 서술자에 의해 구축되는 겉 이야기가 작품 내에서 가지는 서사적 관계를 해명하는 데 중요하다.

1. 후일담으로서의 자기 진술

일생의 과업이 거의 끝난 시점에서 등장인물이 자기 경험을 회고담이나 후일담의 형식으로 진술하는 경우이다. 이때의 자기 진술은 서술자에 의해 서술 과정의 필요에 의해 형식적 차원에서 도입된 것이다. 그럴진대 진술자나 청자 독자가 해당 내용이 '지금 다시 진술된다'는 형식 자체에 특별한 관심을 가지지 않으며 큰 의미도 부여하지 않는다. 진술자는 이미 사건의 와중으로부터 벗어나 있으며, 청자나 독자는 그 자기 진술의 내용을 다 알고 있기 때문이다.

〈聽妓語悖子登第〉(청구 4, 424쪽)에서 평양감사의 아들은 기생과 사랑의 도피 행각을 벌이느라 집과의 연락도 끊는다. 기생의 간절한 권유로 공부를 하여 마침내 과거에 급제를 하게 되는데 과거장에서 아버지와 아들은 命官과 수석 합격자로 만나게 된다.

> 임금이 괴상하여 물으니 명관이 일어나 대답키를 "소신에게 아들이 하나 있기는 하지만 죽은 지 10년이 됩니다. 정말 이 청년이 누군질 모르겠나이다."했다. 이에 (생을) 호명하여 앞으로 나오게 하여 친히 물으니 생이 자초지종을 상세히 아뢰었다. 명관이 옆에 있다 듣고 비로소 그 아들이 죽지 않았음을 알았다. 임금이 크게 기이하게 여겼다.13)

아들의 자기 진술은 그가 우여곡절을 거쳐 과거에 급제한 뒤에 이루어 졌다. 그의 진술은 스스로가 독특한 경험에 집착하여 기회가 있을 때 다시 진술하고자 했기 때문에 이루어진 것이 아니다. 오히려 임금의 적극적 요구가 있었고 그것을 무시할 수 없었기 때문에 이루어졌다. 그 진술은 자기 정체를 드러내는 역할을 하였고 그 결과 그 자리에 있던 아버지를 만나게 된 것이다. 자기 진술은 사건의 새로운 전기를 마련하는 것이 아니라 사건이 거의 마무리되는 단계에서 미진했던 부분(아버지와의 상봉)을 보충해 주는 역할을 했다. 이 작품에서 서술의 초점이 맞춰진 곳은 청년과 아버지의 상봉 장면이 아니라 기생의 도움으로 청년이 성공하는 과정이기 때문이다.

2. 유일한 사건 제시로서의 자기 진술

자기 진술이 어떤 이야기를 전달하기 위한 하나의 장치로서 작용하는 경우이다. 자기 진술을 인도하는 짧은 부분인 형식적 액자를 제외하고는 작품의 나머지 대부분이 자기 진술로 이루어져 있다.

> 순창 기생 분영은 나이가 70여 살로 의녀로 있다가 늙어 지자 고향으로 돌아와 살고 있었다. 늙었지만 아름다운 자태가 여전히 돋보이고 우스개 말이 묘미가 있었으니

---

13) "上怪問之　命官起伏對曰臣果有子而死已十年矣　誠不知此何人也　遂命呼名召上進伏榻前而親問之　生自初至終詳細一一直奏　命官亦在傍聽始知其子之不死矣　上大奇異之."(429쪽)

고을 원이 노래를 하라 하여 (노래하면) 음운이 맑고 깨끗해 늙은이의 목소리가 아니었다. 고을 원이 묻기를 "내 듣기에 기생들은 정을 준 사람이 있어 평생토록 잊지 못한다 하는데 과연 그러한가?" 하니 "그러하옵니다. 소인 역시 평생 잊지 못하는 지아비가 있습니다."라 대답했다.14)

그리고는 기둥서방 권정읍과의 사연을 진술해 나간다. 이때 고을 원은 분영의 자기 진술을 이끌어 내는 역할을 했으나 그 뒤로는 다시 등장하지 않는다. 고을 원은 분영의 이야기를 이끌어 내기 위해 등장한 형식적 인물에 지나지 않는다. 그는 분영의 이야기를 듣는 청자이긴 하지만 내내 침묵한다. 그래서 분영의 이야기가 그에게 어떤 감동을 주었는지, 그리고 그 감동이 결국 그를 어떻게 변화시켰는지는 전혀 언급되지 않는 것이다. 그 뒤는 분영의 자기 진술로 일관한다. 분영의 자기 진술에 의한 속 이야기는 그 양이나 질 면에서 겉 이야기를 압도한다. 그리고 속 이야기는 시작과 끝 부분이 닫혀 있다. 다른 등장인물이나 서술자는 거기에 개입하지 않으며 그에 대해 반응하지도 않는다. 자기 진술이 끝나면서 작품은 끝나기 때문이다.

이것은 이미 18세기 야담집인 『鶴山閑言』에 먼저 실렸는데 그 편찬자 辛敦復은 원저자라 할 수 있다. 실재 인물 분영은 실재 인물 신돈복과 그 族兄이며 순창읍의 원인 辛致復에게 자기의 특이한 경험에 대해 진술하였다. 그 관계가 『학산한언』에는 그대로 기록되어 있는 것이다.15) 그러던 것이 『청구야담』에서 액자의 일부가 탈락되고 속 이야기가 그 독자성을 더 굳건히 하면서 분영은 등장인물로서, 신돈복은 서술자로서 작품 안으로 들어 온 것이다. 그런데 『학산한언』은 평결을 붙여 분영의 경험에 대한 서술자 나아가 편찬자의 세계관적 개입을 시도했는데 약 1세기가 지나 야담적 진술 전통이 단단해 진 단계에 편찬된 『청구야담』에서는 그 평결이 탈락되었다. 이로써 분영의 자기 진술이 작품 서

---

14) "淳昌妓粉英 年七十餘 本以醫女 老退還鄕 雖老而姿貌豊潤言笑閑媚 本倅命之歌 音韻淸亮悠揚 非老者喉聲 本倅問曰吾聞妓輩必有情人終身未忘者然否 對曰然 小人亦有平生未忘之夫."(「說風情權井邑降巫」,『청구』(상), 380쪽)

15) 『학산한언』, 『한국문헌설화전집』 제8권, 동국대 한국문학연구소, 440쪽.

술을 주도하게 된 것이다.

〈秋妓臨老說故事〉(청구 2. 258쪽), 〈平壤妓妍醜兩不忘〉(청구 7. 192쪽)에서도 秋月, 평양기생 등 두 기생이 등장하여 기생 노릇을 하면서 겪은 남자 중 주로 부정적인 쪽으로 기억에 남는 남자에 대해 진술한다. 추월은 늙어 은퇴한 뒤 '평생동안 세 가지 웃기는 일이 있었다'16)라 하고 평양기생은 '거쳐간 사람은 많지만 잊혀지지 않는 사람이 둘 있다.'17)고 했다. 이들에 의해 회상된 다섯 명의 남자들은 화류계에서 상식적이지 못한 행동을 하는데, 그 일탈된 행동에 대한 이야기는 다섯 개의 '직업일화'라고도 할 수 있다.

이상 세 작품의 경우 서술자는 전면에서 사라졌다. 앞에 붙은 형식상의 액자는 어쩌면 서술자가 후술할 이야기와는 무관함을 드러내어 일종의 면죄부를 만든 것이라고도 볼 수 있다. 사대부 서술자와 기타 계층 진술자 사이에 존재하는 이념적 괴리를 해결하기 위한 것이다. 그럼으로써 서술자는 등장인물로 하여금 자기 목소리로서 자기 경험을 마음껏 드러내도록 했다 하겠다.

〈大人島商客逃殘命〉(청구 2. 147쪽)은 야담의 서술에 있어 겉 이야기의 존재가 또 다른 기능을 하는 경우이다. 위의 세 작품에서 액자의 앞 부분은 자기 진술자의 현실적 경험 내용이 장애 없이 자유롭게 진술되는 것을 보장해 주었다. 그런데 〈대인도상객도잔명〉에서는 오히려 그 액자가 등장인물의 자기 진술이 자기 경험의 수준을 넘어 서게 하는 장치로 활용되었다. 그 시작은 이러하다.

청주의 한 상인이 미역을 사러 제주도에 갔을 적에 어떤 남자가 땅을 짚고 이리저리 왔다갔다하다가 배 앞에 와서는 손을 잡고 뛰어올랐는데 백발이지만 젊어 보이는 얼굴이었는데 다리가 없었다. 상인이 "노인장께서는 어떻게 하여 두 발을 잃으셨오?"라 물으니 "소싯적 표류할 때 두 다리를 고기에게 먹혔기 때문이지요."라 대답했다. "상세한 이야기를 들어볼 수 있겠습니까."하니18)

---

16) "平生有三可笑事."(258쪽)

17) "閱人多矣 有未忘二人."(192쪽)

18) "淸州商人以貿藿事 入於濟州 有一人着地盤旋而來 當船則以手躍把船閾而跳入 白髮韶顏無脚男子也 商人問曰翁胡然而無兩股乎 曰吾少日飄風時 兩脚爲魚所食故也 曰請

청주 상인의 요청에 따라 노인은 사람을 잡아먹는 거인의 섬에 표착하였다가 죽을 고비를 넘기고 돌아오는 이야기를 끝까지 이어간다. 그런데 그곳에서의 경험은 황당한 내용이다. 키가 수십 장이나 되는 거인이 바다 한가운데 섬에서 살고 있다는 것이나, 사람을 통째로 구워 먹는다는 것이나, 한 발자국이 5, 6간이 넘는다는 것 등이 현실적이라 보기 어렵다. 더욱이 이 내용은 『천일야화』의 〈선원 신드바드의 세 번째 항해(The Third Voyage of Sindbad the Sailor)〉[19]의 내용과 대동소이하다.[20] 이 작품의 자기 진술 부분은 진술자인 백발 노인의 경험을 진술한 것이 아니며 진술자도 허구적 존재임이 분명하다. 그렇다면 위 액자는 허구적 내용을 그럴 듯 하게 보이기 위해 당시 유행하던 '경험자의 자기 경험 진술' 방식을 차용한 것이라 볼 수 있다.

3. 정보의 제시로서의 자기 진술

〈雪神寃完山尹檢獄〉(청구 4, 497쪽), 〈雪幽寃夫人識朱旗〉(청구 8, 333쪽)에서의 자기 진술자들은 억울하게 죽은 귀신들인데, 이들은 자기의 억울한 죽음에 대해, 그리고 그 죽음의 실상이 밝혀지지 않은 점에 대해 한을 품고 있으며, 자기 진술 행위를 통해 그 점을 알리고 청자에 의해 자기들의 억울함이 풀려지기를 바란다. 앞의 겉 이야기에서 이들을 소개하거나 이들이 자기 진술을 하게 되는 배경을 간단하게 제시한 후 곧 이들로 하여금 자기 진술을 하게 한다. 이들

問其詳."(147쪽)

19) 『Tales from the Thousand and one Ninghts』(Penguin Books), 128쪽.

20) 『어우야담』, 「李芝峰晬光爲安邊府使」에도 바다 가운데에 사는 거인에 대한 이야기가 소개되어 있다.

"且見巨人腰下入水 腰上露於水者 長可三十仞 其頭面肢體極雄無可比 漁子刺船欲避 而已被攀舷欲覆之 蒼黃擧斧斫其臂 巨人棄而上山."(『한국야담자료집성』13, 계명문화사, 53-54쪽)

이는 위 인용한 부분만 『청구야담』의 위 작품과 상통할 뿐 유화라고 볼 여지는 전혀 없는 것이다. 그런 점에서 『청구야담』의 위 작품이 『천일야화』와 연결될 터인데, 중국 쪽을 중개자로 했다고 추정할 수 있지만 아직 정확한 전파 경로를 밝히지는 못하겠다.

의 자기 진술 부분은 이미 제시된 사건의 재현이거나 보완이 아니라 앞으로 제시될 사건의 출발점이 된다. 즉 자기 진술이 먼저 있고 그것에 바탕을 둔 사건이 다음에 제시되는 것이다.

이 진술 속에 포함되어 있는 여러 요소 중 가장 중요한 것은 정보이다. 〈설신원완산윤검옥〉에서 이방의 딸은 계모와 이복 동생의 음모와 악행에 대한 정보를 감사에게 제공한다. 즉 그들은 재산을 독차지하려고 아버지가 출타한 틈을 타 자기를 죽이고는 아버지가 돌아오자 복통으로 죽었다고 거짓말했다는 것이다. 감사는 이 정보에 근거를 두고 사실을 밝혀 간다. 이 과정에서 참 진술과 거짓 진술간의 정당성 싸움이 이루어진다. 마침내 감사가 거짓 진술을 거짓이라 보고 참 진술을 참이라 볼 수 있었던 것은 이방의 딸이 참 정보를 제공했기 때문이다. 전반부 이방 딸의 진술과 후반부의 진실을 밝혀 가는 과정은 서로 대응된다. 전반부가 진술 중심이라면 후반부는 사건 묘사 중심이다. 그렇다고 하여 후반부에 진술이 없는 것은 아니다. 다만 후반부에 나타나는 진술은 거짓이다. 전후반을 함께 볼 때 이 작품은 현실에서 진실을 찾아내어 일관되고도 참된 질서를 건설해 가는 과정이라 하겠다.

〈설유원부인식주기〉에서는 밀양 원님들이 부임해 온 첫날밤에 죽게 된다는 독특한 사건이 먼저 제시된다. 그러나 그것도 작품 내에서 독자적으로 존재하기보다는 곧 나타날 처녀의 자기 진술을 이끌어 내기 위한 포석으로서의 성격이 더 강하다. 왜냐하면 다른 밀양 원들이 부임 첫날밤에 나타난 귀신 처녀와의 대화를 거절한 것과 가난한 무변 출신 원이 처녀 귀신과의 대화를 성사시키는 것이 대조되는데, 이 대조는 귀신 처녀의 자기 진술로 귀결되기 때문이다. 처녀는 그 진술 과정에서 모든 정보를 무변에게 제공한다. 그 뒤 무변의 조치는 처녀가 제공한 정보에 전적으로 의존한 것이다. 그래서 후반부의 사건의 전개는 전반부 처녀의 자기 진술 속에 배태되어 있다고 볼 수 있는 것이다.

요컨대 이 경우는 자기 진술이 나타나기는 하지만 작중에서 이미 제시된 사건의 재현이 아니며, 사건보다 자기 진술이 우선한다는 점에서 특이하다. 자기 진술은 그 뒤에 있을 사건의 한 계기가 되는 것이 아니라 그 속에 사건의 전개를 내포하고 있는 것이다. 그런 점에서 자기 진술자는 일상적 경험에 바탕을 두고 그 경험을 소중하게 생각하면서 자기 경험을 진술하는 것이 아니다. 경험의 시간인 과거를 소중하게 생각하기보다는 그 과거의 굴레로부터 해방되고자 하는 소원을 더 강하게 가지는 것이다. 그런 점에서 진정한 의미에서 자기 경험에 대한 떳떳한 진술이라 보기 어렵다.

4. 과거의 회상로서의 자기 진술

과거에 경험한 사건을 항상 생각하고 있다가 그것에 대해 이야기할 수 있는 기회가 주어지기나 혹은 그것을 이야기해야 할 절실한 필요가 생겼을 때, 그것에 대해 이야기하는 '과거의 회상으로서의 자기 진술'은 야담에 나타나는 자기 진술 중 가장 두드러지며 그 의의가 가장 큰 경우라 할 수 있다.

대체로 먼저 사건이 제시되고 이어 그것에 대한 주인공의 자기 진술이 덧붙여진다. 사건은 주인공이 집을 나서서 만나게 된 낯선 인물과 가진 특이한 경험을 중심에 놓고 있다. 주인공은 그 뒤 그 경험을 잊지 않고 항상 그것을 기억하고 생각하는데 주인공의 자기 경험에 대한 이러한 태도는 마침내 일정한 시간이 흐른 뒤 스스로가 그것에 대해 진술하는 것으로 귀결된다.

제시된 사건과 그것에 대한 자기 진술은 대등하게 서로 관계를 맺고 있는 두 항이다. 서술자의 사건에 대한 서술은 하나의 액자로서 겉 이야기라 할 수 있겠는데 그것은 그 자체로서 작품을 완결시키지 못하며 아울러 주인공의 자기 진술에 의해 이루어지는 속 이야기 역시 그 자체로 완결된 닫힌 구조를 취하지 않는다. 주인공의 자기 진술 부분은 결미에서 겉 이야기와 긴밀한 관계를 다시 맺으며 종합되는 것이다. 이 점이 『천일야화』나 『데카메론』과는 다른 야담의 독특한 면이다.

이것은 크게 두 부류로 나눌 수 있다. 먼저 서술자의 사건에 대한 설명이 충분하지 못하여 서술의 결락부분이 생겨 난 경우이다. 이럴 경우 청자나 독자는 작품을 이해하는데 한계를 느끼게 되고 동시에 진상에 대한 호기심을 더욱 강하게 가지게 된다. 청자나 독자가 충분하게 이해할 수 있도록 혹은 청자나 독자가 갖게 된 호기심을 충족시킬 수 있도록, 사건의 부분부분에 대한 상세한 재진술이 절실히 필요하게 된 것이다. 이때 서술자가 직접 서술하지 않고 등장인물이 자기 목소리로 자기 경험을 재진술하는 것이다.

또 다른 경우는 사건이 어떤 효과를 거둘 수 있을 만큼 충분하게 무르익지 않은 단계에서 일어났을 때 나타난다. 즉 심각한 사건이 일어나긴 하였으나 그 순간은 주인공의 처지 변화에 결정적 계기가 되지 못했을 때이다. 그러다가 일정한 시간이 지난 뒤 주인공은 새로운 상황에 당면케 되고 그 새로운 상황이 과거 주인공이 겪은 사건을 필요로 하는 것이다. 이럴 때 사건이 다시 일어나기보다는 그 사건을 겪은 주인공의 입을 통하여 그 사건을 환기하게 된다. 즉 주인공의 자기 진술은, 이미 일어나 서술자에 의해 제시된 사건의 반복이다. 반복이 구비전승의 기본 서술원리라 할 지라도 이미 문자로 정착된 야담에 이같이 반복이 나타난 이유는, 그 반복을 통하여 달라진 상황에 봉착한 주인공이 자기 처지를 향상시키고자 하거나 그가 안게 된 문제를 해결하고자 했기 때문이다.

그런 점에서 첫 번째의 자기 진술은 진실에 대한 정확하고 소상한 인식이 궁극 목표요 귀결점이라면 두 번째의 자기 진술은 욕망의 충족이나 문제의 해결이 궁극의 목표요 귀결점이라 하겠다.21)

이 두 하위 유형은 한 작품에서 상호보완적 관계를 유지하며 공존한다고 할 수 있다. 즉, '제시된 사건의 결락부분에 대한 보완으로서의 자기 진술'이 오직 결락 부분만을 메워 주는 것이 아니라, 이미 서술된 부분의 일부를 재진술하며, '이미 일어난 사건의 재현으로서의 자기 진술'도 이미 서술된 사건만을 반복하는 것이 아니라, 서술되지 않은 부분까지 보충하기도 하여 고조된 의혹이나 호기심

---

21) Peter Brooks는 서사문학에 있어 귀결점이 되는 결말은 1) 진실에 대한 지식 (knowledge of truth) 2) 욕망의 충족(fulfillment of desire)이라 규정했다. 그의 주장은 야담의 자기 진술의 귀결점에 국한하여 볼 때 시사하는 바가 적지 않다.(Peter Brooks, *Psychoanalysis and Storytelling*, Cambridge, Mass.: Blackwell, 1994, 31-32쪽)

을 해소시켜 주기 때문이다.

1) 제시된 사건의 결락부분에 대한 보완으로서의 자기 진술

사건은 보다 작은 단위의 행위들로 구성되는데 서술자가 그 행위들 중 몇몇을 생략하거나 그것들을 적절하게 연결해 주지 않을 때 비약이 생겨나 청자나 독자는 사건의 귀추에 대해 의문을 품게 된다. 그리고 원만한 인과관계나 귀결점 등에 대해 큰 호기심을 갖게 되는 것이다. 야담의 서술자는 사건에 대한 서술 과정에서 의도적으로 결락부분을 크게 하고 비약을 격심케 하여 호기심을 돋군 경향이 있었다. 그만큼 서술자가 자기의 서술 행위를 자각하고 서술의 효과를 극대화하기 위한 조치를 나름대로 모색했음을 뜻한다.

〈柳上舍先貧後富〉(청구 7, 120쪽)에서 주인공 유생은 가난하게 살아가고 있었는데 어느 날 劍舞를 잘 하는 여자의 방문을 받는다. 그런데 그 여자의 행동은 처음부터 잘 이해되지 않는다.

> 그 여자는 들어와 유생의 처를 뚫어져라 쳐다보다가는 마루 위로 뛰어 올라가 끌어 안고는 방성통곡 했는데 그 이유를 알 수 없었다. 그 처에게 물으니 "옛날 잘 알던 사람입니다."라고만 대답했다.[22]

여자의 정체가 분명치 않다는 사실만으로도 세인의 관심을 끌게 될 터인데 거기다가 그녀가 전혀 예기치 못한 행동을 하였기에 호기심은 더 커 진다. 그리고 유생의 질문에 대한 그 처의 소략한 대답 역시 의문을 잠재우기보다는 호기심을 더 조장했다. 나아가 그로부터 잘 이해되지 않는 일들이 계속 벌어지는데 그에 대해 유생이 의아해 하여 또 물으면[23] 여전히 그 부인은 분명한 대답을 회피한다.[24] 그 결과 유생의 의혹이 극에 이르렀다.[25] 그러나 그로서는 어쩔

---

22) "其女子入來熟視柳妻 直上廳相抱放聲大哭 莫知其故 問于其妻則答以爲曾所面熟之
　　人故也云."(120쪽)

23) "生疑訝 問其內."(121쪽)

24) "以爲從當知之 不必强問."(121쪽), "其妻笑曰不必强問 從當知之矣."(121쪽)

수 없다. 그는 자신이나 상대인물, 독자를 위한 어떤 해명책도 갖고 있지 않다.
이제 그는 진실을 알고자 하는 것을 포기하고 일이 되어 가는 대로 자신을 맡길
따름이다.26) 그와 그에게 자신을 투사한 청자나 독자의 의혹과 호기심이 극에
도달한 지점에 그 여자 아버지의 자기 진술이 시작된다.

> 재상이 웃으며 말했다. "자네 아직 繁華夢에서 깨어나지 못했지. 내 모든 걸 말해
> 줌세. 자네 팔자와 같이 좋은 팔자는 고금에 없네. 연전에 자네 처가댁과 우리집 그리
> 고 역관 현지사의 댁은 담을 사이에 두고 있었는데 같은 해 같은 달 같은 날에 모두
> 딸을 낳았으니 심히 희한한 일인고로 세 집이 항상 아이를 번갈아 보았지. 조금 자라
> 나자 세 아이들은 아침 저녁 상종하며 놀았는데 (앞으로) 한 남자만을 같이 섬기기로
> 맹세했지.27)

이 진술을 통하여 가난한 살림을 하던 그가 어느 날 한 여자가 찾아오면서 갖
가지 행운을 얻게 된 까닭을 알게 된다. 자기 처와 어릴 적 맹세한 두 여자가
많은 재물을 가져왔을 뿐만 아니라 그들 자신까지 후실로 들어 온 것이다.

재상의 진술로써 사건 제시 과정에서 의혹을 일으켰던 서사의 결락부분들이
온전하게 메워져 호기심이 충족되었다. 재상의 자기 진술은 앞서 제시된 사건을
요약했을 뿐만 아니라 서술자의 서술에서 고의적으로 혹은 우연하게 빠뜨려 진
부분도 소상하게 보충하였다. 그리고 본 사건이 일어나기 이전에 있었던 사건들
도 소개했다.

호기심이란 대상에 대해 익숙하지 않을 때 생겨나며, 그 익숙하지 않은 대상
에 대해 보다 분명한 지식을 획득하는 과정에서 서서히 호기심이 충족된다면,
이 작품의 서술과정은 '호기심의 형성 → 호기심의 고조 → 호기심의 궁극적 충
족'이라는 단계를 밟아 가는 것이라고 요약할 수 있겠다.

---

25) "心尤訝惑."(121쪽)

26) "柳生莫知其故 任之而已."(123쪽)

27) "其宰相笑曰君尙未覺繁華夢耶 吾弟言之 如君之好八字今古罕倫者也 年前君之聘家
　　與吾家及譯官玄知事者家隔墻而同年同月日三家俱産女　事甚稀異故三家常常互送兒而
　　見之 及稍長三女朝夕相從而遊嬉 渠輩私自矢心同事一人相約."(124쪽)

〈逢奇緣貧士得二娘〉(청구 9, 483쪽)도 이와 비슷한 내용이면서 거의 같은 서술법을 취한다. 동소문 밖에서 가난하게 살던 한 선비가 느닷없이 나타난 미인과 함께 살면서부터 부자가 되고 높은 벼슬까지 얻게 되었다는 내용이다. 그런데 그 불가사이한 일은 오랫동안 해명되지 않았다. 선비는 그 미인과 수십 년을 동거하고 난 뒤 죽음에 임박해서야 그 사연을 물어 보며 그에 대해 그녀는 못이기는 척하며 진술을 하는 것이다.

> 생이 그녀에게 "내 임자와 함께 산 지가 벌써 수십 년이 흘러 이제 늙어 곧 죽을 것이오. 그런데도 아직 임자의 내력을 알지 못하고 있오. 전에는 숨겼다 해도 이제 마땅히 상세하게 말해 줄 수 없겠소?" 하니 그녀가 탄식하며 말했다. "이동지는 저의 아버지입니다. 저는 청년에 홀로 되어 음양의 이치를 몰랐습니다. 부모님께서 이를 가련히 여겨 하루는 저에게 말씀하셨죠. '오늘 저녁 집을 나가 처음 만나는 의관 정제한 남자를 따라 가 모시고 살아라.'라고. 저는 엉겁결에 집을 나와 낭군님을 만났으니 천생연분이 아니었겠습니까. 집을 매매하고 산업을 일으킨 일은 모두 제 아버지가 지휘한 것이었습니다. 저 여자 역시 지금의 모 재상의 딸인데 합궁 전에 과부가 되었습니다. 저의 아버지와 모 재상은 절친하여 집안 세세한 일조차 서로 의논하였지요. 양가에 청상이 동시에 있어 마음으로 서로 측은히 여기며 의견을 교환했습니다. 하루는 제 아버지께서 소첩을 쫓아 낸 일을 이야기 하니 모 재상도 추연히 한참 있다가 '나도 그렇게 하겠소.'라 했죠. 그 딸이 병들어 죽었다며 시가에 부고를 전하고 산 아래 허장을 했습니다. 그리고는 당신을 따르게 했죠. 전에 당신의 초임 자리를 추천해 주신 전관도 모 재상이었습니다.28)

그녀의 자기 진술은 작품의 끝부분에 놓이고 또 선비의 말년에 이루어 졌기 때문에 그 진술 행위가 등장인물들의 처지 변화를 초래하지 않는다. 오직 사건에 대한 서술 부분 중 수수께끼같이 잘 이해되지 않았던 부분을 해명해 주는 역할을 할 따름이다. 그 진술은 먼저 선비가 일생 동안 품어 왔던 의문을 풀어 주었으며, 아울러 청자나 독자의 의문을 풀어 주기도 했다. 이 작품의 경우는 자기 진술로 작품이 끝나기 때문에 호기심의 고양과 그 호기심의 충족이라는 서술 원리를 가장 전형적으로 보여준다고 하겠다. 그리고 인식의 면에서 상호 소통이

---

28) 487-488쪽.

이루어 졌다고 볼 수 있다.

〈訪桃源權生尋眞〉(청구 10, 522쪽)에서 권진사는 산천을 유람하다가 한 첨지를 따라 도화원 비슷한 곳으로 초대된다. 그곳으로 가기까지의 과정과 그곳의 모습은 권진사는 물론 독자나 청자의 호기심을 불러일으킨다. 권진사는 그곳의 이상적 모습에 감동하여 자기를 인도한 그 첨지를 향해 공경을 표시하고 꿇어앉아서는 '주인장께서는 신선이십니까 아니면 귀신이십니까 이곳은 어느 마을입니까?'라며 질문을 던지는 것이다.

> 첨지가 놀라며 "진사님께서는 왜 갑자기 경대를 하십니까? 저는 유별난 사람이 아닙니다. 선세는 고양 땅에서 세거하셨으며 저의 증조께서 마침 이곳을 얻어 고향집을 철수하고 들어 왔습니다. 그때 동성의 堂內 친척과 외가, 처가, 당내의 족속들, 그리고 인척 중에서 따라오기를 원했던 자들을 포함하여 도합 30여가와 더불어 함께 왔지요. 일단 이곳에 들어온 후는 세상과 왕래하지 않기로 약속하고 다만 경서 몇 권과 소금 육장만을 가지고 왔습니다. 땅을 개간하고 논을 일궈 먹는 것을 해결했으며, 혼인은 이곳의 여러 족속들이 대대로 인척을 맺었으니 어느덧 朱陳之村을 이루었습니다. 이후 자손이 번성하여 같은 우물을 쓰는 집이 거의 200여 가나 됩니다.[29]

첨지의 이 답변에서 그동안 그들이 이상적인 생활 공간을 만들기까지 겪은 내력이 압축 제시되었다. 첨지가 권진사의 경대를 마다하고 자신이 유별난 사람이 아님을 강조하면서 시작된 자기 진술은, 먼저 자신의 경험이 지극히 현실적인 것임을 강조하고 아울러 자기들만의 자긍심을 전해 주는 것이다. 그들 경험의 시각은 첨지가 권진사를 만난 시각보다 훨씬 이전으로 거슬러 올라간 것이다. 진술의 시각과 경험의 시각간의 큰 격차는 그 경험의 내용이 대상화되게 하면서 아울러 그것에 대한 호기심을 더 두드러지게 만드는 요인이다.

그외 〈得二妾權上舍福緣〉(청구 5, 553쪽)의 권진사는 자기 청혼을 번번이 물

---

29) "僉知驚怪曰進士主何爲忽地敬待乎 吾非別人也 先世本居高陽 吾之曾祖適得此處撤家入
   來時 同姓堂內至親外家妻家堂內之族 或姻婭之願從者 合三十餘家與之偕入 相議以一入
   之後 勿爲往來於世 只持如干經書塩醬而來 一邊起墾作畓而食 至於婚嫁則此中諸族代代
   爲瓜葛 便成朱陳之村 伊後子孫繁盛 同井之室 殆近二百餘家矣."(525-526쪽)

리쳤던 이웃의 과부로부터 어느 날 저녁 식사에 초대받고 옷을 바꿔 입자는 뜻밖의 제안을 받는다. 이에 대해 당사자 권진사는 물론 독자 청자들도 당황하게 되고 그 이유를 알고자 하는 강한 호기심을 갖게 된다. 〈得至寶賈胡買奇病〉(청구 10, 530쪽)에서도 상인은 뱃속에서 나온 벌레를 큰 돈을 주고 사는데 그는 끝부분에서 이유를 진술한다.30)

　이상에서 서술자는 사건에 대한 해명을 스스로 하지 않고 등장인물에게 맡겼다. 그것은 청자나 독자의 호기심을 잔뜩 부추겨 놓고 끝부분에 가서 그 비밀을 제공함으로써 서사적 긴장의 형성과 해소의 묘를 이끌어 가고자 한 서술자의 의도에 의한 것이라고 볼 수도 있다.

　그런데 등장인물에게 비밀을 털어놓게 하는 서술방법이 야담에서 거듭 나타난다는 사실에서 우리는 서술자가 왜 그런 방법을 즐겨 활용했는가에 대해 질문을 던져야 할 것이다. 먼저 자기 경험을 내세우는 등장인물의 자기 진술이 야담의 서술방식에 있어 확고한 자리를 차지한 데서 그 이유를 찾을 수 있다. 서술자는 야담에서 확고하게 자리 잡은 등장인물의 자기 진술 경향을 이 부류의 이야기를 전개시키는 데 수용한 것이라고 설명할 수 있는 것이다. 자랑스럽거나 독특한 경험을 갖고 있고 또 그것을 설득력 있게 재미나게 진술할 재주까지도 갖춘 등장인물은 이제 서술자의 역할까지도 하기에 이른 것이다. 그것도 전지적 서술자의 역할이다. 그것은 자기 운명을 자기 식으로 꾸려 가던 조선 후기 사회의 삶의 자세와 관련시킬 여지를 갖는 것이다. 즉 현실에서 자기 식으로 삶을 꾸려 감으로써 자기 운명을 스스로 개척해 가던 삶의 자세는 야담 작품 속에서 수수께끼같이 전개되어 가는 사건의 전모를 이미 파악하고 있는 등장인물의 입장으로 수용된 것이다.31)

　아울러 이 단계에 와서 서술의 시간성에 대한 감각이 형성되었다는 점을 지

---

30) "沈孝子怪問其故　賈胡曰彼虫乃龍子也　學行雲施雨之術　誤落於君家　失其術　爲人所吞　化爲虫　變化無路　此所以病中但喫淸泡者也……."(532쪽)

31) 이와는 정반대의 삶의 자세가 조선후기에 존재했음은 소위 '운명의 실현'을 보여주는 야담 작품을 통해 알 수 있다. 이강옥, 「조선후기야담집연구」(서울대 석사논문, 1982), 98-107쪽 참조.

적해야 할 것이다. 사건의 흐름과 그 사건이 제공하는 진실을 자연적 시간 순으로 무미건조하게 제시하기보다는 자연적 시간의 질서를 의도적으로 흩트려 독자나 청자로 하여금 현실 경험을 다양하게 추체험하게 한 것이다. 현실 경험을 구성하는 가장 중요한 요소 중 하나인 시간을 재편성한다면 그 경험은 새롭게 파악될 수 있기 때문이다.32)

2) 이미 일어난 사건의 재현으로서의 자기 진술

서술자의 서술에 의한 사건의 제시와 등장인물의 목소리를 통한 그 사건의 재현이 한 작품에서 대등하게 존재하는 경우이다. 형식만을 살피면 서술자에 의한 사건 제시 부분이 겉 이야기이고 등장인물의 자기 진술이 속 이야기로서 그 속에 포함된다고도 하겠지만 전체 구조를 따져 보면 그렇지만도 않다.

여기서도 시간 단위의 단절과 시간의 역전 현상이 두드러진다. 사건이 진행되는 순서로 서술이 이루어지지 않는 것이다. 만남과 헤어짐 그리고 다시 만남의 모티브가 이런 시간적 질서의 변통과 긴밀하게 관련된다.

가장 전형적인 사례라 할 〈葬三屍湖武陰德〉(청구 1, 76쪽)을 통하여 논의를 구체화하여 보자.

① 영남의 한 무변이 상경하여 여러 차례 벼슬을 구하였지만 돈만 탕진했다.
② 마지막으로 전답을 모두 팔아 벼슬을 구하지 못하면 돌아오지 않으리라는 비장한 마음으로 서울로 향했다.
③ 충청도의 한 마을에 투숙했다가 죽은 가족의 장례를 치르지 못하고 있는 처녀에 관한 이야기를 들었다.("仍與主人此談彼說 不覺夜深 忽聞遠遠地 有婦人哭聲甚悽絶 驚問主人曰此何哭聲耶 主人曰此去一馬場地 數年前有一班來寓 只有老夫妻及未婚子女在焉 家計甚貧 爲人傭賃以延性命 忽於數日前 其老夫妻皆死 其子亦爲化去 只餘一女 旣無族戚 且無資産 三尸未殯 此必是此女之哭聲也."(78쪽))

---

32) 이 사례가 시간성을 중요하게 포착한 것이라면 공간성을 주된 관심사로 부각시킨 것도 있는데 우리는 그것을 가령 '이상향 추구'를 서술시각으로 하는 작품에서 확인할 수 있을 것이다. 이 점은 차후에 살펴보겠다.

④ 무변이 그 장례를 지내주고 처녀를 친척집에 데려다 주었는데 그러다 돈을 거의 다 썼다.

⑤ 서울의 지인들은 무변의 빈궁상을 보고 푸대접했다. 5, 6년이 지나도록 벼슬은 커녕 병조판서 면담조차 하지 못했다.

⑥ 병판과 줄을 이으려고 어두워진 뒤 담을 넘어 사랑으로 들어가 숨어 있다가 병판의 아버지 동지공(同知公)을 알현하고 사정을 이야기했다.

> 자기 진술 1 : "小人卽全羅道某邑居出身某也 登科幾年 未沾寸祿 棲屑京鄕 家産蕩敗 仰事俯育 不得如意 離親棄鄕 今且幾年 切欲還鄕 而路需無辦修之道 乞食旅店 艱楚萬狀 竊伏聞大監 自莅任以來 大恢公道 冤屈沈替者 皆振拔 小人竊欲擧一次陳情而門禁至嚴 通刺無路 抱刺徊徨 亦旣屢日矣 情勢窮迫 出萬死之計 敢作踰垣之行 有此呈身之擧 死罪死罪 殺之活之 唯命是俟."(82-83쪽)

이로부터 동지공의 말벗이 되어 함께 지내게 되었다. 동지공이 무변에게 자기 경험에 대해 이야기 해 줄 것을 부탁한다.

> 자기 진술 2 : "厥弁遂將自己決科以後 求仕賣田之事 一一細述 且將中路埋三屍 及救處女之事 從頭至尾說了一通."(84쪽)

⑦ 얼마 뒤 병판이 돌아와 동지공이 무변을 소개해 주었는데 병판은 시신을 묻어준 일에 대해 상세하게 물었다.

⑧ 동지공은 자기 며느리를 무변에게 인사시켰는데, 그녀가 무변의 도움으로 세 시신을 장사치른 처녀였다.

> 처녀의 자기 진술 흔적 : "盖兵判喪配去年後 娶於湖鄕卽其處女也 于歸之後 常對其家人說此事 而不知其人 欲報無路 每以爲恨 其同知公及兵判熟聞其言."

⑨ 보답으로 무변의 가족을 데려와 살게 하고 병판이 벼슬을 추천해 주어 무변은 선전관에서 아장에까지 이르렀다.

이상의 개요에서 서술자의 사건 제시와 등장인물의 자기 진술이 공존함을 알 수 있다. 먼저 주인공 무변이 벼슬을 얻기 위해 길을 떠나는 데에서 이야기는 시작되었다. 낯선 공간에서 낯선 사람과의 만남이 예견된다. 그는 충청도의 한 낯선 마을에서 하루 밤을 보내다 한밤에 여인의 곡성을 듣는다. 그 곡성은 무변과 독자에게 강한 환기력을 가진다. 무변의 질문을 받고 집주인이 곡성의 사연을 이야기 해 주는데 그것은 '남의 경험에 대한 제3자의 간접 진술'에 해당된다.(③) 거기서 조선 후기 몰락양반의 처참한 지경을 목도할 수 있다. 먼저 그 양반은 경제적으로 몰락하여 날품팔이로 생계를 유지한다. 다음으로 부부와 하나 뿐인 아들이 연달아 죽는다. 돌림병에 걸린 듯하다. 한 가정에 닥친 경제적 운명적 재난 앞에 한 여인이 내팽개쳐졌다. 진술 속에 몰락양반 집안의 몰락상이 압축 제시된 것이다.

무변은 궁지에 몰린 여인에게 은혜를 베푼다. 그 결과 그녀 대신 자신이 궁지에 몰린다. 그런데 서로는 은혜를 베풀고 은혜를 입은 관계임에도 상대방에 대해 어떤 정보도 간직하지 않는다. 보은의 길을 만들지 못한 것이다.[33]

①~④가 하나의 사건 단위라 한다면(사건 1) ⑤~⑥이 또 하나의 사건 단위라 할 수 있다.(사건 2) 두 사건 단위 사이에는 시간과 공간의 큰 격차가 있다. 그리고 두 번째 사건 단위에서는 시혜자와 수혜자가 분리되었다. 무변의 자기 진술도 이 단계에서 이루어진다. 자기 진술은 두 개이다. '자기 진술 1'은 명실상부 경험자의 자기 경험 진술이다. 그것은 무변이 집을 떠나 병판의 담을 넘어온 순간까지 겪은 경험들을 압축하여 제시한 것이지만 유독 세 시신의 장례를 치뤄 주고 여인에게 은혜를 베풀었던 일만은 언급하지 않았다. 그 내용은 병판의 아버지에게 구걸하는 내용과는 직접 관련이 없다고 판단했기 때문일 것이다. 남의 집 담을 뛰어 넘어 들어갔다는 비상식적인 행동을 한 무변은 시급히 자기의 절박한 처지를 알려 자기 행동을 해명해야 했기에 그 목표와 직결되지 않은

---

33) 세월이 훨씬 지난 뒤, 무변을 다시 만난 여인은 "恩深再生 銘佩不忘 而年淺心忙 智慮未周 未及記其居住姓名矣 圖報一念 寤寐如結而旣不知姓名居住 報恩無階 辜負實多"(85-86쪽)이라 털어 놓았다. 여인이 그 성명이나 얼굴을 통해 은인을 만나는 것이 아니라, 그 은인의 자기 진술을 통해 만난다는 설정이야말로 '자기 진술'이 야담 작품 세계 속에서 뿐만 아니라 일상 생활에서 얼마나 중요한 역할을 하는가를 알 수 있다.

내용은 생략한 것이다. 무변의 월장과 자기 진술은 긴긴 밤을 고독하게 보내야 하는 동지공에게는 오히려 반가운 것이었다. 자기 진술이 청자에게 긍정적으로 수용되어 화자와 청자 사이에 소통이 이루질 것이다.

동지공의 요구는 이와 관련하여 아주 중요한 사실을 알려 주고 있다. "그대는 경향각지를 돌아 다녔으니 필히 經歷한 바가 많을 것이고 또 눈으로 보고 들은 바가 많을 것이네. 원컨대 한번 들어 봄세."34)라며 동지공은 무변에게 경험담을 들려주기를 요구한다. 그런데 바로 앞에 '혹 고담을 이야기하기도 했다.'35)는 구절이 있다. 이는 서술자가 고담과 무변의 자기 진술을 구별하고 있다는 증거로서, 전자가 꾸며져 전승되던 이야기라면 후자는 실제로 경험한 이야기라고 해석할 수 있는 것이다. 이에 무변은 다시 자기 경험을 이야기 해 주는데 그 속에는 드디어 여인을 도와준 내용이 포함된다. 무변은 담을 넘어 온 것에 대해서 동지공으로부터 이미 용서를 받았기에 자기 용건과 직접 관계되지 않는 것도 이야기 할 여유를 가지게 되었기 때문이다. 아울러 자기만의 독특한 경험을 이야기하는 것이 동지공의 요구에 더 부합하는 것이라 판단했기 때문이기도 할 것이다. 그것이 '자기 진술 2'라 하겠는데 그것은 다소 특이한 모습을 보이고 있다. 먼저 무변은 동지공에게 자기의 경험을 이야기의 형태로 직접 진술했지만, 텍스트에서는 실현되지 않았다. 서술자가 개입하여 무변의 이야기를 요약 제시하고 있는 것이다. 무변의 자기 진술은 동지공에게는 직접 전달되었지만 청자나 독자들에게는 서술자의 목소리를 통하여 간접적으로 전달되었다. 서술자의 목소리를 통하여 중계된 이 특이한 자기 진술은 일반적인 간접 화법과는 그 성격이 다르다. 대체로 간접화법이란 발화자의 발화 행위보다는 발화 내용을 전달하는 것을 더 중시한다. 고로 전달자 혹은 서술자의 의도가 중시된다. 이에 비해 여기서는 이미 주인공의 자기 진술이 상대인물을 상대로 하여 실현되었기 때문에 등장인물 간의 발화와 수화라는 행위와 관계가 더 강조된 것이다. 그리하여 비록

---

34) "君奔走京鄕 必多經歷 亦多有目覩耳聞者 願一聞之."(84쪽)
35) "或說古談."(84쪽)

서술자에 의해 간접화법으로 전환되었기는 했지만 그 실제에 있어서는 직접화법의 분위기와 관계가 살아 있는 것이다.

이 두 개의 자기 진술이 시혜자와 수혜자를 다시 만나게 만든다. 성명이나 얼굴을 통해 서로를 알아보는 것이 아니라 사연을 통해 서로를 확인하는 것이다. 두 사람이 다시 만날 수 있었던 것은 무변만이 자기 진술을 했기 때문이 아니다. ⑧은 여인도 평소 자기가 은혜를 입었던 그 경험에 대해 자기 진술을 했음을 암시하고 있다.

요컨대 무변과 여인은 현실에서 어떤 경험을 공유했다. 이 단계에서 두 사람은 현실에서만 존재했다. 현실적 만남이 이루어진 것이다. 그러나 이름이나 주소도 묻지 않고 헤어졌다. 그리고 그 경험을 소중하게 생각하고 거듭 그것에 대해 이야기했다. 현실의 경험과 이야기의 경험이 공존하게 된 것이다. 현실과 이야기 속에서의 인물 관계를 요약하면,

무변의 자기 진술 : 무변(현실과 이야기에서 공존)/여인(이야기에서만 존재)
여인의 자기 진술 : 여인(현실과 이야기에서 공존)/무변(이야기에서만 존재)

즉 무변의 자기 진술에서는 여인이 확인되지 못하고 여인의 자기 진술에서는 무변이 확인되지 못한다. 그러다가 두 사람의 자기 진술을 아울러 들은 동지공과 병판을 통해 두 사람은 이야기 속의 인물에서 현실의 인물로 나와 만나게 되는 것이다. 그것은 곧바로 무변의 문제 해결과 여인의 보은으로 귀결되었다.

〈被室適露眞齋折簡〉(청구 4, 430쪽)에서는 자기 진술과 청취 그리고 그에 대한 소감 피력이라는 사적이면서도 직접적인 관계가 편지 쓰기와 읽기 그리고 답장 쓰기라는 보다 사적이면서 간접화된 형식으로 전화되었다는 점에서 특이하다.

① 광주의 한 조대(措大)는 삼십 여년간 한양을 출입하며 권세가와 줄을 이으려 했으나 결실이 없었다.
② 아내가 다그치면 한양의 모씨와 친하게 되었는데 그가 평양감사가 되면 도와준다 했다며 거짓말을 했다.

③ 아내가 그 말을 믿고 보름 때마다 목욕재계하고 모씨가 평양감사가 되어 달라
   축원했다.
④ 모씨가 평양감사가 되었다는 소문이 들리자 아내가 조대에게 그를 찾아가라고
   졸랐다.
⑤ 조대가 병이 나 못 가겠다 하니 아내는 편지라도 쓰라고 하므로 조대는 그간의
   일을 사실대로 써서 평양감사에게 보냈다.
⑥ 평양감사가 그 편지를 받아 보고는 몇 년 째 보름마다 꿈속에서 자신이 평양감
   사가 되게 해 달라고 축원하던 여인이 바로 그 조대의 아내였음을 깨달았다.
⑦ 평양감사가 편지와 함께 약과 한 상자를 보냈다.
⑧ 조대가 약과 상자를 열어 보니 은 만냥이 들어 있어 마침내 광주의 갑부가 되었다.

생면부지의 평양감사에게 보낸 조대의 편지에는 조대가 궁벽한 현실에서 겪
은 온갖 일들이 상세하게 진술되어 있다.[36] 30년 동안 한양 출입을 했는데도
아무 소득도 없다는 아내의 질책을 모면하기 위해 짐짓 모씨와 교유가 있다고
거짓말을 한 것과 그 뒤 아내가 그 말을 곧이 듣고 모씨를 평양감사가 되게 해
달라고 축원한 사실이 편지의 중심을 이루고 있다.(②, ③)

이에 대한 평양감사의 반응은 두 가지다. 한편으론 조대의 처지가 가련하다는
것[37]이고 다른 한편으로는 그 아내의 정성이 지극하여 감동했다는 것이다.[38]
편지의 형식을 통한 자기 진술이 수신자를 감동시켜 그 수신자로부터 도움을 받
을 여건을 마련하였다.

사건의 제시와 그 사건의 재현 간 시간적 격차도 최소화되어 있다. 모씨가 평
양감사가 되는 순간에서 두 부분은 연결된 것이다. 그럼에도 불구하고 두 부분
의 서술법은 완전하게 구분된다. 편지 쓰기 형식이란 더 분명한 차별화 요소를
확보했기 때문이다. 말에 의한 자기 진술의 전통은 그에 못지 않게 사적인 소통
형식인 편지의 진술로 변형되어 그 본래의 기능을 대신하게 된 것이다.

그런데 현실에서의 아내의 축원이 평양감사의 꿈에서 나타나고 그 축원이 마

---

36) 432-434쪽.
37) "一是情地可憐."(435쪽)
38) "一是精誠可感."(같은 쪽)

침내 현실에서 이루어진다는 소재는 전설적이라 할 수 있다. 그 전설적 소재가 이 작품을 전설 장르에 귀속하게 하지 않고 야담계소설로 나아가게 한 원동력은 결국 조대의 지극히 현실적인 경험과 그 경험이 그대로 적실하게 수용된 편지, 그리고 그 편지의 보내기와 읽기가 덧붙여졌기 때문이다.

이 형은 서술자의 서술에 의한 사건의 제시와 등장인물의 목소리를 통한 그 사건의 재현이란 두 부분을 갖고 있으며 그 사이에 시간적 경과를 두거나 기타 차별화 요소를 개입시켜 양자를 구분한다. 이 구분은 자기 경험에 대한 기억과 성찰을 가능케 하는 것이며 다음 행동으로 나아가기 전 일종의 머뭇거림을 유도하는 것이다. 그 뒤 주인공은 계속 부수적인 행동을 하고 다른 종류의 경험을 하기는 하지만 그의 생각은 어디까지나 처음 제시된 사건에 머물러 있다. 그 결과 자기 진술의 여건이 마련되자 그 사건에 대한 진지한 진술을 하는 것이다.

그런데 그 자기 진술은 그 자체로 완결된 것이 아니거나 설사 완결된 것이라 할지라도 그 진술이 유발하는 결과가 중시된다. 즉 자기 진술이 끝나면서 새로운 상황이 도출되는데, 그 새로운 상황이 나타나는 곳이 뒤의 겉 이야기이다. 뒤의 겉 이야기는 앞의 겉 이야기와 속 이야기를 통합한다.

Ⅳ. 속 이야기의 성격과 기능

앞장에서 네 가지 유형의 자기 진술을 살펴보았다. 그중 조선 후기 야담에서 새롭게 나타나 중심적 위치를 차지한 것은 네 번째 유형인 '과거의 회상으로서의 자기 진술' 중 '이미 일어난 사건의 재현으로서의 자기 진술'이라 할 수 있다. 그것을 중심에 놓고 기타 유형들의 일부를 고려하며 그 성격과 기능을 살펴보는 것이 필요하다. 그것은 다음과 같이 대체로 네 부류로 나눠진다.

1. 자기 경험의 진술 → 규범의 중시 → 수화자의 변화

〈掘銀瓮老寡成家〉(청구 4, 463쪽)에서 한 과부는 젊어서 남편을 잃고 두 아들과 함께 가난하게 살고 있었다. 하루는 나물을 캐러 갔다가 바위 밑에서 은이 가득한 항아리를 발견하고는 항아리 뚜껑을 다시 닫고 바위로 그것을 덮어두었다. 두 아들이 장성하여 어느 정도 기반을 잡았을 무렵, 그녀는 30년 전 묻어 두었던 은을 파게 하여 그 사연을 진술한다. 갑자기 생긴 은 때문에 자식들이 방자하여 질까 걱정하여 묻어 두었다는 것이다. 그런데 은 항아리를 발견하고 묻기까지에 대한 서사적 진술은 지극히 소략하고 은으로 대변된 재물이 사람에게 어떤 영향을 줄 것이며 사람은 재물에 대해 어떤 태도를 가져야 할 것인가에 대한 이념적 진술은 대단히 길게 늘어나 있다. 그녀는 나물을 캐다가 은 항아리를 발견한다는 특이한 사건을 소극적으로 소개할 뿐 사건의 의의는 최소화한다. 그녀에게는 그 사건을 숨겨 자식들에게 심각한 영향을 끼치지 않도록 하는 것이 일차적 목표였다. 그녀의 이념적 입장은 전혀 달라지지 않아 그 사건에 대한 의미부여가 장황하다. 그녀의 자기 진술의 목표는 재물에 연연하지 않고 살아가도록 자식들을 변화시키는 것이다. 그런 점에서 이 경우는 경험 자체를 중시하는 야담의 자기 진술과는 다소 차이가 있다. 아울러 수화자가 낯선 사람이 아니라 익숙한 사람이라는 점에서도 그 차이를 지적할 수 있다.

2. 남의 경험의 진술 → 경험의 문제성 인식시킴
 → 수화자의 변화 → 남의 문제 해결

등장인물의 진술에 의해 만들어지는 속 이야기는 대체로 자기 경험을 바탕으로 하지만 가끔 남의 경험을 바탕으로 할 때가 있다. 남의 경험을 대신 진술하여 수화자의 변화를 초래하고 그로써 남의 문제를 해결해 주는 것이다. 〈復主讎忠婢托錦湖〉(청구 1, 67쪽)에서 계집종은 주인의 원수를 갚기 위해 과거를 보러 가던 임형수를 유혹하고는 자기가 목격한 주인집 경험을 진술하여 임형수의 의협심을 불러 일으켜 주인의 원수를 대신 갚게 만든다. 계집종은 주인에 대한 하인의 충성이란 당대적 규범의 테두리 안에 있지만, 자기가 생각하는 도리를 다하기 위하여 그 규범을 거론하기보다는 자기가 목격한 주인의 경험을 진술함으로써 소기의 목표를 성취한 것이다. 자기 경험은 아니지만 추상적 규범보다는 구체적 경험을 부각시킨다는 점에서 야담적 진술의 성격을 간직하고 있다고 볼 수 있다.

〈畏嚴舅悍婦出矢言〉(청구 9, 421쪽)에서 안동 권진사의 아들은 처가에 다녀오던 중 한 청상과 인연을 맺게 된다. 그러나 엄한 아버지가 그것을 용납하지 않을 것이 분명해 고민하던 중 지략이 있는 친구를 찾아간다. 그 친구는 권진사의 아들과 청상간의 사랑을 고담인 듯이 권진사에게 이야기 해 주어 권진사의 감탄을 불러일으킨다. 엄하기만 했던 권진사가 그 이야기에 감동하여 이야기 속 인물들의 행동을 전적으로 인정하자, 친구는 그 이야기가 바로 권진사 아들의 이야기임을 실토하여 권진사가 그 아들의 축첩행위를 인정하지 않을 수 없게 만들었다. 이로써 아들의 문제는 해결되었다.

3. 자기 경험의 진술 → 만남의 계기 마련
→ 수화자의 욕망 충족, 문제 해결

〈過東郊白衲認父〉(청구 2, 154쪽), 〈過錦江急難高義〉(청구 8, 323쪽) 등은 등장인물이 자기 경험을 진술하여 상대인물을 만나 그 상대 인물을 잘되게 해 주는 예들이다. 〈과동교백납인부〉에서 자기 진술을 하는 여인은 그 진술을 듣는 상대인물인 서생과 우연히 동침을 하게 되었다. 서생은 갑자기 내리는 비를 피해 여인의 집 문 옆에 서 있다가 여인의 부름을 받은 것이다. 세월이 지난 뒤 서생은 그곳을 지나면서 친구들에게 그 동침 사실을 이야기 해 주는데 그 이야기를 어떤 중이 듣는다. 그 중은 하루 밤 동침으로 잉태된 서생의 아들이다. 작품의 결미부분에서 여인은 그간의 사정을 상세하게 진술하여 줌으로써 서생의 의혹을 모두 풀어 준다. 그런 점에서 자기 진술을 들은 서생은 우연하게 자기 진술자를 만나 잘된다고 할 수 있다. 이 점은 현실적 경험이 중시되는 조선 후기 사회에서 빈발했던 생의 우연성, 아이러니와 관련되었다고 볼 수 있다. 물론 서생이 그 친구들에게 자기 경험에 대해 이야기 해 준 데 초점을 맞추면, 다음에 말할 '자기 경험의 진술 → 만남의 계기 마련 → 자기 진술자의 욕망 충족, 문제 해결'에 해당된다고도 할 수 있다.

이에 비해 〈과금강급난고의〉는 자기 진술자인 며느리에 대한 수화자 선비의 일방적 시혜를 바탕에 깔고 있다. 그래서 자기 진술자는 보은의 일념을 망각치 않고 있는 것이다. 모친의 장지를 마련하기 위해 길을 떠난 선비는 결국 돈이 없어 명당 자리는커녕 적당한 장지조차 마련할 수 없어 산아래 대갓집에서 하룻밤을 보내며 절망하고 있는데 돌연 그 집 며느리가 들어와 금강 가에서의 옛 일을 환기시킨다. 그러나 선비는 웬일인지를 깨닫지 못한다. 그래 주인 내외가 금강에서 생명을 구해준 일에 대해 상세하게 이야기한다.[39] 그것은 전반부에서 서술자에 의해 세세하게 묘사된 내용이다. 주인 내외의 자기 진술에 의해 쌍방은 서로를 정확하게 인지한 상태에서 진정한 상봉을 한 셈이다. 그리고 선비는 그들의 보은으로 부자가 된다. 그렇다면 이 작품에서는 경험을 소중하게 하는 자세와 시혜 - 보은이라는 윤리적 자세가 공존하면서 자기 진술을 실현되게 했다고 하겠다. 여기서의 자기 진술은 경험 자체에 대한 집착뿐만 아니라 윤리적인 문제의식도 반영하였다. 생의 우연성이나 아이러니 대신 윤리가 그 자리에 들어 선 셈이다.

4. 자기 경험의 진술 → 만남의 계기 마련
→ 자기 진술자의 욕망 충족, 문제 해결

자기 경험을 진술한 것이 계기가 되어 결국 자기가 잘되는 사례이다. 〈聽驟雨藥商得子〉(청구 2. 157쪽)가 윤리의식으로부터 해방된 단계에서 경험 자체에만 관심을 가진 자기 진술자가 진술을 하여 잘되는 경우라면 〈葬三屍湖武陰德〉(청구 1. 76쪽)은 독특한 경험에 대한 집착과 시혜 - 보은이라는 윤리적 자세가 공존

---

39) "主人內外 細言錦江活命之事."(327쪽)

하는 단계에서 자기 진술이 이루어지고 마침내 진술자가 잘된다. 그런 점에서 두 작품의 짝은 〈過東郊白衲認父〉(청구 2) : 〈過錦江急難高義〉(청구 8, 323쪽)의 짝에 대응된다. 다만 결과적으로 자기 진술자가 스스로 잘되거나 스스로의 문제를 해결한다는 점에서 차이가 있는 것이다.

이상을 통합하여 생각해 보면, 야담의 자기 진술과 그에 의해 형성된 속 이야기는 그 수화자를 감동시켜 그를 변화시키거나, 헤어진 사람들을 다시 만나게 만들거나 다른 사람들을 새롭게 만나게 하여, 자기 진술자나 수화자의 처지를 향상시키거나 그 문제를 해결해 주는 기능을 한다고 할 수 있다. 그런 점에서 속 이야기는 그 자체가 현실적 경험을 충실하게 보여 준다는 고유한 가치를 가지고 있지만 그 자체로 자족적이지는 않다. 겉 이야기 속에서 겉 이야기의 일부를 반복하고 그것을 완성시키는 역할을 하기 때문이다. 속 이야기는 끝이 열려 있는 구조를 갖추고 있어 그 열린 부분에서 겉 이야기와 연결되는 것이다.

아울러 독자나 청자의 입장에서 속 이야기의 기능을 생각할 때 구비 서사문학의 서술방식 상의 특징인 '반복'을 떠올릴 수 있다. 독자나 청자는 이미 제시된 사건을 다시 읽거나 듣고서 그 경험의 독특함을 재삼 음미하고 그 의미를 생각하게 되는 것이다. 그것은 야담의 형성과정과 긴밀한 관계가 있는 것이다. 야담은 먼저 경험자의 자기 진술 단계와 이야기꾼의 구연 단계를 거쳤기에 구비문학적 흔적을 간직하고 있는 데, 이 반복에서 그것을 확인할 수 있다.

다음으로 서사의 결락 부분을 의도적으로 만들어 독자나 청자의 호기심을 북돋우는 구비 사서문학의 서술법과도 관련이 있다. 서술자는 그 결락 부분을 메워 주지 않으며, 상세하게 해명해 주지도 않는다. 그런 일들을 장차 자기 진술을 할 주인공에게 맡겨 둔 셈이다. 주인공의 자기 진술은 그렇게 고조된 호기심을 충족시켜 주는 역할을 하는데, 이 역시 구연의 두드러진 특징 중의 하나라고 할 수 있다. 야담의 자기 경험 진술은 구연단계에서의 이러한 서술법을 수용하여 서사적으로 더욱 정교하게 발전시킨 것이라 하겠다.

Ⅴ. 조선 후기 야담에 나타난 자기 진술의 의의

야담의 자기 경험 진술이란 서술법과 그것을 통해 형성된 속 이야기의 존재는 현실과 서사문학 내의 인간관계에 대한 중요한 통찰을 가능하게 해 준다. 그것은 조선 후기라는 격변의 시대에 사람들이 대체로 어떻게 살아갔고 또 사람간의 관계는 어떠한 것이 되어야 한다고 생각했는가를 짐작케 한다.

이러한 면을 자기 진술의 여건, 자기 진술의 내용, 발화자와 수화자의 계층, 자기 진술의 결과·면 등에서 생각해 볼 수 있겠다.

먼저 자기 진술자는 자기 경험을 망각하거나 무시하지 않고 기회가 생길 때마다 스스로 떠올리거나 남에게 이야기했다. 그러는 데는 일상의 번다함에 매몰되기보다는 낯선 공간에서의 머뭇거림이란 여건이 확보되어야 한다. 이야기 하기는 기본적으로 일상적 감각의 이완과 지루함을 전제로 하기 때문이다.40) 조선 후기 사회는 그 유동적 성격으로 말미암아 일상을 번다하게 만들었을 뿐만 아니라 그 사이사이에 지루하고 따분한 상황을 만들어 주었다. 가령 야담의 주인공들은 서두에서 집을 나서서 낯선 곳을 향하여 떠나게 되는데 그 여행은 긴 시간을 필요로 했다. 도보 여행 자체가 그러했고 여러 날을 낯선 곳에서 숙박해

---

40) 이 점과 관련하여 Walter Benjamin의 다음과 같은 견해를 경청할 만하다.

"And the more natural the process by which the storyteller forgoes psychological shading, the greater becomes the story's claim to a place in the memory of the listener, the more completely is it integrated into his own experience, the greater will be his inclination to repeat it to someone else someday, sooner or later. This process of assimilation, which takes place in depth, requires a state of relaxation which is becoming rarer and rarer. If sleep is the apogee of physical relaxation, boredom is the apogee of mental relaxation. Boredom is the dream bird that hatches the egg of experience …… His nesting places-the activities that are intimately associated with boredom-are already extinct in the cities and are declining in the country as well. With this the gift for listening is lost and the community of listeners disappears. For storytelling is always the art of repeating stories, and this art is lost when the stories are no longer retained."(Walter Benjamin, The storyteller, Illuminations, New York : Schocken Books, 1968, p.91)

야 하는 것이 그러했다. 그리고 목적지에 도착해서도 의도한 것이 뜻대로 되지 않을 때 그 낯선 곳에서 지체하지 않을 수 없었던 것이다. 이런 여건에서 자기 진술자는 자기 경험을 떠올리며 그것을 남에게 이야기하게 된 것이다.41)

그리고 자기 과거 경험에 대한 반복된 회상과 성찰은 초기적 형태의 내면에 대한 자기의식의 형성과 관련된다고 하겠는데 이것은 근대 이전 문학의 현상으로서는 획기적인 것이라 하겠다. 〈善欺騙猾吏弄癡倅〉(청구 6, 53쪽)에서 아전의 혼잣말은 인간 관계가 상황 변화에 따라 다양하게 전개된다는 정확한 현실인식에 바탕을 두면서도 어디까지나 자기의 생존에 초점을 맞추었다. 자기 인식이 세계 인식의 출발이요 목표인 것이다. 세계는 자기 내면에서 재해석되고 자기 내면의 요구에 입각해 세계와 대결하는 것이다.42) 〈憾宰相窮弁據胸〉(청구 4, 491쪽)에서 10년을 하루같이 오직 벼슬자리 하나 얻기 위해 재상을 받들며 온갖 궂은 일을 도맡아 온 무변이 말도 못하고 죽어 가고 있는 재상 옆에서 자기 노동의 허망함을 생각하며 어이없어 하는 대목에서도 무변의 절실한 내면 풍경을 엿볼 수 있다.43) 〈趙豊原柴門訪舊友〉(청구 3, 318쪽)에서 조현명은 50년

---

41) 비슷한 여건에서 자기 이야기가 아닌 남의 이야기를 하는 사례는 더욱 많다. 심심하니 지금까지 듣거나 본 이야기들을 돌아가며 이야기를 하는 식이다. 〈深深堂閑話〉(雪橋別集 권 1), 〈玉匣夜話〉(熱河日記)가 그 대표적인 사례이다. 〈심심당한화〉는 '蓀谷의 深深堂에서 주인 申士謙, 청주 黃聖若과 더불어 한담을 나누었다. 文文山, 趙靜菴, 金河西, 權石洲, 閔老峯, 金文谷, 李諮議의 일로 이야기가 번져 나갔는데, 모두 여색과 관련된 것이었다.' (이우성 임형택 편, 『이조한문단편집』(상), 일조각, 212쪽)라고 시작되고, 〈옥갑야화〉는 '돌아 오는 길에 옥갑에 이르러 여러 裨將들과 침상을 나란히 하고 밤새 이야기를 나누었다.' (『이조한문단편집』(하), 293쪽)라고 시작된다.

42) "吏暗揣吾無得罪於新官者 此必是舊官恐事之發 欲殺我而滅口者也."(60쪽)

43) 방중에 다만 무변 혼자만 있어 지키더니 가만히 자기 신세를 생각하니 가련하기 이를 데 없었다. "내 이 재상의 친 자질이 아니요, 또 노복도 아닌데 문하에 출입한 지 십여 년에 한 번도 은혜를 입지 못하였고 병든 지 십여 삭에 또한 수고와 괴로움만 더 하다. 비록 효자 효손이라도 이보다 더하지 못하리니 세간에 어찌 이렇듯 가련하고 가소로운 일이 있을까? 또 병세를 생각건대 만분 위중하여 경각이 걱정이니 뒷날 희망을 기약할 수도 없지"라 생각하니 분하고 원통하여 길게 탄식했다("房中只有武弁一人 相守而坐 嘿念自家身世 不勝悲涼 渠於此宰相 親非子侄 賤非僕隸 且出入門下 幾近十年 一未蒙恩而一病十朔 徒效勞苦 孝子慈孫 不能過此 世間寧有如許哀憐可笑之事乎 又念病勢萬分危重 實有頃刻之慮

전, 친구 김시진을 따라와 자기와 가끔 놀았던 사람을 어느 날 문득 기억해 내고 수소문하여 마침내 그와 다시 만나 과거 일들을 回憶하며 감회에 빠진다. 50년 전의 일이란 거의 망각의 지경에 이른 것으로 자기 내면에 대한 깊은 성찰 없이는 떠올리기 힘든 것이란 점에서 조현명의 회억은 특기할 만 하다. 내면 성찰의 정도를 암시한다.

나아가 자기의식은 등장인물들의 자기 경험에 대한 태도에 국한되지 않고 겉 이야기를 서술하는 서술자와 그것을 듣는 수화자, 작품을 쓴 작자나 작품을 듣거나 읽는 청자, 독자 등의 '이야기하기'에 대한 태도와도 관련된다. 속 이야기의 '발화 - 수화' 관계는 겉 이야기의 '발화 - 수화' 관계의 반복이며 두 쪽은 모두 작자(혹은 이야기꾼) - 독자(청자) 관계의 반복이다. 하위의 '발화 - 수화' 관계는 상위의 발화자, 수화자가 자신의 발화 행위나 수화 행위를 자각하거나 되돌아보는 계기가 된다. 발생이나 형성의 면을 보면, 발화자들이 자기의 발화 행위에 대해 명확하게 거듭 의식한 것과 수화자들이 자기의 수화 행위에 대해 명확하게 거듭 의식한 것이 속 이야기를 만들게 하여 그 속에서 제2의 발화자, 제2의 수화자가 생겨나게 했다고 할 수 있다. 자기 경험이 내용의 차원에서뿐만 아니라 형식과 구조의 차원에서도 언어화되었다고 할 수 있는 것이다. 그것은 가령 조선 후기 진경산수도에서 산의 풍치가 사실적으로 형상화된 화폭의 구석에 그 그림을 그리고 있는 화가 자신의 그림 그리는 모습이 삽입되는 것과 비슷한 이치이다.

자기 진술자의 진술을 듣는 수화자의 태도도 눈여겨보아야 하겠다. 2장에서 살펴보았듯이 야담의 자기 진술은 발화자와 수화자가 공존해야만 가능한데 특히 수화자의 청취 자세가 중요하다. 〈雪幽寃夫人識朱旗〉에서 전임 밀양 원들과 주인공의 차이는, 전자들이 처녀 귀신의 자기 진술을 막았는데 비해 후자는 참을성 있게 귀신의 자기 진술을 들어 주었다는 데 있다. 그럼으로써 처녀 귀신은 전자와는 의사 소통을 하지 못했으나 후자와는 의사 소통을 하였다. 그 결과

更無餘望於他日 仍生忿恨之心 長嘆數聲."(『청구야담』(상), 492쪽))

후자만 살아 남았다. 그렇다면 의사 소통 여부는 관련자가 살고 죽는 문제와 직결되었다고 볼 수 있다. 이것은 『천일야화』에서와 같이 이야기를 지속하면 생명이 연장되고 이야기를 더 이상 못하면 죽게 된다는 설정과는 드러난 결과 면에서는 비슷하지만 이야기의 내용에 있어서는 다르다. 『천일야화』에서는 어떤 허황한 이야기라도 그침 없이 이어감으로써 호기심을 유발시키고 그것을 충족시켜 주는 것이 중요하지만 야담에서는 자기의 현실 경험에 대한 진술을 통해서 수화자와 교감하고 의사를 소통시키는 것이 중요한 것이다. 또 『천일야화』에서는 발화자의 끊임없는 발화만이 중요하지만 야담의 위 작품에서는 수화자의 수화 자세가 그에 못지 않게 중요하다.

〈訟夫冤錦城女擊鼓〉(청구 4, 438쪽)에서 선비는 자기 딸을 희롱하여 죽게 한 상인을 관가에 고소했다가 오히려 무고죄로 투옥당하고, 거기서 너무 울어 눈이 멀게 된다. 사연의 진술이 정당하게 받아들여지지 않을 때 그 결과가 얼마나 비극적인가를 보여 주는 것이다. 이는 그만큼 의사 소통이 일상적 삶에서 중요하다는 점을 역으로 강조한 것이다. 그것이 그 다음에서 다시 확인된다. 선비의 부인은 마침내 상경하여 신문고를 치고 임금께 그 억울한 사연을 진술한다. 민중들에게 직소의 길을 열어 주던 신문고 제도가 사건의 결정적 전기가 된 것이다. 작품 속에서 '신문고를 통한 직소'라는 사회제도가 주인공의 자기 진술이 청자에 의해 옳게 받아들여지는 계기를 제공했다는 점에서 다시 한번 야담의 자기 진술이란 서술원리가 조선조 현실에서의 의사 소통에 대한 풍속적·제도적 소망과 관련되어 있음을 확인할 수 있는 것이다.

〈憾宰相窮弁攄胸〉(청구 4, 491쪽)은 말에 의한 의사 소통이 중요하다는 점을 풍자적으로 탁월하게 잘 형상화한 작품이다. 여기서 주인공 무변은 오직 벼슬 하나 얻기 위해 재상의 집에 기거하면서 온갖 궂은 일들을 도맡아 해 주었지만 아무런 보답도 받지 못하고, 재상은 병이 들어 곧 죽을 지경에 이른다. 이에 그 억울하고 답답한 마음을 재상에게 표현한다.

드디어 재상의 가슴 위에 올라 타 칼을 뽑아 목을 겨누며 욕하기를 "내가 너의 집과 전생의 무슨 악연이 있기에 여러 해 고생해도 털끝만큼의 혜택도 받지 못하고 지금도 누삭 병환에 지극 정성으로 간호하고 있으니 네 아들 승지, 한림 따위 중에도 나같이 지성껏 구호하는 이가 있느냐? 그럼에도 조금도 감사하는 뜻이 없고 미안해하는 빛이 없으니 너 같은 놈은 어찌 빨리 죽지도 않노?"하고는 칼을 거두어 집어넣고 물러나 구석에 앉았다. 그 재상이 비록 말은 못하나 정신은 멀쩡하여 그의 소행을 보고 그 말을 듣고는 분통을 이기지 못하되 어찌할 길이 없었다. 이윽고 아들들이 올라 와 문안을 드리거늘 그 재상이 봉변을 당한 지 얼마 되지 않고 또 병중이라 분함이 더하여 숨소리가 거칠어 졌다. 아들 승지가 무변에게 "숨소리가 전보다 더 거칠어 진 것 같은데 혹 조섭을 잘 못한 것이 있느냐?"고 물으니 무변이 "별로 실섭한 것이 없습니다. 아까 소변을 한 번 보신 후에 잠깐 조시다 홀연 기침을 하시고 깨어나시더니 그 뒤로 숨소리가 저렇게 되었습니다" 했다. 재상이 이 말을 들으니 새빨간 거짓말이라 더욱 분을 이기지 못하였지만 말하고자 하나 소리가 나오지 않으니 정말 어쩔 수 없었다. 그래 한 손으로 자기 가슴을 가리키고 또 한 손으로 무변을 가리켜 분명 말하고자 하는 뜻을 드러내었으니, 아까 무변이 한 짓을 설명하고자 한 것이었다. 그러나 그것을 본 옆 사람들이 어찌 재상의 마음 속을 알 수 있겠는가. 다만 저 무변의 크나큰 공덕을 잠시도 잊지 말며 뒷날 잘 선처해 주라는 뜻을 미리 전하기 위해 그러는 줄 알고 모두들 대답하기를 "아버지가 친히 가르치시지 않으셔도 이 무변의 은덕에 대해서는 몸을 베어 주고 살을 덜어내어 주어도 아깝지 않습니다. 마땅히 온힘을 다하여 무변에게 벼슬을 얻어 주도록 하겠습니다" 했다. 재상이 그 말을 듣고 연이어 손을 휘저으며 또 자기 가슴과 무변을 가리키니 비록 만 번을 그러하나 아들들이 어찌 그 본뜻을 알 수 있겠는가. 다만 병중의 헛손질로 알았다. 이튿날 재상은 일어나지 못했다.44)

여기서 먼저 무변이 재상에게 자기 진술을 했다. 그 내용은 엄밀히 말해 넋두리이면서 협박이다. 그러나 그것이 수화자인 재상을 감동시켜 서로의 생각이 소통되게 하기는커녕 오히려 재상의 분노를 초래한다. 자기 진술의 여건이 전혀 조성되지 않았기 때문이다. 자기 진술자의 진술 동기와 진술 자세가 그렇고 수화자의 자세가 그렇다. 재상에 의해 두 번째의 자기 진술이 시도된다. 그러나 재상은 끝내 말을 이루지 못한다. 자기 진술이 원천적으로 봉쇄된 것이다. 그럼에도 불구하고 의사 소통을 간절히 원한다. 이에, 말에 의한 자기 진술이 아니

---

44) 『청구야담』, 492-494쪽.

라 몸짓에 의한 자기 진술을 시도한다. 그런데 그 결과는 의도와는 정반대인 오해이다. 그리고 말의 불발로 재상에 의해 간절히 추구된 의사 소통이 이루어지지 않자 마침내 잠재적 자기 진술자인 재상의 죽음이 초래된 것이다.

무변의 경우를 통해, 자기 진술을 해도 소통이 되지 않는 현실을 보여 주고, 재상의 경우를 통해, 자기 진술을 하려 해도 불가능한 경우를 보여 주었다. 결국 여건이 갖춰지지 않은 단계의 자기 진술을 통하여서는 어떠한 문제도 해결되지 않음을 보여 준 이 작품은, 말에 의한 의사 소통이 얼마나 중시되었으며, 또 그것이 얼마나 중요한 기능을 하였는가를 역설적으로 암시해 준다. 그리고 말에 의한 의사 소통이 이루어지지 않을 때, 궁극적으로 그러한 필요를 느낀 당사자의 죽음까지도 초래한다는 사실이 입증되었다.[45]

요컨대 무슨 이야기건 계속 하기만 하면 문제가 해결되는 『천일야화』와 비교할 때, 조선 후기의 야담에서는 이야기의 내용과 형식, 자기진술의 여건까지 고려되어 중시되었다고 할 수 있다. 발화자가 진실하거나 절실한 자기 경험을 진술하고, 그 진술을 통하여 자기의 뜻이나 처지를 수화자에게 이해시켜, 마침내 발화자와 수화자 사이에 의사의 소통이 이루어지게 한다. 수화자는 자기 진술된 발화자의 이야기에 대해 감동하게 되고 그런 감동을 바탕으로 하여 발화자가 안고 있는 문제를 해결하거나 그의 욕망을 성취시키기 위해 필요한 조치를 취한다. 혹은 수화자가 자기 문제를 해결하게 되거나 욕망을 성취한다. 자기 진술의 결과, 해결해야 할 문제를 안거나 성취해야 할 욕망을 가진 발화자나 수화자는 바람직한 귀결점에 이르게 된다. 이를 통해 야담의 향유자들은 사람 사이의 의사 소통과 그에 의한 경험의 공감·공유가 일상의 삶에 있어 결정적으로 중요

---

45) 이와 같은 맥락에서, 자기 진술에 의한 소통이 죽을 사람까지도 살리는 작품을 고려할 수 있다. 〈勸痘神李生種德〉(청구 2, 166쪽)에서 銅岩 이씨는, 죽었다가 저승차사로 잠시 돌아온 친구를 타작 마당에서 만나, 그의 내력담을 듣게 되는데, 이때의 친구의 자기 진술이 계기가 되어, 저승으로 끌려가던 한 소년을 구원해 주게 된다. 남의 이야기에 대한 동암 이씨의 적극적 관심과 거기에 부응한 친구의 진실된 자기 진술이 없었더라면 그 소년은 죽어 저승으로 끌려갔을 것이다. 이야기에 대한 수화자의 적극적 관심과 발화자의 소상한 자기 진술은 생명의 지속을 가능하게 하였다.

하다고 생각했음을 짐작할 수 있다.46) 그리고 그 의사 소통이 원만하게 이루어
지지 않을 때 심각한 사태가 벌어진다고 생각했는데, 그 극단적 단계가 발화자
의 죽음이라고 할 수 있다.

이러한 의사 소통에 대한 강렬한 소망은 동물의 행태까지 변형시켰다. 〈吠官
政義狗報主〉(청구 5, 575쪽)는 두 마리 의로운 개에 대한 이야기다. 먼저 과부
인 여주인과 그 딸, 계집종 등을 죽인 자를 잡는 데 결정적 기여를 하고 죽는
하동의 개에 대해 이야기하고 다음으로 술에 취해 들불이 가까이 오는 것도 모
르고 잠들어 있는 주인을 위해 자기 몸에 물을 묻혀 그 불을 끄고는 죽는 선산
의 개에 대해 이야기한다. 후자는 널리 알려 진 평민일화로 전자를 보완하기 위
해 끌어 들여진 것이고, 전자는 야담식 변형을 거친 것인데 개의 행동방식에 현
저한 차이가 있다. 하동의 개는 원수를 직접 처단하기보다는 관가에 가 울부짖
음으로써 뭔가를 하소연한다는 인상을 관리들에게 주었던 것이다. 그 행동은 발
화와 수화, 그리고 의사의 소통을 지향하는 것이 아닐 수 없다. 그것은 주인을
구하기 위해 자기 몸을 직접 활용하고 마침내 죽는 선산의 개와 비교할 때 대단
히 달라진 행태이다. 이와 같이 설화의 공고한 전통으로 전승되던 부분까지도
변형된 사실에서 우리는 발화자의 자기 진술과 수화자의 수용, 그 결과로서의
의사 소통이 조선 후기 야담 문학에서, 그리고 그것과 대응되는 현실에서 강력
한 의식 성향으로 작용했음을 알 수 있는 것이다.

진술 내용의 사실성 여부를 살펴보자. 야담에는 거짓말이나 허구적인 말도 진
술의 대상이 된다. 거짓말은 얻거나 이루고자 하는 욕망의 수준과 그것에 대한
객관 현실의 수용 수준의 차이가 현격함에도 불구하고 진술자가 여전히 자기 욕

---

46) 의사소통은 사람과 사람 사이에만 이루어지는 것이 아니라 사람과 동물 사이에도 이루어져
죽음을 삶으로 바꾼다. 〈守貞節崔孝婦感虎〉(청구 6, 3쪽)에서 최효부는 자기를 해치려고
앞을 가로막은 호랑이에게 자기 처지를 진술하여 호랑이를 감동시킨다. 감동한 호랑이는 최
효부를 잡아먹기는커녕, 그녀를 집까지 태워다 주기까지 한다. 사람과 짐승간의 의사 소통이
사람을 살렸다. 그 호랑이는 그 뒤 동네 우물에 빠져 동네 사람들에 의해 살해될 위기에 빠
졌는데, 그를 알아 본 최효부가 다시 그 사연을 진술하여 동네 사람을 감동시켜 호랑이를 구
해 준다. 사람과 사람 사이의 의사 소통이 짐승을 살린 것이다.

망에 집착할 때 나타나는 것이다. 꾸며진 말이란 점에서 허구적인 말과 통하지만 진술자의 이해 관계와 직결된 것이란 점에서 허구적인 말과 구분된다. 허구적인 말은 진술자의 이해 관계를 넘어선, 이야기 자체를 위한 이야기이거나 수화자를 정서적이거나 윤리적으로 계몽하는 것을 목표로 하는 말이다. 이에 비해 자기 경험담은 진술자가 직접 겪고 되새긴 이야기이다. 꾸미기보다는 경험 순간의 정황을 그대로(효과를 위해 다소의 변형, 과장은 있었을 것이다.) 담은 것이다. 진술자가 이런 내용을 고집하는 것은 가능한한 수화자에게 자기 경험의 본질을 전하고자 하였기 때문이다. 남이 하지 못한 경험을 스스로 겪은 자기 진술자는 그 경험이 내포하고 있는 지혜·자긍심·생산성·흥미·희망·환상·절박함 등을 남과 공유하고자 한 것이다.

조선 후기의 유동적 사회는 이같이 한 인간의 경험이 다양해지게 했고, 어떤 경험의 과정을 통하여 한 인간과 다른 인간이 만나게 했다. 야담의 자기 경험 진술은 이러한 사회적 구도를 적극 수용하여 형성된 것으로서, 거짓말이나 허구적인 말이 서사문학 속에서 차지했던 위치 못지 않게 강력하게 부각되었다.

계층 관계 면을 따져 보자. 자기 진술을 통한 소통은 동일 계층 내에서 이루어지기도 하지만 다른 계층 간에 이루어지기도 한다. 같은 계층끼리 이루어지는 것은 다만 독특한 경험을 겪은 쪽과 그렇지 않은 쪽의 관계이지만, 다른 계층 사이에 이루어지는 것은 거기에다 계층 간 단절의 극복이란 의미가 덧붙여 진 것이다. 가령 아전과 양반, 몰락양반과 양반, 천민과 양반, 상민과 몰락양반 사이에서 전자들이 떳떳하게 자기 경험을 진술하는데 후자들은 그 진술 내용에 대해 공감하여 그것을 수용한다. 엄격한 계층 질서가 유지되던 시대의 계층 관계가 뒤바뀐 셈이다.

그와는 달리 몰락양반과 하층민이 짝을 이루는 독특한 경우도 있다. 이 경우는 양쪽이 자기 진술자가 되기도 하고 수화자가 되기도 한다. 대체로 하층민이 먼저 독특하거나 절박한 경험을 하고 몰락양반을 만난다. 이때 하층민이 자기 진술을 하게 되고 그것을 듣고 감동한 몰락양반은 곤궁한 처지에 있음에도 불구하고 하층민에게 은혜를 베풀고 더 곤궁해 진다. 자기 진술이 시혜담을 성립시킨 것이다. 일정한 시간이 지난 뒤 몰락양반이 자기 진술을 하게 되는데, 그것이 계기가 되어 이야기는 보은담으로 전환된다. 진술자인 시혜자는 자기 진술이 매개가 되어 수혜자인 하층민을 만나 보답을 받게 되어 자기 문제를 해결하는 것이다. 그렇다면 이 경우의 자기 진술은 경험을 공유하게 할 뿐만 아니라 윤리의 실천도 이루어지게 하는 것이라 하겠다. 특별한 경험과 갸륵한 윤리가 통합된 것이다.

이같이 다른 계층 사이의 진술과 소통의 구조는 야담계일화나 야담계소설이 이전의 평민일화나 사대부일화의 제한성을 극복하게 했다고 하겠다. 이제 어떤 계층의 전형적 사고나 행동을 전제로 하는 것이 아니라 독특하게 어떤 처지에 놓인 계층의 새로운 사고나 행동을 전제로 한다. 한 계층의 사고나 행동을 보여주는 데 그치지 않고 두 계층의 교섭과 관계를 보여주는 데 이른 것이다.

이로써 작품 내에서 계층 간 통합의 가능성을 보여 주었다. 이 소통과 통합의 구조는 조선 후기 계층 관계의 일부분을 반영한 것이다. 아울러 소통과 통합에 대한 소망이 구조화된 면도 없지 않다.

조선 후기에 들어와 계층 간 갈등이 심화되는 국면도 있었다면, 그 국면은 야담에서 이러한 자기 진술의 서술법이 아닌 다른 서술법으로 포착되었다 할 것인데 이 점은 다른 글에서 다루기로 하겠다.

VI. 결 론

이상에서 야담에 나타나는 등장인물의 자기 경험 진술의 양상을 살펴보았다. 야담의 자기 진술은 이전의 서사문학에 나타난 자기 진술의 전통47)을 계승하면

---

47) 이와 관련하여 『삼국유사』의 〈善律還生〉(권5), 〈南白月二聖 努肹夫得 怛怛朴朴〉(권3),『용재총화』의 〈靑坡有沈柳兩生〉(권5), 〈운영전〉, 〈주생전〉, 〈최척전〉 등에 나타난 자기 진술의 전통을 살펴볼 필요가 있다. 특히 〈최척전〉은 그 형성과정이 야담과 비슷한 면이

서도 혁신한 면이 있었다. 야담의 자기 진술에도 몇 가지 유형이 있는데, 그중에서도 등장인물이 자기 경험을 일정한 시간적 경과 후 직접 진술하고, 그것이 수화자를 감동시켜 마침내 사건의 결정적 전기를 마련하게 하는 경우가 두드러졌다. 이것이야말로 야담적 자기 진술을 대표하는 것이면서 다른 서사문학의 자기 진술과 구분되는 야담만의 독특한 경우라고 하겠다.

야담에 이러한 서술법이 나타난 것은 조선 후기에 들어와 경험 자체가 독특해 졌기 때문일 뿐만 아니라, 그 경험을 회상하는 경험자(자기진술자)의 태도도 달라 졌기 때문이다. 자기 경험을 남에게 떳떳하게 이야기하고자 할 정도로 자기 경험을 소중하고 자랑스럽게 생각한 것이다. 아울러 내면세계에 대한 인식이 이루어 진 것도 과거 경험에 대한 회상을 자주 하게 된 계기가 되었다.

자기 진술자가 작중에서 자기 경험을 진술하고자 한 궁극의 목표는 그것이 수화자에게 수용되기를 바랐기 때문이다. 경험에 대한 공감을 바탕으로 하여 마침내 그 경험이 동반한 감동·지혜·자극·윤리·기이함 등을 공유하고자 한 것이다. 자기 진술자의 그러한 소망을 수화자는 성취시켜 주는데, 그 자체가 바로 의사소통을 전제한다. 경험 진술에 의한 의사의 소통이야말로 야담의 자기 진술의 핵심이며 궁극 목표라 할 수 있다. 계급 관계 면을 따질 때, 그 의사소통은 상이한 계급간의 심정적, 실질적 교감을 의미하거나 암시하는 것이다. 조선 후기 야담계일화나 야담계소설이 전대 사대부일화나 평민일화의 엄밀한 계급적 분리를 극복하면서 형성 발전되었다는 가설은 이런 맥락에서도 검증될 수 있을 것이다.

이같은 야담의 자기 진술 양상은 조선 후기 사람들의 삶의 여건이나 자세, 지향과 관련된 것이라 할 수 있을 것이다. 개방적이고 유동적인 조선 후기 사회는 많은 사람들로 하여금 낯선 공간으로의 여행을 하게 하고 그 결과 낯선 사람과

있어서인지 그에 나타나는 자기 진술의 양상도 야담의 그것과 유사한 점이 적지 않다. 우리 서사문학에 나타난 이러한 자기 진술의 전통을 찾아내고, 그것을 그 전통을 가장 뚜렷하게 계승하면서도 분명하게 혁신한 야담의 그것과 비교하는 작업은 중요하다 하겠다. 앞으로 다른 지면을 통해 이 점을 밝히고자 한다.

의 만남의 기회를 제공했다. 먼저 그것은 새롭고 독특한 경험을 하게 했고, 다음으로 그때 형성된 쌍방에 대한 강렬한 호기심을 바탕으로 자기 경험에 대한 진술과 수화가 이루어지게 했던 것이다. 그 자기 진술은 궁극적으로 자기 진술자와 수화자 간의 의사 소통을 이루게 하고 그로써 경험에 대한 공감·공유가 가능하게 했다. 그것은 마침내 바람직한 결과를 초래하는데, 바로 이 점이야말로 사람간의 의사 소통을 중요하게 생각한 조선 후기 사람들의 의식을 반영한 것이다. 아울러 그 의사 소통이 자기 진술자의 자기 경험에 대한 진술로 이루어졌다는 점에서 조선 후기 사회가 사람들의 현실 경험 자체를 소중하게 생각했음을 알 수 있다.

야담의 자기 진술은 조선 후기 현실에서의 자기 진술과 의사소통을 작품 내적 서술원리로 수용하고 그것을 더욱 선명하게 만들었다는 점에서, 당대 현실을 반영하였을 뿐만 아니라 당대 현실의 바람직한 지향점을 제시하였다고도 하겠다.

이 강 옥   영남대학교 교수

문헌설화의 상징적 해석 가능성 연구
— 『청구야담』 所載 <肆日習與熊鬪江中>을 대상으로 —

Ⅰ. 서 론

이조 후기의 각종 문헌설화집에 실려 전하는 많은 '이야기'들을 '문학'으로서 연구하는 작업이 활발히 진행중이다. 이것이 '소설'로 취급되든, 餘他의 장르로 취급되든 간에 '문학'으로서의 관심을 모으며 여러 각도에서 조명되고 있는 것은 빈약한 우리 문학적 유산의 현실에서 퍽 고무적인 일이 아닐 수 없다.

『靑邱野談』에 <肆日習與熊鬪江中>의 題名으로,1) 그리고 『東野彙輯』에 <篙漢回篷被客杖>의 題名으로2) 실려 있는 작품은 피카레스크적 전개의 짤막한 설화이기는 하나 여러 면에서 주목할 만한 작품이다.3) 곧 독특한 소재, 철저한 3인칭 관찰자 시점, 사실적이고 直逼한 묘사, 스피디한 문장, 그리고 작품 외적자아의 의지에 의한 '인물'의 상징성 등이 그러하다.

이 작품은 단순히 한 무뢰한의 이야기를 기술해 놓은 것이 아니다.4) 문헌설화 全般의 흐름을 '민중적 각성'이라 이름할 수 있다면, 이 話題가 선택된 것은 수백 년의 깊은 잠에서 기지개를 켜고 일어나는 '민중'의 한 분자에 초점을 맞추

---

1) 『靑邱野談』 栖碧外史海外蒐佚本(上)券四, 아세아문화사, 1985. 441쪽.

2) 『東野彙輯』 서울대 도서관본 卷四 性行部(下) <勇力>篇.

3) 李佑成・林熒澤, 『李朝漢文短篇集』(下), 一潮閣, 1982. <熊鬪>라는 題名으로 소개되어 있다.

4) 그런 점에서 이 작품은 『東野彙輯』 서울대도서관본 卷五 人事部(下) <勇弁袖椎讐悖民> 類와 동일선상에 놓일 수 없다.

고 그의 도전이 역사의 흐름 속에 어떻게 좌절되고 부활하는가를 그린 것으로 보아야 한다. 더 나아가 여기에 등장하는 '인물'들은 시대 흐름을 배경으로 균열을 시작하는 당시의 각 신분계층으로 상징 해석될 수 있다. 이러한 해석 방법은 여타의 문헌설화 - 예컨대『청구야담』권5의 〈投良劑病有年運〉,5) 〈憾宰相窮弁據胸〉,6)『삽교별집』권4의 〈西儒〉譚,7)『일사유사』의 〈葛處士〉譚,8) 〈朴長脚〉譚,9)『열하일기』의 〈虎叱〉·〈許生〉譚, 〈兩班傳〉 등을 비롯한『방경각외전』소재 諸傳으로의 연역적 확대를 가능하게 할 것이며, 문헌설화의 문학적 가치를 옳게 매기는 하나의 방법이 될 수 있을 것이다.

Ⅱ. 作品 梗槪

이 작품의 경개를 시간적 순차로 재결구하면 대략 다음의 순서로 된다.

1. ① 盧貴贊, 재상가 종이었으나 여주로 도망하다.
   ② 배를 부리며 살아가다.
2. ① 노귀찬, 科行길의 선비를 배에 태워주고 빼소니치다.
   ② 선비, 서울까지 걸어가다.
3. ① 선비, 귀향길에 동료들과 짜고 노귀찬을 물 속에 던지다.
   ② 노귀찬, 능숙한 혜엄 솜씨를 뽐내며 도리어 팔뚝을 뽑아 선비들을 능욕하다.
4. ① 노귀찬, 왜소한 체구의 措大가 승선을 요구하자 3차례에 걸쳐 우롱하고 태워주지 않다.
   ② 조대, 몸을 날려 배 안으로 뛰어들어 小胞로 노귀찬의 상투를 끊고, 지팡이로 볼기를 치다.
   ③ 지나던 선비, 그 광경을 보고 前日의 수모를 토로하며 후련해하다.

---

5) 李佑成·林熒澤, op. cit. (中). 〈銅峴藥局〉으로 소개됨.
6)『靑邱野談』op. cit. (上). 491쪽.
7) 李佑成, 林熒澤, op. cit. (下). 〈四友〉로 소개됨.
8) ibid. 〈葛處士〉로 소개됨.
9) ibid. 〈朴長脚〉으로 소개됨.

④ 조대, 표연히 용문산 쪽으로 사라지다.

⑤ 노귀찬, 떠메어져 집에 돌아온 후 울적하게 지내다.

⑥ 지팡이에 맞은 자리가 뱀 기어가는 흉터로 남다.

5. 옛上典인 宰相, 노귀찬의 도망罪 赦免하다.

6. 노귀찬, 머리가 제법 돌아나고 다시 서울 왕래 시작하다.

7. ① 노귀찬, 서울에서 술에 취해 夜禁을 犯하여 순라군에게 被捕되다.

② 순라꾼을 발로 차 상처 입히다.

③ 포도대장, '必可殺'의 선고 내리다.

④ 포도대장, 노귀찬의 뱀모양 흉터에 위축, 治罪를 기피하다.

⑤ 종사관, 헐하게 治罪하다.

8. 노귀찬, 돌아온 후 3년 동안 나다니지 못하다.

9. 노귀찬, 배를 저어 쓸쓸히 週流하다.

10. ① 樵童, 노귀찬에게 곰의 소재 알려오다.

② 노귀찬, 잠자는 곰을 삿대로 공격하다.

③ 곰, 역습을 가하고, 물 속에서 사투를 벌이다.

④ 노귀찬, 곰에게 피살되다.

⑤ 곰, 유유히 砥平縣 쪽으로 사라지다.

11. 포수, 후일 곰을 사살하다.

Ⅲ. 각 인물의 상징적 의미

1. 盧貴贊

1) 이름

盧貴贊者以宰相家奴[10]

주인공 노귀찬은 운명적으로 '버려진 아이'이다.

양주 백정 임꺽정은 양주골 백정인 '임돌이'의 아들로 태어난다. 원래의 이름

---

10)『靑邱野談』op. cit. 441쪽.

은 '놈'인데 유년시절부터 보통사람보다 월등한 힘으로 여러 가지 사고를 내서 부모를 걱정시킨다고 하여 걱정이라고 하던 것이 꺽정으로 변하여 이름이 되었다고 한다.11)

> 특은 '林巨正'이라는 人名에서 使用된 固有漢字로, '임꺽정'이라는 人名의 表記에서 형성된 것이다. '특正'은 특히 固有語 '걱정'의 音借表記이다.
> 특 音격賊名 海西强賊林巨正 見野史〈五洲衍文長箋散稿〉12)

그렇다면 재상가 노비 노귀찬은 貴와 賛과는 아무 관련 없는, '귀찮다'의 音借일 것이다.

周知하는 바 양반의 인명에는 名이외에 字와 號가 있고, 王이나 高官의 경우 廟號·諡號·封號가 있고 관직명 또는 본관을 쓰기까지 한다. 號만해도 金正喜의 경우 무려 140개가 넘는다.13)

그러나 서민들의 경우는 그렇지 않다.

> 固有語式 人名 平民이나 賤民들의 세계에서 맥맥히 계속되었으니, 두꺼비(斗劫) 억쇠(亐釗) 조고맹이(足古孟) 개똥이(介同) 어쩌리(菸切) 골목이(乫目伊) 검다(⇒ 甘長) 섧다(⇒雪雲) 둘만 낳다(⇒乧萬) 등 외모·성격·祈願·順序·賤名爲福· 出産狀況에 따른, 고상한 '名字'가 아닌 편의상의 口語性 강한 '이름'이 붙여졌을 뿐이다.14)

굴욕과 멸시의 삶을 사는 종을 부모로 둔 노귀찬은 천대와 구박의 씨앗이었다. 자식을 자랑과 보람으로서 보다 원망스럽고 귀찮아해야 했던 그 부모의 自嘲가 이름에까지 운명지어져 있는 것이다.

양반의 입장에서 보는 主從의 신분적 구획은 不可觸의 天分이다. 벌과 개미

---

11) 洪禎云, 「『林巨正』의 義賊모티프」(林榮澤 外, 『林巨正』의 재조명, 사계절출판사, 1988) 152쪽.

12) 金鍾塤, 『韓國固有漢字研究』, 集文堂, 1983, 81-82쪽.

13) 李斗熙 外, 『韓國人名字號辭典』, 啓明文化社, 1988, 83-84쪽.

14) 金鍾塤.op. cit. 76-105쪽 참조

사회의 그것처럼 하늘로부터의 부여였던 것이다.

> 동과 항것과룰 뉘라서 삼기신고
> 벌과 가여미아 이 뜨둘 몬져 아니
> 혼 무으매 두뜯 업시 소기디나 마옵생이다.15)

출생에서부터 축복이 거부된 노귀찬은 이렇듯 숙명적 棄兒이고, 그것은 인간적 대우로부터 차단된 이 땅 모든 노비들의 모습을 대신한다.

2) 능력

> 素悖慢無賴 以惡船人 聞於沿江16)

노귀찬은 평소 패만하고 무뢰하여 못된 사공으로 강 연안에 소문이 나 있었다. 그러나 『청구야담』에 '옛버르장머리 부려'云云17)의 題名으로 기록된 부정적 시각과 달리 『동야휘집』에는 〈篙漢回蓬被客杖〉의 題名으로 〈性行部〉'勇力'편에 실려있다.18) '勇力'편에는 李澄玉·田霖·李逸濟·明나라 總兵 李如梅의 후손 李蕡 등 출중한 일사·영웅적 인물의 행적이 차례로 실려 있는데, 그렇다면 노귀찬의 '패만무뢰'는 기실 출중한 용기와 완력을 인정한 것임을 짐작할 수 있다.

실제로 그는 양반들을 능욕하고 나졸을 발로 차 상처를 입히기도 하고 백 명이 실컷 먹을만한 큰곰을 삿대만으로 상대하기도 한다. 科行儒生들이 물 속에 거꾸로 집어넣었으나 오리처럼 물재주를 부림도 '勇力'과 무관하지 않다.

우리 나라 초기소설의 유형을 金時習이 창안한 冥婚小說·夢遊小說類와 許筠이 창안한 逸士小說·英雄小說類로 나눈 이론19)을 받아들일 경우, 이

---

15) 周世鵬, 〈五倫歌〉(沈載完, 『時調大全』, 一潮閣, 1984) 678쪽.
16) 『靑邱野談』 op. cit. 441쪽.
17) 〈肆舊習與熊鬪江中〉의 題目으로 실려있다.
18) 『東野彙輯』 서울大圖書館本卷四 性行部(下) 勇力

작품은 일사소설·영웅소설에 접근이 된다.

일사소설은 내면적으로는 탁월한 능력을 가지고 세계를 거부하는 인물이 외면적으로는 범속한 생활을 하면서 세계와 화합하고 지내는, 외면과 내면의 반어를 통해 자아와 세계의 용납할 수 없는 관계를 선명하게 나타내는 것이다.[20]

영웅소설은 고대 신화 이래 오랜 전승인 〈영웅의 일생〉을 작품화한 것으로서, 탁월한 능력을 가지고 있어서 세계의 도전을 쉽사리 물리치는 영웅이 한편으로는 적대적인 세계의 질서에 구속되고 세계의 구속 때문에 고민한다는 양면성을 통해서 자아와 세계의 상호우위의 관계를 이루고, 자아가 세계의 도전을 물리치는 과정을 역동적으로 그리는 소설이다.[21]

노귀찬은 '영웅'의 요소 中 '적대적인 세계에 구속되고 세계의 구속 때문에 고민한다'는 점에서 합치하고, '탁월한 능력으로써 세계의 도전을 쉽사리 물리치는 점'에서 부분적으로 합치하며, '홍길동類의 신화적·도술적 능력[22]을 구비'하지 못한 점에서, 그보다 앞서 '고귀한 혈통을 지닌 인물'[23]이 아닌 점에서 배치된다.

한편, '자아와 세계에 상호우위에 입각한 대결을 벌이면서도, 외면적으로 평범한 생활을 하는 반어적 삶'[24]을 살지 않는 점에서 일사일 수도 없다.

노귀찬이 가진 능력은 〈南宮先生傳〉[25]의 南宮斗, 〈張山人傳〉[26]의 張漢雄, 〈蔣生傳〉[27]의 蔣生 類의 초인적 능력이 아니라, 〈賈秀才傳〉[28]의 賈秀

---

19) 趙東一, 『韓國小說의 理論』, 지식산업사. 1988, 269쪽.

20) Loc. cit.

21) Loc. cit.

22) ibid. 260-261쪽. "초기소설은 일반적으로 아직 소설로서 불안정하고 전대 장르의 흔적을 지니고 있는데, 『홍길동전』도 예외가 아니다. 『洪吉童傳』은 敎述的이거나 전설적 성격을 지니지 않고 신화적 성격을 지닌다. (中略) 홍길동의 도술은 朱蒙의 도술과 함께 자아로 하여금 신화적인 능력을 갖도록 하는 신화적인 전제라고 해야할 것이다."

23) ibid. 246쪽.

24) ibid. 269쪽.

25) 許筠, 〈南宮先生傳〉

26) id, 〈長山人傳〉

27) id, 〈蔣生傳〉

才, 〈索囊子傳〉[29]의 洪生, 〈廣文子傳〉[30]의 廣文 類의 인간적 능력일 뿐이다.[31] 따라서 그는 영웅소설·일사소설의 시각에서 볼 때는 '퇴화된 영웅'·'약화된 일사'일 뿐이나, 소설사적 시각에서 볼 때는 '발전된 인물'이다. 김시습의 '비현실적 인물'에서 허균의 비현실과 현실을 넘나드는 '양면적 인물'을 거쳐, '현실적 인물'로 정착한 것이다. 따라서 그 구성도 해피엔딩으로 결구를 맺고 폐쇄적인 도덕적 진실성을 추구하는 것이 아니, 비극으로 끝날 수도 있으며 개방적인 현실적 진실성의 추구로 귀결된다. 윤리적 당위로서의 전개가 아닌, 삶의 진실로서의 전개이다.

근대소설로 오면서 영웅의 초인적 능력은 사라진다. 종래 세계와의 대결을 총괄하던 초월적 초합리적 원리는 사라지고 자아와 세계의 상호우위에 입각한 대결만이 남을 뿐이다.

여기에 이 작품의 근대소설적 리얼리티를 본다. 발전된 성격으로서의 노귀찬은 차라리 『붉은산』의 반항아 '삵'에 접근해 있다. 이름 그대로 '리얼리즘'의 구현인 것이다. 여기에는 한국 초기소설의 '사실주의'를 증명하기 위해 동원했던 긴 설명[32]이 필요치 않다. 한국초기소설을 사실주의로 규정[33]하는데 수반됐던 석연치 못한 주저도 여기에 이르면 사라진다. 그러므로 이 작품은 일사소설·영웅소설의 흔적을 지녔으되 일사소설·영웅소설이 아니며, 근대 사실주의 소

---

28) 金瀘, 〈賈秀才傳〉

29) id, 〈索囊子傳〉

30) 朴趾源, 〈廣文子傳〉

31) 그럼에도 불구하고, 노귀찬은 이들처럼 세계화의 외면적인 화합조차 이루지 못한다.

32) 趙東一, op. cit. 263쪽. 註 117. "寫實主義에 관한 널리 유포되어 있는 오해는 그것이 19세기 서구문학의 특징적인 현상의 하나라고 하는 것과 그것을 기법상의 개념이라고 생각하는 것이다. 만약 이론 견해에 따르면 한국문학에서의 사실주의는 20세기에 들어서서 서구문학과 관련하여 이루어졌을 것이다. 그러나 사실주의는 문학의 보편적인 양상의 하나이고 기법상의 개념이기 전에 세계관에 관한 것이라고 해야 옳을 것이다."

33) ibid. 262-3쪽. "一元論的의 主氣論의 小說은 寫實主義小說이나, 二元論的 主氣論의 小說은 理想主義小說이라 할 수 있다. 초기소설은 모두 一元論的 主氣論의 소설 또는 寫實主義 소설이다. 초기소설은 최초의 소설인 동시에 최초의 寫實主義소설이다."

설의 형태를 갖춘 것이되 措大의 神的인 사격술, 살 속에 박히는 매질, 나는 듯이 빠른 걸음, 사람과 곰의 사투 등 상징성을 깊이 내포한 것이다.

노귀찬은 끝나가는 영웅시대의 잔존물이다. 이미 '영웅'을 허용하기 어려운 시대에서 그의 능력을 고작 '悖慢'으로 치부되고, 기실 그의 '능력'이란 것도 '영웅시대'의 능력과는 먼 거리의 것이었을 뿐이다.

3) 脫走

以宰相家奴 得罪叛走逃在驪州[34]

노귀찬은 재상가의 종으로서 배반의 죄를 짓고 도망하였다.

奴婢란 이름은 본래 죄 지은 사람을 몰아 넣던 것에서 나온 것으로, 죄 없이 奴婢가 되게 하는 일은 옛날에도 그 법이 없었다. (中略) 우리 나라의 노비법은 죄가 있고 없고를 따질 것 없이 오직 그 핏줄을 따라 대대로 奴가 되는 것이다.[35]

조선 후기 실학사상은 이러한 天刑的 桎梏 속에 內燃하던 불씨에 불쏘시개로 작용하여 마침내 신분체제상의 균열을 가져오게 한다. 조선조의 사회신분 계층을 9등으로 나누든,[36] 士・農・工・賈로 나누든,[37] 양반・중인・양인・천민, 혹은 班・常・賤으로 나누든 가장 어렵고 힘든 계층은 천민이다.

양반들은 전적으로 노비들의 노동에 그들의 생활을 의지하고 보전할 수 있었으며 따라서 노비는 그들에게 있어서 사사로운 재산이기도 했다.[38] 그들은 매

---

34) 『靑丘永言』 op. cit. 441쪽.

35) 柳馨遠, 『磻溪隨錄』 卷26, 續篇下 〈奴隸〉. "按奴婢之名 本起於以罪沒入 無罪而使爲奴婢 古無其法也 (中略) 本國奴婢之法 不問有罪無罪 唯按其世系 而百代爲之奴"

36) 具滋均, 『韓國平民文學史』, 고려출판사, 1948. 4쪽. "第一宗親, 第二國舅, 第三附馬, 第四兩班(鄕班), 第五中人, 第六庶孽, 第七胥吏, 第八常民, 第九賤民"

37) 李重煥, 『擇理志』 四民總論, 朝鮮光文會, 1912. 1쪽. "古無士大夫皆民也 民有四 士賢而有德 國君仕之 不仕者 或爲農爲工爲賈"

38) 柳壽垣, 『迂書』 I 〈麗制奴婢〉. "至於世傳奴婢 亦敢其爲私財 私民盖不如此 則士族無他生理 世難保存故也"

매·증여·상속의 대상이 되기도 했고39) 대수롭지 않은 일로 상전에게 죽임을 당하기도 했다.40)

이러한 상황에서 노비들의 도망이 속출하는 건 당연할 수밖에 없다. 조선후기 公私노비들의 도망 실정을 수치로써 제시한 연구도 있다.41)

노귀찬의 '罪'도 상전(양반계급)에의 항명·반항일 것으로 짐작이 된다. 뒤에 이어지는 그의 양반에의 무조건적인 저항에서도 그렇고, 당시 상민들의 양반에 대한 드물지 않은 저항이 그것의 방증이 될 것이다.

조선 후기에 오며,

> "常賤이 士夫를 욕하고 노비가 상전을 배반함이 보기에 예사로운 일이 됐으며 外方에 이르면 酒品賤類들이 모두 士族에게 예를 거스르려 든다."42)

하였고, 서민의 애환을 그린 가면극에 오면 상전이 이미 뒷전의 배반의 대상을 넘어 面前의 조롱받이가 되어있다.

양반일동 : 우후후후, 네 이놈 말뚝아, 무엇이 어째고 어째라, 이놈!

---

39) 朴仁老, 〈五倫歌〉(沈載完, 『時調大全』, 一潮閣, 1984. 657쪽) "爭財예 失性하야 同氣失性마라스라 田地와 奴婢는 갑슬주면 살련니와 아모려 萬金인들 兄弟살더 있느냐"

40) 姜斆錫, 『大東奇聞』 純祖朝 〈李書九別膽戶籍〉에 徐有榘가 자기 先親이 李書九의 집에서 겪은 것을 기록한 것이 있다. "忽於廊下 喧括有呼薑山姓名而詬辱者 薑山不動聲色 招謂奴子曰 彼漢罪犯綱常 再赦其罪又復肆惡 此而若恕 法無所施 紀綱解弛矣 汝率此 漢於水口門內 打殺以來 奴受命而去(中略) 日將夕 奴告以打殺" 상전이 不動聲色하고 종 하나를 타살했다. 얼마 후 형조서리가 와서 官에 고하지 않고 사사로이 타살함을 探問하자, "薑山曰 此是吾家私奴 罪犯綱常 在法無赦 而若告于官 亦係羞恥 故擅自私殺矣"라 대답한다. 또 話者 徐有榘는 "盖以年少名士 不動聲色 處事雍容 豈非遠大器乎"하여 李書九의 잔임함에 놀라기보다 도리어 그의 원대한 국량을 흠탄해 마지 않는 것이다.

41) 鄭奭鍾, 「朝鮮後期 社會身分制의 崩壞」, 『大東文化研究』 第九輯. 成均館大 大東文化研究院, 1972. 323-324쪽 참조. 私노비의 경우 울산부 大峽面第5리 第3통 第3호 李光烈 家係는 당대에 臺帳所載노비가 103名이나 53名만이 남아있을 뿐이며, 아들·손자代에 이르러는 臺帳所載노비 74名 中에서 7명만이 남아있음을 보여준다.

42) 『日省錄』 131, 正組 7年 癸卯 6月 20日庚申. "常賊后叱大夫 奴婢之背叛上典 看作例習 至於外方 則酒品賤類 皆欲抗禮於士族."

말뚝이 : (갑자기 양반들에게 달려들어 양반의 면상을 말채찍으로 후려치면서)옛끼
        놈, 돼지새끼들, (돼지 모는 시늉을 하며) 두우, 두우.
        (中略)
말뚝이 : 옛끼 타마개(똥개) 자슥들 시끄럽다. (욕을 해대고 슬며시 다시 부른다.)
        여보 새안님, 새안님을 찾으려고 새안님댁을 들어가니 새안님 마누라가
        벽장문을 주르르 열고 하얀 백병에 모주 한 잔 콩콩 부어주기에 이 내 말
        뚝이가 호부락홀짝 마신 후에 새안님 마누라가 거불렁껍적 하기에 이 내
        말뚝이가 눈치채고 새안님 마누라를 배 위에(불림조로) 더덜컹 실고 둥둥
        캥캥-.
        (中略)
말뚝이 : 아니로소이다. 새안님 마누라가 새안님을 홍보를 하시는데(흉을 보시는데)
        새안님이 낮거리를 하야 낳다 합디다.
큰양반 : 우후후후-뭣이 어째고 어째라 이놈.[43]

　이것은 당시 농업생산성의 제고에 의한 富의 재편성, 농토를 잃은 농민들의
都市 유입, 상인·수공업자 계급의 대두, 그로 인한 신분체제에의 저항과 거기
서 결과된 자아의 발견, 새로운 가치관의 형성 등에 바탕을 둔 사회전반의 총체
적 동요을 반영한 것이다.

　노귀찬의 得罪脫走는 破碎되어가는 신분체계의 일면을 반영한다. 그가 무력
한 零落 양반의 노비로서가 아니라 세도재상가의 노비로서 탈주한 뒤, 近畿에
서 버젓이 살 수 있음도 신분체제의 동요를 보여주는 유력한 근거가 될 수 이을
것이다.

4) 사공생활

　得罪叛徒 逃在驪州 以刺船爲業[44]

　노귀찬이 도망한 곳은 여주 驪江 기슭이다. 그는 그곳에서 뱃일로 업을 삼았다.

---

43) 駕山五廣大臺詞, 李杜鉉, 『韓國의 假面劇』. 一志社, 1989. 285쪽.
44) 『靑邱野談』 op.cit. 441쪽.

여주는 그의 고향이 아니다. 노비는 上典의 집이 곧 고향이므로 상전의 집을 벗어난 곳은 어디건 낯설 수밖에 없다.

여주는 物貨가 모이고 서울로의 水運이 성한 곳이다.45) 그곳은 뱃길로 한양과 이백 리 미만의 이어진 곳이며, 토지 없이도 뱃일로 농사짓느니보다 오히려 낫게 살아갈 수 있는 곳이기도 하다.46) 그러나 그가 그곳에서 뱃일을 업으로 택한 것은 무엇보다도 넓은 강 위에서 누구에게도 속박받지 않고 自在할 수 있는 삶을 택한 것으로 보아야 한다. 탈주자라 하더라도 그가 택할 수 있는 생업은 여러 가지 있을 수 있다. 그러나 그는 굳이 삿대를 쥐었다. 피동·소극의 피결정권적 客體로부터 능동·적극의 결정권적 主體로 살고 싶었던 것이다.

노귀찬은 잠에서 깨어난 '對自的 民衆'의 일원이라 할 수 있다. 그는 자기가 부당하게 조종·동원되고 있으며, 억울하게 빼앗기고 있으며, 비참하게 따돌림 당하고 있다는 것을 깨달은 존재이다. 잠자는 민중으로서, 자기가 민중이라는 자의식을 가지지 못한 민중으로서의 '卽自的 民衆'은 정치적으로 부림을 당하고 있으며 경제적으로 교묘하게 빼앗기고 있으며 사회·문화적으로 차별 받고 있지만 그것을 감지하지 못하거나 숙명적인 일로 체념하기 때문에 그 상황을 오히려 당연한 것으로 받아들이고 일상적인 사실로 받아들이고 만다.47) 그는 이 잠에서 깨어난 존재인 것이다.

그러나 그의 '對自的 民衆'으로서의 위치는 첫째 단계에 지나지 못한다.48)

---

45) 李重煥, 『擇理志』卜居總論, 朝鮮光文會, 1912. 47쪽. "專以江船往來論之 江船小不能出海縮利然 一國之中 惟漢江最大 而源遠受湖水多 東南則淸風之黃江 忠州之金遷 木溪 原州之興原倉 驪州之白涯 東北則春川之牛頭 狼川之元巖"

46) lbid. 八道總論. 33쪽. "驪州邑治在江之南 距漢陽水陸未滿二百里 邑西有涯村 一曲長江 自巽入艮 橫帶於前 爲江上第一名墟 (中略) 二村竝多世居士大夫之家 然白涯則村入專仰舟楫商販 以代農 而其得贏 優於耕耘之家"

47) 韓完相, 「民衆社會學序說」(『文學과 知性』제9권 제3호(통권33호), 문학과지성사, 1978. 가을), 879-880쪽 참조.

48) ibid. 880-881쪽 참조. 對自的 民衆으로서의 단계 1) 첫째단계 : 자기가 정치·경제·사회·문화적 피지배자라는 걸 희미하게 나마 알고 느끼는 단계 2) 둘째 단계 : 지배집단의 허위의식을 꿰뚫어 보고 그 통치 이데올로기의 속셈을 폭로하는 비판적 단계 3) 셋째단계 :

그의 '민중'으로서의 의식은 지배집단의 허위적 이데올로기를 꿰뚫어보고 비판하고 폭로하고 기존질서를 바꾸기 위한 구체적 행동양식을 지니는 수준에까지 이르지 못했다. 그의 저항은 기존질서의 파괴를 위한 조직적·체계적 행동이 되지 못하고 기존질서의 桎梏에 대해 뭔가 잘못된 것을 깨달았을 뿐인 돌발적·비체계적 반항이었다. 그는 어쩌면 늘 혼자였고, 고독한 존재였고, 그것을 吐露하지도 않았다. 침묵의 저항아, 그는 어쩌면 그가 안아야 하고 그를 품어야 할 민중으로부터도 외면당한 아웃사이더였다. 『붉은 산』의 '삵'의 모습이다.

> 암종 - 누구나 '삵'을 동정하거나 사랑하는 사람이 없었다. 삵도 남의 동정이나 사랑을 벌써 단념한 사람이었다. 누가 자기에게 아무런 대접을 하든 탓하지 않았다. 보이는데서 푸대접을 하면 그 트집으로 반드시 칼부림까지 하는 그이었지만 뒤에서 아무런 말을 할지라도 - 그리고 그것이 삵의 귀에까지 갈지라도 탓하지 않았다. "흥……"이 한 마디는 그의 가장 큰 처세철학이었다.49)

'세계'를 대하는 태도가 흡사하다. 다만 노귀찬의 '세계'가 좀더 사회적 성격을 띠고 있음에 비해 '삵'의 '세계'는 - 결과적으로는 그렇지도 않지만 - 개인적 차원으로 축소되어 있는 듯이 보일 뿐이다.

2. 科行 선비

閔載我而以許還下 而張帆逃去 我徒步窘行 幾不及於試期50)

노귀찬의 '세계'에 대한 도전의 첫 대상은 과행길의 선비이다.

이것은 두 차례에 걸쳐 이루어지는데, 1차는 과행 선비를 배에 태워놓고 돛을 펼쳐 놓은 채 출발할 듯이 하다가 뺑소니를 쳐버린 것이다. 선비는 맨다리로 허둥지둥 걸어가느라 하마터면 試期에 못 이를 뻔했다.

행동하는 민중이 기존 지배 구조의 근본적 개혁을 위해 구체적으로 운동을 전개하는 단계
49) 金東仁, 『붉은산』(『한국대표단편문학전집』 제2권, 正韓출판사, 1976. 277쪽)
50) 『靑邱野談』 op. cit. 445쪽.

1차 그의 '기대'는 도전으로 나타나고 결과는 '충족'이었다.

> 及還 又過于斗尾 謀於同行 執之納倒水中 厥漢能泅水 出沒若輕鳧 示其無畏 立於水中 以臂辱我 我雖忿怒撑中 而無可奈何[51]

2차에서의 그의 기대도 바로 그 선비의 보복에 대한 응전으로 나타난다. 그 결과도 1차에 못지 않은 충족이었다. 돌아올 때 그를 만난 선비 일행이 그를 잡아 물 속에 거꾸로 잡아넣었으나 그는 물 속을 물오리처럼 들락거리며 헤엄 솜씨를 뽐내고 물 가운데 떠 서서 선비들에게 팔뚝욕을 먹인 것이다. 선비들은 발을 구를 뿐이었다.

아무런 능력상의 우월도 없이 다만 신분적 기득권만을 앞세워 거드름 떠는 양반, 科場에 들락거리며 벼슬 한자리 얻기 위해 버둥대는 선비는 노귀찬이 경멸해마지 않는 제1의 적이다.

> 선비라는 것들은 열 손가락이 여려 힘 쓰는 일을 하지 못한다. (그들이) 밭을 가는가, 김을 매는가, 밭을 일구는가, 거름을 주는가. (中略) 무릇 선비는 어떤 사람이며 선비는 어째서 손발을 쉬면서도 남의 토지를 삼키고 남의 힘으로 먹고 사는가.[52]

선비란 바로 열 손가락이 여려 밭 갈고 김 매고 밭 일구고 거름을 줄 수 없는 자, 손발을 한가로이 쉬며 남의 토지를 삼키고 힘으로 먹고 사는 자들이다. 이들이 修道의 방편으로서 독서에 침잠하고 綱常의 법도를 말하고 예악을 닦아 은인자중하여도 생업이 없어 결국은 서민의 곳간이 그들의 보급창고가 될 수밖에 없는데, 하물며 科業을 위한 학문이란 건 서민의 편에서 볼 때 오로지 착취를 위한 수단으로 보일 수밖에 없다.

실제로 李瀷은 科業을 농업 생산을 방해하는 六蠹의 하나로 꼽고, 그것들은 도둑의 해보다 심하다[53]고 하였다. 입신양명을 필생의 목표로 삼아 전혀 생업

---

51) Loc. cit.

52) 丁若鏞, 『與猶堂全書』, 〈田論〉 五, "若士則十指柔弱 不任力作 耕乎耘乎 畬乎糞乎 (中略) 夫士也何人 士何爲遊手遊足 呑人之土 食人力哉"

을 不顧하고, 급제한 뒤엔 사욕에 빠지게 되는 과업의 폐해를 지적한 것이다.

> 科擧에 응하는 선비 孝悌에 소홀하고 生業을 내던지고 해마다 날마다 붓끝이나 빨고 종이를 허비하니 心術을 낭비하는 재주에 지나지 못한다. 그러다가 요행히 급제하면 스스로 잘난 체 하고 사치하여 아주 절제가 없고 백성을 긁어 자기의 원하는 것을 채운다.54)

헌데, 이들은 과업의 준비과정과 결과에만 폐해를 일으키는 게 아니라 科場에서조차 문란하고 야비하기 이를 데 없었다.

> 과거의 폐단이 요즘같이 심한 적이 없었다. (中略) 그 폐단을 캐어보면 오로지 倖科하는 자가 많은 데서 연유한다. 매번 과거 때가 되면 京鄕의 놀고 입고 먹고 하는 閑雜한 무리가 觀光한다고 칭하고, 세도와 利權있는 집에 자원하여 隨從노릇을 하고 負門과 爭接을 힘쓸 단서로 삼지 않는 자가 없다. 入場애서는 글을 빌리고 글씨를 빌려 呈卷하기를 예사로 한다.55)

> 지금은 (前의) 백 배나 되는 선비들이 물그릇 솥단지를 가지고 가운데 자리잡고 힘센 무사들이 들어가고 심부름하는 종들이 들어가고 술장수가 들어가니 과장이 어찌 좁지 않으며 혼란하지 않을 수 있겠는가. 심지어 몽둥이로 서로 치고 막대기로 서로 찌르고 문틈에 끼이고 길에서 욕설을 하고 변소에서 비니 하루의 과거가 사람으로 하여금 백발이 되게 하며 가끔 죽고 다치고 압사자가 나기도 한다.56)

---

53) 李瀷, 『星湖僿說』〈六蠹〉. "農之不務 其蠹有六 而逐末不與焉 一曰奴婢 二曰科業. 三曰閥閱 四曰技巧 五曰僧尼 六曰遊惰 夫商賈者固四民之一 而猶流通貨之益 如鹽鐵布帛之類 非賈不運也 六者之害甚於盜賊"

54) Loc. cit. "應擧儒士 緩於孝悌拚棄生業 竟歲終日含毫費牋 不過斷喪心術之伎倆 幸而得之 則使自高致奢泰無度 剝民以充其願慾也."

55) 禹夏永, 『千一錄』 Ⅱ 〈時務策〉(用人). "科之爲弊 莫如近日之爲甚 (中略) 苟究其弊 則專由乎倖科之多 每當科時 京鄕遊衣食閑雜之輩 莫不稱之以觀光 自願爲隨從於勢利之家 以負門爭接爲效力 眩能之端 及其入場 借述借筆 以呈卷爲事"

56) 朴齊家 『北學議』〈科學論〉. "今以百倍之儒生 挾水火鎬重之具於中 多力之武入焉 使喚之奴入焉 賣酒之賈入焉 庭安得不窄 場安得不亂 甚至於椎相擊 以竿相刺 阨於門 辱於路 乞於便施 一日科令人髮白 而往往有殺傷壓死者焉"

세도 재상의 집에서 종노릇을 했던 노귀찬으로서는 그들의 비굴한 작태를 누구보다 깊이 알고 있었다.

노귀찬의 봉변을 당한 선비는 바로 과거를 위해 상경하는 중이었다. 과행길의 선비, 그는 세도가의 문전이나 기웃거리며 과장에서 부정이나 일삼고 獵官에 필생을 걸어, 급제자가 이미 내정된 과거에 기약도 없이 매달리는 시대적 폐품 같은 당시 腐儒의 모습을 代名한다.

3. 措大

노귀찬은 중늙은이 措大와 충돌한다.

> 有一措大 短小骨贏 髮半白 衣葛若不勝者 背負靑褓襆 手持一筇[57]

그는 체수가 자그마하고 뼈가 앙상한데 입고있는 葛布조차 벅차 보였다. 등에 푸른 보자기의 봇짐을 졌고 손에는 지팡이를 들었다.

조대의 구체적 신분은 양반이다.

양반은 일찍이 農·工·商民에게 존경과 敬畏의 대상이었으나 이때는 이미 일각에서나마 질축의 적대세력으로서 白眼視 내지는 멸시되어 가는 중이었다. 서민들의 눈에 비친 이들은 이미 天賦의 우월자도 아니었고 淸高한 퓨리턴도 아니었다. 大義에 生死를 거는 완고한 인텔리가 아니라 目前의 탐욕을 좇아 전횡을 일삼는 수탈자일 뿐이었다.

驪江나루에 모습을 드러낸 조대는 양반의 신분임에 틀림없다. 그러나 이 '조대'라는 칭호로 보나 초라한 풍신으로 보나 권력의 대열에 선 자는 이미 아니다.

> 오직 이 양반이란 것은 여러 가지로 불려지는데 글을 읽으면 士라 하고 정치에 종사하면 大夫라 한다.[58]

---

57) 『靑邱野談』 op. cit. 441-442쪽.

58) 朴趾源, 〈兩班傳〉, 〈放璃閣外傳〉. "維厥兩班 名謂多端 讀書曰士 從政爲大夫"

仁祖・肅宗 이후 사대부계급은 계층적 분파의 결정적 계기를 마련하여, 세습적・독점적 특수집권층으로 이조 후기의 정치사회에서 핵심을 이루는 '閥閱'의 일집단과, 영구히 몰락한 失權층으로 본래의 사대부로서의 정치적 기능을 거세당하고 오직 독서하는 '士'로서의 마지막 밑천만을 지니게 된 불우양반들의 2개의 계층으로 갈라져서 고정되다시피 되고 말았다.59)

그렇다면 이 조대의 신분적 위치는 士로서의 마지막 밑천만을 겨우 지닌 초라한 인물임을 알 수 있다.

그러나 '세계'의 모습으로 등장한 조대는 노귀찬이 얕잡아 본, 초라한 겉모양 만큼의 무력자는 결코 아니었다. 노귀찬이 세 번에 걸쳐 태워줄 듯이 놀리고 끝내 태워주지 않자 기슭으로부터 20보다 떨어진 배로 외마디 괴성을 지르며 뛰어 올랐다.60) 그리고 무뢰한 노귀찬을 겨눠 소포 방아쇠를 당겼는데, 몸 어디에도 상처를 입히지 않고 상투만 잘라냈다.61)

그는 또 지팡이를 들어 볼기를 세 번 때리니 매가 살 속에 묻혀 보이지를 않았고, 매를 올린 뒤에야 피가 솟구쳐 질펀하였다.62) 후일 볼기의 매 자국은 푸르락 붉으락하여 뱀 세 마리가 가로로 기어가는 흠터로 남았다.63)

초라한 외모에 고도의 사격술과 완력을 內藏한 逸士的 능력자이다. 그는 보편 윤리의 수호자로서 노귀찬의 무뢰를 懲治한다.

조대는 수염을 쓰다듬으며 성난 소리로 노귀찬을 꾸짖었다.
"너는 公州 錦江의 李沙工 이야기도 듣지 못했느냐. 하루에 일곱 번을 건너간 사

---

59) 李佑成, 「實學研究序說」(『實學研究入聞』, 一潮閣, 1986). 7-10쪽 참조

60) 『靑邱野談』 op. cit. 442쪽. "措大猶逐船而行 覘睨船去 岸略二十步, 措大少縮身 一聲發割條 身已在船中"

61) ibid. 443쪽. "措大擧砲 正向貴贊眉額 將放不放 故爲持重 (中略) 瞥然放下聲在白日 貴贊已倒舟中 人皆驚惶 知貴贊已死 亦無敢言者 措大徐納其小砲而還束之 然後就貴贊 扼擧其項候氣息 久而乃甦 渾身無傷 性其頭禿髻 不知去處"

62) ibid. 444쪽. "措大擧手中杖 三打貴贊之臀 各異其處 杖沒于肉不見 杖出然後 血始逆流淋璃"

63) ibid. 445-446쪽. "臀上杖痕 色靑赤如三蛇橫斜"

람이 다시 일곱 번을 건너와도 전혀 싫어하는 내색이 없었단다. 그 사람이 강 위의 산을 가리키며 말하기를 '자네가 죽으면 저기에 장사하게' 하여, 사공이 죽어 그곳에 장사하여 자손들이 크게 번창하였단다. 지금도 錦江나루를 왕래하는 사람들이 그 산을 가리키며 '저것이 李沙工의 무덤이라네' 하고들 이야기를 한단다. (中略) 이 다음부터는 이런 못된 짓을 다시는 하지 말아라. 오늘 다행히 나를 만났기에 너의 목숨을 용서하는 것이다. 누가 너를 살려 주겠느냐.["]64)

조대는 뛰어난 능력을 지니고 있으면서도 외면상 평범한 생활을 한다는 점, 그러한 갈등의 에너지를 行善의 에너지로 승화시키는 점, 그리고 교술적 요소를 구비하고 있는 점에서 '일사'로 볼 수 있다.

'일사소설'이 가지는 주동인물의 행동궤적을 다음 몇 가지로 나눌 수 있다.

첫째, 『逸士遺事』의 朴長脚65)과 葛處士66)처럼 세계와 적극적 대결을 벌여 나가다가 여의치 않자 세계의 질서에 순복한다.67)

둘째, 『玉匣夜話』의 허생처럼 세계의 개조를 실천해 나가다가 여의치 않자 자취를 감춘다.68)

셋째, 〈南宮先生傳〉의 南宮斗처럼 세계와의 대결을 피하고 佛·仙界를 택한다.(後日 환속한다)69)

---

64) ibid. 445-445쪽. "措大乃將鬚厲聲 責貴贊曰 汝不聞公州錦江李沙工之說乎 一日七渡 人而七還渡 少無倦色 其人指江上山而謂之曰 爾死必葬此 沙工死葬其處 子孫大繁 至今 往來錦江者 輒指而語曰 此李沙工之墓也 (中略) 此後則勿復作惡如是 今幸逢吾故 饒汝 性命 誰肯活汝乎"

65) 張志淵, 『逸事遺事』, 匯東書館, 1922.

66) Loc.cit.

67) 朴張脚은 盜魁로서 쫓기던 中 全州 營將이 討捕軍官을 卽差하고 회유하자 일당 백여명을 데리고 귀순하였다. 葛處士는 역시 盜魁로서 官에서 義로써 率黨歸良을 권하자 어디론가 사라졌는데 그 뒤 湖南지방에 도둑이 끊기었다.

68) 朴趾源, 『熱河日記』. 許生의 이상은 商行爲를 통한 富의 추구에 있지 않았다. 그것은 그의 새로운 세계의 건설을 위한 시험일 뿐이다. 그러나 그가 찾은 무인도는 그의 원대한 이상을 실현시키기에 너무도 협소하였다. 그는 마침내 돈 50만냥을 바다에 버리고 新文字와 衣冠의 제정을 포기한다. 후일, 北伐論者들의 계획이 그의 방법론과 맞지 않는, 명분에 얽매인 허구임을 확인하자 자취를 감춘다.

69) 許筠, 『惺所覆瓿藁』, 〈南宮先生傳〉.

넷째, 〈嚴處士傳〉의 嚴忠正[70]과 〈老翁犯提督騎牛〉[71]의 騎牛翁처럼 세계와의 대결을 끝까지 유보한다. 한편 〈賈秀才傳〉의 賈秀才[72]와 『逸士遺事』의 鄭壽銅[73]처럼 한껏 세상을 기롱하는 것으로 세계와의 대결을 우회하기도 한다.

조대는 嚴處士나 騎牛翁과 행적의 궤를 같이 한다. 그러나 그는 훨씬 동적이며, 엄처사의 '孝', 기우옹의 '忠'에 비하여 '善'이라는 점에서 훨씬 보편적·개방적 넓이를 가진다. 그는 악한을 징계하고 보편선의 승리를 증명하는 서부활극의 보안관의 모습이다. 귀신같은 사격술로 생명 대신 생명과 맞바꿀 수 있는 상투를 날려버린 것이라든가, 노귀찬을 징치하고 난 뒤 자기의 분풀이를 대신해 준 것에 대해 수다스럽게 치하하는 못난 선비[74]를 거들떠보지도 않고 표연히 용문산을 향하여 떠나가는 모습이라든가, 나는 듯이 걸어가는[75] 그의 뒷모습은 지평선 너머로 말을 달려 사라지는 정의의 집행자를 연상케 한다.

과행길에 망신을 당했던 선비와, 조대는 같은 양반으로서 천민에게 욕을 본 같은 입장이다. 그러나 선비의 호들갑을 조대는 아예 무시해 버린다. 조대를 遁世선비로 보고 과행선비를 俗儒로 볼 때, 이 장면은 경멸스러운 俗儒에 대비되는 둔세선비의 능력·도덕면에서의 상대적 우월성을 강조한 것이 된다.[76]

---

70) ibid. 〈嚴處士傳〉.

71) 『青邱野談』op. cit. (下) 卷八, 277쪽.

72) 金鑢, 『潭庭遺藁』, 〈賈秀才傳〉.

73) 張志淵, 『逸士遺事』, 匯東書館, 1922.

74) 『青邱野談』op. cit. (上) 卷四, 445쪽. "時適有騎驢而過者 貌若秀士而年少 見措大之治貴贊 揖而前曰 快哉快哉 是嘗困我于船者 旣載我而以計還下 而張帆逃去 我徒步窘行 幾下及於試期 及還 又遇于斗尾 謀於同行 執之納到水中 厥漢能泅水 出沒若輕鳧 示其無畏 立於水中 以臂辱我 我雖忿怒撑中 而無可奈何 今先生治之小子疇昔之恥 少雪矣"

75) Loc. cit. "措大不答 瓢然向龍門山而去 其步如飛"

76) 그러나 확실히 할 것은, 조대가 '일사'가 될 수는 있어도 이 작품이 일사소설일 수는 없다는 점이다. 주동의 캐릭터는 노귀찬이고, 그는 '작품내적 자아의 형상화이고' 조대는 '작품외적 형상화'일 뿐이다.

조대로 상징된 둔세선비들도 역시 사회에의 불만집단이다. 개혁에의 의지가 서민 못지 않게 강하다. 그러나 그들은 벌열층의 횡포에 분개하고 민중의 아픔도 얼마쯤은 이해하나 자신들의 기득권 상실은 원치 않는 '개혁에의 躊躇세력'이다.

조대는 小砲와 지팡이로 노귀찬을 죽일 수 있는 두 번의 기회를 크나 큰 상처를 입히는 것으로 그쳤다.

小砲로 노귀찬의 상투를 끊은 것을 단순한 사격 솜씨의 과시만으로 볼 수 없다. 身體髮膚 受之父母 不敢毁傷 孝之始也, 후일 단발령이 내려지자 생명과도 맞바꿔지던 상투를 날려버린 것은 천민에게까지 무시당하는 失權양반의 분노가 반영된 것이며, 지팡이에 맞은 흉터가 뱀 무늬를 나타낸 것은 후일 집권세력(포도대장)을 정신적으로 패배케 하는 복선이 된다. '오늘 다행히 나를 만났기에 너의 목숨을 살려주는 것이다. 누가 너를 살려주겠느냐'77)에서 '나'(失權양반)와 '너'(체제 도전자)는 어떤 면에서 공통의 고뇌를 가지고 있다. 그러기에 함께 버림받은 입장임을 상기시키고는 '누구(집권세력)가 이 상황에서 총을 가졌다면 살려주겠느냐'고 設疑했다. 작품 외적자아는 노귀찬의 도전을 징치하되 그 다음에 있을, 자기들을 내팽개친 사회 체제와의 대리전 수행자로서 노귀찬을 아껴둘 필요가 있었던 것이다.

이조 후기 문헌설화가 세력권에서 도태된 士계급 혹은 중인계급에 의해 집중적으로 愛好되었으리라는 추정은 얼마든지 가능하다.78) 이 문학형태는 집권세력의 관념적 학문도, 자의적 은둔자의 高邁한 淸談도 아니다. 사상은 얕고 호흡은 짧으며 심적 안정감이 부족한 슬라이드의 연속이다. 여기에 이 작품의 기

---

77) 『靑丘野談』 op.cit. 445쪽. "今幸逢吾故 饒汝性命 誰肯活汝乎"

78) 『靑邱野談』, 『東野彙輯』, 『溪西野談』 등의 문헌설화집이 일 개인에 의해 편집되었다 하더라도 그가 곧 최초의 기록자라는 것은 아니다. 林熒澤도, "한문단편은 뚜렷한 작가의식으로 창작된 것이 아니고 市井이나, 사랑방 같은 곳에 돌아다니던 이야기를 글로 옮겨 놓은 것이며, 인쇄에 붙여지지 못하고 어설픈 필사본의 형태 卽 독실한 애호가들의 손에 의해 손으로 베껴져서 이 사람 저 사람에게 읽혀지고 있었다."(林熒澤, 「한문단편 형성과정에서의 강담사」(『창작과 비평』 제13권 제3호. 1978. 가을. 108쪽)고 했다.

록층(혹은 작자층)이 추정된다. 그들, 특히 몰락양반의 인정받지 못하는 程朱學은 書架에 묻히고 의식에 남은 건 껍질로서의 漢文일 뿐이다.

노귀찬과의 대결에서 科行선비·포도대장(後術)·옛上典(後術)·곰(後術) 모두가 완벽한 승리를 거두지 못함에 반하여 가장 초라한 失權양반(措大)이 가장 완벽한 승리자로 묘사되는 것도 작자나 기록자를 추정할 수 있는 단서가 된다.

노귀찬을 두고 '평소 패만 무뢰하여 못된 뱃놈으로 강연 안에 소문났다'79)는 평가도 마찬가지 단서가 된다. 몰락양반이나 중인·胥吏계급은 신분상으로 上下어디에도 안착하지 못한 그룹이다. 몰락양반은 집권세력으로부터 외면당하고, 중인·胥吏는 서민층으로부터 질시되었다. 집권 세력에 대한 일방적 선망은 치욕스러운 거부로 귀결되고, 서민층에 대한 우월의식은 도리어 냉랭한 비웃음으로 받았을 뿐이다. 벌열복귀에의 미련을 버리지 못하는 폐포파립의 몰락양반이나 양반층에 기생하며 서민을 들볶는 중인·서리나 노귀찬에게는 모두 경멸의 대상이기는 마찬가지이다. 따라서 그들의 눈에는 노귀찬의 곱지 못한 태도가 '패만무뢰'로 비쳤을 것이고, '악선인'으로 불렸을 것이다.80)

조대는 작품 외적자아인 몰락양반의 상징적 모습이다. 일발총성으로 자신들의 立地를 지키고 노귀찬을 살려줌으로써 그들 자신도 불만을 가지고 있는 체제와의 싸움을 묵인하는 것이다. 다만 그들은 노귀찬의 도전의 대상에 자기들까지 포함되는 것은 용납할 수 없었던 것이다.

4. 옛 上典 宰相

其後 宰相家赦叛罪 復來住京師如舊81)

그 후 도망노비 노귀찬은 재상댁으로부터 아무런 조건 없이 죄를 용서받고

---

79) 『靑邱野談』. op. cit. 441쪽. "素悖慢無賴 以惡船人 聞於沿江"
80) 여기에서, '悖慢無賴' '惡船人' 云云은 같은 서민 입장에서의 평가로 보기 어렵기 때문이다.
81) 『靑邱野談』 op. cit. 446쪽.

다시 예전처럼 서울을 드나들게 된다.

당시 노비의 도망은 전국적인 추세였다. 조선후기 蔚山府 노비로서 경상·전라·충청·강원·제주 지역으로 도망했거나, 거주가 확인된 것이 1729년의 203가구, 1765년의 184가구, 1804년의 45가구, 1864년에는 단 1가구도 없는 것으로 나타나 있다. 이것은 노비의 도망이 극심하여 이를 거의 확인할 수 없을 뿐 아니라 확인하여도 이를 推刷할 수 없거나 묵인할 수밖에 없는 사회적 분위기를 반영한다고 할 수 있다.82)

또 도망노비를 추심하는 과정에서의 폐단 역시 적지 않았다.

> (도망간) 한 명의 노비를 잡는데 혹 9족까지 괴롭히지 않음이 없다. 무릇 노비의 推捉에 그 족속을 들볶지 않고는 잡을 수 없었으므로 잡아들여 족치는 폐해가 만민에게 미치고도 그치지 않는다.83)

그러나 도망노비들의 수적증가와 반비례로 위축된 상전의 권한은 곳곳에서 그들의 저항에 부딪히게 된다. 그들의 칼날에 살해되기도 하고,84) 도망하여 自營한 노비가 自作一村하여 번성하기도 하여 推尋하러 간 상전이 피살직전에 관가의 힘을 빌어 겨우 면하기도 한다.85)

그렇다면 노귀찬이 재상댁으로부터 아무런 조건 없이 사면된 것은 단순히 자비나 동정에 의한 것으로 보기 어렵다. 노비가 스스로의 신분해방에 목숨을 걸고 나서고 그 의지가 또한 완강하여 섣불리 推刷할 수 없는 지경에 이르러 부득이 풀어준 것이라 볼 수 있다.

---

82) 鄭奭鍾, 「朝鮮後期 社會身分制의 崩壞」『大東文化研究』第9輯, 성균관대 大東文化研究院, 1972, 324-327쪽 참조

83) 柳馨遠, 『磻溪隨錄』 券26 續篇下 〈奴隷〉 "一奴之捉 或侵擾九族而未已 凡奴婢推捉 非侵其族屬 則不可得 故囚擊之害 及於萬民 而其勢無已"

84) 『朝鮮王朝實錄』 42 英祖 卷47 14年 戊午 12月 癸卯. "上引見大臣備堂 右議政宋寅明曰 我國奴婢之法 已見於箕子八條 (中略) 日前籌司之坐 見有喪人姓趙者 呈狀言 渠家祖子孫三世 一時見殺於奴屬"

85) 『靑邱野談』 op. cit. 407쪽. 〈劫舊主叛奴受刑〉, 『霅橋別集』 卷2 漫錄3 '趙泰億爲嶺南伯'譚 참조.

옛 상전인 재상은 역사의 흐름을 받아들일 수밖에 없는, 와해되어 가는 보수 세력 속의 벌열층을 상징한다.

5. 捕盜大將

> 嘗夜行至鍾街上入屠肆醉酗而出　爲邏卒所獲　貴贊踢邏卒傷胸　衆邏卒齊出縛之　聞于大將[86]

다시 서울을 내왕하게 된 노귀찬이 屠肆에서 술 취해 나왔다가 나졸에게 잡히자 발로 차 상처를 입히고 대장에게 끌려갔다.

대장[87]은 불같이 화를 내며 노귀찬에게 '必殺'을 선고하였다.[88] 그러나 그는 허세가 몸에 밴 겁쟁이다. 飮酒·夜禁위반에다 포졸에게 구타까지 한 죄인의 사법처리를 그는 노귀찬의 볼기에 있는 뱀 모양의 흉터에 질려 종사관에게 미룬다. 노귀찬은 좀 헐하게 다스렸다.[89]

포도대장은 허세에 능하고 직무에 태만한 관리의 일분자이다.

捕盜大將의 직무태만과 藉勢의 횡포는 여러 작품에서 풍자된다. 그들은 도둑 잡는 일과는 무관하게 남의 계집이나 빼앗는 역할로 등장하기도 한다.[90] 그

---

86) 『靑邱野談』 op. cit. 446쪽.

87) 여기에서의 '大將'은 捕盜大將으로 보아야 할 것이다. 巡察(或은 哨軍)업무를 맡은 기관에 5軍營, 곧 訓練都監·御營廳·摠戎廳·禁衛營 등이 있었으나 대부분 軍事업무와 지역방위, 禁內순찰이며(震檀學會, 『韓國史』 近世後期篇, 乙酉文化社, 1980. 143-150쪽 참조), 민간의 夜巡을 담당한 주된 기관은 포도청이다.(李肯翊, 『燃藜室記述』別集 卷8. 「官職典故」 참조)

88) 『靑邱野談』 op. cit. 446쪽, "大將拏貴贊入 盛怒曰 冒夜禁行已是難赦之罪 而況踢傷羅卒 何等大罪 必可殺也"

89) 『靑邱野談』 op. cit. "將重杖 見臀有三大痕 大將性惡蛇 猶不欲見其似者 付從事官而治之 以是得少緩"

90) 松坡山臺놀이 〈열한째 마당 샌님·미얄〉과 楊洲別山臺놀이 〈제7과장 샌님 中 제2경 포도부장놀이〉에서, 샌님의 첩(소무)을 빼앗는 捕盜官吏는 포도부장이다.(송파산대놀이 보존회, 『松坡山臺놀이 演戲本』 32-33쪽과 李杜鉉, 『韓國의 假面劇』, 〈楊洲山臺놀이 臺詞〉, 一志社, 1989, 174-177쪽 참조) 포도부장은 포도대장(종2품), 종사관(종6품) 밑의 품계가 표

들은 이권에 관계되는 일에는 유능했으나 그렇지 않은 일에는 무능했다. 洪吉童을 잡겠다고 큰소리치며 나섰다가 가죽부대에 갇혀 망신하는 '우포쟝 니흡(右捕將 李洽)'의 모습도 무능한 捕盜官吏의 모습을 그린 것이다.91)

> 무릇 포도관군은 경향을 막론하고 모두 큰 도적이다. 도적과 결탁하여 그 훔친 물건을 나누고, 도적을 풀어 도둑질할 수 있는 방법을 제공하며, 관가에서 도둑을 잡으려고 하면 먼저 기밀을 누설시켜 도적으로 하여금 멀리 달아나게 한다. 관가에서 도적을 처단하려고 하면 비밀히 옥졸을 사주하여 옥졸로 하여금 일부러 도적을 놓치게 하니 그 천만 가지 죄악을 다 말할 수가 없다.92)

조선 후기 각직 관리의 무능하고 부패한 실상은 고질적 병폐가 되어 있었고 이것은 서민의 의식 속에 그들을 不信의 像으로 남아있게 하였다. 前述한 바 과거제도의 문란 등 인재선발 방식의 불합리가 이런 관리들을 각직에 도사리게 한 것이다.

丁若鏞은 『通塞議』에서 유·무능을 떠나 신분·출신지역·당파에 의해 이미 인재의 用·不用이 결정되는 현실을 통탄한 바 있다.

> 신은 삼가 생각건대 인재를 얻기 어려운 지가 오래 되었습니다. 온 나라의 영재를 모두 발탁하여 쓰더라도 오히려 부족할 지경인데 하물며 거기서 8. 9할을 버리며, 온 나라의 백성을 모두 양성하여도 오히려 흥성하지 못할까 두려운데 하물며 거기서 8. 9할을 버림에서리오. 小民이 버려진 자이고 中人이 버려진 자입니다. 西關과 北關사람이 버려진 자이고 황해도와 개성과 강화도 사람이 버려진 자입니다. 關東과 湖南의 반이 버려진 자이고 서얼이 버려진 자입니다. 北人과 南人은 (지역적으로) 버려진 자가 아닌데도 (당파로 인해) 버려졌으니 버려지지 않은 자 오직 벌열 수십가 뿐인데 그 중에 사건에 연루되어 버려진 자가 또한 많습니다.93)

시돼 있지 않은 낮은 직급의 관리로서(『大典通編』, 〈兵典〉) 포도대장과 같을 수 없으나 직무상 무관하지 않다.

91) 許筠, 『洪吉童傳』(張德順·崔珍源, 한국고전문학 大系1. 普成文化社, 1978)

92) 丁若鏞, 『增補與猶堂全書』제5집, 景仁文化社, 1969, 371쪽. 吏典〈馭衆〉"凡捕盜 軍官 毌論京外 皆大盜也 與盜緯交 分其贓物 縱盜行賊 授以方略 管欲捕盜 先泄秘機 使之遠遁 官欲殺盜 陰族獄卒 使之故逸 千罪萬惡 不可殫述"

노귀찬과 포도대장의 대결은 귀찬의 일방적인 패배로 볼 수 있다. 대리집권자 종사관은 집권자가 판결한 '必殺'을 행하지 못했다. 노귀찬은 육체적 상처를 입었지만 포도대장은 추상같은 권위에 타격을 받았다. 포도대장은 부패와 무능으로 표현되는 이조말 관리의 모습을 대표한 것이라 할 수 있다.

6. 곰

一日　貴贊遍往上流　上流有絶巇壁立　穹然而臨于江者　曰白巖　有樵童走謂貴贊曰　此巖絶頂　有大熊方睡　甚肥其肉可飽百人[94]

귀찬의 마지막 대결은 곰과 이루어진다.

곰을 자각하지 못한 민중의 힘으로 보는 것[95]에 동의할 수 없다. 노귀찬이 기존세계의 모순적 구조에 대한 저항분자라면 '백 명이 실컷 먹을 수 있는 곰'은 그 사회체제의 완강하고도 불합리한 틀이다.

그러나 그 곰은 잠자고 있다. 일단은 무방비 상태, 무너뜨리기 쉬운 상태이다. 헐벗고 굶주리고 핍박받아 온 민중의 입장에서는 일거에 그 질곡에서 벗어날 수 있는 기회이다.

도전자 노귀찬은 그의 최대 무기인 삿대를 들고 잠자는 곰에게 다가선다. 그리고 그것이 깊이 잠든 틈을 타서 삿대로 있는 힘대로 내려쳤다.[96] 그러나 극도로 무력해져서 곧 붕괴될 듯하던 기존의 틀도 조직화된 힘을 가지지 못한 개

---

93) 丁若鏞 『增補 與猶堂全書』〈通塞議〉. "臣伏惟人才之難得也 久矣 盡一國之精英 而拔擢之 猶懼不足 況棄其八九哉 盡一國之生靈 而培養之 猶懼不興 況廢其八九哉 小民 其棄者也 中人 其棄者也 西關北關 其棄者也 海西松京沁都 其棄者也 關東湖南之半 其棄者也 庶孼 其棄者也 北人南人 其不棄而猶棄者也 不其棄之者 唯閥閱數十家已矣 而其中因事見棄者亦多"

94) 『靑邱野談』op. cit. 446쪽.

95) 權泰乙, 「동야휘집 소재 야담의 類型的 硏究」. 嶺南大 碩士學位論文, 1979. 126쪽.

96) 『靑邱野談』op. cit. 446-447쪽. "貴贊急掉船抵巖下 因以手篙直上其巖 乘熊之睡熟 盡力擊之"

인에게는 역부족의 상대였다.

> 곰은 크게 놀라 일어났다. 바윗돌을 뽑아 풍덩 던지고 입을 벌리고 울부짖더니 곧바로 귀찬에게 달려들었다. 귀찬이 도망치자 곰이 뒤를 쫓았다. 귀찬이 배를 저어 중류쯤에 이르러 고개를 돌려보니 곰은 어느새 배의 뒷전에 있었다. 귀찬은 또 삿대를 들어 내려쳤다. 곰은 삿대를 빼앗아 두 동강을 내어서는 되던졌다. 귀찬이 이번엔 다른 삿대로 또 갈겼다. 곰은 또 그것을 빼앗았다. 귀찬은 배 안의 도구를 모두 던져서 더 던질 것이 없이 되었다. 귀찬은 이제 맨주먹으로 섰다. 곰이 뱃전을 낚아채자 배가 뒤집히려 했다. 귀찬은 급히 달아나려 헤엄솜씨를 믿고 물 속으로 몸을 던졌다. 곰 또한 물 속으로 뛰어들었다.
> 그 날 강의 양쪽에 구경꾼이 구름 같았다.[97]

현대 리얼리즘의 기법과 만나는, 이 짧은 호흡의 박진감에 찬 묘사는 사람과 곰의 싸움을 눈에 보는 듯이 그리고 있다.

> 사람과 곰은 물 속으로 고요히 흔적이 없었다. 한참 있다가 배가 있는 곳에서 두 마장쯤에 물결이 세차게 일어나는 것이 마치 용이 싸우는 것 같았다. 얼마 있다가 귀찬이 떠올랐는데 죽어 있었다.
> 곰은 물이 얕은 곳으로 나와서 사람처럼 서 있었지만 감히 아무도 접근하지 못했다. 곰은 천천히 지평선 쪽으로 향하여 갔다.[98]

곰은 동물로서의 곰이 아니며 神聖의 곰도 아니다. 동물로서의 곰이 아니라면 인간 노귀찬을 무참히 죽인 뒤 '사람처럼 서서' 군중에게 示威한 뒤 유유히 사라질 수 없으며, 신성 토템으로서의 곰이라면 砲手의 총격에 무력이 끝날 수 없다.(後述)

---

97)『靑邱野談』op. cit. 447쪽. "熊大驚起 拔巨石滾下 因大鼓吻砲哮 直向貴贊 貴贊走 熊逐之 貴贊棹船至中流 回頭見之 熊已在船尾, 貴贊又擧手篙擊之 熊迎奪其篙 析而反擲之 貴贊又以他고擊之 熊又奪之 貴贊盡撤舟中之械 無以繼之 貴贊乃徒手立 熊乃攪船 船將覆 貴贊惶急欲避匿 自恃其善泅 飜身入水 熊亦入水 是日江左右觀者如雲"

98) ibid. 447-448쪽. "人與熊入于水 寂然無跡 俄而去船處二里許 派濤淘湧 狀若龍戰 少頃貴贊浮出乃尸也 熊則出于淺處而入立 人莫敢近者 熊徐徐向砥平縣去"

노귀찬이 생명을 던져 싸운 곰은 그를 둘러싸고 있는 강압적 세계의 총체적 틀이다. 노귀찬 혼자서 무너뜨리기엔 너무도 벅찬, 아니 강가의 '구름같이 모인' 인파도 바라보기만 할 뿐인, 아직은 건재한 봉건체제이다.

7. 樵童과 구경꾼

곰의 소재를 알려 온 樵童99) 및 이날 구름같이 모여든 구경꾼100)들은 역사의 현장에 늘 있어온 '민중'이다.

애초부터 민중에 대한 노귀찬의 태도는 우호적이었다.

> 一日 載商賈 發船而京師 掠岸而過101)

장사꾼들을 싣고 배를 띄워 서울로 향하는 귀찬의 모습은 한가롭기까지 했다.

초동이 노귀찬에게 달려와 곰의 처결을 의뢰한 것은 그에게 거는 민중의 희망이 거듭된 실패에도 불구하고 아직 식지 않았음을 의미했다. 그러나 노귀찬은 그들의 시야 안에서 허물어져 갔다. 그들은 안타까움과 분노와 自嘲의 복잡한 시선으로 그것을 보고 있었다. 그들은 적어도 敵對人은 아니었지만 그렇다고 적극적 후원자도 되지 못했다.

> 림꺽정이란 넷날 封建社會에서 가장 학대밧든 白丁階級의 한 人物이 아니엇슴니까. 그가 가슴에 차넘치는 階級的○○의 불씰을 품고 그때 社會에 對하여 ○○를 든 것만 하여도 얼마나 壯한 快擧엇슴니까.
> 더구나 그는 싸우는 방법을 잘 알엇슴니다. 그것은 자긔 혼자가 陣頭에 나선 것이 아니고 저와 가튼 처디에 잇는 白丁의 團合을 몬저 꾀하엿든 것임니다. 元來 特殊民衆이란 저이들끼리 團結할 可能性이 만흔 것이외다. (中略) 이 必然的 心理를 잘 利用하여 白丁들의 團合을 꾀한 뒤 自己가 압장서서 痛快하게 義賊모양으로 活躍한 것이 림꺽정이었슴니다. 그러이러한 人物은 현대에 재현식혀도 용납할 사람이 아니엇스릿가.102)

---

99) ibid. 446쪽. "有樵童 走謂貴贊曰 此巖絶項 有大熊方睡 甚肥其肉可飽百人"
100) ibid. 447쪽. "是日 江左右觀者如雲"
101) ibid. 441쪽.

소설 『林巨正』의 작자가 신바람나게 전개하는 임꺽정 성격의 현대적 의의에서, 작자는 임꺽정을 근대 민중투쟁의 선구자로서, '對自的 민중'의 행동하는 유형으로서의 의의를 당당히 밝히고 있다. '자기 혼자 진두에 나선 것이 아니고 자기와 같은 처지의 백성의 단합을 먼저 꾀한 것', 이것은 노귀찬이 흉내낼 수 없는 임꺽정의 능력이었다. 일사불란한 조직적 항전과 허점 투성이의 개인적 분노. 이 땅의 민중은 차라리 후자를 사랑해 왔다. 그러므로 이 허점은 그에 대한 민중의 애정에 하등의 부정적 요인이 될 수 없다. 계급투쟁으로 馳走하는 사회주의 혁명론적 시각에서는 그가 '의식화'가 미진한 자로 비판될지 모르나 휴머니즘에 바탕한, 인간으로서의 최소한의 대우를 요구할 뿐이었던 당시의 '의식화' 되지 않은 대다수 민중은 그가 순수한 인간적 분노의 소유자일 뿐이라는 것 때문에 그를 사랑할 수 있었다.

이 땅의 민중들은 내연하는 불만 요인을 극단의 경우가 아니라며 한 호흡의 탄식으로 삭여왔다. 늘 짐(敗)으로써 이겨(勝) 왔다. 노귀찬은 『逸士遺事』의 朴長脚·葛處士와 같은 투사가 아니다. 洪吉童·林巨正·洪景來·全琫準 같은 혁명가는 더더욱 아니다. 그는 그들이 가졌던 강력한 능력의 어느 것도 제대로 갖추지 못하였다. 이 점이 도리어 민중이 그를 인간적으로 사랑할 수 있게 하는 점이다. 그것은 당시 민중이 세계의 권위에 대하여 길들여지고 훈련된 정신의 소산인 종속에의 쾌감·복종에의 쾌감·예속에의 쾌감으로서 '절대적 의존'의 매저키즘 속에 안주103)해 왔기 때문이라 할 수도 있다. 그러나 그보다도 짐으로써 이기는 소박한 '신화'를 대물림해 온 이 땅의 민중은 그 모질지 못한 심성만큼이나 핏발선 눈을 부릅뜨고 이런저런 명분 아래 집체적으로 움직이는 살벌한 몸짓에 익숙해 있지 못하기 때문이다.

그러나 노귀찬은 민중의 그 사랑조차 온전히 누리지 못했다. 그들은 귀찬의 인간적 분노를 사랑했지만 그의 끝날 줄 모르는 과격한 도전을 끝까지 성원할

---

102) 洪命熹, 「『林巨正傳』에 對하여」, 『三千里』 창간호 (한국잡지총서 : 한국문화간행회, 1982). 42쪽

103) 에리히프롬, 〈권위와 자유〉(『유태인의 人間觀』, 瑞音出版社, 1983) 275-278쪽.

용기는 가지지 못했다. 냉소적 의식에 익은 민중은 가학자에의 응전이 서투를 수밖에 없다.104) 민중은 곰이 노귀찬과 사투를 벌일 때, 그리고 귀찬을 죽인 뒤 시위를 벌일 때 어떠한 분노도 표현하지 못했다. 그들은 노귀찬의 도전이 실패로 끝난 뒤 그의 무모한 도전을, 아니 자신들의 헛된 기대를 自嘲했을 것이다. '혹시나'하는 기대를 숨긴 채 지켜보다가도 실패로 끝나면 '그럴 줄 알았다'는 듯이 비웃어 버리는 속성을 지녔다. 그들은 섣부른 도전이 얼마나 큰 화가 되어 돌아오는지를 잘 알고 있다.

순종 속의 저항의지, 저항의지 속의 순종, 이 이율배반적인 민중의 속성은 시저가 弑殺된 뒤, 변론이 끝날 때마다 브루투스의 편에 섰다 안토니우스의 편에 섰다 하는 로마 광장의 '愚衆'이기도 하고, 바비도의 火刑式에 구경을 위해 몰려든 '獵奇的 군중'이기도 하다. 그들은 아직 잠들어 있는 즉자적 민중일 뿐이었다.

8. 砲手

後聞趨揖山中 有熊爲獵砲所中死 卽是熊云105)

사람과의 싸움을 끝내고, '구름같은 구경꾼'을 무시하고 천천히 지평선 쪽으로 사라져갔던 곰은 그 후 포수의 총에 죽었다.

노귀찬의 죽음을 민중의 패배로 볼 수 없다. 세계의 횡포 앞에 무너졌던 노귀찬은 포수의 힘을 거쳐 화려하게 부활하였다. 이것은 洪景來의 '부활'과 맥이 닿는다. 민중은 야담의 형식을 빌어 景來의 죽음을 부정했던 것이다.106)

---

104) "한국인은 가해자에게 카운트액트를 한다는 법이 극히 적다. (中略) 한국인은 그 가해의 역학에서 반사를 못하고 수용한다. 수용만하고 소화를 못한다. 그리하여 그 요소는 안에서 違和感을 飽和시킨채 탈출을 모색하여 안달하다가 자학적인 방향으로 탈출을 한다."(李圭泰, 『한국인의 意識構造』上, 文理社, 1979. 193쪽)

105) 『靑邱野談』, op.cit. 448쪽.

106) 『洪景來傳』(李佑成. 林熒澤 『李朝漢文短篇集』(下) 再引用) "時 景來與君則總角 急議 以步卒變裝 隨着幾個心復將卒 從南門出 將乘舡逃入海上爲計 纔出南門外數步 景來胸部中亂銃流丸 倒於路上 猶收拾精神 方欲起行 適官君掩至 亂刀斬殺 景來時年

포수는 일발 총성이 가지는 폭발적이고 결정적인 상징과 함께 얽힌 상황을 해결했다. 그의 총성과 함께 노귀찬의 마지막이자 최대의 적인 곰은 쓰러지고 노귀찬은 부활한 것이다. 곰이 완강한 구체라면 포수는 구체제를 무너뜨린 개화세력의 상징이라 할 수 있다. 이 총성은 후일 구시대의 종언을 예고한 甲申政變의 총성을 연상케도 한다.

작품외적 자아는 민중을 잠에서 깨우고, 짐으로써 이기는 민중의 염원을 실현하고 만 것이다.

Ⅳ. 각 인물간의 연계

노귀찬은 둘러싸고 있는 상대들은 노귀찬 자신부터가 모두 닥친 상황으로 볼 때 결정적 결함을 지닌 상태이다. 科行선비는 첫 번째 대결에서 말이나 나귀를 타지 못했고, 두 번째 대결에서는 헤엄을 칠 줄 몰랐다. 조대는 발에 물집이 생겨 한 발자국도 옮기기 어려운 상태107)였고, 포도대장은 뱀이라면 진저리를 쳤다. 樵童과 구경꾼은 용기도 힘도 없었다. 곰은 깊은 잠에 빠져 있었고, 노귀찬은 조직된 힘을 가지지 못했다. 이것은 전체적으로 불안정하고 동요하는 사회구조를 번영한 것이다.

용문산 쪽으로 표연히 사라진 조대와 지평현 쪽으로 천천히 사라진 곰이 연쇄의 고리 線上에 있고, 일발의 砲로 노귀찬을 응징한 조대와 역시 일발의 砲로 곰을 사살한 포수가 연쇄의 고리 線上에 있다.

곰은 체제수호 세력을 대표하고 포수는 체제개혁 세력을 대표한다. 조대 역시 체제수호 세력에 해당되나 사회적 불만이 커 체제수호보다는 자신들의 立地보전에 더 관심이 크고, 노귀찬 역시 체재 개혁세력에 해당되나 조직적 집행력을 갖추지 못한 분자일 뿐이다.

三十三 一云二十九歲 右官軍所錄也 定州野談 以爲景來於城壁崩壞時 飛身越城 逃遠方 當日被殺者 假景來云."

107)『靑邱野談』, op.cit. 444쪽. "今五兩足繭沙水泡 泡起而痛甚 寸步甚艱故 求載于汝"

노귀찬과 조대의 대결에서 조대의 승리는 체제수호의 의지를 보여주는 듯하나, 곰과 포수의 대결에서 포수의 승리는 체제개혁의 의지를 보여준다. 이것은 곧 양반(조대) 중심의 체재를 유지하되, 몰락양반(조대)이 괄시받는 현 사회는 종식되어야 한다는 작품외적 자아의 의지가 구현된 것이다.

작품외적 자아는 조대로 하여금 체제개혁 세력의 초강력자 포수처럼 총(砲)으로써 해결하게 하며, 체제수호 세력의 초강력자 곰처럼 유유히 사라지게 한다. 천민에게까지 도전받아야 했던 신세에 분노를 참을 수 없었으나 그들이 버린 사회제도도 그냥 둘 수 없었다. 작품외적 자아는 마침내 조대를 통하여 도전자(노귀찬)를 징치하고 포수를 통하여 사회제도(곰)를 무너뜨린다. 곰을 사살한 것과 조대와는 직접 연결이 없으나 총으로써 해결한 점, 유유히 시야에서 멀어진 점에서 작품외적 자아의 의지를 연결고리 선상에 있게 한다.

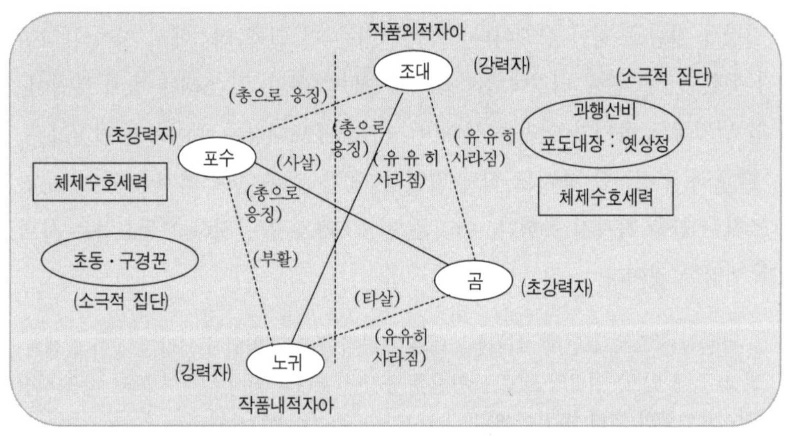

단순히 어느 무뢰한 죽음에 초점을 맞춰 '체제 도전자의 비참한 말로'를 보여준 것이 이 작품의 표면적 주제였다면, 에필로그를 삽입하여 곰의 사살을 기어이 확인한 것은 '완고한 불합리한 벌열 중심 구체제의 붕괴와 새 질서의 구축'을 이면적 주제로 보여준 것이다.

Ⅴ. 결 론

문헌설화집 『靑邱野談』에 〈肆舊習與熊鬪江中〉의 제목으로, 『東野彙輯』에 〈篙漢回篷被客杖〉의 제목으로 실려있는 작품은 그 소재나 기법면에서 독특한 점이 있다. 또 그 등장인물들이 이조후기의 균열하는 신분제도의 각 신분으로 확대·상징해석될 수 있어 문헌설화 중 상당수는 이러한 해석 방법에 의해 그 문학적 가치를 높일 수 있으리라 본다.

주인공 노귀찬은 '귀찮다'는 의미의 '버림받은 아이'이며, 용기와 완력을 갖춘 도망노비이다. 그는 종전 소설에서의 개념인 '영웅'도 '일사'도 될 수 없으나 地上的·현실적·인간적 능력의 소유자로서 소설사적 시각에서 볼 때 영웅·일사보다도 '발전된 인물'이다.

그의 탈주는 당시 전국적 추세로 번져가는 노비들의 도망을 보여주는 것이며, 넓은 강 위에서 노를 저어 살아감은 자유인으로서의 그의 꿈은 실현한 것이다.

노귀찬에게 두 번에 걸쳐 수모를 당하는 과거길의 선비는 아무런 능력상의 우월도 없이 신분상의 기득권만을 앞세워 거드름피우는 俗儒들을 대표한다. 科場에서 비리를 일삼고 出仕 후에 오로지 탐욕에 빠지게 되는 腐儒의 형상화이다.

노귀찬의 '패만무뢰'를 小砲와 지팡이로 여지없이 징치한 措大는 양반의 신분으로서 권력의 대열에서 낙오한 몰락양반으로 확대된다. 벌열복귀에의 미련을 버리지는 못했으나 현실적으로 그들이 복귀될 가망은 없다. 그들은 세상을 등지고 살며, 사회에 대한 불만으로 서민과 공통의 입장에 있으나 그렇다고 서민에게까지 무시될 처지는 아니다. 따라서 그는 그에게 도전하는 서민계급을 혹독히 징치하고, 그 서민계급을 그들의 또 하나의 적인 기존질서와의 싸움에 代理戰者로 활용한다. 조대는 작품외적자아의 꿈이 형상화된 것으로 볼 수 있다. 특출한 능력과 교양을 겸비한 존재이다. 노귀찬과의 대결자는 모두 유무형의 상처를 입음에 반하여 - 노귀찬은 죽인 곰조차도 포수에게 죽는다 - 그만이 완벽한 승리를 거둔다. 여기에 이 작품의 작자, 도는 최초 기록층을 추정할 수 있다.

옛 상전인 宰相은 近畿 驪州로 도망하여 버젓이 배몰이로 살아가는 노비를 추쇄하지 못하고 마침내 아무 조건 없이 사면하는 것으로 보아 권한을 잃어가는 벌열층을 상징한다고 볼 수 있다.

포도대장은 음주 犯夜에다 나졸을 때려 부상시킨 노귀찬을 처벌하던 중 그의 臀部에 있는 뱀 모양의 흉터에 질려 헐하게 다룬다. 그는 무능하고 부패한 당시 관료의 모습을 대표한다.

노귀찬과 사투를 벌여 노귀찬을 죽이는 곰은 완강한 봉건사회를 상징한다.

노귀찬은 그 곰이 잠자고 있는 사이에 삿대로 공격하다 역습을 받아 무참히 죽는다. 무력해질 대로 무력해진 봉건질서의 벽도 조직화되지 못한 개인의 힘만으로는 무너뜨릴 수 없음을 보여준다.

노귀찬에게 곰의 소재를 알려온 나무꾼과 곰과의 사투 현장에 모였던 구경꾼은 '의식화'되지 못한 '卽自的 民衆'이다. 그들은 종속과 복종에의 쾌감에 길들여진 愚衆일 뿐이었다.

후일 곰을 사살한 포수는 개혁 그 자체, 또는 개혁의 실천세력을 상징한다. 체제 수호와 개혁의 대결에서 체제(곰)는 결정적인 힘(총격) 앞에 무너졌고, 그로 인한 필연으로서의 새 질서의 도래는 암시로 남는다.

압제와 착취를 어렴풋이 작가하고 거기에 외로이 맞섰던 노귀찬도 포수의 총성과 함께 부활한다.

성 기 동   前 중앙대학교 강사

『東野彙輯』의 『諧鐸』 수용양상

Ⅰ. 서 론

『東野彙輯』[1]의 편찬과정과 편찬의식은 그 서문과 범례를 통하여 뚜렷이 알 수 있다. 이러한 사정은 대부분의 야담집 편자들도 비슷한 경로를 통해 해당 자료집을 엮었던 것으로 여겨지기 때문에 주목할 만하다. 이를 구체적으로 들어보면 대개 다음의 세 가지 경로를 통해서 야담집이 엮어졌던 것이라고 하겠다.

첫째, 자신이 편찬하고자 하는 야담집보다 앞서 존재했던 문헌들 중에서 일정한 작품을 골라내어 편자 자신들이 그것들을 轉載하는 방법이다. 이 때 ① 전대문헌을 일방적으로 옮겨 싣는 경우와, ② 편자가 일정한 기준을 가지고 해당 자료를 부분적으로나 전체적으로 변개하면서 이루어진 경우로 나뉘게 된다.

둘째, 야담집을 엮은 편자 자신이 당대에 구전되고 있던 구비전승물을 주위로부터 직접 수집하거나 채록하여 야담집 내에 그것들을 수록하는 방법이 있다. 이때에도 역시 ① 구비전승물을 거의 그대로 옮기는 경우와, ② 그것들을 어떤 기준에 의해 부분적으로나 전체적으로 변개하여 싣는 경우가 있게 된다.

셋째, 위의 첫째와 둘째의 것을 아우르고 거기에 작가의식에 의해 새롭게 꾸며내는 종합적인 방법이 있을 수 있다.

이러한 사실들은 여러 야담집의 체제와 내용, 표현방식 등을 비교·대조해 보면 쉽게 드러나고, 또한 『東野』의 서문이나 『靑邱野談』의 서문 등에서도 두루 확인되는 바이다. 문제는 개별 야담집이나 거기에 수록된 편자의 작품에 따

---

1) 이하 『東野彙輯』을 『東野』로 약칭한다.

라서도 위의 방법들이 하나, 아니면 둘 이상으로 다양하게 활용된다는 점이다. 이 때 야담집 편자의 편찬의식이 크게 작용할 것임은 두말할 나위도 없다.

그런데 다음과 같은 이유로 해서 논의의 주된 초점을 1)-①, 1)-②에 둘 수밖에 없을 것으로 본다. 즉 위의 2)의 경우에 어떤 특정한 자료들이 이 방법에 의해 이루어진 것인지 오늘날 현실적으로 분명하게 밝혀내기는 어렵기 때문이다. 또한 설혹 그것이 확인 가능한 것이라고 해도 구전에 충실한 것인지, 아니면 어느 정도의 변개를 거친 것인지를 정확히 변별해낼 기준을 가지고 있지 않기 때문이기도 하다. 사정이 3)에 이르면 더욱 곤란해진다. 따라서 우리는 1)의 경우를 면밀히 검토함으로써 2)와 3)에 대해서 어느 정도 그 실상을 미루어 짐작할 수 있을 것으로 기대된다. 그렇다고 2)와 3)의 경우도 전혀 단서가 없는 것은 아니기 때문에 이 부분의 천착도 아울러 병행되어야 할 것이다.

『東野』는 이상의 세 가지 방법을 모두 의식하고, 그것을 원용하여 저술된 것이어서 특히 주의를 요하는 자료이다. 그 중에서도 특히 1)-②, 2)-②, 3)의 방법이 적절히 적용된 것으로 추정된다. 본고의 관심은 일차적으로 이들 선후 자료집들에서 찾아지는 이질적인 면모에 주목하여, 이것이 어떤 요인으로 나타나게 되었는가를 해명하는 데 있다. 나아가 그 결과로 인해 궁극적으로 후대의 야담집 편자들이 기대했던 문학적 효과는 무엇이었던가를 밝히고자 한다. 이러한 문제의식과 목적 아래 다음에 『東野』가 중국 자료인 『諧鐸』을 수용한 양상과 의미를 살펴보고자 한다.

그 동안 소설문학사의 전개에서는 중국작품과의 영향관계가 비교문학적 입장에서 꾸준한 성과를 축적해 온 것이 주지의 사실이다. 예를 들면 金時習의 『金鰲新話』와 瞿佑의 『剪燈新話』와의 관계, 許均의 『洪吉童傳』과 『三國志演義』 및 『水滸誌』와의 관계, 『九雲夢』과 『紅樓夢』의 관계, 기타 우리의 고소설과 『三言二拍』과의 관계 등이 이 방면 연구자들에 의해 일찍부터 집중적인 주목을 받아왔다.2) 그러나 야담문학에 있어서는 극히 단편적으로 중국 작품과

---

2) 이에 대한 많은 논저가 있으나, 대표적인 예만 살펴보면 다음과 같다.

의 연관성을 언급했을 뿐 본격적인 비교 연구는 아직까지 없는 실정이다. 따라서 본고는 이 방면의 연구에 있어서 개척적인 의의가 있으면서, 한편으로는 그에 따르는 시행착오도 예견된다고 하겠다.

먼저 비교의 대상인『諧鐸』을 소개하기로 한다.『諧鐸』은 淸나라의 沈起鳳 (1740~?)이 52세 때인 乾隆 56년(1791년)에 지은 文言小說集으로 소설과 산문이 모두 122편 수록되어 있는 책이다. 沈起鳳의 字는 '桐威'이고, 號는 '賓漁' 혹은 '紅心詞客'으로 淸나라 때의 희곡 및 소설가였다. 그는 乾隆 5년 (1740년)에 吳縣(지금의 江蘇, 蘇州)에서 태어나, 29세 때 과거에 급제했으나 進士試에는 들지 못하다가, 44세 이후에는 다시 과거에 응시하지 아니했다. 이에 沈起鳳은 일생 동안 몹시 곤궁하게 살았으며, 작품에서도 금전의 죄악을 비난하는가 하면, 착취자의 추악한 영혼을 드러내는 것도 있다. 또한『諧鐸』의 작품은 대체로 풍자적인 수법을 취했고, 일상적인 감정을 묘사하면서도 詩的 정취와 표현이 풍부하며, 언어 또한 아름답고 세련되어 압축미를 보인다. 魯迅은 이 책이『聊齋志異』를 본뜬 것이라고 했다.『諧鐸』122편에 대한 평가는 〈『諧鐸』提要〉에 잘 드러나 있는데, 참고로 전문을 인용하기로 한다.

詞藻가 가슴에 가득하니, 광주리를 기울이고 상자를 뒤집듯이 줄줄이 쏟아져 나온다. 이야기마다 논단을 붙임으로써 권선징악하니, 또한 「莊子」의 寓話요 「齊諧」의 志怪로다. 淳于髡의 隱語는『諧鐸』에서 진보하였고, 東方朔의 골계를『諧鐸』에서 경청할 수 있도다. 미묘한 말속의 엄정한 풍자와 농질, 웃음 속의 넉넉한 여유, 그것은

李明九,「李朝小說의 比較文學的 硏究」,『대동문화연구』제5집, 성대 대동문화연구원, 1968.
丁奎福,「西遊記와 韓國古小說」,『아세아연구』46, 고려대 아세아문제연구소, 1972. 12.
―――,「韓國小說에 끼친 中國小說의 영향」,『아세아연구』70, 고려대 아세아문제연구소, 1983. 7.
丁範鎭,「古代 韓 中小說의 思想的 對比」,『한국사상대계』Ⅰ, 성균관대 대동문화연구원, 1973.
車相轅,「韓中 古典小說의 比較硏究」,『중국학보』13, 1972.
李相翊,「韓中小說의 比較文學的 硏究」,『사대논총』26, 서울대 국어교육과, 1984.
李慧淳,『水滸傳硏究』, 정음사, 1985.

영원한 가치로다. 稗官野史는 만인을 깨우치나니, 마치 저녁 북소리와 새벽 종소리를 듣는 것 같도다.3)

물론 이러한 평가가 의례적인 과찬일 수도 있겠으나, 이 가운데 "미묘한 말 속의 엄정한 풍자와 농질, 웃음 속의 넉넉한 여유, 그것은 영원한 가치로다"라는 언급은 『諧鐸』의 작품을 정확히 꿰뚫어 본 것이라고 하겠다. 또 『諧鐸』에 대한 현대의 評 가운데 "두드러지게 조각하듯이 꾸며서 자연스럽지 못하다"(顯得刻劃而不自然)4)는 지적은 비판적인 안목을 드러낸 것이기는 하지만, 달리 생각해보면 그만큼 『諧鐸』 소재의 작품들이 편자에 의해 주제의식이 강화되고 표현이 더욱 세련되었음을 말한 것으로 볼 수 있다. 『東野』의 李源命은 바로 『諧鐸』의 이런 점에 주목하여 우리 나라 야담을 보완하고자 했던 것으로 추정된다.

다음에 『諧鐸』이 출간된 상황을 보면, 乾隆 57년(1792년) 간행된 巾箱本, 동치 5년(1886년) 간행본, 광서 17년(1891년) 상해 廣百順齋 鉛印本, 광서 21년(1895년) 上海書局 釋印本, 광서 33년(1907년) 상해 文蔚書局 釋印本, 선통원년(1909년) 상해 錦文堂서점 釋印本, 1922년 상해 會文堂 鉛印本, 1923년 상해 梁溪圖書館 鉛印本, 1932년 상해 신문화출판사 鉛印本, 『淸代筆記叢刊本』, 『筆記小說大觀本』, 『花近樓叢書本』 등이 있다. 이것들은 다시 크게 十二卷本, 四卷本, 一卷本으로 분류할 수 있는데 그 내용에는 별 차이가 없다. 이렇게 보면 『諧鐸』은 1792년의 巾箱本 이후에는 출판이 뜸하다가, 약 100년 뒤에 가서 주로 上海를 중심으로 활발하게 간행되었음을 알 수 있으며, 그 사이에 다른 판본이 있었는지는 확인할 수 없다.5)

---

3) 詞藻羅胸 傾筐倒篋而出之 每事附以論斷 用懲用勸 亦莊亦諧 淳于君隱語見長 滑稽動聽東方氏 微辭寓亡几 俳笑優爲 自有千秋莫消 稗官野史 喚醒萬衆 如聆暮鼓晨鍾 〈『諧鐸』提要〉

4) 淸代傳奇小說(台北：國家出版社), 239쪽.

5) 본고에서는 『諧鐸』 四卷本(羅寶珩 詳註, 零玉碎金集刊 51, 대만：新文豊出版公社, 1979)과 十二卷本(筆記小說大觀 第三卷, 대만：新興書局)을 참고로 했는데, 특히 앞의 것을 위주로 했음을 밝혀둔다.

『東野』의 편찬 연대(1869년)를 고려할 때 李源命은『諧鐸』의 판본 가운데 서 비교적 초기에 간행된 것을 참조했을 가능성이 크다고 할 것이다. 그는『諧鐸』의 작품 중에서 필요한 이야기를 발췌하여, 여러 가지 방식으로『東野』의 이야기에 그것을 활용하거나 수용했다. 이에 대해서는 그의 傳記的 사실 가운데, 1861년 正使로 뽑히어 중국에 다녀온 實錄의 기록이 참고가 된다. 이는 그가 벼슬에서 물러나기 2년 전,『東野』를 편찬하기 8년 전의 일이다. 전후 사정으로 미루어 볼 때, 李源命은 이 무렵에『諧鐸』을 접했을 것으로 추정할 수 있다.

Ⅱ. 수용의 양상

『東野』와『諧鐸』의 관련 양상에 처음으로 주목한 이는 臺北의 中國文化大學에 있는 金榮華 교수이다. 다음의 (表 1)은 이러한 성과를 바탕으로 양자간의 관련 작품들을 재정리해 본 것이다.6)

(表 1)

『東野彙輯』(大阪本)	『諧鐸』(四卷本)
第44話(卷四) 擢第奇文解鈍嘲	(卷四) 掃帚村鈍秀才
第46話(卷四) 紗幮督課登金榜	(卷四) 搗鬼夫人
第53話(卷四) 琴娥詒影證宿緣	(卷三) 掌中秘戲

---

6) 金교수는 모산학술연구소 주최 〈韓・中・日 小說文學 比較研究〉(1993.10.30) 발표에 서 요지를 통해『諧鐸』의 14편이『東野彙輯』의 13편에 수용된 사실을 간단히 제시하였다. 그후 "《諧鐸》與《東野彙輯》"을 모산학보 제6집(모산학술연구소 刊, 1994)에 발표하면 서 양자의 관련 작품을 추가로 보완하여『諧鐸』의 16편이『東野彙輯』의 14편에 옮겨졌음 을 밝힌 바 있다. 한편 李康沃 교수도 필자의 본 논문 발표 이후에「동야휘집의 해탁 수용 양상」을 발표한 바 있다.(『구비문학연구』제2집, 1995.) 여기에서 李교수는 추가로 2편이 더 수용되었음을 밝혔다.(《香粉地獄》卷六→〈遇新婦因夢成親〉東野 제228화, 〈夢裏家 園〉卷十一→〈一生富貴胡蝶鄕〉東野 제260화)

第79話(卷六) 墮幻術轉諧奇緣	(卷二) 奇 婚
第80話(卷六) 避危機獲脫惡餞	(卷二) 惡 餞
第113話(卷八) 貧兒學詔托衆賓	(卷四) 貧兒學詔
第114話(卷八) 富翁教術除五賊	(卷三) 鄙夫訓世
第163話(卷十) 店夢驚鋩戒淫報	(卷二) 色戒
第164話(卷十三) 場戲窺錢警財欲	(卷二) 財戒
第184話(卷十三) 授簡書老婦垂誡	(卷三) 村姬毒舌
	(卷三) 節母死時箴
第202話(卷十三) 皐蘭寺十美酬唱	(卷三) 十姨廟
第227話(卷十五) 返故妻換魂持家	(卷三) 鬼婦持家
第250話(卷十六) 尋倡聞言笑沽名	(卷二) 名妓沽名
	(卷四) 北 里
第259話(卷十六) 百年光陰蟪蛄郡	(卷四) 蟪蛄郡
14	16

위와 같이 『諧鐸』의 16편이 『東野』의 14편에 '修潤載錄'되었음을 알 수 있다.7) 이것을 개괄해 보면 그 양상이 대체로 크게 셋으로 나뉘어진다.

첫째, 『諧鐸』의 작품을 주인공의 이름과 배경, 그리고 약간의 표현상의 첨삭을 통하여 移錄한 작품으로 이에 해당되는 것은 『東野』에서 모두 8편으로 가장 많다(제79화, 제80화, 제163화, 제164화, 제184화, 제227화, 제250화, 제259화). 이것은 다시 『諧鐸』의 한 작품 전체를 그대로 옮겨온 全篇移錄과 『諧鐸』의 두 작품을 하나로 合成하여 부분적인 변개를 거쳐 옮긴 合成移錄으로 갈라 볼 수 있다. 이중 全篇移錄은 6편(제79화, 제80화, 제163화, 제164화, 제227화, 제259화)이고, 合成移錄은 2편(제184화, 제250화)이 해당된다.

둘째, 우리 나라의 야담을 바탕으로 하고 거기에 『諧鐸』의 작품을 이야기 속의 삽화로 借用한 것으로 5편(제44화, 제46화, 제53화, 제113화, 제114화)이 있다.

---

7) 李康沃 교수의 성과를 보태면, 『諧鐸』의 18편이 『東野』의 16편에 수용되었다고 할 것이다. 추가된 2편은 모두 移錄에 해당되고, 그것도 全篇移錄에 속한다.

이 중에서 앞의 넷은『諧鐸』의 작품이 거의 그대로 옮겨와 삽화로 활용된 것이고, 마지막 제114화 '金安老'의 이야기는『諧鐸』의 작품을 부분적으로 발췌하여 삽화로 활용한 경우이다.

셋째,『諧鐸』의 작품을 바탕으로 李源命이 창의력을 발휘하여 飜案을 시도한 작품이 1편(제202화) 있다. 이것은 앞의 경우와는 달리 단순한 變改를 통한 移錄이나 삽화로 借用된 것이 아니라, 적극적인 飜案으로 여겨지기 때문에 주목을 요하는 것이다.8)

이상의 논의를 요약해서 제시하면 다음과 같다.

(표 2)

1	移錄	全篇移錄	제79화, 제80화, 제163화, 제164화, 제227화, 제259화(6편)
		合成移錄	제184화, 제250화(2편)
2	借用	全篇借用	제44화, 제46화, 제53화, 제113화(4편)
		部分借用	제114화(1편)
3	飜　案		제202화(1편)

다음에 위의 (표 2)에 따라 각각의 작품에 대한 자세한 분석과 대비를 통해서 수용의 구체적 양상을 보기로 한다. 개별 작품의 대비는 構成, 表現, 史評의 차례로 살필 것이다. 이 중에서 史評 부분은 구성에서 다룰 수도 있겠으나, 考를 달리하기로 한다.『諧鐸』과『東野』의 편찬의식 및 개별 작품에 대한 구체적인 인식의 차이가 史評에서 보다 뚜렷이 드러날 수 있을 것이기 때문이다.9)

---

8) 金榮華는『東野彙輯』이『諧鐸』의 작품을 채용한 방식을 넷으로 나누었다. 첫째 全篇取用으로 인명과 지명을 우리 나라 식으로 고친 것(3편), 둘째는 全篇移錄으로 史評만 다른 것(2편), 셋째『諧鐸』의 故事를 중심으로 다른 사건을 첨가한 것(5편), 넷째『諧鐸』의 故事가 주체가 아니면서 다른 故事를 합한 것(3편) 등이 그것이다(金榮華, 앞의 논문, 모산학보 제6집, 33-38쪽). 그러나 분류의 기준이 작품의 내용을 기준으로 한 것과 史評을 기준으로 한 것으로 혼란되어 있을 뿐만 아니라, 대비도 소략하여 문제가 있다.

9) 졸고, 앞의 논문, 'Ⅴ. 동야휘집과 해탁의 史評 대비' 부분을 참고할 것. 여기에서 필자는『東野』에서『諧鐸』의 史評까지 移錄한 1편(제250화)을 제외하고, 나머지는 모두 새로운 評을 전개하고 있음을 밝혔다. 이것은 결국 두 사람이 같은 작품을 대하는 안목과 세계관적

1. 移錄

『諧鐸』에서 간단한 변개를 거쳐 이야기 전체를 거의 그대로 移錄한 작품들이다.(8편) 이것을 다시 크게 全篇移錄(6편)과 合成移錄(2편)으로 나눌 수 있는데, 모두 8편으로 수용 작품 전체(14편)의 절반 이상을 차지하고 있다. 논의의 방법은 移錄이기 때문에 『東野』의 이야기를 중심으로 하고 『諧鐸』의 것은 따로 제시하지 않기로 한다.

A) 全篇移錄 : 제79화, 제80화, 제163화, 제164화, 제227화, 제259화 (6편)[10]

이 이야기들은 『諧鐸』의 한 작품 전체를 주인공의 이름과 배경 정도를 우리나라의 것으로 변개하여 거의 그대로 『東野』에 移錄한 작품들이다. 다음에 각각의 구체적인 수용 樣相을 구성과 표현의 대비를 통하여 고찰하되, 이 중에서 2편만 분석하기로 한다.

가) 『東野』 제79화 〈墮幻術轉諧奇緣〉과 『諧鐸』 〈奇婚〉
『東野』 제79화는 『諧鐸』에서 약간의 변개를 거쳐 全篇移錄한 작품이다.

《構成의 대비》
이 이야기는 크게 보아 서두부, 중심 일화, 결말부로 나눌 수 있다.
먼저 서두부에서는 주인공인 '文有英'의 성품, 용모, 현재의 처지 등을 말하였다. 특히 일찍 상처하였으나, 가난하여 다시 장가들 수 없음을 제시하였다. 이것은 '文'이 새로운 배우자를 맞이하는 데 선택의 여지가 적음을 암시한다. 따라서 이 부분은 제79화의 사건전개에 있어서 필연성을 부여하는 복선의 구실을 하고 있다고 할 것이다. 그리고 雲峰店에서 한 노인을 만났는데, 이 사람이 주

인식에서 차이를 드러내는 것이기 때문에 주목할 만한 것이다.
10) 李康沃 교수가 추가한 「동야」 제228화와 제260화를 합치면, 全篇移錄에 해당하는 작품은 모두 8편이다.(李康沃, 앞의 논문)

인공의 운명을 좌우하게 된다.『東野』에는 이 작품 이외에도 이와 같이 異人的
인 면모를 갖춘 인물이 등장하여 주인공을 도와주는 내용의 이야기가 아주 많이
실려 있다. 이에 대해서는『東野』전체의 구성상 주동인물과 부수적 인물을 검
토하고, 아울러 전대 야담집에 나타나는 인물의 양상들을 살핀 연후에야 그 특
징적인 면모가 드러나게 될 것이다. 그렇다고 해도 일단 이 문제는『東野』의
작품 구성에 있어서 중요한 특징적인 일면이 될 수 있을 것이다.

　중심이 되는 일화는 전체 이야기의 핵심부로, 다시 둘로 나누어 볼 수 있다.
앞부분은 주인공이 한 여자를 만나 '奇婚'을 맺는 과정의 이야기이다. 우여곡절
끝에 여자의 동생이 일러준 방법으로 여자와 인연을 맺을 수 있었다. 후반부에
서는 주인공이 자기 처의 도움으로 여자 오빠의 禍를 무사히 벗어나 고향에 돌
아오게 되는 내용이다. 위와 같은 이야기가 대단히 짜임새 있고 흥미진진하게
펼쳐진다.

　결말부는 후일담으로 여자의 동생이 오빠로부터 탈출하여 찾아와 함께 처로
삼았다는 이야기와, 처음의 노인이 나타나 여자 오빠의 운명을 예언하여 적중했
다는 이야기로 되어 있다. 이야기의 서사적 구조가 긴밀하고도 통일성 있게 전
개되어 한 편의 훌륭한 단편소설로 보아도 무방한 작품이라고 하겠다.

　그런데 이 작품은『諧鐸』에서 제목(〈奇婚〉 → 〈墮幻術轉諧奇緣〉)과 주인공의
이름(文登 → 文有英), 배경(浙之武康 → 南原) 등을 바꾸었을 뿐이다. 따라서 나
머지 내용은 거의 그대로 일치한다. 제목을 보면 '奇婚'을 '～奇緣'으로 손질하
여 활용했고, 주인공의 姓氏도 '文'으로 같고 이름만 다르게 고쳤다. 그리고 이
이야기와 같거나 비슷한 예화를 다른 야담집에서는 전혀 찾아볼 수 없다는 점을
감안해 보면, 이 작품은 결국 李源命이『諧鐸』에서 위와 같이 약간의 변개를
거쳐 全篇移錄한 것으로 판단된다. 이러한 판단은 양자의 문장표현을 대조해
보면 보다 확실해진다.

《表現의 대비》

이제 두 작품간의 문장 표현상 중요한 차이를 보기로 하자. 여기서 이야기 문맥에 큰 지장을 초래하지 않는 한두 글자의 변개는 번거로움을 피하여 일일이 들지 않기로 한다. 그리고 아래의 일련번호는 작품에 나오는 순서 대로이다. 앞부분이 『諧鐸』이고, 뒷부분이 『東野』이다.(이하 다른 작품의 대비도 이와 같다).

(1) 文登 字道岸 浙之武康人 十七遊庠 妻栢氏未嫁而夭 鬱不得意 浪跡出游 將爲求鳳計
　　⇒ 文有英者 南原人 性溫貌丰 遊庠攻業 早年喪耦 貧未繼娶 鬱鬱不得志 浪蹟出遊 將爲求凰計11)

(2) 偶至鳳陽 遇道者於塗 詰其所自 生告以意
　　⇒ 偶至雲峰店中 遇一老人騎靑驢 而至對酒論心 詰其所自 生告以意12)

(3) 至則春臺演劇 觀者蜂屯蟻聚 無可停趾
　　⇒ 至則山下一村 方聽倡演劇 觀者蟻聚 無可停趾13)

(4) 初不覺游人盡散也 忽一人拍肩大喝曰
　　⇒ (없　　　　　　음) 忽一人拍肩大喝曰14)

(5) 見畵屛東畔 女子獨來 對鏡卸鳳翹 金雀花雙朶 旋解芙蓉帔 鴛鴦百摺裙 斜倚床闌 脫藕覆 褪雙絲文繡履 兜三寸許軟紅睡鞋 底鬢一笑 先入重幃
　　⇒ 見女從畵屛後獨來 先卸鳳翹金鈿 又解羅襦繡裳 低鬢一笑 仍入重幃15)

(6) 女子衣短紅襖 外繫金鸞紫絡帶 髮惺鬆作懶裝 兜以皀帕 下體繡裙不掩 露絳直文羅袴 提金鏤縷鞋 刬襪而來 披幃竟登牀榻
　　⇒ 女鬢髮鬈鬆作懶粧 衣短紅裳 不佩珠翠而來 披幃就席16)

---

11) 『諧鐸』四卷本 83쪽, 『東野彙輯』大阪本 (上) 547쪽.
12) 『諧鐸』四卷本 83쪽, 『東野彙輯』大阪本 (上) 547쪽.
13) 『諧鐸』四卷本 83쪽, 『東野彙輯』大阪本 (上) 547쪽.
14) 『諧鐸』四卷本 83쪽, 『東野彙輯』大阪本 (上) 548쪽.
15) 『諧鐸』四卷本 83쪽, 『東野彙輯』大阪本 (上) 548쪽.
16) 『諧鐸』四卷本 83쪽, 『東野彙輯』大阪本 (上) 549쪽.

위의 (1)～(3)은『諧鐸』보다 부연된 표현이고, (4)～(6)은『諧鐸』의 표현을 축약한 것이다. 이상 (1)～(6)부분이 이 작품에서 문장표현상의 차이가 심한 곳이다. 그밖에 나머지 부분은 한두 글자의 첨삭과 변개가 있을 뿐으로, 대부분의 문장표현이 동일하다. 여기서 (1)～(6)에 대해 좀더 면밀히 살필 필요가 있다. 왜냐하면 이를 통하여 李源命의 야담에 대한 의식과 지향이 탐색될 수 있을 것이기 때문이다.

(1)은 작품의 첫 부분으로 주인공의 이름을 고치고, 배경을 우리 나라의 남원으로 바꾸었다. 이것은 이 작품을 우리의 야담에 넣기 위해서는 당연하고도 필요한 작업이었을 것이다. 또한『諧鐸』에는 없는 주인공의 성품과 용모를 보충해 넣었고,『諧鐸』에서 주인공이 울울히 뜻을 얻지 못한 것은 결혼도 하기 전에 부인이 죽었기 때문인데,『東野』는 결혼을 하여 이른 나이에 아내를 잃고 가난으로 다시 장가를 들 수 없기 때문인 것으로 되어 있다. 즉『東野』의 경우는 보다 현실적인 문제인 가난이 그 중요한 이유로 제시되어 있다. 몰락한 양반이나 그 자제가 가난 때문에 결혼을 못하는 이야기는『東野』의 다른 작품에도 보이고, 여타의 야담집에도 많이 나오는 이야기 유형이다. 이로 보아 李源命은 작품 내용의 현실성을 의식하고, 그러한 방향으로 위와 같은 요소를『東野』에서 부연한 것이라고 할 수 있다.

(2)는 주인공의 고민 해결에 도움을 주는 異人을 만나는 장면인데, 여기서도 李源命은 이야기 전개에 합리성을 부여하는 표현을 덧붙이고 있다. 즉『諧鐸』은 길에서 道者를 만나 대뜸 그가 온 바를 물으매 生이 그 뜻을 말하는 것으로 되어 있는데 반해『東野』는 異人의 모습을 푸른 나귀를 탄 노인으로 구체적인 묘사를 하고 있으며, '그와 같이 술을 마시고 마음을 논한 후에야 그 온 바를 물으니 이에 文이 자기의 뜻을 말하는 것'으로 표현했다. 둘 중에 후자가 훨씬 더 이야기 전개가 합리적으로 표현되어 있음을 알게 된다. 그리고 배경을 鳳陽에서 雲峰店으로 바꾼 것은 (1)에서 주인공을 南原人으로 했기 때문에 당연히 그에 맞춘 것이라고 할 수 있다.

(3)은 부분적인 배경제시와 상황묘사를 『諧鐸』보다 구체적으로 표현했다.

(4)는 『諧鐸』에 나오는 표현이 그대로 있는 것이 훨씬 실감나지만, 그것이 없어도 문맥에는 큰 지장이 없는 부분으로 축약되어 표현되었다.

(5)는 여자의 첫날밤의 행동묘사인데 『諧鐸』의 구체적인 묘사를 간략하게 축약해 놓았다. 이것은 첫날밤을 맞는 여자의 단계적 행동이 너무 지나쳐 우리의 정서에 맞지 않기 때문인 것으로 여겨진다.

(6)은 여자의 둘째 날 밤의 모습과 행동을 묘사한 것으로, 역시 축약해서 표현했음을 알 수 있다. 축약의 이유는 (5)와 같은 것으로 추정된다.

이상을 종합해 보면 이 작품에서 표현이 부연된 경우는 (1)과 같이 작품 내용에 현실성을 부여하기 위한 것과 (2)에서처럼 이야기 전개의 합리성을 고려한 것, 그리고 (3)과 같이 부분적인 표현의 구체화를 통하여 작품의 事實性을 높이려는 것 등으로 나타나 있다. 그리고 내용이 축약된 경우는 문맥에 큰 지장이 없거나, 등장인물의 모습과 행동이 우리의 정서에 맞지 않는 것을 빼거나 줄였음을 알 수 있다.

나) 『東野』 제163화 〈店夢驚鋕戒淫報〉와 『諧鐸』 〈色戒〉

『東野』 제163화도 『諧鐸』에서 주인공과 배경 등을 바꾸어 全篇移錄한 것이다.

《構成의 대비》

전체 이야기의 구조는 '꿈'과 '현실'로 크게 나뉜다. 다시 세분하면 서두부, 꿈 이야기, 결말부로 나누어 볼 수 있다.

서두부에서는 주인공 '白某'의 성품이 女色을 탐함을 들고, 어느 날 과거에 낙방하고 돌아가는 길에 아름다운 여염집 아낙네를 유혹했지만 실패했다는 이야기이다. 다음은 白이 여관에서 잠을 자는데, 꿈에 靑袍를 입은 客이 와서 그의 소원을 들어준다. 이 과정에서 客도 한 여자를 데려와 놀았고, 알고 보니 그녀가 바로 白의 아내였다. 이에 白이 客을 칼로 찌르려 하자, 이번에는 白과 놀아난 여자의 남편이 白을 죽이려 했다. 놀라 깨어 보니 南柯一夢이었다는 것이다. 결말부는 白이 집에 돌아온 후 개과천선했음을 말하였다. 이렇게 보면 이 작품도 앞의 이야기와 마찬가지로 흥미성과 교훈성을 고루 갖춘 것으로, 서사구조 또한 뛰어난 작품이라고 하겠다.

위와 같이 『東野』 163화는 꿈을 통하여 깨달음을 얻는 幻夢構造로 되어 있는데, 이것은 야담뿐만 아니라 여타의 설화나 『九雲夢』같은 고소설에서도 광범위하게 나타나는 것이다. 특히 꿈속으로 들어가는 장면이 숨겨져 있는 구성이 특징이다. 비록 꿈속의 이야기가 정상적인 것이 아니라 하더라도, 淫惡을 경계한다는 점에서 채택되어 移錄되었을 것이다. 여기에 편자 李源命의 야담에 대한 인식을 엿볼 수 있다. 즉 序文의 '善惡報應之理'가 적용된 것이다.

이 작품도 주인공을 '袁浦士人某'에서 '白某淸州士人'으로 바꾸었을 뿐, 나머지는 거의 대동소이한 작품이다. 제목은 '色戒'를 좀더 구체화해서 표현했고, 주인공에게 '白'이라는 姓氏를 부여했다. 배경은 南門 밖 桃渚洞으로 변개했다. 역시 다른 야담집에 비슷하거나 같은 이야기가 전혀 없다는 점은 『諧鐸』에서의 移錄을 뒷받침해 준다.

《表現의 대비》

이제 『東野』 제163화와 『諧鐸』 '色戒'의 표현을 대조해 봄으로써 앞에서 논의된 것을 구체적으로 검증해 보도록 한다.

> (1) 袁浦士人某 好漁色 妻美而賢 諫之輒反目 庚午赴試北闈 下第歸 路過弓家城 一婦人折花門外 睨之絶艶
>   ⇒ 白某淸州士人也 好漁色 妻美而賢 諫之輒反目 嘗赴擧 戻洛飮墨歸 路過南門外桃渚洞 見有草屋精灑 一婦人曬衣於粉墻 睨之絶艶17)

---

17) 『諧鐸』 四卷本 63쪽, 『東野彙輯』 大阪本 (下) 205쪽.

   (2) 婦似不聞 執花搴帷而入
     ⇒ 婦似不聞 搴衣開戶而入[18]

   (3) (客)曰 僕黃衫客也 自霍家兒埋玉後 與蚪髥崑崙輩 遁迹海上 今復技癢
      一履塵世 某驚喜 述所見 私與商榷
     ⇒ (客)曰 僕青衫客也 嘗從珠彈金覇之徒 遨遊狹邪中間 因家耗敗落拓草
       野 近復技癢 往來京鄕 或作青鳥之媒 某甚喜 述所見 私與商確[19]

   (4) 客曰 得非城南第五家 門外銀杏一株 上冒翠藤 作紫花者耶
     ⇒ 客曰 得非城南某巷第幾家 銀杏一株 墻內育海棠花者耶[20]

   (5) 某駭極 狂呼而醒 因歎曰
     ⇒ 某駭極 狂呼而醒 身臥店舍中 燈影明滅 乃南柯一夢也 因歎曰[21]

  (1)·(2)·(4)는 변개된 표현이고, (3)과 (5)는 부연된 표현이다. 나머지는 한두 글자의 첨삭과 변개가 있을 뿐으로 대부분의 표현은 같다.

  (1)은 작품의 서두부로 주인공과 배경을 우리 나라로 바꾸었다. 이것은 『東野』에 수록하기 위한 것으로 이해된다. 이 부분에서 중요한 것은 '한 부인이 문 밖에서 꽃을 꺾는데 눈여겨보니 매우 예뻤다'(一婦人折花門外 眖之絶艷)를 '한 부인이 회칠한 담장에 옷을 널고 있었는데 눈여겨보니 매우 예뻤다.'(一婦人曬衣於粉墻 眖之絶艷)로 표현을 바꾼 것이다. 이는 여자가 문 밖에 나와 꽃을 꺾는 행동이 우리의 정서에 잘 맞지 않는 광경으로 여겨졌기 때문에, 담에 옷을 널고 있는 것으로 변개했을 것이다. 즉 표현의 事實性을 고려하여 변개가 이루어졌다고 하겠다.

  (2)는 (1)에서의 변개가 연장된 것이다. 즉 (1)에 맞추어서 (2)도 그 표현을 바꾼 것이다.

  (3)은 꿈속에서 客이 자기를 소개하는 장면의 부연이다. 『諧鐸』의 표현이

---

18) 『諧鐸』 四卷本 63쪽, 『東野彙輯』 大阪本 (下) 205쪽.
19) 『諧鐸』 四卷本 64쪽, 『東野彙輯』 大阪本 (下) 205쪽.
20) 『諧鐸』 四卷本 64쪽, 『東野彙輯』 大阪本 (下) 205쪽.
21) 『諧鐸』 四卷本 64쪽, 『東野彙輯』 大阪本 (下) 207쪽.

중국의 고사를 섞어 썼기 때문에, 이를 풀어서 쓰면서 약간의 변개를 가했다. 중요한 차이는 '지금 다시 技癢하여 한 번 塵世를 밟았습니다'(今復技癢 一履塵世)를 '근래 다시 技癢하여 서울과 시골을 오가면서 때때로 서신을 전달해 주는 중개인이 되었습니다'(近復技癢 往來京鄕 或作靑鳥之媒)로 바꾼 것이다. 이렇게 함으로써『諧鐸』의 客이 異人的인 면모를 가지고 있는데 비해서,『東野』의 客은 그저 평범한 인물인 서신 중개인으로 그려져 있다. 다시 말하면 전자는 비현실적 요소가 있고, 후자는 보다 현실적인 개연성과 필연성을 부여한 것이다. 왜냐하면 客이 서신 중개인의 신분이기 때문에 다음에 제시한 (4)에서와 같이 여염집의 위치와 文이 말한 여자가 누구인지를 금방 알 수 있는 것이다.

(4)에서 크게 달라진 표현은 여자의 집을 묘사한 부분으로, '푸른 등나무가 紫花를 피우고 있는 곳'을 '담장 안에 해당화를 기르는 곳'으로 변개했다. 등나무꽃보다는 해당화가 한국적인 정경을 드러내기에 적합하기 때문에 바꾸어 표현한 것으로 추정된다. 즉 표현의 事實性을 고려한 변개인 것이다.

(5)는 꿈에서 깨고 난 후의 장면을 부연했다. 이는 꼭 필요한 부연은 아닐지라도, 작품 내용을 보다 구체화한 것이라고 할 수 있다.

이상을 종합해 보면(1)·(2)·(4)의 변개는 事實性을 고려한 것이고, (3)의 부연은 작품 내용에 현실적인 개연성과 필연성을 부여하기 위한 것으로 생각된다. (5)에서는 장면의 구체화를 위해 부연되었다. 이와 같은 부분적인 변개와 부연은 이 이야기를 편자가『諧鐸』에서 移錄하기 위한 최소한의 조치라고 하겠다.

B) 合成移錄 : 제184화, 제250화 (2편)

이 두 편은『諧鐸』의 두 작품을 하나로 합하고, 주인공과 배경 등을 우리 나라로 간단히 변개하여 移錄한 것이다. 그 구체적인 수용 樣相에 있어서 兩者가 차이가 있지만, 合成하여 옮겼다는 점을 중시하여 함께 다루기로 한다. 즉 제184화는『諧鐸』의 2편을 그대로 합친 것이지만, 제250화는 우리 야담에

216 야담문학연구의 현단계❸

『諧鐸』의 2편을 합한 것이다. 이 가운데 제250화를 보기로 한다.

가)『東野』제250화〈尋倡聞言笑沽名〉과『諧鐸』〈名妓沽名〉·〈北里〉
합성된 양상의 구체적인 논의를 위해『東野』제250화의 내용을 보면 다음과
같다.22)

> (1) 金生 某는 嶺南 사람으로 재물은 넉넉했으나, 문장이 짧았다.
> (2) 서울로 會試를 보러 가다가, 大邱營의 친구 집에 들러 文名者를 소개시켜 달
> 라고 했다.
> (3) 여러 사람의 글재주를 시험했는데, 최후로 어리석고 文識이 없는 듯한 사람의
> 글이 쓸 만하여 百金을 주고 사서 그 글로 급제하였다.
> (4) 覆試日을 기다리다가 친구의 권유로 함께 敎坊에 새로 왔다는 이름난 기생을
> 찾아갔다.
> (5) 그녀가 여러 가지 핑계로 시간을 끌었는데도 참고 기다려서 만나보니, 배가 크
> 고 체구가 거대한 醜女였다.
> (6) 친구는 몰래 도망가고 金生은 어쩔 수 없이 앉아서 그녀의 이름을 물으니, '楚
> 雲'이라 하고 나이는 '21세'라 했다.
> (7) 楚雲이 名妓와 名士를 비교하여 말하고 '名士가 內才를 중요시하듯 名妓도
> 面目보다 床席의 실제 공부가 중요하다'고 했다.
> (8) 이에 金生은 크게 기뻐하며, 더불어 지낸 지 반달도 되지 않아서 돈을 모두 탕
> 진하고 돌아왔다.
> (9) 친구가 그의 말을 듣고 탄식하기를, '세상의 모든 名士들이 반드시 內才가 있
> 는 것은 아니며 거짓 議論으로 명예를 낚을 뿐이다'라 하고, 또 '名士의 지혜
> 가 名妓의 지혜보다 아래이다'라고 했다.
> (10) 外史氏曰

《構成의 대비》

이 이야기는 嶺南 사람 金生 某가 돈으로 글을 사서 급제하고, 친구에게 소
개받은 醜女기생 楚雲에게 돈을 모두 탕진한다는 내용이다. 구성을 보면 (1)

---

22)『東野彙輯』大阪本 (下) 819-823쪽.

은 서두부로 주인공의 家勢와 인물됨을 제시하고 있다. 중심내용은 (2)~(8)
인데, 이것은 다시 (2)·(3)의 이야기와 (4)~(8)로 나누어진다. 크게 보아
우리 야담과 『諧鐸』의 작품을 合成한 것으로, 앞의 우리 나라 야담은 뒤의
『諧鐸』 이야기에 대해서 예비적인 역할을 하고 있음을 알 수 있다. 즉 金生이
문장이 짧아서 돈으로 글을 사고 급제하기에 이르렀다는 사실은 황금만능주의
에 대한 간접적인 비판이다. 뒤에 못생긴 妓女에게 골탕을 먹는 이야기는 일종
의 인과응보에 해당되는 것이라고 하겠다. 결국 金生이 名士가 아니듯이 楚雲
도 名妓는 아님을 알게 된다. 따라서 이 작품은 『東野』에서 그리 많지 않은 당
대 사회 현실에 대한 간접적인 비판의 안목을 드러낸 이야기라고 할 수 있다.

　그런데 (2)~(3)의 이야기는 당시에 흔히 있을 수 있는 과거시험의 타락한
모습을 꼬집는 우리 야담인데, 여기에 (4)~(9)의 이야기를 『諧鐸』에서 2편을
합성하여 移錄한 것이다. 이렇게 보면 그 양상은 다음에서 논의할 삽화로의 借
用에서 다룰 수도 있는 작품이다. 그러나 이 이야기는 『諧鐸』의 것이 중심이
될 뿐만 아니라 史評도 『諧鐸』 ‘名妓沽名’에서 글자의 변개도 없이 그대로 옮
겨왔다는 점에서, 앞의 이야기가 (4)~(9)에 대해서 도입부의 역할을 하고 있
음을 볼 수 있다. 또 『諧鐸』에서 移錄된 부분은 단일한 것이 아니고, 비록 일
부이기는 하지만 두 편을 合成한 것이다. 『諧鐸』의 작품은 아래와 같다.

　　<자료 1> : 『諧鐸』 <名妓沽名>[23]

　　(1) 黃竹浦는 齊의 拔貢生인데 吳橋縣을 지나다가, 관서에서 일하고 있는 친구
　　　　의 청으로 名妓 祝慶娘을 찾아갔다.
　　(2) 그녀가 여러 가지 핑계로 시간을 끌었는데도 참고 기다려서 만나보니 배가 크
　　　　고 체구가 거대한 추녀였다.
　　(3) 친구는 몰래 도망가고 黃만 남게 되었다.
　　(4) 慶娘은 名妓와 名士를 비교하여 말하고, “名士가 丙才를 중요시하듯 名妓도
　　　　面目보다 床席의 실제 공부가 중요하다”고 했다.
　　(5) 이에 黃은 크게 기뻐하여, 더불어 지낸 지 반달도 되지 않아서 돈을 모두 탕진

---

23) 『諧鐸』 四卷本, 93-94쪽.

하고, 시험도 못 치른 채 낭패하여 돌아갔다.

(6) 친구가 탄식하길 "요즘 名士는 거짓 의론을 세워 명예를 낚는데, 뜻밖에 名妓
   또한 그러하구나! 黃은 마침 그 술수에 빠져서 깨닫지 못하니 名士의 지혜 또
   한 名妓의 아래에 들뿐이다"라고 슬퍼했다.

(7) 鐸曰

<자료 2> : 『諧鐸』 <北里>24)

(1) 沙河 20리 거리에 平原시장이 있는데, 지방의 娼妓들이 온갖 계략으로 활동
   했다.

(2) 내가 鄭州에 客居할 때 일찍이 「北地臙脂譜」를 지었는데, 그 序 속에 있는
   "白茅로 집을 덮으니 일찍 燕子樓가 없고 도깨비불이 번쩍이니 宋子景의 높
   이 켠 촛불이로다." 등의 句는 대개 추한 것을 꾸짖음으로써 음란하게 노는 것
   을 경계한 것이다.

(3) 우연히 여관 壁 위에서 기생들에게 보내는 詩句를 보게 되어 金進士梅에게
   시를 보낼 기생이 없다고 말했더니, 高蘭玉이란 기생이 뛰어난 風度가 있다
   고 했다.

(4) 남쪽으로 돌아올 때 高蘭玉을 찾았으나 이미 부자상인이 천금을 주고 사갔고,
   다만 그녀의 여동생이 留別詩를 보여 주었다.

(5) 鐸曰,

위의 〈자료 1〉과 〈자료 2〉를 보면 소재면에서 기생과 관련된 이야기로 같기
때문에,『東野』의 편자가 〈자료 2〉의 (2)부분을 〈자료 1〉 전체와 合成한 것임
을 알 수 있다. 이에 대한 구체적인 논의는 《表現의 대비》(1)에서 살피기로 하
고, 여기서는 李源命이『諧鐸』을 탐독하여 그만큼 자유자재로 이야기들을 '綴
文以間之'하는 경지에까지 나아갔음을 지적하고자 한다. 결국『東野』 제250화
는 우리 야담과『諧鐸』의 두 작품을 교묘히 合成함으로써, 서사구조를 잘 갖
춘 재미있고도 교훈적인 이야기로 개작하는 데 성공한 작품이라고 할 것이다.

《表現의 대비》
다음에『東野』 제250화와『諧鐸』의 두 작품간에 드러나는 표현을 대비해

---

24)『諧鐸』四卷本, 212-213쪽.

보기로 한다. 대체적인 양상을 제시하면 아래와 같다.

(1) 黃竹浦 齊之拔貢生 入都 道過吳橋縣 有友人客於暑 訪之 友人曰 此問有
名妓祝慶娘 曾見之否 凰曰 未也 遂相將俱往 至則粉牆朱戶 不似北地茅
籬蝸壁者 即有蒼髥奴邀坐 憲茶畢 又一老嫗出 略話溫凉 便導入內室 四
壁黏名人題贈 中懸二喬觀兵書圖 旁設烏皮几 香鼎筆牀具備 甁揷紅梅一
枝 含藥未吐
⇒ 金生某領南人也 富於貲而短於文 將赴都會試 抵大丘營下 寓於友人家
⋯⋯(中略)⋯⋯ 友人曰 此問有一妓新屬敎坊 頗有名 欲見之否 金曰
"吾嘗見嶺南臙脂譜 序中有白茅蓋屋 曾無燕子之樓 黃土爲床 絶少芙
蓉之帳 泥漿半句 馬長卿消渴之茶 鬼火一星 宋子京高燒之燭等句 未
知誰作 而盖醜詆之以爲狎遊者戒也 此豈有名妓乎" 友人曰 此妓則必
名下無虛 因拉金 而往至則粉墻朱戶 不似遐鄕之茅籬蝸壁 即有一嫗邀
至外室 略敍寒喧 便導入內堂 四壁粘錦箋書畵屛菌床榻香爐茶鐺之屬
排置精麗 閤藏紅白梅各一盆 含藥未吐25)

(2) 友人自悔言之孟浪 潛遁去 而慶娘無媿色 從容謂黃曰
⇒ 友人自悔言之孟浪 潛遁去 金進退兩難 忍笑强坐 詢其名 曰 楚雲也 年
幾何 曰 卄一歲 金察其貌 可三十餘歲 雲娘殊無愧色 從容謂金曰26)

(3) 友人知之歎曰 ⋯⋯(中略)⋯⋯ 定一篇假議論弋名釣譽 不意名妓亦然
⇒ 友人聞之歎曰 ⋯⋯(中略)⋯⋯ 未必皆有內才 惟其工於趨時 定有一篇
假議論釣名弋譽 至若蘊而不展者 世無稱焉 不意名妓亦然27)

위의 (1)・(2)・(3)에 나타난 표현을 대비해 보면, 대체로 부연되었음을 알
수 있다. (2)와 (3)의 부연은 부분적인 묘사의 확충이지만, (1)의 경우는 이와
사정이 다르다. 즉 이것은 사건의 확충이라고 하겠는데, 『諧鐸』의 이야기에 우
리 나라의 야담을 合成한 것이다. (1)에서 中略된 166字는 주인공 金生이 돈
으로 글을 사서 급제한다는 이야기로 일종의 古談을 취한 것이라고 하겠다. 그

---

25) 『諧鐸』四卷本 93쪽, 『東野彙輯』大阪本（下）819-821쪽.
26) 『諧鐸』四卷本 93쪽, 『東野彙輯』大阪本（下）821-822쪽.
27) 『諧鐸』四卷本 94쪽, 『東野彙輯』大阪本（下）822-823쪽.

리고『東野』원문의 인용부호를 한 부분은 바로『諧鐸』'北里'의 것을 일부 借用한 것이다. 이렇게 볼 때 250화는 合成과 借用의 원리를 바탕으로 修潤한 작품인 셈이다. 등장인물의 이름과 배경을 바꾼 것은 우리 나라 야담으로 하기 위한 최소한의 변개로 생각된다. 이 부분을 대조해 보면,『諧鐸』의 편자가 지은 것으로 되어 있는「北地臙脂譜」를「嶺南臙脂譜」로 고쳤으며, 누가 지었는지 모르지만 주인공이 일찍이 보았다고 했다. 따라서 위의 '北里'는 제 250화에서 일종의 모티프로 활용된 것이라고 하겠다. 결국 이러한 과정을 거쳐서『諧鐸』에서 짧은 이야기였던 것이『東野』에서는 우리 야담과『諧鐸』의 두 편을 적절히 合成함으로써 줄거리를 제대로 갖춘 비교적 긴 이야기가 되었다. 즉『諧鐸』보다 흥미성과 교훈성이 증대되었고, 주인공의 행위도 우리 야담과 결합되어 훨씬 개연성 있고 극적인 이야기로 탈바꿈한 것이다. 따라서『東野』제 250화는 移錄된 작품 중에서는 편자의 창의성이 가장 돋보이는 작품으로 편자에 의해 새롭게 꾸며진 작품이라고 하겠다.

다음에 移錄한 8편의 작품에 나타난 인물의 변개 양상을 종합적으로 살피고자 한다. 번거로움을 피하여 주인공의 경우만 정리하여 제시하면 다음과 같다.

(表 3)

구분	작품	제79화	제80화	제163화	제164화	제184화	제227화	제250화	제259화
(1) 姓名	諧鐸	文 登	盧 生	某	某	陳永齋	盧 某	黃竹浦	戴 笠
	東野	文有英	盧瓘宅	白 某	玄 某	任 某	康生某	金生某	黃一悳
(2) 身分	諧鐸	士 人	士 人	士 人	無賴者	士 人	士 人	士 人	士 人
	東野	士 人	士 人	士 人	象譯人	士 人	士 人	士 人	士 人
(3) 性品	諧鐸	?	?	好魚色	好事者	?	?	?	豪邁
	東野	온순하고 잘생김	힘이 세고 가난함	好魚色	好事者	有文藝者	?	부자. 문장이 짧음	豪邁

위의 (表 3)을 보면 姓名을 바꾼 경우와 姓名을 부여하여 무명인물을 유명

인물화한 경우, 반대로 유명인물을 무명인물화한 경우 등을 볼 수 있다. 신분은 대체로 士人으로, 변개가 거의 없다. 그렇지만 姓名과 신분상으로 볼 때 주인공들이 역사에 이름을 남긴 유명한 인물들이 아니라는 점은, 다음에 논의할『諧鐸』의 작품을 삽화로 借用한 것이 모두가 우리 나라에서 역사적으로 유명한 인물의 이야기에서 드러난다는 점과 대조적이다. 주목할 것은 주인공에 대한 성품의 부여인데,『諧鐸』에서 직접적으로 제시하지 않은 것을『東野』에서는 간단하게나마 그것에 대해 언급하는 것이다. 이것은 편자의 편찬의식과 관련된 것으로, 傳記的 요소를 보강함으로써 작품의 내용에 개연성과 사실성을 강화하고 사건전개의 필연성을 확보하기 위한 것이라고 하겠다.

2. 借用

여기서는 앞 節에서 언급한 바와 같이 역사상 유명인물의 이야기에 삽화로『諧鐸』의 작품을 借用한 양상을 고찰하기로 한다. 대상 작품은『東野』제44화, 제46화, 제53화, 제113화, 제114화 등으로 모두 5편인데, 이것을 다시 全篇借用(4편)과 部分借用(1편)으로 나누어 논의해 보겠다. 참고로 앞의 3편은 技藝部에 실려 있고, 뒤의 2편은 性行部 下에 같은 号로 수록된 것이다. 각 작품을 역시 앞에서 논의한 移錄과 마찬가지로 구성과 표현의 대비를 통해 구체적인 修潤의 양상을 살피기로 하겠다. 또 삽화로 借用된 것이기 때문에 표현의 대비보다는 구성의 대비를 중심으로 논의가 전개될 것이다.

A) 全篇借用 : 제44화, 제46화, 제53화, 제113화 (4편)

이 가운데 제44화와 제53화의 두 편을 분석하기로 한다.

가.『東野』제44화 〈擢第奇文解鈍嘲〉와『諧鐸』〈掃帚村鈍秀才〉

《構成의 대비》
『東野』제44는 象村 申欽의 이야기로 그의 글선생에 대한 삽화가『諧鐸』

에서 全篇借用된 것이다.

이 야담은 象村 申欽의 탄생에 얽힌 몽조와 어렸을 때의 행적, 그리고 鈍秀才인 某學究에게 글공부를 하는 내용과 出仕 후의 몇 가지 행적을 담고 있다. 마치 象村에 얽힌 갖가지 일화를 모두 모아 놓은 듯 傳記的 요소가 많은 작품이다. 이것은 이미 편자가 凡例에서 밝혔듯이 한 사람의 행적이 여러 곳에 나누어 실린 것을 거두어 한 편으로 한다는 편찬의식에 충실한 이야기라고 할 것이다. 또 序文에 나오는 다른 야담집에 대한 아쉬움, 즉 '傳記에 있어서는 빠진 사적이 많다'는 언급을 실현한 것이라고 하겠다.

구성을 살펴보면 크게 셋으로 나누어 볼 수 있는데, 서두부와 어려서 글선생을 만나 수학하는 핵심적인 이야기, 그리고 벼슬에 나갔을 때의 이야기로 나뉘어진다. 서두부는 주로 어렸을 때의 간단한 행적을 보인 것으로, 象村이 태어날 때부터 하늘의 정기를 받아 어려서부터 총명하여 그것을 알아본 淸江의 사위가 되었음을 말하고 있다. 중심 내용은 장성하여 과거를 대비할 때 '鈍秀才'라는 글선생을 만나 그에게 수학하는 이야기로 바로 이 부분이 『諧鐸』에서 삽화로 全篇借用된 곳이다.

『諧鐸』의 이야기와 대조하면, 인물과 배경을 간단히 변개하여 이것이 『東野』의 삽화로 借用되었음을 알 수 있다. 그런데 『東野』 제44화가 技藝部의 소항목 '文章'에 실려 있다는 사실을 주목할 때, 바로 이 이야기가 중심 삽화임을 깨닫게 된다. 다시 말하면 이 삽화는 文章으로 이름난 象村이 그와 같이 뛰어난 문장가가 된 연유를 귀신인 鈍秀才의 가르침 때문인 것으로 밝히는 부분이다.

결국 이 이야기와 비슷한 예화가 다른 야담집에서 찾아볼 수 없다는 점은, 편자가 『諧鐸』을 보고 직접 全篇을 삽화로 借用한 결과일 것이다. 借用의 이유는 『諧鐸』의 작품이 기이하고도 흥미로운 이야기이면서 독자에게 교훈을 줄 수 있는 것이었기 때문으로 추정된다. 또 작품의 서사구조가 뛰어나다는 점도 고려했을 것으로 추측할 수 있다. 이리하여 결과적으로 『諧鐸』의 이야기가 『東野』에서는 다른 인물에 대한 허구적인 소재로 활용된 것이라고 하겠다. 즉 편자의 야담관에 있어서 중요한 한 측면이 바로 야담을 '개연성 있는 허구'로 새롭게 정비하는 데 있었음을 보여주는 예가 되는 것이다.

　다음의 이야기는 象村이 관직에 있으면서 보인 기이한 행적들로 아주 짧은 일화들이다. 이렇게 보면 이 작품은 결국 주인공의 죽음과 관련된 부분만 없을 뿐, 전체적으로 傳記에 가까운 구성을 보이는 작품이라 할 수 있다. 이러한 과정을 거쳐 편자는 흥미성과 교훈성을 갖춘 한 편의 우리 나라 야담을 성공적으로 그려내고 있는 것이다. 여기에서『諧鐸』의 이야기를 구성상 가장 핵심부에 위치시킨 것은 그만큼 편자가 그것을 중시했음을 반증하는 것이라고 하겠다. 한편 '外史氏曰'의 史評이 이 부분에 대한 해명으로 되어 있다는 것도 이러한 사실을 뒷받침하는 것이다. 또한 제목도『諧鐸』의 '～鈍秀才'를 '～鈍嘲'로 활용하고 있는 점도 참고가 된다.

《表現의 대비》

　다음에『東野』제44화에서 삽화로 借用한 부분과『諧鐸』의 표현을 대비해 보겠다. 그 중요한 차이를 보이는 부분만 제시하면 다음과 같다.

　　(1) 定陶富室某 三代有善人之目 子年十四 欲延擧業師 選擇良苟 遷延未決
　　　　⇒ 公之大人某 不以慈愛而弛敎訓 當肄擧業而以未嫺功令 欲延置塾師 選擇良苟 遷延未決28)

　　(2) 曰 女欲延師 非吳郡掃帚村 某秀才不可
　　　　⇒ 曰 君欲延塾師 非壽春縣牛頭坪 某學究不可29)

　　(3) 束裝詣姑蘇 問掃帚村 在郡西僻壤
　　　　⇒ 束裝往春川 問牛頭坪 在郡西幾里許30)

　　(4) 所讀文 成宏制藝外 皆翁平日窓課 以及歲科諸試作 第子文或不佳 自作一

----

28)『諧鐸』四卷本 199쪽,『東野彙輯』大阪本（上）302쪽.
29)『諧鐸』四卷本 199쪽,『東野彙輯』大阪本（上）302쪽.
30)『諧鐸』四卷本 199쪽,『東野彙輯』大阪本（上）302쪽.

　　藝 令其誦讀 是年遊於庠 復鈔昔年 闈中諸落卷 令之讀 凡一切時下淸眞
　　雅正 登上選者 咸命規仿其製 春秋二闈 連戰皆捷
　　⇒ 每綴科文各體命題 皆翁平日課藝 精鍊膽麗 近世場屋之所未有 輒令公
　　　誦法 若公所製未洽 便自作一篇以補之 公自是游於黌庠 爲文輒規仿其
　　　製 或用宿構 屢登嵬選 及發解會圍 連戰皆捷 未幾年折蓮攀桂如拾草
　　　芥31)

(5) 某駭歎良久 感翁敎子之德 重至其地 見老屋一 椽 停棺左側 有老婦執炊
　　爨下 詢之曰 此先夫也 亡三年矣 生時輒以鈍秀才 呼之
　　⇒ 某駭歎良久 感翁訓子之德 重至其地 見茅屋數椽 一老婦執炊廚下 詢
　　　之 卽翁家也 問翁安在曰 此先夫也 凶已三年 貧不能葬 殯在家後矣
　　　生時勤科業未售 以鈍秀才 呼之32)

(6) 某聞之 倍增慘悼 出千金恤其家 竝極力營葬而歸 後子謁選縣令 迎養老婦
　　以終老焉
　　⇒ 某聞之 倍增慘悼 優恤其家 極力營葬而歸 公之文章 多籍老翁之神助
　　　故凡有製作操筆 立成敏膽浩汗33)

　이상을 살펴보면 (1)과 (6)은 삽화의 처음과 끝 부분으로 이야기의 개연성을
위해 부연된 변개이고, (2)~(5)는 거기에 맞추어 부분적인 변개를 보인 곳이
다. 다른 측면에서 살피면 (1)~(3)은 우리 나라 야담으로 하기 위한 배경과
인물의 변개이고, (4)는 공부하는 방법을 우리 나라 실정에 맞게 현실적으로 바
꾼 것이며, (5)는 죽은 지 3년이 지났어도 가난하여 장사지내지 못한 사실을
부연했다. (6)은 결말부분으로『諧鐸』은 이야기가 끝나지만『東野』는 계속되
기 때문에 변개가 불가피했을 것이다. 여기에서 특히 중요한 변개는 '公의 문장
은 대부분 老翁의 神助에 힘입은 것이다'라는 구절이다. 이것이야말로 편자가
『諧鐸』의 이야기를 삽화로 全篇借用한 근본적인 의도라고 하겠다. 즉 이렇게
함으로써 편자는 삽화가 가지고 있는 기이한 이야기로서의 흥미성과 더불어 훌

---

31)『諧鐸』四卷本 199쪽,『東野彙輯』大阪本（上）302-303쪽.
32)『諧鐸』四卷本 199쪽,『東野彙輯』大阪本（上）304쪽.
33)『諧鐸』四卷本 199쪽,『東野彙輯』大阪本（上）304쪽.

륭한 인물에게는 天佑神助가 따르게 된다는 교훈성을 동시에 확보한 작품을 엮어내게 된 것이다. 그밖에 특별히 다른 의도로의 축약이나 부연은 보이지 않는다고 할 수 있다.

나) 『東野』 제53화 〈琴娥詰影證宿緣〉과 『諧鐸』 〈掌中秘戲〉

《構成의 대비》

『東野』 제53화는 宣祖의 부마였던 申翊聖의 이야기로 역시 삽화의 하나를 『諧鐸』에서 全篇借用하고 있다.

象村의 아들 申翊聖이 宣祖의 부마였기 때문에 문장과 書畵琴碁에 통달했으면서도 뜻을 얻지 못함을 한스러워하다가 급기야 기생 홍장에게 빠진다는 이야기와 만년에 採陰補陽說을 시험하다가 호남의 宋學究로부터 크게 깨닫게 된다는 이야기로 되어 있다. 이 이야기는 앞의 44화, 46화와 더불어 技藝部에 수록되어 있으면서도 형식면에서 一代記 형식을 취하지 않았다는 점이 다르다. 또 앞의 두 이야기가 『諧鐸』에서 삽화로 借用한 부분은 모두 주인공이 뛰어난 技藝를 갖게 된 배경으로 활용된 데 비해, 여기서는 주인공의 신분과 처지, 性行으로 보아 있을 수도 있는 이야기를 借用한 것이다. 즉 이 이야기가 『諧鐸』에서 借用한 부분은 주인공의 뛰어난 技藝인 琴과 관련된 이야기가 아니기 때문이다. 琴에 얽힌 이야기는 '홍장故事'로 우리 나라 야담 중에서 필요한 삽화를 借用하고 있음을 보게 된다. 참고로 『諧鐸』의 작품을 제시하면 다음과 같다.

　　　『諧鐸』 〈掌中秘戲〉[34]
　　(1) 黃帝는 3천 6백 명의 女子를 거느려 신선이 되었는데, 이 이야기는 道書에 보이며 후인들이 採戰術로 삼았다.
　　(2) 商邱의 宋生이 長生訣을 좋아하여, 어떤 이가 採陰補陽術로써 유도하니 밤낮으로 그것을 시험하였다.
　　(3) 하루는 少女와 침상에 있는데 道者가 들이닥쳐 宋生이 화를 냈다.

---

34) 『諧鐸』 四卷本 168-169쪽.

  (4) 道者가 왼손바닥에 橫陣戲를 펼치니, 合歡床 아홉 개에서 개미 만한 9쌍의
      남녀가 갖가지 모습으로 정사를 벌였다.
  (5) 道者가 오른손을 펴자, 7,8마리 악귀가 나와 왼손바닥에 올라가 그들을 모두
      잡아먹고는 사라졌다.
  (6) 그가 "자기도 採戰으로 長生을 구하는 사람인데 그 男女들처럼 淸心으로 욕
      망을 줄이지 못하면 삶을 해치는 것"이라 했다.
  (7) 生은 크게 깨달아, 이로부터 姬妾을 물리치고 元門正宗을 탐구하다가, 어느
      날 入山하니 그 종적을 알지 못했다.
  (8) 30년 후 零陵시장에서 頃刻花를 파는 자가 있어, 모습과 행동이 그와 비슷했다.
  (9) 鐸曰,

   위의 내용을 보면 (1)과 (8)을 간단히 변개하여 『東野』에 삽화로 借用되었
음을 알 수 있다. 전체적인 구성을 보면 서두부는 주인공의 간단한 소개와 현재
의 처지, 그리고 부마이기 때문에 겪게 되는 일화들로 되어 있다. 본격적인 삽
화는 다음에 전개되는 '홍장故事'와 위의 『諧鐸』에서 借用한 부분이다. 전자는
우리 나라 야담을 후자는 중국의 작품을 借用한 것이다. 둘 다 역사적으로 유
명한 인물인 申翊聖의 행적이 아닌 것이 명백함에도 불구하고 편자는 이것을
한 편의 야담으로 合成한 것이다. 물론 이것은 편자의 見聞이 잘못된 것일 수
도 있겠으나, 사정이 그렇지 않다는 데 문제가 있다고 하겠다. 즉 이러한 의도
적 구성은 편자가 序文과 凡例에서 밝힌 바 편찬의식에 따른 것임이 분명하다.
그것은 '한 사람의 행적이 흩어져 있는 것을 모은다'는 것과 다른 사람의 행적이
라도 성격이 비슷한 것은 모아서 한 작품으로 '綴文以間之'한다는 편찬의식을
말하는 것이다. 이러한 편찬의식은 『東野』에서 주로 이름 없는 인물이거나 역
사적으로 잘 드러나지 않았던 인물에 많이 보이는데, 이 작품으로 미루어 볼 때
유명한 인물도 예외가 아님을 알 수 있다고 하겠다. 이 때 그 借用되는 일화의
대상은 그것이 우리 나라의 것이든 중국의 것이든 크게 문제가 되지 않는다고
할 것이다. 어차피 어느 것이든 편자의 손을 거쳐 '修潤載錄'될 것이기 때문이
다. 또 편자의 관심을 주인공과 관련된 개연성 있는 행적들을 모아서 독자들이
그것을 사실로 믿게 하는 데 있기 때문이기도 하다. 그 결과 이야기가 흥미 있

고, 아울러 世敎에 보탬이 될 수 있으면 족한 것이다. 실로『東野』의 편찬의식
은 그 핵심이 여기에 있다고 해도 과언이 아니다. 그러기에 이와 같은 야담관에
입각해서 편자는 우리 나라 야담이 아닌『諧鐸』의 작품들을 移錄, 借用, 飜案
하는 데 주저하지 않았을 것이라는 사실을 추정할 수 있다고 하겠다. 따라서 이
와 같은 과정의 修潤을 거쳐 수록된 제53화는『諧鐸』에서 借用한 것뿐만 아
니라 우리 나라의 야담 중에서 借用한 것마저도 결과적으로는 모두 허구적 소
재로 활용하고 있다는 점이 중요하다. 즉 편자가 야담을 '개연성 있는 허구'로
대했음을 상기하면 위와 같은 사실이 이상할 것도 없는 것이다.

《표현의 대비》

『諧鐸』과 이것을 삽화로 全篇借用한『東野』 제53화의 이야기를 표현을 중
심으로 대비해 보면 다음과 같다.

(1) 黃帝御三千六百女而成仙 此說見於道書 後人祖爲採戰之術 商邱宋生 好
    長生訣 或以採陰補陽之說導之 生大惑 廣置姬妾 日夜嬲戰 一日與雛姬疊
    股榻上 有道者直詣榻前 生叱曰 何來野道 嬲入我室 窺探房幃私事 道者
    笑曰 男女大欲 王者不禁 何諱言也 生怒不解 道者曰 君如欲觀 請於掌上
    布橫陣之戱 生諾之 道者卽開左掌
    ⇒ 公晩好道術 要得養生訣 有一術士以採陰補陽之說導之 公頗沈或欲廣
       置姬妾 以試其術 一日有老客來謁 自稱湖南宋學究 公問 何爲見訪 客
       曰 僕本江湖散人 素耽道術 聞公有房中秘訣 願叩其設 公叱曰 何來野
       道 妄探他人房幃私事 客笑曰 男女大欲 王者不禁 何諱言也 公怒不解
       客曰 僕亦有秘術 公如欲觀 請於掌上布橫陳之戱 公諾之 喀客開左
       掌[35]

(2) 右手帳聞之 爭來强曳曰 鴻溝各據 有何意味
    ⇒ 右手帳中 突出一男子 披開各帳而强曳曰 娘子軍風流陣 便作赤壁鏖戰
       今乃各據鴻溝 有何意味[36]

<hr>

35)『諧鐸』四卷本 168쪽,『東野彙輯』大阪本（上）363쪽.
36)『諧鐸』四卷本 169쪽,『東野彙輯』大阪本（上）364-365쪽.

(3) 往來蠢動 廻巧戱技 盡效道人掌上 生正凝眸諦視
　　⇒ 往來蠢動 綢繆譴緃 各盡其藝 俱在客掌上 客又或運指搖掌 推波助瀾
　　　俾 各廻巧獻技 備極醜態不忍正視 公方凝眸駭愕37)

(4) 仙家以淸心寡欲 得臻上壽 若於慾海中求仙 淫魔一起 非以求生 實以傷生
　　⇒ 仙家以淸心寡欲 得臻上壽 若於慾海中求仙 豈有沙丘之落日 汾水之秋
　　　風乎 況房中之術 邪念一起 精液淫漏 非以求生 實以傷生38)

(5) 生自此擯去姬妾 究心元門正宗 一旦棄家入山 莫知蹤蹟 後三十年 零陵市
　　上 有賣頃刻花者 儀容擧止 髥髯似之
　　⇒ 公自此擯去姬妾 究心玄妙正門 更不遇其客 竟未知何如人也39)

이상에서 제시한 표현의 대비를 살펴보면 (1)은 삽화로 연결하기 위한 변개이고, (5)는 둘 다 결말부인데『東野』의 이야기 전개에 맞춰 결말을 축약, 변개한 것이다. 여기에서 중요한 표현상의 차이는 (2)~(4)의 중간부분에서의 부연이다.『諧鐸』의 내용이 비록 幻術을 빌린 것이기는 해도 남녀간에 적나라한 房事를 펼치는 것인데, 편자가 이에 대해 표현을 바꾸거나 축약한 표현은 보이지 않는다는 점이 특이하다. 이것이 삽화라고는 하지만『東野』에 수록된 작품 중에서 가장 음난한 표현을 보인 것에 속한다는 점에서 더욱 그러하다. 오히려 편자는 (2)~(4)에서 보듯이 구체적인 장면 묘사에 있어서 부분적인 부연을 시도하고 있는 것이다. 따라서 여기에 편자의 편찬의식이 문제가 된다고 하겠다. 편자는 서문에서 야담이 기이한 것을 담는 것이라는 인식을 보였는데, 이는 흥미성과 관련된 것임을 본고의 이미 앞에서 고찰한 바 있다. 결국 위와 같은 부연은 편자가 흥미성을 고려한 修潤이라고 판단된다. 그러나『東野』에서 흥미성을 염두에 둔 표현의 변개는 그리 많지 않다는 점을 간과해서는 안될 것이다. 왜냐하면 부분적인 표현을 바꾸어서 흥미성을 증대하는 것보다는 처음부터 이야기 자체가 재미있고 흥미로운 것을 골라서 修潤한 작품이 많기 때문이다. 거

---

37)『諧鐸』四卷本 169쪽,『東野彙輯』大阪本 (上) 365쪽.
38)『諧鐸』四卷本 169쪽,『東野彙輯』大阪本 (上) 366쪽.
39)『諧鐸』四卷本 169쪽,『東野彙輯』大阪本 (上) 366쪽.

듭 강조하지만『東野』에서 표현의 변개 양상은 흥미성보다는 주로 이야기 전개 상 필연성과 개연성을 부여하기 위한 것이거나, 작품의 현실성이나 사실성을 높이는 방향으로 나타난다고 하겠다. 이 점은 특히『諧鐸』의 작품을 修潤載錄하는 과정에서 더욱 두드러진 현상이라고 할 수 있다.

B. 部分借用 : 제114화 (1편)

가)『東野』제114화〈富翁敎術除五賊〉과『諧鐸』〈鄙夫訓世〉

《構成의 대비》

『東野』제114화는 간신 金安老의 이야기로 그에 관한 여러 일화 가운데 하나를『諧鐸』에서 내용의 한 부분만을 借用한 것이다. 구성을 대비하기 위해 이야기의 내용을 제시하면 다음과 같다.[40]

> 『東野』제114화
> (1) 金安老는 字가 頤叔, 號는 希樂堂인데, 영의정 金銓의 조카로 용모가 관옥 같았으나, 다만 눈에 妖氣가 역력하였다.
> (2) 일찍이 이조판서로 권세를 휘두르다가 南袞에게 쫓겨났는데, 仁宗의 부마가 된 아들 禧가 蔡無擇, 李荇 등에게 말하여 그를 재등용하게 했다.
> (3) 安老의 타고난 성질이 간사하고 행하는 바가 소인배 같았으므로, 晦齋 李彦 迪이 "그런 사람이 뜻을 얻으면 나라를 그르칠 것"이라 하였다.
> (4) 安老가 귀양에서 돌아와, 강직한 李彦迪과 朴紹 등을 꺼려 축출했다.
> (5) 箭串의 목장을 불법으로 취하려는 것을 文翼 鄭光弼이 반대하니, 기회를 보 아 그를 모함하여 김해로 유배 보내고 끝내 목장을 차지하였다.
> (6) 세상에서 金安老, 許沆, 蔡無擇을 일컬어 '丁酉三凶'이라고 했다.
> (7) 安老가 여러 번 옥사를 일으키고 이어 國母를 폐위시키려 하니, 참판 尹安仁 (문정왕후의 숙부)이 밀고하여 그를 귀양 보냈다.
> (8) 이보다 앞서 安老의 아들 禔가 장가들 때 백관들이 모두 그의 집에 모였는데, 安老가 체포되어 가면서도 아들에게 "오늘이 지나면 누가 너와 혼인하려 하겠

---

40)『東野彙輯』大阪本 (上) 762-767쪽.

느냐"고 하며, 아들로 하여금 장가들러 가라고 했다.

(9) 安老가 한미했을 때, 한 부자를 찾아가 그 비법을 배우고자 하였다.

(10) 부자가 말하길 "「仁義禮智信」이라는 五賊을 다스려 제거해야 한다"고 하니, 安老가 웃으며 감사하였다.

(11) 이것은 대개 그 부자가 安老의 사람됨을 헤아리고 조소한 것이다.

(12) 安老가 젊어서 중국사람에게 점을 치니 "부귀하다가 葛에서 죽는다"고 했는데, 그 뜻을 알 수 없다가 후에 安老가 '葛院'에서 사약을 받았다.

(13) 外史氏曰

위의 작품은 全篇借用에 해당하는 앞의 제113화 윤원형의 이야기와 같이 性行部 下에 실려 있고, 그것도 같은 弓를 이루는 짝이 되는 것이다. 즉 尹元衡과 金安老를 간신으로서 性行이 같은 인물로 대했다고 하겠다. 따라서 구성도 큰 차이가 없이 주인공의 性行을 살필 수 있는 여러 일화들을 다양하게 모아놓은 작품이다.

(1)은 서두부로 金安老의 傳記的 소개와 인물됨을 제시하였다. (2)~(8)은 주인공이 갖가지로 권력의 횡포를 부리는 일화들이다. (9)~(11)은 성격이 약간 다른 이야기로 욕심 많은 安老의 모습을 그렸는데, 부자가 되는 방법을 배우러 온 주인공을 부자가 조소하는 내용이다. 즉 安老에 대한 직접적인 풍자를 담고 있다는 점에서 앞의 (2)~(8)과는 차이가 있다. 바로 이 삽화는 편자가 『諧鐸』에서 부분적으로 끌어다가 借用한 이야기다. 『諧鐸』의 내용을 제시하면 다음과 같다.

『諧鐸』〈鄙夫訓世〉41)

(1) 新安의 某翁은 千錢을 가지고 吳門에서 포목장사로 많은 돈을 모았다.

(2) 여러 사람이 와서 치부의 비결을 가르쳐 달라고 하자, 百錢을 가져오면 가르쳐 주겠다고 했다.

(3) 그들이 돈을 가지고 오자, 翁은 "富를 이루려면 먼저 外賊을 다스리고 뒤에 內賊을 다스리라"고 했다.

(4) 사람들이 '外賊'에 대하여 묻자, 翁은 "眼·耳·鼻·舌·身을 통하여 나가는

---

41) 『諧鐸』四卷本 124-126쪽.

재물을 막으라"고 했다.

(5) 사람들이 '內賊'에 대하여 묻자, 翁은 "仁·義·禮·智·信을 물리쳐야 富를 이룰 수 있다"고 했다.

(6) 여러 사람이 대가로 준 돈이 모두 紙錢의 재이므로 翁이 꾸짖자, 그들은 "翁의 가르침이 人世에 행할 수 없다"라고 하며 모두 鬼相으로 변했다.

(7) 翁이 도망치려 하자, "畜生道의 4만8천 귀신이 옹의 가르침을 기다리고 있으니 동행하자"고 했다.

(8) 그가 잠시 여유를 달라하여 가사를 정리했지만 가지고 갈 만한 것이 없어 한탄하니, 귀신들이 야유를 보냈다.

(9) 鐸曰,

위의 작품은 新安의 부자인 某翁이 욕심을 부리다가 귀신들에게 혼난다는 이야기다. 부자가 되는 방법은 外賊과 內賊을 다스려야함을 말했는데, 그 중에서 후자를『東野』제114화의 (9)∼(11)에 삽화로 部分借用했음을 알 수 있다. 앞에서 논의한 제113화가 全篇借用한 것과는 借用의 방법이 다를 뿐이다. 이 경우에 편자가 활용한 부분의 역할을 중요시했음은 제목을 보면 알 수 있다. 즉 제114화의 제목은 바로 이 이야기를 두고 붙인 것이다. 그런데 이와 같은 部分借用은 일종의 모티프로 활용되는 것이기 때문에, 원작의 의도와는 다른 상황에서도 변형되어 쓰일 수 있다는 점이 중요하다.『東野』가 이것을 주인공의 풍자에 활용하고 있는 것은『諧鐸』의 전체적인 내용에 상관없이 편자가 창의성을 발휘하여 새롭게 꾸며 낸 것이라고 하겠다. 따라서 이러한 모티프로의 借用은『諧鐸』뿐만 아니라『於于野譚』과『紀聞叢話』등에서도 보다 많은 借用의 사례가 있을 것으로 예상되지만, 이는 후일의 과제로 남긴다. 다만 편자가『諧鐸』의 작품들을 그만큼 깊이 탐독한 결과, 이제는 원작의 의도와 다른 경우에도 어느 한 부분을 모티프로 활용하는 단계에까지 나아갔음을 지적하고자 한다. 결국『東野』의 편자는『諧鐸』의 작품이 갖고 있는 흥미성과 교훈성 가운데, 흥미성보다는 교훈성을 의식하여 일부를 삽화로 借用한 것이라고 하겠다.

《表現의 대비》

『東野』제114화에서 部分借用한 것과『諧鐸』의 표현을 대비하면 다음과
같다.

> (1) 新安某翁 挾千錢至吳門作小經紀 後家日泰 抱布貿絲 積貲鉅萬 常大言曰
>   致富有奇術 愚夫自不識耳 有數人齊疑其門 乞翁指授 ……(中略)…… 曰
>   求富不難 汝等先治其外賊 後治 其內賊 起家之道 思過半矣 衆曰 何謂外
>   賊 翁曰 外賊有五 眼耳耳鼻舌身是也 ……(中略)…… 衆曰何謂內賊 翁
>   曰 內賊亦有五 仁義禮智信是也
>   ⇒ 安老微時欲致富而未得其要 遇一富翁之善治生者 願學其術 富翁曰 求
>   富不難 先治五賊 乃可起家 安老問 何謂五賊 曰 仁義禮智信是也42)
>
> (2) 持此以往 百萬之富 直反掌間耳 有志者好自爲之 衆唯唯出錢置座上 翁視
>   之 皆爲紙錢灰也
>   ⇒ 持此以往 百萬之富 直反掌間耳 有志者勉爲之 安老笑而謝之 盖富翁
>   安老之爲人 故如是嘲謔耳43)

위에서 제시한 표현의 대비는 이 작품의 경우 중요한 의미는 없는 것이라 할
것이다. 다만 여기서는 修潤 양상을 구체적으로 확인할 수 있다는 점에서 대비
를 제시해 보았다. 앞의 구성의 대비에서 살펴본 바와 같이 部分借用한 내용은
일종의 모티프로 활용된 것이기 때문이다. 따라서 부분적인 표현의 異同이 중요
한 것이 아니라, 모티프로서의 달라진 역할이 더욱 문제가 된다. 이 때 모티프의
借用이 다양해질수록 편자의 창의성이 개재될 가능성은 높아진다고 할 수 있다.

3. 飜案

가)『東野』제202화 〈皇蘭寺十美酬唱〉과『諧鐸』〈十姨廟〉

이 작품은 크게 보아 우리 나라 야담과『諧鐸』의 이야기를 합성한 것으로 볼

---

42)『諧鐸』四卷本 124-125쪽,『東野彙輯』大阪本 (上) 765쪽.
43)『諧鐸』四卷本 125쪽,『東野彙輯』大阪本 (上) 766쪽.

수도 있다. 그러나 지금까지 검토한 移錄이나 단순한 삽화로서의 借用으로 보기에는 그 修潤의 양상이 대단히 복잡하고 다양하다고 할 것이다. 따라서 이것은 비록 한 편 뿐이지만『諧鐸』의 이야기를 중심으로 편자가 나름대로 창의력을 발휘하여 飜案을 시도한 작품으로 생각된다. 이런 의미에서 표현의 대비는 생략하기로 하고 구성의 대비를 중심으로 논의를 전개할 것이다.

《構成의 대비》

『東野』 제202화의 내용을 제시하면 다음과 같다.44)

(1) 呂氏 姓의 文官은 영남 사람으로 명경과에 등과하여 湖西亞使를 지냈다.

(2) 하루는 백마강에서 놀다가 기생의 권유로 詩를 지었는데, 반나절 동안 겨우 두 구를 이루었고 그 내용도 의자왕을 두둔한 것이어서 조롱을 받았다.

(3) 그의 從弟某가 文才가 있어 呂를 따라 왔다가, 그의 詩가 졸렬함을 부끄럽게 여기며 홀로 낙화암에 올라서 詩를 읊조렸다.

(4) 그가 언덕 위에 누워 있으려니, 미녀 6명이 놀러 왔다가 그를 보고 맞이하여 술과 음식을 베풀었다.

(5) 그녀들이 許蘭雪, 桂生, 論介, 眞伊 등을 차례로 불러 와서, 선비와 10명의 여자들이 술을 마시며 詩를 짓고 놀았다.

(6) 먼저 선비가 오언율시를 선창하여 여인들이 칭찬하고, 이어 一姬가 칠언율시를 읊고, 나머지는 전부 오언율시를 읊었다.

(7) 二姬가 '四書一句를 들면서 그 아래에 고인의 이름을 잇는 내기'를 제안하고 불합격자는 벌주를 마시기로 하였는데, 여자들은 차례대로 모두 잘했지만 선비는 실수하여 벌주를 마셨다.

(8) 三姬가 '詩一句와 唐詩一句에 약초 이름 하나를 붙이는 놀이'를 제안하자, 여자들은 돌아가며 응했고 선비는 이미 취하여 억지로 응하였다.

(9) 四姬가 '한 사람이 才談을 들면 서로 이어서 응대할 것'을 제안하고, 잘못하면 벌주를 마시기로 하여 모두 응했다.

(10) 五姬가 '古人詩句를 모아서 율시 한 편씩 짓기'로 하였는데, 여자들은 모두 능숙하게 지었으나 선비는 술에 취해 머뭇거리다가 급기야 남의 詩를 표절하

---

44)『東野彙輯』大阪本 (下) 493-510쪽.

니, 여자들이 모두 그를 조롱했다.

(11) 이때 갑자기 杜甫가 나타나 자기 詩를 훔쳐다 읊었다며 선비를 꾸짖고는 뺨을 때렸다.

(12) 놀라 깨어 보니 여자들은 간 곳이 없고, 선비 혼자서 바윗가에 누워 있었다.

(13) 선비는 이 후로 다시는 詩 짓는 자리에 나아가지 않았고, 또 詩를 잘 짓는다고 자처하지도 않았다.

(14) 外史氏曰

위의 작품은 呂氏 姓의 文官이 백마강에서 시를 지었다가 기생에게 조롱당했다는 이야기와, 그의 從弟 某가 낙화암에 올랐다가 꿈에 10명의 미녀와 여러 가지 詩才를 시험하는 내기와 놀이를 하였으나 번번이 실수하여 망신을 당한다는 이야기로 되어 있다. 그 서사구조는 단순하지만, 형태면에서 詩話의 형식과 夢遊錄 계통을 잇고 있는 점이 주목된다. 또 이 작품은 雜識部 下의 장편 6편 가운데 하나이기도 하다.

구성을 보면 (1)·(2)의 이야기와 (3)~(13)의 이야기로 크게 나뉘어진다. (3)은 두 이야기를 하나로 연결하는 구실을 한다. 뒷부분은 다시 (3)~(10)과 (11)~(13)으로 갈라 볼 수 있다. 따라서 (1)·(2)의 서두부와 (3)~(10)의 중심 이야기, (11)~(13)의 결말부로 짜여져 있다고 하겠다. 또 서두부는 우리나라 야담으로 주인공이 낙화암에 오르는 계기를 마련해 주고 있다. (3) 이하는 바로 『諧鐸』을 바탕으로 편자가 여러 가지 모티프를 창의적으로 첨가한 내용이다. 다양한 모티프의 활용이라는 점에서 合成移錄의 제250화, 部分借用의 제114화 등에서 볼 수 있었던 한두 가지의 모티프를 첨가하는 방법이 보다 확대된 것이라고 하겠다.

다음에 『諧鐸』 '十姨廟'의 내용을 들어보기로 한다.[45]

(1) 杜曲 서쪽에 있는 十姨廟에 아름다운 十姨의 소상이 있었는데, 上舍生某가 그곳을 지나다가 廟에 들어가 그 소상을 보고 돌아가서 꿈을 꾸었다.

(2) 꿈에 갑자기 몸이 十姨廟의 낭하에 있어 아름다운 가을 경치를 구경하는데,

---

45) 『諧鐸』 四卷本 142-146쪽.

十姨가 시동을 거느리고 와서 함께 술을 마시며 놀게 되었다.

(3) 大姨가 '四書 속에서 一句를 들고 아래로 古人의 이름을 접하는 놀이'를 제 안하고 , 불합격자는 벌주를 마시기로 하였다.

(4) 十姨는 순서대로 모두 잘했으나, 某는 생각을 가다듬지 못하고 水滸志의 一 句를 들어 여러 사람의 웃음거리가 되고 벌주 석 잔을 마셨다.

(5) 五姨가 홀연 詩 짓기를 청하고, 다시 十姨가 '古人舊句를 모아서 각각 律詩 한 편씩을 짓자'고 했다.

(6) 十姨가 돌아가면서 詩를 짓고는 서로 評을 하였는데, 某는 짓지 못하다가 千 家詩句의 제1구를 잘못 쓰고는 붓을 쥐고 침음하였다.

(7) 갑자기 한 사람이 와서, '자기는 '浣花溪 杜拾遺'로 당나라 때부터 十姨廟에 서 제사를 받았는데, 사람들이 무지하여 拾遺를 十姨로 바꾸어 놓았다'고 하 며, 十姨가 某를 끌어들여 자기의 장벽을 더럽혔음을 꾸짖었다.

(8) 某가 홀연 놀라서 깨어났으나, 끝끝내 杜少陵이 누구인지 알지 못했다.

(9) 후에 사람들이 女像을 진훼하고 杜拾遺를 묘에 제사 지냈다.

(10) 鐸曰

위에 제시한 작품은 十姨廟의 숭배 대상이 十姨에서 杜拾遺로 바뀐 내력을 소개하는 형식의 이야기다. 즉 형태면에서 전설의 형식을 취하고 있다. 그 내용 은 上舍生某가 아름다운 十姨의 소상을 보고 돌아가서 꿈을 꾸었는데, 꿈에 十姨를 만나 놀이와 詩짓기를 하다가 끝내 망신만 당하고 갑자기 杜拾遺가 나 타나 十姨와 某를 꾸짖었다는 것이다. 두 작품을 대조해 보면『東野』제202화 의 (3)~(13)이『諧鐸』〈十姨廟〉를 바탕으로 修潤된 것임을 알 수 있다. 이 렇게 볼 때 그 대략적 양상은 앞에서 논의한 合成移錄의 제250화, 部分借用 의 제114화와 비슷하다고 하겠다. 그러나 구체적인 양상에 있어서는 그것보다 훨씬 다양하고 복잡한 모습으로 되어 있다. 양자의 차이점을 간단히 表로 제시 하면 다음과 같다.

구분 \ 작품		『諧鐸』 <十姨廟>	『東野』 제202화
서두		•某가 十姨의 소상을 보고 돌아가서 꿈속에서 十姨를 만난다.	•文官呂氏가 백마강에서 詩를 지었다가 기생에게 조롱 당한다. •從弟某가 그것을 부끄러워하다 낙화암에 올라 6姬를 만난다.
본 문	(1)		•一姬가 詩 짓기를 제안한다. •許蘭雪, 桂生, 論介, 眞伊를 불러온다. •呂某가 선창하고 여자들도 잘 지었다.
	(2)	•大姨가 四書一句에 古人의 이름 잇기를 제안한다. •모두 잘했으나 某가 실수한다.	•二姬가 四書一句에 古人의 이름 잇기를 제안한다. •모두 잘했으나 呂某가 실수한다.
			•三姬가 詩一句, 唐詩一句에 약초명 하나를 붙이는 놀이를 제안한다. •모두 잘하고 呂某는 억지로 응한다.
	(4)		•四姬가 才談을 들면 이어서 응대하는 놀이를 제안한다. •모두 잘한다.
본 문	(5)	•十姨가 古人舊句를 모아 律詩 짓기를 제안한다. •모두 짓고 某가 실수한다.	•五姬가 古人詩句를 모아 律詩짓기를 제안한다. •모두 짓고, 呂某가 남의 詩를 표절한다.
	(6)	•杜拾遺가 나타나 자기가 제사받던 곳을 더렵혔다며, 十姨와 某를 꾸짖는다.	•杜拾遺가 나타나 呂某 자기 詩를 표절했다며, 꾸짖고는 그의 빰을 때린다.
결 말		•某가 놀라서 깨어났지만 끝내 杜少陵이 누구인지 모른다. •후에 女像을 없애고 杜拾遺를 제사지냈다.	•놀라 깨어 보니 꿈이었다. •그 후에 다시는 詩 짓는 자리에 나아가지 않았다.
제 목		十姨廟	皐蘭寺十美酬唱
형 태		傳說(夢遊錄)	詩話(夢遊錄)
배 경		十姨廟(杜曲西)	落花巖(扶餘)
인 물		上舍生某, 十姨, 杜拾遺	呂氏兄弟, 十姬(許蘭雪, 桂生, 論介, 眞伊 포함), 杜拾遺
길 이		2205字(史評 제외)	3767字(史評 제외)

(表 4)를 보면 먼저 『東野』의 서두는 詩話를 맨 앞에 배치하고, 주인공이 낙화암에서 6姬를 만나는 장면이 제시되었는데, 『諧鐸』에는 없는 내용이다. 그리고 『諧鐸』이 처음부터 꿈속의 이야기임을 분명히 했으나 『東野』는 꿈으로 들어가는 언급이 없다. 여기에서 인물이나 배경을 바꾼 것은 당연한 것이지만, 위의 두 가지 차이점은 중요한 의미를 갖는다고 하겠다. 前者는 작품의 형태를 변개한 것으로 傳說을 詩話의 형태로 修潤한 것이다. 後者는 夢遊錄의 형식을 달리한 사실을 가리키는데, 『東野』에서 꿈으로 들어가는 언급이 없는 것은 마치 『九雲夢』을 연상시키는 수법이다. 인물은 呂氏 형제의 설정도 자연스럽거니와 『諧鐸』의 十姨가 특징이 없는 인물설정인 데 비해서 『東野』는 먼저 6姬가 등장하고 다음에 우리 나라에서 詩才로 이름난 여인 4명을 추가로 불러오는 수법이 돋보인다. 이것은 앞에서 논의한 바 있는 移錄이나 삽화로의 借用에서는 볼 수 없었던 양상이라고 할 수 있다. 즉 지금까지는 우리 나라 야담으로 만들기 위한 최소한의 변개에 그쳤던 것이 이 작품에서는 서두에서부터 위와 같은 적극적인 변개를 보이는 것이다. 물론 이때도 변개의 방향은 우리의 현실에서 있을 수 있는 이야기로 만든다는 편찬의식이 작용하고 있기 때문에 개연성과 事實性을 바탕으로 하고 있다.

　다음 본문에서 (2)와 (5)의 내용은 『諧鐸』에서 그대로 移錄했지만, 나머지 (1)·(3)·(4)를 새롭게 추가였다. 이 이야기들이 다른 詩話集에 실려 있는 것인지 확인할 수 없었지만, 대체로 편자의 창의에서 나온 것으로 추정된다. (3)·(4)의 경우에는 일종의 語戱에 속하는 것이기 때문에 당시 士大夫 사회에서 유행했던 것이었을 수도 있을 것이다. 그렇다고 해도 그것을 이 작품에 활용한 것은 편자의 창의성으로 보아 무방하리라고 생각된다. 한편 『諧鐸』에서는 놀이의 제안자가 大姨와 十姨로 처음과 끝의 두 여자들인데, 『東野』는 이것을 一姬부터 五姬에 이르기까지 차례대로 제안하고 있다. 이것도 역시 편자의 의도적인 안배일 것이다. (6)의 내용이 차이를 보이는 것도 주목할 필요가 있다. 즉 『諧鐸』이 傳說의 형태를 의식한 사건제시인 데 비해서, 『東野』는 서두와의 일관성을 살려 詩話로서의 사건제시에 충실한 것이라고 하겠다. 구체적으로 언급해 보면 前者가 十姨와 某를 함께 꾸짖은 것은 자신의 신성한 자리에서 놀았기 때문이고, 後者가 呂某의 표절시를 들어 某만을 꾸짖고 뺨을 때린 것은 詩話의 형태를 의식한 변개라고 할 수 있다.

결말의 처리도 차이를 보이는데, 『諧鐸』은 傳說에서 볼 수 있는 결말이고 『東野』는 詩話로서의 결말에 해당되는 것이다.

이상에서 이 작품은 서두, 본문, 결말에 걸쳐 편자의 의도대로 폭넓은 변개를 시도하고 있고, 그것은 또한 작품의 형태에 맞춘 것임을 고찰하였다. 그러므로 앞에서 제시했듯이 이 작품은 移錄이나 借用이 아닌 飜案으로 보아야 한다는 사실이 어느 정도 해명되었다고 하겠다. 이러한 판단은 또 작품의 길이가 『東野』에서 대폭적으로 장편화했다는 점도 고려한 것이다. 즉 『諧鐸』에 비해서 1,550餘 字나 늘어났다는 사실은 편자가 전설을 詩話로 바꾸어 飜案한 때문일 것이다. 그런데 『東野』의 편자가 『諧鐸』의 작품을 修潤載錄하는 과정에서 의도적인 장편화를 시도하지 않았음은 앞에서도 언급한 바가 있지만, 이 작품의 경우에도 처음부터 장편화를 의도했던 것은 아니라고 본다. 작품이 길어진 것은 다른 작품들과 마찬가지로, 역시 개연성과 사실성을 바탕으로 하여 흥미성과 교훈성을 확보하기 위한 것이었다고 할 수 있다. 이것은 작품의 형태를 傳說에서 詩話의 형태로 바꾸었기 때문에 당연한 변개라고 할 것이다. 덧붙여 말한다면 (表 4)에 있듯이 『諧鐸』의 작품이 이미 충분히 장편이기 때문에 굳이 작품의 길이를 의식하여 더욱 길게 할 필요는 없었다고 하겠다. 결국 편자의 관심은 작품의 길이가 문제가 아니라, 개연성과 사실성의 확보 내지는 흥미성과 교훈성의 具有에 있는 것이다. 이 작품은 결과적으로 『東野』에서 가장 긴 작품의 하나가 되었지만, 작품 길이가 길더라도 편자가 보기에 이야기의 내용에서 위와 같은 요소들이 제대로 갖춰지지 않았을 때는 그것을 보충하려는 편찬의식이 작용하는 것으로 생각된다. 참고로 『諧鐸』의 보통 작품은 700字~1,000字 내외가 일반적이고, 『東野』도 1,000字~1,500字가 보통이라는 점을 고려하면 위와 같은 논의가 타당함을 알 수 있다.

Ⅲ. 결 론

지금까지 논의된 바를 중요한 부분만 간단히 요약하여 제시하면 다음과 같다.

먼저『諧鐸』에서의 修潤양상은 1)移錄, 2)삽화로의 借用, 3)飜案 등으로 나뉘어지는데, 移錄은 다시 全篇移錄과 合成移錄으로 나눌 수 있고, 삽화로의 借用은 全篇借用과 部分借用이 있다고 했다. 移錄과 全篇借用은 구성과 표현에 있어서 비교적 변이가 덜함을 볼 수 있었고, 部分借用이나 飜案의 경우 변이가 심해지는 현상을 살필 수 있었다.

『諧鐸』에서 全篇移錄한 작품들을 고찰해 본 결과, 대체로 변개된 부분은 主人公에 대한 人定記述의 보강, 그리고 작품의 배경을 우리 나라에 맞게 손질했음을 확인할 수 있었다. 그밖에 부연된 표현이나 축약된 표현도 나타나지만, 그것은 현실성을 고려한 최소한의 변개에 불과한 것이었다. 이러한 작품들은 道流部, 述異部, 拾遺部 등에 골고루 한두 편씩을 수록하고 있으며, 특히『諧鐸』의 작품 자체가 대부분 교훈성과 더불어 흥미성을 잘 갖추고 있는 이야기들이었다는 점을 주목할 만하다. 또 구성면에서도 삽화나 일화의 나열이 아닌, 단일한 사건을 중심으로 한 흥미 있는 이야기가 전개되며, 주로 주인공들의 기이한 체험담이 많다. 이렇게 볼 때 여기에 해당하는 작품들은 허구적 요소가 있으면서도 서사구조가 뛰어난 것들을 선택했음을 알게 된다.『諧鐸』의 작품 가운데 교훈성과 흥미성이 조화를 이루는 동시에 구성이 뛰어난 작품을 골라서, 야담 향유층의 기대를 고려하여 우리 실정에 맞게 다듬은 것이다. 결국 이원명의 이러한 작업은『諧鐸』의 이야기에 편자 나름의 개연성과 事實性을 보강함으로써, 우리 야담문학의 폭과 깊이를 확장한 것으로 볼 수 있다.

또 변이를 축약과 부연, 단순 변개로 나누어 고찰하여, 이것들이 선행 연구의 지적처럼 편자가 흥미성의 고조나 장편화를 의도적으로 지향했던 것이 아님을 밝혔다. 즉 우리 나라 야담으로 바꾸는 데 필요한 최소한의 개연성과 事實性을 고려하여 변이가 일어난 것이라고 했다.

그리고 성격이 비슷한 것들을 한 작품으로 모아 주려는 경향은 序文과 凡例에서 밝힌 편찬의식이 작용한 결과인데, 그 방향은 흥미성과 교훈성을 극대화하는 쪽으로 전개된다. 이 때 여기에 편자의 창의성이 개재할 수 있다고 보았다. 원작이 개연성과 事實性, 흥미성과 교훈성을 잘 갖춘 것이면 개변의 양상이 최소화한다는 사실에서 그러한 것이다. 결국 『東野』는 허구성보다는 사실성을, 흥미성보다는 교훈성을 우위에 두었음을 확인할 수 있다. 그러나 이것은 표면적으로 내세운 이유에 불과하고, 모든 작품을 많건 적건 간에 새롭게 修潤했기 때문에 궁극적으로 편자인 李源命은 야담을 '개연성 있는 虛構'로 대했음을 알게 된다. 그러기에 『於于野譚』, 『紀聞叢話』 그밖에 他書와 古談에 이르기까지 취재의 대상을 넓힐 수 있었던 것이다. 따라서 『東野』가 우리 나라 야담집이 아닌 중국의 『諧鐸』에까지 눈을 돌린 것도 이런 맥락에서 이해가 될 것으로 생각된다. 즉 '야담의 虛構化'를 지향하는 편자로서는 중국의 작품도 문제가 되지 않기 때문에, 중국의 작품도 적당한 修潤을 거쳐서 우리 나라의 야담으로 편찬하게 된 것이라고 하겠다.

한편 修潤의 대부분을 차지하는 移錄은 말할 것도 없고, 삽화로의 借用에서도 편자는 『諧鐸』의 이야기를 중시하는 경향이 있다고 했다. 심지어 部分借用까지도 제목에서 『諧鐸』을 의식했음을 지적하였다. 그리고 이러한 借用은 일종의 모티프로만 활용하는 단계를 보인 것으로, 앞의 移錄보다는 편자의 창의성이 크게 작용하는 것으로 추정하여 보았다. 여기에서 한 걸음 더 나아가 『東野』의 편자는 적극적인 飜案을 시도함으로써, 구조적인 면에서 야담을 새로운 차원으로 변형시키는 단계에까지 나아갔음을 고찰하였다.

이렇게 볼 때 李源命은 야담의 개연성과 사실성, 흥미성과 교훈성, 서사구조의 통일성과 합리성, 그리고 특히 야담의 허구성 등을 잘 인식하고, 『東野』에서 그것들은 실현해 보인 인물이라고 할 수 있다. 그리하여 필요한 경우에는 적극적인 창의성을 발휘하기도 하여 야담문학을 내용과 형태면에서 두루 새롭게 재정비하고자 했음을 알게 되었다. 실로『東野』는 야담 문학사의 전개에 있어서 야담을 보다 새로운 차원으로 끌어올리려는 치밀한 편찬의식의 소산이라고 할 것이다. 하지만 이러한 편자의 의식이 이후의 야담집이나 신소설 등에서 긍정적으로 계승되지 못했을 뿐만 아니라, 개화기의 소용돌이 속에서는 오히려 그 格을 떨어뜨리는 방향으로 진행되었음은 안타까운 일이었다고 하겠다.46)

이 병 찬　　대진대학교 교수

---

46) 그러나 근래에 이러한 단절적 인식을 극복하고자 하는 논의가 제기되고 있음은 주목할 만한 것이다. 즉 한기형은 「한문단편의 서사전통과 신소설」(『민족문학사연구』제4호, 1993)에서 개화기 신소설의 일반적 추세와는 달리 몇몇 작품들의 경우, 전시대 서사양식의 긍정적 요소들을 받아들여 새로운 문학적 성과를 보였음을 밝히고 있다. 본고도 궁극적으로는 위와 같은 연구성과와 접맥될 때 논의가 더욱 확장될 수 있으리라고 본다.

3. 사회사적 연구

야담문학연구의 현단계

『紀聞叢話』 이야기와 朝鮮後期
沒落兩班層의 向方

I. 서 론

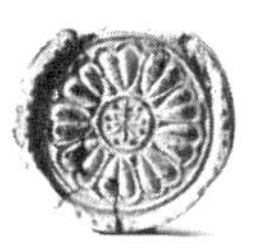 우리 문학사에서 조선 후기를 다룰 때 지적할 수 있는 몇 가지 시대적 특징 가운데 하나가 '신분체제의 동요'일 것이다. 그 근본적인 원인은 임·병 양란 이후의 정치·경제·사회 등 제반 분야의 변화에 있다고 할 수 있으나, 구체적으로 신분제가 동요된 양상은 크게 세 가지로 나누어 볼 수 있다. 하나는 이른바 閭巷人 혹은 委巷人이라고 하는 중인계층의 대두를 들 수 있고, 다른 하나는 양민과 천민을 포함한 서민계층의 성장에서 찾아볼 수 있다. 나머지 하나는 일부 양반계층의 몰락에 의한 것이라고 하겠다.

양반계층의 일부가 조선 후기에 이르러 몰락하게 된 원인은 여러 각도에서 설명할 수 있으나, 두드러진 것으로 세 가지를 지적할 수 있다. 첫째로는 제한된 관직에 비하여 양반의 수가 엄청나게 증가하였다는 것이다. 둘째로는 선조 이후 생겨난 당쟁으로 인하여 실각한 당파에 속하는 양반은 명색이 양반일 뿐 거개가 몰락의 길로 들어설 수밖에 없었을 것이다. 특히 토호적인 경제 기반을 확보하지 못한 양반의 경우는 생계 유지조차 어려운 상황에 이르렀다고 한다.

셋째로는 과거제도의 문란으로 인하여 관직에 진출하지 못한 양반이 다수 생겨났다는 것을 들 수 있다. 특정 당파나 가문의 인물이 과거를 주관하는 데에서 일어나는 科試不正과 그에 따른 賣官賣職은 말할 것도 없고, 지나치게 많은 인원을 선발함으로써 과거에 급제를 하고서도 관직을 받지 못하는 사례가 허다

하였다고 한다. 大科의 급제자가 이러할 때, 小科에 급제한 生員·進士의 경우는 더 말할 나위가 없었을 것이다.

지금까지 이들 몰락 양반층을 다룬 문학 작품들이 여러 갈래에 걸쳐 다양한 각도에서 조명되어 왔다. 한문단편 〈兩班傳〉·〈許生傳〉, 가사 〈愚夫歌〉·〈老處女歌〉, 판소리 〈흥보가〉·〈심청가〉 등에 관한 논의가 그것이다. 이 글에서는 연세대 도서관 소장 4책본 『紀聞叢話』에 실려 있는 몇 편의 야담 작품을 중심으로, 조선 후기의 몰락 양반층이 걸을 수밖에 없었던 몇 가지 상이한 방향이 어떻게 야담에 문학적으로 형상화되었는가를 고찰하고자 한다.

Ⅱ. 經營型 富農과 〈漢陽崔生〉

연세대 4권4책본 『기문총화』 제161화에 별도의 제목 없이 '昔漢陽士人崔生……'으로 시작되는 이야기를 이 글에서는 편의상 〈한양 최생〉으로 지칭하기로 한다. 이 이야기는 서울대 奎章閣 소장 2책본 『기문총화』 제378화와 규장각 소장 6권6책본 『溪西野談』 제146화(제5권 제24화), 그리고 栖碧外史海外蒐佚乙本 『기문총화』 제102화로도 수록되어 있다. 이 이야기는, 서울의 선비인 최생이 글재주는 있었으나 거듭 과거에 낙방한 데다 가난까지 겹쳐 더 이상 과거 응시를 포기한 채 시골로 내려가 농사를 지으며 곡식의 매출입을 통해 殖利를 해나가는 과정을 그린 것이다. 이른바 〈廣作〉으로 알려진 『東稗洛誦』의 許珙, 혹은 『東野彙輯』의 許弘 이야기와 燕巖의 〈허생전〉을 함께 보는 듯한 이야기다.

우선 최생의 몰락 상황을 보기로 하자. 최생은 여러 대에 걸쳐 높은 벼슬을 한 집안의 아들로 일찍부터 글재주로 이름이 알려졌는데 장성하여 여러 차례 과거에 응시하였으나 합격하지 못하였다고 한 점으로 보아, 최생은 당색 등으로 인하여 몰락한 집안의 후손으로 설정되었을 가능성이 높다. 집안이 가난하고 부

모가 연로하며 처자가 처량한 것이야 몰락한 양반가의 일반적인 모습이라 하겠
으나, 집안에 드나들던 사람들과 오래된 아전들 가운데 출세한 사람들이 많았음
에도 세력을 잃은 최생의 집을 누구도 도와주려고 하지 않았다는 진술에서 당색
에 의한 몰락임을 다시 확인할 수 있다.1)

과거에 거듭 낙방을 해도 응시를 포기하지 않던 최생이 생각을 바꾸게 된 것
은 『맹자』를 읽다가 〈離婁章句〉에 나오는 '수족을 게을리하여 부모를 돌보고
봉양하지 않는 것은 불효의 하나(惰其四肢 不顧父母之養 一不孝也)'라는 대목에
서 불효자임을 자각한 직후였다. 그는 문구류를 싸서 간직한 뒤 써놓은 원고는
모조리 불사르고 서가에 가득한 책은 모두 친구에게 맡겨 버렸다. 그리고는 이
튿날로 집을 판 값 5백 냥을 지닌 채 식구들을 이끌고 청주에 있는 농장으로 낙
향하였다. 낙향한 최생은 노비들을 불러 놓고 다음과 같은 다짐을 한다.

> 내가 너희들과 10년을 약속하고 받은 1백 결, 노비는 1백 명, 소와 말 각 1백 마
> 리, 집은 50칸, 하루에 쓰는 비용 1만 전, 한 달에 쓰는 비용으로 베 3백 자가 되도록
> 하겠다. 내 말을 듣는 사람들은 각기 1백 금의 상을 받을 것이고, 그렇지 않은 자들은
> 내가 죽일 것이다.2)

이러한 다짐에 대해 노비들은 사람이 누군들 부유하게 살고 싶지 않겠느냐며
복이란 저마다 타고나는 것인데 어떻게 마음대로 되겠느냐고 반문한다. 이에 대
해 최생은 "화와 복은 모두가 자기 스스로 만드는 것이다. 얻으려고 하면 얻는
것이니 뭐 어려울 게 있겠느냐? 너희들은 다만 내 말만 들으면 되지 꼭 그렇게
될 수는 없을 것이라는 근심일랑 말아라."3)하고 타이른다. 여기서 노비들이 숙

---

1) 編者未詳, 『紀聞叢話』, 제1권 제161화. 昔漢陽士人崔生 其名則忘之矣 此人累世公卿
   家子弟也 早以文藝聞 旣壯累擧不中 家貧親老妻子凄凉 門生故吏多顯者 而勢去崔門
   莫肯相恤.

2) 같은 책, 같은 곳. 崔生乃招奴婢誓曰 吾與若等約十年 吾田百結 奴婢百口 百頭牛百蹄
   馬 屋五十間 日用萬錢 月費布三百尺 聽吾命者 人各受百金之賞 不用命者 吾其殺.

3) 같은 책, 같은 곳. 奴婢等對曰 人亦孰不欲富厚 是分福 何可必乎 崔生曰 禍福無不自
   己 求之者求 則得之何難之有 若等但聽吾命 勿愁其不可必也.

명론적인 사고방식을 드러내고 있는 데 반해, 최생은 운명도 스스로의 노력에 의해 개척될 수 있다는 적극적인 사고방식을 보여준다.

이렇게 선언한 최생은 서울 집을 처분한 돈 5백 냥으로 오곡을 사들여 저축하였는데, 당시 충청도에 풍년이 들어 5전에 벼 25말을 사들일 수 있었고 다른 곡식의 값도 그 정도였다고 하였다. 이듬해에는 최생이 몸소 농사를 지었는데 또한 대풍이 들어 같은 값으로 더 많은 곡식을 살 수 있었다. 최생은 祭田 10결을 모두 팔아 3천 냥을 받아서 그 돈으로 몽땅 오곡을 사들였다. 전 해에 사 놓은 곡식과 아울러 계산해 보니 모두 4천여 섬이나 되었다고 하였다. 그 다음 해에는 여름에 가뭄이 들고 가을에 장마가 져, 겉곡식 한 섬 값이 열 냥이나 되었고 쌀은 그 갑절이 되었다고 한다.4)

최생이 풍년이 들었을 때 곡식을 사 두었던 까닭은 흉년일 때 팔아 이득을 남기기 위해서였을 것이다. 마침 흉년이 들어 곡가가 騰貴하자, 늙은 종들은 사 놓았던 곡식을 팔자고 청하였다. 그러나 최생은 그것을 허락하지 않고 세대별로 饑民의 수를 적어 오라고 하였다. 파악한 결과, 모두 5백여 가구에 1천 3백여 명이나 되었다. 이들에게 양식을 나누어주고 농사지을 소가 없는 사람에게는 소를 사주는가 하면 오곡의 종자를 나누어주고 농사일을 할 때는 겉두리까지 지어다 주었다. 그러자 5백여 가구가 부지런히 증산 운동에 발벗고 나섰다는 것이다. 최생은 곡식을 사기 위해 제전마저 팔았으므로 남의 땅을 빌려 농사를 지었다.5)

그 해에는 과연 풍년이 들어 최생이 수확한 것이 2백 섬이나 되었다. 그 가운

---

4) 같은 책, 같은 곳. 崔生乃與五百兩錢 使之貿五穀而儲之 時湖西大熟 五錢收租二十五斗 他穀稱是 明年春 崔生身操鍬鋘爲農 …… 是歲又大有年 穀直比去歲加之 崔生乃盡賣其祭田十結 受錢三千兩 悉以買五穀 幷前貿而計之 則穀爲四千餘石 越明年 夏旱秋澇 野無立苗 歲則大饑 …… 皮穀一石直錢十兩 米倍之.

5) 같은 책, 같은 곳. 老奴等請賣所貿之穀 崔生不許曰 汝往召鄕里父老來 …… 我有穀若干石 雖少能博施濟衆 吾不忍吾鄕里之盡劉 從某至某 錄其人口多少 戶之大小 以示之可乎 …… 崔生約日同召其錄中人凡五百餘家 一千三百餘口 分與其穀 …… 於是 逐日計口給粮 使無捐瘠 其賣牛而無牛者買與之 給其農饁及五穀之種 五百餘家 用力齊修勤業 趁時任事 自相激勸 崔生曰 吾去年將歉而廢我稼 今年吾將修之 然十結之田旣賣矣 當廣取他人之田.

데 1백 섬을 최생이 거두었다. 5백여 가구에서도 각기 많은 곡식을 수확하였다. 그들은 흉년이 들었을 때 최생이 구호한 사실을 들어, 당시에 구제하는 데 쓴 곡가 4만 냥에다 이자를 붙여 6만 냥으로 갚을 것을 결의하고 6만여 섬의 곡식을 모아 가지고 최생을 찾아왔다. 최생은 그것이 너무 많다고 사양하자, 노인들은 다음과 같은 논리로 자신들의 입장을 설명하였다.

올해 만약 4천 섬의 곡식을 판다면 마땅히 4만 냥을 받을 수 있습니다. 4만 냥으로 서울과 지방에 팔 잡화를 사들였다가 가을에 내다 팔면 12만 냥은 될 것입니다. 12만 냥으로 벼를 사들이면 마땅히 12만 섬이 됩니다. 지금 저희들이 가져온 6만 섬은 그 반밖에 되지 않습니다. 12만 섬을 취하지 않고 6만 섬을 취하셨으니, 이것이 청렴하신 것이 아닙니까? 처음에 이해를 따지지 않고 죽어가는 사람들에게 곡식을 나누어주시고 보답을 바라는 말을 한 마디도 하지 않으셨으니, 이것이 사랑이 아닙니까? 저희들의 이해로 말씀을 드리자면, 5백여 가구의 1천 3백여 명이 춘궁기 큰 흉년이 들었을 때 비록 돈을 빌리고자 하여도 빌릴 길이 없었습니다. 가령 돈을 빌릴 수 있었다 하여도 그 이자가 틀림없이 10에 5 이하(50%)는 내려가지 않았을 것이고, 돈으로 곡식을 산다고 하여도 곡식은 귀하고 돈은 가치가 없어, 시중에 돈을 가진 사람은 많아도 곡식을 가지고 있는 사람은 아무도 없었습니다. 거의 이러한 상황에서 사람이 살겠습니까? 또한 어찌 능히 때를 맞춰 농사를 지어 집집마다 곡식을 채울 수 있었겠습니까? 이 곡식을 받지 않으신다면 소인들은 노비가 되어서라도 만분의 일이나마 보답하렵니다.6)

이렇게 기민들을 구제하는 한편, 곡식을 모은 최생은 다음해 봄에 그 곡식을 한 섬당 5백 전을 받고 팔아서 모두 9만 냥 가량을 손에 쥐었다. 가을에 그 돈으로 곡식 9만여 섬을 사들였다가 이듬해 봄에 한 섬당 두 냥을 주고 파니 모두 18만 냥 가량으로 재산이 불어났다. 그 뒤로는 돈이 많아 곡식을 살 수 없거나 곡식이 많아 또한 돈으로 바꿀 수가 없게 되었다. 그래서 5백여 가구 가운데 셈

---

6) 같은 책, 같은 곳. 今年若賣四千石 則當得四萬兩 以四萬兩 買京鄕所賣之百貨 而至秋 出賣 則當至十二萬兩 以十二萬兩貿租 則當得十二萬石 今六萬乃十二之半也 不取十二萬 而取六萬 是不廉乎 初不計較利害 散於垂死之衆民 而一言不及於望報 此非愛乎 以民人等 利害言之 五百餘戶 一千三百餘口 窮春大歉之時 雖欲得債錢 旣無其路 假使得錢 其息必不下什五 以錢買穀 穀貴錢賤 持錢者滿市 擔穀者絶無 而僅有如此之際 人其生乎 又安能及時爲農 百室盈盈乎 此穀不受 則小人願爲奴婢 以報萬一.

을 할 수 있을 만한 사람들에게 돈과 곡식을 나누어주고 행상을 하게 하였다. 그렇게 하니 10년 사이에 재물이 넘치게 되었다는 것이다.[7]

18세기 이래로 우리 나라 농촌에는 넓은 토지를 지주가 직접 경영하는 增産運動이 벌어졌던 바, 力農家들의 이러한 경작 방식을 廣作이라고 하였다. 이를 토대로 농촌에는 많은 부자가 새로이 등장하기도 하였다는 것이다.[8] 최생은 양반이라는 자신의 신분에 연연하지 않고 적극적인 자기 변신을 꾀함으로써 가난을 떨쳐 버릴 수 있었다. 〈광작〉의 허생 역시 양반의 신분임에도 몰락할 대로 몰락한 집안의 경제력을 회생시키기 위해 직접 농사를 짓는 점에서는 최생과 같다고 할 수 있으나, 부를 이룬 뒤에는 아내에게 영광을 보여주기 위해 벼슬길에 나서려는 욕구를 나타낸다는 점에서는 최생과 다르다.

최생은 양반 출신이라는 기득권을 깨끗이 포기하고 오로지 미래를 향한 진취적인 자세만을 보여주고 있다. 최생은 자력으로 넓은 토지를 빌려 경작하였을 뿐만 아니라, 풍년이 들어 값이 쌀 때 곡식을 사 두었다가 흉년이 되어 값이 등귀할 때 내다 팔아서 식리를 하기도 하였다. 그러나 최생은 곡가의 차이를 이용해 謀利만을 일삼는 인물형은 아니었다. 축적된 富를 활용하여 기민을 구제하는 행위를 통해 사회적 책임을 다하려는 노력을 보여주기도 하였다. 요컨대, 최생의 신분적 몰락에 대한 대응 방법은 시대적 변화를 재빨리 간취하여 긍정적으로 수용하는 적극적 대응이었다고 할 수 있겠다.

Ⅲ. 抵抗的 逸脫과 〈淮陽峽〉

연세대 4권 4책본 『기문총화』 제201화에 별도의 제목 없이 '鄭陽坡少時……'로 시작되는 이야기를 이 글에서는 편의상 이 이야기의 공간적인 배경인 〈회양

---

7) 같은 책, 같은 곳. 明年春 賣穀一石錢五百 通爲九萬餘兩 秋而貿之 得九萬餘石 又明年春 穀一石直二兩錢 通爲十八萬餘兩 自此以後 錢多不得買穀 穀多亦難換錢 乃分與五百餘戶之識利害者 行商焉十年之間 貨財充溢.

8) 李佑成·林熒澤 譯編, 『李朝漢文短篇集』上, 一潮閣, 1973, 12쪽 참조.

협〉으로 지칭하기로 한다. 이 이야기는 친구 3인으로 설정된 것과 친구 4인으로 설정된 것 등 두 종류로 전하고 있다. 고려대 3책본『溪西雜錄』제21화, 연세대 낙질본『계서잡록』권2의 제32화, 규장각 6권 6책본『계서야담』제116화(제4권 제26화), 天理大 1책본『靑邱叢話』제12화, 천리대 1책본『동패락송』등 계서야담계 야담집에는 鄭太和를 비롯한 친구 3인이 등장하는 것으로 설정되어 있다.

국립중앙도서관 6권 6책본 및 서울대 古圖書 5권 5책본『靑邱野談』제18화, 東洋文庫 8권 8책본『청구야담』제61화(제2권 제14화), 버클리대 10권 10책본『청구야담』제220화(제8권 제18화), 규장각 19권 19책 한글본『청구야담』제237화(제17권 제15화) 등에는〈曾琳宮四儒問相〉이라는 제목 아래 이름이 밝혀지지 않은 유생 4인이 주인공으로 등장하고 있다. 동양문고 5권 5책본『雪橋漫錄』제5권 제15화에는 별도의 제목이 없이 '有少年四人……'으로 시작되는 비슷한 이야기가 수록되어 있다.

『동야휘집』에는 두 종류의 이야기가 모두 수록되어 있다. 16권 8책본(가람본·大阪府立圖書館本·경북대본)『동야휘집』제124화(제4권 제40화), 서울대 8권 8책본『동야휘집』제100화(제4권 제36화)는〈責失信警罰布衣〉라는 제목 아래 친구 3인으로 설정되어 있는 바, 實名 인물이 정태화 대신 兪絳(1510~1570)으로 설정되어 있는 점이 다르다. 16권 8책본『동야휘집』제210화(제7권 제10화), 서울대 8권 8책본『동야휘집』제165화(제7권 제9화)는〈北寺遇神僧論相〉이라는 제목 아래 실명 인물인 南翮(1609~1656)을 비롯한 친구 4인으로 설정되어 있다.

친구 4인으로 설정된 이야기는 몰락한 양반의 향방을 논하는 자료로는 적절하지 못한 것으로 판단된다. 친구 네 사람이 절에서 과거를 보기 위해 공부할 때 관상을 잘 보는 객승에게 관상을 보았는데, 한 사람은 百子千孫을, 한 사람은 신선이, 한 사람은 도적의 괴수가, 나머지 한 사람은 등과하여 현달할 것이라고 한 말이 결국 다 맞았다는 이야기다. 이야기의 초점이 과거에 급제하지 못한 사람들의 처지에 있지 않고, 객승의 관상 보는 재주가 비상하다는 데 있으므로 이 글에서는 할애하기로 한다.

친구 3인으로 설정된 이야기는 실명 인물이 정태화이든 유강이든 이를 제외한 두 인물이 모두 벼슬을 포기하고 한 사람은 산수에 묻혀 일생을 즐기는 것이, 한 사람은 큰 도적의 괴수가 되어 의롭지 못한 재물을 빼앗아 군졸들을 먹이고 산 속을 마음대로 돌아다니며 歌童舞姬들을 앞에 벌여 놓고 산해진미를 물리도록 먹어보는 것이 평생의 소원이라고 말하였다. 특히 도적의 괴수가 되겠다고 한 친구는 조그만 나라에 태어난 것을 불행으로 여기고 스스로 돌아보아도 자기 한 몸을 받아줄 데가 없는 것을 한스럽게 여기고 있다.9)

그 뒤, 정태화는 과연 과거에 급제하여 높은 벼슬에 이르렀다. 그가 함경도 관찰사로 있을 때, 산수에 묻혀 일생을 즐기겠다던 布衣의 친구가 가난하여 자립할 수가 없게 되자 옛 정리를 믿고 정태화에게 도움을 청할 양으로 함경도를 향해 가다가 회양협에 이르러 사또가 보냈다는 말에 속아 어떤 곳으로 납치되어 가게 되었다. 그 곳은 바로 도적의 소굴이었다. 거기서 그는 뜻밖에도 큰 도적의 괴수가 되겠다던 친구를 만나게 되었던 것이다. 도적의 괴수가 된 친구는 자신이 도적이 된 이유를 좀더 구체적으로 그에게 일러주었다.

나는 이제 뜻을 얻어 세상의 부귀영화가 부럽지 않다네. 이 세상에 살면서 공명을 이루고 벼슬길에 나아갈 뜻이 어찌 없겠는가? 허나 목숨을 남의 손에 걸어놓고 머리와 꼬리를 사리며 평생 하찮은 이득을 위해 바둥거리다가 한번 잘못 되면 동쪽 저잣거리에서 목숨을 잃어야 되고 처자식은 종이 되어야 하는데, 이런 걸 어찌 바랄 수 있는가? 나는 지금 인간 세상의 굴레를 벗어 던지고 깊은 산골짜기에 들어와 수만 명의 부하들을 거느리고 재물을 산더미처럼 쌓아 놓았다네. 나는 좀도둑들이나 하는 짓을 하

---

9) 편자 미상,『기문총화』제201화. 鄭陽坡少時 與親友二人讀書于山寺 一日論懷 而各言 平生所欲 陽坡則 願早科 致君堯舜 名垂竹帛 一人曰 吾則不願仕宦 擇居于山明水麗之 地 以山水娛平生 一人獨無言 兩人問曰 君何無一言乎 其人曰 吾之所欲大異於二君 不 須問矣 二人强之 乃曰 吾不幸而生於偏邦 自顧此世 無可容身之所 不如自橫吾志爲大 賊之魁 而處於深山窮谷中 率數萬之衆 奪不義之財 以供軍粮 橫行山間 而歌童舞女 羅 列于前 山珍海味 厭飫於口.

는 게 아니라, ……탐관오리들의 재물은 기필코 빼앗아 오지. 권세와 부귀가 왕공이 부럽지 않을 정도라네. 인생이 얼마나 되는가? 내 뜻대로 마음껏 즐길 따름이라네.10)

그가 도적의 괴수가 된 이유는 뒤집어 말하면 양반으로 벼슬길에 올라 출세하는 것을 포기한 이유이기도 하다. 그의 말 가운데 "한번 잘못 되면 동쪽 저잣거리에서 목숨을 잃어야 되고 처자식은 종이 되어야 하는데……"라는 진술은 바로 당쟁의 패배로 인한 비참한 결과를 뜻하는 것으로 볼 수 있다. "나는 좀도둑들이나 하는 짓을 하는 게 아니라, …… 탐관오리들의 재물은 기필코 빼앗아 오지."라는 진술에는 부정부패가 만연해 있는 관료 사회에 대한 저항의 의지가 깃들어 있는 것으로 이해할 수 있다.

도적이 된 친구가 선택한 길은 〈홍길동전〉에서 길동이 서자 출신인 자신을 받아주지 않는 사회에 저항하여 활빈당의 행수 노릇을 하며 탐관오리들의 재물을 빼앗아 가난한 백성들에게 나누어주는 행위와 유사하다. 여기서 알 수 있는 것은, 벼슬길에 나아가지 못하고 몰락한 양반들은 서얼 출신이나 다를 바가 없는 존재들이었다는 사실이다. 기득권을 쥔 양반들에 의해 소외된 몰락 양반이 체제에 저항하여 도적이 될 수는 있었겠으나, 그것은 어디까지나 빗나간 대응책일 뿐 정당한 대응 방안이라고는 할 수 없을 것이다. 따라서 그 성격은 일탈이라고밖에 할 수가 없다.

포의가 도적이 된 친구에게 대접을 잘 받고 떠나려 할 때, 도적 친구는 포의에게 그릇이 작고 인색한 정태화를 만나도 별반 도움이 되지 못할 것이라고 말렸으나 포의는 들으려 하지 않았다. 그러자 도적 친구는 자신에 대한 이야기를 정태화에게는 일절 하지 말라고 경계를 하였다. 절대로 말하지 않겠다고 언약을 한 포의는 정태화를 만나자마자 도적 친구에 대해 발설을 하였을 뿐만 아니라 자신이 앞장서서 토벌을 하겠다며 군사를 빌려 달라고 하였다. 정태화가 공연히

---

10) 같은 책, 같은 곳. 吾今得吾志 不羨世上富貴矣 人生此世 豈不有志於功名進取乎 然 以其命懸於他人之手 而畏首畏尾平生 作蠅營狗苟之態 一有所失 則身棄東市 妻子爲 奴 此豈所可願耶 吾今擺脫塵垢 入深山之谷 有衆數萬 財積阜陵 吾非如鼠窮狗偸之爲 …… 貪官汚吏之財 必也攘奪 權與富不讓王公 人生幾何耶 以自適吾意耳.

화를 불러일으킬지도 모르니 그만두자고 하자, 포의는 서울에 가서 고변을 하겠다는 협박도 서슴지 않았다.11)

끝내 군사를 이끌고 간 포의는 적굴에 이르자마자 붙잡혀 곤장을 맞고 풀려난다. 도적 친구는 비록 포의를 '썩은 쥐나 여우 새끼 같은 놈'이라고 욕을 하였으나 이미 포의가 살 좋은 집과 넉넉한 재물을 마련해 보내 주었던 것이다.12) 교활한 배신자인 포의임에도 도적 친구가 배려를 아끼지 않았던 것은 당시 사회로부터 다같이 소외된 양반의 처지라는 공통점이 있었기 때문이었을 것이다. 이렇듯 〈회양협〉에는 '도적이 된 양반'이 긍정적이고 도량이 넓은 인물로 그려져 있다. 그러나 그는 자신을 용납하지 않는 사회에 잠시 저항을 한 반항아였을 뿐 체제나 사회를 근본적으로 변혁할 수 있는 인물은 아니었다.

'도적이 된 양반'의 행위가 일탈에 지나지 않는 것이었음을 재삼 확인시켜 주는 자료가 〈金進士〉다. 연세대 4권 4책본 『기문총화』 제206화에 별도의 제목이 없이 '金進士某者有智略……'으로 시작되는 이야기가 그것이다. 이 이야기는 진사인 아무개가 자기 뜻과 관계 없이 적굴로 인도되어 도적의 괴수가 되었다는 줄거리로 되어 있는 바, 납치 동기에 따라 세 가지 계열로 나뉜다.

하나는 김 진사가 친구의 조문을 가기로 약속한 날 새벽에 보내온 사람과 말이 장례식장으로 인도하는 것으로 알고 따라 갔다가 적굴에 이르게 되었다는 내

---

11) 같은 책, 같은 곳. 君之此行 欲見鄭某 而去者將有所求耶 曰然 賊將曰 此人規模 君豈不知耶 雖之有贈 未洽於君之所望矣 不如更留幾日自此直歸也 其人曰 必不然矣 …… 其人不聽而決意欲行 …… 又留數日 其人欲行 賊將使奴馬護送如來時 而臨行戒之曰 君見鄭某 切勿言吾之在此也 …… 其人發矢言曰 寧有是理 …… 其人徒步作行 到北營 而見監司 寒暄禮罷後 其人低聲密告曰 令公知吾輩少時山寺讀書時 作伴之某人去處乎 監司曰 一自相別之後 不知下落矣 其人曰 今在令公之道內而卽大賊也 …… 令公若借 我伶俐之健卒三四十人 則吾當縛致營下矣 監司笑曰 …… 空然惹起禍機乎 君且休矣 其人作色曰 …… 若不從吾言 吾於還洛之後 當告變矣 監司不得已許之.

12) 같은 책, 같은 곳. 賊將冷笑曰 如渠腐鼠狐雛 何足汚我刃也 棍之可也 仍下十餘杖而 依前縛之 …… 其人艱辛得脫而前進歸家 則已移他洞矣 尋其家而入 則門戶之大比之 前家大不同矣 問於家人 則以爲在北營時豈不作書而送物種乎 其人驚訝 出而示之 則 恰如自家之筆 實非自家之爲也 其錢與布帛之數甚夥 然默而思之 此是賊將之所送 而 做自家之筆跡而送之也 後乃悔之云爾.

용이다. 『기문총화』를 비롯하여 천리대 1책본 『청구총화』 제17화, 규장각 6권 6책본 『계서야담』 제125화(제5권 제3화), 고려대 3책본 『계서잡록』 제29화, 16권 8책본(가람본·대판부립도서관본·경북대본) 『동야휘집』 제100화(제4권 제16화), 서울대 8권 8책본 『동야휘집』 제75화(제4권 제11화) 등이 여기에 속한다. 『동야휘집』에는 〈再掠財感化群情〉이라는 제목이 붙여져 있다.

다른 하나는 좋은 말을 보고 한번 타 보았다가 적굴에 이르게 된 이야기다. 동양문고 5권 5책본 『삽교만록』 제5권 제14화에는 주인공이 宣川의 김 진사로, 준마를 헐값에 팔겠다는 미소년을 만나 시험삼아 그 말을 탄 것으로 되어 있다. 16권 8책본 『동야휘집』 제99화(제4권 제15화), 서울대 8권 8책본 『동야휘집』 제76화(제4권 제12화) 등에는 주인공인 沈進士가 하인이 끌고 가는 좋은 말을 탄 것으로 되어 있다. 『동야휘집』에는 〈三施計攫取重寶〉라는 제목이 붙여져 있다.

또 하나는 都元帥監이라고 불리던 영남의 한 진사가 만리 밖 섬에 있는 해적들의 요청과 협박으로 괴수가 된다는 이야기다. 앞서 말한 두 부류의 이야기들이 결말 부분에서는 한결같이 재산을 나누어 가지고 각기 고향으로 돌아가는 것으로 되어 있는데 비해 이 부류에서는 괴수의 해산 명령에 반대하던 해적들이 처형된 후 나머지 사람들이 귀향하는 것으로 되어 있다. 모두 『청구야담』 계열로 〈諭義理群盜化良民〉이라는 제목이 붙여져 있다. 규장각 19권 19책 한글본 제218화(제16권 제8화), 버클리대 10권 10책본 제21화, 동양문고 8권 8책본 제173화(제6권 제21화), 서울대 고도서 5권 5책본 제207화(제5권 제33화), 국립중앙도서관 6권 6책본 제148화(제5권 제21화) 등이 여기에 속한다.

세부적인 내용이 위에서처럼 세 가지로 분류되기는 하나 기본 틀은 '지략을 갖추었으나 뜻을 펴지 못하고 불우하게 지내던 양반이 우연히 적굴에 들어가 괴수가 되어 탐관오리나 부자, 혹은 사찰을 털어 많은 재산이 모이자 모두에게 나누어주고 고향으로 돌아갔다'는 이야기다. 김 진사를 적굴로 불러들인 사람은 병이 들어 죽음을 앞두고 있던 본래의 賊將이었다. 그가 김 진사에게 괴수 자

리를 인계하면서 하는 말을 보면 〈회양협〉의 도적 친구가 포의에게 한 말이나
다를 것이 없다.

    내 비록 도둑의 괴수나 일찍이 차마 할 수 없는 일을 한 적은 없소. 탐관오리의 물
건이나 부유한 백성이면서도 인색하여 남에게 주지 않는 물건, 중국이나 왜인들과 교
역하는 곳에 내놓은 재물이나 보물 같은 것을 가질 수 있는가 헤아려서 가져다가 군중
에 필요한 비용에 충당하였소. 그대도 그렇게 하면 될 것이오. 사람이 이 세상을 살아
가는데 있어서, 공명은 하늘에 있는 것이지, 사람이 할 수 있는 것이 아니라오. 만약
여기 앉아서 군중을 호령하면 춤추고 노래하는 여자나 산해진미가 부족할 염려는 없
소. 공경 벼슬과도 바꾸지 않는다고 말할 수 있소. 부지런히 힘쓰고 또 힘쓰시오.13)

  김 진사는 전임 괴수가 인계한 대로 먼저 永興의 거부인 朱進士의 집을 털
어 수만 금을 얻고 다음으로 釋王寺를 털어 돈과 피륙 백여 바리를 얻었다. 그
가 계획을 세워 거두어들인 것이 그뿐만이 아니었으나 이루 다 기록할 수가 없
다고 하였다.14) 이렇게 2, 3년이 지난 뒤에 김 진사는 졸개들을 모아 놓고 다
음과 같이 말하였다.

    너희들은 다 평민들이었으나 굶주림과 추위에 핍박을 받아 이렇게 일어났던 것이
다. 그러나 오래도록 계속할 일은 아니다. 너희들이 각자 금과 비단을 나누어서 먹고
입는 것이 어렵지 않게 된다면 어찌 꼭 이렇게 살겠느냐? 나도 여기에 오래 살 사람은
아니다. 창고에 있는 물건들을 각자가 고르게 나누어 가지고 고향 마을로 돌아가서 평
민이 되는 게 좋겠다.15)

---

13) 같은 책, 제206화. 吾雖賊魁 而未嘗行不忍之事 如貪官汚吏之物 富民之吝而不給人
   者 燕市倭館之物貨財寶之出者 量其可取而取之 以充軍需之用 君亦依此爲之可也 人
   生斯世 功名在天 非人可爲者 曷若坐此而號令軍中 歌姬舞女 山珍海錯 不患不足 可謂
   公卿不換者也 勉之勉之.

14) 같은 책, 같은 곳. 金生乃以永興朱進士家劃出 …… 一行所得 殆過數萬餘金 軍中莫
   不稱神 過四五日後 又使入軍令板 劃出釋王寺 …… 又得錢布百餘駄 軍需之用裕足矣
   如此設計而收納者 不止於此而不得盡錄.

15) 같은 책, 같은 곳. 汝輩皆平民也 而迫於飢寒 乃有此擧 然非長久計也 汝輩各分金帛
   而衣食不艱 則何必如是也 吾亦非久居此之人也 庫中所在之物 各自均分 還歸故里 以

　　그들이 도적이 된 것은 다른 이유가 아니라 바로 '굶주림과 추위에 핍박을 받아서'였다고 하였다. 그리고 도적질은 오래 할 것이 못 된다고 하면서 '먹고 입는 것이 어렵지 않게 된다면 구태여 도적이 되어 살겠느냐'고 하였다. 그들이 도적이 된 것은 자신들을 용납하지 않는 사회와 체제에 대한 저항의 차원에서가 아니라 단지 춥고 배고프기 때문이었다는 것이다. 그렇기 때문에 김 진사 자신도 적굴에 오래 머물 까닭이 없다고 하였다. 김 진사의 말 가운데 드러나 있지는 않으나, 그가 적굴에 오게 된 것이 자신의 뜻이 아니었던 것처럼 그가 계책을 내 도적질을 한 것도 하고 싶어서가 아니라 먹고 입는 것을 해결하기 위해서였을 뿐이라는 뜻이다.

　　김 진사가 "어찌 꼭 이렇게 살겠느냐?"고 한 말은 도적질이 정당한 대응 방안이 아닌 일탈의 행위임을 자인한 말과 다름이 없다. 〈회양협〉과 같은 소재를 다루고 있으면서도 부분적으로 다른 이야기인 〈김 진사〉가 여러 야담집에 함께 실려 있다는 사실은 〈회양협〉의 일탈 현상에 대한 야담집 편저자들의 반성의 결과이거나 일탈 현상에 대한 원천적인 예방책이었을 수도 있다. 요컨대, 〈회양협〉의 저항적 일탈은 몰락 양반계층의 방향 선택에 있어서 하나의 한계로 지적할 수 있을 것이다.

Ⅳ. 自嘲的 戲畫化와 〈柳懋啓〉

　　연세대 4권 4책본 『기문총화』 제169화에 별도의 제목 없이 '柳懋上崔上舍啓曰……'로 시작되는 이야기를 이 글에서는 편의상 〈유무계〉로 지칭하기로 한다. 이 이야기는 서벽외사 해외수일을본 『기문총화』 제105화와 『我東奇聞』 제115화에도 수록되어 있다. 〈유무계〉는 몰락한 양반이 허세를 부리다가 타락해가는 과정을 그 자신이 하소연하는 형식을 취하여 戲畫的으로 그리고 있는

作平民好也.

점이 특이하다. 마치 가사 〈우부가〉를 연상시켜 주는 이야기다.

주인공인 유무는 양반답게 먼저 "잘 살고 못 사는 것은 하늘에 달린 일이라, 옛 사람들은 순순히 받아들였습니다. 출세를 하고 못하는 것은 정해진 운명이라, 옛 사람들은 스스로 만족하였습니다."라고 옛 사람들의 태도를 들춘 뒤 자신이 몰락한 모습을 "저는 명색이 사내로 제 앞가림도 못하여, 시골에서 천하게 짓밟히고 굶주림과 추위가 뼈에까지 사무치고 있습니다. 또한 생사의 갈림길에서 조상께서 남겨주신 농토를 다 팔아 더 남은 땅도 없습니다. 선비같은 모습은 간 데 없고, 거의 상놈과 비슷하게 되었습니다."라고 하였다.16)

자신의 몰골이 거의 상놈과 비슷하게 되었고 가난하게 살아가면서 머리가 희어지도록 벼슬 한 자리 못하였으면서도 자기 선대는 알아주는 양반이었다고 내세웠다. 아버지는 通判 벼슬을 하였고 장인은 군수를 지냈으니 친가로든 처가로든 양반은 양반이었다는 것이다. 수원에서 양주로 옮겨 살면서 집안 형편이 두 차례나 바뀌다 보니 현재의 지경에 이르게 되었다고 하였다.17) 아마도 유무 당대에 이르러 벼슬길이 끊기자 몰락하여 이리저리 옮겨 다니게 된 것이 아닌가 싶다. 그러면서도 양반의 허세는 남아 있었다.

수척하고 파리해진 뒤에도 오히려 스스로 이렇게 뽐내고 자랑하였습니다. '북쪽의 梨城과 남쪽의 草溪를 몇 년 동안 수령의 아들로 왔다갔다했다네. 내가 다닐 때면 좌우에 술 차려 주는 계집종과 차 끓여 바치는 어멈이 따라다녔고, 날마다 관기와 더불어 재미있게 놀았었지. 가뿐한 갖옷 차림으로 빨리 달리는 말을 타고 길을 가면 모두들 나를 가리키며 부러워했다네. 비단옷과 구슬로 엮은 자리를 보고 온 세상 사람들이 호화롭다고 그랬지. 논밭이 기름져 풍년 흉년 가릴 것 없이 배불리 먹었고, 맨다리를 드러낸 종놈들 또한 많아 앞에 두고 부리곤 했다네.'18)

16) 같은 책, 제169화. 貧富在天 古人所以順受 窮達有命 古人所以自安 男兒不能謀身 未免鄕里之賤踏 飢寒甚至到骨 亦經死生關頭 盡賣祖上田庄 更無餘地 不似士子貌樣 頗似常人.

17) 같은 책, 같은 곳. 伏念某赤手生涯 白頭幼學時 父爲通判 舅爲郡守 兩班則眞兩班 前居水原 後居楊州 一變而又一變 念昔全盛之時 誰能比擬及此.

18) 같은 책, 같은 곳. 瘦疲之後 猶自矜誇 北梨城南草溪 幾年以衙童而往來 左酒婢右茶

이렇게 떵떵거리던 유무에게 복이 지나쳐 재앙이 생기고 즐거움이 극에 달해 슬픔이 생기게 되었다. 온 집안에 사람이 죽고 재앙이 거듭 닥쳐 의지까지 없이 되고 종들도 연달아 흩어져 달아나, 다시 일으킬 수 없을 만큼 여지없이 망하고 말았다는 것이다. 가족이라고는 전처가 낳은 딸 하나에 후처와 그녀가 낳은 아들 둘만 남게 되었다고 하였다. 아버지의 외가에서 물려준 재산도 이제는 땡전 한 푼, 작은 밭뙈기 하나도 남아나지 않아 떠돌아다닐 지경에 이르고 말았다는 것이다.19)

마침내 유무는 살던 집을 헐어 버리고 형편이 조금 나은 처남 집에 얹혀 더부살이를 하게 되었으나 봄이고 가을이고 곤궁하기는 마찬가지여서 나가도 죽, 들어와도 죽만 먹어야 하는 풍년 거지 신세가 되고 말았다. 한 조각 거적으로 방문을 대신한 초가에 살면서 여편네의 손이 너무 커서 곡식을 산더미처럼 쌓아 놓아도 지탱하기가 어렵다고 하였다. 처량해진 대장부의 신세를 비관하여 곧장 땅을 뚫고 들어가고 싶었으나 어린 두 아들이 자신의 뒤를 따를 듯해 차마 그러지도 못하겠다는 것이다. 그리되면 제사를 지내줄 사람이라고는 머리칼이 반쯤 희어진 노처녀 딸뿐인데, 아비 앞에서 혼인이 성사되는 날이 없다며 한숨만 내쉰다고 하였다.20) 〈노처녀가〉가 나올 법한 상황이라고 하겠다. 이렇듯 극한 상황에 처한 유무는 자신의 가소로운 몰골을 다음과 같이 묘사하였다.

　　母 逐日與官物而遨遊 快馬輕裘 行路爲之指點 錦衣瑤席 擧世稱之豪華 美畓良田 勿論 豊凶而食 蒼頭赤脚 亦足使令於前.

19) 같은 책, 같은 곳. 豈意福過災生 樂極哀生 閨門之喪禍稠疊 四顧無親 奴僕之散亡連仍 一敗塗地 前後室所育 只有一女二男 陳外家遺財 今無寸銅尺土 今年比去年不似 已絶收拾之望 百事無一事所成 遂至流離之境.

20) 같은 책, 같은 곳. 遂乃毀撤舊居 僑寓他鄉 妻娚之家勢稍優 盖爲依歸之所 …… 時春亦窮秋亦窮 所謂强鐵去處 出且粥入且粥 未免豊年乞兒 一片之席 門無樞半間之草屋如斗 家母之手段甚大 雖使積如山而難支 丈夫之身世甚憐 直欲攢入地而不得 口尙乳之稚兒隨後喜 奉祀之有人 髮半白之處女 在前嘆成婚之無日.

기왕의 처사가 이러면서 또한 처신이 가소롭습니다. 자그마한 몸집에 여유작작하게 도 하늘이 높은 줄을 모르고, 짧은 혓바닥에 더듬거리며 하는 말의 절반은 탐욕스러운 것입니다. 땅에 파묻힌 살구같은 용모는 광대와 비슷하고, 더부룩한 풀같은 수염은 자반을 방불케 합니다. 나막신을 사시장철 끌고 다니니 딸깍발이 선생이 아니겠습니까? 말총갓은 몇 년이나 된 것인지 알 수 없으니 필시 천황씨와 동갑일 것입니다. 여름날이 점점 뜨거워지니 대조각이 다 떨어진 부채를 게으르게 부치고, 가을 바람이 잠깐 사이에 써늘해지니 털이 다 모지라진 귀마개를 먼저 털었습니다. 아이들의 놀림과 비웃음을 도맡아 사고, 아직도 부지런히 이웃 마을을 찾아다닙니다. 윗도리는 다만 1년에 너댓 번 갈아입고, '돌아다니며 사는 것을 떳떳하게 여긴다(巡居常)'는 세 글자를 써서 책 상자 안에 넣어두었고, 짚신 두 짝은 구멍이 8,9개가 나 있습니다. 비록 그렇더라도 10벌을 벽 사이에 걸어 두었습니다.21)

전혀 양반같지 않음에도 양반 행세를 하려고 하는 데서 이 이야기의 풍자가 이루어지고 있다. 땅에 파묻혀 물러 터진 살구같은 용모에도 자반을 방불케 하는 수염을 기르고, 천황씨와 동갑으로 보이는 다 떨어진 것일 망정 말총갓을 쓰고, 철에 맞추어 대조각이 다 떨어진 부채와 털이 다 모지라진 귀마개를 찾는 모습이 바로 어울리지 않는 양반 행세라고 할 수 있다. 그가 겉으로 양반 행세를 하는 것과는 달리, 평생 재주로 익힌 것은 장기를 두며 한 수에 장군을 부르는 것이라고 하였다. 늘그막에 재미를 붙여 투전에 반쯤 눈을 떴다고 하였으니, 이른바 한탕주의에 발을 들여놓은 것이다.22)

還子로 벼 한 되를 타오고 갚지 못하여 別差使와 檢督官에게 온갖 수모를 겪은 그는 예전의 갓옷 대신 쪼그라든 날밤같이 다 떨어진 短褐로 몸을 가린 채 굶주려야 하였다. 빈 뱃속에서 우레 소리가 나게 되니 설익은 쓴 나물을 꿀맛으로 느끼게까지 되었다. 그나마 먹을 것이 없을 때에는 명이 짧아 일찍 죽은

---

21) 같은 책, 같은 곳. 旣處事之如此 又行身之可笑 身三尺而綽綽不識天高 舌一寸而期期半是烏喙 容貌埋沒杏 廣大之依俙 鬚髥繁毿草 佐飯之彷彿 木屐長曳於四時 無乃月脚先生 鬃冠不知其幾年 必是天皇同甲 夏日漸熱 無邊竹破扇懶搖 秋風乍冷 有空鞲耳掩先拂 任彼兒童之譏笑 尙勤隣里之尋訪 上衣惟一歲着 五四 巡居常三字藏於篋裡 草靴則兩隻 出八九孔 雖然十襲掛於壁間.

22) 같은 책, 같은 곳. 平生技能稱一手於將軍 老來滋味 半開眼於鬪牋.

아이의 나이를 세는 것으로 족히 요기를 하고, 어쩌다가 남의 제사 덕에 밥맛을 보기도 하였다는 것이다.23) 여기서 '죽은 아이 나이 세기'라는 우리 속담은 죽은 자식의 나이를 센다는 개별적이고 구체적인 사례를 통해 '소용 없는 짓'이라는 보편적인 의미를 나타내고 있다는 점을 주목해야 할 것이다.

죽은 아이의 나이를 세는 것은 족히 요기를 할 수 있는 처방이 되지 못한다. 그럼에도 그러한 속담을 끌어다가 처방으로 삼은 서술자의 의도가 어딘가 숨겨져 있을 듯하다. 그것은 아마도 끼니마저 해결하지 못하는 주제에 양반의 행세를 하려고 하는 것은 '소용 없는 짓'이라는 것을 은근히 꼬집어 말하고자 한 것이 아닐까 한다. 위의 대목은 언뜻 유무가 처한 비참한 상황을 제시함으로써 독자들로 하여금 동정심을 유발토록 하고 있는 듯이 보이나, 기실 소용 없는 짓에 미련을 버리지 못하는 행위에 대한 풍자로 읽을 수 있는 가능성을 열어 놓았다고 하겠다.

그가 소용 없는 짓에 미련을 버리지 못하고 있다는 증거가 바로 그 뒤의 대목에 제시되어 있다. 굶기를 밥먹듯이 하면서도 여전히 부형의 남은 덕에 의지하면서 믿는 것이라고는 약간의 책이라는 것이다. 시의 뜻은 거의 알지도 못하고 그저 〈洛橋人〉이라는 시의 반 구절을 외울 정도에다 나이 들어 과거 공부를 하기는 하였으나 한번도 서울 과거에는 응시하지 못하였고, 『史略』 초권을 아는 정도로 근처 아이들을 다 모아 가르치며, 호적 단자나 쓸 수 있는 능력을 뽐내 다른 동네의 사내들이 써달라고 찾아오게 하는 것이 그가 할 수 있는 재간의 최대치였다.24)

별것 아닌 재간을 뽐내며 양반 행세를 하던 그가 또 한편에서는 많은 사람들

---

23) 같은 책, 같은 곳. 江都米邑倉租 一升之還上先登 別差使檢督官 萬般之凌辱甘受 皺皮生栗 盡弊之短褐當裘 空腹鳴雷 半熟之苦茱如蜜 不幸短命 但數死兒之年 足以療飢 亦賴祭德之飯.

24) 같은 책, 같은 곳. 尙賴乎父兄餘德 所恃者書冊若干 少從事於詩義 只誦洛橋人半句 老專工於科業 未參漢城試一番 史略初卷能知之 近處之兒童咸聚 戶籍單子能寫之 他洞之常漢亦來.

이 있는 곳에서 피에 굶주린 이를 잡아 사람들이 고개를 저으며 달아나게 하고, 자리에 함께 한 사람들에게 악취를 풍겨 모두들 코를 막고 가도록 하였다는 것이다. 말을 지나치게 공손히 하면서 李約正의 친한 친구를 두려워하지 않고, 염치를 모두 잃은 처지에 鄭座首의 인품이 낮은 것을 싫어하였다고 한다.25)

주지하다시피 '약정'은 조선시대 鄕約을 시행하는 임원을 이르던 말이다. 이들은 鄕村의 자치 규약인 향약에 의거하여 문자 그대로 勸善懲惡을 시행하던 사람들이다. 그들 앞에서는 지나치게 공손한 말로 얼버무리면서도 내심으로는 두려워하지 않고, 자신은 염치없이 구는 처지이면서 지방 수령의 자문기관인 鄕廳의 우두머리인 좌수의 인품이 낮다며 깔보았다는 것이다. 이러한 진술은 풍자적 수법의 하나로 볼 수 있으면서 동시에 시대적 의미와 관련하여 이해해야 할 여지를 남겨주고 있다고 할 수 있다.

이 이야기에서 풍자의 대상을 제3자가 아닌 서술자 자신으로 설정해 놓았다는 점도 아울러 진지하게 검토해야 할 문제다. 그는 "아아! 인생이 여기에 이르면 누가 예전에 풍족하게 살았다는 것을 알겠습니까? 하늘이 알아주지 않으니 이제 지난 세월을 들추어내는 일은 그만두렵니다. 문자 반, 육담 반으로 형편을 다 설명드렸습니다."라고 진술하고 있는 바,26) 자신의 형편을 문자를 내세워 설명하고자 하는 '그'와 육담으로 설명하고자 하는 '그'가 공존하고 있음을 볼 수 있다. 그러한 서술자의 이중성은 그 자신이 양반이면서도 전혀 양반답게 살아갈 수 없다는 신분적 이중성과 깊은 관련이 있는 것으로 보인다. 요컨대, 〈유무계〉는 조선 후기 몰락 양반 계층의 신분에 어울리지 않는 모습을 자조적으로 희화화 함으로써 독자들의 공감을 얻어냈다고 할 수 있다.

---

25) 같은 책, 같은 곳. 捫飢虱於稠中 孰不掉頭而走 呈惡臭於座上 人皆掩鼻而過 言語過恭 不憚李約正之執友 廉恥都喪 甘爲鄭座首之下風.

26) 같은 책, 같은 곳. 嗚呼 人生到此 誰識舊日之饒居 天道無知 且休陳曆之提起 文字半 肉談半 悉以形容.

Ⅴ. 결 론 - 조선 후기 몰락 양반층의 향방과 야담의 지향

조선 후기에 몰락한 양반 계층이 선택할 수 있는 방향은 여러 가지로 나타날 수 있었을 것이다. 이 글에서는 몇몇 야담 자료를 중심으로 그 가운데 일부의 향방을 가늠해 보았다. 첫 번째 향방은 신분 질서의 한계와 시대적 변화를 재빠르게 간취하여 양반으로서의 기득권에 대한 미련을 떨쳐 버리고 생산적인 일에 뛰어드는 것임을 발견할 수 있었다. 〈한양 최생〉의 최생이 바로 그렇게 설정된 인물형이라고 할 수 있다. 〈광작〉의 허공이나 〈허생전〉의 허생과는 공통점이 인정되면서도 다른 각도에서 이해할 수 있다.

> 삼년상을 마친 다음 그 둘째아들 공(珙)이 형과 아우에게 말하기를, "우리가 오늘까지 굶어 죽지 않은 것은 오로지 부모가 인심을 얻으신 덕분 아니오? 이제 삼년상이 끝나 부모님의 여덕에 더 의지할 수도 없는 일이니, 이런 곤궁한 형세로서 다같이 몰사지경에 갈 밖에 도리 없오. 우선 각기 살아갈 방도를 차리는 것이 옳겠오." 형과 아우는 다같이 "본디 배운 글공부 내놓고는 다시 도리 없지." 공은 "각기 자기 뜻을 따를지라. 굳이 다른 길을 권하지는 않겠으나, 삼형제가 모두 글공부만 일삼다가는 기한에 굶어죽기 알맞소. 내 아무렇거나 10년 기한하고 목숨을 걸고 치산을 하여 온집을 구하겠오. ……"27)

위의 인용문에서 보듯이, 〈광작〉의 허공이 농사일에 뛰어드는 것은 '우선 각기 살아갈 방도' 가운데 하나로 선택하였기 때문이었다. 삼형제가 모두 함께 글공부를 하다가는 굶어죽기 알맞기 때문에 형과 아우만이라도 글공부를 할 수 있도록 하고 자신은 파산지경에 이른 집안을 일으키겠다는 것이 좀더 구체적인 이유였다. 그는 형제들과 약속한 10년이 되자 부를 이루어 형과 아우, 그리고 평생을 고생으로 보낸 아내에게 分財를 하였다. 그러나 그는 끝내 양반 신분을 포기하지는 않았다. 아내에게 영광을 보여주기 위해 무과를 거쳐 어느 고을 수령으로 부임하려다가 아내가 죽자 벼슬자리를 내던지고 말았다.

〈허생전〉의 허생 역시 배고픔을 참다 못한 아내로부터 질타를 받고 집을 나

---

27) 이우성·임형택 역편, 앞의 책, 13쪽.

와 과일과 말총의 매점매석을 통해 폭리를 취하기는 하였으나 그러한 상행위 자체가 그의 목표였다고는 할 수가 없다. 그것은 '사회'의 경영에서 대두되는 문제점을 파헤치기 위한 연암의 작가의식에 의해 설정된 유기적 짜임 혹은 소설적 형상화의 일부일 따름이다.28) 결국 허생은 實利追求의 실학적 이데올로기에 입각하여, 名分에 얽매임으로써 야기되는 당대 현실의 구조적 모순을 폭로·비판·풍자하였을 뿐29) 그 자신이 양반의 신분이나 기득권을 放棄한 것은 아니라고 하겠다.

〈한양 최생〉의 최생은 〈광작〉의 허공이 형제들에게 기약하였던 것과 마찬가지로 노비들과 10년을 기약하고 부를 이루어 냈으나 양반으로서의 기득권을 되찾으려고 하였다는 이야기는 어디에도 없다. 10년 사이에 재물이 넘치게 되자, 그는 약속한 대로 노비들에게 1백 금씩의 상을 주었다고 하였다. 그리고는 후일담 식으로 "5백여 가구의 백성들도 그의 힘을 입어 흉년이면 항상 최생에게 재물을 얻곤 하였으니, 이 얼마나 빛나고 기이한 일인가!"30)라고 한 것으로 보아, 최생은 그 뒤로도 노비들의 주인이나 상전으로서가 아니라 그들의 이웃이자 동업자로서 농사일을 계속한 것으로 이야기되고 있음을 알 수 있다.

그러나 이 이야기가 연세대 4책본·규장각 2책본·서벽외사해외수일을본 『기문총화』나 규장각 6책본 『계서야담』 등에만 제한적으로 수록되어 있는 것으로 보아 당시 널리 퍼져 있던 이야기는 아닌 듯하다. 조선 후기에 들어서서 신분제에 동요가 오고 몰락 양반계층이 점차 늘어갔다고는 하지만, 명색이 양반 출신으로 하루 아침에 모든 신분적 특권을 내던지고 일반 상민들과 똑같이 농사를 짓는다는 것은 현실적으로 쉽게 결단을 내려서 할 수 있는 일이 아니었을 것이다. 하지만 이 이야기가 분명 전대와는 달라진 새로운 인간형을 제시하였다는

---

28) 金學成, 「燕巖의 實學思想과 許生傳의 作家意識」, 『民族史의 展開와 그 文化』下, 창작과 비평사, 1990. 참조.

29) 같은 논문 참조.

30) 편자 미상, 『기문총화』, 제161화. 十年之間 貨財充溢 皆如厥初誓奴婢之言 乃賞其奴婢各百金 五百餘戶之民 亦賴其力 凶年則常取貨於崔生焉 此其章章尤異者也.

점은 정당한 평가를 받아야 할 것으로 생각된다.

두 번째 향방은 기존의 양반 사회에 저항하면서 일탈하려는 것으로 나타남을 발견할 수 있었다. 〈회양협〉에서 도적이 된 정태화의 친구나 〈김 진사〉의 김 진사 등이 그렇게 설정된 인물이라고 할 수 있다. 그런데 〈회양협〉 계열의 이야기에서는 과거를 보아 벼슬길에 나선 監司31)를 인색하기는 하나 중도적인 인물로 설정하고, 벼슬길에서 소외된 布衣와 賊將을 오히려 대립적인 성격의 인물로 설정하였다는 특징이 발견된다. 처사적 생활을 하는 포의는 교활한 인물형으로, 도적의 괴수는 자못 의리를 아는 긍정적 인물로 그려져 있다.

〈회양협〉의 적장은, 당파간에 대립이 심하고 부정부패가 만연해 있는 관료 사회에 대한 저항으로 자발적인 의사에 의해 도적의 괴수가 되었다. 그러나 그의 저항은 〈홍길동전〉의 홍길동만큼 체계적인 저항이 되지 못하였고, 율도국과 같은 이상향을 제시한 것도 아니었다. 그저 왕공이 부럽지 않은 권세와 부귀를 누리면서 마음껏 즐기는 것이 궁극의 목표인 도적일 뿐이었다. 이러한 한계 때문에 〈회양협〉 이야기는 그 자체로서 완결될 수 없었고, 필경에는 〈김 진사〉와 같은 변형을 낳을 수밖에 없었을 것으로 보인다.

〈김 진사〉 역시 적장이 되어 활약하는 것으로 설정되어 있으나, 적굴에 들어간 동기부터 〈회양협〉의 적장과는 판이하다. 김 진사는 타의에 의해서 도적의 괴수가 되었다가 마침내 수하의 도적들마저 감화시켜 평민으로 돌려놓고 말게 된다. 김 진사와 그의 수하 도적들에게 있어서 도적질은 '오래도록 계속할 일'이 아니었던 것이다. 이 이야기에 이르면, 교활한 포의뿐만 아니라 적장 또한 이미 긍정적인 인물형일 수가 없다. 〈회양협〉 계열과 〈김 진사〉 계열의 이야기는 여러 야담집에 걸쳐 널리 수록되어 있다. 거기서 두 계열의 이야기가 공존하면서 오래도록 세계관적 대결을 벌였다는 사실을 확인할 수 있다.

야담집 내에서의 이러한 세계관적 대결의 승패가 결국 어느 쪽으로 귀결되었는가는 쉽게 판가름할 수 없다. 계서야담계와 『동야휘집』 등 다수의 경우는 같

---

31) 계서야담계에는 鄭太和로, 『동야휘집』의 〈責失言警罰布衣〉에는 兪絳으로 설정되어 있다.

은 야담집에 두 계열의 이야기가 함께 실려 있기 때문이다. 김 진사가 아닌 영남의 진사 아무개를 주인공으로 내세우고 바다섬에 소굴을 둔 해적의 괴수가 된 이야기를 수록한 청구야담계에는 주인공이 재물을 모은 뒤 수천 명의 도적들을 해산시키려고 布諭文을 돌렸는 바, 그 내용에서 판정의 방향을 대략 짐작할 수 있게 해준다.

> 사람이 禽獸와 다름은 五倫과 四端이 있음이라. 너의 무리가 化外頑民으로 海島에 隱伏하여 어버이를 떠나며 나라를 버리고 劫掠, 剽奪로 생업을 삼아 徒黨을 嘯聚하여 죄를 쌓은 지가 몇 해라. 내가 이제 오기는 너희를 도와 악한 일을 하고자 함이 아니라 장차 너희를 화하여 착한 사람이 되고자 함이니, 사람이 비록 허물이 있으나 고침이 귀하니 自今 이후로 마음을 고쳐 동서남북으로 각각 고향에 돌아가 부모를 봉양하며 분묘를 지키어 聖人의 교화를 입어 樂民之域에 들어가면 해상의 明火賊과 어떠하리요? 나눈 재물이 족히 一家産이 되리니 농사와 장사에 어찌 資賴가 없음을 근심하리오?32)

위의 포유문은 한 마디로 기존의 중세적 봉건체제에 순종할 것을 종용하는 내용이라고 할 수 있다. 역시 〈김 진사〉 계열만을 수록하고 있는 동양문고본 『삽교만록』의 경우는 〈선천 김 진사〉라는 이야기 끝에 다음과 같은 自評을 붙여 놓음으로써 편저자인 안석경이 직접 판정에 개입한 예를 보여준다. 안석경은 김 진사가 적굴에 들어가게 된 것부터가 잘못이었다고 한 술 더 뜨고 있다. 지혜가 있는 사람이라면 아무리 몰락한 처지에 떨어지게 되더라도 도적의 괴수가 될 수는 없다는 것이 안석경의 생각임을 읽을 수 있다.

> 아! 김 진사는 과연 호걸이기는 하나 지혜 있는 사람은 아니었다. 당초에 준마가 헐값이었고, 산골짜기에서 말을 시험해보자고 하였을 때, 지혜 있는 사람이라면 누구나 의심할 일이었다. 그런데 김 진사는 의심할 줄을 몰랐으니 적굴에 빠진 것이 당연하다고 하겠다.33)

---

32) 金東旭・鄭明基 共譯, 『靑邱野談』下, 敎文社, 1996, 455쪽.

33) 安錫儆, 『삽교만록』, 권5. 제14화. 嗟乎 金進士果豪傑之士也 然亦非智者也 當其始也 駿馬低價 試之山蹊 皆智者之所可疑 而金進士不知疑焉 宜乎其陷于賊也.

조선 후기에는 壬·丙兩亂 이후의 사회·경제적인 모순으로 인하여 殺人契 (仁祖年間), 劍契·殺主契·張吉山事件(肅宗年間), 戊申亂(英祖年間) 등 여러 차례 민란이 발생하였다. 그 가운데 특히 이른바 李麟佐의 亂으로 불리는 영조 연간의 무신란에는 양반 계층인 이인좌·朴弼顯·鄭世胤 등이 이끄는 양반군이 포함되어 있었다는 사실이 주목된다.34) 이러한 사실은 조선조 후기에 몰락하거나 소외된 양반 계층이 도적의 괴수가 될 수 있다는 개연성을 뒷받침해 주는 것이다. 그러나 그러한 현상은 끝내 일탈의 범주를 벗어나지 못하고 말았다. 이같은 역사적 실제와 함께 〈회양협〉이나 〈김 진사〉 등의 이야기를 수록한 편저자들이 대부분 벼슬을 한 양반들이었다는 사실도 그것이 결국 일탈로 규정되는 데 한 몫을 하였을 것이다.

세 번째 향방은 명색만 양반일 뿐 전혀 양반답게 살아가지 못하는 자신의 처지를 自嘲하면서 타락해가는 모습으로 나타나는 것임을 발견할 수 있었다. 〈유무계〉의 유무가 바로 그렇게 설정된 인물형이라고 할 수 있다. '자조'는 자기 부정의 한 가지 방법이라고 할 수 있는 바, 〈유무계〉는 이러한 '부정적 형상화'의 방식으로 표현된 이야기다. 기왕에 이러한 방식의 시대적인 의미에 대한 검토가 있었다.35) 그 첫 번째 의미는 '사회의 경직성이 해이되었음을 반영'한다는 것이다. 두 번째 의미는 열등한 대상과의 이질성을 강조함으로써 대상을 戱畵化한다는 것이다. 세 번째 의미는 희화화의 결과로서 우월감을 만족시키는 단순한 흥미 이상의 다른 의미를 지니지 않는다는 것이다.

조선 후기에 들어서 일부 양반 계층이 몰락하고 중인이나 서민 계층이 새롭게 대두하는 등 중세의 봉건적 지배 질서가 와해될 조짐이 나타나기는 하였으나, 그렇다고 양반 계층이 사라진 것도 아니고 신분제가 해체된 것도 아니었다. 마찬가지로 중세 사회를 지탱해 오던 규범 자체가 사라지거나 바뀐 것이 아니라, 그 규범을 반드시 지켜야 한다는 경직성이 해이해졌다는 것이다. 〈유무계〉

---

34) 鄭奭鍾, 「朝鮮後期 理想鄕 追求傾向과 三峰島」, 『民族史의 展開와 그 文化』下, 창작과 비평사, 1990. 51-57쪽 참조.

35) 金大幸, 「윤리적 삶의 時代性」, 『詩歌詩學研究』, 梨花女大 出版部, 1991., 344-350쪽.

에서 몰락 양반인 유무의 양반답지 못한 행위를, 그것도 남의 이야기로서가 아니라 자기 자신의 이야기로서 드러내는 것이 허용된 그 자체가 이미 사회의 해이된 경직성의 흔적이라고 할 수 있다.36)

부정적 형상화의 심리적 바탕에는 대상에 대한 우월감이 깔려 있다고 할 수 있다. 그러나 〈유무계〉의 경우는 부정적으로 형상화된 대상이 바로 서술자 자신이라는 데 문제가 있다. 자기 자신을 부정적으로 형상화함으로써 자신에 대해 스스로 우월감을 가진다는 것은 모순이기 때문이다. 그러나 〈유무계〉는 시나 노래가 아니라 서사 장르에 속하는 이야기라는 점을 간과하지 말아야 할 것이다. 예컨대, 대표적인 서사 장르의 하나인 소설에서는 반드시 서술자 자신의 체험이 아니더라도 얼마든지 1인칭 시점에서 서술해 나갈 수 있는 것이다. 몰락 양반의 부정적 모습을 희화적으로 그리는 데는 오히려 제3자 시점의 폭로보다 본인 시점의 자백 형식이 더 효과적일 수도 있다.

독자들은 남의 자조적 자백을 엿들으며 자기 자신이 그와는 이질적이며 그에 비해 우월하다는 자족감을 얻을 수 있을 것이다. '그'와 '나'는 같지 않다는 인식을 함으로써 대상에 대한 우월감을 통한 희화화가 이루어지고, 다시 그 희화화를 통해서 우월감의 만족은 성취된다고 할 수 있다.37) 희화화를 통한 우월감과 자족감의 성취는 달리 말하면 오락적 흥미의 획득이라고 할 수 있다. 〈유무계〉의 끝부분은 "농담 겸 사실 겸 말씀드린 것이니 노여워하지 마시기 바랍니다."38)라고 마무리되어 있다. '사실'이라고 한 것이 몰락한 양반의 처지를 말하는 것이라면, '농담'이라고 한 것은 그에 대한 희화화를 이르는 말일 것이다. 결국 몰락한 양반의 처지를 흥미롭게 오락적으로 꾸민 것이니, 희화화한 것을 사실로 받아 들여 노여워하지 말라는 뜻으로 볼 수 있다.

조선 후기의 상품 화폐 경제의 발달로 인하여 '몰락 양반'이라는 소재가 흥미

---

36) 같은 논문, 345쪽 참조.
37) 같은 논문, 346-349쪽.
38) 편자 미상, 『기문총화』 제169화. 譏弄兼實事兼 願勿嗔怒.

를 위주로 하는 오락의 대상으로까지 격하됨을 〈유무계〉를 통해 확인할 수 있었
다. 이러한 현상을 서민 문학 형태인 판소리라든가 잡가 등에서는 쉽게 찾아볼
수 있으나, 편저자 혹은 수용자의 대다수가 양반 계층인 야담에서는 쉽사리 찾
아볼 수 없는 형편이다. 〈유무계〉가 편자 미상인『기문총화』와『아동기문』에만
수록되어 있고, 양반 계층이 편저한 야담집 어디에서도 발견되지 않는 것이 그
구체적인 증거다. 비록 그렇다고 하더라도 대체적으로 양반 계층의 취향을 지향
하는 야담 가운데 이러한 자료가 나타나게 되었다는 것은 주목할 만한 일이라
여겨진다. 야담 문학이 초기의 획일성을 탈피하여 다양하게 전개되었다는 구체
적 증거의 하나로 평가할 수 있기 때문이다.

김 동 욱　　상명대학교 교수

漢文短篇에 반영된 客主의 상업활동

Ⅰ.

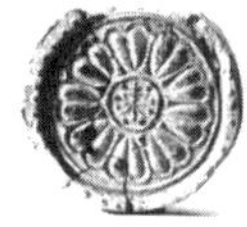

(1) 가흥의 황희숙이라는 젊은이가, 거금을 갖고 서울에서 내려온 노인을 만났다. 노인은 많은 콩을 사서 맡기면서, 자기가 다시 올 때까지 절대로 팔지 말라고 당부하였다. 거듭되는 가뭄과 흉년으로 콩값이 폭등하였지만, 황희숙은 노인과의 약속을 지키기 위해 팔지 않았다. 그러나 너무도 극심한 흉년이 들자 아사지경에 놓인 마을 사람들이 돈과 전답을 들여놓고 콩을 꺼내어갔다. 황희숙은 그 돈으로 많은 땅을 구입하고 노인이 오기를 기다렸으나 끝내 나타나지 않아서 큰 부자가 되었다.(大豆)[1]

(2) 법천 땅의 한 강상(江商)이 서울 객주와 관계를 맺고 쌀을 주로 팔아왔다. 어느 해 극심한 흉년이 들어 굶주리게 된 서울 객주가 이 상인에게 도움을 청하였지만, 그는 들은 척도 않고 다른 객주에게 가버렸다. 그 뒤, 죽은 줄 알았던 옛 객주가 다른 사람의 도움으로 목숨을 건졌을 뿐만 아니라 치부까지 하였다는 소식을 들은 그는, 부끄러움을 느껴 다시는 한강에 배를 띄우지 못하였다.(法泉)

이 이야기들을 기술한 安錫儆(1718~1774)은, (1)에서 황희숙이 치부하게 된 것은 그가 노인과의 '信'을 지킨 때문이라고 풀이하고 있고, (2)에서 서울 객주와의 '신'을 저버린 상인을 규탄하고 있다.[2] 안석경은 '신'의 개념을 포괄적으로 사용하여, 일반적인 사람들이 상대방과의 약속을 준수하는 일을 '신'이라

---

1) 본고에서 대상으로 한 한문단편들은, 이우성·임형택 편역, 『이조한문단편집』, 서울 일조각, 1973(上)에 상세한 설명과 함께 실려 있는 것들이다.

2) 저자 안석경의 생평과 작가적 성격 및 기타 작품들의 분석에 대해서는, 이명학 「삽교만록연구」(성균관대학교 대학원 한문학과, 1982)를 참조하라.

하고 있는 셈이다. 하지만 이 이야기들이 조선 후기에 있어 상품화폐경제가 발달하였던 시기에 기술되었다는 사실과, 소재면에서도 상업활동에 관한 것을 취하였던 사실을 주목한다면, 이 '신'의 개념을 역사적으로 내용적으로 규정할 필요가 있음을 깨닫게 된다. (1)은 錢主와 客主 사이의 관계를, (2)는 商人과 객주 사이의 관계를 묘사하고 있으므로, 이 두 이야기에서 제시된 '신'의 개념은 전주와 객주와 상인들이 상업적 계약을 준수함을 뜻하는 것으로 이해될 수 있고, 더 나아가 근대 시민계층의 윤리인 '信用'을 뜻하는 것으로 이해될 수 있다. 물론 이 두 이야기에서 제시된 '신'을 '신용'으로 파악하는 데는 어떤 유보가 있어야 하지만. 왜냐하면, 학적으로라기보다는 통례적으로 그렇게 논단되듯이, 조선 후기의 상인층은 아직 계층적 자각이 불충분하여 시민계층으로까지 성장해가지는 못하였다 할 수 있는 까닭에, 이 '신용'이라는 윤리가 곧바로 근대적 시민사회의 부르주아 윤리를 의미한다고 할 수는 없기 때문이다. 따라서 (1)과 (2)에서 제시된 '신'의 개념은, 근대 시민사회의 윤리 자체는 아니지만 그러한 윤리로 발전해 갈 맹아를 지닌 '신용'이라고 규정될 수 있을 것이다.

이러한 해석이 과연 올바른 것일까?

(1)과 (2)에 제시된 '신'의 개념이 곧 근대적 시민윤리로 성장해갈 맹아를 지닌 '신용'이라고 말할 수 있는 것일까? 더 근본적으로는, 조선 후기에 있어서 상인들이 독자적 계층으로 성장하지 못한 까닭이 단순히 그들 의식상의 문제에서 비롯된 것일 뿐이어서 그들의 의식이 좀더 철저해지기만 하였다면 서구적 시민계층과 같은 식으로 집단화될 수 있었으리라고 단정할 수 있는 것일까?

Ⅱ.

(3) 선대의 재산을 물려받아 부자가 된 어떤 서울 사람이 많은 돈을 가지고 식리만 일삼다가 직접 상업에 투자할 심산으로 강경에 내려갔다. 그러나 그는 상거래의 경험도 없고 방법도 모르는 데다 도무지 분위기에 정신을 잃어 어찌할 바를 몰랐

다. 그래서 절뚝발이 거간꾼을 만난 그는 생면부지의 그 거간꾼에게 10만전을 주어버리고 그냥 서울로 돌아갔다. 거간꾼은 그 돈으로 엽연초를 대량 구입하여 이듬해 담배가 품귀할 때 한꺼번에 처분하여 10배의 이익을 보았다. 거간꾼이 서울 부자에게 원금을 돌려주고 많은 이자를 함께 주려 하였으나, 서울 부자는 "본전을 잃지 않고 일가족의 명을 구제했으니, 나의 소득 또한 적은 것이 아니라. 하필 분수 밖의 이익을 도모할 필요가 있으리요"하고 본전만을 받았다.(江景)

서울 부자는 많은 돈을 가지고 있지만 상거래의 경험도 없고 방법도 모른다. 그래서 그는 스스로의 의식에 있어서 스스로 행동해나갈 출발점이지 못하고, 도회지 분위기에 정신을 잃어버린다. 거간꾼이 상거래의 방법을 알고 있기는 하지만 돈을 가지고 있지 않다. 그래서 그도 스스로의 의식에 있어서 스스로 행동해나갈 출발점이지 못하고, 신체적으로 불완전한 절뚝발이로 형상화되어 나타난다. 서울 부자는 시장에 대한 정보를 확보하고 있지 못하므로, 그의 개인 의식은 지식과 행동의 절대적 기원이 아니다. 거간꾼은 시장에 대한 정보를 확보하고 있지만, 그렇다고 그의 개인 의식이 지식이나 행동 모두의 절대적 기원이 되는 것은 아니다. 거간꾼은 서울 부자의 돈이 있어야 스스로의 활동에로 나아갈 수 있으므로, 자신의 행동의 기원을 서울 부자에 두고 있다. 따라서 서울 부자도 거간꾼도 모두 자족적인 인물이 되지 못하고 상호 의존적이다. 거간꾼의 존재는 서울 부자의 존재를 완성시켜 주지만, 동시에 서울 부자의 존재가 불완전함을 폭로하기도 하는 것이다. 따라서 거간꾼은 서울 부자로부터 아무런 조건 없이 막대한 돈을 받을 만큼 절대적 신임을 얻지만, 동시에 서울 부자에 대하여 낯설고 추한 인물로 드러난다.

서울 부자나 거간꾼이나 모두 자족성과 자유를 구비하고 있지 못하므로, 그들은 사실상 상품화폐경제의 최고 중재자일 수 없고 다른 사람들의 희생을 요구하게 된다. 시장의 상거래는 무수한 자족적 개인들의 상호 작용 및 반작용으로부터 기계적으로 이루어지는 것이 아니라, 돈을 가지고서 무엇인가 해보려고 하는 서울 부자의 의지와, 서울 부자의 돈을 이용해서 시장을 지배하려는 거간꾼의 의지에 따라서 의도적으로 이루어진다. 즉, 시장 조절은 수요와 공급 사이에 맹

목적인 힘에 의해 은연중 이루어지는 것이 아니라, 시장을 지배함으로써 자신의 존재를 완성시키고 정당화하려는 이들 서울 부자와 거간꾼에 의해 의도적으로 달성된다. 거간꾼의 매점매석 행위는 바로 의도적인 시장 조절의 형태인 것이다. 이 매점매석을 통해, 서울 부자는 본전을 잃지 않고 일가족의 명을 구제하게 되고, 거간꾼은 으리으리한 집을 얻어 신체적 결함을 물질적으로 보상받는다. 하지만 거간꾼과 상거래를 하는 사람들은 시장에 대한 정보를 얻지 못하고 그에게 기만당한다. 그러므로 거간꾼의 시장 조절은 전통적이지도 권위적이지도 합리적이지도 아니하며 자체 속에 비합리적 요소를 지닌 것으로서, 시장 속에서 자족적으로 수요 및 공급을 담당하려고 하는 사람들에 대한 횡포와 강압의 성격을 지닌다. 서울 부자와 거간꾼은 상거래에 임하는 타인들을 기만하여 그들로부터 자족성과 자유를 빼앗음으로써만 자신들의 자족성과 자유를 확보할 수 있다.

서울 부자와 거간꾼의 관계는 기만이나 강요에 의해 이루어진 것이 아니라 서울 부자의 자유로운 의지에 따라 이루어진 것이므로, 일견, 두 개인이 자의적으로 협약을 맺은 계약 관계인 것처럼 보인다. 그러나 그들의 관계는 계약 관계의 요건이라 할 보편성을 지니고 있지 못하다. 진정한 계약 관계란, 당사자들이 자유로운 개인으로서 각자의 개별성에 관계없이 어느 누구와도 새로운 협약을 맺을 수 있는 보편성을 기반으로 한다. (3)에서 묘사된 서울 부자와 거간꾼은, 서로 대등한 개인으로서 꼭같은 역할을 담당할 수 있고 서로 위치를 바꾸어도 아무런 상관이 없을 그런 인물들이 아니다. 앞서 지적하였듯이, 거간꾼은 서울 부자의 불완전한 존재를 메워주면서 동시에 그 불완전성을 폭로하는 타자이므로, 서울 부자와는 상이한 신체적 조건을 가진 절름발이로서 형상화되어 있다. 따라서 서울 부자와 거간꾼의 관계는 보편성을 기반으로 하지 아니한다. 나아가 그 둘의 관계는 시장 관계, 사회 관계의 보편적 모델일 수 없다. 오히려 그 둘은 대타인 관계에서 매점매석을 통하여 기만함으로써 보편적 상거래 관계를 붕괴시킨다. 즉, 서울 부자와 거간꾼의 결속은 시장경제에서 상품의 교환가치를 실현시킬 가능성을 저해한다. 그 둘의 결속은 진정한 계약 관계가 아니며, 자유로운 개인들이 시장에서 수요자와 공급자로서 보편적 계약 관계를 맺는 일을 방해하기까지 한다.

서울 부자와 거간꾼은 서로 완전히 자족적인 개인으로서 만나는 것이 아니라, 매점매석을 이용하여 자기 존재를 완성시키려는 목적에 종속함으로써, 상호 불가분의 의존 관계를 맺는다. 막대한 재산을 가진 인물과 무일푼의 인물이, 신체상 온전한 인물과 절뚝발이의 인물이 아무런 조건 없이 관계를 맺는 것처럼 기술되어 있는 점을 들어, (3)에서 평등의 이념이 실현되어 있다고 생각하면 잘못이다. 사실상 그 둘은, 행동(축재 행위)에 필요한 지식을 얻기 위해, 지식의 활용에 요구되는 동인(본전)을 얻기 위해, 불가피하게 의존 관계를 맺지 않을 수 없는 것이다. 서울 부자가 생면부지의 거간꾼 그것도 허름한 옷차림의 절름발이에게 '아무런 조건 없이' 거금을 주어버리는 이야기는, 그 둘 사이의 관계가 '절대적으로' 요청되는 것임을 형상화한 것이다. 그 둘의 절대적 의존 관계는 그 둘 이외의 다른 사람들에 대해서도 평등관계를 맺지 못하게 강요한다. 서울 부자가 가진 돈은 타인의 그것과 양적으로 차이가 있다. 거간꾼이 시장에 대해 가지고 있는 정보는 그와 상거래를 하는 사람들의 그것과 양적으로 차이가 있다. 이제 서울 부자의 돈과 거간꾼의 정보가 매점매석에 이용됨으로써, 그들 돈과 정보는 다른 사람들이 가진 그것들과는 질적으로 상이한 것으로서 나타난다. 따라서 (3)에서는, 서울 부자 및 거간꾼과 상거래 관계를 맺는 사람들에 관한 기술은 극단적으로 배제되고, 거간꾼의 놀라운 수완만이 이야기의 전면에 제시된다. 서울 부자와 거간꾼 사이의 거짓된 평등관계, 상호의존 때문에, 시장 속의 다른 인물들도 서로 평등한 관계를 맺지 못한다. 시장 속의 사람들은 보편 의지에 따르는 자유로운 계약을 체결하는 것이 아니라, 서울 부자의 돈에, 거간꾼의 시장 정보에 노예처럼 종속한다.

Ⅲ.

(3)의 이야기에서, 서울 부자는 錢主의 전형을, 거간꾼은 客主의 전형을 보여준다. 객주는 위탁매매를 본업으로 하는 자로서, 타인인 전주나 물주의 이익을 도모하기 위하여, 자기 스스로가 자기 이름으로 권리 및 의무의 주체가 된다.3) 전주는 자신의 자본을, 물주는 자신의 상품을 객주에게 맡겨 자유롭게 상거래를 하도록 위임하고서 객주가 벌어들인 돈의 일부를 이자로 받게 되어 있다. 따라서 이 관계에서 보면 객주보다 전주가 주체적이지만, 상거래 활동 자체를 보면 전주보다 객주가 주체적이다. (3)의 이야기에서 서울 부자가 많은 돈을 아무런 조건 없이 거간꾼에게 주어버리는 것은 객주와 전주의 만남에서 전주가 능동적, 주체적임을 반영한 것이다. 또 거간꾼이 더 많은 돈을 벌어들인 뒤 서울 부자에게 후히 사례하려 하자 서울 부자가 분수 밖의 이익을 도모할 필요가 없다고 사양한 것은, 서울 부자가 상거래 활동에 능동으로 참여하지 못하는 봉건적 지배계층의 한계를 보여주고 있는 것이 아니라, 상거래 활동에서 객주의 능동적, 주체적 성격을 더욱 부각시키고자 한 문학적 형상화의 결과인 셈이다. 여기서 전주가 객주에게 자본을 위탁하는 것이나, 객주가 전주에게 원금과 이자를 되돌려주는 것은 전주 - 객주 사이의 관계가 절대적 '신'의 관계임을 보여준다 하겠으나, 이 '신'을 단순히 상업적 '신용'이라고 규정한다면 그 규정은 사적인 내용을 지닌다 할 수 없다.

조선 후기의 한문단편은 당시의 사회 관계와 인간 관계를 미학적으로 반영하고 있다 하겠는데,4) 그 가운데는 상업활동을 소재로 하는 작품들이 많아 당시의 상품경제의 발전 양상을 짐작케 해준다. 그런데 이러한 단편들의 여러 곳에서, (3)에서 보이는 것과 같이, 주체적으로 상거래를 전개하는 인물이 매점매

---

3) 객주의 종류, 개념, 업무 등에 대해서는, 박원선, 『객주』(연세대학교 출판부, 1968)를 참고하라.

4) 조선 후기 한문단편의 성격에 대하여는 이우성·임형택 편역 위의 책 이래로, 최근 들어 박희병, 「청구야담 연구」(서울대학교 대학원 국문학과, 1981)와 이강옥, 「조선후기 야담집 연구」(서울대학교 대학원 국문학과, 1982) 등의 논문이 발표된 바 있다.

석을 통하여 부를 쌓는다는 내용이 나타나고 있다. 또 상거래에서 주체적인 역할을 담당하는 인물이 불구자이거나 기괴한 외양을 한 인물로서 표현되어 있기도 하다. 이처럼 상거래의 주체적 인물 곧 객주가 불구자로 표현되어 있는 것은 그 존재의 불완전성 때문에 전주와 절대적 의존 관계를 맺을 수밖에 없고, 자신과 상거래를 하는 인물들(자유롭게 수요와 공급을 수행하는 선의의 인물들)을 어떤 식으로든 강제함으로써 자신의 우월성을 보상받으려 하는 욕구를 감추고 있음을 상징적으로 묘사하는 것이라 할 수 있다. 객주가 전주와 맺은 절대적 의존 관계는 '신'의 양식으로 이루어지며, 상거래 관계를 맺는 인물들에 대한 강제는 매점매석의 형태로 나타난다 하겠다.

조선 후기에 있어서 상품화폐경제의 발달 양상에 대하여는 최근 상당한 관심을 가지고 연구되고 있는데, 대체로 그 발달 양상이 시민적, 근대적 맹아를 지닌 것으로서 설명되고 있는 듯하다. 하지만 그렇게 상품 화폐경제가 발달함에 따라 당시의 사회관계 및 인간관계가 어떤 식으로 변화되기 시작하였나 하는 것은 아직 실증적으로 고찰되어야 할 과제라 생각된다. 따라서 현재로서는, 상품화폐경제가 발달했다는 사실만을 들어 조선 후기에 시민 - 상인층이 형성되기 시작하였다고 단정하는 일은 경계되어야 할 것이다. 또, 그 상인층이 시민적 의식을 충분히 갖추지 못하였기 때문에 독자적 계층으로 발전하지 못하였다고 이해하는 일도 역시 앞서의 단정과 궤를 같이하는 오류로서 경계되어야 할 것 같다.

본고에서는, 한문단편에 반영되어 있는 객주의 상업활동이 조선 후기부터 심지어 최근까지도 경제 유통구조에서 가장 문제적인 것이었다고 생각하여, 그 사적 성격을 살펴보았다. 실증적 연구가 진행되어야 할 것이지만, 객주의 존재는 상거래 활동을 촉진하고 자본의 축적을 이루었지만, 근대적 상품화폐경제의 발달을 저해하고, 시민계층의 성립을 지연시키고, 근대적 계약 관계라든가 신용이라는 시민 윤리의 성장을 왜곡시킨 부정적 측면을 지녔던 것이 아닌가 생각해 보았다.

| 심 경 호 | 고려대학교 교수 |

致富談에 나타난 倫理觀
― 漢文短篇 <歸鄕>을 中心으로 ―

I. 서 론

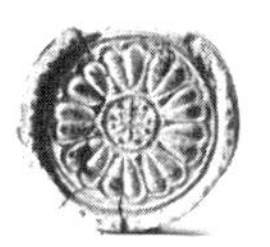경제문제는 애정문제와 더불어 서사문학의 제재로서 가장 빈번하게 사용되어왔다.1) 財物은 인간이 인간다운 생활을 영위하는 데 있어서 기본이 되는 요소이다. 또한 재물을 축적하고 그것을 사용하는 방식을 통해서 인간의 성격과 품위가 드러나기도 하고, 사용자의 인생관이나 가치관 등이 표출되기도 한다. 인간의 모든 생활은 경제문제를 떠나서는 이루어질 수 없으며, 인간의 모든 활동은 경제문제와 직접 간접의 연관을 맺고 있다.2)

서사문학은 인간사회의 일들을 題材로 삼는 것인 만큼, 인간생활과 밀접한 관계를 맺고 있는 경제문제를 외면할 수 없다. 고대서사문학에서는 경제문제에 관심을 가지면서도 그것을 표면에 드러내놓고 다루기를 꺼려했다. 경제문제는 대체로 이야기의 이면에 깔려 있거나 아니면 우회적으로 다루어지고 있다. 많은 작품에서는 가난을 미덕으로 내세우면서 淸貧을 예찬하고 있지만 실제로는 경제문제에 지대한 관심을 보이고 있음을 엿볼 수 있다. 야담이나 고소설의 주인공들이 선행의 결과로 고귀한 지위에 오르게 되고, 아울러 많은 재산을 소유하게 된다고 하는 등의 내용이 그것이다. 어떻게 보면 선행은 높은 지위를 얻어서

---

1) 여기서 말하는 경제문제는 단순히 돈을 벌고 재산을 축적하는 행위에 국한하지 않고 살아가는 데 있어서 재물과 관련된 사건들을 폭넓게 지칭한다.
2) 『史記』 貨殖列傳에서는 이러한 사실을 간파하여 인간생활과 경제문제와의 관계를 여러 각도에서 조명하고 있다.

致富를 이루는 방편이 아닌가 하는 생각까지도 든다.

경제문제에 대한 이러한 태도는 조선후기 실학자들의 문학에 이르면 크게 달라지게 된다.3) 실학시대의 한문소설이나 야담 등에서는 경제문제를 표면에 내세워 직접적으로 언급하기 시작한다. 여기서는 경제를 인간생활의 절실한 문제로 부각시키면서, 재산에 대한 욕망과 치부 활동, 그리고 부의 분배 문제 등 광범위한 경제 문제들을 다루기 시작한다. 이 글에서 검토하고자 하는 致富談은 경제문제를 제재로 삼은 이야기로서, 그 가운데에서도 특히 재산을 모으는 과정에 큰 비중을 두고 있다. 따라서 이런 이야기를 편의상 치부담이라고 부르기로 한다. 그러나 치부담은 재산을 모으는 이야기로 끝나지 않고, 힘들게 모은 재산을 어떻게 사용하는가에 대해서도 함께 이야기한다. 이 부분은 이야기에서의 비중은 적지만 그 안에 담겨진 의미는 매우 중대하다. 치부의 동기와 목적 등이 여기서 나타나고, 또 이것을 통해서 주인공의 사람됨을 엿볼 수 있기 때문이다.

이 글에서는 치부담의 한 전형으로 보이는 〈歸鄕〉4)을 통해서, 서사문학에서 경제 문제가 어떻게 다루어지고 있는가를 검토해 보고자 한다. 주인공이 시도하는 치부의 동기와 과정 및 목적 등을 살펴보고, 그와 함께 치부와 윤리 사이의 상관관계를 관심있게 고찰하기로 한다. 흔히 치부와 윤리는 서로 충돌하고 모순적인 것으로 이해되고 있는데 작품 속에서는 이 두 가지 문제들이 어떻게 연관되어 있으며, 어떻게 갈등을 해소하고 조화를 이루어 나가는지도 아울러 살펴보고자 한다.

---

3) 燕巖의 〈許生〉이나 野談集에 나오는 여러 종류의 致富談 등이 좋은 예가 될 것이다.

4) 이 작품은 『溪西野談』을 비롯하여 『靑野談藪』, 『東野彙輯』 등에 수록되어 있는데 일정한 제목이 없다. 여기서는 이우성·임형택이 『이조한문단편선』(일조각, 1973)에서 명명한 데 따라 〈歸鄕〉이라 부르기로 한다. 이 글에서 검토 대상으로 삼은 자료는 『溪西野談』에 수록된 작품으로 한다.

Ⅱ. 致富談의 展開樣相

1. 主人公의 身分과 生活環境

〈歸鄕〉의 주인공 최생은 대대로 내려오는 양반가의 후손이다.

> "옛날 서울에 최생이란 선비가 있었는데, 그 이름은 전하지 않지만 대대로 벼슬하는
> 집 자손이었다."(昔漢陽士人崔生 其名則忘之 此人累世公卿家子弟也.
>
> (『溪西野談』, 이하 同一)

양반의 후예인 최생이 치부담의 주인공으로 등장한다는 사실부터가 이 작품의 제재적 특성을 말해주는 것이다. 중인이나 천민의 자제가 재산을 모으는 일에 발벗고 나선다면 그 것은 그다지 이상한 일이 아니다. 士族의 이상은 관리가 되어 공직에 종사하는 것이기 때문에 개인의 안일을 추구하는 경제 활동에는 관여하지 않는 것을 미덕으로 여긴 반면에 중인 이하의 사람들에게는 이 문제에 별다른 제약이 없었다. 그러므로 '士人'의 신분이며 더구나 '累世公卿家子弟'인 최생이 부를 추구하는 일에 직접적으로 뛰어든다는 것은 당시의 사회적 통념으로는 특이한 일이 아닐 수 없었다.

양반의 자제라면 마땅히 가야 할 길이 따로 정해져 있었다. 그는 어려서부터 글공부를 해서 과거를 보고, 등과한 후에는 宦路에 나아가도록 교육을 받는다. 이것은 그에게 주어진 출세의 길인 동시에 세상을 살아가는 가장 떳떳한 길이었다. 따라서 그에게 있어서 과거 공부는 단지 하나의 가능한 선택이 아니고, 하지 않으면 안 되는 당연한 의무와도 같은 것이었다. 그가 목표하는 과거의 성공은 자신의 생계를 위한 수단이며, 가문의 전통을 계승, 발전시키는 첩경이기도 하다. 과거에 합격하면 벼슬길에 나아갈 수 있고, 거기에는 명예와 재산이 따르게 되기 때문이다. 士族에게 있어서 여러 가지 소원이 한꺼번에 성취되는 등과에 대한 소망은 비할 데 없이 강렬한 것이었다.5) 이를 위해서 자신의 노력은 물론

---

5) 『慵齋叢話』에서는 과거에 오르기 위해 갖가지 방법으로 不正을 저지르는 실례가 소개되어 있고, 그 뒤에 나온 야담집에서도 이런 종류의 이야기들이 다수 수록되어 있다.

이고, 가족과 친지 등 주변 사람들 역시 헌신적인 뒷바라지를 해 주어야 한다.

科擧準備가 이토록 힘든 일이었기 때문에 양반의 자제들은 공부 이외의 다른 일에 대해서는 생각할 엄두도 낼 수가 없었다. 양반의 자제로서 재산을 모으고 관리하는 일에 직접적으로 관여하는 것은 현실적으로도 힘든 일이었지만, 사회적 통념으로도 그것을 천하게 여겼다. 연암의 「兩班傳」에서 제시하는 양반의 생활 태도는 비록 풍자적이기는 하지만 당시의 사회현상을 잘 보여준다. '손에 돈을 만지지 않고(手無執錢)', '쌀값을 물어보지 않으며(不問米價)', '농사도 짓지 않고 장사도 하지 않는(不耕不商)' 양반의 생활은 일체의 경제활동에 직접적으로 관여하지 않는다는 사실을 말한다.

崔生도 처음에는 이러한 사회적 통념에 따라 글공부에 종사했다. 그리하여 그는 '일찍부터 글재주로 소문이 났었다(早以文藝聞).' 따라서 최생에 대한 부모와 친지들의 기대는 점점 커지게 되었을 것이다. 최생 자신도 자신감을 가지고 과거에 응시했지만 결과는 예상 밖이어서, '나이가 들어서 여러 차례 응시했지만 번번이 낙방을 거듭하는(旣壯屢擧不中)' 사이에 집안 살림은 탕진되어 가난에 쪼들리게 되었고, 자신을 뒷바라지하던 부모는 늙어(家貧親老) 실로 딱한 지경에 이르게 된다. 옛날 번창했던 때 자기 집을 드나들던 門生이나 아전들도 이제 더 이상 최생을 돌보아주려 하지 않았다(門生故吏多顯者 而勢去崔門莫肯相恤). 최생이 처한 상황은 참으로 딱하기 그지없었다. 그렇지만 그렇다고 해서 달리 어떤 도리가 있는 것도 아니었다. 속수무책인 상황에서 최생은 무언가 결단을 내려야 한다. 즉, 어려운 가운데서도 과거공부를 계속하느냐, 아니면 그것을 포기하고 다른 길을 모색하느냐 하는 결단을 내리는 것이다. 작품에서 최생은 과거공부를 포기하고 致富活動에 직접 뛰어들기로 결심한다.

〈歸鄕〉의 주인공을 중인이나 천인으로 설정하지 않고 양반의 자제로 한 것은 작품의 주제와도 밀접한 관계를 가진다. 작품에서는 상층사회의 인생관과 가치관을 신봉하며 살아오던 양반 자제가 하층민이 추구하던 인생관을 받아들이게 되는 과정을 보여 주면서, 그것을 어떤 형태로 실현시키는지를 이야기하고 있다. 여기서 작가는 양자 사이의 갈등이 어떻게 드러나고 그것이 어떻게 해소되고 조화를 이루는지도 보여준다. 그러므로 서두의 장면 설정은 중요한 의미를 갖는다.6)

2. 理想의 좌절과 새로운 價値觀의 발견

崔生의 거듭된 낙방은 그에게 있어서는 의외의 일이고 실망스러운 일일 수 있었지만, 넓은 안목에서 볼 때는 결코 이상한 일이 아니었다. 엄청나게 많은 과거준비생에 비해서 등과자의 숫자는 한정되어 있었기 때문에 한두 번씩 떨어지는 것은 당연한 일일 수도 있었다. 그러나 이런 일이 거듭되어 가난이 심화되고, 登科에 대한 희망이 점점 사라지게 될 때는 심각한 문제가 생긴다. 家貧親老한 상태에 처한 최생의 경우가 이에 해당한다. 결과적으로 볼 때 최생은 귀향해서 농사일에 종사하게 되지만, 그가 이런 결단을 내리기까지에는 상당한 고뇌와 번민이 있었던 것으로 보인다.

거듭해서 과거에 실패하고 그에 따라 가난이 심화되는 모습을 보면서 최생의 마음 속에는 갈등이 생기기 시작했을 것이다. 더구나 등과의 기약도 없는 상황에서 아무런 생업에도 종사하지 않으면서 무작정 책만 잡고 앉아 있다는 것은 더할 수 없는 고통이었다. 늙은 부모와 처량한 처자의 모습은 그에게 어떤 결단을 촉구하는 압력이 되었다. 이에 최생은 자신이 지금까지 살아온 생활태도에 대해 반성할 기회를 갖는다. 눈앞에 처한 절박한 상황을 보면서 그는 자신의 생활방식과 목표에 문제가 있음을 발견하게 된다. 그가 자신에게 닥친 문제점을 발견한 것은 외부의 자극에 의해서가 아니라 내부적 반성의 결과였다.

> "崔生은『孟子』를 읽다가 '四肢를 게을리하여 부모 봉양을 돌보지 않는 것은 한 불효니라.'라는 구절에 이르러 책을 덮고 한숨을 내쉬며 '내가 실로 불효이지.' 하고 말했다."(崔生讀孟子 至惰其四肢 不顧父母之養一不孝也 掩卷太息曰 我實不孝也)

---

6) 다른 관점에서 볼 때 이 작품은 신분사회가 붕괴되어 나가는 과정을 보여 주는 이야기로도 이해될 수 있다.

최생이 '맹자'의 한 구절에서7) 자아반성의 계기를 마련하고, 그것을 통해서 지금까지 지켜왔던 인생관을 완전히 바꾸게 되었다는 것은 매우 의미있는 일이다. 최생의 진로 변경은 타의에 의해서가 아니고 自意에 의해서 이루어진 것이며, 그것도 자신이 숭상해온 유교적 경전 속에서 그 계기를 발견하게 된 것이다. 그의 결정이 타의에 의해서 이루어졌다면 그는 과거에 대한 미련을 완전히 떨쳐 버릴 수 없었을 것이다. 또한 그는 그 미련 때문에 다른 일을 하더라도 자신의 전력을 다하기 힘들었을 것이다. 최생의 결정은 자신의 결정인 동시에 맹자 같은 성현의 가르침과도 부합하는 일이었기 때문에 그는 당당하고 자신있게 생활 태도를 바꿀 수 있었다.

그가『孟子』의 이 구절을 본 것은 한두 번이 아니었을 것이다. 과거를 몇 번이나 볼 정도면『맹자』를 수십 번은 읽었을 것이다. 그러나 종전까지는 그것을 단지 과거 준비의 한 과정으로 보았을 뿐이고, 그것을 읽고 외우는 이외의 다른 생각을 할 겨를이 없었다.『論語』건『孟子』건 그에게는 단지 과거의 시험 과목에 지나지 않았다. 그러나 그가 가난에 쪼들리면서 과거공부의 의미를 근본적으로 반성하게 되면서8) 경전에 대한 이해의 눈이 열리게 되었다. '사지를 게을리하여 부모봉양을 돌보지 않는 것'은 곧 자신의 생활을 가리키는 것임을 깨닫게 되었다. 가난에 쪼들리면서, 또 부모와 처자의 딱한 처지를 보면서도 그가 글공부에 매달릴 수 있었던 것은 그가 하는 일이 의미있다고 믿었기 때문이었다. 그러나 이제 그의 행위는 단지 '四肢'를 게을리하여 부모봉양을 돌보지 않는 한심한 행위가 되고 말았다. 이것은 경전의 말씀을 지식으로서가 아니라 생활 규범으로서 받아들인 결과로 얻어진 교훈이었다. 이 같은 확신 위에서 그는 이제 경전이 자신에게 제시한 새로운 삶의 방식을 찾아 나서게 된다.

---

7) 孟子曰 世俗所謂不孝者五 惰其四肢 不顧父母之養 一不孝也 博奕好飮酒 不顧父母之養 二不孝也 好貨財私妻子 不顧父母之養 三不孝也 從耳目之欲 以爲父母戮 四不孝也 好勇鬪狠 以危父母 五不孝也 (『孟子』離屢章句下)

8) 경전을 암송하는 능력으로써 인재를 뽑는 과거제도에 대한 비판은 조선 후기의 지식인들에 의해 폭넓게 일어났다.(『星湖雜著』貢擧私議 참조)

3. 致富活動의 전개와 富의 成就

최생은 자신이 가야 할 길은 과거 공부가 아니라는 것을 깨닫고 즉시 새로운 길을 찾아 나선다. 그는 우선 글공부를 깨끗이 청산함으로써 지난날의 생활에 대한 미련을 떨쳐버린다.

> "그리고 나서는 붓과 벼루를 치우고 서책을 쌓아두고, 자기가 쓴 원고를 불태웠다. 그리고 서가에 가득한 책은 친구에게 맡기었다."(乃束筆硯封書冊而藏之 集其稿而焚之 其書滿架而托其友)

최생의 이러한 행위는 지난날의 글공부를 마감하고 더 이상 그 생활에 미련을 두지 않겠다는 결심의 표시이다. 그의 결연한 태도는 곧 그가 새롭게 시작한 일에 대한 단호한 결심의 표현이기도 하다.

최생은 자신의 간단한 생활도구들을 정리한 다음 서울을 떠나기로 작정한다. 이것은 앞에서 세운 결심을 다시 확인하는 일이기도 하다. 서책과 筆硯 등을 버리고 科擧 공부를 완전히 포기한 최생에게 있어서 서울은 더 이상 미련을 둘 곳이 아니었다. 그에게 있어서 서울은 가난과 실패와 후회만을 남겨준 곳이다. 이에 그는 서울에 있는 모든 것을 처분해서 고향으로 돌아간다.

> "이튿날 집을 팔아 집값 500냥을 받아, 부모를 모시고 처자를 거느리고 아이종 두 명, 계집종 세 명과 함께 충청도 청주 고향으로 내려갔다."(明日賣其家 受直五百金 率其父母 率其妻 挈家僮二人婢三人 往湖西之淸州庄)

서울을 떠나면서 집을 팔고, 온 가족을 남김없이 데리고 간다는 것은 서울에 대한 미련이 없음을 확인해 주는 것이다. 그는 새로운 생활의 출발지로서 선대의 거주지였던 청주를 택했다. 거기에는 다행히도 '제위답 십 결, 일곱칸짜리 초가 한 채, 종 10여 명, 소 세 마리(祭田十餘結 茅屋七間 奴婢手指十餘 牛蹄角三)' 등이 남아 있어서 再起의 터전으로 삼을 수가 있었다. 게다가 서울서 집값으로 받은 500냥과, 함께 데리고 간 아이종과 계집종이 있어서 새로운 삶을 개척하는 일을 좀 더 용이하게 진행할 수 있었다. 자기 자본은 하나도 없이 부자에게 도움을 받아 사업을 시작하는 허생의 경우와는9) 달리 최생의 치부활동은 좀더 현실성을 갖는다. 최생은 奴婢들을 모아놓고 십년 안에 갑부가 될 테니 함께 일하자고 당부한다.

> 최생이 노비들을 불러놓고 서약하였다. "내가 너희들과 약속하건대 10년 안에 내 논이 100결, 종이 100명, 말 100필, 소 100마리, 집 50칸을 만들고 날마다 만전을 쓰고 달마다 300필의 포목을 쓰도록 하겠다. 내 말을 따르는 자는 각각 100금의 상을 받게 될 것이고 내 말을 따르지 않는 자는 죽임을 당할 것이다."(崔生乃招奴婢誓曰 吾與若等約十年 吾田百結 奴婢百口 馬百頭 牛百蹄 屋五十間 日用萬錢 月費布 三百疋 聽吾命者 人各受百金之賞 不用命者 當殺)

최생은 자신의 계획을 못 미더워하는 노비들을 달래고 위협하면서 치밀한 계획 아래 재산을 모으는 치부활동을 펼쳐 나간다. 그의 활동은 크게 두 가지로 전개된다. 하나는 전통적 농경생활을 통해서 살림을 늘려가는 것이고, 다른 하나는 쌀 때 샀다가 비쌀 때 파는 買占活動을 통해 거액의 재산을 증식시키는 것이다. 그는 청주에 정착한 그날부터 농사일에 뛰어든다. '이듬해 봄에는 몸소 삽을 잡고 농사꾼이 되어(明年春 崔生身操鍬錘 爲農人)' 일한 보람으로 가을에는 200석의 추수를 거두었다. 그러나 이러한 재래식 농업만으로 약속한 부를 이룬다는 것은 기대하기 어려운 일이었다. 그는 농업에 종사하면서 실상은 장사일에 더 큰 관심을 둔다. 청주로 내려오자마자 그가 처음으로 한 일은 집 판 돈 500 냥을 내어 곡식을 사서 쌓아두는 일이었다. 그 해는 마침 충청도 지방에 풍년에 들어서 곡식값이 지천이었다. 최생은 곡식 값이 다시 오를 때가 있으리라고 예상하고 있었다. 그러나 이듬해에도 역시 풍년이 들어 곡식값은 더욱 떨어졌다. 최생은 이에 실망하지 않고 다시 祭田을 모두 팔아 그 돈으로 五穀을 사들였다. 그리하여 쌓아둔 곡식이 모두 4000석이나 되었다.

최생의 예상은 그 다음 해에 가서 적중했다. 여름에는 가뭄이 들고 가을에는

---

9) 연암의 〈許生〉에서 허생은 아무 연고도 없는 서울의 큰 부자 卞姓人을 찾아가 단번에 돈 만 량을 빌어서 장사를 벌이는데, 이 이야기는 현실성이 다소 떨어진다.

홍수가 들어 들판에는 남은 곡식이 없었고 시절은 크게 흉년이 들었다. 이렇게 되니 자연히 곡식값은 폭등하게 되었다. 만약 최생이 이것을 돈으로 바꾸려고만 마음먹었다면 당장에 갑부가 될 수도 있었을 것이다. 그러나 그는 이미 십년의 기한을 잡아두고 있었기 때문에 그리 급히 서둘 필요는 없었다. 그는 4000석을 풀어 재난을 만난 이웃을 구제하고, 이듬해에 그 대가로 6만 석을 받는다.10) 이렇게 인심을 쓰고서도 그는 몇 해 사이에 무려 15배의 재산을 늘리게 된다.

그 이후로도 최생의 재산증식활동은 계속된다. 가을에 받아둔 6만 석을 이듬해 봄에 내다 팔아서 9만 냥을 만들었다. 그것으로 가을에 다시 9만 석의 곡식을 사들였다가 이듬해 봄에 다시 내다 팔아서 18만 냥의 돈을 만들었다. 이렇게 하는 사이에 최생의 재산은 감당할 수 없는 지경에 이르렀다. 그는 결국 10년 사이에 노비들에게 약속했던 富를 이루게 된 것이었다. 이에 최생은 노비들에게 약속한 재물을 나누어주고도 평생 부유하게 살 만한 재산을 이루었다. 그의 致富는 자기 개인의 결심을 실행한 것이었으며, 자기의 결심을 뒷받침해 주고 약속의 실현을 기대했던 노비들에게 '구하면 얻는다.(求則得之)'는 사실을 깨우쳐 준 일이었다. 그와 아울러 이웃에게는 훈훈한 인정을 느끼게 하고 아울러 災難을 이기는 지혜를 가르쳐 준 일이기도 했다.

4. 財産의 分配

〈歸鄕〉은 富의 성취를 중점적으로 다루는 이야기지만 그것만이 전부는 아니다. 이것만으로 이야기가 끝난다면 그것이 비정하고 삭막한 성취담은 될지언정 독자들에게 사랑받는 '아름다운' 人情談은 될 수 없었을 것이다.11) 치부담은

---

10) 최생은 아무런 대도 기대하지 않고 이웃 사람들의 어려움을 구제했지만, 이웃 사람들은 스스로 곡식을 모아 억지로 최생에게 갚아 주어 많은 재산을 늘리게 되었다.

11) 〈歸鄕〉의 작가는 이 작품의 말미에서 이 작품을 가리켜 '이것은 참으로 아름답고 기이한 이야기이다.'(此其章章 尤異者也)라고 소개한다. 실상 이 이야기가 『溪西野談』이외에도 『靑野談藪』, 『東野彙輯』등 여러 野談集에 실려 있는 것으로 볼 때 많은 독자들의 호응을 받았던 이야기라고 생각된다.

재산을 모으기 위한 피나는 과정과 함께 그렇게 모은 재산을 보람있고 유익하게 사용하는 모습을 보여줌으로써 독자들의 마음속에 훈훈한 정을 느끼게 해 준다. 〈許生〉의 허생은 몇 년 동안 애써 번 돈으로 群盜들에게 생활의 기반을 마련해 주었고,12) 〈廣作〉의 許弘은 예정한 10년이 지나자 자기 재산을 풀어 형과 아우를 구제한다.13) 이런 일은 현실성이 없을 수도 있지만 그 안에 담긴 의미는 무시할 수 없다. 축적된 재물의 사용을 통해서 치부의 목적과 의미가 드러나게 되고, 재물의 진정한 가치가 밝혀지게 되기 때문이다. 치부담이 어떤 연유로 해서 이야기되었으며, 이것을 이야기하는 話者들의 기대와 소망이 무엇인지도 여기에 담겨져 있다. 이렇게 본다면 재물의 사용에 관한 이야기는 치부담의 핵심이며 결론에 해당하는 부분으로 볼 수도 있다.

〈歸鄕〉에서도 여타의 치부담과 마찬가지로 재산의 사용 문제가 이야기의 중요한 부분을 이루고 있다. 최생은 자신의 서울 집과 祭位畓까지 팔아서 마련한 4000석의 곡식을 모두 풀어서 흉년을 만난 이웃을 구제하는 데 사용한다. 가난 때문에 모진 어려움을 겪다가, 마침내 과거 공부까지 포기하고 귀향한 최생에게 있어서 재산은 남다른 가치가 있었다. 그런데도 그는 거기에 집착하지 않고 급박한 이웃을 구제하는 데 엄청난 재산을 모두 털어넣었다. 재물에 대한 애착을 버리지 못한 그의 노비들은 그 곡식을 팔아서 큰 이문을 남기자고 요구하지만 최생은 이를 묵살한다. 긴 안목으로 볼 때 최생의 구제 행위는 치부의 한 과정이기도 했다. 그에게서 도움을 받았던 이웃들이 그 은혜에 보답하는 뜻으로 무려 열다섯 배나 되는 곡식을 갚아주었기 때문이다. 그는 인간적 도리를 다 하면서도 자기가 목표하는 바를 달성할 수 있었다.

최생은 자기가 목표로 하는 재산을 축적한 다음에도 남에게 도움을 베푸는 일을 계속한다. 이웃 사람들에게 장사 밑천을 대주고, 흉년이 들면 구제하기를 그치지 않았다. 그리고 노비들에게도 약속했던 대로 각기 100냥씩을 주어 살림

---

12) 燕巖의 〈許生〉과 야담집에 나오는 〈許生別傳〉에서 이 부분의 내용은 대체로 일치한다.

13) 이우성·임형택, 『李朝漢文短篇選』 上, 일조각, 1973), 12-17쪽. 참조

을 이루게 했다. 최생은 애초에 자신과 가족의 생계를 위해 치부활동을 벌였지만, 종래에는 그것으로써 타인을 구제하는 일까지 병행하게 되었다. 〈歸鄕〉의 작가가 이야기하고자 하는 핵심은 바로 여기서 찾을 수 있다. 이런 점에서 이 부분은 이 작품에서 빼놓을 수 없는 중요한 요소를 포함하고 있는 것이다.

Ⅲ. 작품에 나타난 作家意識

1. 積極的 人生觀

〈歸鄕〉은 한 인물의 致富에 관한 이야기지만 거기에는 작가의 인생관이나 가치관이 드러나 있다.14) 최생이 과거를 포기하고 致富活動에 뛰어든 것과 그 이후의 행동에는 분명하고 확고한 신념이 뒷받침하고 있다. 뿐만 아니라 그가 일정한 재산을 축적하게 되었을 때 그것으로써 얻을 수 있는 일확천금의 기회를 스스로 포기하고 가난한 이웃을 구제하는 행위는 그의 뚜렷한 신념 위에서만 가능한 일이었다. 최생의 여러 활동을 통해서 일관성있게 드러나는 생활태도는 그의 능동적이고 적극적인 인생관을 보여준다. 그는 자신에게 주어진 여건을 수동적으로 받아들이기만 하는 자세를 버리고, 그것을 자신이 원하는 방향으로 과감하게 바꾸면서 살아간다. 이러한 자세는 크게 두 가지 사건을 통해서 단적으로 드러나는데, 하나는 서울 생활을 청산하고 귀향하여 농업에 종사하기로 하는 결단이고, 다른 하나는 흉년을 당하여 어려움을 극복해나가는 태도이다.

처음에는 최생도 다른 양반자제들처럼 자기에게 주어진 길에 수동적으로 적응해 가고자 노력했었다. 그러나 그가 『孟子』를 통해서 自省의 계기를 가진 이래로 그의 인생관은 근본적인 변혁을 이루었다. 그는 스스로 인생의 길을 선택할 수 있는 힘을 가지게 되었다. 그가 士族의 신분을 버리고15) 농민이 되기

---

14) 작품의 주인공인 최생을 작가와 동일시할 수는 없지만, 그의 사상을 작품의 주제로 본다면 그것과 작가의식은 어느 정도 일치할 것으로 본다.

로 한 것은 자기가 가진 자유를 실천한 결과였다. 인간의 신분을 천부적인 것으로 생각하는 신분제 사회에서 스스로 그 벽을 허물기로 한 결정은 능동적 인생관의 단적 표현이다. 최생의 치부활동도 이러한 인생관 위에서 이루어진다. 그가 십년 이내에 성취하고자 하는 富의 목표를 정해 놓고, 그것을 실현하겠다는 뜻을 선포했을 때 노비들의 반응은 회의적이었다.

"사람 치고 누가 부유하게 살고 싶지 않겠습니까만 복이 다 정해져 있는 걸 어찌 마음대로 하겠습니까?"(人孰不欲富厚 是分福 何以必乎)

奴婢들의 이 같은 생각은 얼마 전까지는 최생 자신도 추종했던 소극적 인생관의 한 표현이었다. '分福'이란 하늘이 미리 정해놓은 것이어서 인간의 힘으로 이를 변경시키기는 불가능하다고 믿었다. 그렇지 않고 이것을 억지로 바꾸게 되면 많은 부작용이 생기는 것으로 생각했다.16) 신분상승을 시도한다거나 직업을 바꾸려고 할 때 부딪치게 되는 곤란도 사실은 分福을 어길 때 따르는 부작용에 대한 두려움으로 이해될 수 있다. 인간의 운명은 하늘로부터 정해진 것이라는 天定思想은 어느 특정계층만의 것이 아니라 사족에서부터 천민에 이르기까지 모든 계층에 걸쳐 두루 퍼져 있었고 그것이 조선사회를 지배해왔다. 최생은 이러한 天定思想에 의문을 제기하고 그것을 부정한다. 노비들의 회의에 찬 反問에 대해서 그는 이렇게 대답한다.

"화복은 다 자기로부터 나온다. 구하려는 자가 힘쓰면 얻어지는 법이다. 무엇이 어렵단 말이냐?"(禍福無不自己求之者 求則得之 何難之有)

화복의 근원을 하늘에 두지 않고 인간에게 두었다는 것은 실로 놀랍고 대담한 착상이다. 그는 지금까지의 운명론적 사고와는 완전히 결별한다. 이것은 인

---

15) 농사를 짓는다고 해서 반드시 士族의 신분을 포기하는 것은 아니지만, 그가 과거를 포기한 것으로 볼 때 스스로 농민의 위치로 내려앉았음을 알 수 있다.

16) 신분제 사회는 근본적으로 인간의 신분은 하늘이 미리 정한 것이며 이것을 인간의 힘으로 바꿀 수 없다는 思考를 바탕으로 하고 있다. 禁忌, 占卜, 擇地, 擇日 등과 같은 일들은 이런 사고 위에서 주어진 복을 찾아가는 행위이다.

간의 노력에 주목하면서도 天福을 부정하지 않았던 燕巖의 사상과도 다른 것
이다.17)

최생의 적극적 사고를 보여주는 또 하나의 예는 흉년을 대처해 나가는 그의
태도이다. 대부분의 경우 사람들은 풍년이 들면 하늘이 준 복이라고 믿고 감사
하는 반면에, 흉년이 들면 하늘이 내린 재앙이라고 한탄하거나 체념하면서 하늘
을 원망한다. 그러나 최생은 그것이 하늘의 책임이 아니고 인간에 의해 결정되
는 문제이며, 적어도 인간의 힘으로 조절할 수 있는 문제로 보았다. 풍년이 들
어 곡식이 지천이 되었을 때 허생이 그것을 사 모아서 닥쳐올 흉년에 대비할 수
있었던 것은 이러한 생각이 바탕에 깔려 있었기 때문이다. 그 이듬해에도 풍년
이 들었지만 그는 신념을 버리지 않고 계속해서 곡식을 사서 쌓아 두었다. 최생
의 신념은 적중해서 흉년이 닥쳐왔을 때 그는 이웃 사람들의 생명을 구제하고
다시 생업에 종사할 터전을 장만해 줄 수 있었다. '가난 구제는 나라에서도 못
한다.'고 한 말을 되뇌던 백성들에게 있어서 최생은 '生佛'이었다.18) 나라에서
도 할 수 없고 오직 하늘이나 부처만이 할 수 있는 일을 해낸 최생은 자신이 부
정했던 하늘의 역할을 스스로가 시행할 수 있었던 것이다. 최생은 적극적 인생
관을 가지고 치부활동을 시작해서 그것으로써 부를 성취하고 아울러 가난한 이
웃을 구제했으며, 자신을 믿고 따라준 노비들에게 적절한 보상을 내려주었다.
이런 점에서 〈歸鄕〉은 최생의 적극적 인생관과 그것이 어떻게 실현되는가를 이
야기한 작품이라 볼 수 있다.

2. 致富와 倫理의 調和

전통적으로 윤리와 치부는 서로 조화를 이룰 수 없는 갈등 관계로 인식되어
온다. 이론적으로 본다면 반드시 그런 것만도 아니지만 현실적으로 양자는 서로

---

17) 〈許生〉에서 연암은 許生의 입을 통해서 자기가 많은 이익을 남긴 것은 하늘이 내린 운수
(天運)였다고 설명한다.

18) 최생이 이웃 사람들에게 곡식을 나누어 주었을 때 父老들은 그를 가리켜 "此眞生佛也"라
고 칭송한다.

대립적 관계를 이루고 있다. 그리고 이들은 서로 다른 영역에 대해서 아예 관심도 없고 관여하려고도 않는 경향이 있다. '부자가 천국에 간다는 것은 낙타가 바늘귀를 지나가는 것만큼이나 어렵다.'고 하는 식의 사고방식이 동양사회에서도 적지 않게 발견된다.[19] 치부와 윤리 사이의 갈등은 양자의 속성을 이해할 때, 필연적으로 나타나는 현상임을 알게된다. 치부와 윤리는 각기 추구하는 목표가 다르고 지향하는 바가 다르다. 치부란 원래는 자기 소유가 아니었던 것을 자기의 소유로 예속시키는 행위를 말하는 것이고, 윤리란 근본적으로 자기를 희생하고 양보하는 데서 실현되는 것이다. 그러므로 이 두 가지를 동시에 실현한다는 것은 불가능에 가까운 일이다. 그러나 인간은 이 두 개의 영역을 영원히 별개의 것으로 남겨두려 하지 않고 어떤 모양으로든지 관련을 지으려 하기 때문에 양자가 서로 만나는 장을 마련하려고 한다.

致富는 그 과정이 비윤리적이라 하더라도 적어도 그 동기나 목적에 있어서는 윤리성을 내세우려 한다. 재산을 모으는 것이 그것 자체를 목적으로 하는 것이 아니라면, 어떤 형태로든지 윤리적 선을 목표로 내세우고 있다. 이 때 치부는 선을 행하기 위한 수단이며 방편이 되는 것이다. 그러므로 치부는 근본적으로 윤리와 불가분의 관계를 가지게 된다. 윤리적 측면에서 볼 때 치부가 필수적 전제는 아니다. 선행의 목표가 치부일 수 없고, 선행을 했다고 해서 반드시 치부를 한다는 보장도 없기 때문이다. 그럼에도 불구하고 사람들은 흔히 선행에 대한 보상으로 많은 재물을 얻는 것이 당연하다고 생각한다. 전통적 서사문학 속에서는 이런 사고를 드물지 않게 찾아볼 수 있다.[20] 이로 보더라도 윤리와 치부의 관계가 결코 별개의 것일 수만은 없음을 알 수 있다.

---

19) 동양의 윤리적 법전과 같은 구실을 해온 『論語』에서는 기본적으로 부의 가치를 인정하지만, 실제적으로는 가난을 예찬하는 듯한 태도를 보여준다. 『論語』雍也 章에 나오는 '子曰 賢哉 回也 一簞食 一瓢飮 在陋巷 人不堪其憂 回也 不改其樂 賢哉 回也' 등이 그 예이다.

20) 한국의 전래 설화나 소설은 윤리와 치부를 별개의 것으로 다루지 않고 상호관련성 속에서 다루고 있다. 대부분의 작품에서 윤리적 선을 실현한 인물은 명예와 재산을 얻어 행복한 결말을 맞는 반면에 악을 행한 인물은 재앙을 만나 불행한 결말을 당하는 것으로 그리고 있다.

〈歸鄕〉에서 작가가 보여주고자 하는 가장 중요한 문제는 치부와 윤리의 관계 양상이다. 이 작품에서는 치부의 문제를 제시하면서 그것을 윤리문제와의 관계 속에서 다루어 나간다. 최생이 치부에 뜻을 두게 된 것은 자기 생활에 대한 윤리적 반성의 결과였다. 그는 자신의 지난 생활이 불효였음을 깨닫고, '父母奉養'을 위해서 致富를 하겠다고 나선다.21) 이런 점에서 볼 때 최생에게 있어서 치부와 윤리는 상반된 별개의 것이라 아무런 갈등도 일으키지 않는 조화로운 관계에 있었다. 그는 재물과 윤리의 가치와 의미를 분명히 인식하고 이들 사이의 질서를 알고 있었다. 그는 재물이 윤리의 실천을 위한 수단이라고 생각하고 있었다. 그렇기 때문에 그에게 있어서는 이 두 가지 문제가 갈등을 일으키지도 않았고, 또 갈등을 일으키게 되는 경우에는 윤리를 우위에 둠으로써 문제를 해결한다.

최생이 치부와 윤리를 어떤 관계에 두고 있는지는 그의 치부과정에서 잘 드러난다. 치부의 동기와 목표가 선하고 윤리적인 경우라 하더라도 그 과정이나 방법은 흔히 그렇지 못할 때가 있다.22) 그러나 최생의 경우는 그 과정과 방법까지도 윤리성을 벗어나지 않았다. 그는 자기의 노력을 통해서 재산을 모으려고 생각하여 농부가 된다. 그는 스스로 농업에 종사하면서 풍년이 들어 지천이 된 곡식을 사서 쌓아 둔다. 거듭해서 풍년이 들자 祭位畓까지 팔아서 곡식을 사서 쌓아두지만, 그의 행위는 전혀 비난받을 것이 아니다. 그의 매점매석은 누구에게도 피해를 주지 않기 때문이다. 오히려 그는 그 곡식을 가지고 흉년이 들었을 때 가난한 이웃 사람들을 구제했기 때문에 그의 매점매석은 앞날을 내다본 지혜로운 행위가 되었다.

흉년이 들었을 때, 쌓아둔 곡식을 처분하는 최생의 태도를 통해서 그의 倫理

---

21) 최생의 치부 활동에는 자신의 생계를 해결한다든지 처자를 보살핀다든지 하는 이유도 있었지만 그것을 거론하기에 앞서 효의 실천을 내세운 점은 주목할 일이다.
22) 〈許生傳〉에서 허생은 자신이 사용한 독점 형태의 치부 방식이 비윤리적임을 고백하면서 후세 사람들이 그 방법을 사용하면 반드시 나라를 병들게 할 것이라고 경고한다. 이것은 치부의 방법이 빠지기 쉬운 비윤리성을 이야기한 것이다.

優位的 사고는 분명히 드러난다. 곡식 값이 수십 배로 뛰었기 때문에 그것을 내다 팔면 단번에 갑부가 될 수 있었고 奴僕들도 그렇게 하기를 바랐지만, 최생은 그것을 모두 가난한 이웃을 구제하는 데 사용했다. 아무런 조건도 붙이지 않고 그냥 흩어주고 만 것이었다. 윤리와 치부가 갈등을 일으키는 상황이 되었을 때, 그는 치부를 포기함으로써 갈등의 여지를 남기지 않았다. 윤리를 치부보다 중하게 여기는 최생의 태도는 이웃사람들을 감동시켜 그들의 공감을 얻게 되었고, 마침내 그들도 같은 생활방식을 따르게 한다.23) 최생의 구호를 받아 흉년을 넘긴 이웃사람들은 다음에 풍년이 들자 자기들이 받았던 은혜를 넉넉하게 되돌려 갚기로 한다. 최생이 그것을 받으려 하지 않았더니 노비가 되어서라도 그 은혜를 갚겠노라고 버틴다. 이에 그도 어쩔 수 없이 받기는 하지만 그것을 다시 필요한 이웃에게 나누어주기도 하고, 자기 집 노비들의 살림 밑천으로 나누어주기도 한다. 〈歸鄕〉에 나오는 최생과 노비 및 이웃 사람들 모두는 이처럼 윤리와 치부의 질서를 인식하고 그것을 조화시킴으로써 자기들 스스로는 물론이고 이웃들 사이에서도 아무런 갈등과 마찰을 일으키지 않고 살아간다. 이것은 〈歸鄕〉의 작가가 이 작품을 통해서 보여주고자 하는 또 하나의 측면이다.

3. 새로운 倫理意識

〈歸鄕〉이 단순한 致富談이 아니라 그것을 통해서 새로운 인생관과 윤리관을 제시하고 있음을 앞에서 보았다. 여기서는 작가가 제시하는 새로운 윤리관이 구체적으로 어떤 것인가를 살펴보고자 한다. 새로운 윤리란 기존의 윤리를 반성, 비판하고 그것을 수정, 보완하는 데서 이루어지다. 〈歸鄕〉에서 그것은 크게 두 가지 방향으로 나타나 있다. 하나는 고정적 윤리관에서 가변적 윤리관으로의 변화이고, 또 하나는 절대윤리에서 상황윤리에로의 변화이다.

---

23) 최생이 흉년을 당하여 쌓아둔 곡식을 가지고 치부를 하려 들었다면 이웃 사람들도 더욱 악착스럽게 되었을 것이다. 그러나 최생이 윤리적 태도를 보였기 때문에 이웃 사람들도 은혜를 재산보다 중히 여기는 태도로 살아갈 수 있었다.

기존의 윤리는 신분제 사회의 질서를 바탕으로 한 고정성을 가진다. 신분적 고정성은 사회의 다른 모든 면에까지 파급되는 경향이 있다. 하늘이 정해놓은 신분이 있고, 인간은 각기 그 신분에 맞는 생활방식을 따라야 한다는 생각이다. 그것은 고정된 것이어서 함부로 넘나들거나 혼란을 일으키게 해서도 안 되는 것이다. 이것을 지키지 못했을 때는 주위의 비난을 받게 되며, 심한 경우에는 법적 제재를 받기도 한다. 특히 자기에게 부과된 윤리적 규범을 지키지 못할 때는 아예 그 신분적 위치를 유지할 수 없었고, 지금까지 누려오던 모든 특권까지도 포기해야 한다. 〈귀향〉의 최생도 처음에는 자기에게 주어진 신분적 위치를 고수하기 위해 과거 공부에 매달렸었다. 그가 여러 가지로 힘든 형편이었음에도 그 길을 쉽게 버리지 못한 것은 사회적으로 그것이 용납되지 않았기 때문이다. 이 같은 고정된 세계관 또는 인생관은 士族들만의 생각이 아니고 중인과 노비들에 이르기까지 모든 계층을 지배하고 있었다. 그들은 '分福'을 믿으며 그 속에 안주하면서 그 밖의 다른 가능성에는 도전하려 하지 않는다. 그러나 최생은 고정된 금기의 벽을 넘어서 유연한 자세로 살아가는 길을 찾는다. 그는 주위의 비난과 멸시를 감내하면서 농부가 되었고, 士族으로서는 극히 비루하게 여기는 商行爲에도 종사하였다. 최생뿐 아니라 치부담의 다른 주인공들도 이 같은 고정관념을 깨고 새로운 인생관, 또는 윤리관을 모색해 나간 선구자였다. 〈廣作〉의 許弘, 〈許生傳〉의 許生 등이 그런 인물들이다. 최생과 마찬가지로 그들도 고정적 세계관을 벗어나서 그것을 가변적인 것으로 파악함으로써 자신들이 목표하는 바를 성취할 수 있었다.

〈귀향〉에서는 절대윤리와 상황윤리를 구분하고, 각각의 위치와 기능을 찾으려 한다. 이 두 가지는 엄연히 다른 것이지만 서로 불가분의 관계를 갖는다.[24] 실제에 있어서 이 두 기지는 서로 보완적으로 작용할 때 본래의 기능을 충분히 나타낼 수 있다. 그러나 유교적 실천윤리를 중시했던 조선사회에서는 이 두 가

---

24) 절대윤리를 불변하는 윤리 규범으로 생각한다면, 상황윤리는 그것을 실천하는 구체적 방식으로 이해될 수 있다. 따라서 이 두 가지는 서로 분리될 수 없는 것이다.

지가 심한 혼란을 보인다. 정확하게 말하면 윤리적 實踐細目까지도 절대적인 것처럼 숭상되었다는 것이다. 실천세목은 시대와 지역 및 개인의 형편에 따라 변할 수 있는 것이다. 그런데도 전대의 것을 획일적으로 고수하려 하기 때문에 인간은 윤리규범의 주체가 되지 못하고 그것의 노예가 되었다. 최생이『孟子』를 읽다가 효와 불효의 의미를 새롭게 인식한 것은 윤리관의 새로운 인식을 말해 준다. 그가 지금까지는 효행인 줄 알고 종사했던 과거 공부가 실상은 불효하는 일임을 알게 되었다. 그가 깨달은 윤리관의 顚倒는 그것을 판단하는 기준이 바뀌었기 때문에 나타난 결과였다. 그는 절대윤리의 한 덕목으로서 효에 대해서 큰 비중을 두고 있지만, 그것을 실천하는 방식은 절대적인 것이 아님을 알았다. 그것은 자기가 처한 상황에 맞게 선택할 수 있는 것이었다. 이런 기준에서 그는 자신의 과거공부는 효가 아니라 불효라고 판단한 것이다. 그 동안의 경험으로 볼 때 과거공부는 자기의 능력이나 형편에 맞지 않는 것으로 판단되었기 때문이다. 그는 자기가 실천해야 할 윤리규범을 깨닫게 되었기 때문에, 체면과 의무감에 얽매이지 않고 주저 없이 고향으로 돌아가 농업에 종사할 수 있었다.

최생의 결정은 그의 확고한 윤리의식 위에서 이루어진 것이었기 때문에 그의 결정은 후에도 변하지 않는다. 그가 과거공부를 버리고 농업에 종사한 것은 자신의 자유스런 결정에 따른 것이었다. 그는 농업이나 상업을 임시방편으로 생각하지 않고 자신의 영구적 직업으로 생각했다. 그렇기 때문에 그는 치부담의 다른 주인공들과는 달리25) 상당한 富를 축적한 후에도 어떤 모양으로든지 관직을 구하거나 신분상승이나 시도하지 않고 농민으로서의 생활에 만족하면서 살았다. 최생의 이러한 직업의식은 그의 윤리관에 깊이 뿌리박고 있었기 때문에 가능했던 것이다. 고정된 윤리관을 벗어나 절대윤리와 상황윤리를 구분해서 생각할 줄 알았던 최생의 태도는 당시로서는 앞서가는 선구자적 자세였다. 이와 같은 그의 태도는 개화기를 지나 현대에 이르러서야 제대로 이해되고 평가받을

---

25) 致富談에서 일정한 財源이 축적되면 주인공은 관직을 구하는 것이 상례이다. 〈廣作〉의 許弘은 무과에 응시하여 安岳郡守가 되었고, 〈許生傳〉의 허생은 축적한 부를 흩어버린 뒤에 다시 글공부에 종사하는 士族의 위치로 복귀하였다.

수 있게 된다.

IV. 결 론

경제문제는 서사문학의 중요한 문제로서 다루어지고 있다. 재물은 인간생활의 필수적 요소로서 많은 사람들의 관심을 끄는 대상이 되기 때문이다. 그러나 예로부터 이해관계에 대해서 드러내놓고 언급하기를 꺼려했던 사회적 관습 때문에, 이 문제는 서사문학의 표면적 주제로 부각되지 못하고 다른 주제의 裏面에 가려져 나타났다. 실학시대 이후로 경제문제는 서사문학의 표면적 주제로 등장하기 시작한다. 재산의 증식과 축적, 부의 분배, 致富와 윤리의 갈등 같은 경제적 문제가 거리낌없이 이야기된다. 여기에는 재물의 본질과 효용성, 치부의 방법과 목적, 재물의 사용 등에 관한 작가의 생각이 잘 드러나 있으며 그것을 통해서 청중이나 독자층의 사상도 엿볼 수 있다.

이 글에서 검토한 〈歸鄕〉은 경제문제를 다른 작품으로서 치부와 윤리의 관계에 대해 특히 관심을 기울이고 있다. 양반의 자제인 최생이 과거공부를 버리고 귀향하여 치부활동을 벌이는 과정을 이야기하면서 그 과정에서 부딪치는 윤리문제에 대해서 어떻게 대처해 나가는지를 보여준다. 그는 재물의 가치를 인정하고 치부활동의 필요성과 정당성을 주장하면서 적극적이고 능동적인 자세로 치부활동을 전개해 나간다. 그러면서도 그는 그것이 윤리적 정당성을 가져야 하며, 그것을 바탕으로 해서 이루어져야 한다고 믿었다. 치부와 윤리가 갈등을 보였을 때 그가 서슴없이 치부를 포기하고 윤리를 실천한 것은 그의 이 같은 신념 때문에 가능했다. 이 작품에서 작가가 주인공 최생을 통해서 보여 주는 경제관과 가치관 그리고 윤리관 등은 새로운 시대의 사상을 예시하는 것이며, 동시에 인간이 지향해야 할 이상적 인생관을 제시한 것이다. 이 글에서는 한 작품만을 대상으로 검토했기 때문에 서사문학에 나타난 경제문제의 전면을 폭넓게 살펴보지 못했다. 이 문제는 앞으로 소설이나 야담집에 나오는 다른 많은 작품들을 검토함으로써 보다 깊이 이해되고 일반화된 이론의 도출이 가능할 것으로 본다.

▌부록

資料

昔漢陽士人崔生 其名則忘之矣. 此人累世公卿家子弟也. 早以文藝聞 旣壯屢擧不中 家貧親老妻子凄凉 門生故吏多顯者 而勢去崔門 莫肯相恤. 崔生讀孟子 至惰其四肢不 顧父母之養 一不孝也 掩卷太息曰 我實不孝也. 乃束筆硯封書冊而藏之 集其藥而焚之 其書滿架而託其友 明日賣其家 受直五百金 奉其父母 率其妻孥 挈家僮二人婢三人 往 湖西之淸州庄. 庄餘祭田十餘結 茅屋七間 奴婢手指十饒 牛蹄角三. 崔生乃招奴婢誓曰 吾與若等約十年 吾田百結 奴婢百口 馬百頭 牛百蹄 屋五十間 日用萬錢 月費布三百 疋. 聽吾命者 人各受百金之賞 不用命者當殺. 奴婢等對曰 人孰不欲富厚 是分福何可 必乎. 崔生曰 禍福無不自已來之者. 求則得之 何難之有. 若等但聽吾命 勿愁其不可必 也. 奴婢等心不以爲然 而口應曰諾. 崔生乃與五百金 使之貿五穀 而儲之. 時湖西大熟 五錢收租二十五斗 他穀稱是. 明年春 崔生身操鍬鋤爲農人 倡坐於溝澮之間 秋收百石 者二之. 是歲又大有年 穀直此去歲充賤. 崔生乃盡賣其祭田 受錢三千兩 以貿五穀並前 貿而計之 穀爲四千餘石. 越明年 夏旱秋潦 野無立苗 歲則大饑. 經冬至春 老羸塡壑 壯者流散 十室九空 而皮穀一石 直錢十兩 米倍之. 老奴等請賣所貿之穀 崔生不許曰 汝往召鄕里父老來. 來則立之階下 而告之曰 吾家四鄰之窮餓殆死者 幾人矣. 父老等對 曰 何人不死 多無田土者 其有田地者 具牛耟 多男女 服田力農 足支一年者 亦皆面浮 黃 欲盡矣. 此輩今年之糧 皆夏枯 秋浸而往 往立於田中 不用刈獲之故耳. 崔生曰 噫 盡劉矣. 我有穀若干石 雖小 能施濟衆. 吾不忍吾鄕里之盡劉 從某至某 錄其人口多少 戶之大小 以示之可乎. 父老應聲曰 此眞生佛也. 歸告其四鄰 而錄其戶口以呈. 崔生約 曰 同召其錄中人 凡五百餘家 一千三百餘口 分與其穀曰 汝等勿愁飢餒 力作本業可 也. 於是逐月計口給糧 使無捐瘠 其賣牛而無牛者買之 而給其農餼 五百餘家分給五穀 之種 用力齊修 勤業趁時 任事自相激勸. 崔曰 吾去年將斂而廢我稼矣. 今年吾將修之 然十結之田 旣賣矣. 當廣取他人之田 作收其半 乃率其奴婢 而躬自監課. 是歲果大登 獲而分之 爲百餘石矣. 五百餘家 亦各自收役畢 相與言曰 吾輩此穀 皆崔氏之力也. 五 百餘家 一千三百餘口 當今年春夏 十室九空之時 獨能免苦飢而全沽 父母兄弟妻子安 樂於同室 歌謠於南畝者 伊誰之惠也. 人有如此肉骨之恩 而不思所以報德 則拘彘不食 吾餘矣. 衆口一談曰 果然. 其中老成學識者 相聚而議曰 崔氏之穀 乃崔氏之祭田十結 及京第所賣錢也. 以今春穀直論之 則四千餘石 可受四萬兩錢 而顧此之不賣 以活吾屬 此天下義士仁人也. 吾屬只以四萬兩之數還之 則太薄矣. 宜以六萬償之. 僉曰 可矣.

乃列書戶口多寡繼糧 乃農餹乃買牛直錢之數 以秋穀錢直計之 百錢直二十斗穀 通爲六萬餘石. 於是五百餘戶之民 牛駄馬載 首尾相屬 簇立於崔家大門之外. 崔生怪問其故. 民人曰 方有謹當徐對耳 皆以其穀露積於外 其父老乃入而列拜於庭曰 以穀計之則輕於鴻毛 以恩論之則重於泰山 小人等敢以鴻毛以報泰山. 崔生曰 幾何. 曰 六萬餘石. 崔生曰 吾固非墨翟之愛 伯夷之廉 然以吾之穀數較六萬餘石 則付而加五 是投方寸之餌 釣任公之鰲也. 固辭不肯受. 父老等曰 不然. 今年若買四千石 則當得四萬兩 以四萬兩買京鄕新買之百貨 則至秋出賣 當得十二萬兩 以十二萬兩貿粗 則當得十二萬石 今六萬乃十二之半也. 不取十二萬 而取六萬 是不廉乎. 所不許較利害 散於垂死之衆民 而一言不及於望報 此非愛乎. 以民人等利害言之 五百餘戶一千三百餘口 窮夏大歉之時雖欲得債 元無其路 假使得錢其殖必無下付伍 以錢買穀 穀貴錢賤 持錢者滿市 擔穀者絶無而僅有. 如此之際 人其生乎. 又安能及時爲農 百室盈盈乎. 此穀不受 則小人願爲奴婢 以報萬一. 崔生曰 汝言及此 安得不受乎. 民人等皆曰 穀自外輸感自內結 未死之前 何日忘之. 崔生曰 予少受多 我實靦然 何感之有.

明年春 賣穀一石錢爲百五 通爲九萬兩錢. 秋而貿之 得九萬餘石. 又明年春 穀一石直二兩 通爲十八萬兩 而自此以後 錢多不得買穀 穀多亦難換錢. 乃分與五百餘戶之識利害者 行商焉. 十年之間 貨財充溢. 皆如厥初誓奴婢之言. 乃賞其奴婢 各百金. 五百餘戶之民 賴其力 凶年則常取貨於崔生焉. 此其章章 尤異者也. 『溪西野談』卷五

정 하 영 이화여자대학교 교수

조선후기 야담에 나타난 재산과 신분의 관계
— 『청구야담』을 중심으로 —

Ⅰ. 서 론

이 논문은 야담 자료를 통하여 조선 후기 문학에 당대의 사회적 삶이 형상화된 양상을 살펴보는 것을 목적으로 한다. 조선 후기는 흔히 중세사회의 해체기로 일컬어지거니와, 이 시기 사회 변화의 핵심 요소 가운데 하나인 신분과 경제력의 어긋남의 양상을 야담집에 실린 여러 이야기 자료를 통해 점검하고, 또한 그러한 변화에 대하여 당대인들이 어떻게 대응하였는가를 살펴보고자 한다. 그를 통해 이 시대 사회적 삶의 저변을 '구체적으로' 드러내고 그 역사적 방향성을 추적해 보려 한다.

조선후기 야담에 대한 연구는 그간 활발하게 이루어져 왔으며,[1] 그 가운데는 신분이나 빈부의 문제를 주요 관심사로 다룬 것이 적지 않다.[2] 그 연구는 대개 야담 자료로부터 당대의 사회현실을 읽어내는 방향으로 진행된 것이었는바,[3]

---

1) 야담의 연구 경과는 정명기, 「야담 연구의 현황과 장래」, 『글터』 1집, 원광대 국어교육과, 1983 및 이강옥, 「야담의 연구 시각」, 장덕순 외, 『한국문학사의 쟁점』, 1986에서 정리된 바 있다.

2) 다음 논저들을 그 예로 들 수 있다. 박희병, 「청구야담 연구」, 국문학연구 52집, 1981 ; 임철호, 「이조후기 한문소설에 나타난 인간상Ⅰ」, 『전주대 논문집』 10집, 1982 ; 이강옥, 「조선후기 야담집 연구」, 국문학 연구 60집, 1982 ; 정명기, 「奴-主의 어울림과 맞섬」, 『한국언어문학』 21집, 1982 ; 김경숙, 「신분변동 야담연구」, 국문학연구 90집, 1989 ; 이수영, 「조선후기 야담연구 - 치부담을 중심으로 - 」, 영남대 석사논문, 1992.

3) 물론 기존의 모든 연구가 이 문제에 초점을 맞춘 것은 아니었다. 야담집에 실린 이야기의 양식적 성격과 역사적 전개 과정, 서술 시각 등도 기존 야담 연구의 주요 관심대상이었다. 그렇지만, 신분이나 致富의 문제 등을 구체적으로 다룸에 있어 관심은 아무래도 당대 사회상

그 연구의 결과로서 조선 후기에 경제력의 재분배를 통해 광범위한 신분변동이 이루어지고 있음이 다각적으로 해명되었고, 그것은 역사의 방향성에 대한 인식의 진전으로 이어졌다. 예컨대 박희병은 『청구야담』 자료에 대한 고찰의 결과로서 이 시기 야담이 "궁극적으로 봉건적 제 구속을 탈피하여 근대적 인간 해방을 지향하는" 방향성을 보이고 있다는 결론을 내린 바 있다.4)

이 논문의 기본 연구 방향은 기존 연구와 본질적으로 다르지 않다. 이 논문에서는 기존의 대다수 연구와 마찬가지로 사회현실에 초점을 맞추어 '이야기 자료로부터 현실을 읽어내는' 작업을 수행할 예정이다. 논의 중복의 위험성에도 불구하고 이처럼 이 방향의 연구분석을 거듭 시도하는 것은 이 방면 연구에 보완의 여지가 있다는 판단에 따른 것이다.

문학은 현실을 반영하지만, 그 반영의 양상은 단순하지 않다. 문학에 형상화된 인간과 세계는 사람들의 상상을 통하여 재구성된 것으로서, 그 속에는 현실과 꿈, 사실과 허구가 한데 얽혀 있다. 이에는 물론 야담도 예외가 아니다. 그런데 지금까지의 연구에서 야담의 형상화 원리로서의 사실과 허구의 결합 양상에 대한 신중한 고려가 있었다고 보기 힘들다. 개별 작품 분석 과정에서 사실적 요소와 허구적 요소에 대한 지적이 있었던 적은 많지만, 그 관계 양상에 대한 일반적이고 체계적인 논의가 부족하였다. 그 결과 실제 현실과 작중 현실의 역학관계가 충실히 드러날 수 없었다. 이제 이 논문에서는 야담에 있어 사실과 허구가 얽히는 양상을 좀더 체계적으로 가려 따지는 방안을 마련하고 그에 입각하여 이야기 자료를 분석함으로써 야담의 현실 수용 양상에 관한 인식의 진전을 도모하고자 한다.

한편, 이 논문에서는 현실을 문제삼음에 있어 '역사적 사실'의 확인에 그치지 않고 '구체적인 삶의 양상'을 드러내는 데 관심을 두려 한다. 변화하는 세상에 대한 사람들의 다양한 대응을 살아있는 '삶'의 차원에서 살펴봄으로써 현실을 보다

쪽에 귀결되기 마련이었다.
 4) 박희병, 앞의 논문, 181쪽.

‘구체적으로’ 드러내고자 하는 것이다. 이야기 등장 인물의 구체적 행동 양태와 함께 가치관을 신중하게 살핌으로써 그러한 성과를 기약할 수 있으리라 본다.

이 논문에서는 고찰 대상을 『靑丘野談』에 실린 자료로 한정한다. 여러 야담집의 자료를 한꺼번에 다루는 것은 무리라고 보기 때문이다. 『청구야담』을 대상으로 택한 것은 『청구야담』이 조선 후기의 대표적인 야담집으로서 당대의 사회현실을 반영한 이야기들을 폭넓게 수록하고 있다는 점을 고려한 것이다.[5] 자료를 살핌에 있어서는 선별적 논의를 지양하고 신분–재산 관계를 문제삼고 있는 것들은 두루 포괄해 다룸으로써 시각의 객관성을 추구하고자 한다.[6]

Ⅱ. 야담에서의 사실과 허구

이야기문학에 있어 사실과 허구의 위상은 다양하고도 복잡하다. 사실과 허구가 한데 얽히는 것이 일반적인 특징이지만, 그 구체적 관계 양상은 이야기 각편이나 유형, 갈래에 따라 많은 편차를 보인다. 구비설화의 여러 갈래를 대상으로 한 필자의 연구 결과에 의하면, 史話는 사실을 중심으로 하여 이야기가 구성되고, 傳說은 이야기 구성과 전승에 있어 사실과 허구가 맞부닥치는 양상을 보이며, 古談은 허구를 전제로 하여 내용이 구성되고 전승이 이루어진다. 고담은 다시 사실적 고담과 희극적 고담 등으로 나누어지는데, 사실적 고담은 이야기 내용이 현실적 개연성의 범위 내에서 전개되는 데 비하여 희극적 고담에는 현실

---

5) 『청구야담』은 19세기 전반에 편찬된 야담집으로 알려져 있으며, 그 자료들 중 대다수는 17세기 이후 19세기 전반에 이르는 시기의 산물로 인식되고 있다. 이 논문에서 문제삼는 시대현실은 자연 이 시기에 걸치며, 그 중에서도 특히 이 책이 편찬된 19세기 전반기의 상황이 특히 문제시된다.

6) 『청구야담』은 이본이 많은데, 그 중 19권 19책의 규장각본을 기본 텍스트로 삼고 ‘서벽외사 해외수일본’을 함께 살폈다. 자료를 살핌에 있어 서대석 편저, 『조선조문헌설화집요(Ⅰ)』, 집문당, 1991과 이우성·임형택 역편, 『이조한문단편집』 전3권, 일조각, 1973~1978이 좋은 길잡이가 되었다.

적 개연성을 벗어나는 내용이 포함되는 것이 보통이다.7)

　야담을 두고 사실과 허구의 위상을 따지는 것은 또 하나의 어려운 과제이다. 이때 우선적으로 문제가 되는 것이 야담집에 실린 이야기들의 다양성이다. 야담집에 다양한 갈래의 이야기들이 섞여 있음은 이미 지적돼 왔는바,8) 실제로 거기에는 사화나 각종 逸話, 전설, 희극적 고담 등에 해당하는 이야기들이 포함돼 있으며, 그와 더불어 '한문 단편', '야담계 소설' 등으로 지칭돼 온 일련의 현실적인 이야기들이 중요한 자리를 차지하고 있다. 이러한 자료의 다양성은 그 문학적 특성에 관한 논의를 어렵게 만들고 있다.

　그렇지만, 이 여러 종류의 자료들 가운데서도 특히 문제가 되는 것을 가릴 수 있으니, 그것은 바로 '한문 단편'류의 현실적인 이야기들이다. 이 이야기들이 야담의 새로운 서사 세계를 대변한다고 할 수 있는바, 기존 이야기 양식들과 다른 야담의 서사적 특성은 이 자료들에서 특히 잘 드러난다9) (이 논문에서 다루고자 하는 재산과 신분의 관계 문제만 하더라도 실은 이 계열의 자료들에 있어 집중적으로 문제가 되고 있다).

　이 '한문 단편'류의 야담 자료들은 사실과 허구의 관계에 있어 사화나 전설, 고담 등과는 또 다른 특징을 나타내고 있다. 그것은 내용상 어떤 뚜렷한 근거를 두고 있지 않으며 서술자들이 그 사실성에 대해 책임을 지지 않는다는 점에서 사화와는 다르다. 그런가 하면 현실적 개연성의 범위에서 내용이 구성된다는 점에서 허구적이고 신이한 이야기 요소가 부각되는 전설과 구별된다. 이러한 야담

---

7) 졸고, 「역사인물담의 현실대응방식 연구」, 서울대 박사학위논문, 1993, 123-181쪽 참조.

8) 박희병, 앞의 논문, 55-62쪽 ; 이강옥, 앞의 논문(1982), 13-52쪽 및 「조선 초·중기 일화의 형성과 변모과정 연구」, 서울대 박사논문, 1993, 18-25쪽. 박희병은 민담, 전설, 소화, 일화, 야담계 단편소설 등으로 구분하였고, 이강옥은 전설, 민담, 소담, 사대부일화 및 야사, 평민일화 및 평민단편소설, 야담계 일화 및 야담계 소설 등으로 나누었다.

9) 이 자료들에 대해서는 설화인가 소설인가 하는 의견이 맞서 있다. 야담을 '문헌설화'로 다룬 조희웅 등이 이들을 설화에 포괄해 보는 관점을 보인다면 임형택 이래 이신성, 박희병, 임철호, 이강옥 등은 이들을 소설로 보는 입장을 취하였다(그 자세한 논의는 이강옥, 앞의 글(1986) 참조).

과 가장 가까운 것은 허구를 전제로 하면서도 현실적 개연성에 입각해 내용이 구성되는 '사실적 고담'이라 할 수 있겠다. 그러나 야담은 화자나 청자가 '꾸며낸 이야기'임을 전제로 하는 고담과 달리 독자로 하여금 이야기 내용이 '실제의 일'이라는 느낌을 강하게 주고 있음이 특징적이다. 이야기의 시·공간적 배경이나 등장 인물이 구체적으로 명시된다는 점 등이 그 효과와 긴밀한 관계를 맺고 있다. 대체적으로 볼 때 야담은 寫實的 고담과 통하면서도 事實性을 부각시켜 작품의 현실성을 더욱 강화하고 있는 것으로 판단된다.10)

야담이 이처럼 강한 현실성을 지닌다는 것은 야담을 통해 현실적 삶의 양상을 읽어내는 작업의 기본 근거가 된다. 현실을 현실의 차원에서 문제삼고 있는 것이 야담이므로, 그 이야기 내용 속에서 어렵지 않게 현실을 발견할 수 있는 것이다.

그렇지만 야담에 있어서도 허구적 요소는 폭넓게 개입돼 있다. 야담의 이야기 내용은 '事實的'일 뿐 사실 그대로는 아니다. 그것은 현실의 반영물이지만, 그 현실은 사람들에 의하여 '선택된' 것이며, 또한 상상을 통해 '재구성된' 것이다. 그리하여 그 속에는 실상으로서의 현실과 상상과 꿈이 만들어낸 허상으로서의 현실이 함께 얽혀 있다. 우리는 그 실상과 허상을 가려내야 하며, 허상 이면에 가로놓여 있는 삶의 실상을 읽어내야 한다.

문제는 어떤 방식으로 그 작업을 수행할 것인가 하는 점이다. 그 작업의 실마리를 찾기 위해서는 아무래도 이야기의 존재방식에 기초적 성찰이 필요할 것이다. 이와 관련하여 필자는 이야기에 '화제'에 해당하는 내용과 '전제'에 해당하는 내용이 결합돼 있고, 양자에 있어 현실의 수용 양상이 다르게 나타난다는 점을 주목하고자 한다.

하나의 이야기가, 특히 특별한 목적의식이 없는 세간의 이야기가 사람들 사이에서 전승·향유되는 것은 거기 무언가 흥미있는 것, 특별한 것이 있기 때문이

---

10) 필자는 이러한 특징 때문에 야담이 하나의 독자적 이야기 양식으로서의 최소한의 속성을 갖추고 있다고 보고 있다. 그렇지만, 야담의 양식적 특성이란 문제는 이처럼 간단히 논할 수 없는 매우 어렵고 복잡한 문제이다. 그에 대한 본격적인 논의는 차후의 과제로 남겨 둔다.

다. 만약 이야기 내용이 뻔한 일상사에 불과하다면 그것은 사람들의 관심을 끌수 없으며 사람들에게 의미를 전해 줄 수 없다. 곧 생명력 있는 이야기로서 존재할 수 없다. 이야기를 성립시키는 그 특별한 이야기내용을 일컬어 '話題'라할 수 있다.

이야기의 중심 내용을 이루는 것은 화제이지만, 화제만으로 내용이 구성되는것은 아니다. 이야기에는 그러한 화제를 유도하고 뒷받침하는, 그 자체로서는특별하다고 하기 힘든 내용이 들어 있게 마련이다. 예컨대, 어떤 특별한 사건이벌어지기에 앞서 이야기의 출발상황으로 제시되는 인물의 처지 같은 것이 그것이다. 그와 같은 이야기 내용을 일컬어 '前提'라 할 수 있다.

하나의 이야기 속에서 전제와 화제를 가르는 객관적인 기준을 설정하기는 어렵다. '특별함'의 정도에 대한 판단은 주관성을 내포하기 마련인 것이다. 그럼에도 불구하고 다음과 같은 기준에 의해 화제와 전제를 구분할 수 있다. - 첫째,이야기의 출발 상황으로 제시되는 내용은 대체로 이야기 전제에 해당하며, 전환이나 절정에 해당하는 내용은 화제에 해당한다. 둘째, 서술자가 특별한 배려 없이 단적으로 제시하는 내용은 대개 전제에 해당하며, 관심 속에 상세히 서술하는 내용은 화제에 해당한다. 셋째, 작중인물이나 서술자가 당연한 일로 받아들이는 내용은 전제에 해당하며, 그들이 특별한 일로 받아들이는 내용은 화제에해당한다. 넷째, 이상의 기준과 더불어 연구자가 당대 독자의 입장에서 내용의특별함 여부를 헤아린 결과 또한 판단의 근거가 될 수 있다.

이 두 이야기 구성요소 가운데 전제는 대개 단편적이고 거친 모습을 하고 있는 것이 보통이다. 그리하여 현실의 구체적인 모습을 생동감 있게 보여주지는못한다. 그렇지만 전제의 현실 반영적 의미는 만만치 않다. 전제에 제시되는 현실상황은 허구적 변형을 거치지 않은 것으로서 현실의 단면을 단적으로 보여주는 것이다. 특히 우리는 이야기의 전제들을 통해 이야기 담당자들에게 있어 현실의 어떠한 부면이 '當然之事'로 받아들여졌는가를 추정해 볼 수 있으며, 그것은 현실 상황의 바른 이해에 긴요한 실마리가 될 수 있다.11)

'화제'에 있어 현실이 수용되는 양상은 전제에 있어서와는 다르다. 화제의 상황은 관심 속에 구체적으로 제시되는 만큼 현실과 관련하여 풍성한 논의거리를 제공해 준다. 그렇지만 화제의 내용이 실제 현실과 바로 통하는 것은 아니다. 화제 속에 형상화된 현실은 무언가 '특별한 의미를 지니는 현실'로서, 일상적 현실의 평범한 한 단면이라 보기 힘들다. 거기에는 사실과 함께 허구가, 경험과 함께 '꿈'이 착종돼 있다. 그 변수를 제대로 짚어내야만 현실의 실상을 읽어낼 수 있다.

화제의 현실 수용 양상을 짚어보는 데 있어 관건이 되는 요소는 '현실성'과 '필연성' 여부라 할 수 있다. 화제가 현실성과 필연성을 갖추고 있는가 그렇지 않은가에 따라 작중 현실이 지니는 의미는 크게 달라진다.12) 먼저 화제가 현실성과 필연성을 함께 갖추고 있을 때, 곧 필연적 현실성을 갖추고 있을 때 그것은 현실의 한 단면을 '전형적으로' 부각시키는 것으로서의 의의를 지니게 된다. 즉 그 상황은 특별한 것이면서 동시에 '충분히 있을 수 있는 일'로서의 보편적 공감을 불러일으키게 된다. 그리하여 우리는 그 이야기내용으로부터 현실의 심상하지 않은 숨겨진 모습, 새로운 모습을 찾아낼 수 있다. 곧 현실의 본질적 국면에 접근해 들어갈 수 있다. 한편, 이와 달리 화제가 필연성이나 현실성을 갖추지 못했을 경우, 곧 필연적 현실성을 갖추지 못하고 비현실적 요소나 우연적

---

11) 전제는 어느 이야기 양식에서든 찾아볼 수 있는 것이지만, 야담에 있어서 전제의 의미는 좀 특별하다. 야담이 당대적 현실을 현실 차원에서 문제삼는 방향성을 취하고 있는 만큼, 전제 속에 현실의 단면이 잘 포착되고 있는 것이다. 특별히 야담을 대상으로 한 논의에서 전제와 화제를 구별해 따지는 것은 이 때문이다.

12) '현실성'은 화소(話素)가 현실적 개연성의 범위 안에 있는가에 따라 가름된다. 현실적 가능성의 범위를 벗어나는 과장이나 환상적 요소가 개입할 경우 그 내용은 현실성을 갖추지 못한 것이라 할 수 있다. 한편, '필연성'은 사건의 전개가 현실적 인과관계에 입각하고 있는가에 따라 가름된다. 우연적 요소가 개입하여 상황이 진전될 때 그 내용은 필연성을 갖추지 못한 것이라 할 수 있다.

여기서, 현실성의 개념을 좀더 폭넓게 설정할 경우 그 속에 필연성까지도 포괄된다고 할 수도 있을 것이다. 그렇지만 여기서는 현실성을 위와 같은 좁은 개념으로 정의해 두기로 하며, 현실성과 필연성을 포괄하는 개념은 '필연적 현실성'이라고 칭하고자 한다.

요소에 의존하여 부각될 때 그 화제는 현실을 제대로 반영해내지 못한다고 할 수 있다. 이 경우 작품 속의 현실은 한갓 꿈에 불과하거나(환상이 개입한 경우), 뒤틀리고 전도된 것이거나(과장이 개입한 경우), 보편성이 결여된 '특수한 것'에 불과하다(우연이 개입한 경우). 그것은 '현실에서 실제로 벌어지기를 거의 기대할 수 없는 것'으로서 虛像에 불과하다.13) 이러한 화제는 작중상황을 통해 현실을 바로 보여주기보다는 거꾸로 보여준다. 우리는 그것을 통해 현실의 '不可能態' 쪽을 읽어낼 수 있는 것이다.14)

이제 실제 자료에 있어 전제와 화제가 어떻게 구별되며, 그를 통해 어떻게 현실이 형상화되는가를 구체적인 예를 통해 살펴보기로 한다.

1. 유진사는 집이 몹시 가난하였는데, 흉년을 만나 굶어죽을 지경에 이르렀다.
2. 유진사가 내당에 가보니 부인이 무엇을 씹고 있었는데, 알고 본즉 허기를 못 이겨 수박씨를 씹은 것이었다. 부부는 함께 눈물을 흘렸다.
3. 그때 어떤 관노가 찾아와 유진사가 능참봉에 낙점되었음을 알려주었다. 자신을 위해 벼슬을 주선할 사람이 없다고 생각한 유진사는 잘못 안 것이라면서 하인을 돌려보냈다.
4. 그 관노가 다시 찾아와 유진사가 분명하다고 하였다.
5. 유진사가 숙배(肅拜)할 기운도 의복도 없다고 하자 그 하인이 음식과 의복을 주선해 주었다. 이후 하객과 축하인사가 줄을 이었다.
6. 유진사가 출직한 다음 알아보니, 이조판서와 절친한 사이에 있는 자신의 동창이 자신의 사정을 알고 이조판서를 통해 벼슬을 주선한 것이었다.
7. 유진사가 출세하여 이조의 요직에 올라 간성 원을 추천하게 되었다. 유진사는 전임 이조판서의 아들이 간구한 처지에 있음을 알고 다른 청탁을 다 물리치고 그를 추천하여 은혜를 갚았다.〈청구 74; 擬腹邑宰相償舊恩〉15)

---

13) 그 허상을 만들어낸 주된 주체는 담당자들의 의식이라 할 수 있다. 현실에 대한 비합리적 인식이나 현실적으로 기대하기 힘든 것에 대한 꿈 등이 그러한 허상을 낳는 것이다.

14) 이야기 속의 비현실적, 우연적 요소가 언제나 이러한 역할을 하는 것은 아니다. 전설이나 민담, 소설(특히 풍자소설) 등에서 이들은 현실의 숨겨진 본질을 드러내 보여주는 효과적인 수단이 되곤 한다. 문제는 야담에 있어서 허구를 전제로 하지 않고 현실을 현실 차원에서 문제삼고자 함에도 불구하고 이러한 요소가 나타나고 있다는 점이다. 이러한 불일치에 의해 현실이 변질 또는 왜곡되는 것이다.

위 예화의 내용 가운데 1단락의 '가난한 진사가 있었다'는 내용은 '전제'에 해당한다. 이야기의 출발 상황으로서, 원인 제시 같은 것 없이 상황이 단적으로 제시된다.

> 옛적의 뉴진사라 ᄒᆞᆫ 사ᄅᆞᆷ이 이시니 집이 간난ᄒᆞ야 됴블녀셕ᄒᆞ고 ᄯᅩ 겸셰를 당ᄒᆞ야 ᄌᆞ셩ᄒᆞᆯ 길이 업더니. (2권 380쪽)16)

이에 이어지는 2단락의 내용은 배경을 제시한 것이면서도 '화제'로 인정될 수 있다. 그 내용이 평범치 않고 절박하며, 상황이 관심 속에 구체적으로 서술되고 있다. 여기서 여인이 수박씨를 씹었다는 것은 가난의 결과로서 어쩔 수 없이 봉착한 결과로서 필연적 현실성을 갖추고 있다.

3-6단락에 제시되는, 유진사가 능참봉에 제수된다는 내용은 이 이야기의 주요 화제로 자리잡고 있다. 그것은 주인공 자신이 믿지 못할 정도로 의외의 일로서, 큰 관심 속에 구체적으로 서술된다.

> "진ᄉᆞ님계오셔 아모 릉참봉 슈망을 들어 몽졈ᄒᆞ신 고로 망통을 가지고 간신히 차자 왓나이다."
> ᄒᆞ고 즉시 ᄉᆞ미 속으로셔 망통을 니여 뵈니 과연 ᄌᆞ가 셩명이라. 그러나 니판이 누군 줄을 알지 못ᄒᆞ거늘 이졔 이예 의망ᄒᆞ니 실노 의외라. 여ᄎᆔ여광ᄒᆞ여 의괴ᄒᆞ기를 냥구히 ᄒᆞ다가 갈오ᄃᆡ
> "이 반ᄃᆞ시 날노 더브러 동셩동명이로다. 네 그릇 차자왓스니 다른 곳의 가 ᄌᆞ셰히 방문ᄒᆞ라. 내 집이 지빈ᄒᆞ여 셰샹의 내 셩명 알 니 업스니 엇지 의망ᄒᆞᆯ 니 잇스리오."
> ᄒᆞ고 인ᄒᆞ야 도로 드러간ᄃᆡ (……) (2권 381쪽)

이 화제는 대체로 현실성을 지니고 있다고 할 수 있다. 현실적 개연성의 범위를 벗어난 내용이 제시되지는 않는다. 그렇지만, 그것은 '우연성'을 특징으로 하

---

15) 제목 앞의 자료번호는 서대석 편저, 앞의 책의 자료 고유번호에 해당한다. 앞으로 제시될 자료번호 또한 그 의미가 이 경우와 같다. 자료 제목은 한문본에서 취한 것이다.

16) 인용문은 정명기 편, 『한국야담자료집성』, 계명문화사. 1987 2-3권에 영인된 자료를 따랐다. '2권'은 이 책의 권수를 뜻한다. 인용자가 띄어쓰기를 하고 구두점을 달았다.

고 있다. 유진사에게 닥쳐온 능참봉 제수는 본인의 행위와 상관없이 이루어진, 본인이 전혀 기대조차 하지 않았던 상황에서 우연히 닥쳐온 행운으로 돼 있는 것이다.

다음 7단락의 내용에는 전제와 화제가 얽혀 있다. 이조판서댁이 몰락했다는 것은 전후 맥락 없이 단적으로 제시된 것으로서 전제에 해당한다. 이와 달리 주인공이 온갖 청탁을 물리치고 자신을 추천한 이조판서 댁에 보은하는 길을 택한다는 것은 관심 속에 구체적으로 서술된 내용으로서 화제에 해당한다. 그 선택은 당시의 일반적 세태와는 다른 것으로서, 주인공 입장에서 보면 고민 끝에 도달한 필연적 결과라고 볼 수 있지만, 이조판서 아들로 보면 기대치 않았던 우연한 행운이라고 할 수 있다.

이상에서 우리는 위의 이야기가 양반의 어려운 생활처지, 양반가문의 영락 등을 전제로 삼는 가운데, 형언 못할 가난의 고통을 겪던 양반이 뜻밖에 벼슬을 얻어 출세하고 후에 그 은혜에 보답했다는 것을 화제로 삼은 이야기임을 알 수 있다. 그 전제를 통해 우리는 초시에 급제한 양반이 가난에 시달리고 있던 상황을 읽을 수 있으며, 양반 가문이 한두 세대 사이에 심하게 몰락하고 있는 상황을 발견할 수 있다. 그리고 그 화제 가운데 필연적 현실성을 갖추고 있는 유진사의 극심한 가난으로부터 연줄과 경제력이 없는 양반이 얼마나 비참한 상황에 있었는가를 '전형적으로' 볼 수 있다. 그런가 하면, 우연적 요소가 개입한 유진사의 出仕 - 또한 이조판서 아들의 출사 - 라는 화제는 양반의 출세 가능성보다는 오히려 가난한 양반이 그 상황을 탈피하여 처지를 회복하는 것이 어려웠던 상황을 역설적으로 발견할 수 있다. 앞서 인용한 내용에서 볼 수 있듯이 그것은 당사자조차 꿈에도 기대하지 못했던 결과였던 것이다.

관심을 끄는 것은 '화제'에는 '전제'에서와 달리 이야기 담당자들이 현실을 대하는 관점이 투영된다는 점이다. 유진사가 극심한 가난에 짓눌려 비통해하는 내용에는 몰락양반의 암담한 상황에 대한 비탄이 함축돼 있고, 그의 뜻밖의 출세라는 화제에는 양반들의 처지 회복에 대한 꿈이 담겨 있으며, 유진사의 보은이

라는 화제에는 의리가 지켜지는 세상에 대한 바람이 내포돼 있다. 이중 필연적
현실성에 입각하고 있는 몰락양반의 처지에 대한 비탄이 강한 울림을 지니는 데
비해, 우연에 의지해 제시되는 양반의 처지 회복(나아가 출세)에 대한 희망이 무
기력한 공상에 그치고 있음은 물론이다.

Ⅲ. 재산 – 신분 관계의 형상화 양상

『청구야담』에 수록된 이야기 자료 가운데 신분과 재산의 관계를 문제삼는 이
야기는 매우 많다. 주인공이 등장할 때 흔히 그 경제적 처지를 문제삼곤 하며,
富의 변동이 주요한 화제로 자리잡고 있다. 그리고 그 대개의 이야기에 있어 주
인공의 신분이 문제시된다. 그 중 신분과 재산의 문제가 내용 전개상 별 의미를
지니지 않는 것들을 추려내도 논의 대상 자료가 80편 이상에 이른다.17) 이제
이들을 놓고 재산과 신분의 관계가 이야기 속에 전제 또는 화제로서 어떻게 부
각되고 있는가를 살펴보고자 한다.

신분과 재산을 문제삼는 이야기에 있어 등장하는 주인공들은 신분별로 볼 때
양반이 가장 많다.18) 그 중 전제에 있어 양반의 경제적 처지가 제시되고 있는
양상을 크게 부유한 경우와 가난한 경우로 나누어 정리해 보면 다음과 같다.19)

---

17) 그 자료의 번호를 구체적으로 열거하면 다음과 같다. - 청구 8, 9, 10, 12, 14, 15, 32,
    36, 43, 44, 45, 51, 52, 53, 54, 55, 56, 61, 62, 63, 65, 66, 67, 68, 69, 70, 72,
    73, 74, 75, 78, 80, 81, 83, 84, 85, 88, 91, 93, 97, 98, 112, 113, 114, 115, 116,
    119, 129, 140, 142, 143, 149, 151, 153, 162, 169, 174, 175, 176, 185, 186, 191,
    203, 207, 211, 215, 216, 217, 219, 221, 226, 229, 232, 239, 241, 249, 266, 267,
    280, 281, 283, 284, 289(총 83편).
18) 이러한 사실은 야담집 편찬자가 주로 양반층에 속하는 사람들이었다는 사실과 연관이 있을
    것이다. 야담집을 엮는 과정에서 자신과 처지가 통하는 인물의 이야기에 더 많은 관심을 기
    울인다는 것은 자연스러운 현상으로 이해된다.
19) 인물의 경제적 처지는 이야기 서술의 기본적인 대상으로서 인물이 소개될 때면 그 처지가
    함께 언급되는 것이 보통이다. 그리하여 어렵지 않게 처지를 구별할 수 있었다.

전제1 - 부유한 양반 : 청구 12, 119, 142, 143, 151, 211, 219, 249
전제2 - 가난한 양반 : 청구 8, 9, 14, 15, 43, 44, 45, 53, 56, 63, 66, 67, 70, 72, 73, 74, 75, 78, 80, 81, 84, 88, 91, 97, 115, 116, 140, 143, 169, 174, 175, 176, 186, 191, 207, 221, 226, 232, 239, 249, 266, 267, 281, 289

이러한 정리 결과가 우리에게 말해주는 바는 명백하다. 양반에 있어 빈부의 분화가 뚜렷이 이루어진 양상이 거기 반영돼 있다. 특히 그 가운데도 '가난한 양반'의 존재가 전제로서 무척이나 많이 부각된다는 점이 관심을 끈다. 이는 몰락양반의 존재가 화제가 될 수 없을 정도로 너무나 흔하고 당연한 일로 여겨졌던 상황을 보여준다. 양반 신분과 경제력의 불일치는 이 이야기들이 떠돌던 당시에 이미 부분적 현상이 아니라 광범위하고 보편적인 현상이었던 것이다.

한편 야담 가운데는 '양반의 경제적 몰락'을 전제로 수용한 이야기들이 있어 주목된다. 곧 본래 부유했던 양반이 다른 사건이 진행되는 동안, 곧 얼마간의 기간이 경과하는 동안 어느새 재산을 잃고 가난뱅이로 전락한 상황이 '전제'로서 제시되곤 하는 것이다. 다음 자료에 그러한 내용이 포함돼 있다.

전제3 - 양반의 몰락 : 청구 45, 61, 68, 69, 74, 85, 98, 203, 217, 280

양반의 몰락이 전제로, 별 특별할 것이 없는 일로 제시되고 있는 것은 시대 변화의 양상을 잘 보여준다. 양반의 몰락이 당대 사회에 있어 활발히 진행되는 과정에 있었고, 그러한 변화가 사람들에게 당연한 것으로 받아들여지고 있었던 상황이 거기 반영돼 있는 것이다.

다음으로 중인이나 평·천민의 처지가 전제로 제시된 양상을 보기로 한다.[20]

---

20) 중인이나 평·천민에 관한 이야기는 양반에 관한 것에 비해 그 수효가 적다. 그것은 물론 야담집의 편찬자의 신분이 양반이라는 것과 관계가 있다. 중요한 것은 양반이 편찬한 야담집에서 이들이 분명 중요한 한 자리를 차지하고 있다는 점이다. 이는 이 계층의 동향이 외면할 수 없는 시대적 문제였음을 시사한다.

전제4 - 부유한 중인(역관, 아전 등) : 청구 32, 114, 140, 207, 229
전제5 - 가난한 중인 : 청구 249, 284
전제6 - 부유한 평민 : 청구 81, 266, 281
전제7 - 가난한 평민 : 청구 93, 112
전제8 - 부유한 천민(노비, 기생) : 청구 10, 15, 66, 67, 83, 176, 239,

위의 내용을 통해 우리는 양반의 경우와 달리 중인이나 평·천민이 등장하는 경우에 부유한 처지가 전제되는 경우가 많다는 점을 두드러진 특징으로 발견할 수 있다. 부유한 중인이나 평·천민의 존재가 화제 아닌 전제로서 여러 이야기에 걸쳐 나타난다는 것은 이 이야기들이 회자되던 당대에 있어 '신분 낮은 부자'의 존재가 특별한 것이 아니었음을 잘 보여주고 있다. 여기서 신분과 경제력의 어긋남에 의한 신분계층 질서의 재편이 당대의 일반적·보편적 현상이었음을 다시금 확인할 수 있음은 물론이다. 특히, 부유한 천민의 존재가 뚜렷이 부각되고 있어 관심을 끄는바, 이는 그 재편이 전폭적인 것이었음을 시사해 준다.21)

이제 이야기의 중심 내용을 이루는 '화제'에 있어 재산과 신분의 관계가 어떻게 설정돼 있는가를 살펴보기로 한다. 먼저 양반의 경우에 있어 그 관계가 화제로 부각되는 양상을 정리해 본다.

화제1 - 양반의 극심한 가난 : 청구 8, 63, 74, 88,
화제2 - 부(富)를 잃는 양반 : 청구 54, 215
화제3 - 부를 얻는 양반 : 청구 44, 45, 56, 62, 69, 70, 73, 80, 84, 91, 98, 115, 116, 140, 143, 149, 153, 175, 186, 207, 211, 216, 221, 289
화제4 - 벼슬과 부를 얻는 양반 : 청구 9, 15, 43, 53, 54, 66, 74, 85, 169, 174, 176, 215, 226, 239, 267

앞서 우리는 이야기 전제에 있어 양반의 가난한 처지가 부각돼 있음을 보았는

---

21) 조선 후기에 경제력의 재편에 따른 신분계층의 재편성이 이루어졌다는 것은 역사학의 연구를 통해서 이미 드러난 바 있고, 기존 야담 연구에서도 지적된 바 있다. 이 논문은 이를 재확인한 셈이다. 그렇지만, '전제'에 대한 전반적 검토를 통해 그 변화가 전폭적이고 보편적인 것이었고 사람들에 의해 당연시됐음을 발견한 데 의의가 있다고 하겠다.

데, 화제에 있어서는 양반이 부를(또는 벼슬과 부를) 얻는 내용이 두드러지게 부각돼 있음이 특징적이다. 그 주인공들은 대다수가 가난한 처지가 전제돼 있던 그 양반들이다. 전제와 화제의 이러한 관계 설정은 야담의 담당자(좁게는 서술자)에 있어 몰락한 양반의 처지 회복이 중대한 관심사였음을 단적으로 보여준다.

그렇지만, 양반의 처지 회복이라는 화제가 부각된다고 해서 그것이 곧 시대의 흐름을 보여주는 것이라 할 수는 없다. 곧, 이 이야기들에 기초하여 이 시대에 양반의 처지 회복을 향한 움직임이 폭넓게 나타나면서 일정한 성과를 거두고 있었다는 식으로 보는 것은 성급한 해석이다. 이 문제에 대한 올바른 판단을 위해서는 그 화제가 필연적 현실성을 갖추고 있는가를 먼저 따져 봐야 한다.

위에 제시한 자료 가운데 밑줄을 친 것은 분석 결과 화제가 필연적 현실성을 갖춘 것으로 나타난 것을 표시한 것인데, 그 결과가 흥미롭다. 양반의 극심한 가난이나 몰락을 내용으로 하는 화제가 필연적 현실성을 갖추고 있는 데 비하여, 양반이 부를 얻는다는 화제 가운데, 특히 벼슬과 부를 함께 얻는다는 화제 가운데 필연적 현실성을 갖춘 것은 드물게 보이는 것이다. 앞서 2절에서 이러한 특징을 나타내 보이는 자료를 하나 살펴보았거니와(청구 74), 다음 이야기도 이와 유사한 양상을 보이고 있다.

> 영남에 한 무변이 있었는데, 소년등과하여 가산이 부요하였다. 그는 서울에 올라와 여러 차례 벼슬을 구하였지만 허랑한 사람에게 거듭 속아 가산을 탕진하였다. 그리하여 다시 고향에 돌아와 농사를 지으려니 이웃사람들이 재산만 잃고 벼슬도 못했다고 조롱하는 것이었다. 그는 다시 전답을 팔아 서울로 향하였다. 그는 서울에 오는 길에 충청도에서 가족의 장례를 못 치르는 불쌍한 처녀를 도와 장례를 지내 주는 선행을 하고서는 서울에 당도하였다. 서울에 도착한 무변은 다시 벼슬을 구하였으나 뜻을 이루지 못하고 돈을 다 탕진하여 진퇴유곡의 곤궁한 처지에 빠졌다. 그러던 중 우연히 병조판서의 노친과 만나게 되어 말동무가 되었는데, 지난 일을 이야기하다 보니 전에 자기가 도와주었던 처녀가 병조판서의 후실이 되어 있는 것이었다. 결국 무변은 병조판서의 추천으로 벼슬길에 나아가게 되었다.　　　　〈청구 215 ; 葬三屍湖武陰德〉

이 이야기에는 등과한 무변이 벼슬을 얻기 위해 애쓰다가 돈을 탕진해 곤궁한 처지에 빠지게 되었다는 것과, 한 불쌍한 처녀를 도와준 것을 인연하여 벼슬을 얻게 되었다는 두 가지의 화제가 결합돼 있다(좀더 핵심적인 화제는 후자라 할 수 있다). 그런데 이 화제 가운데 무변이 벼슬을 구하다 돈을 잃는 과정은 필연적 현실성을 갖추고 있다. 전개 과정에 별다른 우연이나 비현실적 요소가 개입하지 않은 채 현실적 논리에 입각해 내용이 전개된다. 그리하여 이 화제는 연줄이 없는 양반이 벼슬길에 나가는 길이 막혀 몰락하는 상황을 전형적으로 보여주고 있다. 그렇지만 결국 이 무변은 벼슬길에 나가게 되는데(두 번째 화제), 그것은 필연적인 과정을 통해서가 아니라 우연에 의한 것이었다. 병조판서 노친과 말동무가 된 것이 우연이며, 자기가 도와주었던 처녀가 마침 그 병조판서의 후실이 돼 있었다는 것은 그보다 더한 우연이다. 그 우연의 결과로 무변은 절망적 상황에서 벗어나 갑자기 빛나는 인생행로를 맞이하게 되는 것이다.

우리는 이 이야기에서 당대 현실의 실상과 허상을 새삼 확인할 수 있다. 양반이 자신의 처지를 타개할 방법을 찾지 못하고 방황하는 것이 실상이라면, 그 양반이 처지 회복을 통해 부귀를 성취하는 것은 허상에 불과하다. 요행에 의해서 겨우 자기 길을 찾을 수 있다는 것은 요행 없이는 길을 찾을 수 없다는 것과 통한다. 결국 이 이야기는 처지 회복의 희망을 드러낼 뿐 그것을 이룰 현실적인 방법은 보여주지 못하고 있다. 몰락한 처지에 있던 양반이 이런 이야기를 보고 들으면서 되새기는 것은 허망한 꿈 아니면 탄식과 좌절감일 것이다.[22]

양반의 처지 회복을 화제로 한 대다수 이야기는 이처럼 우연성 내지는 비현실성을 특징으로 하고 있다. 그렇지만 우리는 그 한편에 필연적 현실성을 갖춘 가운데 '부를 얻는 양반'을 그리고 있는 이야기들이 있음을 도외시할 수 없다. 위의 목록 가운데 밑줄 친 것들로서, 그 수는 적지만 주목할 가치를 지닌다.

이 이야기들의 주인공은 현실적인 과정을 통해 부를 성취한다. 여기서 관심을 끄는 것은 이들이 부를 성취하는 구체적인 방법이다. 이 이야기의 주인공들은

---

22) 이와 비슷한 특징을 드러내는 자료의 예는 앞의 화제 목록에 나와 있듯이 얼마든지 더 들 수 있다. 그러나 논의의 번다함을 피하기 위해 더이상의 예시는 생략한다.

전통적인 방식에 의하여, 곧 과거에 급제하고 벼슬을 얻어 재물을 모으는 방식으로 부를 성취하지 않는다. 이들은 향리 행세를 한다든지, 장사나 무역에 나선다든지, 열심히 노동하고 절약하는 생활을 한다든지 하는 등의 방법에 의하여 부를 성취한다(그 과정은 계획에 입각한 노력을 통해 순리적으로 이루어지는 것으로 필연적 현실성을 갖추고 있다). 전반적으로 볼 때, 자료에 따라 차이가 있긴 하지만, 이들이 추구하는 것은 '처지의 회복'보다는 '새로운 삶의 개척'인 것으로 판단된다. 그들의 삶은 양반의 전통적인 삶의 방식에서 벗어나 있는 것이다.

새로운 삶을 추구하는 양반의 모습이 막연히 처지 회복을 꿈꾸는 양반의 모습과 달리 현실성을 갖춘 가운데 전형적으로 부각된다는 것은 큰 의미를 지닌다. 그것은 변하는 시대상황 속에서 양반이 나아갈 길이 어디였는가를 보여주고 있는 것이다.23)

이제 양반에 이어 중인과 평·천민의 경우를 보기로 한다. 다음은 중인이나 평·천민에 있어 경제력의 문제가 화제로 부각된 양상을 정리한 것이다.

> 화제5 - 부를 얻는 중인 : 청구 36, 55, 239, 284
> 화제6 - 부를 얻는 평민 : 청구 51, 65, 93, 129, 162, 241, 283
> 화제7 - 부를 얻는 천민 : 청구 113, 129, 203
> 화제8 - 부와 귀를 얻는 천민 : 청구 15, 52, 66, 67, 69, 149, 176, 185, 217

이 정리 결과는 두 가지 두드러진 특징을 보여준다. 하나는 화제가 富를 얻는 방향에 집중된다는 점이며, 또 하나는 부를 성취하는 내용이 필연적 현실성에 의해 뒷받침되는 경우가 많다는 점이다.24) 경제력을 확보하고 계층의 상승을 꾀하는 중인 내지 평·천민의 모습이 전형성을 부여받고 있는바, 이는 중·서민층의 상승이 현실적인 역사적 추세였음을 암시한다. 자료 가운데는 특히 천

---

23) 양반들이 추구하고 있는 새로운 삶의 방식에 대해서는 4절에서 좀더 구체적으로 논의할 예정이다.

24) 자료 가운데는 우연이나 비현실적 요소에 의해 부를 성취하는 것들도 없지 않다. 이는 현실적 방법을 통한 부의 획득이 계층을 막론하고 쉬운 것이 아니었음을 보여준다. 그렇지만 그로 인해 계층에 따른 차이가 부정되는 것이 아님은 물론이다.

민(주로 노비)이 부와 귀를 함께 획득하는 내용이 현실성있게 형상화된 것이 많아 주목된다. 이는 '부유한 천민'이 흔히 전제로 제시되는 것과 통하는 것으로서, 이 시기 사회변화의 진폭이 매우 큰 것이었음을 잘 보여주고 있다. 그 가운데 하나를 보기로 한다.

> 송씨 양반 하나가 오랫동안 벼슬을 못하여 몰락한 채 고단히 살고 있었다. 이때 그 집에 막동이라는 노비가 있어 집안 일을 도맡아 하다가 도망해 버리고 말았다. 그 후 3,40년의 세월이 흘러 송씨의 아들이 장성하였는데, 집안이 더욱 빈궁하기 견디기 어려웠다. 송생은 한 친한 벼슬아치의 도움을 청하러 강원도로 길을 떠나게 되었다. 송생은 산마루를 넘던 중 날이 저물어 동네 유지인 승선 최씨의 집에 유숙하게 되었다. 그날 밤 최승지와 이런 저런 이야기를 나누게 되었는데, 최승선이 갑자기 주위를 물리치고는 자신이 舊僕 막동이임을 밝혔다. 그는 서울에서 돈을 번 다음 낙향하여 글을 읽어 양반의 행세를 하게 된 과정과 과거에 급제하여 벼슬을 하게 되기까지의 과정을 낱낱이 이야기하였다. 그는 송생을 낮에는 인척으로 대하고 밤에는 주인으로 대하여 극진이 예우하였으며, 돈 만 냥을 주어 보냈다. (이하 생략)
>
> 〈청구 69 : 宋班窮途遇舊僕〉

이 이야기에서 우리의 관심을 끄는 것은 종 출신의 인물 막동이 부와 벼슬을 얻기까지의 과정이다. 최승선이 송생에게 이야기한 긴긴 사연을 보면, 그가 양반 행세를 하며 벼슬을 얻기까지의 과정이 주밀한 계획에 의하여 성취되었음을 잘 알 수 있다. 이사와 양반 모칭, 재물의 활용 등 여러 현실적인 방법이 두루 동원되어 결국 신분 상승을 성취하는 것이다. 그 첫 대목을 인용하면 다음과 같다.

> "쇼인이 아희 젹의 딕에셔 스역홀 졔 ᄀ만이 딕을 보오니 명운이 비심ᄒ고 홍복이 긔약이 업ᄂ지라. 스스로 일성이 긔한을 면치 못홀 줄 알고 창졸의 나온 뜻은 ᄆ음이 크고 담이 웅장ᄒ여 하인의 쳔ᄒ 구실을 마다ᄒ고 최시 등 가문이 훤혁ᄒ고 무후ᄒ 자룰 갈희여 셩을 어더 최시로 힝셰ᄒ고 쳐음의ᄂ 경셩의셔 사라 ᄀ만이 직물을 버러 수년지간의 수쳔빅금을 어더가지고 이예 믈너가 영평으로 이샤ᄒ야 문 닷고 글 닑어 힝신을 근신이 ᄒ니 향듕이 다 스대부로 일쿳ᄂ지라. 인ᄒ야 직물을 훗터 간난ᄒ 빅셩의 ᄆ음을 사고 뇌물을 후히 ᄒ야 부자의 입을 막고 ᄯ 경셩 유협ᄀᆡ을 안마룰 화려히 ᄒ고 거즛 훤혁ᄒ 자의 셩명을 비러 년낙ᄒ야 ᄒ여금 와 찻게 ᄒ니 향읍이 더욱 미더ᄒ

더니 쏘 스오년 후의 쳘원으로 이샤ᄒ야 힝신ᄒ기를 네와 갓치 ᄋ니 쳘원사룸이 쏘 일
향의 스족으로 더졉ᄒ거늘 이예 무변의 쏠을 빙녜ᄒ야 지취혼다 칭ᄒ고 (……)"

(권2, 348-349쪽)

이와 같은 현실성에 기초하여 이 이야기는 신분과 경제력의 불일치는 물론
나아가 신분 자체의 변동(그것도 천민에서 양반으로의 변화)까지도 가능한 현실을
보여준다.[25] 여기서 과연 실제로 그러한 일이 있었는가는 그리 중요한 일이 아
니다. 상황이 현실적으로 형상화되고 있다는 것, 그리하여 사람들에게 그것이
현실적으로 벌어지고 있고 벌어질 수 있는 일로서 부각된다는 것이 중요하다.
그 필연적 현실성으로 해서 이 이야기는 현실의 한 첨단을 전형화하는 데 성공
하고 있는 것이다.[26]

이상에서 양반과 중·서민층을 분리하여 신분과 재산의 관계 양상을 살펴보
았는데, 자료 가운데는 서로 신분이 다른 인물을, 특히 양반과 중·서민층 인물
을 동시에 등장시켜 그 처지와 능력을 대비적으로 보여주는 것들이 있어 주목된
다. 이 자료들로부터 우리는 신분 - 재산의 어긋남에 따른 계층적 역학의 변화
양상을 잘 살펴볼 수 있다. 이제 그 관계를 ① 맞서 대결하는 경우, ② 원조자
와 피원조자의 관계를 맺는 경우, ③ 부부관계를 맺는 경우 등 세 가지로 대별
하여 그 의미를 추출하기로 한다.

양반층과 중·서민층이 '대결'의 형태로 병존하는 것들 중 대표적인 것은 노-
주의 대립을 문제삼는 '推奴譚' 계열의 자료이다. 그리고 그밖에 양반과 중·평
민층 부자의 대립을 화제로 삼는 것도 있다. 이를 정리하면 다음과 같다.

---

25) 위 내용을 보면 막동이 돈을 버는 과정은 아주 간단히 처리되고 있음을 볼 수 있다. 거의
전제로 보아 무방할 정도다. 이는 서민층 인물이, 양반이 돼 버슬을 얻는 일이라면 혹 몰라
도, 돈을 벌어 금세 부자가 되는 것이 그리 특별할 것이 없는 일로 여겨졌음을 암시한다.

26) 한편 송생의 입장에서 보면 양상이 달라진다. 그는 부를 획득하지만 그것은 현실적 필연에
의한 것이 아니라 자기 집 종이었던 막동이 성공한 데 따른, 그리고 그 막동이를 마침 만난
데 따른 우연적이고 수동적인 것으로 되는 것이다. 그것은 막동이의 상승 과정과는 본질적으
로 다른 것이라 할 수 있다.

화제9 - 몰락양반과 중·평민층 부자의 대결 : 청구 140, 207
화제10 - (몰락)양반과 노비의 대결 : 청구 10, 69, 84, 203

위 자료들에 설정된 대결상황은 기본적으로 필연적 현실성을 갖추고 있다. 인물들의 현실적 이해관계나 명분이 부딪친 결과로서 대결이 성립되는 것이다. 예컨대 양반과 노비의 대결에 있어 양반이 신분 관계를 명분으로 하여 상납을 요구하는 데 대해 노비들은 자신의 재산을 지키기 위해 그에 맞서는 양상을 보여 주는데, 이는 매우 현실적인 상황 설정이라 할 수 있다.

그러나 그 대결의 과정과 결과에는, 밑줄 친 두 이야기를 제외하고는 우연이나 비현실적 요소가 개입하고 있다. 흥미로운 것은 그 두 이야기가 대결에서 중인이나 노비가 승리하는 내용으로 돼 있고, 그 나머지 네 편의 우연적인 이야기들은 양반이 승리하는 것을 내용으로 삼고 있다는 점이다.

중·서민층이 승리하는 이야기의 예로서 청구 140에서는 중인 부자가 자기 집과의 결연을 끝내 반대하는 양반을 회유하는 과정이 실감있게 그려져 있다. 양반은 자존심을 지키고자 애쓰지만 결국은 무력하게 무너져 부자의 뜻을 따르고 만다. 한편 양반이 승리하는 이야기의 예로서 청구 10을 보면, 한 선비가 추노를 나갔다가 거의 죽게 된 지경에 忠婢의 도움으로 목숨을 건져 종들을 징치한다는 내용으로 돼 있는데, 여종의 뜻밖의 도움이라는 우연적 요소가 개입돼 있으며 여종의 행동 동기가 현실적이지 못하다. 그 결과 이 이야기를 통해 부각되는 것은 양반의 힘보다는 오히려 종들의 위세라 할 수 있다.

이와 같은 예들을 통해서 우리는 세력 없는 양반의 현실적 힘이 부유한 중·서민층이나 노비 세력에 쉽게 맞설 만한 것이 아니었음을 알 수 있다. 양반의 승리란 현실이라기보다는 꿈에 가까운 것으로 나타나고 있다.

다음은 두 계층이 '원조'의 형태로 병존하는 자료들이다.

화제11 - 양반에 의한 중·서민층 원조 : 청구 70, 116, 239
화제12 - 노비에 의한 양반 원조 : 청구 15, 62, 69, 140, 217

이 정리를 통해 우리가 주목할 것은 노비(또는 노비 출신 인물)에 의한 양반 원조가 부각된다는 점이다. 노비를 부양해야 할 양반 상전이 거꾸로 노비에게 경제적으로 의존한다는 상황 설정(그것은 대체로 현실적으로 형상화되고 있다)은 현실적 신분과 경제력의 어긋남에 의한 계층질서의 와해를 극적으로 보여주는 것이라 하겠다. 그나마, 노비의 원조를 받게 되는 것은 노비의 뜻밖의 원조라는 요행에 의한 것으로서 양반의 입장에서 볼 때 - 노비의 입장에서는 자의에 의한 것으로서 그 양상이 다르다 - 우연성을 특징으로 하고 있다. 앞서 청구 69에서 宋生이 막동이로부터 뜻밖의 원조를 받는 내용을 살펴본 바 있거니와, 다음 이야기 또한 그 상황이 이와 유사하다.

> 　첨지 박언립은 연양 이상공 처갓집 노비로, 평소에는 게으르지만 밥을 양껏 먹으면 천하장사였다. 그 주인댁이 가난하여 그가 먹는 것을 감당하지 못하여 내보내려 하였으나, 언립이 집에 남기를 자청하였다. 그러던 중 바깥주인이 죽으니, 언립이 치상을 한 다음 세간을 정리하여 안주인과 외동딸을 이끌고 시골에 내려갔다. 그곳에서 언립은 부지런히 농사를 지어 가산을 이루었다. 그리고는 장사를 다니면서 주인 딸의 신랑감을 물색하여 양반집 아들과의 결혼을 주선하였다. 경성에 살 집을 마련하여 주인댁을 안돈시킨 지 수년 후에 언립은 비로소 그 집을 나갔다.
>
> 〈청구 62 : 成家業朴奴盡忠〉

이 이야기에 있어 박언립이 농사를 통해 가산을 일으키고 주인 딸의 배필을 찾는 과정 등은 계획에 의거하여 차근차근 진행돼 나가는 내용으로서 필연적 현실성을 갖추고 있다. 그리고 그 결과로 주인댁의 처지가 회복된다는 면에서 그 화제는 현실성을 갖추고 있다. 그렇지만, 주인댁 입장에서 볼 때 그 양상이 달라진다. 그 주인이 家業을 이룬 것은 필연적인 결과라기보다는 내보내려고 했던 종이 나가지 않고 스스로 주인집을 위해 충심을 다하여 일한 데 따른 요행스런 결과였던 것이다. 만약 언립의 존재를 배제할 경우 주인댁은 극심한 몰락을 벗어나지 못하였을 것이다(그리고 그것이 이와 같은 양반 집안의 일반적 운명이라 할 수 있다).

　양반이 노비의 원조를 통해 부를 얻는다는 화제에는 양반의 처지 회복에 대한 야담 서술자의 희망이 담겨 있다. 그렇지만 그것은 기실 양반의 무력한 처지를 확인시켜 주는 것에 불과하다. 노비의 원조에 의존해서라도 잘 살았으면 좋겠다는 의식은 양반의 권위에 대한 포기와 통하는 것이다. 우리는 여기서 생활은 물론 의식에서도 무너지고 있는 양반사회의 모습을 보고 있다.

이제 끝으로 신분이나 처지가 서로 다른 인물이 부부관계를 맺는 것이 화제가 되고 있는 이야기들을 본다.

화제13 - 몰락양반과 중인녀의 결합 : 청구 140
화제14 - 몰락양반과 평민녀의 결합 : 청구 80, 85, 115
화제15 - 몰락양반과 천민녀의 결합 : 청구 15, 52, 66, 67, 129, 149, 176

위 이야기들은 한결같이 가난한 양반과 중·서민층 여인의 결합을 화제로 삼고 있음이 특징적이다. 특히 몰락양반과 천민녀(여종이나 기생)의 결합을 화제로 한 것이 많은 것이 관심을 끈다.

흥미로운 것은 그 결합의 과정이다. 위에 제시한 거의 모든 이야기들에 있어 남녀간의 결합은 신분이 낮은 여자 쪽의 주도로 이루어진다는 점이다.27) 여자는 주밀한 계획에 의해 결합을 성사시키고 그를 통해 자신의 뜻을 이루어나간다. 이와는 달리 남자는 여자에 의해 뜻밖에 선택이 되어 수동적으로 이끌리는 양상을 보인다. 한 예를 보면 다음과 같다.

吳生 某는 양산 사람으로 짚신을 삼아 팔았는데 신 모양이 볼품 없었다. 하루는 지나가던 소년이 희롱해 말하기를 서울에 가 팔면 백 냥은 받을 거라고 하였다. 오모가 이 말을 사실로 믿고 서울로 가 짚신을 비싸게 팔고자 하니 모두들 미친 사람이라고 조롱하였다. 이때 한 재상가의 계집종이 그 인물이 비범함을 알아보고 집으로 데려가 남편으로 삼았다. 그리고는 남편에게 돈을 대주어 한량들과 어울려 무예를 익히게 하였다. 그리하여 오모는 무과에 급제할 수 있었다. 그 후 여자가 다시 남편에게 큰 돈을 대주고 장사를 시키니, 오모가 사람들에게 인심을 베풀고 다니던 중 한 산중에서 다량의 산삼을 얻게 되었다. 오모는 그 산삼으로 재상들에게 인심을 얻어 벼슬길에 나갈 수 있었다. 그 아내 역시 속량하여 잘 살았다.　　　　〈청구 66 ; 獲重寶慧婦擇夫〉

---

27) 청구 140 정도가 예외이다. 이 이야기에서 남녀의 결합을 주도하는 것은 여자의 부친인 역관이다.

이 이야기에서 남녀관계를 주도하는 것은 단연 여종이다. 여종이 신분은 낮지만 능력과 재산 면에서 남자를 압도한다. 이에 비하면 남자는 여종의 의도에 따라 움직일 뿐이다. 우연히 여자를 만나 결혼하며, 그 뜻을 따라 무예를 익히고 장사를 다닌다. 그리하여 이들이 성취하는 부귀는 여종의 입장에서 보면 현실적인 계획을 통해 이른 필연적인 결과인 데 비해,28) 남자의 입장에서 보면 우연히 여종을 만난 데 따른 뜻밖의 결과이다(자료에 밑줄 표시를 안 한 것은 이 때문이다). 하강하는 양반과 상승하는 서민층의 대조가 무척이나 인상적이다.29)

이와 같은 이야기는 양반의 처지 회복에 대한 서술자의 관심이나 기대와는 상관 없이, 그와는 방향이 다른 역사의 도도하고 엄연한 흐름을 보여준다. 무능한 양반과 달리 현실의 문제를 타개하고 자신의 삶을 개척해 나갈 능력이 있었던 중·서민층이 변하는 시대의 새로운 주인공으로 부상하고 있었음을 이 이야기들은 역설적으로 보여주고 있는 것이다.

Ⅳ. 사회 변화에 대한 대응의 양상

지금까지 이 논문에서는 야담 자료에 나타난 신분과 재산의 관계를 축으로 하여 조선 후기 사회 변화의 양상을 짚어 보는 방식으로 논의를 전개해 왔다. 이제 이 절에서는 '사유와 행동의 주체'로서의 '인간'에 초점을 맞추어서 이 시대를 살았던 여러 유형의 사람들이 세상의 변화에 어떤 식으로 대응하였는가를 개략적·시론적으로 살펴보고자 한다.

앞 절에서 살펴본 바와 같이 신분과 재산의 관계를 문제삼는 야담 자료들에

---

28) 그 전개 과정 중에 산삼 무더기를 만난다는 것은 우연적 요소라 할 수 있다. 그렇지만, 이 이야기의 문맥은 여종이 어떤 식으로든 그 남자의 견문을 넓히고 인심을 얻게 하여 출세시키게 될 것임을 예고하고 있다. 곧, 우연적인 삽화가 이야기 전체의 필연적인 전개에 결정적인 걸림돌이 되지 않는다.

29) 이 자료에 대해서는 박희병이 이미 비슷한 요지의 논의를 전개한 바 있다. 박희병, 앞의 논문, 135쪽.

는 몰락한 양반들이 매우 많이 등장한다. 이들은 양반이란 상위 신분에도 불구하고 생활에 필요한 경제력을 갖추지 못하고 있음으로 해서 곤란한 처지에 빠져 있다(그것은 앞서 살핀 대로 시대 변화의 산물이다). 이러한 상황에 대하여 이 양반들이 대처하는 방식은 단일하지 않다.

몰락 양반들이 변화하는 세상을 살아가는 한 가지 방식은 과거로부터 이어져 온 삶을 습관적으로 이어나가는 것이다. 아내의 바느질이나 친척들의 도움 등에 의지해 근근히 생계를 유지하면서 과거 - 그리고 정치적 연줄 - 를 통한 출세에 한 가닥 기대를 걸고 살아가는 양반들의 모습을 여러 이야기에서 만나볼 수 있다. 이미 살펴본 바 있는 청구 74의 유진사나 청구 69의 송씨 양반, 청구 215의 한 무변 등이 다 그러한 모습을 보이고 있다. 주로 이야기 전제나 현실성 있는 화제를 통해 제시되는 이러한 삶의 방식은 실제 현실에 있어 많은 양반들이 취했던 삶의 방식의 반영이라 할 수 있다.

이 가난한 양반들은 이야기 속에서 뜻밖의 행운에 의하여 부귀를 얻곤 한다. 그렇지만 앞서 이미 밝힌 바 있듯이 그것은 꿈이 만들어낸 허상에 불과하다. 이 양반들은 자신의 처지를 극복할 만한 현실적인 어떤 방법도, 능력도 보여주지 못하고 있는 것이다. 한 마디로 그 삶은 무기력하고 타성적이다. 새롭게 변화하는 세상에 있어 그러한 삶의 방식이 가져올 현실적인 결과 - 이야기 속의 결과는 혹시 부귀일지 몰라도 - 는 더욱 더 심한 몰락과 좌절감일 것이다.

그런데 야담에 등장하는 양반 가운데 무척이나 간고한 처지에 있으면서도 자신의 삶에 대한 신념을 허물어뜨리지 않고 양반으로서의 도리와 명분을 꿋꿋이 지키고자 하는 이들이 있어 주목된다. 양반으로서의 법도를 무너뜨리지 않기 위해 부귀의 유혹을 거부하려 하는 노학구(청구 140)나 굶주림에 지친 상태에서도 불의한 음식을 들기를 거부하는 선비(청구81) 등에서 그러한 모습을 찾아볼 수 있다. 그 중 선비의 모습을 옮겨 본다.

> 스인이 괴로이 무러 굴오디
> "뿔 ᄎᄅ쳐롤 알지 못ᄒ면 반드시 먹지 아니리라."

그 안히 본디 그 가쟝의 고집편 셩졍을 아는지라. 부득이 딕고ᄒᆞ여 글오디

"우리 문 압 아모 사름의 논에 됴도가 반이나 익엇기로 앗가 인졍 후의 나가 손으로 그 이삭 두어 줌을 쓰더다가 불의 복가 뿔 오홉을 쟝만ᄒᆞ여 이미 죽을 뿌어 드리오나 스스로 싱각건딘 참괴ᄒᆞ온 말슴 엇지 다ᄒᆞ오리잇가. 이후 그 사름의 의복이나 지어 주고 갑슬 밧지 아니ᄒᆞ면 오날놀 블미ᄒᆞᆫ 죄롤 저기 속ᄒᆞ올 듯ᄒᆞ와이다. 다힝히 하져ᄒᆞ쇼셔."

수인이 쟉싴ᄒᆞ여 크게 꾸지져 글오디

"하놀이 만민을 니시미 반드시 그 힘을 먹어 스롱공상이 각각 졔 직업이 잇거늘 뎌 사름의 근고ᄒᆞᆫ 곡식이 엇지 글 닑는 션비의 쥬리고 아니 쥬리ᄂᆞᆫ 디 관겨ᄒᆞ리오. 부인의 힝실이 조풀치 못ᄒᆞ여 이 지경의 니르니 엇지 한심티 아니리오. 가히 ᄒᆞᆫ번 달죠ᄒᆞ여 경계ᄒᆞᆷ믈 면치 못ᄒᆞ리니 샐니 미를 ᄒᆞ여 오라."

〈청구 81 : 責荊妻淸士化隣氓〉(2권, 433-434쪽)

이처럼 처지에 아랑곳하지 않고 자신이 옳다고 생각하는 도리를 지키려는 인물들의 삶은 우리에게 큰 감동을 준다(실제로 이야기 속에서 도둑이 선비의 강직함에 감동하여 그를 도와주게 된다). 그렇지만 올바른 현실 인식에 바탕을 두지 못하고 있는 신념이란 실상 현실적 삶에 있어 무용하고 무력한 것이다. 그 무용성은 위에 인용한 이야기에서 잘 드러난다. 선비의 신념에 찬 삶의 방식이 가져온 것은 끼니를 잇지 못할 정도의 극심한 가난인 것이다.[30] 그런가 하면 또 다른 강직한 인물인 노학구(청구 140) 이야기는 그것의 무력함을 잘 보여준다. 명분을 내세우며 부자의 회유를 마다하던 노학구는 결국에 가서는 슬그머니 부자가 제공한 편한 삶을 취하고 마는 것이다.[31]

이상에서 살펴본 양반들은 가난한 가운데도 그나마 어떤 식으로든 양반 행세를 하고 있는 경우였다. 그런데 야담에는 이미 양반 출신이라는 것이 무의미한 형태로 세상을 살아가는 양반들이 또한 많이 등장한다. 양반으로서의 체면이나

---

30) 비록 도둑의 도움에 의해 처지가 개선되는 내용이 화제로서 제시되지만 그것은 필연적 현실성을 갖추지 못하고 있다. 전제로 제시되는 선비의 극심한 가난이 현실을 단적으로 반영하고 있는 것과 대조가 된다.

31) 그 변화의 과정은 이야기 속에서 필연적, 현실적으로 형상화되고 있어 전형성을 획득하고 있다.

꿈 같은 것은 생각할 여유도 없이 그저 생계 유지에 급급한 양반들이다. 이미 언급한 바 있는, 볼품 없는 솜씨로 짚신을 팔아 연명하는 양반 오씨(청구 66)나, 사대부가 자손으로서 생계를 위해 몰래 나무를 하다가 곤경에 처하는 총각(청구 43) 등을 그 예로 들 수 있다. 그밖에도 이야기 속에서 거지나 다름없는 신세가 돼버린 양반들을 종종 만날 수 있다. 야담의 담당자들은 이 인물들에게조차 부를, 때로는 벼슬까지를 안겨주지만, 그것은 물론 우연이고 공상일 뿐이다. 삶의 방향감을 상실한 채 능력도 의욕도 없이 세상에 짓눌려 살아가고 있는 양반들이 현실 속에서 실제로 도달할 지점은 극단적인 몰락과 절망일 뿐인 것이다.

그렇지만 야담에 등장하는 양반들이 모두 구태의연한 삶의 방식에 매달리거나 시대에 이끌려 가고 있는 것은 아니다. 개중에는 새로운 가치관에 입각하여 적극적으로 새로운 삶의 방식을 개척하고 있는 이들이 있다. 이들은 양반으로서의 체면을 벗어 던지고 '생활인'으로 나서서 경제적 기반을 닦아 나간다. 그 방법은 물품 매점(청구 44, 289), 거간일(70), 산촌 개간(116), 아전일(153), 농업 경영(186) 등 다양한 형태로 나타난다.

> 삼亽년간의 지산이 초요ㅎ니 마츰 문젼답 십두락과 밧 수일경 파눈 재 잇거늘 드디여 쥰가로 사 츈경홀 찌예 골오디
> "만치 아닌 뎐답의 엇지 사룸을 픔 샤 경파ㅎ리오. 니 스亽로 근력ㅎ여 경죵ㅎ려 ㅎ나 농亽의 익지 못ㅎ니 쟝ㅊ 엇지홀고."
> 드디여 비린의 거ㅎ눈 노롱을 쳥ㅎ여 쥬식을 디졉ㅎ여 농쟝의 안치고 몸소 쟝기롤 잡아 그 지교홀 쓸아 갈고 시므니 여러 날이 못ㅎ여 농니예 통ㅎ지라. 그 갈기와 기음 미기롤 타인의셔 삼비나 ㅎ고 츄슈ㅎ눈 곡식 또 타인의 셔 비나 ㅎ고 밧희눈 담비롤 심어 찌 크게 가믄지라. 뵤셕으로 믈을 기러 부으니 일경의 담비 다 말으디 홀노 허싱의 담비눈 마르지 아니ㅎ여 입히 무셩ㅎ니 셔울 상괴 미리 수빅금으로뼈 흥졍ㅎ고 그 두믈 담비롤 또 후가의 파니 돈이 거의 亽오빅금의 갓가온지라.
>
> 〈청구186 ; 治産業許仲子成富〉 (권3, 310-311쪽)

이들이 생활기반을 닦는 행위는, 다소간의 차이는 있지만, 대체로 위에 예시한 것과 같이 필연적·현실적으로 형상화되고 있다. 그리하여 그것은 현실의

한 첨단적 단면을 전형적으로 드러내는 데 성공하고 있다. 이 이야기들에 형상화된 양반들의 성취는 허상이 아니라 실상으로서의 의미를 지니고 있는 것이다. 우리는 이 이야기들을 통해 조선 후기 양반 사회 자체 내에서 - 비록 일각에 불과하지만 - 시대 변화에 부응하여 實利 추구적 삶을 지향하는 움직임이 일어나고 있었음을 확인할 수 있다.

주목할 것은 이와 같이 새로운 삶의 방식을 택한 양반들이 단순히 실리에만 집착하지 않고 윤리의식을 나타내고 있다는 점이다. 그 예로, 위에 일부를 인용한 청구 186의 주인공 허홍은 근면한 노동과 절약이라는 가치관을 현시하며, 관직에 오르는 일보다 아내에 대한 애정을 더 중시하는 인간미를 보여주고 있다. 그런가 하면 청구 70의 주인공 김세항은 자신이 번 돈으로 빈민을 도와주며, 청구 116의 주인공 이생과 청구 289의 주인공 허생은 더 나아가 빈민에게 생활의 터전을 제공하기까지 한다. 곧 이들은 공생 공영의 윤리의식을 실천해 보이고 있는 것이다.[32]

윤리적 방향성을 상실한 실리 추구는 이기주의로 귀결되는 것이 보통이다. 그것은 현실과 괴리된 윤리명분에 대한 집착 이상으로 큰 문제를 낳을 수 있다. 그런 면에서 변하는 시대현실에 맞춰 적극적으로 실리 추구적 삶에 나서면서도 건전한 윤리의식을 잃지 않는, 아니 그것을 새로이 얻어내고 있는 위 인물들 - 비록 그 수는 적지만 - 이 갖는 의미는 크다. 이들을 통해 우리는 조선후기 양반이 자기갱신을 통해 역사 발전에 주체적으로 참여할 길이 열려 있었음을 발견하게 되는 것이다.

이상 양반들의 삶의 방식을 두루 살펴보았거니와, 양반과 달리 본래 명분에 구속받을 필요가 없는 중인층이나 평·천민층 인물들이 이야기 속에서 나타내 보이는 삶의 방식은 당연히 양반의 경우와는 차이가 있다. 양반 중심의 사회가

---

32) 이와 관련하여 임철호는 청구 186의 주인공 허홍 등 부를 추구하는 유형의 양반들이 도덕관의 타락을 보이다가 다시 그것을 회복하는 양상을 보인다고 지적한 바 있다(임철호, 앞의 논문, 162-163쪽). 그렇지만, 이들이 보여주는 윤리의식에는 기존 도덕관의 회복이라고 보기 힘든 새로운 의미내용이 들어있다.

만들어낸 기존의 이데올로기를 묵수하며 좌절해 가는 인물들이 없지 않지만, 그러한 삶의 방식이 주류가 되지는 못한다. 그리고 그것은 현실성을 갖추지 못한 것이 보통이다.[33]

　신분-재산을 문제삼는 야담 자료에 등장하는 중·서민층 인물들은 보통의 양반들과는 달리 '생활능력'을 갖추고 있다. 자신의 생활을 영위해 나갈 방법을 알고 있으며, 그것을 실현할 능력을 지니고 있다. 그리하여 그들은 혹은 부지런한 노동과 근검절약하는 생활을 통하여(청구 15, 55, 69, 93, 149, 217), 혹은 황무지 개간(청구 36)이나 해외무역(청구 162)과 같은 개척적인 방법을 통하여 부(또는 부와 귀)를 성취하곤 한다. 그리고 그 성취의 과정은, 앞서도 이미 살펴본 바 있듯이(청구 69), 현실성을 갖추고 있다. 다른 간단한 예를 하나 더 보기로 한다.

　　그 들은 어영청 둔전을 여러 히 진폐ᄒ엿더니 개츈을 당ᄒ야 모든 ᄌ식을 거느리고 부즈런이 밧츨 일워 보리를 시머 둥하의 뉴칠빅셕을 거두고 이듬희예 모믹과 두태를 시머 천여셕을 거두고 이듬희예 작답ᄒ야 벼롤 시머 수천셕을 츄슈ᄒ니, 이ᄀᆺ치 혼 지 삼년의 가산이 부요ᄒ더라. 〈청구 36 : 金貢生聚子授工業〉[34]

　이 이야기들에 나타난 인물들이 보여주는 삶의 양상이 당대 중인이나 평·천민의 일반적·보편적 모습이라고 하기는 어려울 것이다. 그것은 무언가 '특별한 것'임으로 해서 이야깃거리가 되었을 터이다. 그렇지만 그 모습은 허상이 아니라 전형적 실상이다. 이야기내용의 필연적 현실성이 이를 뒷받침한다. 요컨대, 우리는 이 이야기들을 통해서, 그 주인공들을 통해서 중·서민층에 속하는 사람들이 사회 변화에 능동적으로 대응하면서 상승하고 있는 '현실'을 보게 된다.

---

33) 그 한 예로 추노를 나갔다가 종들의 공격으로 곤경에 처하게 된 양반 주인을 살리고 자기 목숨을 바친 향단의 경우를 들 수 있다(청구 10). 낯 모르는 주인을 위해 자청하여 끔찍한 죽음을 당하는, 나아가 자기 친척과 이웃을 모두 죽음으로 몰아넣는 향단의 행위는 그 동기나 행동 양상에 있어 현실성을 갖추지 못하고 있다.

34) 이 이야기에는 인용 부분에 앞서 주인공이 각지를 다니며 아들을 낳아 그 모은 자식이 칠십명이나 된다고 하는 잘 믿기지 않는 내용이 제시돼 있다. 그렇지만 황무지 개간을 통해 부를 성취하는 과정은 어디까지나 일상적이고 현실적이다.

중인층이나 평·천민층 인물들이 나타내 보이는 삶의 방식의 밑바탕에는 물론 '實利'를 중시하는 새로운 가치관이 자리하고 있다. 주목할 것은 그것이 윤리의식과 절연된 것이 아니라는 점이다. 작중의 중·서민층 인물 가운데는 추노하러 온 양반을 죽이려 한 노비들(청구 10, 84)이나 신의를 버린 서민부자(청구 207)처럼 윤리를 저버리는 인물이 등장하지만, 그리고 그 행위가 현실성을 갖추고 있지만, 그들이 주류를 이루고 있지는 않다. 그러한 인물보다는 윤리의식을 갖추고 살아가는 인물들이 더욱 폭넓게 부각되고 있는 것이다.

중·서민층 인물들이 나타내는 윤리의식 가운데는 앞서 지적한 향단의 예(주 33 참조)처럼 봉건적 관념을 추수하는 형태를 띤 것도 있다. 그렇지만 작품 속에서 더욱 두드러지게, 또한 현실성 있게 부각되는 것은 새로운 삶의 방식과 궤를 같이하는 새롭고도 건전한 가치관·윤리관이다. 스스로 일하고 근검 절약함으로써 자신의 삶을 개척해 나가야 한다는 가치관이 현시되며(청구 55, 69, 93 등), 인간관계를 맺음에 있어 진심에서 우러난 신의를 중시하는 윤리관이 구현된다 (청구 67, 149, 176, 239). 자기 뜻에 맞는 사람을 골라 배필로 삼는다든가(청구 15, 52, 66, 129) 과부가 된 딸을 개가시켜 새로운 삶을 살게 하는 것(청구 140) 또한 추상적 명분보다는 인간적 삶을 추구하는 새로운 가치관·윤리관에 따른 행위라 할 수 있을 것이다.

> 쥬옹이 갈오디
> "니 집이 디디 역관으로 가업을 조뢰ᄒᆞ야 작위금옥의 모쳠ᄒᆞ고 가산이 요족ᄒᆞ니 무어시 부족ᄒᆞ리오만은 다만 슬하의 ᄒᆞᆫ 녀식뿐이라. 사ᄅᆞᆷ의 폐물을 바다 합근을 밋쳐 못ᄒᆞ여 부셰 문득 요ᄉᆞᄒᆞ여 쳥츈 공뉴의 졍시 가련ᄒᆞ지라. 녜로 직히미 한이 잇고 쳥문의 거리끼미 잇셔 믄득 기가치 못ᄒᆞ고 거연 삼년이 된지라. 녀식이 홀연 젼쇼의 익호ᄒᆞ믈 마지 아니ᄒᆞ니 소리마다 한이 밋치고 무디마다 창재 끈허지니, 비록 ᄒᆡᆼ노지인이라도 ᄯᅩ 혼위하야 감챵ᄒᆞ려든 허믈며 일졈 혈육 잇ᄯᆞ녀 일일을 디ᄒᆞ미 믄득 일일 근심이 잇고 빅년을 춤아지너미 믄득 빅년 즐거오미 업슬지라. 됴로 인싱이 빅구 광음이라. 비록 ᄉᆞ듁으로 귀ᄅᆞᆯ 짓거리고 금슈로 눈을 현란ᄒᆞ고 고량으로 입을 즐길지라도 오히려 여일이 부다ᄒᆞ거든 니 ᄯᅩ 무슨 연고로 눈믈노 일용을 삼고 이원으로 가계ᄅᆞᆯ 삼으리오. 일이 궁박ᄒᆞ고 계괴 막힌지라. 이예 노복으로 ᄒᆞ여금 새볘 가로의 나가 기드려

무론 현우귀천ᄒ고 반드시 처음 만나는 쇼년 장부롤 마쟈 극녁ᄒ여 드려오라 ᄒ여 뼈
가연을 졈ᄒ려 ᄒ더니 뜻 아닌 낭군이 식녀로 더부러 월노ᄉ의 삼싱연을 믹즈 우합이
심히 공조ᄒ니, 쳔만 바라건디 그 졍상을 가긍히 너겨 ᄒ여곰 건즐을 밧들게 ᄒ라."
〈청구 140 ; 結芳緣二八娘子〉

조선 후기에 있어 중·서민층에 속하는 사람들의 역량이 과연 새로운 역사를
주체적으로 열어나갈 수 있을 만큼 내실있는 것이었던가에 대하여 이 자리에서
단언하기는 어렵다. 그것은 아마도 자료를 넓혀 더욱 다각적으로 따져보아야 할
문제거리일 것이다. 그렇지만 『청구야담』이 그려내고 있는 여러 중·서민층 인
물들의 형상은 최소한 그 '가능성'을 보여주기에 모자람이 없지 않은가 한다. 특
히 그들이 현실을 타개해 나가는 능력과 함께 건전한 가치관·윤리관을 나타내
곤 한다는 점이 이러한 판단을 뒷받침해 주고 있다.

V. 결 론

이 논문에서는 『청구야담』을 대상으로 하여 야담 자료 속에 나타난 조선후기
사회적 삶의 양상을 살펴보는 작업을 수행하였다. 이야기 속에서 사실과 허구가
얽히는 양상에 대한 관심을 바탕으로 하여 현실의 수용 양상을 더욱 체계적으로
드러내 밝히며, 당대 사람들의 삶의 방식을 가치관과 관련지어 점검해 보는 데
논의의 주안점을 두었다.

그 논의를 통해 추출한 결론은, 세부에 있어서는 차이가 있지만, 그 기본 내
용에 있어 기존 연구의 결과와 특별한 차이가 없다. 조선 후기에 들어와 신분과
경제력의 어긋남이 폭넓게 나타나면서 새로운 시대를 향한 역사의 추동이 이루
어지고 있었음을 확인할 수 있었으며, 그 변화에 있어 양반층보다 중·서민층
이 더 중요한 역할을 하고 있었음을 새삼 발견할 수 있었다.

그렇지만, 결론의 유사성으로 인해서 우리의 논의가 무의미해지는 것은 아닐
터이다. 필자는 이 논문을 통해 기존 논의와는 다른 새로운 접근방법을 통해 논

의의 보강이 이루어졌다고 보고 있다. 이야기에서 전제와 화제를 가름으로써 현실의 '단순한 반영'과 '특별한 반영'의 양상을 가려 따질 수 있었고, 이야기 화제 가운데 필연적 현실성을 갖춘 것과 그렇지 않은 것을 갈라서 작품을 분석함으로써 꿈이 만들어낸 허상과 현실의 전형적 실상을 구별해 드러낼 수 있었다. 특히, 이러한 방법을 문제와 관련되는 자료들에 두루 적용하여 논의를 전개함으로써 논의의 객관성을 보강할 수 있었다고 본다. 그밖에 당대인의 삶의 방식을 그 가치관과 연관하여 해명한 것도, 이직 어설픈 시론에 불과한 것이지만, 논의 진전에 조금이나마 기여한 바가 있으리라고 생각한다.

이 논문의 논의는 전반적으로 매우 성글고 거친 것으로서 여러 가지 문제거리를 남겨두고 있다. 전제와 화제를 가르고 필연성과 현실성 여부를 판단하는 기준을 더 객관화해야 하며, 이야기 속에서 허상과 실상을 분석해내는 방법을 더 가다듬어야 한다. 이 중 후자는 서술자 의식의 개입 양상에 대한 더욱 신중한 고려의 필요성과 맞물려 있다. 그리고 이 논문에서는 포괄적 논의를 위해 신분 계층을 단순화하였는데, 앞으로 각 계층 별로 연구분석이 훨씬 더 구체화돼야 하며 그에 입각해 계층간 관계에 대한 논의가 보강돼야 한다. 이 밖에, 『청구야담』 이외의 여타 야담집으로 고찰대상을 넓혀서 문제를 폭넓게 검증하는 것 또한 앞으로의 연구 과제로 남아있다.

신 동 훈   건국대학교 교수

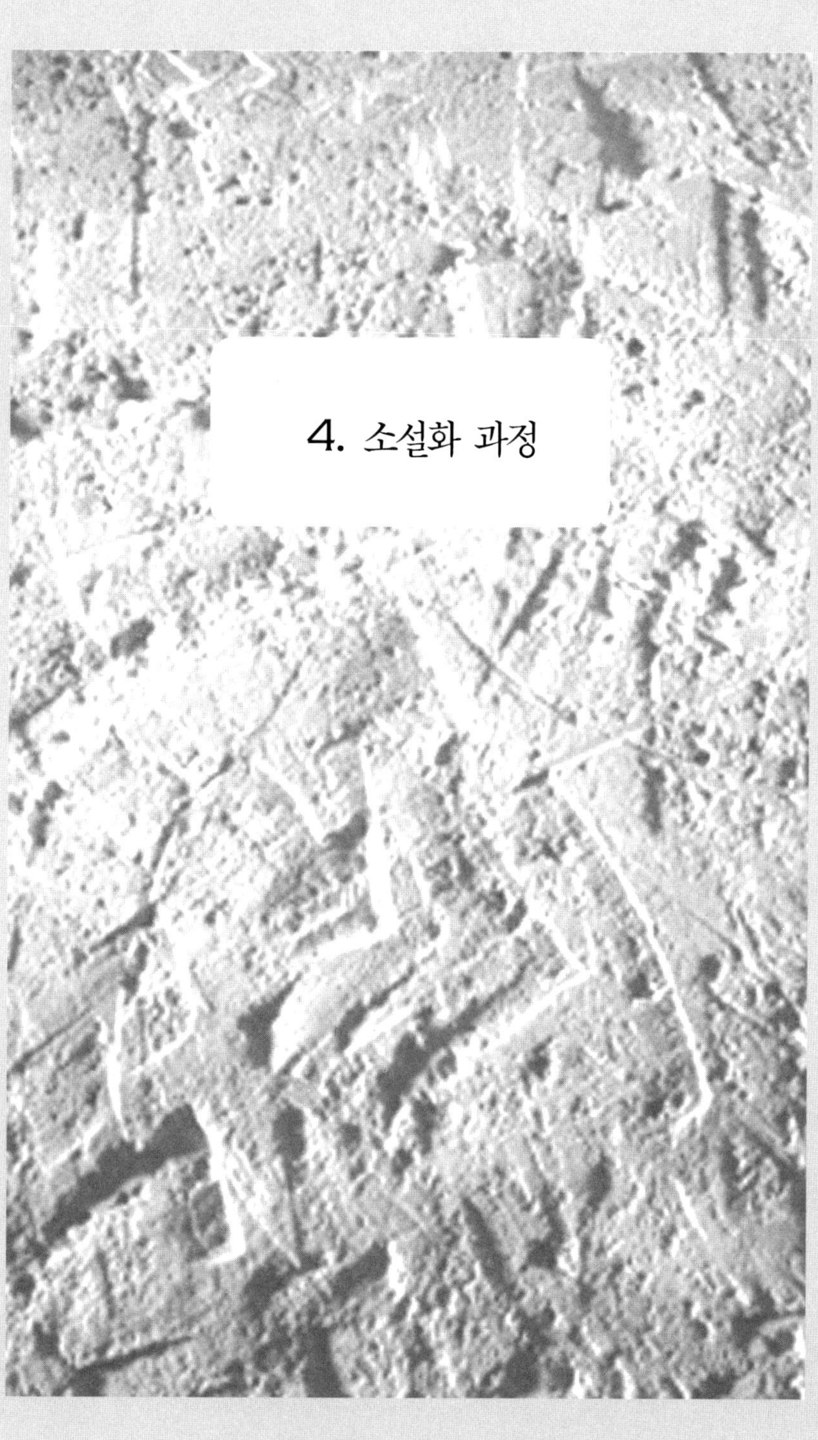

4. 소설화 과정

야담문학연구의 현단계

조선초기 사대부일화가 조선후기 야담계일화 및 소설로 발전하는 한 양상
— '사대부 - 기생 관계담1)'을 중심으로 —

Ⅰ. 서 론

 사대부일화는 사대부사회 내에서 일어난 사건을 제시하거나 혹은 사대부계급에 소속되는 인간상을 형상화하는 갈래이다. 그러나 등장인물이나 사건의 배경이 꼭 사대부나 사대부사회에 국한되는 것은 아니다. 점차로 등장인물들이 다양해지고 사건배경이 확대되는 것이다.

사대부일화가 그 등장인물 면의 폐쇄성을 극복할 수 있는 가장 손쉬운 방식 중의 하나는 사대부와 기생과의 관계를 설정하는 것이다. 기생은 천민신분으로 그 직업적 특성 때문에 사대부와 긴밀한 관계를 맺기 때문이다. 먼저 기생은 사대부들의 일시적 향락의 대상이 된다. 또 다른 경우, 기생은 사대부의 첩이 되거나 지속적인 애인이 될 수 있다. '사대부 - 기생 관계담'은 기생이 사대부와 관계를 맺는 이 두 가지 경우 중 어느 쪽에 초점을 맞추어 어떤 식으로 그 관계를 전개시켜가느냐에 따라 다양하게 변모된다. 그리고 기생의 처지변화에 초점이 맞춰지면 평민일화의 범주로 넘어가게 된다.

Ⅱ. 조선 초·중기 잡록의 사대부 - 기생 관계담

조선 초·중기 잡록의 '사대부 - 기생 관계담'은 주로 사대부가 기생과 맺는

---

1) 사대부와 기생 사이의 육체적, 정신적 관계가 이야기의 중심 흥미소가 되는 경우를 지칭한다.

관계를 단지 한 순간의 향락 행각 정도로 다루고 있다. 가령 〈使命之出外〉(견한, 대동3, 136쪽)는 강혼이란 조정 신하가 임금의 명을 받고 지방으로 출장갔을 때 가졌던 기생 은대선과의 관계를 이야기한다. 은대선은 기생으로서 관원을 위해 잠자리 시중을 들어야 했다. 그런데 두 사람의 관계가 화제거리로 된 것은 그 과정에서 조금의 특별한 감정이 일어났기 때문이다. 그러나 그것이 관원을 모시는 기생의 의무를 부정하거나 기생을 마음대로 농락하는 사대부의 권리를 무시하는 단계에까지 나아가는 것은 아니다.2)

이와는 달리 〈有柳姓老朝官〉(청파, 대동2, 543쪽)에서는 삼각관계가 형성된다. 부하가 관계를 맺고 있던 기생을 상관이 빼앗아 가기 때문이다. 그러나 여기서는 애정의 삼각관계가 형성될 때 일반적으로 나타나는 진지함이나 심각함이 거의 발견되지 않는다. 상관인 재상 成은 뚜렷한 이유도 없이 무턱대고 임천군수 柳가 사랑하던 기생을 빼앗아 가려 한다. 이에 대해 유는 기생을 빼앗기지 않기 위해 꾀를 써 보기도 하며 빼앗긴 기생을 돌아오게 하기 위해 계교를 꾸미기도 하지만 뜻대로 되지 않는다. 그렇지만 그는 크게 애석해하지 않으며 그의 삶이 더 이상 꾸려지지 않을 정도로 충격을 받지도 않는다. 기생도 오히려 상관의 품에 있는 것을 더 좋아하게 되어 유가 자기를 다시 데려 가기 위해 하는 행동에 대해 협조는커녕 방해를 하기까지 한다. 즉, 이 작품은 사대부와 기생 사이에 방해자를 개입시켰다는 점에서는 파격이지만, 그 방해자에 의해 기존인물들이 심대한 타격을 입지는 않는다는 점에서 의미심장한 파격은 아니다.

〈中原朴溫〉(청파, 대동2, 537쪽)은 삼각관계에 얽힌 한 기생의 이야기를 박온이란 사대부가 듣고 전달하는 형식을 취한다. 즉 박온은 소를 타고 지나가는 한 늙은 여인을 보고 이상하게 생각하여 그녀의 사연을 묻는다. 이 작품은 그녀에 의해 진술되는 체험담으로 이루어진다. 그녀는 기생으로서 대동찰방을 모셔보는 것을 고대하고 있었는데 마침 강씨가 찰방으로 오자 정성껏 모셨다. 강이 떠

---

2) 기타 사대부와 기생간의 관계를 이와 같은 수준으로 이야기하는 것으로 대표적인 작품으로는 〈松江〉(장빈, 대동13, 9쪽), 〈平壤妓武貞介〉(송계, 대동14, 53쪽) 등을 들 수 있다.

나간 뒤에도 그녀는 그를 잊지 않았다. 그래서 양계 도체찰사로 온 皇甫仁을 모실 때에도 여전히 그만을 생각했다. 이에 화가 난 황보인이 그녀의 발가락을 잘라버렸다는 것이다. 이 작품에서는 삼각관계가 형성되어 갈등구조가 나타났을 뿐만 아니라, 사대부의 생활과 의식을 드러내는 사대부일화 속에 기생의 생활이 묘사되었다는 점이 두드러진다. 물론 기생의 생활정서가 사대부의 그것에 '기생'하는 것일진대, 그 사실이 대단한 것은 아니라 할 수 있다. 그러나 사대부 생활에 대한 언표 속에서 기생의 자기진술이 독자적 영역을 확보하면서 이루어졌다는 사실은 逸話史에서 대단히 중요한 의의를 지닌다. 사대부일화에 비사대부계급의 목소리가 중심에 놓인다는 점은 ① 사대부일화의 영역 속으로 평민일화가 개입했다. ② 사대부일화가 비사대부계급의 처지를 수용할 정도로 세계관적 유연성을 획득하게 되었다는 점 등을 암시한다.

또 〈余丁亥年〉(문소, 대동14, 11쪽)은 사대부와 기생간의 관계를 다루지만 정절을 지키는 기생들을 병치시킴으로써 등장인물이나 서술자를 의식적으로 긴장하게 만든다는 점에서 사대부의 행락을 안이하게 소개한 일반적인 기생담과는 차이가 있다.

Ⅲ. 초기야담집 어우야담의 사대부 – 기생 관계담

『어우야담』의 경우 〈全羅都事金某在全州南廳〉(어우 권3[3]), 〈沈相國守慶少時〉(어우 권3), 〈白光勳能詩〉(어우 일사본 天) 등이 사대부와 기생 관계를 다루고 있다.

〈전라도사김모재전주남청〉은 전라감사 김모가 기생귀신을 물리치는 이야기다. 김모는 자기에게 접근한 절세미인인 기생과 동침한다. 일반적인 사대부일화라면 그런 관계를 성립시켜 적어도 순간적인 쾌감이나 애정을 창출한다. 그런데

---

3) 이하 『어우야담』의 권 수는 특별한 언급이 없는 한 〈만종재본〉의 권 수를 말함.

이 작품에서는 오히려 그 때문에 김모의 몸이 마르고 힘이 없어졌다. 기생과의 관계는 김모로 하여금 사대부로서의 전형적 삶을 유지하기 힘들게 만든 것이다. 이 단계에서 김모는 사대부로서의 기득권을 유지하기 위해 당연히 그 기생을 물리쳐야만 한다. 기존질서의 유지를 위해 관계를 단절해야 하는 것이다.4) 이때 '문제해결자'로서 감사 高荊山이 등장한다. 그는 김모의 병이 귀신 때문이라는 사실을 알려주고, 그 귀신을 물리치기 위해 굿을 하도록 한다. 마침내 기생귀신이 굿을 즐기고 있는 틈을 이용해 김모를 서울로 보내어 귀신과 김모를 분리시키는데 성공한다.

이 작품은 사대부일화인 사대부 - 기생 관계담에 전설적 요소를 가미했다. 주인공이 서두 부분에서 확보했던 처지가 결말 부분에 가서도 전혀 변하지 않으며, 주인공 역시 그것을 원한다는 점에서 사대부일화이다. 그러나 그 정체를 정확하게 알 수 없는 기생귀신이 등장하고 주인공과 기생귀신의 관계가 주인공의 처지에 심각한 변화를 초래할 수 있는 것이었다는 점에서 전설적이다. 『어우야담』은 전통 갈래들이 갖고 있는 다양한 요소들을 끌어들이고 거기에다 조선 후기로 다가가면서 형성된 새로운 현실요인들을 가미시켜 서사적 종합을 꾀하고자 한 야담집이다. 그런데 이 작품은 '사대부 - 기생 관계담'의 소재를 사대부일화와 전설이란 갈래가 가진 서술원리에 동시적으로 적용하여 발전시킨 작품이라 평가할 수 있다.

〈심상국수경소시〉는 심수경과 평양기생 간의 관계가 시를 중심으로 전개되어, 시화에 가까운 작품이다. 그런 점에서 조선 초기 시화류와 별 차이가 없다.

〈백광훈능시〉는 ① 공주기생이 백광훈의 시를 조룡대(소정방이 백마로 용을 낚았다는 곳)와 같다고 형용했는데, 그것이야말로 백광훈이 시를 적확하게 평가한 말이라고 지적하는 내용과 ② 심수경이 관서지방을 순무하다가 기생을 만나 시를 짓고, 그것을 빗댄 시를 지은 권응인과 다시 만난다는 〈심상국수경소시〉의

---

4) 이에 해당하는 대표적 사례로 이인보전설이라 불려지는 〈승안삼년무오〉(보한집)를 들 수 있다.

내용이 한 제목으로 결합된 작품이다. 그런 점에서 갈래의 차원에서 발전이나 비약을 인정하기는 어렵다.

Ⅳ. 조선 후기 야담집의 사대부 - 기생 관계담

〈有一老兵使〉(계서 권6)는 어린 기생과 늙은 병사의 관계를 다룬다. 그런데 늙은 병사는 어린 기생을 극진히 사랑하여 헤어질 때 소매가 젖도록 눈물을 흘리는 데 반해, 기생은 나이가 어려 남녀 간 애정을 이해하지 못하기 때문에 울지 않는다. 그 부모가 울지 않는다고 때리자 그제서야 아파서 운다. 이를 본 늙은 병사는 더 크게 울면서 "애야 울지 말아라. 네가 우는 것을 보니 더욱 슬퍼진다."5)고 하였다는 것이다. 이는 소화에 가까운 사대부일화다. 다만 사대부 쪽이 기생을 잠시의 희롱거리로 생각하지 않고 그녀를 진실하게 사랑하게 되었다는 점에서 독특하다. 그러나 기생은 어리기 때문에 노병사의 마음을 전혀 이해하지 못한다. 이별의 순간 두 사람이 흘리는 눈물의 상이한 성격은 이러한 사정에서 비롯된 것이다. 이런 상황에서 진정한 사랑은 성립되지 못하며 생산적 결실도 맺어지지 않는다. 정황의 지속만이 있을 따름이다.

〈靈城君朴文秀〉(계서 고려대본 권1)에서는 애정관계가 조금 더 복잡하게 설정된다. 박문수는 젊어서 진주로 가 한 기생을 매우 총애하게 된다. 또 용모가 추악한 급수비가 물을 길어 가는 것을 보았는데 사람들이 그녀는 용모가 추악하여 음양의 이치를 모른다 하므로 박문수가 동정하여 수청을 들게 한다. 서울로 돌아온 박문수는 급제하고 암행어사가 되어 거지의 모습으로 다시 진주로 내려간다. 그런데 그 급수비는 반가워하며 극진히 대접했지만, 기생은 박대했다. 이에 어사출도를 하여 기생을 잡아와 곤장을 치고 급수비로 강등시키고, 급수비는 칭찬을 해주고 기안에 올려주었다는 내용이다. 여기서 급수비와 기생이 대조되었

---

5) 爾勿泣 見爾泣 我益戚(『계서야담』, 『한국문헌설화전집』 1, 475쪽).

다. 두 여자는 사대부인 박문수를 잘 모시고 못 모셨다는 차이 때문에 그 처지가 뒤바뀐다. 그런데 그 처지의 최상점은 기생이다. 그래서 사대부 - 기생 관계담의 관점에서 보면 처지(기생의 처지)를 유지하는가, 아니면 그 처지가 악화되는가가 관심거리이다. 또 박문수는 자기에게 극진히 대해준 급수비를 단지 기안에 올려주기만 하지 자기와 관계를 지속하게 하지는 않는다.

이상의 두 작품은 사대부와 기생의 잠정적인 관계만을 다루는 사대부 - 기생 관계담의 일반적 수준을 넘어서지 않는다.

〈盧玉溪積〉(계서 권3)은 이와는 다소 다른 성격을 갖는다. 무엇보다도 기생과 관계를 맺는 남자주인공 노진이 젊을 뿐만 아니라 아직 과거에 급제하기 전이라는 점이 특이하다. 또 노진은 宣川員인 당숙으로부터 홀대를 받아 궁지에 몰린 순간 기생을 만난다. 기생은 그런 그를 도와주어 결국 과거에 급제하게 한다. 기생은 잠시 그와 떨어져 살다가 마침내 노진과 다시 만나 일생을 함께 살게 된다. 즉 이 작품에서는 어려움에 처한 사대부를 기생이 먼저 동정하고, 기생이 사대부가 봉착한 문제들을 해결해 주어 마침내 부부의 관계를 맺는 데로 귀결된다. 이로써 양쪽이 다 사회경제적인 처지의 상승을 경험한다. 그리고 그 경험의 주체는 사대부가 아니라 기생이다. 이런 점들이야말로 사대부 - 기생 관계담이 야담집 단계에 들어오면서 확보한 새로운 것이다. 그런데 기생이 노진을 눈여겨본 것은 먼저 사랑의 감정이 생겼기 때문이라기보다는 그가 장차 현달할 것이라는 확신을 가졌기 때문이다.6) 노진도 기생에 대해 처음부터 애정을 느낀 것은 아니다. 오히려 기생이 자기에게 베푼 은혜에 대해 감동하였고 마침내 그에 대해 보답하겠다는 생각을 먼저 한 것이다.

『청구야담』의 〈盧玉溪宣府逢佳妓〉(청구 권77), 『동야휘집』의 〈尼菴逢郎問登科〉(동야 권12)도 이와 같은 작품이다. 『청구야담』의 〈金丞相窮道遇義妓〉(청구 권3)는 이와 줄거리는 거의 차이가 없지만 주인공인 김우항이 출가할 딸이

---

6) 吾見都令之氣骨狀貌 可有大顯達之相也(계서야담, 257쪽).

7) 『청구야담』의 권 수도 특별한 언급이 없는 한 〈서벽외사해외수일본〉의 권 수를 지칭한다.

있을 정도로 나이가 들었다는 점에서 다르다. 그리고 앞의 이야기들이 기생의 도움으로 다른 여자와 먼저 결혼을 하고 과거에 급제하지만, 여기서는 그 딸을 결혼시킨 뒤 과거에 급제한다. 이런 세세한 차이가 있지만 전체적인 분위기나 주인공과 기생간의 관계 설정 면에서는 별 차이가 발견되지 않는다. 그것은 이 시기 이런 류의 이야기가 거의 유형화되어 항간에 떠돌고 있었음을 말해준다.

『청구야담』의 〈策勳名良妻明鑑〉(청구 권2)은 기생의 신분상승의 축이 보다 선명하게 드러나는 작품이다.

① 광해군 말기에 한 평양기생이 정절을 지키며 직접 지아비를 고르겠다고 하였다.
② 어떤 나무꾼 총각을 보고는 지아비로 삼고 서울 서문 밖에다 술집을 차렸다.
③ 그 기생이 金昇平, 李延平 등을 잘 대접하여 그들의 신임을 얻고 김승평에게는 자기 남편에게 글을 가르쳐 달라고 부탁했다.
④ 기생이 남편으로 하여금 『통감』에서 霍光이 昌邑王을 몰아낸 대목을 김승평에게 묻게 하였으니, 이는 김승평 등이 反正의 뜻이 있는지 그 의중을 떠본 것이었다.
⑤ 기생이 김승평에게 자기 남편을 양반이 되게 해 달라 부탁했으므로, 인조반정 후 論功할 때 그 남편을 삼등공신에 올려 한성좌윤으로 삼았다.
⑥ 그의 이름은 朴起築으로 뒤에 병조참판이 되었다고 한다.

여기서는 기생이 처음부터 의도적으로 남편감을 고른다. 이는 여자가 직접 사회정치적 활동을 할 수 없었던 조선사회에서 사회적 상승욕구가 강한 여자가 취할 수 있는 거의 유일한 방법이었을 것이다. 기생은 자기의 의도를 실현시키기 위해 아예 상대 남성도 사대부가 아닌 상민을 선택한다. 그만큼 기생 쪽의 주도적 활동이 부각된 것이다. 이런 류의 작품이야말로 조선 초·중기 잡록의 사대부-기생 관계담이 조선 후기에 접어들면서 가장 적극적으로 변화한 경우라 하겠다. 즉 사대부-기생 관계담이 이제 신분상승담으로 전화된 것이다. 그 과정에서 기생이 완벽한 주도권을 쥐고 일을 추진해 나간다.

〈古有一宰爲關伯〉(계서 권4)은 평양감사의 외아들과 기생과의 절절한 사랑 관계에서 출발한다는 점에서 또 다른 의미에서의 발전을 보여준다.

① 한 재상이 평양감사로 가 있을 때 그 외아들이 어린 기생을 사랑했다.
② 감사의 임기가 만료되어 아들이 기생과 헤어져 돌아왔다.
③ 산중의 절에서 과거공부를 하던 중 눈이 내리는 날 기생 생각이 나 기생의 집으로 향했다. 기생의 집에 당도하니 기생이 사또를 모시러 들어가서 나오지 못한다고 했다.
④ 평소 친했던 이방을 통해 눈을 쓰는 인부로 가장하여 관아로 들어갔다. 상민의 복장을 하고 눈을 쓸던 중에 기생을 만났으나, 기생이 못 본 체 하므로 크게 실망하고 돌아왔다.
⑤ 기생은 아버지 산소의 눈을 쓸고 오겠다는 핑계를 대고 빠져나와 그를 만났다.
⑥ 기생이 패물을 들고 나와 그와 함께 살았다.
⑦ 기생의 간절한 권고로 열심히 공부하여 과거에 급제하였다.
⑧ 그의 부친은 그가 이미 죽은 줄 알고 있었다. 급제를 계기로 부자가 감격적으로 상봉하여 지난 내력을 이야기하며 회포를 풀었다.
⑨ 기생의 이름은 紫鸞이고, 자는 玉簫仙이다.

이 작품에서는 기생과 사대부의 관계가 청춘남녀의 사랑으로 나타났다. 사랑을 원동력으로 하여 남자가 마침내 과거에 급제하게 되고 기생도 신분상승하게 되는 것이다. 아울러 기생은 평양감사를 모셔야 되는 입장에 있었기에 삼각관계의 초보적인 양상이 나타난다고 하겠다. 그러나 그 삼각관계가 심각한 문제를 유발하지 못한다. 젊은 남녀가 기지와 패기로써 그것을 쉽게 넘어설 수 있었기 때문이다. 삼각관계를 부각시키기보다는 어떻게 하여 남녀가 만나 헤어지게 되고, 우여곡절 끝에 다시 만나게 되는가에 초점을 맞추고 있다. 남녀가 다시 만난 순간 양쪽의 처지가 모두 상승되는 것을 보면, 그 궁극의 관심은 처지의 상승에 있다고 하겠다. 『청구야담』의 〈聽妓語悖子登科〉(청구 권4)도 이와 별 차이가 없는 작품이다.

이러한 처지의 상승보다는 사랑의 쟁취에 보다 분명하게 초점을 맞춘 경우가 〈梅花者谷山妓也〉(계서1), 〈少妓佯狂赴芳約〉(동야 권16) 등이다. 이들 경우에는 삼각관계가 형성된다는 점에서 조선 초기 사대부일화인 〈유유성노조관〉(청파, 대동2, 543쪽)의 맥을 이었다. 그런데 〈유유성노조관〉에서 기생은 상관이 장난에 가까운 태도로 자기에게 접근하자 그때까지 사귀던 부하에서 기꺼이 상관으로 옮겨가는데 비해, 이들 야담계 작품에서는 새로 나타난 하관과 기생이 서로 눈이 맞아 상관을 저버린다. 야담계 작품에서 새로운 사건을 유발시킨 것은 사대부의 장난기가 아니라 젊은 남녀 사이에 자연스레 형성된 진솔한 사랑의 감정이다. 그 사랑이 절절하기에 기생은 자기를 총애하던 海伯 李宅鎭을 버렸다. 그리고 젊은 두 사람은 뇌물을 주기도 하고 미친 자 행세를 하며, 심지어는 해백이 파면되게까지 만들면서 사랑을 쟁취한다. 즉 등장인물들이 자기의 욕망을 성취하기 위해 체계적인 조치를 취하며 마침내 그러한 방법을 통해 욕망을 성취시킨다. 그 욕망성취에 대한 강렬한 열망과 욕망성취를 위한 체계적 조치는 전대 일화류에서는 쉽게 찾아볼 수 없던 것이다. 요컨대 사랑의 삼각관계에서 유발된 갈등구조가 주동인물이 욕망을 성취하는 것을 방해하기에, 주동인물은 주체적이고도 집요한 노력에 의해 그 방해물을 제거하고 마침내 애초의 욕망을 성취한다는 것이다. 이러한 구조가 야담집에 들어와서 창출되었다는 것은 그만큼 이 시기에 사람의 욕망에 대한 관심이 고조되었으며, 사람들이 그 욕망을 성취하고자 하는 막연한 희망만을 가졌을 뿐만 아니라, 스스로 욕망을 성취하기 위해 직접 나서서 노력하는 분위기가 조성되었음을 알 수 있다.

이로 볼 때 〈매화자곡산기야〉, 〈소기양광부방약〉은 〈유유성노조관〉(청파, 대동2, 543쪽) 등 전대 잡록에 실린 사대부일화가 보여준 두 가지 새로운 지향점, 즉 ① 욕망을 억압하는 상황의 제시(갈등구조의 설정을 통함)와 ② 욕망을 충족시키는 과정 묘사 등을 보다 세속적으로 발전시켰다고 하겠다.

이에 비해 〈중원박온상〉(청파, 대동2, 537쪽) 등이 보여준 지향점, 즉 사대부계급의 다른 계급에 대한 관심확대가 보다 극대화된 경우가 〈借弩手丫鬟復讐〉(동야 권12)이다. 이 작품의 경우 남자 쪽은 벼슬을 하고 있지 않으며, 여자 역시 관직자를 의무적으로 천침해야 하는 기생이 아니라는 점에서 사대부일화의 사대부 - 기생 관계담과는 큰 차이가 있다. 즉 남녀의 만남에서 남자 쪽의 일시적 유락의식이나 여자 쪽의 수동적 몸짓이 나타나지 않는다. 오히려 여자 쪽이 먼저 사랑의 표시를 하며, 남자 쪽인 정온은 다만 그것을 무시하지 않는 협사 (俠士)의 기질을 갖고 있는 것이다. 이로써 액자 속의 본 이야기에서는 〈중원박 온상〉과 마찬가지로 여인이 자기 처지에 대해 서술하는 부분이 중심위치를 차 지한다.

여인은 대갓집의 하녀였다. 그 주인마님이 외간남자와 사통하고 마침내 그 주 인까지 살해하기에 이르자, 하인으로서 주인의 원수를 갚아야 한다는 생각을 하 게 된다. 그러나 여자의 몸으로는 그 일을 해내기가 어려워 정온을 유혹했다는 것이다. 이러한 여자의 유혹은 사대부일화의 기생담에서 나오는 유혹과는 전혀 다르다. 사대부일화의 유혹이 단지 남녀관계에 대한 세속적 기대를 바탕으로 하 고 있다면, 이 작품에서는 그러한 세속적 기대를 넘어서서 유혹자가 당면한 심 각한 결핍항을 보충한다는 절실한 동기를 바탕으로 하고 있는 것이다. 하녀는 주인을 대신하여 복수를 해야 한다는 생각을 하게 되는데, 그것은 전통적 계급 질서가 유지되는 사회에서는 다른 어떤 가치보다도 우선적인 것일 수 있다. 하 녀가 정온을 유혹하여 자기 몸을 바친 것은 그 최상의 가치를 실현하기 위해서 였다. 하녀는 정온의 힘을 빌어 마침내 복수를 하고 정온의 둘째 처가 된다. 요 컨대 이 작품은 사대부일화의 기생담이 바탕으로 했던 남녀관계의 축을 응용하 여 단지 그 관계의 귀추만을 보여줄 뿐만 아니라, 그 과정에서 하녀라는 비사대 부층의 의식세계와 그 의식세계를 통해 비춰진 풍속을 묘사했다는 점에서, 사대 부계급의 여타 계급에 대한 관심이 확대된 경우라 하겠다. 그것은 무엇보다도 서술자가 자기 목소리를 내세우지 않고 등장인물이 직접 자기체험을 진술하게 하는 서술방식에서 가능해진 것이다.

그 외 〈酒隱金忠翼公命元〉(계서 권6)은 17세기 초엽에 편찬된 『자해필담 紫 海筆談』의 〈金左相命元〉(대동17, 79쪽)을 거의 그대로 옮긴 것이다. 김명원이 젊어서 한 기생을 좋아했는데, 그 기생이 종실의 첩이라 밤마다 담을 넘어 사랑의 행위를 했다. 결국 종실에게 발각되어 잡혔는데, 그 형 김경원은 동생이 죽을 죄를 지었으나 뛰어난 인재이니 제발 풀어달라고 호소했다. 그러자 종실은 그를 풀어주며 만일 과거에 급제하면 기생까지 주겠다고 약속한다. 결국 김명원은 과거에 급제하여 기생을 첩으로 맞이한다. 삼각관계가 종실의 너그러움으로 인해 쉽게 해결된 것이다. 그러나 훗날 靈川尉가 그 기생을 좋아하게 되어 김명원을 의주로 유배시켜 버린다. 그렇다면 이 작품은 사랑의 삼각관계가 싱겁게 해소되기도 하고 심각하게 뒤엉키기도 하는 이중적 성격을 보여준다. 그렇지만 뒤엉키는 부분은 후일담 식으로 가볍게 처리되었다는 점에서 이 작품이 기본적으로는 조선 초기 잡록에 실려 있는 사대부 - 기생 관계담의 낙관적 문제해결 방식을 무시하지는 않는다고 보아야 할 것 같다.

그런데 조선 후기 야담집에 실려 있는 사대부 - 기생 관계담 중 또 다른 문제적 계열이 있다. 그것은 한 사대부가 기생을 이용하여 여색에 초연한 체 하는 다른 사대부를 훼절시키는 내용이다. 〈關西伯馹騎馳妓〉(청구 권5), 〈內翰仰屋忍涕淚〉(동야 권 5), 〈差官櫃羞裸程〉(동야 권10) 등이 그것이다.

〈관서백일기치기〉에서 세종은 그 형 양녕대군이 관서지방으로 여행을 떠날 때 여색을 경계하라는 충고를 한 뒤, 기생으로 하여금 그를 유혹하게 만들고, 그 사실이 탄로나게 하여 마침내 그 기생을 형이 데리고 살게 한다. 형에게 호색을 경계하는 동생 세종은 내심 형이 적당하게 여색을 가까이 하며 지낼 것을 바라는 입장이다. 그래서 그 형이 여색에 유혹되어 실수를 했다 해도 그것을 문제삼지 않고 형에게 무안을 주지도 않는다. 그런 점에서 풍자적 분위기보다는 여유있는 해학적 분위기가 주조를 이룬다.

〈내한앙옥인체루〉는 기생을 스스로 멀리할 뿐만 아니라 각 관아에서도 관리들이 기생을 가까이 하지 말도록 공문을 보낸 蔡壽를 내세운다. 관리들이 기생에게 접근하는 것을 금지시키자 전주의 부윤과 판관은 기생을 재상가 여종으로 분장시켜 채수를 훼절시킨 뒤, 그의 훼절 사실을 폭로한다. 이로써 여색에 초연한 군자인 체 하면서 다른 관리들에게도 초연하기를 강요하던 채수는 조롱당했다. 그러나 그 조롱이 풍자적 성격을 완벽하게 갖추었다고 볼 수는 없다. 자기를 훼절시킨 그 기생과 이별할 때 눈물을 숨기려고 딴전을 피우는 채수의 행동을 핍진하게 묘사함으로써 해학적 분위기를 형성한 단계에서 끝을 내었기 때문이다.

이에 비해 〈차관궤수나정〉은 기생을 사악한 氣로 보고 멀리하는 盧를 기생에게 유혹당하여 알몸으로 관가 마당으로 뛰쳐나오게 만들어 철저하게 봉변당하게 한다. 겉으로는 여색에 초연한 체 하여 기생을 무시하지만 내심은 여색을 오히려 더 밝히는 노에 대한 풍자는 지나칠 정도로 가혹하다. 『배비장전』의 배비장의 봉변을 연상케 한다.

이런 풍자적 작품들을 고려할 때 조선 후기 야담에 이르러 사대부 - 기생 관계담은 또 하나의 맥을 형성하기에 이르렀다고 할 수 있다. 즉 여색을 지나치게 좋아하거나, 여색을 좋아함에도 불구하고 겉으로는 그렇지 않은 체 하거나, 혹은 여색에 전혀 관심을 갖지 않고 독선적 삶을 살아가는 존재들을 풍자하는 것이다. 이 풍자의 한 쪽 맥이 조선 초 · 중기 일화의 사대부 - 기생 관계담으로 연결되는 까닭은 이러하다. 사대부가 기생을 향락의 대상으로 생각하는 조선 초기 일화이든, 진지한 사랑의 대상으로 생각하는 조선 중기 이후의 일화이든, 공통적으로 남녀 사이의 관계가 일단 맺어지는 것을 전제로 하고 있다. 이는 사대부사회의 일상생활에 있어 사대부와 기생이 적절한 관계를 맺는 것은 사대부사회의 존속을 위해서 필요한 것이라는 인식을 바탕으로 하고 있다. 그럴진대 이런 의식을 원만하게 수용하지 않거나 거부하는 존재는 사대부사회의 지속을 위해 풍자되거나 부정되는 것이다. 조선 후기 야담집에 실린 이러한 작품들의 주인공들은 사대부 - 기생의 관계 면에서 과장된 일탈을 행한 경우라 하겠는데 그 과장된 일탈은 사대부사회의 원만한 유지를 위해 극복되어야 할 것이다. 이들에 대한 풍자나 조롱은 과장된 일탈에 대한 과장된 조정 행위라 할 수 있다. 그 과장된 조정 행위는 조선 초 · 중기 일화의 일탈 극복 방식의 응용으로 가능했던 것이다.[8]

이런 류의 작품들이 『정향전』, 『지봉전』, 『종옥전』, 『오유란전』, 『배비장전』,『삼선기』 등과 긴밀한 관련을 맺고 있는 것은 분명하다.9) 다만 이 형의 작품군이 보다 대중적인 국문소설로 발전된 것을 사대부들의 의식뿐만 아니라 민중들의 의식면에서도 설명해주어야 할 터인 바, 이는 이 책의 범위 밖의 것이 므로 후고로 미룬다.

V. 결 론

사대부 - 기생 관계담은 조선 초기 잡록류의 경우 단지 사대부의 향락행각 정 도로 다루어졌다. 그것이 점차 사대부일화의 영역이 확대되고 사대부계급이 다 른 계급의 처지에 대해 보다 적극적인 관심을 갖게 되면서 소재 면에서나 서술 방식 면에서 변화되었다. 과거에 급제하기도 전인 젊은 사대부가 등장하여 기생 과 절실하고 지속적인 관계를 가진다. 그것은 마침내 ① 사랑의 쟁취 ② 사회 적 처지의 상승으로 귀결되었다. 물론 그 과정에서 삼각관계가 형성되어 보다 흥미진진한 사건의 전개가 이루어졌으며, 이것이 일화에서 소설로 발전하게 만 든 한 원동력이 되었다고 하겠다. 아울러 서술의 초점이 사대부로부터 기생으로 옮겨가기도 했다. 기생이 관계를 주도하면서 스스로도 주체적으로 행동하기 시 작한 것이다. 이로써 기생의 신분상승, 사랑쟁취가 서술의 궁극적 지향점이 되 었다.

---

8) 일화의 일탈과 그 의미 및 기능에 대해서는, 이강옥, 「조선시대 일화의 일탈」(『국문학 연 구』, 서울대 국문학연구회, 1997) 참조.

9) 이 점에 대한 검토는 이미 이석래, 「배비장전의 풍자구조」, 『한국소설문학의 탐구』(일조 각, 1978), 「오유란전연구」, 『성심여대논문집』11(1980) ; 권두환, 「배비장전연구」, 『한국 학보』17(일지사, 1979) ; 장덕순, 「이춘풍전연구」, 『국문학통론』(신구문화사, 1960) ; 김 종철, 「배비장전유형의 소설연구」, 『관악어문연구』10(서울대 국문과, 1985) ; 박일용, 「조 선후기 훼절소설의 변이양상과 그 사회적 의미(상), (하)」, 『한국학보』 51, 52집, 1988, 여 름, 가을) 등의 논문에서 이미 시도된 바 있다. 그러나 조선 초기 사대부일화의 '사대부 - 기 생 관계담'의 전개과정이란 맥락에서 구체적으로 분석한 방법론을 취한 경우는 없는 실정이 다. 그런 점에서 후고가 요청된다.

    이를 통해 조선 후기 야담계 작품들이 일상적 삶에 대해 진지하고 적극적인 관점을 취했음을 알 수 있다. 조선 후기는 인간이 자기 욕망에 대해 솔직해지고, 그 욕망을 충족시키기 위해 주체적으로 생각하고 적극적으로 행동하던 시기였다. 그것은 사회경제적 변화에 대응되는 의식적 변화의 소산이다. 현실에서 실제로 있었던 사건이나 인간형을 직접 수용함으로써 형성된 일화와 그것을 토대로 하여 형성된 소설은 그러한 정신적 분위기의 변화에 대해 다른 어떤 갈래보다도 민감했으며, 그 흔적은 내용면뿐만 아니라 서술형식 면에서까지 드러남을 지금까지의 논의를 통해 알 수 있었다. 그리고 이러한 변화의 조짐이 조선 초·중기 일화의 변모과정에서 싹트고 있었음을 확인할 수 있었다.

이 강 옥　영남대학교 교수

〈옥단춘전〉의 지인소설적 성격 연구

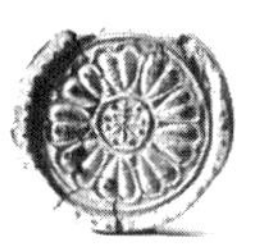 〈옥단춘전〉은 조선후기 〈춘향전〉과 함께 인구에 회자되었던 국문소설이다. 당시에 유행하던 여성지인담, 특히 기생계 여성지인담의 서사구조를[1] 충실히 반영하고 있으며 남녀의 관계 형성과 남성의 '반전'이 이루어지고 있어 여성지인담에서의 변이를 고찰하기에 적합한 소설이다.[2] 또한 〈옥단춘전〉이 여성지인담과의 관련성 및 소설적 변용의 문제가 어느 정도 해명되면 작품의 성격 등에서 '지인소설'이라는 새로운 시각을 제시하리라 생각된다.

Ⅰ. 연구사 개관과 문제점

〈옥단춘전〉은 주지하다시피 기생 옥단춘이 곤궁에 빠진 이혈룡을 구해주고 입신시키는 내용의 국문소설이다. 김태준이 〈춘향전〉에 버금가는 소설이라고

---

1) 기생계 여성지인담의 서사구조는 '被知人者(知人者)제시 (상황제시) - 지감에 의한 知人者의 피지인자 선택(知鑑선택) - 지인자의 피지인자에 대한 헌신(헌신) - 지인자의 이별과 기다림(이별) - 피지인자의 노력과 급제(지감 적중) - 피지인자의 탐색과 재상봉(재상봉) - 재상봉 이후 (후일담)'으로 이루어진다. 자세한 논의는 강영순, 『조선후기 여성지인담 연구』 단국대 박사논문, 1995, Ⅲ장 참조.

2) 여성지인담의 소설적 변용과 그에 따른 변이를 소설 〈빅년전〉에서도 고찰해 보았다.(강영순, 앞의 논문 Ⅳ장 참조) 이러한 〈빅년전〉에서 보인 소설적 변이가 〈빅년전〉에만 적용되는 것이 아니며, 지인담의 서사구조를 지닌 소설의 변용원리로 작용될 수 있는가하는 문제가 〈옥단춘전〉을 통해 다시 확인되기 바란다. 여성지인담의 소설적 변용의 대표적인 작품 선정 이유는 앞의 논문에서 거론하였다.

할 만큼 조선후기에 유행했던 작품이다.3) 그간 연구성과도 근원 설화, 작품의 성격, 작가의식 등에 관한 여러 방면의 축적이 있었다.4)

이중 작품의 근원설화는 꾸준한 관심사였다. 이는 설화의 소설화 과정을 밝히는데 중요한 관건이었기 때문으로 이해된다. 중국소설의 영향이나 민요 등이 거론되다가 이제는 다음과 같은 네 작품으로 집약되고 있다.5) 〈옥단춘전〉의 줄거리와 조금씩은 관련이 있으니 한 차례씩 검토해 보기로 한다.

① 〈李紅玉〉;『罷睡錄』의 〈柳也求乞完營得妓事〉
② 〈金書生과 朴書生〉;『夢遊野談』의 〈交道炎凉〉조.
③ 〈端川妓〉;『青邱野談』의 〈金丞相窮道遇義妓〉(金宇杭 설화)
④ 〈宣川妓〉;『溪西野談』·『青邱野談』·『東野彙輯』의 〈盧玉溪積〉 설화

①의 내용은 다음과 같다. 柳某라는 선비가 무명 시절에 딸의 혼수비용을 위해 면식 있는 完伯을 찾아갔다. 그러나 가보니 완백은 이미 체직되어 상경한 터였다. 영문 앞에서 망설이고 있을 때 李紅玉이라는 기생이 그를 데리고 가 딸의 혼수비용을 주어 보냈다. 그 뒤 선비가 출사해 완백으로 내려와 잔치를 베풀며 기생의 은혜를 치하하고 누만금을 주었으며 기생의 원대로 기적에서 빼주고 본 남편과 살게 해주었다.

인정 많은 기생이 곤란한 처지의 남성을 도와주고 후에 보은을 받는다는 내용이다. 그러나 그점 이외에는 〈옥단춘전〉과의 직접적인 관련성을 인정하기 어렵

---

3) 김태준,『조선소설사』, 청진서관, 1932 : 천태산인(김태준), 〈옥단춘전설고〉,『학등』18호, 1935.

4) 최운식, 〈옥단춘전〉,『고전소설연구』, 일지사, 1993, 480 - 491쪽 참조.

5) 김종철,「玉丹春傳」,『韓國古典小說作品論』(완암 김진세선생 화갑기념 논문집), 집문당, 1990; 이신성,「선천기이야기의 전개양상과 그 의미」,『일사 천두현교수 퇴직기념논문집』, 1991, 370쪽 참조; 박일용,『조선시대 애정소설』, 집문당, 1993, 282 - 295쪽 참조; 최운식,「玉丹春傳」,『古典小說研究』(황패강교수정년퇴임기념논총 Ⅱ), 일지사, 1993, 484쪽 참조; 이은숙,「신작구소설 이화몽의 창작방식」,『논문집』8집, 한국학대학원, 1993; 서대석,「문헌설화와 고전소설의 대비 연구 - 기녀담과 도술담을 중심으로 - 」,『한국문화』14, 서울대학교, 1993 참조.

다. 우선 남주인공과 친구는 결국 만나지 못하므로 서사적인 관계를 형성하지 못한다. 한편 기생과도 지인자와 피지인자의 관계를 형성하기는 해도 지속적인 관련을 맺는 것은 아니다. 이별과 탐색에 따른 시련과 시련 극복의 의미가 부가되지 않기 때문이다. <옥단춘전>이나 여성지인담과는 달리 여주인공이 지인자의 모습을 띠기는 해도 단순한 형태이고 그것도 보은담의 성격을 강하게 띤다. 또한 이 작품은 현재로서는 『파수록』에만 보인다. 『파수록』은 1742년의 화집이다.6) 이른 시기에 출현한 작품이지만 전승이 부진했다. 결국 '지감 - 지감적중'의 단순 여성지인담의 영향권에서 멀리 벗어나지 못한 작품으로 생각된다.

②의 내용은 다음과 같다. 金生과 朴生은 동문수학하여 정의가 깊었다. 한쪽만 부귀해지면 상대방을 평생 돕자고 맹서했다. 김생은 일찍 등과했고 박생은 낙척불우했다. 김생은 박생에게 근근히 녹봉을 나눠주었다. 김생은 평양감사가 되어 떠나가며 후대하겠다더니 부임해서는 소식이 없었다. 박생이 찾아갔으나 박대받고 귀로에 주점에서는 평양감사가 보냈다는 기생과 폭주한 뒤 정신을 잃었다. 깨어보니 기생은 간 데 없고 음낭에 작은 자물쇠가 채워져 있어 매우 불편했다. 서울 집에서는 박생이 죽었다며 평양감사가 보내온 관을 놓고 장례준비를 하고 있었다. 관에는 비단과 보물이 차있었고 맨 끝에 부인이 직접 풀라는 봉서와 함께 열쇠가 있었다. 후에 감사가 돌아와 이르기를, "작록도 없으면서 부귀를 누리면 오히려 재난을 당하는 법이니 고생 후 낙을 누리게끔 했다."고 말했다.

서로 우의를 다짐하는 도입부는 <옥단춘전>과의 유사성이 인정된다. 그러나 두 사람의 관계는 배신과 업보를 나타내지 않는다. 오히려 진정한 우정이 어디에 있는가를 보여주는 데 초점이 놓여져 있다. 뿐만 아니라 '붕우유신'의 주제를 표면에 드러내고는 있어도 현실 생활에서의 양반의 무능력을 역설적으로 표현한 작품이다. 기생의 존재도 보조인물의 성격에 지나지 않는다. 여성지인담의 서사구조가 전혀 이루어지지 않은 작품이므로 직접적인 관련성을 따질 수 없다.

③의 내용은 다음과 같다. 김우항이 딸의 혼수 비용을 위해 단천 태수를 찾

---

6) 이우성·임형택 역편, 『이조한문단편집 下』, 일조각, 1978, 444-445쪽.

아갔다. 박대에 분노하여 항의하다가 쫓겨나서 위태한 지경에 이르렀는데 이때 이를 지켜본 기생이 좇아와 김우항을 자신의 집으로 데리고 갔다. 후일 귀히 될 것이라며 결연하고 김우항이 구하는 혼수도 마련해 주었다. 후일 김우항은 급제하고 암행어사가 되어 거지 차림으로 기생을 찾아가니 여전히 환대했다. 기생의 충고로 단천 고을 원이 자진 퇴임토록 했다. 숙종이 김공의 이야기를 듣고 단천기를 데려오라는 명을 내렸다. 기생은 공과 부인을 잘 모시고 해로했다.

친구의 박대와 그에 대한 응보, 기생의 지감과 헌신, 남녀 주인공의 탐색과 재상봉 등의 화소가 〈옥단춘전〉과 일치한다. 학창 시절 친구와 함께 후일의 신의를 기약한 부분이 없기는 하지만, '평소에 친했다'는 설정에서 이미 전제되었다고도 볼 수 있다. 이 정도의 내용이면 근원설화로 검토해도 무리가 없을 듯하다.

④의 내용은 다음과 같다. 노진은 조고가빈하여 늦도록 혼사를 못했다. 당숙인 선천고을 원에게 혼사비용을 얻으러 갔다. 문지기에게 막혀 낭패를 당하고 있을 때 지나던 어린 기생이 보고는 자기 집에 찾아오라고 하여 결연했다. 기생이 모은 재산을 주면서 10년 안에 대귀하게 될 터이니 그때까지 기다리겠노라고 했다. 노진이 돌아와 혼인하고 급제했다. 수의사또가 되어 선천으로 찾아와 어느 암자에서 결신수행하고 있는 선천기를 만나 해로했다.

③과 비교한다면 친구 사이의 관계가 숙질 간으로 바뀌었다. 따라서 박대는 있어도 그에 대한 응보는 나타나 있지 않다. 그 나머지 기생의 지감과 헌신, 남녀주인공의 탐색과 재상봉 등의 화소는 유사하다. 친구의 배신과 그에 대한 응보를 제외하고는 주요 부분에 있어 〈옥단춘전〉과의 상관성을 인정할 수 있다.

이상의 내용을 통해 볼 때 근원 설화로서 보다 중시되어야 할 작품은 ③④이다. 여러 연구자들의 견해 또한 이들 작품에 초점이 모여지고 있다. 서대석과 김종철과 이은숙은 ③을 근원 설화로 보았다. 그러나 김종철은 약간의 유보 사항을 두어 이후 연구와 관련된다. 즉, ③이 근원 설화에 가깝기는 해도 그 자체가 근원 설화라기보다는 ③과 동일한 계통으로서 선행하는 설화가 구전되다가 야담집에 정착되는 과정에서 ③과 같은 한문단편 소설로 발전하기도 하고 한편으로는 국문소설 〈옥단춘전〉에 영향을 끼쳤다고 했다.7) 그후 이신성은 ④에 박대 구조가 삽입되어 ③이나 〈이만웅 소실〉 〈경주기〉가 되었으며 이것이 소설화하여 〈옥단춘전〉이 되었다 했다.8) 최운식은 ③④가 함께 영향을 주었다고 하였으며,9) 박일용은 여기에 ②가 결합했다고 했다.10)

여기에서 주목되는 바는 김종철이 지적한 바 '③계통의 선행 설화'의 존재이다. 그에 대한 구체적인 대답을 일단 이신성이 마련했다 할 수 있다. 이신성은 결국 ④ → ③ → 〈옥단춘전〉의 계보를 주장한 셈이기 때문이다. 또한 이신성의 논의는 〈옥단춘전〉의 근원 설화를 ③④의 택일로 정하려는 기존의 연구 태도를 벗어나 ③과 함께 〈이만웅 소실〉, 〈경주기〉를 일군의 야담작품군으로 설정했다는 점 때문에 연구사적 의의가 높다. 그러나 그들을 유형화하여 이해하기보다는 작품의 영향 관계를 단선적으로 파악한 점이 아쉽다.

작품의 영향 관계를 단선적으로 이해한다는 것은 무리가 뒤따른다. 〈옥단춘전〉의 근원 설화에서도 그 점은 마찬가지이다. ③④ 작품은 〈옥단춘전〉을 기준으로 놓고 본다면 ③이 ④에 비해 더 많은 친연성을 지니고 있고 설화적인 측면에서도 더 복잡한 화소를 지니고 있는 것이 사실이다. 그러나 유사한 서사구조를 지닌 작품군을 유형적으로 이해할 때 그같은 설명이 더욱 계통적으로 설명될 수 있다. ③과 〈이만웅 소실〉, 〈경주기〉는 물론 ④까지를 포함하여 이들은 모두 전형적인 여성지인담의 서사구조를 지니고 있다. 뿐만 아니라 ④는『동패낙송』에 대표적인 여성지인담 類話인 〈일타홍〉, 〈급수비〉 등과 함께 수록된 이래 20여 편 이상의 話集에 전승된 작품이다. 그에 비해 ③은 현재로서는 1843년『청구야담』에 최초로 모습을 보인다. 그 후『금계필담』과『조선해어화사』에만 수록되어 전승됐다. 그만큼 ③의 배후에는 ④의 폭넓은 전승이 존재했었고,

---

7) 김종철, 앞의 논문, 616쪽 참조.

8) 이신성, 「선천기이야기의 전개양상과 그 의미」, 『일사 천두현교수 정년퇴직기념 논문집』, 1991, 370쪽 참조.

9) 최운식, 앞의 논문 484쪽 참조.

10) 박일용, 『조선시대 애정소설』, 집문당, 1993, 281쪽 참조.

또 그 배후에는 여성지인담의 전통이 자리잡고 있었다고 할 수 있다. 따라서 〈옥단춘전〉의 분석에 있어서도 여성지인담의 소설적 변용에 초점을 맞추어야 더 생산적인 논의가 이루어지리라 본다.

Ⅱ. 〈옥단츈니지상긔봉〉의 이본적 특징과 여성지인담적 성격

〈옥단춘전〉은 현재까지 필사본 10종과 활자본 15종이 보고되어 있다. 그러나 본고에서는 새로운 자료 〈옥단츈니지상긔봉〉을 주 대본으로 하여 〈옥단춘전〉에 대한 '여성지인소설'로서의 면모를 살펴보고자 한다. 연구사 개관에서 살폈듯이 〈옥단춘전〉의 연원과 형성에 있어 여성지인담의 존재는 매우 중요한 것이다. 본 자료는 이제까지의 이본 중 여성지인담의 전통을 가장 충실하게 반영하고 있는 작품이라 판단된다. 다른 이본은 논의 전개상 필요에 따라 언급하기로 한다.

〈옥단츈니지상긔봉〉은 단국대 율곡도서관에서 새로 구입한 古書이다. 가로 20센티 세로 30센티 크기의 22장 분량의 필사본이다. 뒷부분에 〈위문셩녹원〉이 합철되어 있다.

〈옥단춘전〉의 이본은 대개 두 종류로 대별된다. 필사본과 구활자본이 그것이다. 이중 일부 필사본이 활자본 및 활자본과 유사한 내용을 지닌 필사본들보다 선행하는 특징을 지니고 있다.11) 〈옥단츈니지상긔봉〉은 이른바 '선행 필사본'들과 공통점을 지니고 있음이 주목된다. 그 특징을 열거하면 다음과 같다.

> (a) 숙종대왕 즉위 초에 명재상 김정성과 니정승은 서로 厚誼 돈독했다.
> (b) 무자식 탄식의 대목이 없다.
> (c) 김정성 태몽 뒤에 김진회(김진호)12)가 태어나고 이정승 태몽 뒤에 이현용이 태어난다.

---

11) 김종철, 앞의 논문, 603-615쪽 참조.
12) 남주인공의 이름이 김진회와 김진호로 혼용된다. 전반부에서는 대개 김진회로, 후반부에서는 김진호로 불린다. 본고에서는 '김진호'로 칭한다.

(d) 이현용에 대한 인물 소개가 자세하다.

(e) 니정승 득병 후 별세하므로 이현용의 가세 곤궁해 진다. 김정성의 생사 여부는 나타나지 않는다.

(f) 이현용이 평양감사 김진호를 찾아가서 만나고자 하는 노력이 구체적이고 간절하며 이를 거절하는 관속들의 이유가 제시된다.

(g) 옥단춘이 이현용을 보고 느낀 지감이 상세하다.

(h) 옥단춘이 사공에게 살려주기를 부탁한다. 이어서 옥단춘이 김진호를 백사장에서 바로 구하는 장면으로 연결된다.

(i) 그뒤 사건이 앞으로 거슬러 올라가 대동강물에 빠지러 가는 이현용의 자탄이 있으나 간략하며 '男兒何處 不相逢하리오'라는 뱃사공과의 대화가 없다.

(j) 옥단춘의 권주가가 없다.

(k) 암행어사로 가서 대동강 위에서 옥단춘이 먼저 물에 빠지려하자 말리며 하는 이현용의 사설이 장황하다.

(l) 어사출도 후 옥단춘의 노래가 상세하며 작가 의식이 드러난다.

(m) 김진호 삼천리 정배보내다.

(n) 모친은 충열부인, 부인은 정경부인, 옥단춘은 정열부인 가자 받고 자식 낳고 사는 후일담이 길다.

(o) 필사자 후기가 있다.13)

본 이본의 내용적 특징을 활자본 계통에서 제일 먼저 출간된 박문서관본 활자본과 비교해 보면 다음과 같다.

	옥단츈전니지상긔봉	박문서관본 옥단춘전
①	숙종 대왕 즉위 초 김정셩, 이정승	숙종대왕 즉위 십년 간 김정, 이정
②	무자식 탄식 없음	무자식 탄식 있음
③	서울 경니골, 거산골	황성
④	김진회, 이현용 백호·청룡 태몽	이혈룡, 김진희 백호·청룡 태몽
⑤	이정승 별세(김정셩 언급 없음)	이정, 김정 동시 별세

13) "임슐 졍원(sic월) 십슘일의 종필ㅎᄃ. 안혼(온) 장신(sic정신) 간부지 못ㅎ긔로 글씨 흉필 괴괴ㅎᄃ. 어미 필작 ᄃㅎ시니 너 수즁의 앗거두고 보아라. 단권 칙으로 보암죽 ㅎ니 앗거보라. 먼 ᄉ분(sic사둔)들 보시면 비슈ㅎ실 듯ㅎᄃ."

	옥단츈전니지상긔봉	박문서관본 옥단춘전
⑥	민요 없음	호장 수노들의 노래 "춘아 춘아 옥단춘아 버들입혜 세단춘아"
⑦	"고은 의복 니여 입고 관풍각을 드러가이"	"광풍객 모양으로 드러가는"
⑧	이현용을 위한 옥단춘 권주가 없음	권주가 있음
⑨	김진호 정배	김진희 천벌 받아 죽음
⑩	필사자 후기가 있음	없음

그러나 본 이본은 선행 필사본들과도 차이를 보인다. 주로 여성지인담으로서의 구조를 충실히 반영하고 있으며 특히 기생계 여성지인담으로서의 면모를 충실히 반영한다는 점 때문에 그렇다. 본 이본의 내용을 서사 단락별로 분석하여 여성지인담의 구조와 비교해 보도록 한다.

① 피지인자제시; 이정승의 아들 이현용은 김정승의 아들 김진호와 우의 돈독한 사이이다. 그러나 이정승의 별세로 가산이 탕패하여 이현용의 생계가 곤궁했다.

② 지인자의 피지인자 선택; 평양감사 김진호에게 도움을 청하러 간 이현용은 도리어 죽음의 위기에 놓인다. 옥단춘이 그의 비범함을 알고 구해주고 결연했다.14)

③ 지인자의 헌신:
　(1) 이현용을 극진히 봉양하며 과거보기를 권했다.
　(2) 이현용의 서울집에 재산을 보내 생계를 도모해 주었다.

④ 지인자의 이별(시련); 과거를 위해 이별한 후 다시 만날 날을 학수고대했다.

⑤ 피지인자의 급제(지감적중); 급제하여 암행어사 제수받았다.

⑥ 피지인자의 탐색과 재상봉:
　(1) 거지차림으로 옥단춘을 찾아가 진심을 떠봤다.
　(2) 김진호가 옥단춘과 이현용을 대동강에 수장하러 갈 때도 옥단춘은 이현용의 구명을 간청했다.
　(3) 김진호를 징치하고 정배 보냈다.

⑦ 후일담; 정렬부인이 되고 1남 3녀를 낳다. 공후장상이 떠나지 않고 복록이 무궁했다.

---

14) 박문서관본 류의 활자본 등 후대본에서는 옥단춘의 지감이 약화되고 '동정심'이 함께 표현된다.

이같이 기생계 여성지인담의 서사 단락에 의거해 〈옥단춘니지상긔봉〉을 나누어 본 결과 ③⑥이 두드러짐을 알 수 있다. 지인자의 헌신과 재상봉 과정이 단순하게 이루어지지 않는다는 의미를 지닌다. 지인자의 시련이 거듭되면서도 피지인자에 대한 정의와 배려가 깊게 작용함을 보이고 있다. 그러나 기본적인 서사구조는 여성지인담과 동일하다. 본 절에서는 우선 여성지인담과의 공통 서사 단락을 중심으로 그 의미를 살펴보기로 한다.

①은 이현용에 대한 배경과 소개가 상세하여 여성지인담의 '피지인자 제시' 단락을 충실히 반영한다.

> 쳔고 옥인군ᄌ랄 탄싱ᄒ니 졈졈 ᄌ라미 긔골쟝ᄃ너ᄒ고 의ᄉ ᄲ혀여나 션풍도골니요 일셔 옥인군ᄌ라 효힝은 공밍각고 충의ᄂ 의빅을 압두ᄒ어 문쟝지화 만고 무상ᄒ니 …

그에 비해 김진호는 출생 시에 '귀ᄂ뉴ᄌ'라고만 소개된다. 물론 두 사람이 태어날 때 부모들이 각각 청룡 또는 백호의 태몽을 꾼 것은 두 사람의 관계가 순탄치 않음을 암시한다. 그중에서도 달려드는 백호를 청룡이 물에 빠뜨리고 승천한다는 내용은 어느 한 쪽의 승리로 귀결됨을 암시하여 작품의 초점이 친구 관계인 두 남자에 있다기 보다는 이현룡에 놓여 있음을 초두부터 분명하게 암시했다. 또한 〈옥단츈니지상긔봉〉에서는 이현용의 불우낙척한 이유가 가문적 배경이 되었던 부친의 사망 때문임을 분명히 제시하여 여성지인담에서 요약한 '조고가빈'한 남성의 상황을 충실하게 묘사했다. 이는 활자본에서 두 재상이 다 같이 죽는 것으로 설정한 것과는 다른 상황이다. 활자본의 경우는 두 친구의 관계가 그만큼 비슷하고 밀접하다는 것을 강조한 데 비해, 〈옥단츈전니지상긔봉〉에서는 남주인공이 친구와는 다르게 애초의 환경에서 도태되어 열악한 환경에 처하게 됨을 말해준다. 따라서 후자의 이본에서는 친구 중 한 사람이 상층 양반의 처지에서 하층민의 지위로 몰락함으로써 이른바 양반층의 분화와 대립이라고 하는 작품의 사회적 의미를 여실히 드러내고 있다.15)

---

15) 김종철, 앞의 논문, 628쪽 참조.

결국 서사적 주인공의 최초 상황은 재주가 세상에 드러나지 않을 뿐 아니라 '살아날 길이 전혀 없는' 처지에서 출발하는 셈이다. 그러나 몰락했을망정 양반이라는 신분은 하나의 잠재 형태로 남아 있다. 작품의 시작이 부친들의 소개에서부터 출발하고 태몽을 통해 주인공과 경쟁 상대역이 소개되는 것은 주인공의 잠재력을 상징한다. 이것은 고전소설에서 흔히 등장하는 천상계적인 설정과는 종류가 다르다. 비록 2대 만에 몰락된 것이므로 소설적 과장이 나타나 있기는 해도 이러한 작품의 시작은 주인공의 현실 상황을 총체적으로 표현한 것이라 할 수 있다. 이후 주인공은 친구가 소년등과하여 평양감사로 부임했다는 소리에 평양행을 결심한다. 그런데 〈옥단츈니지상긔봉〉에는 활자본 종류에서처럼 팔자와 처지를 한탄하며 통곡하는 사설이 없다. 오히려 모친의 푸념16)을 위로할 줄 아는 중심이 꿋꿋한 인물이다. 이러한 이현용의 모습도 '피지인자 제시'의 측면에서 그의 인물됨이 가능성으로 제시되었다 할 수 있다.

②의 핵심은 이현용이 옥단춘을 만나는 장면이다. 물론 김진호의 배신이 그러한 만남을 매개하지만, 그것은 남주인공의 처지가 더욱 험난한 상황에 놓이게 하는 사건으로서 기능한다. 〈옥단춘니지상긔봉〉에서는 이현용이 평양감사를 만나려고 노력하는 데 대해 관속들이 통기를 못하는 이유를 비교적 합리적으로 드러낸다. 남주인공은 우선 거처를 정한 후 승방을 불러 통지를 청한다. 그 대목을 보자.

> 승바(sic방)을 불너 통지랄 청하이 딕왈, "신관사쏘 閤禁 절저럼(sic저처럼) 하시기로 무가너하(無可奈何)이 그런 말삼 다시 마로며" 두손을 홰저서 니다라나거늘, 다란 관속을 불너 다시 관청흐되 송시(sic終始) 듯지 아이하고 ….

졸개들의 행동으로 보아서는 평양감사가 유독 남주인공에게만 면회사절을 명했다고 보기는 어려울 듯하다. 벌써 여러 번 다른 손님들이 다녀가서 그때마다 사또에게 혼줄이 난 관속들이 이같은 태도를 취한다 할 수 있다. 물론 이후에

---

16) "나난 엇전 신수로 자식 흔기을 두워두가 부귀는 고사하고 악의 악식도 임의로 못흐니 …… 엇지 익답고 통분치 아이하리요"라고 했다.

관속들에게 사또와 죽마고우며 결의형제라고 말하기까지 하고 수일 후 다시 찾아가 사정을 해도 그들의 태도가 마찬가지라고 할 때는 다른 의미가 부가된다. 이미 평양감사로부터 특별 명령이 내려졌고 친구의 배신이 확인된다고 하겠다. 이현용은 그래서 결국 유리걸식하는 처지가 된다. 몰락한 양반이라고 하는 최초의 상황보다 더욱 악화된 셈이다.

그 이후의 줄거리도 자못 상세하다. 남주인공은 평양감사가 대연을 베푼다는 소문에 다시 찾아가 결국 친구를 만나게 된다. 활자본에서는 박대하는 평양감사에게 '나같으면 돈백이나 주어서 보낼텐데'라고 은근히 도움을 간청한다. 두 친구의 처지를 극적으로 대비하고 있다는 점에서는 효과적이겠지만, 남녀 주인공의 상봉이 본 대목의 가장 핵심이라고 할 때 지나친 설정이 아닐 수 없다. 〈옥단츈니지상긔봉〉에서는 남주인공이 평양감사에게 비굴한 모습을 보이지 않는다. 이때 수청기생 옥단춘이 이현용을 알아보는데, 특히 본 이본의 이 대목은 '지감 선택'이라고 하는 서사단락의 의미를 잘 구현하고 있다. 그 지감의 내용을 살펴보자.

> 비록 의복언 남누ᄒ나 빅옥(白玉)니 塵堆의 뭇침 갓트여 웅위ᄒ 긔상니 진짓 옥인 군즈라. 그러ᄂ 아즉 ᄲᅦ를 만ᄂ지 못ᄒ고 범니 바람을 짓지 못ᄒᄂ 형셩이라. 심즁의 가장 휴탄ᄒ니 …… 무죄ᄒ 인명을 비명횡ᄉ홈을 보고 구치 ᄋ니ᄒ면 ᄉ람의 일 아니라.

자신의 육안으로 이현용의 비범함을 간파한 내용이다. '진퇴에 묻혀 있는 빅옥' '바람을 짓지 못하는 범의 형상'[17]이라는 표현은 잠재력 있는 남주인공의 모습을 집약한 비유적 상징이다. 이러한 표현 방식은 관상에서 흔히 쓰인다. 여성 지인담에서 흔히 관상어를 차용하던 직접적인 표현이 〈옥단츈니지상긔봉〉에서는 문학적으로 다듬어졌다 할 수 있다. 이 부분을 또 다른 이본인 〈니어사전〉(나손문고본)에서 비교 해본다.

---

17) 『周易』에 "雲從龍 風從虎"라는 문구가 있다. 범은 바람을 앞으로 하고 목표물에 접근해서 자기 냄새를 상대방이 맡지 못하도록 한다고한다. 여기서는 그렇지 못한 상황을 나타내므로 아직 때를 만나지 못한 영웅의 기상을 암시한다.

> 이젹의 수쳥기싱 옥단츈이 그 스람을 잠간보니 의복은 남누ᄒ나 용모난 비상훈지라 후일의 귀히 될거시니 져 스람을 구온ᄒ리라

여기서는 '지감 선택'만이 요약적으로 드러나 있다. 그에 비해 〈옥단츈젼니지상긔봉〉에서는 지감의 실체를 분명하게 밝히고 있는 셈이다. 더구나 중요한 것은 인도주의에 입각한 명분까지 부가적으로 제시했다는 점이다. 관상뿐만 아니라 인간적 도리로서 곤궁한 처지에 빠진 사람을 구원해야 한다는 점을 강조한 것에 주목해 볼 필요가 있다. 이것은 김진호의 배신과 선명한 대비를 이룬다. ①에서부터 강조되었던 피지인자의 삼재력이 친구에 의해서는 철저하게 거부되는 한편 생면부지의 기생에게 의외로 인정받는다. 이러한 판이한 성격의 배반과 만남은 ①에서 제시된 전제의 가시화이자 갈등의 시작이다. 비범한 안목을 지니고 있는 여성과 잠재력 있는 남성이 결합한다는 것은 그 잠재력의 증대를 의미하기도 하겠지만, 그것은 평양감사라고 하는 기득권자에게 배척당함으로써 얻어진 부산물이기도 하다. 따라서 이제부터 당분간은 잠재력의 확대 이면에서 시련의 가능성이 함께 증폭될 수밖에 없다. 수청기생인 옥단춘이 사람의 도리를 운운한 것은 바로 평양감사에 대한 도전이자 이현용에 대한 호감의 또 다른 표현이다.

지인자의 지감선택은 단순한 예언이 아니다. 이는 여성지인담에서 이미 확인된 바이다. ③④는 '지인자의 헌신과 시련'이라는 의미를 지닌다. 옥단춘은 이현용을 구해 자신의 집에서 봉양한다. 그리고 이현용 모르게 많은 재산을 서울로 보내 모친과 가족이 호사롭게 살도록 구처했다. 일년이 지난 어느 날 과거를 권면하며 치행해 준다. 이별할 때 옥단춘은 이현용에게 다음과 같이 '권면하는 말'을 한다.

> 과거을 보오시면 입신양경(sic양명)ᄒ야 타일의 영화롱(sic로) 뵈올터이니 염여 마라시고 가스이드. …… 금일 이별이 셥셥ᄒ오나 후일 영화로 만날 거시니 조곰도 셥셥이 아지 마옵시고 힝도의 진중ᄒ옵소셔. 타일 평양으로 잘(sic올) 願을 가지고 귀인의 힝츠로 오실 쩌의 쳡이 문의ᄂ 마즈이드.

구사일생으로 살아나 기생에게 얹혀 사는 신세이니 집으로 돌아 갈 면목조차 없는 이현용에게 옥단춘은 희망을 심어준다. 그러나 그것은 단순한 격려의 차원이 아니라 일종의 지감에 의한 확신이라 할 수 있다. 물론 여기서는 여성지인담에서처럼 '10년안에 귀히 될 상'18)이라며 오랜 이별을 기약하거나 '10년간 글공부'19)라는 의미를 부가하지는 않는다. 입신양명에 관련하여 이미 서두에서 이현용은 '文章才士'라고 소개되었으며 이현용이 돌보아야 할 가족도 옥단춘이 이미 구처해 놓고 있는 상태이다. 이현용에게는 급제할 일만 남은 셈이다.

⑤에서는 피지인자의 급제가 이루어지는 단락이다. 이는 바로 '지감적중'의미를 지닌다. 이현용은 귀경하여 옥단춘이 일러준 대로 '셔문 밧긔 경긔 가여(京畿監營) 압피 이션부 퇵(宅)'을 찾아간다. 바로 자기 집이었다. 그제서야 옥단춘의 배려인 줄 깨닫는다. 평양감사의 은덕인 줄 알고 있는 가족에게 이현용은 그간의 사정을 실토한다. 그를 통해 지인자와 피지인자의 관계가 가족 단위의 차원에서 정식으로 인정된다. '妓生系' 여성지인담의 대표적 類話인 〈一朶紅〉에서 여주인공 일타홍이 남주인공 심희수의 가족까지 건사하는 과정에서 가족의 일원으로 자연스럽게 받아들여지는 것과 매우 유사하다.

이현용은 장원급제하여 한림학사를 제수받는다. 이때 임금께 상소를 올려 평양의 사정을 말하니 임금이 封書 세 장을 하사한다. 한편 활자본에서는 상소의 내용을 확대 부연하고 있어 주목된다. 즉, 평양감사의 소행이 친구 사이에서 일어나는 배신의 문제로 그치는 것이 아니라 백성에 대한 학정에까지 연결되는 것으로 설정하고 있다. 암행어사 제수의 명분이 합리적인 셈이다. 그러나 단계적으로 뜯어보라고 한 봉서 석 장의 핵심은20) 지인자 옥단춘이 있는 고장으로 되돌아가게 해 준다는 데 있다. 물론 '붕우지도'라고 하는 인륜을 선양한다는 의미도 있지만, 남녀간의 애정이라고 하는 또 다른 형태의 신의를 극적으로 확인하

---

18) 구체적으로 〈宣川妓〉〈汲水婢〉 등에 그러한 표현이 나온다.

19) 구체적으로 〈高庾 妻〉에 그러한 표현이 나온다.

20) 첫째 봉서의 내용은 평양 지역 암행어사 제수, 둘째는 김진호의 봉고 파직, 셋째는 이현용의 평양감사 제수이다.

게 하는 재상봉의 의미가 더 크다. 이에 비해 〈일타홍〉과 같이 징치의 대상이 없는 기생계 여성지인담에서는 지인자의 고향으로 고을 원이 되어 가는 것으로 설정되어 있어 금의환향의 의미가 확대되어 있다. 또한 〈단천기〉〈경주기〉〈이만웅 소실〉과 같은 여성지인담에서는 피지인자가 급제 후 임금과 문답을 나누면서 임금이 고담이나 민정을 듣기 원할 때 자신이 겪은 일을 이야기함으로써 봉서 석 장을 받아 암행어사에 봉해진다. 〈옥단춘전〉에 비해 현실감이 있는 설정일지는 몰라도 제수하자 마자 직접 상소하여 암행어사가 되는 〈옥단춘전〉의 내용이 더 극적인 구성이라 할 수 있다. 소설에서는 야담에 비해 신의의 회복이라고 하는 명제를 더욱 적극적으로 추구하고 있는 셈이다.

⑥은 탐색과 재상봉 단락이다. 피지인자가 급제 후 거지행세를 하고 옥단춘을 찾아간다. 이것은 남녀의 결연이 지감과 잠재력이라는 조건 對 조건의 단순 결합이 아님을 보여준다. 이러한 탐색 과정이 있으므로 해서 여성의 성취 동기와 남성의 잠재력 발현이라는 애초의 주제가 남녀 사이의 애정이라는 새로운 주제로 전환된다. 〈옥단츈니지상긔봉〉에서는 거지꼴로 나타나 거짓 변명하는 이현용에게 옥단춘은 다음과 같이 마음을 녹여 준다.

> 춘이 왈, "남아 궁다(窮達)리 쩌ㄱ 잇사오이 엇지 일시 군곤(窘困)을 한ㅎ리요? 과거난 국연(sic今年) 분(sic쑌) 안이요, 이 무어시 늣사오릿ㄱ? 늬 집의 오시기랄 붓그러 하시어 장부의 뜻시 적사오며 첩을 범면(氾然)이 아리심이랄." 하고 수월 그리던 정회을 담논하야 희롱 층양업더릭.

이러한 대목은 남성의 처지와는 무관하게 여성이 변함없는 태도를 묘사한다. 이는 여성의 지감 선택이 단순한 잠재력의 예견이나 적덕 이상의 의미를 지녔음을 암시한다. 물론 과거에 대한 가능성을 포기하는 것은 아니다. 그러나 더 중요한 것은 탐색을 통해 두 사람 사이에 내재하는 상대방에 대한 애정, 즉 '그리던 정회'을 확인하게 되는 것이다.

⑦은 평양감사 제수 이후의 내용에 해당된다. '후일담'의 성격을 지닌다. 대부분의 여성지인담에서는 남성의 벼슬이 어디까지 이르렀다는 표현을 통해 행복

한 결말을 대신한다. 이에 비해 〈옥단춘전〉에서는 후일담이 분량적으로 늘어나 있다. 고전소설의 행복한 결말에 어울리게끔 남녀 주인공이 부귀영화와 행복을 누리며 사는 모습을 구체적으로 묘사한다. 이 부분에서는 선행 필사본들과 동일하게 이현용의 모친과 부인, 그리고 옥단춘이 '加資'를 받는다. 모친은 충열부인, 부인은 정경부인, 옥단춘은 정열부인이다. 모두 내명부 품계를 받는 것이고 더구나 기생이 그러한 지위에 올랐다는 것이 후일담으로 특기할 만한 내용이다. 뿐만 아니라 이현용이 평양감사로 선치를 잘한 것도 '처의 勝德'이라 하였다. 이후 대미를 다음과 같이 처리했다.

> 장(sic정)경부인은 삼남일여랄 두시고 정열부인은 일남일여랄 두어시니 기기(頎頎)이 옥골선풍이라. 공후중산(sic상) 쩌느지 안니ᄒᆞ고 복녹니 무궁ᄒᆞ야 경힝(京鄕)의 유명(sic명)ᄒᆞ더라.

옥단춘이 소실로서 본부인과 원만한 관계를 유지했고 자식도 출생하여 훌륭하게 키웠다는 말이다. 그리고 이상의 옥단춘 이야기가 전국적으로 유명하다고 했으니 실사담 같이 결말을 꾸몄다 할 수 있다.

〈옥단춘전〉의 여성지인담적 성격은 이상의 서사단락을 통해 전반적으로 확인된다. 한편 한 두 類話는 구체적인 화소에 있어 〈옥단춘전〉과 매우 높은 친연성을 보여준다. 이러한 점은 그간 연구에서 이른바 〈옥단춘전〉의 근원 설화로 거론되었던 〈단천기〉(김우항 설화) 〈선천기〉(노진 설화) 이외의 작품에서도 더 확인된다. 주인공에 대한 남성의 배신과 여성의 신의 등이 유사하게 설정되어 있을 뿐만 아니라 여성의 시련과 재상봉이 더욱 극적으로 설정되어 있는 여성지인담으로는 〈이만웅 소실〉21)이 있다. 내용은 다음과 같다.

> 감사 李萬雄은 등과 전에 몹시 가난하였다. 한편 어느 무변이 자기 관상을 보니 임지에서 어사에게 죽을 相이었다. 영흥부사로 가는 중 喪主인 이만웅을 보았는데 머지 않아 어사가 될 相이었다. 무변은 이만웅에게 자신을 찾아오라고 하였다. 이만웅이 영

---

21) 『이조한문단편집』 상, 296-302쪽에서는 〈관상〉으로, 이신성은 앞의 논문에서 〈常女 이야기〉라고 제명하였다.

홍에 당도하였는데 영흥부사가 다시 보니 어사가 될 상이 아니어서 박대하고 내쫓았다. 이만웅은 죽음을 기다리며 엄동설한에 떨고 있는데 한 시골 노파가 딸을 데리고 지나다 구했다. 이만웅은 노파의 딸을 소실로 맞이했다. 재산을 얻어 귀경하여 결국 급제했다. 한림으로 경연에서 고담 듣기를 청하는 임금에게 영흥에서의 일을 말했다. 임금으로부터 봉서 석 장을 받고 암행어사가 되어 영흥에 갔다. 거지 차림으로 소실에게 가보니 소실은 자신을 구해준 벌로 기적에 올라 관청에서 茶母 노릇을 하고 있었다. 소실을 만났는데 여전히 환대하였다. 어사출도하고 영흥부사가 되었으며 소실은 어명으로 둘째 부인이 되었다.22)

〈이만웅 소실〉은 현재 열편의 화집23)에서 발견된다. 〈이만웅 소실〉의 구성은 〈옥단춘전〉과 매우 중요한 측면에서 일치한다. 죽마고우라고 하는 친구가 〈이만웅 소실〉에서 우연히 만난 사람 사이로 설정된 것은 그리 중요한 차이가 아니다. 오히려 〈이만웅 소실〉에서는 신의를 자기 편리한 대로 저버리는 기득권자의 배신 행위를 더 효과적으로 드러내고 있다. 따라서 같은 양반층이라 하더라도 주인공처럼 몰락한 선비층과, 관리로서 기득권을 지니고 있는 계층 사이의 괴리감을 선명하게 표현해 내고 있다.

한편 기득권층의 배신은 소외된 계층으로서의 피지인자와 지인자를 만나게 하는 계기로 작용하는 것도 두 작품에서 동일하다. 그런데 〈이만웅 소실〉에서는 지인자의 시련이 일반 여성지인담에서보다 더 절실하게 설정되어 있다. 옥단춘이나 이만웅의 소실은 피지인자로 인하여 죽음에 처해지든가 혹은 茶母24)라고 하는 관청의 노비가 된다. 그러나 〈이만웅 소실〉에서는 배신과 신의의 관계를 좀 더 분명하게 규정짓고 있다. 배신의 행위를 한 영흥부사는 한편으로 일반 백성에게 불법적인 짓까지도 서슴지 않았는 데 비해, 딱한 사람을 구제했던 소실은 그 인연 때문에 고난까지도 감내해야 하기 때문이다. 불의한 기득권자는 단

---

22) 『原本 東野彙輯·上』(대판본), 616쪽, 〈繡衣給訪茶母家〉

23) 『동패낙송』 정명기본, 연세대본, 동양문고본, 이대본, 임형택본. 『기문총화』 서울대본. 『동야휘집』 대판본, 경북대본, 서울대본. 『계압만록』 등 10편이다. 『이조한문단편집』 상, 〈관상〉에 의하면 『기관』에도 수록되어 있다고 한다.

24) 茶母란 관비 중 차를 담당하는 여자.(김용숙, 『조선여속사』, 민음사, 1989. 275쪽 참조)

순히 윤리적으로 문제가 될 뿐만 아니라 일종의 범법 행위를 저지르고, 반대로 소박한 백성은 선량한 데서 한 발자국 더 나아가 불의에 맞서고 있는 셈이다. 신의가 없는 사람이 악한 일을 저지르면서 자기 자리를 고수하는 반면 미천한 사람이 보다 의로울 수 있다는 논리가 잘 드러나 있다. 따라서 封書 석 장의 암행어사 제수 내용이 더욱 설득력을 얻게 된다. 또한 〈옥단춘전〉에서 이현용이 상소를 올리면서 백성과 관련하여 김진호를 문제삼은 것도 이 같은 설득력의 차원에서 이해할 수 있다. 그러나 〈옥단춘전〉에서는 〈이만웅 소실〉에 비해 친구간의 신의라는 윤리적인 측면이 상대적으로 강조되어 있다 할 수 있다.

여성지인담 중에서 〈이만웅 소실〉은 여성지인자의 시련만 보일 뿐 헌신이나 권면의 말들이 미미하거나 드러나 있지 않다. 이는 어머니의 등장으로 여성의 역할이 분산되었기 때문이다. 그러나 이본 중에 기생계 여성지인담의 구조를 충실히 반영하면서 보다 〈옥단춘전〉에 근접한 각편이 있어 주목된다.

> 옛날 관상 잘 보는 어느 사람이 자기 상을 보니 北靑府使에게 죽을상이었다. 북청부사 자리를 구해 임지로 가던 중 어느 喪主를 보니 바로 자기를 죽일 사람이었다. 상주에게 상채를 갚아 준다며 북청으로 오라 했다. 상주가 북청에 당도했는데 북청부사가 다시 보니 相格이 바뀌어 전날의 상이 아니었다. 박대하자 상주가 노하여 항의했다. 북청부사는 상주를 죽도록 때린 후 끌고 나가 매장하도록 시켰다. 옆에 있던 기생이 보니 상주의 상이 貴相이었다. 관노들을 매수해 자기 집으로 데려다가 소생시켰다. 기생은 귀히 될 것이라면서 급제 후 만나자며 후일을 기약하고 상주를 떠나 보냈다. 상주가 귀가해 보니 기생이 보내 준 돈으로 자기 집은 부자가 되어 있었다. 밤낮 면학에 힘써 급제했다. 홍문관 입직시에 임금에게 북청에서의 일을 아뢰자 봉서 석장을 주었다. 상주는 어명에 의해 북청부사가 되어 前官을 타살하고 그 기생은 부실로 삼았다.25)

여성지인자가 기생으로 등장하며 사회적인 문제의식보다는 여성지인담의 설정에 보다 충실했다. 전임 북청부사는 남성과 여성의 지감선택과 재상봉을 더욱 흥미롭게 하는 극적 요소이다. 그런데 남성이 당하는 수난이 〈옥단춘전〉의 이혈룡과 비견되게 죽음의 문턱까지 극대화된다. 또한 귀가후의 남성의 가족들까지

---

25) 『雞鴨漫錄』, 『韓國野談資料集成 8』, 228쪽부터 참조.

구처하는 기생의 조치 역시 옥단춘과 동일하다.

한편 죽마고우로서 우의를 다짐하며 먼저 급제하는 사람이 그렇지 못한 쪽을 구제하자는 '약속'의 화소는 〈경주기〉에 보인다. 이는 〈단천기〉, 〈선천기〉에도 보이지 않는 것이다. 〈경주기〉의 개요를 소개하면 다음과 같다.

> 서울에 두 서생이 있었는데 친형제처럼 지내며 두 사람 중 누구라도 먼저 급제하면 나머지는 과거 공부를 폐하기로 맹서하였다. 한사람이 급제하여 경주부윤으로 제수받았다. 또한 서생은 궁핍함을 면하기 위해 경주로 가니 경주부윤이 박대하였다. 서생은 전날의 약속을 들어 꾸짖자 경주부윤이 쫓아냈다. 서생은 유리걸식하였다. 어느 기생이 그 서생을 데려다가 결연을 하고 환대하였다. 그녀는 '목전의 궁액이 심하나 공부하면 입신양명할 것'이라며 재산을 주며 상경시켰다. 서생은 급제하였다. 그 이후는 〈이만웅의 소실〉과 동일하다.[26] 곧 급제하고 암행어사로 내려와 설욕했으며 기생은 후부인이 되었다.[27]

처음의 '약속' 화소는 매우 중요한 의미를 지닌다. 〈단천기〉〈선천기〉에서도 친구 사이로 설정되어 있는 이상 불우한 친구를 도와야 한다는 윤리적 전제가 이미 검토된 것이라 할 수 있지만, 이같이 약속으로 분명하게 못박아 놓으면 신의와 배신의 문제가 좀 더 크게 부각될 수 있다. 그에 비해 기생은 지인지감을 통해 남주인공을 돕는다. 그러나 관상과 관련되는 듯한 지감의 실체를 드러내고 있는 점이 〈이만웅 소실〉과 비교해 볼 때 다른 점이다. 지감이 강조되는 만큼 여성의 신의와 애정은 분명하게 표현되기 어렵다. 그렇지만 편찬자는 이 두 작품이 매우 비슷한 작품임을 인식하고 있었다는 점이 주목된다. 그것은 특히 급제 이후, 즉 '지감 적중' 단락의 이후를 지적하고 있다는 점에서 흥미로운 시사점을 제공한다. 결국 이들은 지감과 관련하여 동일한 계통의 작품군으로 이해되

---

26) 〈경주기〉는 현재 『동패낙송』 정명기본, 동양문고본, 연세대본, 이대본, 임형택본, 『기문총화(乾)』 등에서 보이는데 모두 〈이만웅 소실〉 바로 뒤에 수록되어 있다. 그런데 『동패낙송』 임형택본만 제외하고는 모두 작품 말미를 '그 뒤는 전편의 설화와 동일하다'고 서술자가 요약하고 있다. 즉 어명으로 암행어사가 되고, 여성지인의 진심을 확인하고 어사출도한다. 그후 경주부윤이 되고 경주기는 후부인이 된 것이다.

27) 『記聞叢話』, 『韓國野談資料集成』6上, 161쪽 참조.

었다는 증거일 수 있기 때문이다.28)

　이상에서 보면 〈옥단춘전〉은 여성지인담과 동일한 서사 단락을 이루고 있으며 여성이 불우한 처지의 남성을 알아보고 선택하여 입신시키는 이야기임을 확인하였다. 이것은 본 소설의 창작 또는 개작자들이 여성지인담의 유형을 충분히 인식하고 있었다는 말이기도 한다. 따라서 〈옥단춘전〉의 근원 설화는 어느 특정 여성지인담의 유화로 한정할 것이 아니라 여성지인담 유화 전체로 개방하면서 특히 화소별로 일치하는 몇몇 작품을 부분적으로 거론하는 것이 더 바람직하다.

Ⅲ. 〈옥단춘전〉의 소설적 변용

　〈옥단춘전〉은 여성지인담의 서사구조를 유지하면서도 여러 점에서 다른 특징을 내포하고 있다. 이러한 점은 야담의 소설적 변용을 잘 드러내고 있는 부분이라 할 수 있다. 본 절에서는 이 부분을 집중적으로 살핀다.

　여성지인담에서는 남주인공의 처지가 흔히 '早孤家貧'으로 표현된다. 그에 비해 〈옥단춘전〉에서는 남주인공에 대한 소개가 가문으로부터 일신상의 처지에 이르기까지 상세하게 이루어진다. 〈옥단츈니지상긔봉〉의 ①도 마찬가지이다. 이현용의 가문이 2대 만에 몰락하게 된 상황을 그리고 있다. 이는 조선후기 사회상의 소설적 반영이라고 할 수 있다. 재상 벼슬까지 한 집안이 그렇게 빠른 속도로 망할 수 있느냐 하겠지만, 이는 급격한 사회 변화와 양반의 계층 분화 등의 일반적인 현상을 소설 문맥에 맞게 축약해 보여준 것이라 할 수 있다.29) 따라서 작품 처음에 제시된 '태몽' 화소는 동일한 기반에서 출발한 두 친구의 관계를 암시하면서 친구의 의리와 배신이라고 하는 작품의 주제를 상징적으로 나

---

28) 야담 편찬자들이 여성지인담의 서로 다른 類話를 동일한 유형으로 인식하는 경우가 고려대 본 『금계필담』에 수록된 〈단천기〉(김우항 설화)에도 보인다. 〈단천기〉를 전사하는 도중 〈일타홍〉 후반부를 바로 연결해 놓았다.

29) 박일용, 앞의 책, 284, 289쪽 참조.

타낸다.

　반면 여성지인담의 서사구조로 살펴보면 아무리 다면적으로 묘사되었다 하더라도 남주인공이 가난한 처지는 어디까지나 '조고가빈'한 '피지인자 제시'의 구실을 한다. 또한 그것은 평양행에 대한 동기 부여의 측면으로 작용한다. 그리고 평양행은 여주인공과의 만남이 이루어진다는 측면에서 '지감에 의한 지인자의 피지인자 선택'이라는 서사 단락을 형성한다. 물론 이때 ①에서 제시되었던 가문의 배경과 개인의 비범함은 미래에 대한 가능성을 암시하면서 작품의 복선으로 작용한다. 그러나 ②에서 더 중요한 것은 남주인공의 불우한 처지가 죽음의 위기로까지 발전되고 그것이 여주인공의 구원과 연결되었다는 사실이다. 동문 수학한 친구가 실제로 그렇게 몰인정할까 의아하지만 그래서 오히려 충격을 준다. 그러나 이는 이 부분이 '붕우지신'이라고 하는 인간의 기본적인 덕목을 두고 벌어지는 대결 구도를 반영한다는 측면에서는 매우 효과적인 설정이다. 또한 그것은 〈이만웅 소실〉과 같은 여성지인담의 전통을 이어받으면서 기득권층과 소외된 계층의 대결 양상을 극단적으로 보여주는 것이라고도 이해할 수 있다. 따라서 옥단춘의 구원도 단순히 지인지감에 의존하지는 않는다. 사람의 도리로서 그처럼 곤궁한 사람을 구하지 않으면 안 된다고 하는 인도주의의 발로인 것이다. 이것은 김진회의 배신과 선명한 대비를 이룬다. 감사의 비인간적인 포악성과 수청기생의 인간적 배려가 동시적으로 교차한다고 할 수 있다. 이러한 점은 〈옥단춘전〉이 단순히 여성지인담의 수준을 넘어서는 측면이다.

　옥단춘의 구원은 헌신으로 이어진다. ③이 여기에 해당된다. 그러나 이것은 죽을 목숨을 구해주고 선행을 베풀었다는 것 이상의 의미가 있다. 감사의 부속물에 위치하는 수청 기생이 그가 원수 취급하는 상대방을 돕는다는 것은 일종의 배반이다. 다시 말하면 그에 따르는 위험을 무릅쓰고 상대방을 돕지 않으면 안 된다. 실제 이현용이 암행어사 신분을 숨기고 돌아왔을 때 그를 도왔던 사실이 탄로나 함께 죽음에 처해지는 위기를 맞기도 한다. ④⑤⑥에 이르기까지 계속해서 지인자는 피지인자를 도운 것 때문에 시련이 중첩되고 위기가 고조되어 간다. 이 점 또한 여성지인담과는 다른 양상이다. 여성지인담에서는 여성 지인자가 어떤 위험에 빠지거나 위기에 처하지 않기 때문이다. 물론 〈이만웅 소실〉과 같은 예외적인 작품이 있기는 하지만, 〈옥단춘전〉에 비해 그 강도가 훨씬 약하다. '여성 지인자의 헌신과 시련과 탐색' 단락이라는 면에서는 이들이 동일한 의미를 지니지만 ③~⑥에 이르기까지 지속적으로 대결 구도가 유지되고 여주인공의 시련이 강화된다는 측면에서 소설다운 특징을 획득하게 된다.

또한 ⑥의 탐색 과정은 여성지인담에 비해 매우 복잡하게 이루어진다. 우선 여성지인담에서는 남녀 주인공 사이의 애정이 별다르게 문제되지 않는다. 남주인공이 과거에 급제했다면 남성 쪽에서든 여성 쪽에서든 상대방을 당연히 찾아나선다. 그러므로 여성지인담에서의 탐색은 일회적인 것이고 탐색은 곧바로 행복한 재상봉에 연결된다. 그에 비해 〈옥단춘전〉에서는 여주인공의 변함없는 환대를 확인한 후 다시 김진호에 의한 시련 과정에서 또 다른 애정의 확인과 탐색 과정을 배치했다. 이현용과 함께 대동강 물에 죽임을 당하러 가는 과정이 바로 그것이다.

물론 〈옥단춘전〉에서는 애정의 확인이 김진호에 대한 징치와 밀접한 상관 관계를 갖는다. 김진호를 사이에 두고 맺어지는 두 가지의 관계 방식은 이미 ②에서부터 설정되어 왔던 것이다. 이현용과 옥단춘의 관계가 의리와 애정의 차원에서 긍정적 가치로 설정된 것이라면, 이현용과 김진호의 관계는 배신과 징치라는 차원에서 부정적 가치를 역설한 것이기 때문이다. 어사 출도 후 옥단춘이 부르는 노래의 사설에는 그러한 관계를 포괄적으로 드러내고 있다. 이를 〈옥단춘니지상긔봉〉에서 살펴본다.

> 반갑쏘다 반갑쏘다 셜이 춘풍 반갑쏘다
> 길것쏘다 길것쏘다 슈의 힝츳 길것쏘다
> 디훈(大旱) 칠연 비가 온덜 이의셔 더 길거울가
> 야속ᄒ다 야속ᄒ다 구관ᄉ쏘 야속ᄒ다
> 금셕갓탄 어(sic언)약두고 일조의 비반ᄒ야
> 구제ᄒ기 고ᄉ하고 물너키 무슴일고

우리 셩셩(sic상) 너부신 은덕 선악을 분별ᄒᆞᄉ
쥭을 인싱 ᄉᆞ라나이 그 아니 질거운가
영광정전의 좌우 귀경ᄒᆞᄂᆞᆫ ᄉᆞ람더라 활인적덕(活人積德) 힘을 씨소
격션ᄒᆞ면 복이되고 져(sic적)악ᄒᆞ면 화가 되ᄂᆞᆫ이
부디 부디 너말을 ᄌᆞ시듯고 적션ᄒᆞ긔 힘을 씨소

임금의 은혜를 앞세웠지만, 자신이 도운 사람이 성공했다는 것을 그렇게 표현했을 따름이다. '활인적덕'했다는 것은 자신의 행위를 요약한 표현이다. 먼저 김진호의 행위를 요약하고 그에 대비되는 자신의 행위를 뒤에 기술하여 전후반을 대비했다. 또 '적선하면 복이 되고 적악하면 화가 된다'는 말은 그것의 종합이라 할 수 있다. 결국 〈빅년젼〉과 동일하게 '福善禍淫'으로 요약된다. 고전소설의 '권선징악'적인 주제를 드러내고 있는 셈이다.30) 이는 여성지인담에서 흔히 서술자 평결을 통해 여성 지인자의 능력을 강조하는 것과는 다른 것이다. 여성지인담이 소외된 계층의 능력과 신분 상승에 초점을 맞추고 있는 데 비해, 그것의 소설적 변용에서는 윤리적 주제가 강화된다고 할 수 있다.

이러한 양상은 〈옥단춘전〉이 민요화하는 과정에서도 발견된다. 현재로서는 민요의 형태로 전해지는 〈옥단춘요〉는 모두 25수가 보고되고 있다.31) 그러나 이것들은 기생 옥단춘이라는 신분과 이름 이외에는 〈옥단춘전〉과는 직접 관련이 없다. 그런데 〈옥단춘전〉과 동일한 내용의 민요 〈옥단춘 노래〉32)가 새로 발굴되어되어 주목할 만 하다. 보고를 겸해 전문을 소개한다.

이러구 저러한다/ 노세 놀아 젊어서 놀아/ 늙어지며는 못노나니/ 이 논베미서 수확을 얻어/ 부모공양 자식공양/ 우리 내외 잘 먹고 살까/ 춘아 춘아 옥단춘아/ 버들잎에서 해당춘아/ 이월윤과 김진회는/ 사생결단 동문수학 하였건만/ 너 죽어도 내가 돕고/ 내가 죽게 되었을때/ 네가 돕기로 굳게 맹세/ 하였던 것이 정확한데/ 너는 잘되 평양

---

30) 〈백년전〉에서는 '두 남녀처럼 한다면 복선화음한다'고 필사자는 후기하고 있다.

31) 김충원, 「옥단춘전 연구」, 석사학위청구논문(서울 : 고려대 대학원, 1989), 67쪽 참조.

32) 단국대학교 인문대학 국문과는 1994년 6월 22일에 실시한 충북 보은군 일대 학술답사에서 〈옥단춘 노래〉를 채집하였다. 구연자는 충북 보은군 산외면 장갑리에 사는 정복동(남, 76세)이다. 『도솔어문』 10집 (단국대 인문대 국어국문학과, 1995) 154에서 156쪽까지 참조.

감사/ 나는 죽게 되었어서/ 마누라 빗 팔어가주/ 노자돈 하여 가주/ 너를 찾아 갔건마는/ 평양감사 김진회는/ 온갖 기생 다 데리고/ 호화호식 할 적에/ 내가 너를 찾아가서/ 평양감사 김진회야/ 이월윤이 내가 왔으니/ 계집 자식 죽게되어/ 너를 찾아 왔었건만/ 평양감사 김진회는/ 어떠한 저 미친놈/ 당장 갖다 죽여달라/ 그 상태 그 때에/ 한 기생 어떤 분이/ 하두나 안타깝고/ 평양감사 김진회에게/ 말미를 얻은 적에/ 이월윤을 살릴라고/ 그 시련을 빠져났다

도입부는 민요의 일반적인 투식을 차용했다. 〈옥단춘전〉과 직접적인 관련이 있는 것은 7행 '춘아 춘아 옥단춘아/ 버들잎에서 해당춘아'부터이다. 여기서는 일반 〈옥단춘요〉의 서두와 동일하다. 그러나 이하는 〈옥단춘전〉의 내용을 매우 세밀한 부분까지 나타내고 있다. 예컨대, 평양행에 소용되는 노자돈, 남성의 열악한 처지 등이 핍진하게 묘사되었다. 후반부에 있어서는 구술자가 가사를 망각한 것인지 혹은 이것으로 끝난 것인지 정확치 않으나 가사 내용으로 보아서는 후반부가 더 있었을 것이라 추측된다.

그런데 위 〈옥단춘 노래〉에서 중요한 것은 이월윤을 중심으로 김진호의 배신과 옥단춘의 의리가 대비적으로 묘사되고 있다는 점이다. 그리고 '말미를 얻어야 한다'고 표현한 것으로 보아 옥단춘의 신분은 '평양감사'에게 예속되어 있는 기생임을 분명히 인식하고 있는 터인데도 '어떤 분'으로 높이고 있다는 점이 주목된다. 옥단춘은 '하두 안타까와' 이월윤을 구제한 것으로 되어 있다. 결국 〈옥단춘전〉의 구도를 남녀간의 애정보다는 윤리적인 측면으로 이해하고 있음을 알 수 있다.33)

여성지인담의 지감은 20세기 초 『대동기문』에 가면 부분적인 지감의 생략이나 약화가 일어난다. 급변하는 사회에서 '지감에 의한 선택'과 '후원'이 남녀 결연을 지속시켜 줄 요인으로 작용하지 못하는 데 원인이 있을 듯하다. 〈옥단춘

---

33) 〈옥단춘전 노래〉와 〈옥단춘전〉 중에 어떤 것이 선행했는지 정확히 따질 수 없지만, 여기서 인용한 민요는 〈옥단춘전〉의 내용과 관련해서는 매우 예외적인 것이므로 〈옥단춘전〉의 민요화로 보는 것이 더 타당할 듯하다. 또한 '춘아 춘아 옥단춘아 버들잎에 세단춘아'라는 귀절은 신활자본을 비롯한 후행 異本群 〈옥단춘전〉에서 보인다. 기존의 민요가 소설에 삽입되었는데 그것이 다시 본 민요에 차용된 것같다.

노래〉에서도 이 점이 확인된다. 즉, 지감 선택이 약화되어 있다. 이것은 〈옥단춘전〉의 영향으로 민요 〈옥단춘 노래〉가 전승 또는 창작되는 과정에서 여성지인담적 성격이 약화되고 '결의'와 '배신'의 대비 구조만이 강조된 것이 아닌가 한다.

그러나 부분적으로는 이현용과 옥단춘의 결합이 애정에 의한 것임을 강조하는 부분도 없지 않다. ⑥에서 파산을 가장한 이현용의 처지를 위로하며 두 남녀가 감격적으로 재상봉하는 데서 이미 '그리던 정회'가 분명하게 확인되었다. 이 점은 ⑦의 후일담에서 더욱 분명하게 표현된다. 〈옥단츈니지상긔봉〉에는 다음과 같은 묘사가 관찰된다.

> 감스을 지닌 후의 옥둔츈을 드리고 훈가지로 경성의 올느가이 싱이 층춘ᄒ시고 버슬을 도도와 승상을 ᄒ시니 스은 슉비 ᄒ시고 본가의 도라와 부모게 호도ᄒ고 부인과 화락ᄒ고 옥단츈을 드이고 도홍이빅(桃紅李白) 즁즁츈일과 노규방초(路柳芳草) 호시절과 황국단풍(黃菊丹楓) 조흔경을 귀경ᄒ고 질거ᄒ더라.

기생계 여성지인담은 한문 독자를 위해 여전히 한편으로는 자체 변이와 전승을 계속하고 또 다른 한편으로는 한글 독자를 위한 구연이나 소설화가 이루어졌을 것으로 추측된다. 후자의 결과가 〈백년전〉과 〈옥단춘전〉 등의 창작으로 이어졌다고 할 수 있다. 따라서 〈옥단춘전〉이나 〈백년전〉은 '지인소설'이라는 새로운 유형을 설정해서 이해하는 것이 바람직하다 생각한다. 이 두 소설은 모두 여성지인담과 같이 주인공의 일대기적인 서술을 지양하고 있으며 신이하고 초월적인 세계의 개입 없이 현실적인 서사전개를 이룬다. 여성과 남성의 결합이 '지감'에 의해서 이루어진다는 것은 성을 초월하여 인간적인 신뢰가 두 사람 사이에 작용하였다는 의미가 내포된다. 이것이 소설에서는 일차적으로 '積善活人' '福善禍淫'이라는 윤리적 주제로 변용되기도 한다. 〈백년전〉에서 그 점이 강조되었음은 앞장에서 살펴보았다. 〈옥단춘〉에서도 그 점이 인정되며 〈이화몽〉〈이진사전〉〈신유복전〉 등에서도 확인된다. 이는 고전소설의 일반적인 결구 방식과도 관련이 있으리라 여겨진다.

또한 〈옥단춘전〉은 '인간적 신뢰'가 윤리적인 주제에서 그치지 않고 남녀의 애정으로까지 발전되는 모습을 보여준다. 단순한 보은담 이상의 남녀관계, 즉 애정의 주제가 가미되었다 할 수 있다. 여성지인담에서도 후기 작품으로 내려 올수록 지인자의 선택에 내재한 애정, 피지인자의 탐색과 재상봉 등의 의미를 확대시켜 나가는 경향을 보인다. 그러나 여성지인담이 소설로 변용될 때에는 남녀의 애정과 애정 확인의 의미가 확대된다. 〈옥단춘전〉은 이러한 후기 기생계 여성지인담의 확대이며 쟝르적 발전이라 평가된다. 기생이 가능성이 있는 남성을 택해 후원하고 지감이 적중하는 과정은 그에 상대되는 배신과 징치와 대립됨으로써 소설로서의 흥미를 더하고 갈등구조를 선명하게 보였다 평가할 수 있다.

이상 〈옥단춘전〉은 〈빅년전〉과 동일하게 기생계 여성지인담의 서사구조를 그대로 반영하는 소설임을 살펴보았다.

이상에서 확인된 바 여성지인담이 소설로 변용될 때는 여성의 '관상'위주의 지감이 현실적인 '추리'로 대치되며 여러 가지 주변 상황 여건이 지감의 근거로 첨가된다. 이는 여성의 능력 약화를 초래해 여성지인담보다 소설에서의 여주인공은 축소된 능력을 지닌다. 이는 갈등과 위기를 조성하는 여건으로 작용하기도 한다. 또한 여성지인담이 여성 위주의 서술임에 비해 소설은 남성위주의 서술을 보인다. 또한 '신의'에 바탕을 둔 인간관계에 의한 여성의 능력과 성취를 내세우는 여성지인담과는 달리 '애정'과 윤리적인 주제가 복합되어진다. 이중 윤리적인 주제는 각각 지향하는 바가 달라 여성지인담보다 다양한 양상을 보인다. 예를 들면 남녀의 고난이 사회적 차원에서 성립되고 해결되는 것은 〈옥단춘전〉과 〈신유복전〉이, 남녀의 성취와 신의가 강조되는 것은 〈빅년전〉과 〈이화몽〉이, 애정이 더욱 강조되는 것은 〈이진사전〉으로 드러나기 때문이다. 이러한 여성의 지감 능력 약화, 갈등과 위기 조성, 남성 위주의 서술 등은 서로 유기적인 관련을 맺으며 소설적 흥미를 배가시킨다.

여성지인담의 여성은 스스로 '自擇夫' 함에 비해 소설에서는 두가지 양상이 보인다. 곧 여성의 신분이 기생인 〈옥단춘전〉〈이화몽〉〈이진사전〉의 경우는 기생계와 동일하다. 그러나 〈빅년젼〉이나 〈신유복전〉처럼 여성의 신분이 非妓生

인 경우에는 중매자가 등장한다. 이럴 경우 중매자 역시 지인자의 기능을 갖는 것이 상례이다.

조선후기 지인담은 약 400여 편 보여진다. 그 중 완벽한 형태의 여성지인담은 과반수가 넘는다. 이렇게 유행한 여성지인담은 다른 장르, 특히 소설과 어떤 관련이 있을까라는 의구심을 푸는 첫 시도를 한 셈이다. 개별 작품들의 면밀한 검토를 통한 '지인소설'의 성립은 후고를 미룬다.

강 영 순　단국대학교 강사

추노계 야담의 소설적 변용

Ⅰ. 서 론

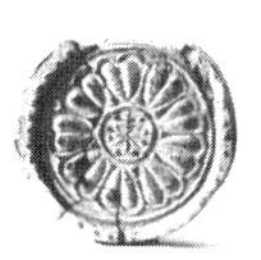推奴系 야담이란 중세사회를 지탱해 온 봉건적 신분제가 크게 동요되던 조선후기 사회의 제반 변화에 편승하여 불법적인 방법으로 도망한 노비들을 주인이 직접 나서 추노하는 과정에서 벌이게 되는 노 - 주의 대립·갈등을 다룬 작품을 말한다. 이와 같은 성격을 지닌 작품은 『청구야담』·『동야휘집』·『기문총화』 등 조선후기에 편찬된 각종 야담집에서 쉽게 찾아볼 수 있다. 이들 작품은 신분제의 동요라는 조선후기의 변화된 상황 속에서 진행된 노비들의 신분상승에 대한 열망 및 그것을 실현해 가는 구체적 모습을 생생하게 담아내고 있기 때문에, 당대의 문학이 이루어낸 현실 반영의 폭과 깊이를 가늠해 볼 수 있는 좋은 자료가 된다.1) 뿐만 아니라 추노계 야담 중의 일부 작품은 고소설과도 밀접한 관련을 가지면서 그 형성에 일정한 영향을 미친 것으로 드러난다.

　본고의 목적은 추노계 야담이 소설화되는 모습에 주목하여, 야담에서 제기된 奴 - 主 갈등의 실상과 의미가 소설에서는 어떻게 변용되어 나타나는지를 검토해 보고, 추노계 야담의 소설화로 이루어진 『김학공전』·『신계후전』·『살신성인』·『탄금대』의 선후문제와 이들의 상호 관련성을 구체적으로 해명하는 데 있다. 이같은 작업을 통해 '推奴'라는 조선후기 당대의 實事에 바탕을 두고 형성

---

1) 필자는 최근 이러한 관점에서 추노계 야담 전반을 대상으로 삼아 그 서사적 양상과 의미를 살펴본 바 있는데 이는 별고로 미룬다. 정준식, 「추노계 야담의 서사적 양상과 의미」, 『한국문학논총』 15집(한국문학회, 1995).

된 추노계 야담이 소설장르로 이행되면서 나타나게 된 시각의 편차와 의미의 변질을 밝힐 수 있을 것이라 기대한다.

Ⅱ. 추노계 야담의 소설화에 대한 예비적 검토

추노계 야담은 조선후기에 도처에서 빈발했던 노비도망과 그 추쇄에 따른 갖가지 문제들을 집약적으로 반영하여 형상화하고 있다. 奴-主의 첨예한 대립·갈등을 서사구조의 핵심으로 삼고 있는 이들 작품은 조선후기 당대에 발생한 신분갈등 문제를 곧바로 작품 속에 담아내고 있기 때문에 사실성이 강하고 주제의식이 선명하다.

노비도망 현상은 신분제가 동요되던 17세기 후반부터 시작되어 18, 19세기에 와서는 그것이 하나의 대세를 이루면서 일반화된 것으로 파악된다.2) 이처럼 도망하는 노비가 많아지자 主人家에서는 재산권 확보를 위해 이들을 추쇄하는 일을 시급한 과제로 삼지 않을 수 없었다. 도망노비에 대한 주인의 推刷는 크게 두 가지 형태로 이루어지고 있다. 하나는 몰락한 양반이 경제적 궁핍을 타개하기 위한 절박한 목적에서 추노를 나가는 경우이고, 다른 하나는 호강한 양반이 부유한 노비들의 재산을 노리고 비리추노를 단행하는 경우이다. 그런데 어느 경우이든 당대의 신분현실을 바라보는 주인과 노비의 시각과 인식의 차이가 크게 나타나고 있기 때문에 노-주의 대결 양상은 필연적일 수밖에 없다.3)

추노계 야담은 기본적으로 조선후기의 이같은 사회현실을 반영하여 노-주 갈등의 다양한 국면을 그려내고 있다는 데 그 특징이 있다. 여기서는 추노계 야담 중 소설화와 밀접한 관련을 가진 것으로 판단되는 몇몇 작품을 비교·검토함으로써 다음 논의의 토대를 마련하고자 한다.

---

2) 정석종, 『조선후기사회변동연구』(일조각, 1983), 185-194쪽.

3) 조선후기 당대의 이같은 모습에 대해서는 전형택, 『조선후기노비신분연구』(일조각, 1989, 192-198쪽)를 참조.

추노계 야담 중 소설4)과 밀접한 관련을 가진 것으로 판단되는 작품을 제시하면 다음과 같다.

① 復讐說(이광정, 『눌은집』)
② 有窮士推叛奴(안석경, 『삽교만록』)
③ 京中士人沈姓者(신돈복, 『학산한언』)
④ 乞父命忠婢完三節(『청구야담』)

위에 제시된 작품 중에서 ③과 ④는 동일한 내용으로 되어 있다. 시기상으로 볼 때 『청구야담』의 편자가 『학산한언』의 것을 그대로 옮겨 적은 것이라 볼 수 있다. 그리고 ①은 그 내용으로 보아 정통 한문 문체로서의 '說'이 아니라, 당시 구전되던 한 편의 이야기를 채록한 것이기 때문에 '복수이야기' 정도로 받아들이는 것이 좋을 듯하다.5)

①②③은 그 내용으로 보아 동일 계통의 이야기로 구전되던 것이 비슷한 시기에 서로 다른 사람에 의해 채록 정착되었을 가능성을 강하게 시사하고 있다. 이렇게 동일한 내용의 이야기가 李光庭(1674~1756), 辛敦復(肅宗~英祖代), 安錫儆(1718~1774)에 의해 거의 동시에 채록 정착된 것은, 이들이 각각 당시에 구전되던 실사적 이야기6)를 서로 다른 경로를 통해 듣고 기록한 결과 나타난 현상이라 하겠다. 그렇기 때문에 핵심 사건이나 전체적인 구성이 동일하며 세부내용에 있어서만 조금씩 다른 모습을 보이게 된 것이다. 요컨대 ①②③은

---

4) 〈추노계소설〉에 대한 논의로는 최운식, 「『김학공전』 연구」, 『국어국문학』74호(국어국문학회, 1977); 이혜순, 「김학공전에 나타난 복수플롯의 수용양상」, 『진단학보』45호(진단학회, 1978); 전경욱, 「김학공전의 개작양상과 문학사적 의의」(한국고소설연구회 제 26차 연구발표회 발표요지, 1994. 8) 등이 있고, 『김학공전』의 형성에 관한 논의로는 김정석, 「추노담의 소설적 변모와 그 의미」, 『반교어문연구』4집(반교어문연구회, 1992) 등을 들 수 있다.

5) 이명학, 「〈김씨남정기〉에 대하여」, 『대동문화연구』 23집(성균관대 대동문화연구소, 1989), 35쪽; 이헌홍, 「신분갈등형 송사의 서사적 양상과 의미」, 『부산한문학연구』 8집(부산한문학회, 1994), 25쪽.

6) "但其事 出於傳聞 不知其是與否 而傳之者愈多愈久 而無異口 其虛也哉"(『訥隱集』卷6)라는 〈복수설〉의 기록을 참고해 볼 때 당시 이 이야기의 근원이 되었을 법한 실제 사건이 있었던 것으로 짐작된다.

18세기 당시 奴 - 主 갈등에 얽힌 어떤 이야기가 實事에 바탕을 두고[7] 널리 구전되다가 李光庭, 辛敦復, 安錫儆에 의해 야담으로 기록·정착된 것이라 할 수 있다.

이제 이들 작품을 분석하기 위해 세 작품을 포괄할 수 있는 공통단락을 제시하면 다음과 같다.

> (가) 가난한 주인이 도망노비를 추쇄하러 가다.
> (나) 반노들이 주인살해 음모를 꾸미다.
> (다) 반노 딸의 대리죽음으로 주인은 목숨을 건져 도망하다.
> (라) 주인의 告官으로 반노 일당을 처벌하나 딸의 아비만은 살려주다.
> (마) 조정에서 반노 딸의 忠孝烈에 대해 旌門을 내리다.

(가)단락은 가난한 양반과 부유한 노비라는 문제적 상황을 제시하는 부분이다. 주인양반은 극도로 궁핍한 상황에서 가난을 타개할 마지막 방책으로 노비 추심을 나간 것이다. 당시 주인에게 있어 노비는 토지 못지 않게 중요한 재산으로 간주[8]되었기 때문이다. 반면에 도망한 노비들은 主人家로부터 멀리 떨어진 곳에서 自作一村을 이루고 부유하게 살고 있었다. 그런데 이 단락에서 ①과 ②③은 결정적인 차이를 보인다. ①의 경우 "영남의 士人 중에 호남으로 推奴 나간 자가 있었는데 죽고 돌아오지 않았다"[9]는 상황 설정에 이어 '아버지가 돌아오지 않았기 때문에 그 아들이 재차 도망노비를 찾아나서는 것'[10]으로 되어

---

7) 특히 訥隱은 이 자료들과 구성은 좀 다르지만 도망노비를 잡으려다 목숨을 잃을 뻔한 또 다른 이야기를 훨씬 구체적이고 신원 확인이 가능한 모습으로 그려내고 있는데, 〈鄭孝子傳〉이 바로 그것이다. 이처럼 訥隱은 당시 추노에 관한 이야기 중 신원확인이 가능하여 사실여부를 가릴 수 있는 것은 〈정효자전〉이라는 傳의 형태로, 그렇지 못한 것은 〈復讐說〉이라는 형태로 남기고 있다. 이헌홍, 앞의 논문, 176-182쪽.

8) 조선시대의 양반사회에 있어서 奴婢는 土地보다 더욱 중요시되어 凶年·貧窮·喪事 등과 같은 절박한 상황에 처해야만 放賣되었다. 정석종, 『앞의 책』, 202-204쪽.

9) "嶺之士人 有推湖南者 沒不還", 『訥隱集』 卷 6, 〈復讐說〉, 425쪽.

10) "兒大痛曰 有父而不知存沒 何以爲子 欲往求之……一日自亡去 乞食於湖南"(『訥隱集』, 위와 같은 곳)

있다. 따라서 앞으로의 이야기는 추노 자체보다 아들이 아버지의 원수를 갚는 일에 초점이 놓여질 것임을 시사하고 있다.

이에 반해, ②③에는 가난한 양반이 노비를 추심하러 나가는 것으로 되어 있고 양반의 아들은 아예 등장하지 않는다. 이런 차이로 말미암아 이후로 펼쳐지는 노-주 사이의 대립·갈등이 ①의 경우 '아버지의 원수를 갚으려는 아들의 고난 어린 복수여정'이라는 문제로 귀결되는 반면 ②③에는 그런 면이 부각되어 있지 않고 어디까지나 '推奴 자체에 얽힌 이야기'라는 골격을 그대로 유지하고 있다.

(나)단락에 오면 잠재되어 있던 노 - 주간의 갈등이 직접적으로 표면화되기에 이른다. 주인은 가난을 타개할 궁여지책으로 도망노비를 찾아갔지만, 그들은 이미 예전에 구속받던 노비가 아니었다. 노비들은 主人家와 멀리 떨어진 곳에서 자작일촌을 이루어[11] 요족히 살면서 때로는 신분까지 모칭하여 양인 또는 양반으로 행세하고 있었다. 이런 상황에서 주인의 출현은 반노들에게 있어 대단한 위협이 아닐 수 없다. 身貢이라는 경제적 부담을 없애고, 어렵사리 얻은 자신들의 신분적 자유로움을 누리고 싶었던 것이 그들이 도망한 궁극적인 목적이었기 때문이다. 그러나 주인은 경제적으로 몰락하여 양반의 명색도 유지하기 어려운 형편이었으므로 집단을 이루어 요족하게 사는 노비들의 거센 반발에 적절히 대처할 능력을 갖추지 못한 채 꼼짝없이 죽을 위기에 봉착하게 된 것이다. 여기서 우리는 조선후기의 변모된 사회·경제적 질서에서 도태되어 궁핍화의 길을 걸었던 몰락양반의 한 전형을 발견할 수 있다.

生이 위기에 처하게 되는 상황은 세 작품이 조금씩 다른 양상을 보이고 있다. ①의 경우 生이 반노 딸과 혼인한 후, 그의 장인이 다른 사람과 송사할 일이 있어 집안에 감추어 둔 잡문서를 사위에게 보여주었는데, 그 문서에 죽은 부친의 牌와 跡이 갖추어져 있었다.[12] 생은 이 사실을 이웃의 士人에게 알렸지만, 반

---

11)『英祖實錄』이나『備邊司謄錄』에 근거해 볼 때 당시의 도망노비들은 주로 海島나 邊方의 교통요지를 자기들의 은신처로 삼고 있었는데, 그것은 되도록이면 主人家에서 멀리 떨어진 곳에 살아야 잡힐 위험이 없다는 계산이 작용한 결과로 보아진다.(전형택, 앞의 책, 189쪽)

노 딸의 집에서는 이미 생의 신분을 알고 그를 몰래 죽여 없애기로 모의13)하였던 것이다. 이에 반해 ②③의 경우는 추노나간 주인의 신분노출 과정이 별도로 제시되지 않는다. 노비들은 모두 주인의 얼굴을 알고 있기 때문이다. 대신 찾아온 주인에게 반노들은 "納其美色處女於寢席"14) 또는 "一奴饒財者 有女名香丹 年十九有姿貌 納之"15)하여 주인의 환심을 사려고 노력하지만, 내심으로는 이미 주인을 죽여 없애기로 모의하였던 것이다.

(다)단락은 작품 전체를 두고 볼 때 반전의 계기를 마련하는 부분이면서 이 유형 추노계 야담의 핵심부라 할 만하다. 반노와의 대결에서 일방적으로 죽을 위기에 처한 주인이 다른 사람도 아닌 반노 딸의 대리 희생으로 살아났다는 사건설정 자체는 여러 각도에서 바라볼 수 있다. 아비를 살리기 위한 자식의 희생일 수도 있겠고, 신분 상승을 노린 계획된 행동일 수도 있겠고, 아니면 죄책감으로 인한 번민과 고통으로부터의 자기탈출16)일 수도 있겠다. 어쨌든 이 부분은 상황을 역전시키기 위한 낭만적인 장치로밖에 달리 이해하기 힘들다.

반노 딸은 치밀한 계획하에 生의 탈출을 도운 것으로 나타난다. 먼저 生을 죽이기로 되어있는 날 밤에 반노딸은 생과 의복을 바꾸어 입고 그를 자리에 눕게 한 뒤, 문밖에서 장정들이 들이닥치면 즉시 밖으로 나가 울타리를 넘어 달아나라고 일러 주었다. 그리고 만약 生이 살아나서 告官하여 반노들을 처벌할 경우, 자기 아비만은 살려줄 것을 약속받는데, 이 부분에 있어서 ①은 ②③에 비해 매우 세부적으로 기술되어 있을 뿐만 아니라 ②③에는 나타나지 않는 내용까지 부연되어 있다.17) 그리고 ①의 경우 반노 딸은 이미 주인과 혼인한 처지

---

12) "一日 女之父 與人有所訟 出家藏雜文書 示生擇其當訟 文券生之父所手書者 牌與跡 俱在"(『訥隱集』, 426쪽).

13) "生後往女家 女家族已議陰賊害"(『訥隱集』, 426쪽)

14) 安錫儆, 『삽교별집』. 여기서는 李佑成・林熒澤 編, 『李朝漢文短篇集』 中, 376쪽.

15) 辛敦復, 『鶴山閑言』(金起東 編, 『韓國文獻說話全集』 8, 426쪽).

16) 李佑成・林熒澤 編, 『李朝漢文短篇集』 中, 90쪽에서는 반노의 딸이 죽음을 택한 이유를 "죄책감으로 인한 번민과 고통으로부터의 자기탈출이요, 더 이상 죄악의 구렁텅이에 빠져들지 않으려는 몸부림"으로 파악하고 있다.

였기 때문에 그녀의 대리죽음이 남편을 살리기 위한 열행으로 간주되기도 하지만, ②③에는 그러한 설정이 없기 때문에 반노 딸의 행위를 단정적으로 판단할 수 없다. 그런데 문제는 반노 딸의 이 행위가 작품의 결말에까지 영향을 미치면서 앞서 마련된 노 - 주 갈등의 본질적 의미를 왜곡시키고 있다는 점이다. 이같은 사실은 (라)와 (마)단락을 검토해 보면 자연히 드러나리라 생각된다.

(라)단락은 앞서 진행되어 온 노 - 주 갈등이 해결되면서 작품이 종결되는 부분이다. 반노 딸의 대리 희생으로 간신히 죽음을 면한 주인은 官의 도움으로 반노 일당을 처단하게 되는데, 이는 애초의 추노동기와 매우 어긋나는 것으로서 이 부분을 주의 깊게 살펴볼 필요가 있다.

②③의 경우 身貢을 거두어 가난을 타개하겠다는 것이 주인이 추노를 결심한 애초의 목적이었는데 이것은 유야무야로 끝나고 의외의 낭만적 장치에 의해 위기를 모면한 주인이 반노들에게 준엄한 처벌을 가하는 것으로 결말을 삼고 있다. "於是 盡族其奴"(①), "監司啓聞而誅諸賊"(②), "邑쉬卽報上司 盡戮之(③)" 등의 표현이 바로 이를 말해 준다. ①의 경우 주인의 아들은 추노나가서 죽은 아비의 원수를 갚기 위해 재차 추노를 나간 것이기 때문에 결말부의 반노 일당에 대한 처벌은 推奴와는 거리가 먼, 개인적 차원의 복수라는 의미를 더 강하게 지닌다. 訥隱 李光庭이 ①의 題名을 〈復讐說〉로 삼은 것도 어디까지나 이 이야기를 '아버지를 죽인 노비에 대해 아들이 복수하는 것'으로 받아들였기 때문일 것이다.18) 이러한 점은 ①이 ②③에 비해『김학공전』에 더 근접해 있음을 단적으로 보여주는 근거로 작용한다.

이처럼 이 유형의 추노계 야담은 당대 현실에서 소재를 취해 사실성이 짙은 갈등구도로 형상화해 놓았지만 위기해결 과정에 나타난 낭만성과 결말부에 나

---

17) ①의 경우 반노딸은 '자기가 生을 위해 죽는 대신 자기 아비만은 살려준다'는 내용의 문서를 生에게 작성해 줄 것을 요구하게 되며, 이 문서를 받아 어미에게 맡김으로써 나중에 반노들을 처벌할 때 아비의 생명을 구하는 증거로 삼고 있다. 이는 ②③에서는 찾아볼 수 없는 것으로써 ①에만 나타나는 독특한 요소로 파악된다.

18) 이헌홍, 앞의 논문, 25쪽.

타난 주인의 노비에 대한 일방적이고 준엄한 처벌 등으로 말미암아, 초반부에서 마련된 노 - 주 갈등의 심각한 문제의식이 상당정도 퇴색되는 듯한 느낌을 가져다 준다.

(마)단락은 작품이 마무리된 상황에서 주인을 위해 희생한 반노 딸에게 찬사를 보내면서 그녀의 烈行을 널리 알리려는 의도가 짙게 엿보이는 부분이다. 특히 이 부분에는 이야기를 기록한 編者의 주관적인 시각이 깊게 베어 있고, 그것이 문제의 본질을 교묘히 왜곡시키고 있음을 발견해 낼 수 있다. 즉 이 유형 작품의 말미에는 한결같이 반노 딸의 烈行이 강하게 부각되어 있는데,19) 이는 야담을 기록 정착시킨 지식계층의 경직된 신분의식이 낳은 결과적 산물이 아닌가 한다. 이같은 추론은 추노계 구전설화가 갖는 결말과의 대비를 통해 그 실상을 보다 분명히 확인할 수 있기 때문이다.

지금까지 검토한 바와 같이, 이 유형의 작품은 반노 딸의 대리희생이라는 비현실적인 反轉 장치를 통해 봉건적 신분질서를 어지럽힌 도망노비들을 준엄하게 징치하거나 개인적인 복수의 차원에서 갈등을 마무리하고 있다. 위의 작품들이 노 - 주의 첨예한 갈등현실을 비교적 사실감있게 그려내고 있으면서도 위기해결 내지는 결말처리 방식의 작위성으로 인해 18, 19세기 당시 推奴를 둘러싸고 야기된 문제의 다양한 국면들이 매몰되어 버린감이 없지 않다. 이를 통해 우리는 조선후기의 변동기 사회적 질서를 적극적으로 수용하지 못할 뿐만 아니라 신분질서의 동요에 대해서는 이를 역으로 돌이키고자 하는 양반사대부들의 고착화된 관념과 소망적 사고를 읽어낼 수 있다.

---

19) "遠近聞者 莫不嘉生以童者出家 卒能報其父仇 而益奇 其女以爲三綱集乎一身 盖以女代其夫死 則烈 而脫父死 則爲孝 濟主於難而復其讐焉 則忠云"(①의 427-428쪽), "以孝女忠婢烈女之備而旌其女"(②의 376쪽), "此女 爲其主遂其忠 爲其夫成其烈 爲其父立其孝 一擧而三綱具矣 本邑立碑旌焉"(③의 427쪽)

Ⅲ. 推奴系 野談의 小說的 變容

1. 傾倒된 復讐意志와 『金鶴公傳』

앞장에서 밝힌 바와 같이, 〈復讐說〉은 다른 추노계 야담에 비해 이른 시기에 문헌에 정착된 작품으로서 『김학공전』의 핵심 구조에 가장 근접된 모습을 보이고 있다.20) 앞장에서 논의한 것을 토대로 여기서는 이와 관련된 문제를 검토하기로 한다.

먼저 〈復讐說〉과 『김학공전』의 공통점부터 살펴보면 첫째, 題名에도 나타나 있듯이 〈復讐說〉은 무엇보다도 반노들에 대한 主人家에서의 복수 문제에 초점을 둔 작품임을 알 수 있다.21) 그런데 이점은 『김학공전』에 이르러 더욱 분명한 모습을 띠고 작품의 곳곳에 나타난다.22) 작품 전편에 걸쳐 '부모 원수를 어느 때에 갚으리오'라고 반복하는 학공의 자각과 그것의 구체적 실현은 『김학공전』을 복수소설23)로 보는 근거가 되기도 한다.

둘째, 작품의 전편에 걸쳐 반노와의 갈등을 이끌어 나가는 주체가 奴婢主 자신이 아닌 주인의 아들로 설정되어 있다는 점이다. 이러한 특징은 〈復讐說〉과 『김학공전』에만 나타나는 현상24)으로서 다른 작품과 변별되는 중요한 특징이

---

20) 『김학공전』 외에도 〈復讐說〉과 유사한 구조를 보이고 있는 작품으로는 1906년 《帝國新聞》에 연재된 『살신성인』이 있다. 〈復讐說〉과 큰 차이가 없는 것으로 보아 그것의 소설화로 보이지만 번거로움을 피하기 위해 여기서 함께 다루지는 않고 뒤에서 추노계 소설의 관련양상을 검토할 때 언급하기로 한다.

21) 〈복수설〉의 후반에 제시된 "遠近聞者 莫不嘉生以童者出家 卒能報其父仇"라는 기록을 통해 우리는 이 작품이 '아버지를 죽인 叛奴에 대한 아들의 復讐를 그린 것'임을 짐작할 수 있다.

22) 『김학공전』에서 주인공 학공이 부모의 원수갚음에 대해 뚜렷이 자각하고 있는 모습을 127쪽, 128쪽, 138쪽, 145쪽, 147쪽, 148쪽, 151쪽, 159쪽, 167쪽, 168쪽 등에서 찾아볼 수 있다. 여기에 밝힌 쪽수는 김기동 편, 『활자본고전소설전집』 2권(아세아문화사, 1976)을 대본으로 한 것이다.

23) 李慧淳, 「金鶴公傳에 나타난 복수플롯의 受容樣相」, 『震檀學報』 第45號(진단학회, 1978)

24) 傳作品으로 〈정효자전〉·〈권효자전〉에도 아버지의 죽음에 대해 아들이 복수하는 여정이

되고 있다. 이 후로 전개되는 노 - 주의 갈등이 복수의 의미를 강하게 띠는 것도 초반부의 이같은 상황설정 때문이다.

셋째, 집을 나간 주인이 반노 딸과 혼인하는 대목이 상세하게 묘사되고 있다는 점이다. 앞에 제시한 네 작품은 반노 딸의 變裝을 통한 주인구출이라는 이른바 변장모티프를 공유하고 있다. 그런데 변장모티프를 수용한 추노계 야담 중 주인과 반노 딸의 관계를 명확히 밝히고 있는 작품은 〈復讐說〉뿐이며 나머지 작품에는 이에 대한 언급이 전혀 없다. 주인과 반노 딸의 혼사에 대해서는 『김학공전』에도 구체적으로 나타나고 있으므로 〈復讐說〉과 『김학공전』의 유사성은 여기서도 발견된다. 〈復讐說〉의 경우, 아버지를 찾아 나선 아들이 걸식하며 다니다가 반노들이 사는 마을에 당도하게 되고, 한 士人의 집에 기식하다가 이웃에 사는 양가의 딸과 혼인하게 되었는데, 알고 보니 그는 다름 아닌 반노의 딸이었다. 한편 『김학공전』의 경우, 반노들을 찾아다니던 학공이 유리방랑 끝에 계도라는 섬에 당도하게 되고, 거기서 김동지를 만나 사환노릇을 하다가 그의 딸과 혼인하게 되었는데 알고 보니 그 집은 반노의 집이었다. 이처럼 주인공이 처음 당도하여 寄食하던 거처를 제외하고는 세부사항에 이르기까지 〈復讐說〉과 『김학공전』은 일치된 모습을 보인다.

넷째, 주인공의 신분이 노출되는 과정에 대한 묘사가 〈復讐說〉과 『김학공전』에는 상세하게 이루어지고 있다. 이 또한 추노계 야담의 다른 작품에서는 찾아볼 수 없는 현상이다. 〈復讐說〉의 경우, 장인(반노)이 다른 사람과 소송할 것이 있어 집에 보관하고 있던 잡다한 문서들을 꺼내 주인에게 보이며 訟事에 소용되는 것을 고르게 했는데, 그 문서들은 주인의 부친이 自筆한 典籍이었다. 주인이 놀라 이 사실을 처음 기식하던 士人에게 알렸는데, 그 과정에서 자신의 신분이 탄로되었던 것이다. 『김학공전』의 경우, 학공이 어릴 때부터 어머니가 준 노비·전답문서를 품속에 간직하고 다녔는데, 혼인한 후 밖에 숨겨놓고 몰

곡진하게 그려져 있고 〈김씨전〉에는 그 주체가 부인으로 되어 있으나 구성면에서 볼 때 본고의 작품과 연관성을 상정하기는 어렵다. 이들 傳작품에 대한 구체적인 논의는 이헌홍, 앞의 논문, 175-191쪽 참조.

래 엿보러 다니다 부인에게 탄로되었으며 장모가 술기운에 못 이겨 이웃에게 발설한 것이 원인이 되어 마침내 학공은 죽을 위기에 처하게 된 것이다. 신분이 탄로되는 세부적인 상황은 약간 다르지만, 다른 작품에 비해 그 과정을 구체적으로 밝히고 있다는 점에서 두 작품은 공통점을 지닌다.

지금까지 검토한 바와 같이, 〈復讐說〉과 『김학공전』은 여러 면에서 유사하거나 거의 동일한 면모를 많이 보여주고 있기 때문에, 『김학공전』은 그보다 훨씬 전에 널리 구전되다가 문헌에 기록·정착된 〈復讐說〉의 영향을 받아 소설로 형성되기에 이른 것이라 추정할 수 있다.25)

이제 『김학공전』이 〈復讐說〉을 모태로 삼아 소설로 형성되면서 달라진 면모를 확인할 차례다. 앞서 언급한 것처럼, 『김학공전』은 주인공 학공이 복수일념에 사로잡혀 있었던 만큼 작품의 전체적인 의미가 '개인적인 복수행위'에 경도된 감이 없지 않다. 이 점은 〈復讐說〉에도 나타나는 현상이지만 처음부터 끝까지 주인공의 복수의지가 일관되지 않고 후반부에는 반노 딸의 열행이 크게 부각되어 있다. 그리고 무엇보다 큰 차이는 〈復讐說〉이 반노들을 징치하는 데 전적으로 官의 힘을 빌리고 있는 반면, 『김학공전』은 어디까지나 학공이 개인적인 힘을 키워 반노들의 징치에 직접 가담하고 있는 점에서 발견된다. 주인이 官의 도움을 받아 도망노비를 추쇄하는 것은 조선시대 초기에서 후기에 이르기까지 하나의 관행이 된 듯26)하기 때문에 이같은 역사적 사건들이 야담 속에 직접 투영된 것이라 볼 수 있고, 주인이 과거급제를 통해 힘을 기른 뒤 개인적으로 복수

---

25) 〈復讐說〉과 『김학공전』이 공유하고 있는 구조적·주제적 특징은 『살신성인』에도 그대로 적용될 수 있다. 때문에 앞에서 '〈復讐說〉과 『김학공전』만 지니고 있는 공통점'이란 표현은 『살신성인』까지 아우르는 의미로 이해하면 되겠다.

26) 세종·세조·성종·중종실록에 보면 도망노비를 추쇄하러 간 本主가 도망노비나 그 容隱者 및 受托者들의 물리적인 저항을 받아 목숨을 빼앗기거나 곤욕을 치르는 경우가 빈번했음을 확인할 수 있다. 이런 사정 때문에 家勢가 미약한 本主에게는 官의 지원을 얻을 수 있는 능력이 추쇄의 성공 여부를 가름하는 관건이 되기도 하였고, 또 실제로 本主의 개별적인 청탁에 의한 官의 지원이 있기도 하였다. 지승종, 「조선 전기 主奴 관계와 노비 통제」, 『한국사회구조의 전통과 변화』(한국사회사연구회, 1994), 63-65쪽.

하는 것은 야담보다 현실성이 약화된 것으로, 야담이 소설화되면서 나타난 현상이라 하겠다.

『김학공전』은 이 외에도 재생모티프를 수용한 결과 학공과 별선(반노 딸) 사이에 일어난 혼사장애를 후반부에서 극복하게 한다든가, 적강모티프, 지인지감 모티프 등을 수용하여 추노계 야담의 소설화에 따른 소설적 변용을 나름대로 꾀하고 있지만 그렇다고 주인공의 복수의지와 그 실현이라는 핵심 구조가 침해를 받는 것은 아니다. 다만 학공의 여동생(미덕)을 등장시킨 점과 어머니가 명월암에 피신해 있다는 상황을 설정하여, 모든 문제가 해결된 뒤에 가족이 재상봉하게 함으로써 가족의식을 크게 고취시키고 있는 점이 주목된다. 이는 학공이 출장입상한 뒤에 그 지위를 빌려 모든 문제를 해결하는 부분과 함께 영웅소설에서 마련된 구조적 틀을 차용한 것이라 볼 수 있다.

요컨대, 『김학공전』은 추노계 야담인 〈復讐說〉을 근원으로 취해 나름대로의 소설적 변용을 꾀하고 있지만, 작품 초반부에서 제기된 노 - 주 갈등이라는 본질적 문제가 지속적으로 다루어지지 못하고 있다. 하지만 학공의 복수의지가 일관되게 작용하면서 고난 어린 그의 복수여정이 전체 구조를 형성하도록 짜놓은 결과 고소설사에서 보기 드문 복수플롯을 가진 소설로 발전될 수 있었던 점을 의의로 꼽을 수 있다.27) 『김학공전』이 여러 차례 개작되면서 독자들의 관심과 흥미를 끈 것은, 이 작품이 노비들의 모반으로 야기된 주인과 노비 사이의 대립·갈등을 주인이 개인적인 차원에서 일관되고 끈질긴 복수의지를 가지고 가해자인 노비들을 찾아가서 철저하고 잔인하게 복수하는 모습을 보여주고 있기 때문이라 여겨진다.

이와 함께, 중국을 배경으로 삼고 있는 異本에서 학공모와 동생 미덕이 반노

---

27) 이혜순은 『김학공전』에 나타나는 이같은 복수의 형태가 우리 문학사에서는 매우 이질적이라는 점을 들어 이를 중국문학에서 수용한 것으로 파악하고 있다.(앞의 논문) 하지만 필자는 이를 수긍할 수 없다. 우리의 傳이나 小說에도 유혈을 동반한 복수가 개인적 차원에서 끈질기게 전개되는 작품이 발견되고 있기 때문이다. 이광정의 〈정효자전〉, 장지연의 『일사유사』에 나오는 〈김씨전〉·〈황씨전〉, 고소설 『김씨남정기』 등이 여기에 해당되는 작품이다.

들을 피해 영월암으로 도망가는 반면, 한국을 배경으로 삼고 있는 異本의 경우 학공모와 미덕은 반노들에게 죽임을 당하기 때문에 반노들에 대한 학공의 복수 의지도 한층 강화되어 있음을 보게 된다.28) 이는『김학공전』이 완전한 복수소 설로 개작・변질되고 있음을 보여 줌과 동시에, 독자들의 관심 또한 학공의 복 수에 모아지고 있음을 단적으로 나타내주는 구체적인 증거가 된다.

2. 通俗化의 指向과 『申桂厚傳』

『신계후전』은『김학공전』과 유사한 구조로 짜여진 작품이기 때문에 〈復讐說〉 과의 관련은 논외로 하고 여기서는 추노계 야담이 소설화되면서 변모된 양상만 살 펴보기로 한다.『신계후전』의 특징으로 가장 먼저 들 수 있는 것은 전반부의 내용 과 후반부의 내용이 이질적이라는 점이다. 문제는 그것의 정도가 너무 심해서 이 작품이 애초에 제기한 문제의 본말이 전도된 느낌마저 들게 한다는 데 있다.

전반부는 대체로『김학공전』과 유사한 구성을 보이고 있지만, 후반부에 이르 면 계후와 경애 사이에 발생한 혼사장애와 그 극복의 문제에 대부분의 지면을 할애하고 있다.

특히 후반부에는 계모에 의한 정절모해, 뒤주 속에 갇히는 수난, 갓난 아들과 분리되는 수난 등을 권경애라는 인물에 집중적으로 부가해 놓은 점과, 혼사장애 의 해결 과정에 나타나는『춘향전』을 방불케 하는 어사출도대목 등은 가히 후 반부의 핵심을 이루고 있다. 그 결과 상대적으로 노‑주 갈등에 따른 문제의 해 결은 뒷전으로 밀려나게 된다. 반노들에게 죽을 위기에 처했다가 가까스로 벗어 나 도망했던 계후가 정작 반노들을 징치하는 모습은 작품의 결말 부분에 아주 제한적으로만 그려져 있다.

그런데『신계후전』이 이처럼 전대의 여러 삽화들을 적절히 배치하여 놓았음 에도 불구하고 독자들에게 흥미를 가져다 주는 데는 어느 정도 성공한 작품이라

---

28)『김학공전』의 개작양상과 이본간의 차이에 관한 자세한 사항은 田耕旭,「김학공전의 개작양 상과 문학사적 의의」(한국고소설연구회 제26차 연구발표회 발표요지, 1994. 8. 16)를 참조.

이를 만하다.29) 그 원인은 이 작품이 여러 삽화들의 결합장치를 통해『김학공전』과는 또 다른 측면에서 추노계 야담을 나름대로 변용해 내고 있기 때문이다.『김학공전』이 학공 개인의 집념 어린 복수여정을 일관되게 다루고 있는 작품이라면,『신계후전』은 계후가 경애와의 혼사장애를 극복하는 과정을 극대화시켜 놓은 작품이다. 두 작품 모두 추노계 야담이 제기한 노 - 주 갈등이라는 문제의 본질을 비껴가고 있지만『김학공전』에 비해『신계후전』이 일탈의 정도가 훨씬 심하다.

『신계후전』은 기본적으로 통속화를 지향하고 있다. 사건의 발단은 계후의 부모가 구몰한 틈을 타서 家奴인 흠탐·흠탈 일당이 橫叛·逃走하는 것에서부터 비롯된다. 그들은 계후를 방안에 가두어 둔 채 주인집에 불을 지르고는 재산을 모두 탈취하여 海島인 고금도로 달아나 낙향한 재상으로 신분을 모칭하며 부유하게 살고 있었다. 모친의 현몽지시에 의해 가까스로 도망한 계후는 반노들의 거처를 찾아 三南을 유리걸식하며 떠돌다가, 낙향한 재상이 고금도에서 부유하게 산다는 소문을 듣고 그곳으로 찾아간다. 그리고는 우연히 주인에게 글솜씨를 인정받아 그 집에 머물면서 주인집 딸과 혼인하게 된다. 혼인한 후 계후는 몸 속에 지니고 다니던 종문서와 족보를 부인에게 맡겨두었는데 부인이 우연히 종문서에서 부친과 삼촌의 이름을 발견하고 흠탐에게 알리자, 계후의 신분을 안 흠탐 일당은 그를 죽이려고 한다. 그러나 다행히도 부인의 변장을 통한 대리희생으로 계후는 탈출하는 데 성공한다. 여기까지가 전반부의 내용에 해당된다.

이와 같이『신계후전』전반부의 모반과정에 대한 세부적인 정황, 반노 딸과 혼인하기까지의 과정, 신분노출 방식, 위기해결 과정 등은 앞서 살핀『김학공전』과 매우 유사하지만, 이 후로 펼쳐지는 사건은 두 작품이 판이하게 다르다.

---

29)『신계후전』처럼 기존의 문학관습에서 상용되던 여러 삽화들을 선별적으로 수용하여 새로운 작품을 만들어낸 예는 여성영웅소설에서 흔히 찾아볼 수 있다.『이대봉전』·『양주봉전』·『이봉빈전』의 관계가 그렇고,『이학사전』·『홍계월전』·『정수정전』도 이같은 특징을 보여주는 좋은 예가 된다. 우리 고소설에 이와 같은 방법으로 창작된 작품이 이 외에도 많이 있을 것이라 보이며, 이는 고소설의 구성원리라는 측면에서 별도의 연구가 진행되어야 하리라 본다.

『신계후전』의 통속화는 여기서부터 시작된다. 후반부의 주요사건은 반노의 집에서 도망쳐 나온 계후가 권찰방의 집에 기거하면서 그의 딸인 경애와 겪게 되는 혼사장애 및 그 극복과정으로 나타난다. 그런데 후반부의 이 부분이 너무 과도하게 확장되어 있기 때문에 전반부와의 논리적 인과관계가 자연스럽지 못하다. 그리고 후반부에 와서 혼사장애의 극복이 더 큰 비중으로 다루어지다 보니 전반부에서 야기된 노-주 갈등이 지속적으로 전개되지 못하고 그 해결 또한 계속 유보되고 있다.30) 따라서 추노에 따른 노-주 갈등이라는, 문제의 본질을 벗어난 정도로 본다면 『김학공전』보다 『신계후전』이 훨씬 더 심한 편이다.

　『신계후전』의 핵심은 오히려 후반부에 놓여있는 것으로 드러난다. 작품 내용의 대부분을 차지하고 있는 후반부는 계후의 고난을 한층 더 강화하는 수단으로 혼사장애담을 수용하고 있다. 고금도에서 죽을 위기를 간신히 모면하고 도망쳐 나온 뒤 계후는 우물가에서 자다가 황룡 꿈을 꾸고 찾아온 권찰방에게 발견되어 그의 사위가 된다. 그런데 신혼 첫날밤에 경애의 繼母 고씨31)의 흉계로 계후는 그 집을 도망쳐 나오게 된다. 계모가 경애에게 부정한 누명을 씌우게 된 직접적인 원인은 다음의 예문에 잘 드러나고 있다.

　　후실 고씨는 계후에 인물풍채 비범함을 알고 후일에 가산즙물을 아스면 나에 자식 잇는 거시 셔름을 당할가하여 마음에 불합하야 쟝차 모함할 쯧을 두고 졔 노복 금낭을 불너왈 … 이졔 실낭을 보니 일후에 반다시 내 가산을 졔 마음대로 할 거시니 내 아들 둘은 개밥에 도토리가 될지라 이졔 너는 신랑을 죽여 업새면 천금을 상사하고 또 네 몸을 속신하여 쥴터이니 행례하는 날 밤에 칼을 가지고 등대하엿다가 신랑이 잠이 들거던 죽이라32)

────────────

30) 논의의 편의상 『신계후전』을 전반부와 후반부로 나누었지만 사실상 전반부는 총 45면 중 7면에 불과하고 그 나머지는 모두 후반부에 해당된다(여기서 대본으로 삼은 것은 仁川大 民族文化硏究所 編, 『舊活字本古小說全集』 8권에 실려있는 1920년 대창서원 간행의 『신계후전』이다). 후반부가 계후와 경애 사이의 혼사장애담으로 일관되어 있음을 감안한다면, 이 작품의 지향이 어디에 있는지를 쉽게 짐작할 수 있다.

31) 異本에 따라 권경애 계모의 姓이 고씨(대창서원본), 교씨(이화여대 도서관소장본)등으로 나타난다.

32) 『구활자본고소설전집』 8(인천대 민족문화연구소 편, 1983), 151쪽. 이하 본문인용쪽수도

위의 예문을 보면, 계모가 흉계를 꾸미게 된 이면에는 가산을 둘러싼 경제적 이해의 상충이 자리하고 있는 것으로 드러난다. 고씨는 자신과 자기 소생의 장래 생활을 보장받기 위한 절실한 생각에서 흉계를 꾸미고 있기 때문이다.33) 이 부분은 기본적으로『장화홍련전』류의 가정소설에서 영향을 받은 것으로 보이지만, 구체적인 謀害의 과정에는 이 작품만의 독자성이 나타나 있기도 하다. 즉 흉계를 실행하는 인물이 家奴인 금낭으로 되어 있고 그것이 신분상승34)과 깊이 연계되어 있는 점, 죽이기로 한 대상이 사위에서 전처자식으로 옮겨가고 있는 점,35) 정절모해를 입은 인물을 죽이는 대신36) 뒤주 속에 갇히게 함으로써 고난의 강도를 높이고 있는 점, 그 해결이 암행어사출도에 의한 방식으로 이루어지는 점 등이 그것이다. 이 과정이 아주 세밀하고 장황하게 묘사되고 있어서 분량이 많아짐은 물론 문제의 핵심마저 흐려놓는 결과를 초래하고 있지만 전대소설에서 관습화된 여러 모티프들을 적절히 배합하여 흥미위주로 엮어놓았기 때문에, 독자들에게는 오히려 읽는 재미를 만끽할 수 있게 하는 요인이 되고 있다.

여기에 따른 것이다.

33) 이러한 성격은 '계모-전처자식 갈등'을 다룬『장화홍련전』에서 그 전범을 찾아볼 수 있다. 『장화홍련전』의 계모 허씨가 장화를 모해하여 죽게 한 직접적인 원인은 장화자매가 자신의 경제력 확보에 방해가 되었기 때문이다. 여기에 대해서는 이원수, 「가정소설 작품세계의 시대적 변모」, 경북대 대학원 박사학위논문, 1991, 78-81쪽을 참조.

34) 奴僕 금낭이 위험을 무릅쓰고 繼母의 흉계를 실행한 것은 일이 성사될 경우 천금을 賞賜하고 贖身시켜 주겠다던 고씨의 約條가 크게 작용하였기 때문이다.

35)『신계후전』의 계모 고씨는『장화홍련전』의 허씨와는 달리, 애초부터 전처자식을 죽이려 했던 것이 아니다. 계후의 비범함을 알고 그를 사위로 맞이할 경우 자기소생의 자식에게 재산이 돌아가기 어렵다고 판단했기 때문에 계후를 먼저 죽이려 했던 것이다. 그런데 계후가 이를 눈치채고 도망가자 그제서야 경애를 부정한 여인으로 몰아 죽이려 하고 있다(『신계후전』, 151-154쪽).

36)『장화홍련전』이나 계모형 설화의 경우 계모가 전처자식을 모해하여 죽이는 것이 일반적이고 그 신원과정이 중요하게 다루어지고 있는 반면, 『신계후전』에서는 전처자식인 경애가 죽지 않고 뒤주 속에 갇히는 고난을 겪다가 암행어사로 나타난 계후에 의해 목숨을 건지게 된다. 이렇게 차이를 보이게 된 원인은『신계후전』이 혼사장애담의 일부분으로서 정절모해사건을 수용하고 있어서, 장애를 극복하고 완전한 만남을 이루는 결과가 반드시 필요했기 때문이 아닌가 한다.

결과적으로 이런 점들이『신계후전』의 통속적 성격을 강화하는 구실을 한다.37)

한편, 초반부에서 문제가 된 노 - 주 갈등의 해결부분은 혼사장애를 극복하고 난 다음에 긴박한 상황 속에서 매우 간략히 처리되고 있다. 역졸들을 앞세우고 고금도로 들어간 계후는 島內의 제족들을 남김없이 잡아들여 문초하고 가담자들을 모두 징계하되 자기를 위해 죽은 낭자의 아비만은 살려주게 된다.

지금까지『김학공전』·『신계후전』을 대상으로 추노계 야담의 소설화에 따른 변용의 구체적 실상과 그 의미를 살펴보았다.『김학공전』이 학공 개인의 집념어린 복수여정을 일관되게 다루고 있는 작품이라면,『신계후전』은 계후가 경애와의 혼사장애를 극복하는 과정을 극대화시켜 놓은 작품이다. 두 작품 모두 추노계 야담이 제기한 노-주 갈등이라는 문제의 본질을 비껴가고 있는데,『김학공전』에 비해『신계후전』이 일탈의 정도가 훨씬 심하다 하겠다. 그럼에도 불구하고 전자의 경우는 복수소설로서의 새로운 가능성을 열어놓았다는 점에서, 후자의 경우는 여러 삽화들의 적절한 결합을 통해 통속적 구성으로 짜놓음으로써 나름대로 소설적 변용을 꾀하는 데 성공한 작품으로 평가할 수 있다.

Ⅳ. 推奴系 小說의 先後問題와 相互 關聯性

추노계 야담을 근원으로 삼아 소설화된 작품으로는『김학공전』·『신계후전』외에도『탄금대』·『살신성인』등이 있다. 이들 중『김학공전』·『신계후전』·『탄금대』가 맺고 있는 관계에 대해서는 지금까지 상반된 주장이 있어왔다. 김기동이 명확한 근거를 제시하지 않은 채『신계후전』은『김학공전』을 번안한 작품38)이라 단정한 이래 최운식·조동일이 이 주장을 그대로 수용39)하였고, 여

---

37) 이헌홍, 앞의 논문(212-214쪽)에서『신계후전』의 이러한 성격을 면밀히 분석하고 있다.

38) 김기동,『한국고전소설연구』(교학연구사, 1983), 637쪽.

39) 최운식,「『김학공전』연구」,『국어국문학』74집(국어국문학회, 1977), 76쪽.
    조동일,『한국문학통사』4권(지식산업사, 1986), 337쪽.

기에 대해 강진옥이 반론을 제기하고 나섰다.[40] 강진옥은『신계후전』이 1920년에 대창서원, 1926년에 신구서림에서 간행된 바 있고, 1915년으로 謄書年代를 잡을 수 있는 이화여대 소장 필사본이 있는 반면,『김학공전』은 1923년 영창서관에서 발행된 것이 가장 앞서므로『김학공전』에 비해『신계후전』이 먼저 지어진 것[41]이라 보고 있다.

그러나 필사연대의 선후를 가지고 작품의 생성시기를 밝힌다는 것은 우선 논리적으로 납득이 가지 않는다. 설령 필사연대를 준거로 삼는다 하더라도『김학공전』이『신계후전』보다 늦게 지어졌다는 강진옥의 단정은 설득력을 얻기 어렵다.『김학공전』의 필사본에는 김동욱 소장의 두 이본이 있는데 하나는 총 84면 분량(김동욱 A본)으로 되어 있고 다른 하나는 총 78면의 분량(김동욱 B본)으로 되어 있다. A본과 B본에는 공히 필사연대를 추정할 수 있는 干支가 부기되어 있다. A본의 표제에는 “壬子 二月 十八日”이라 적혀있는 것으로 보아 1912년에 필사된 것임을 알 수 있고, B본의 표제에는 “경술 정월 초사일 시작”이라 적혀있어 이 작품이 1910년에 필사된 것임을 알 수 있다.[42] 위의 두 가지 사실은 지금까지 발견된 작품만을 대상으로 할 경우『김학공전』이『신계후전』보다 앞서 필사되었다는 명백한 증거가 된다. 나아가『신계후전』은『김학공전』에 비해 다음과 같은 점에서도 그 후대성을 짐작해 볼 수 있다.

첫째, 작품의 배경으로 볼 때『김학공전』은 중국과 한국을 무대로 삼고 있는 이본이 공존하는 데 비해,『신계후전』의 이본은 모두 국내를 배경으로 삼고 있다. 특히『신계후전』은 작품의 전체 내용과 별로 상관없는 신립이라는 역사상의 인물을 등장시켜, 외적에 대한 적개심을 드러내고 있다는 점에서 이 작품이 개화기에 역사 전기류 소설이 활발히 창작되던 시기에 지어졌던 것이 아닌가 하는 생각을 가지게 한다.

---

40) 강진옥,「『신계후전』의 예비적 검토」,『이화어문논집』제9집(이화여대 한국어문학연구소, 1987).
41) 강진옥, 앞의 논문, 173-174쪽.
42) 田耕旭, 앞의 발표요지, 2-3쪽.

둘째, 『김학공전』은 주로 복수플롯을 중심으로 단순한 구성을 보이고 있음에 비해, 『신계후전』은 후반부에 다양한 삽화를 결합시킨 결과 작품이 지향하는 문제의식이 일관되지 않고 혼란한 면을 보인다. 후반부에 결부된 정절모해모티프, 뒤주모티프, 어사출도 모티프 등은 전대의 문학, 특히 『춘향전』이나 가정소설 등에서 관습화된 전범들로서 『신계후전』은 이들 모티프들의 삽화적 결합으로 후반부를 장식하고 있다. 삽화결합에 의한 흥미중심의 통속화된 작품구성 방식은 후대의 작품일수록 두드러진다고 볼 때 『신계후전』의 창작시기를 『김학공전』의 그것보다 올려잡을 수 없을 것이다.

셋째, 『김학공전』에는 고소설에서 흔히 볼 수 있는 재생모티프·적강모티프 등이 있으나 『신계후전』에는 그것이 나타나지 않는다. 그리고 추노계 야담과 관련해서 보더라도 『김학공전』이 〈復讐說〉의 복수플롯을 거의 그대로 유지하고 있는 반면, 『신계후전』은 후반부에 혼사장애담을 과도하게 확장시킨 결과 문제의 본질을 상당정도 벗어나 흥미중심의 통속화를 지향하고 있다. 이 또한 『신계후전』의 후대성을 짐작케 하는 증거라 하겠다.

이와 같이 지금까지 발견된 이본의 필사연대로 보거나 작품의 구조로 볼 때 『김학공전』이 『신계후전』보다 앞서 창작되었거나 아니면 비슷한 시기에 두 작품이 창작되었으리라 추정해볼 수는 있다. 그러나 『신계후전』이 『김학공전』보다 앞설 것이라는 주장은 설득력을 얻기 어렵다고 본다.

여기서 이 문제와 밀접히 관련을 가지는 것으로 보이는 『살신성인』에 주목해 볼 필요가 있다. 이 작품은 1906년 10월 22일부터 11월 3일까지 제국신문에 연재되었는데, 주인이 도망노비를 추쇄하러 갔다가 그들에게 살해된 점, 주인의 아들이 아버지를 찾아 나섰다가 우연히 도망노비의 딸과 혼인하게 된 점, 도망노비에게 신분이 탄로되어 죽을 위기에 처했다가 도망노비 딸의 대리죽음으로 목숨을 건진 점, 위기를 모면한 아들이 告官하여 반노를 처벌한 점 등이 〈復讐說〉과 너무도 흡사하다.

따라서 『살신성인』은 〈復讐說〉을 근원으로 취해 나름대로 각색한 것으로 보아도 무방할 것 같다.43) 이처럼 추노계 야담 중 비교적 짜임새를 잘 갖추고 있는 〈復讐說〉이 소설 형성에 직접적인 영향을 미쳐『김학공전』·『살신성인』같은 작품이 산생된 것이라 하겠다. 특히『살신성인』은 추노계 소설 중, ①창작연대(1906.10.22~11.3)를 명확히 알 수 있는 점, ②다른 작품에 비해 창작연대가 가장 앞서는 점, ③〈復讐說〉의 구조 및 주제에 가장 근접된 모습을 보이고 있는 점 등에서 중요한 의의를 갖는다. 이같은 정황으로 미루어 볼 때 위의 네 작품 중 가장 먼저 지어진 작품은『김학공전』혹은『신계후전』이 아니라 살신성인〉이 되는 셈이다.

그러나 유사한 작품의 선후문제는 창작연대가 밝혀져 있지 않은 한 단순히 필사연대의 선후만으로는 가려질 수 없고 작품의 구조를 면밀히 분석해 보고 난 다음에 조심스럽게 추론해 볼 수 있을 뿐이다. 따라서 이 문제는 네 작품에 대한 면밀한 대조작업과 함께 이들이 추노계 야담과 맺고있는 관련의 실상을 명확히 파악하고 난 다음에야 해결될 수 있을 것이라 본다. 설령 그렇게 해서 선후문제가 밝혀진다 하더라도, 어느 한 작품이 다른 작품에 영향을 미쳤다는 것 외에 그것이 큰 의미를 가지는 것은 아니다. 여러 가지 정황으로 보아『김학공전』·『신계후전』·『살신성인』·『탄금대』는 19세기 말에서 20세기 초반쯤으로 보이는 거의 비슷한 시기에 창작된 작품이겠기 때문이다.

다음으로『김학공전』·『신계후전』이 신소설『탄금대』와 맺고있는 관련의 실상에 대해 살펴보기로 한다. 여기에 대해서 "『탄금대』는 고전소설『김학공전』을 원천작품(源泉作品)으로 하여 신소설적 형식, 문체 및 구성으로 번안"44)한 작품이라고 최운식이 가설을 제기한 이래 이혜순도 이를 그대로 따랐다.45) 그러다가 강진옥이 작품구조의 유사성 및 작품의 중심 무대인 '고금도'라는 지명의

---

43) 개화기의 각종 신문에 연재된 소설 중 조선후기 야담을 번역·각색한 작품이 적지 않은 수를 차지하고 있는데『살신성인』도 이런 추세 속에서 추노계 야담 중 〈復讐說〉을 그 근원으로 삼아 형성된 작품이라 볼 수 있다.

44) 최운식, 앞의 논문, 92쪽.

45) 이혜순, 앞의 논문, 157쪽.

일치 등을 들어, 『탄금대』는 『김학공전』이 아닌 『신계후전』의 번안이라는 반론을 제기했고,[46] 김순진에 의해 이점은 다시 한번 강조되었다.[47]

그러나 이 문제도 그렇게 간단히 단정지을 성질의 것이 아니다. 『김학공전』은 1910년·1912년에 필사된 작품이 있으며, 『신계후전』은 1915년에 필사된 것이 가장 앞서는 반면, 『탄금대』는 1912년에 발표된 작품이기 때문에 필사연대만 가지고는 이들의 선후관계를 종잡기는 어렵다. 그보다는 추노와 관련된 구전설화 및 그것의 정착이라 할 수 있는 〈復讐說〉류의 추노계 야담이 『김학공전』·『신계후전』·『탄금대』뿐 아니라 『살신성인』의 형성에까지 직접 영향을 주어 네 작품이 비슷한 시기에 창작된 것으로 간주하는 것이 보다 타당할 것 같다. 다만 『김학공전』과 『살신성인』, 『신계후전』과 『탄금대』가 다른 관계에 비해 상대적으로 밀접한 관련을 가지는 것만은 분명하다.

요컨대, 어떤 작품이 다른 어떤 작품에 영향을 미쳤을 것이라는 주장은 성급히 내려질 수 있는 문제가 아니다. 중요한 것은 변장모티프를 수용한 추노계 야담, 그 중에서도 〈復讐說〉을 근간으로 삼아 소설화된 이들 작품이 각각 어떻게 소설적 변용을 꾀하고 있으며, 그에 따라 노-주의 팽팽한 갈등구도 및 그 주제적 의미가 어떻게 변질되고 있는가에 대한 문제를 깊이 있게 해명하는 일일 것이다.

V. 결 론

추노계 야담은 조선후기 18, 19세기 당대의 현실적 주요 관심사였던 주인과 노비 사이의 신분갈등을 다각적으로 그려내고 있는 작품이다. 여기서는 이와 같은 추노계 야담의 소설화와 관련된 몇 가지 문제들을 검토해 보았다. 앞서 논의된 것을 요약·제시하여 마무리로 삼겠다.

---

46) 강진옥, 앞의 논문, 174-175쪽.

47) 金舜鎭, 「韓國 奴婢說話 硏究」(이화여대 대학원 박사학위논문, 1990), 130-131쪽.

1. 추노계 야담 중 변장모티프를 수용하고 있는 〈復讐說〉·〈有窮士推叛奴〉·〈京中士人沈姓者〉·〈乞父命忠婢完三節〉 등은 그 나름의 원리에 따른 독특한 유형성을 보이고 있다. 그 중에서도 〈復讐說〉은 '아버지→아들'로 推奴 주체가 전이됨으로 인해 작품의 전반적인 성격이 복수로 치닫고 있어『김학공전』과 가장 유사한 면모를 보인다. 작품구성과 주제적 의미로 볼 때『김학공전』의 형성에 직접적인 영향을 미친 작품은 〈복수설〉이라 단정지을 수 있다.『신계후전』또한 이러한 각도에서 이해할 수 있다.

2. 추노계 야담의 소설화는 두 가지 방향에서 이루어지고 있다.『김학공전』은 주인공의 경도된 복수의지와 이의 실행에 초점을 맞추었기 때문에, 전체적으로 복수소설적 성격을 강하게 지니는 반면, 상대적으로 노 - 주 갈등에 내재된 문제의식은 상당히 퇴색되어 있음을 보았다.

『신계후전』은 전대 소설에서 관습화된 여러 삽화들을 적절히 결합하여 독자들에게 보다 큰 흥미를 가져다 주는 쪽으로 관심이 모아지고 있다. 특히 후반부에 나타나는 계후와 경애 사이에 발생한 혼사장애의 과정과 그 해결로서의 어사출도 대목은 〈춘향전〉을 방불케 할 정도로 긴박하고 흥미있는 짜임새를 드러내게 되었다. 이를 통해『신계후전』또한『김학공전』과는 다른 방향에서 소설적 변모를 꾀했음을 확인할 수 있었다. 그리고 여기서 구체적으로 검토하지는 않았지만『살신성인』은『김학공전』과,『탄금대』는『신계후전』과 유사한 방향으로 소설화된 작품임을 알 수 있다.

3. 추노계 소설인『김학공전』·『신계후전』·『탄금대』·『살신성인』의 선후문제 및 이들이 맺고있는 관련의 실상을 검토해 보았다. 지금으로서는 네 작품 중 필사 혹은 창작연대가 가장 앞서는 작품이 1906년에 발표된『살신성인』이며,『김학공전』·『탄금대』는 1912년,『신계후전』은 1915년으로 필사연대를 올려잡을 수 있다. 이들 네 작품은 모두 〈復讐說〉류의 추노계 야담을 근간으로 삼아 소설화된 것인데『김학공전』과『살신성인』,『신계후전』과『탄금대』가 다른 작품과의 관계에 비해 상대적으로 밀접한 관련을 가지는 것으로 파악했다.

그러나 네 작품이 19세기 말에서 20세기 초에 이르는 거의 비슷한 시기에 지어진 것이기 때문에 선후 및 영향관계의 확정이 큰 의미를 가지는 것은 아니다. 중요한 것은 〈復讐說〉을 근간으로 삼아 소설화된 이들 네 작품이 각각 어떻게 소설적 변용을 꾀하고 있으며, 그에 따라 주제적 의미가 어떻게 변질되고 있는가에 대한 문제를 깊이 있게 해명하는 일이다.

정 준 식   부산대학교 강사

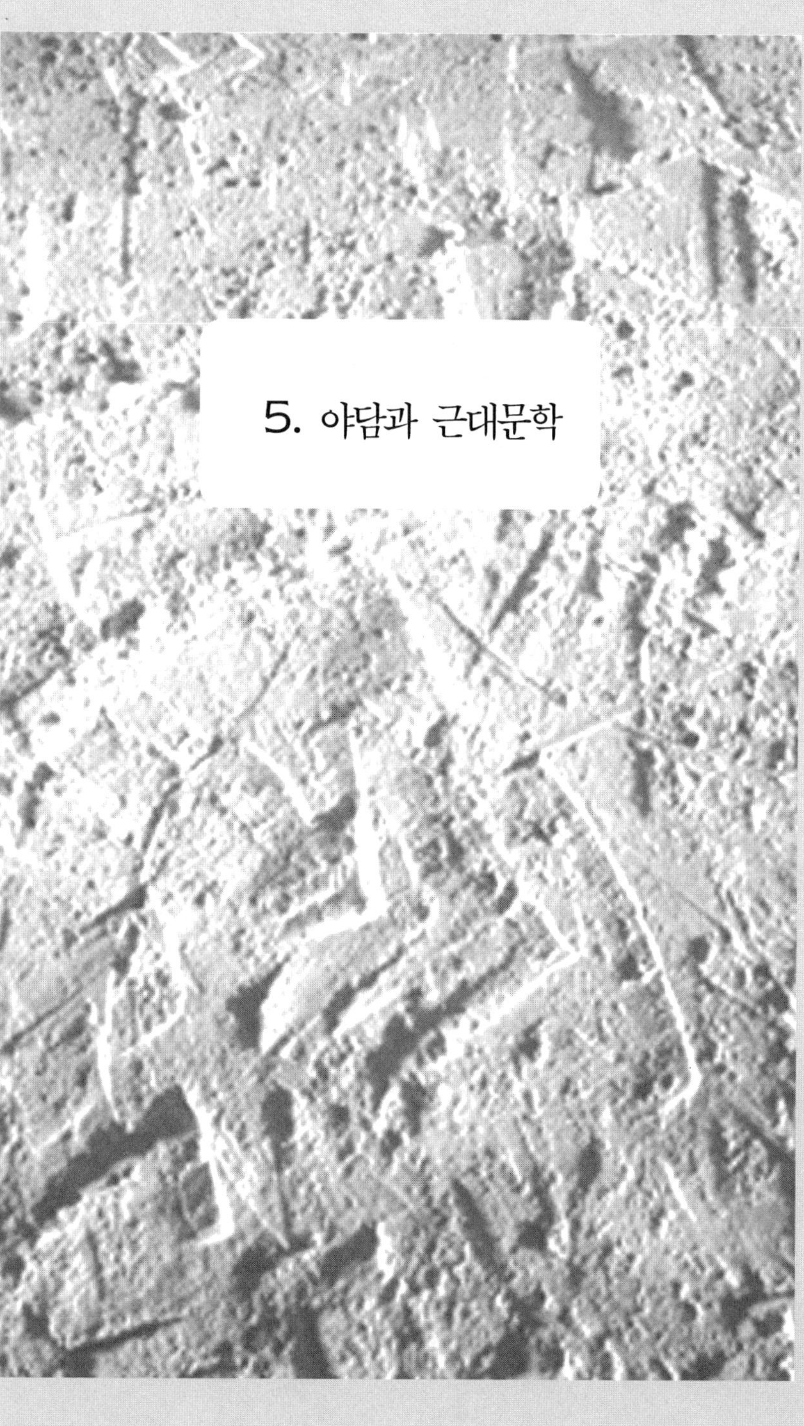

5. 야담과 근대문학

야담문학연구의 현단계

야담소재 신소설의 개작양상에 나타난 여성수난과 그 의미
— <천연정>과 <雨中奇緣>을 중심으로 —

Ⅰ. 서 론

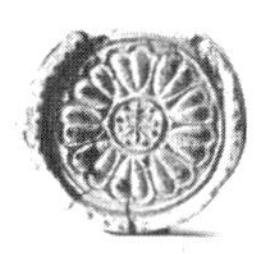

신소설과 전대 서사문학과의 관계는 선학들의 논의를 통해서 충분히 드러난 바 있다. 조동일이 신소설의 문학사적 위상을 논하면서 신소설이 신화에서부터 서사문학사전반을 관류하는 영웅의 일생 구조를 계승하고 있음을 지적한 이래[1], 신소설과 고소설의 연속성과 변화를 구체적으로 검토하는 개별논의들이 많이 나타났다. 최원식은 신소설기의 최대작가로 평가할 수 있는 이해조의 작품세계를 논의하면서 이해조의 작품 근저를 이루고 있는 소재적 원천으로서의 전대 문학적 요소들을 지적하고 이들이 창조적 원천으로 작용할 수 있는 작가의 교양과 문학적 역량에 대한 이해를 새롭게 하게 해주었다.[2]

그런데 문제는 신소설이 전대서사문학의 전통 속에서 다양한 소재를 차용하여 개작할 때 나타나는 개작방향의 특징적 양상과 그것이 갖는 의미에 대해서는 아직 충분한 검토가 이루어지지 않고 있다는 점이다. 신소설과 전대서사문학과의 관계논의는 전대서사양식이 신소설에 끼친 영향을 지적하는 근원설화 찾기 차원에서 그칠 문제는 아니다. 신소설의 작가들이 그같은 소재적 원천들을 어떤 방향으로 개작하고 있는가를 파악하고 신소설 특유의 구성 방식이나 핵심적 사

---

1) 조동일, 『신소설의 문학사적 성격』, 서울대출판부, 1973.
2) 최원식, 「이해조 문학 연구」, 『한국근대소설사론』, 창작과 비평사 참조. 1986.

건들의 경향성을 찾아냄으로써 그같은 현상이 신소설 형성시기인 개화기 당대 현실과 어떠한 관련을 맺는가를 생각해보는 것도 의미있을 것이다.

본고에서 검토의 대상으로 삼은 〈천연정〉과 〈우중기연〉은 작자미상의 신소설로 알려져 있다.3) 초판의 서지를 참고하면, 〈우중기연〉의 발행일자는 1913년 1월 30일이고, 〈천연정〉은 1913년 10월 16일로, 발행날짜만 다를 뿐 저작 겸 발행자는 지송욱, 발행소는 신구서림으로 되어있다. 두 작품은 발행년도와 출판사가 같다는 것 외에도, 전대의 서사양식인 야담을 모본으로 하여 개작한 신소설이라는 공통점을 가지고 있다. 전자는 〈고담〉이라는 제목으로 번역소개된 바 있는 야담4)을 소재로 한 것이고, 후자는 실재했던 인물 심희순을 내조하여 입신양명시킨 일타홍 이야기5)를 소재로 하여 이루어진 것이다. 이 두 개의 야담은 조선 후기에 편찬된 여러 야담집에서 두루 발견되고 있는 것으로 보아 일반에게도 잘 알려져 있었던 자료들로 평가된다.

〈고담〉의 경우, 해당야담 자체가 과부의 개가와 그것의 수용을 둘러싼 내용을 다루고 있다는 점에서 개화기 당대에 신사상의 하나로 크게 강조되던 과부개가주장과 맞물려서 신소설의 저본으로 자연스럽게 채택될 수 있었던 것으로 보인다. 〈일타홍〉은 여성인물이 기생이라는 불리한 조건 속에서도 주체적으로 선택한 삶을 끝내 일구어낸 이야기라는 점에서 여성의 권리를 강조하는 개화기 당대의 경향과 일치되는 면이 있다. 여성의 행동반경에 많은 규제가 존재하던 현

---

3) 우중기연을 이해조의 작품으로 보는 견해가 있으나(이용남, 「이해조연구」, 서울대석사논문, 1982) 이해조의 작품일 가능성도 배제할 수는 없지만 명확하게 밝혀진 것이 아니기 때문에 작가미상으로 보는 것이 타당할 것이라는 견해를 최원식도 피력한 바 있다.(최원식, 앞의 책, 30-31쪽)

4) 계서야담, 선언편, 기관, 청구야담, 동패락송, 동야휘집 등에 수록되어 있는 각편이다. 이 작품은 현재 『이조한문단편집』에 〈고담〉이라는 제목으로 번역, 게재되어 있으므로 본고에서도 그것을 제목으로 쓰기로 한다. 이우성 임형택, 『이조한문단편집』 상, 일조각, 1973. 234-241쪽)

5) 일타홍 이야기는 조선후기의 여러 야담집에 널리 실려 현재 33편이나 전해지는 대표적인 야담유형의 하나이다. 강영순, 「일타홍 이야기의 여성지인담 성격 연구」, 『고전문학연구』9, 한국고전문학연구회 참조. 1994.

실적 상황에서 불리한 여건에 처해있는 여성인물이 문제상황으로부터 벗어나는 과정에는 많은 시련들이 따르게 마련이다. 문제는 이 같은 시련들을 설정하는 방식에서 드러나는 일정한 방향성에 있다. 관습적 차원에서의 여성적 현실이 문제되는 전자는 물론 여성인물의 주체적 행동방식을 부각하는 후자의 경우에도 여성인물이 고난을 극복하는 과정에서 겪게 되는 시련의 양상이 공통성을 지니고 있다는 사실은 주목할 만한 현상으로 보인다.

야담을 신소설로 개작하는 과정에서 드러나는 특징적인 면모를 구체적으로 검토하는 것은 신소설이 갖는 성격적 특징에 접근하는 하나의 단서가 될 수 있을 것으로 본다. 더구나 이러한 검토를 통해서 신소설의 개작방향의 일정한 경향성을 드러낼 수 있다면 신소설 전반의 특성과 당대 사회적 현실과의 관련성 논의를 위한 통로도 마련될 수 있을 것이다. 본고에서는 앞의 두 작품을 대상으로 하여 개작과정에서 드러나는 특징적 양상을 검토함으로써 신소설의 구성방식에서 드러나는 보편적 성격과 그것의 의미를 당대 사회현실과의 관련 아래 파악하려는 시도의 단서로 삼고자 한다.

Ⅱ. 야담과 신소설의 서사구조 검토

1. 〈고담〉과 〈우중가인〉의 서사구조 비교

1) 〈고담〉의 서술구조

〈고담〉의 서사내용은 다음과 같이 정리할 수 있다.

1. 안동 권진사는 성품이 준엄하여 치가에 법도가 있었으므로 사납고 투기 심한 며느리도 성깔을 함부로 부리지 못함.
2. 권생이 처가에 갔다오다가 비를 만나 객점에 드니, 먼저 든 청년이 인사를 청해 이야기를 나누다가 술에 취해 떨어지다.
3. 권생이 눈을 떠보니 방에 소복한 미인이 앉아 있으므로 사정을 재차 물어 청년이 청상인 누이를 자기와 인연 맺어주고 떠났음을 알게된다.

4. 권생이 여자에게 기다릴 것을 당부하고 떠남.

5. 권생이 지혜가 많은 친구를 찾아가 의논하자, 친구들끼리 주연을 돌려가며 베풀면 방법이 생길 것이라 함.

6. 권생의 집 차례가 되어 부친과 권생의 친구들이 동석하는 자리에서 술이 반쯤 돌았을 때 그 친구가 권진사 앞으로 가서 객점기우를 고담인양 꾸며 이야기했다.

7. 기이한 일이라고 찬탄하는 권진사에게 그 친구가 권진사라면 그 경우에 어떻게 처신하겠는가 물으니 동침하고 데리고 살 것이라 했다.

8. 친구가 권진사의 엄한 성정을 지목하며 되풀이 묻자 권진사가 인정 사리를 들어 확인하므로, 그것이 권생에게 일어난 일임을 밝혔다.

9. 권진사는 조처할 일이 있다면서 친구들을 돌려보낸 뒤 대청에 자리를 벌이고 아들을 잡아다 작두판에 올려놓은 뒤 크게 꾸짖고는 하인에게 호령을 하니 하인이 발을 들어 작두를 밟을 기세였다.

10. 자부가 투기하지 않겠다는 것을 죽음으로 맹세하면서 수 차례 용서를 청하자6) 권생을 용서하고 교자와 인부를 보내어 소실을 모시고 오게 했다.

11. 여인에게 현구례를 행하게 하고, 자부에게도 예로써 절하고 한집에서 동거하게 하였는데 자부는 늙도록 화목하게 지내어 잡음이 전혀 없었다고 한다.

모본이 된 야담 자체가 당시 사대부여성에게 부과되던 재가금지라는 관습에 위배되는 재가를 실행한다는 점에서 근대 지향적 성격을 보여주고 있다. 누이의 개가를 공론화 하는 오빠와 그것을 반대하는 문중사람들의 대립은 과부의 개가를 자연스러운 것으로 인정할 수 없는 시대적 여건을 반영한다. 그같은 상황 때

---

6) 권진사와 며느리의 대화내용의 핵심을 요약하면 다음과 같다. (1)권진사의 작두질 명령에 자부가 머리를 두드려 얼굴에 피를 흘리며 용서해줄 것을 아룀 (2)권진사 호통하고 작두질을 명하니 자부 더욱 지성으로 호소. (3)권진사 2가지 망조로 부모시하의 아들이 자의로 축첩한 것과 자부의 성격이 거세고 투기 심하여 가정 분란 날 것을 제시하며 그것을 미리 제거하겠다 하자 자부가 되풀이 호소. (4) 권진사가 사세 급하여 이런 말을 하지만 겉과 속이 다를 것이라고 하니 자부가 그럴 리 없으며 만약 그렇다면 하늘의 벼락 귀신의 벌을 받을 것 (5) 권진사가 내 죽은 뒤에는 옛 버릇을 나타내 기광을 부릴 것이라고 하자 맹세하오니 다짐을 받아두셔도 좋습니다. (6)권진사가 종이에 써서 바치라 하니 자부가 금수지맹을 쓰고 만약 맹세를 어기는 일이 있으면 마땅히 벼락을 맞아 죽겠습니다. 이렇게 맹세를 해도 종래 용서하시지 않으시면 저는 죽음이 있을 뿐입니다. 이렇게 6차례에 걸친 철저한 다짐과 맹세의 과정을 거쳐 용서가 이루어진다.

문에 오빠는 은밀한 해결방법을 모색하게 되는 것이다. 누이와 그 시비를 동반하고 떠난 신랑감 탐색여행에는 적합한 사람만 있다면 즉시 문제해결을 단행할 수 있는 만반의 준비를 갖추고 있다. 인연 맺기 전 과정에서 드러나는 오빠의 신중한 처신방법은 당대의 사회적 통념 안에서 누이에의 사랑을 실천하는 인간적 윤리관을 지닌 가장의 모습을 보여주는 것이다. 자신의 정체는 철저하게 함구한 채 상대의 인물됨됨이나 처지를 세심하게 파악한 뒤 자기의 계획 속으로 끌어들이는 용의주도함이나, 누이의 의식에 소용될 재물까지 챙겨놓고 떠나는 것은 가족과 단절할 처지에 놓인 누이에 대한 배려인 것이다.

한편, 여인을 갑자기 받아들여야 할 처지에 놓인 권생 집안에서 이 문제에 대처하는 방식을 보자. 권생은 객점기연을 집안에 알리는 문제로 고민하다가 친구의 도움을 얻어 사건전말을 자연스럽게 권진사에게 알린다. 엄격한 권진사에게도 그것이 인정사리의 측면에서 수용되고 있음은 과부개가의 당위적 근거가 되는 셈이다. 치가의 법도를 지닌 권진사의 현명한 처신은 처첩갈등으로 집안의 분란을 야기할 수도 있는 화근을 근절하는 장치로 작용하고 여인은 정식으로 집안의 일원으로 받아들여진다. 이 같은 결말이 있기까지 가장 중요한 역할을 한 인물은 권생의 아내이다. 질투심 많은 인물로 설정되었던 그녀는 시아버지 앞에서 행했던 맹세를 끝까지 지켜 가족의 화목에 결정적 기여를 했다. 그같은 자기통제가 가능할 수 있었던 권생 아내의 인간적 성숙도 이 작품에서 크게 돋보이는 부분이다.

2) <우중가인>의 서사구조

〈우중가인〉은 〈고담〉에 비해 분량이 많은 만큼 사건도 복잡하다. 두 작품간 비교의 편이를 위해 사건단락을 크게 분절하고 서사적 전개과정을 소개하기로 하겠다.

(가)

@서두의 배경묘사 - 흐린 날씨였다가 밝아지는 배경은 주인공의 시련과 그것의 극
  복이라는 작품내용을 암시한다.
 1. 김참봉이 아들의 작첩을 징벌하겠다며 작두를 내어오라 호통하여 한밤중에 구
    리개 김참봉 집 안대청에 야단법석이 난다.
 2. 부인과 자부가 용서를 간청한다. 특히 투기하지 않겠다는 자부의 다짐을 글로
    쓰게 한 뒤 아들을 용서하고 가마를 보내 여인을 모셔오게 한다.

(나)

 3. 남한성안에 사는 이양덕의 딸 연향은 시집간 이듬해 과수가 되자 본가로 돌아
    온다.
 4. 부모가 아들과 의논하여 딸을 개가시키기로 합의하고 복동이 누이에게 개가를
    권유한다.
 5. 문중에서 재가를 극력 반대한다.
 6. 아버지와 어머니가 차례로 세상을 떠난다.
 7. 신소설 〈홍도화〉를 보고 청상과부의 처지에 한숨 쉬는 연향에게 복동이 개가를
    설득한다.

(다)

 8. 팔촌대부 이생원이 팔난봉 석위원을 찾아가 연향을 팔아 이득을 보려는 계교를
    낸다.
 9. 석위원이 서울의 매음업자 김춘근에게 연향을 천거하고, 이생원이 방물장수 할
    미를 데려가서 연향을 불러내어 선보인다.
10. 연향의 개가를 권유하던 이생원은 복동이 신랑감에 대해 따져 묻자 석위원과 모
    의하여 연향을 납치하기로 하고 복동이 서울 간 동안에 결행하기로 결정한다.
11. 김춘근은 이생원에게 연향의 몸값으로 이 만냥 표를 준 뒤 석위원과 짜고 그
    돈을 강탈한다.
12. 연향이 뒷간 간 동안 도적이 들어와 오월을 업고 달아났다가 돌려보낸다.

(라)

13. 귀가한 복동이 사정을 짐작하고 누이를 데리고 상경한다.
14. 동관왕묘 앞에서 폭우를 만나 주막집에서 쉬고 있을 때, 성묘 다녀오다 비를
    피해 들어온 청년을 가엾하게 여긴 복동이 술을 권해 취케 한 뒤 제반조처를
    취하고 사라진다.

15. 아침에 일어난 순관은 방에 있던 여자일행을 통해 사정을 모두 듣고 부모에게
    고한 뒤 교군을 보내겠으니 기다리게 한다.

(마)

16. 김순관이 권도성에게 의논하자 권생이 그 일을 고담인양 꾸며 김진사에게 말하
    고 그의 생각을 떠본 뒤 그것이 순관의 일임을 밝힌다.
17. 김진사가 아들을 작두로 죽이겠다 호령하자 며느리 최씨가 머리를 땅에 찧으며
    사죄를 청한다.
18. 최씨가 거듭 맹세하자 그것을 글로 쓰게 한 뒤 연향을 데려 오게 한다.

(바)

19. 연향을 사랑하던 시아버지가 일삭도 못되어 죽는다.
20. 최부인이 수동어미와 작당하여 연향의 정절을 모해하려 하나 수동아비가 일부러
    최씨 필적의 표를 남겨놓아 순관으로 하여금 최부인의 의도를 짐작하게 하다.
21. 순관이 홍국사로 약 먹으러 가면서 연향을 다음날 보내라 하자, 최부인이 강보
    득을 시켜 가마채로 납치케 하다.
22. 납치 위협에 처한 연향은 잠복 근무차 나온 순검들의 도움으로 구출되고 하수
    인과 최씨는 체포된다.
23. 연향이 사정해서 최씨가 풀려나나, 최씨는 꿈에 시아버지로부터 꾸중들은 뒤
    피를 토하고 쓰러진다.
24. 순관은 집을 팔고 연향과 함께 시골로 내려간다.

〈우중기연〉은 야담에서 제시한 12개의 단락을 서사의 기본골격으로 수용하면
서 가장 극적인 작두장면을 서두에 제시하는 시간적 역전을 통해 독자들의 흥미
를 유발하는 기법적 진전도 시도하고 있다.

신소설에서 나타나는 구체적인 변이양상은 다음과 같다. 남/녀의 거주지가
야담에서는 지방(안동)/서울이었으나 소설에서는 서울/지방(남한산성)으로 바뀌
고 공간배경도 안동에서 서울 동관왕묘 부근으로 달라져 있다. 인물명도 권진사
가 김진사, 권생은 김순관, 익명의 친구는 권도성, 익명이었던 청상은 이연향으
로 명명되고, 권생의 아내도 최씨로 지칭되고 있다.

인물의 성격 묘사도 야담의 그것을 수용하고 있다. 며느리의 경우, 야담에서는 질투가 많다고 서술할 뿐 행위는 전혀 나타나지 않으며 남편을 구하는 과정에서 시아버지께 자복하는 과정만을 상세하게 서술하다가 결말에서 약속을 철저히 이행하는 성숙한 인물로 그려놓고 있다. 신소설에서는 질투가 심한 성격을 구체적인 언행을 통해서 제시하고 있는데 그같은 언행묘사는 그녀의 인간적 품격은 떨어뜨리지만 (바)부분에서 보여지는 행동양식과 일치되는 면도 있어 인물성격의 일관성을 위한 변화로 이해할 수 있겠다. 여성주인공의 경우, 야담에서는 권생 부자와 친구들 그리고 친정오빠에 가려 표면에는 거의 드러나지 않지만 소설에서는 인신매매 및 처첩갈등 등 수난이 부각되면서 중심인물로서의 비중을 보여준다. 그러나 성격 면에서는 야담의 여성인물과 크게 다르지 않다. 남성인물들도 야담과 유사한데 아버지 역은 완전히 일치된다. 권생이나 김순관은 유교적 가족의식을 존중하면서 인간적인 여유도 겸비한 양식 있는 인물이라는 점에서 기본적으로 동일하나 우연한 결연을 가정내부로 수용하는 부분에서, 소설에서는 야담과는 달리 처첩갈등까지 다루기 때문에 모해자들의 의도를 파악할 만큼 지각 있는 인물로 그려지는 정도의 차이만 나타난다.

인물에서 드러나는 중요한 변화는 서사구조상의 변화와 관련된다. 신소설에서는 야담에 없던 여성수난이 강조되면서 모해자와 그 하수인 같은 인물유형이 등장했다는 점을 지적할 수 있다. 인신매매 부분에서는 이생원·석위원·김춘근 같은 인물형이, 처첩갈등에서는 수동어미와 아비·강보득이 등장한다. 이러한 사건유형과 인물형의 등장은 신소설 생성 당대의 사회적 현실과 밀접한 관련이 있는 것으로 보아 다음 장에서 다시 다루기로 하겠다.

이 작품에서 드러나는 중요한 변화는 서사구조의 확장에 있다. 전체 서사단락 중 야담을 수용한 부분은 (가) (나) (라) (마)인데 (가)는 (마)의 부분에 포함되는 것이다. 이 중 (다)와 (바)는 야담과는 상관없이 소설에서만 부연된 것이다. (다)는 야담이 여성인물을 주인공으로 삼는 신소설의 일반적 구성방식으로 전환되었음을 보여주는 부분이다. 야담에서는 여성인물이 익명이고 남성인물들의 선택과 결단에 의존하는 주변적 인물로 그려지고 있는데, 집안에 대한 구체적 언급 없이 권생의 눈을 통해 그녀의 근거를 추측하는 정도에 불과하다. 이에 비해 신소설에서는 여성의 집안내력과 그녀가 처해있는 상황까지 자세하게 서술하고 있다. 이 같은 변화는 여성이 부수적 인물에서 중심인물로 전환되었음을 말해주는 것이다.

야담의 초점은 질투심 강한 아내와 엄격한 아버지 사이에서, 권생이 개가를 시도한 청상부인과의 관계를 용인 받는 과정에 두어져 있다. 사건전말의 타당성을 그렇게 엄격한 권진사의 입을 통해 인정하게 하는 것은 누이의 개가를 시도한 오빠의 생각과 행동, 그리고 그렇게 인연 맺은 두 사람의 관계용인을 포함해서 과부개가가 인정상 옳은 일임을 시인하는 것이다. 그것은 아버지를 설득한 친구의 지혜와 질투 심한 며느리를 제압한 시아버지의 현명한 대처라는 대비적 방법을 통해서 흥미롭게 형상화되고 있는 것이다.

그런데 소설에서는 야담에서 보여주는 결말을 일단 수용하면서도 청상을 정식으로 받아들인 후에 제기되는 처첩간의 갈등까지로 확대하고 있다. 처첩갈등에서 비롯된 계교들, 그것으로 인한 추문 때문에 야기된 가문의 수치에 대한 순관의 반응, 최씨 구출을 위한 연향의 노력, 맹세를 어겼기 때문에 시아버지 혼령의 징치로 죽음에 이르는 최씨의 결말 등이 자세하게 서술된다.

결국 〈우중기연〉의 전체구성은 야담의 서사구조 수용을 원칙으로 하고, 사건전개과정에서 작가 나름의 해석이 개입할 수 있는 틈을 찾아 새로운 내용을 첨가함으로써 사건을 다채롭게 만든다. 이는 자칫 단순해 보일 수 있는 야담의 낙관적 세계상과는 구별되는 개화기 당대의 사회적 혼란상을 그려냄으로써 당대적 문제의식을 드러내려는 방안의 모색으로 이해할 수 있다.

2. 〈일타홍〉과 〈천연정〉의 서사구조 비교

1) 〈일타홍〉의 서사구조

〈일타홍〉이야기는 크게 3계열로 분류된다고 하는데 〈천연정〉의 저본이 되는

각편은 〈일타홍〉 이야기의 전형으로 볼 수 있는 동패락송 계열에 해당된다.[7]
서사단락은 다음과 같다.

1. 심희수는 조고실학하고 호탕하여 남들이 狂童이라고 손가락질하다.
2. 어느 잔치자리에서 금산 신출나기 기생 일타홍을 보고 추근대나 그 기생이 싫어하질 않다.
3. 일타홍이 심희수의 집에 찾아와 어머니께 심희수가 대귀인의 골상이므로 십 년 기한으로 공부하면 성취할 것이며 자신이 심희수를 勸學시키겠다고 하여 허락을 받아낸다.
4. 일타홍이 집안 대소사를 돌보면서 엄한 규칙으로 심희수를 권학시키고 본부인을 맞이하도록 권하다.
5. 심희수가 차츰 옛 버릇이 살아나 공부를 게을리 하다.
6. 일타홍이 자신을 다시 보고 싶으면 급제 후 삼일유가 때 만나자며 집을 떠나다.
7. 일타홍은 노재상 댁에 양딸로 은거하며 심희수의 급제를 기다리다.
8. 심희수가 일타홍을 백방으로 찾다 포기하고 발분하여 면학한 결과 급제하다.
9. 심희수가 삼일 유가 때 일타홍과 재상봉하고 함께 집으로 돌아오다.
10. 일타홍의 청으로 일타홍 부모가 있는 금산 고을 원으로 부임하여 집안잔치를 열어주다.
11. 일타홍은 자신의 죽을 날을 미리 알리고 죽다.
12. 심희수는 금강가에서 애도시를 짓다.

2) 〈천연정〉의 서사구조

〈천연정〉의 서사구조는 다음과 같이 정리된다.

(가)

1. 천연정 연회에서 거문고 타는 기생 홍련은 광동으로 알려진 심화순이 자신에게 깊은 관심을 보이자 그를 몰래 불러내어 저녁에 찾아가겠다고 말한다.
2. 심은 마당을 쓸고 그녀를 기다린다. 그는 부랑방탕하여 십 사 세에 부모의 재산을 다 없애버린 인물로서 그의 모친은 그로 인해 병이 날 지경에 이르렀다.

---

7) 일타홍 이야기는 그 전승되는 문헌의 성격에 따라 천예록, 동패락송, 동야휘집 계열로 나눌 수 있으며, 동패락송 계열은 동패락송, 계서잡록, 대동기문 등 많은 화집에 전승되는 것으로 16편이다. 강영순(1994), 105쪽.

3. 심을 찾아간 홍련은 자신이 뒤를 보아줄 터이니 학문에 힘쓰라고 권유하고 모부인에게도 자신의 뜻을 전한다.

4. 화순의 공부를 뒷바라지하던 홍련은 그가 20살이 되자 정실부인을 얻게 한다.

5. 심이 공부에 싫증을 내자 홍련은 과거에 급제해야 자신을 만날 수 있다는 글을 남기고 집을 나간다.

6. 홍련을 찾다 지친 화순이 마음을 잡고 절에 가서 공부한다.

7. 동창지인으로 지내던 소년 하나가 화순으로부터 홍련 이야기를 들은 뒤 사라져 버린다.

(나)

8. 성중의 큰 대문집에 들어가 침모자리를 청한 홍련은 그 집의 수양녀가 되어 침선과 음식지절을 담당한다.

9. 기생서방 김별감이 보낸 방물장수가 홍련을 유심히 보고 간 뒤, 남자들이 와서 그녀를 데려간다.

10. 몸값을 받으려는 김별감이 함께 산 사람을 대라며 윽박지르자 홍련은 화순의 입신양명을 暗祝하며 투신한다.

11. 홍련은 고깃배에 구출되나 그 집의 며느리 귀득어미가 시어머니를 꼬여 홍련을 팔아먹기로 작정하고 용산의 달삼에게 데려간다.

12. 달삼이 데리고 술장사를 할 작정으로 홍련을 집에 두자 달삼의 아내가 홍련을 이웃한 순영의 집에 보내 피신케 한다. 순영의 아내는 홍련을 이판서 집에 천거해주기로 약속한다.

13. 김별감이 홍련의 거처를 수소문하여 귀득네를 거쳐 용산으로 찾아간다.

14. 겁탈하려는 순영의 급소를 차고 빠져나온 홍련은 떠나려 하나 순영 아내가 만류한다.

15. 달삼이 노파를 사서 홍련의 거처를 알아내자 김별감이 순영을 불러내어 홍련을 두고 서로 다툰다.

16. 정자 구경 나온 이판서가 소리를 듣고 그들을 불러오게 하고 홍련의 사정이 드러난다.

17. 이 판서가 김별감에게 홍련의 몸값을 치르고 義女로 삼아 곁에 둔다.

(다)

18. 심화순이 과거에서 장원을 하고 한림원 직각을 제수 받자 심광동의 변화에 모두 놀라고, 홍련을 칭찬한다.

19. 이판서가 인사차 온 화순에게 자기 집에서 자고 가기를 요청하고 사위 될 것을 거듭 청하나 심랑이 홍련을 만나기 전에는 여색을 가까이 않기로 心盟하였다 며 거절한다.

20. 이판서가 보낸 여자를 거들떠보지도 않다가 새벽에야 홍련임을 알고 감격하여 함께 집으로 간다. 모부인이 그녀를 치하한다.

21. 상이 홍련에게 유인 첩지와 상을 내린다.

22. 유인이 금의환향을 원하므로 상께 아뢰어 금산군수로 부임하고 그녀의 부모를 만난다.

(라)

24. 심군수가 치적을 잘하여 백성이 편안해지다

25. 산에서 사라졌던 소년이 취침중인 내당에 나타나 홍련을 요구하자 홍련이 꾀로 서 그를 넘어뜨려 사로잡게 한다.

26. 문초 중에 소년이 이판서의 서자라는 것을 알고 회심시켜 홍련과 남매지의를 맺게 하고 사직청원을 올려 유인의 부모와 이응성을 데리고 상경한다.

27. 이판서와 아들을 만나게 하니 개과한 이응성이 지극한 효성을 다한다.

28. 심화순의 벼슬은 正卿, 응성은 亞卿까지 이르는데 모두 유인의 공이다. 유인 은 이남일녀를 두고 칠십 향수를 하였는데 그 성명이 지금껏 자자하다.

(가) (다)는 〈일타홍〉 이야기와 동일하다. 단지 7단락만 야담에 없던 부분이 첨가된 것으로 (라)를 위한 장치로 작용한다. (나)와 (라)는 신소설에서 새로이 부가된 부분이며 그중 단락 17 이판서의 의녀가 되었다는 부분은 일타홍 이야 기의 단락 7과 동일하다. 의녀가 되기까지의 과정들을 다룬 (나)는 홍련의 시련 으로 인신매매를 비롯한 여권침탈의 양상들이 드러난다. 이 같은 여성수난을 강 조하는 부분이 첨가됨에 따라 그같은 시련을 제공하는 김별감, 귀득모, 달삼 및 순영과 그들의 처 같은 인물형이 등장한다. (라)는 행복한 결말을 위해 첨가된 부분이다. 이 부분은 야담에서 제시된 바 일타홍의 조사와 이판서의 無後를 복 된 장수와 가족주의의 완성으로 전환시키고 있다.

이 작품에서는 기존의 서사보다 새롭게 첨가된 부분의 비중이 높다. 신소설로 개작되는 과정에서 새로 첨가된 부분은 작품 전체의 2/3에 해당되는 분량이다.8) 분량의 차이는 기존의 서사부분이 야담 내용을 충실하게 반영하는 요약적 서술인데 비해, 작가에 의해 새롭게 꾸며진 첨가부분은 인물상호간의 대사와 행위를 중심으로 한 보여주기를 지향하고 있기 때문에 생겨난 것이다. 이 같은 현상은 야담을 수용하여 개작한 작가가 지닌 문제의식의 향방을 보여준다는 점에서 주목할 만하다. 작가가 의도적으로 설정한 첨가부분은 개화기 당대의 사회적 단면의 제시라는 측면에서 이해할 수 있기 때문이다. 작가가 보여주기 방식을 통해 자세하게 서술하고 있는 인물상호간의 대사는 변모된 인간관계, 가치관, 변모된 사회상 등 다각적인 면들을 드러내고 있다. 야담이 등장인물들의 인간적 품격을 통해 그 나름의 조화로운 세계를 낙관하고 있는 것에 비해, 신소설 인물들의 변모된 가치관을 통해 드러나는 사회적 변화는 이익 추구에 맹종하는 인물들의 혼란상을 보여주는 데 집약되고 있는 것이다.

Ⅲ. 신소설에서 드러나는 개작양상과 의미

1. 〈우중기연〉의 개작양상

1) (다)의 삽입 의도

(다)는 여성인물의 인신매매를 획책하는 악인들의 흉계에 해당되는 부분이다. 부모가 돌아간 후 연향은 팔촌대부 이생원의 탐욕충족을 위한 대상으로 부각되어 악인들의 음모에 노출되지만 사려 깊은 오빠 복동의 보호로 위험에서 벗어난다. 악인들은 다음과 같은 꾀를 낸다.

---

8) 새롭게 첨가된 부분의 작중 비중을 알아보기 위해 해당부분의 분량을 살펴보면, 〈천연정〉은 총 49쪽(355-404쪽)인데 이 중 (나)가 24쪽(363-387쪽)에 해당되고 (라)도 7쪽(397-404쪽)을 차지한다. 신소설로 개작되는 과정에서 새로 첨가된 부분은 모두 31쪽으로, 작품 전체의 2/3(18:31)에 해당되는 분량이다.

가. 이생원

① 이생원은 팔난봉 석위원을 찾아가 연향을 팔아먹으려는 계교를 꾸민다.
② 이생원이 복동에게 연향의 개가를 권유하나 좌절된다.
③ 이생원이 석위원과 의논하여 연향을 팔아먹기로 모의한다.
④ 복동에게 혼인 파의했다 말하고 복동이 서울 간 동안에 행동강행을 결정한다.
⑤ 몸값으로 받은 2만냥을 강탈당한다.

나. 석위원(팔난봉꾼)

① 김춘근에게 연향을 천거하고 값을 흥정하다.
② 혼인빙자가 어려워지자 이생원을 꼬여 납치를 결정하다.
③ 김춘근과 모의하여 돈을 뺏는 일에 동조하다.
④ 연향의 납치에 실패한다.

다. 김춘근(매음업자)

① 석위원과 짜고 이생원에게 이 만냥 표를 준 뒤 강도를 가장하여 강탈한다.
② 납치실패 이후 영수증을 근거로 이생원에게 돈을 요구하다.

개인적 욕망을 중시하는 이익추구형 인물을 악인으로 설정하고 있는 신소설의 일반적인 인물설정 방식은 고소설에서부터 계승되어온 전형적인 선악 대비적 인물설정법이다. 악인의 등장으로 인물들은 본격적인 갈등 속에 얽혀든다. 여기서 주목되는 것은 인물의 시련 계기를 인신매매의 형태로 설정하고 있다는 점이다. 신소설에는 여성인물이 겪는 시련의 계기를 인신매매로 설정하고 있는 작품이 많은 편이다. 대부분의 여성을 주인공으로 삼는 대부분의 신소설은 서사의 골격으로 여성인물의 수난과 그 해결이라는 기본구도를 설정한다. 시련의 계기는 대체로 정혼자와의 혼인좌절과 강제적인 결혼의 위협, 계모와 전실자식간의 갈등이나 처첩갈등이다. 모해자들이 시도하는 모해방법은 정절모해와 그로 인한 축출, 축출된 인물들에게 행해지는 피납을 가장한 인신매매의 형태로 이어진다. 그런데 이 작품에서는 인물의 시련계기를 인신매매로 설정하고 있다는 점에서 흥미로운데, 특히 연향을 두고 흥정하는 악한들의 태도는 주목할 만하다. 이 부분은 인신매매를 주요 모티프로 다루고 있는 여타의 신소설 중에서도 유례를 찾아보기 어려울 만큼 자세하고 구체적으로 그려지고 있다. 더구나 그 계기를 제공하는 인물이 아버지 생전에는 연향의 개가를 반대하던 이생원이라는 점, 그가 탐욕 때문에 연향을 팔아먹으려 한다는 사실은 충격적이기까지 하다. 그가 지방에서 행세께나 한다는 양반출신으로서 생원이라는 직함까지 지니고 있다는 사실을 고려한다면 더욱 그렇다.

비록 청춘과부가 되어 친정으로 돌아왔다 하더라도 연향은 양덕현감까지 지내고 상당한 재산까지 갖춘 당당한 사대부가의 귀한 딸이다. 이생원이 개인적 물욕을 채우기 위해서 손녀딸 격인 연향을 팔아 넘기려고 팔난봉꾼을 찾아가는 것은 단순한 개인적 탐욕만으로 보기 어려울 만큼 심각해진 사회적 혼란과 가치관의 일탈양상을 분명하게 보여주는 부분이다.

그는 복동쯤은 쉽게 넘길 수 있을 것이라고 자만했다가 복동이 혼처와 신랑감에 대해 일일이 확인하려 들자 되려 수세에 몰려 호통만 치고는 돌아온다. 그렇지만 한번 불붙은 탐심을 제어할 길 없는 이생원은 연향을 납치하자는 석위원의 제안에 협력하고 알리바이를 위해 복동의 출타기간 동안 서울로 가서 어음을 현금으로 바꾸고 돌아오다가 석·김 일당에게 모두 탈취 당한다. 그것은 탐욕으로 인륜을 저버린 인간에게 적합한 징벌이다. 석과 김은 터무니없는 고액의 어음을 이생원에게 건네준 뒤 그가 그것을 현금과 바꾸어 귀가하는 길에 사람을 시켜 돈을 강탈하는 사기를 미리 계획하여 실행했고, 연향 납치가 실패로 돌아가자 이생원으로부터 받아두었던 영수증을 근거로 연향의 몸값을 되돌려 받으려 했으므로 이생원은 자기의 개인재산까지 처분하지 않을 수 없는 쓰라린 상황에 처하는 것이다. 이들의 관계는 철저한 이해타산적 양상을 보여준다.

다음의 예문들은 악인들의 여성관, 그들의 눈에 비친 이생원의 모습과 이생원의 변화과정을 잘 보여주는 부분들이다.

> (김) 그러면 소개할 것 없소. 나도 지금 사람을 구하는 중이니. 그러나 행세하는 집
> 딸이 이런 영업을 즐기어 헐까?
> (석) 으떠한 계집이든지 본이 이 영업을 좋아서 하오? 차차 길들이면 그만이지. 또

만일 즐기어 아니하거든 다른 데로 팔아도 무방 아니하오?

(김) 암 그야 정 싫어하면 다른 데로 팔아도 무방하지마는, 으찌하든지 한번 보아
야 할 터인데, 으떻게 하면 한번 보겠소? (중략)

(석) 남자로는 도저히 보기가 어려운 즉 이리이리 하면 선보기가 여반장이 아니오?
딴 돈이 좀 들지마는 또 버릴 거야 있소? 다 쓸 것인데.

(김) 어데 사람 없으라고 그렇게 폐스럽게 하고 사왔다가 말을 아니 들으면 낭패가
아니오?

(석) 허, 김서방도 사람 하나 보고 돈 적은 까닭이지, 말 아니 들으면 다른 데로 돌
려 팔지. 팔 때에는 돈이 아니 남소?

(김) 그야 그렇지마는 대관절 돈은 얼마나 내면 좋겠소?

(석) 이것저것 할 것 없이 삼 백 원만 내어놓구료

(김) 삼 백 원, 삼 백 원이면 과하지 아니하오? 삼 백 원이고 이 백 원이고 사람을
보아야 헐 터이니 나와 같이 내일 내려갑시다.

(『한국신소설전집』8[9]), 218-219쪽)

위의 대사는 김춘근과 석위원이 연향을 두고 흥정하는 부분이다. 밑줄 친 부
분은 이들 인물형에게 여성이 철저하게 물건으로 간주되고 있는 양상을 보여준
다. 여성인물의 성향이나 처지가 어떠하든지 상관없이 돈을 주고 산 뒤 자신들
이 원하는 방식으로 길을 들여서 이용해 먹으면 그만이라는 생각, 또 효용가치
가 없어지면 이득을 남기고 되팔아먹을 수도 있는 물건으로만 간주하고 있음이
여실히 드러나고 있다.

(석) 압다 궁극히도 생각을 하오. 지금 이생원이 돈 욕심이 뱃속에 충만해서 이런
생각 저런 생각을 한단 말이오?

(김) 이 생각 저 생각이 없기에 단지 돈만 알고 종손녀를 팔아먹지마는, 으찌했든
지 흉악한 늙은이요. 그처럼 흉악한 마음을 가지고 있는데 영업을 시키려고
데려간다면 싫다고 할까?

(석) 김선달은 생각도 없소? 아무리 돈에 열이 나서 이런 일을 하려들어도 영업을
시킨다면 당장 우리의 눈가림을 하여도 그리하라고 하겠소? 이 바닥에서 행세
를 하는 놈의 집안으로.　　　　　　　　(『한국신소설전집』8, 222-223쪽)

---

9) 〈우중기연〉, 『한국신소설전집』8, 을유문화사, 1968.

여기에는 악한들의 눈에 비친 이생원의 모습이 나타나고 있다. 앞에서, 여성을 철저히 상품으로 인식하고 있던 이들도 손녀딸을 팔아먹으려는 이생원을 흉악한 늙은이로 규정한다. 그러나 향촌사회에 발붙이고 있는 석위원은 이생원이 손녀딸 팔아먹는 일에 앞장서면서도 자기행위를 정당화하기 위하여 연향의 재가를 명분으로 내세우고 있음을 지적한다. 실제로 이생원은 다음과 같은 명분을 내세우면서 자신의 행위를 합리화한다. "나도 들어 앉히어 살림살이를 시킨다기에 보내려 하는 것이지, 만일 기생 삼패를 삼는다면 미쳤나 보내려 들게……" (『한국신소설전집』 8, 223쪽)

그러나 이 같은 명분아래 행동하던 이생원도 처음 의도한 대로 일이 풀리지 않게 되어 사태가 다급해지자 명분을 걷어치우고 돈에 대한 욕심을 드러내고 만다.

> (이) 난봉은 상관이 있나. 외양에 내붙이었단 말인가? 잠시 상면해서 보면 고만이지.
> (석) 이 난봉은 내붙이나 다름없지요. 아편에 인이 박히어 부모를 몰라보는 위인이랍니다.
> (이) 아편을 먹어? 먹기로 으찌 아나?
> (석) 얼굴에 나타나지요.
> (이) 그러면 어떻게 하면 좋단 말인가?……
> (석) 말을 아니 들으니 아주 파의를 쳐서 버리시고 여차여차하면 으떠합니까?
> (이) 글쎄 나도 그런 생각이 있데마는 창피하지 아니한가?
> (…중략…)
> (이) 말하기는 창피하지마는 이 일이 소관이 하사인가? 말하던 것은 주어야지.
> (『한국신소설전집』 8, 227-228쪽)

이생원은 연향을 팔아 욕심을 채울 생각이었지만 그래도 최소한의 체면치레는 생각하고 있었다. 그는 처음 연향의 개가를 명분 삼아 이득을 꾀하려 들었지만 복동에게 받아들여지지 않자 초조해져서 납치라는 극단적인 방법에도 동조하는 상황에 이른다. 증손녀를 팔아서 이득을 보려는 이생원의 욕심사나움은 석위원이나 김춘근같은 건달들까지도 지적하고 있지만 그래도 향촌사회에 발을 붙이고 있는 석위원은 서울의 매음업자 김춘근과는 달리 이생원이 최소한의 체면치레는 유지하려 들 것임을 간파하고 그것을 존중하는 입장을 취하고 있다. 그러나 뜻대로 일이 되어가지 않을 것 같자 물욕에 사로잡힌 이생원은 명분마저 잊어버린다. 위의 예문은 이러한 이생원의 태도변화를 구체적으로 보여주고 있다. 복동이 당자를 보아야겠다고 고집했기 때문에 어떻게 해서든지 신랑감과 대면시켜보려는 의도를 드러내고 있다가 애초부터 혼인 따위는 없었던 터라 당자와의 대면을 피하려드는 석위원에게 끌려들어 혼인 말은 파의하고 다른 방법(납치)을 쓰자는 제안에 동조한 뒤 처음에 약속한 돈을 요구하는 모습을 보여준다. 창피하다는 말을 입에 달고있는 것으로 보아 그는 자신의 행동이 온당치 못하다는 것쯤은 알고 있다. 그런 이생원이 끝내 돈을 포기하지 못하는 모습은 역설적이다. 사기꾼 인물의 계층적 배경이 도시건달에서부터 살림살이가 곤궁하지도 않은 향촌사회의 향반에까지 이르고 있다는 사실은 명분보다 이익을 절실한 것으로 추구하는 가치관의 변화상을 단적으로 드러내는 것이다.

그러나 이생원은 김춘근 일당에게 돈을 강탈당하지만 그들의 속임수를 의심하기는커녕 그 돈 덕에 목숨을 구했으니 다행이라 여긴다. 김·석 일당은 처음부터 사기를 작정하고 일부러 많은 액수의 표를 건네주었지만, 아무런 의심 없이 액수 많은 것만을 좋아하던 이생원은 닳아빠진 서울의 잡배들과 겨루기에는 턱없이 순진하다. 그들은 많은 액수를 보고 이생원이 자신들의 계교를 의심하지나 않을까 걱정까지 했었지만, 액수가 많은 것만을 좋아하던 이생원은 욕심만 가득했지 그들만큼 영악하지는 못한 것이다. 그랬기에 이생원은 김춘근이 영수증을 보이며 돈을 내놓으라고 으르자 돈을 갚으려고 남몰래 자기 소유의 소, 집, 땅을 판다. 그것을 세심히 살펴본 복동은 앞으로 다가올 문제들을 예견하고 연향의 개가를 속히 단행하기로 결심하고 실행에 옮기는 것이다.

이생원 - 석위원 - 김춘근으로 연결되는 악인들의 고리는 탐욕에 기반하고 있다. 일확천금을 기대하는 도시 시정잡배들의 삶의 방식이 향반출신인 이생원에게까지 파급되어 있을 만큼 확산된 욕망형 인물들의 양산은 당시의 혼란된 사회상을 여실히 짐작하게 해준다. 그리고 그들이 추구하는 한몫잡는 방법이 공통적으로 '여성 수탈'과 사기에 기반하고 있다는 사실은 당시의 가치관 혼란상의 단면을 보여주고 있다.

2) (바)의 삽입의도

야담에서는 자신의 맹세를 글로 쓴 이후 권생의 부인이 더 이상 투기를 하지 않았던 것으로 끝난 데 비해, 신소설에서는 김순관의 부인 최씨가 시아버지가 세상을 떠난 후 맹렬한 투기병을 일으켜 연향을 제거하기 위한 적극적인 모해작업에 몰입하는 모습을 보여주고 있다. (바)는 이 같은 과정이 잘 나타난 처첩간의 갈등을 보여주는 부분이다. 소실제거를 위한 본처의 음모가 시행되지만 김순관의 합리적 판단력 때문에 최씨의 간계는 쉽게 이루어지지 않는다. 모해내용은 최부인을 충동질하여 돈을 얻어내려는 수동어미에게서 나온 것이다. 그녀는 신소설에서 모해자의 측근에 흔히 존재하고 있는, 전형적 이익추구형 인물형이다. 그들은 대개 신분상승이나 경제적 이득을 목적하고 목적 달성을 위해서 주인 측의 잘못된 욕망을 부채질하여 패망할 때까지 욕망의 늪에서부터 빠져나오지 못하게 만든다.

본처 측의 모해는 두 번으로 나타난다. 첫 번째는 정절을 모해해서 광주집(연향)을 축출하려는 것이다. 수동어미는 자기 남편과 짜고 광주집이 외간남자와 통간하는 것처럼 꾸며 김순관의 의혹을 일으키려 했으나 수동아비는 일부러 최씨의 필적이 있는 수표를 물증으로 남김으로써 김순관이 최부인에 대한 의혹을 갖게 만든다. 그래서 김순관은 부인과 연향을 떼어놓으려고 홍국사로 약 먹으러 갈 때 연향을 분가시키려 했던 것이다. 두 번째 계교는 납치이다. 연향을 없애려고 작정한 최씨는 광주로 내려가는 가마채 납치하여 연향과 김순관의 인연을 완전히 끊게 했다. 수동어미는 최부인을 책동하여 돈을 뜯어내고, 남편과 함께 강보득까지 끌어들여 납치를 시도한다.

> (**수동아비**) 그러면 참 십상 좋은 사람 하나이 있네마는 돈을 얼마나 시키었나?
> (**수동어미**) 내가 얼마를 말한단 말이요. 많을수록 좋지.
> (**수동아비**) 그러면 사람은 염려말고 돈을 오 천냥만 달라고 하게. 일을 내가 다 꾸
> 미어 놓을 터이니.
> (**어미**)   사람은 누구란 말이오? 설불리 하다가 공연히 봉변하리라.
> (**아비**)   내가 자네만큼 생각이 없이 하겠나? 사람은 다른 사람이 아닐세. 우리

> 　　　　　　 시골 암말 사는 강보득이 말일세.
> (어)　　　　응, 강서방이야! 언제 올라왔소?
> (수동아비) 일전에 올라왔는데 데리고 살든 계집을 버리고 또 계집을 구하러 왔으
> 　　　　　　 니 좀 심상 좋은가?
> (수동어미) 참 좋소. 그러면 강서방과 의논을 해서 두오
> (수동아비) 내일이라도 돈을 달라고 하게
>
> 　　　　　　　　　　　　　　　　　　　　　　 (『한국신소설전집』 8, 263쪽)

그들이 끌어들인 강보득의 정체는 '계집 데리고 술장사하는 놈'(264쪽)이라는 자신의 말을 통해서 밝혀진다. 그는 기본적으로 인신매매에 종사하는 인물이다. 상품적 가치가 있는 여자를 사서 상품적 가치가 사라질 때까지 착취하다가 다시 팔아먹는 방법을 취하는 그에게 연향은 단지 돈벌이를 위한 도구에 지나지 않을 뿐이다.[10)]

수동아비는 첫 번째 계교에 대응할 때 착한 연향에게 적악하지 않으려고 일부러 표를 순관의 눈에 띄게 놓고 가서 최부인에 대한 의심을 갖게 했지만, 두 번째 계교에서는 돈벌이에 바빠 타인의 처지에 대해 배려하기는커녕 자기 아내보다 더 적극적인 자세로 가담한다. 수동어미는 최씨에게서 오천 냥을 받아와 강보득에게는 이천 냥만 내어놓는다. 강보득은 다만 돈과 계집이 저절로 생기는 일이므로 동기의 정당성 따위는 문제삼을 필요도 없이 연향의 납치에 앞장선다. 이들은 모두 돈에 눈이 멀어있다.

두 번째 계교에서 지적할 수 있는 것은 그들이 연향을 직접 돈을 받고 팔지는 않았다 하더라도 계집장사 하는 강보득을 끌어들여 납치케 하는 것이기 때문에 인신매매의 현장으로 그녀를 내모는 것이나 다름없다. 각각의 동기는 다르지만 이들에게 연향은 자신들의 욕망추구를 위해 제거되어야 할 존재라는 공통점을 갖는다. 이들 악인형 인물들에게는 자신의 욕망추구에 방해가 되는 존재들은 철저하게 제거되어야 할 장애물로만 인식될 뿐이다.

---

10) (강)어데 있어야지, 좀 웬만하다는 것은 돈을 몇 만냥이니 몇천냥이니 하니 되겠읍디까?/ (수동아비)내 돈 생기고 계집 생길 것 하나 천거하리까?(『전집』 8, 264쪽)

2. 〈천연정〉의 경우

1) (나)의 삽입의도

(나)는 집을 나간 후 홍련이 겪는 시련을 다루고 있다. 이 부분에서 제기되는 그녀의 시련들은 결국 안전하게 자신을 의탁할 장소를 찾는 일로 귀결된다. 처음 그 문제는 그다지 어렵지 않은 것처럼 보인다. 성중의 큰 대문 집에 들어가서 침모를 자청한 홍련은 그 집 수양녀가 되어 침선과 음식지절을 담당하며 일정기간 동안 잘 지냈기 때문이다. 그러나 김별감의 사주를 받은 방물장수에게 발각되어 잡혀간 그녀는 김별감이 몸값을 받으려고 동거인의 신상에 대해 추궁하자 화순을 보호하기 위해 거짓 정보를 주고 물 속에 투신하지만(시련1) 지나가는 고깃배에 구출된다.(구출1) 그런데 그녀를 구출해준 사람들의 집에 의탁하고 있는 동안 그녀를 불편하게 여긴 그 집 며느리가 돈 받고 팔기 위해 그녀를 용산의 달삼에게로 유인해간다. 달삼이 데리고 술 장사를 하겠다고 하여(시련2) 달삼의 아내가 옆집 순영의 집으로 피신시킨다. 순영의 아내가 그녀를 이판서집에 천거해주겠다 한다.(구출2) 김별감이 소문을 듣고 수소문하여 용산으로 찾아가자 달삼이 노파를 사서 수탐하여 홍련의 거처를 알아낸다.(시련3) 순영이 홍련을 욕심내어 겁탈하려 하므로(시련4) 홍련이 지략으로 빠져나온 뒤 떠나려 하자(구출3) 그 아내가 만류한다. 홍련은 악인들의 담편을 들은 이판서에 의해 구출된다.(구출4) 집을 나온 그녀가 최종적으로 거처할 공간은 이판서의 의녀가 됨으로써 확정된다.(단락17)

이상과 같이 집 나온 홍련의 시련은 4개의 단계로 나타난다. 거처공간의 확정 문제는 집 밖에 있는 여자들의 불안정한 위치를 부각하고 있다. 그녀의 경우 기생이었다는 전력 때문에 문제가 더욱 심각하다. 시련의 근원은 그녀가 팔려간 여자였다는 점에 있다. 가난한 금산촌가의 딸로서 기생으로 팔려간 홍련은 知人知鑑으로 심희수를 발견하고 그를 내조하여 입신시킬 작정으로 몰래 그의 집으로 갔다. 기방에 몸을 의탁하고 있었지만 홍련의 정신은 자유로웠다. 몸값 이상의 돈을 김별감에게 벌어주었기 때문에 자유의사로 자기 삶을 개척해갈 수 있는 자격이 있는 것이라 믿었다. 그것은 다음의 두 가지 경우에서 드러난다.

그녀가 자신을 데려가려고 온 남자들을 보고 처음에는 숨지만 곧 순순히 따라간 것은 자신이 자유로운 존재라고 생각했기 때문이다. 그것은 김별감의 요구에 대한 그녀의 대답에서도 드러난다. 그가 몸값을 요구하자 홍련은 '상급으로 받은 패물 수 만냥 어치를 누가 가졌느냐'고 따진다. 그러나 김별감에게 그같은 말은 씨도 먹히지 않는다.11) 김별감의 입장에서 홍련은 장사의 밑천이다. 그녀의 몸은 값을 지불한 기생서방에게 소속되어 있는 물건일 뿐이다. 그들의 대화를 듣고 앉아있던 무리들이 '달고 쳐야 바로 대겠네'하며 그녀를 어르자 홍련은 봉변당할 위기감 때문에 거짓 지명을 댄 후 달리는 배에서 물 속으로 투신했던 것이다. 이러한 행동은 심화순을 보호하는 것이면서도 자기의 정절을 지키기 위한 방편이다. 그러나 그녀의 시련은 이제 시작일 뿐이다.

집 나온 홍련의 시련은 3가지 각도에서 이루어지고 있다. ①몸값을 받으려는 김별감의 집요한 추적 ②귀득어미 - 달삼으로 연결되는 두 번째 인신매매 ③순영의 집요한 성적 욕망과 겁탈시도가 동시적으로 작용하고 있다. 이들의 동기는 모두 개인적 욕망 충족으로 집약된다. 그것은 여성을 몸의 존재, 즉 몸값을 받을 수 있는, 몸을 이용하여 돈벌이를 할 수 있는, 몸을 통해서 정욕을 충족시킬 수 있는 몸의 대상으로만 인식하기 때문에 가능한 것이다. 여성의 몸, 특히 젊고 아름다운 몸은 성적대상물이기 때문에 상품적 가치를 갖는다. 이들에 의한 집요한 추적들은 물질적 소유권 확인 또는 상품을 통한 욕망의 충족이라는 동기

---

11) (홍련) 네, 나를 돈 주고 사왔다 하되, 그 돈값은 넉넉히 되는 것이 있은 즉 무슨 돈을 또 찾고자 하시오?/(김별감)무슨 돈이냐?/(홍련) 생각 못하오? 이판서 대감께서 상급으로 패물 수만 냥어치 해서 주신 것은 누가 가졌소? 김별감이 가졌지요?/(김별감)그래 그것이 네 몸값이라 하는 말이냐?/(홍련)그렇지요/김별감이 이 말을 듣고 외입판에서 항다반 쓰는 문자를 뺀다./(김별감)그래 네 말과 같을 진대 기생서방 노릇할 바사기놈이 있담. 그래, 네말과 같이 어느 놈이든지 패물만 해서 주면 몸값이야? 그래서야 어느 놈이 기생 사다가 생애할 놈이 있단 말이냐? 그 따위 소리말고 바로 대라. 어느 놈이냐? 너도 외입판 경계를 알지? 달고 치기 전에 바로 대라. 어느 놈이냐?/(홍련)글쎄, 나는 눈 맞아 간 일이 없으니 하고 싶은 대로 하시구료.(『한국신소설전집』 8)

와 목적 아래 이루어지고 있는 것이다.

기생으로서 사회경험을 해본 적이 있는 홍련에게 ③의 위협은 상대적으로 미미하다. 성적 위협에 대해서는 그녀 나름으로 대비할 수도 있을 뿐 아니라, 그녀가 순영 아내의 보호 아래 있었기 때문이다. 그러나 그녀를 돈으로 환산되는 사물로 보는 ①②의 경우는 단순하지가 않다. 그들은 조직적일 뿐 아니라 집요하기까지 한 폭력집단으로서 서로 연합하여 추적해오기 때문에 위협적이다. 순차적으로 이루어진 각각의 위기들은 어느 순간에 거미줄같이 얽혀 동시적 위기상황을 조성하여 여성인물을 위협하고 있다.

이렇게 극대화된 위기는 다음 순간 이판서의 등장과 원조라는 극적 반전을 통해서 해소되지만, 여성인물에게 가해지는 이러한 중첩된 위기양상은 당대 사회의 여성적 현실, 그리고 대여성관의 일단을 재인식하게 하는 단서가 된다.

3) (라)의 삽입의도

(라)는 〈일타홍〉의 비극적 결말에 대한 재해석에 해당된다. 행복한 결말을 지향하는 우리 소설의 관습적 전통은 신소설에서도 유지되고 있다. 일타홍은 일찍 죽었고, 그녀의 존재는 그 죽음을 슬퍼하는 심희수의 애도시와 함께 널리 알려져 있다. 이 이야기가 많은 사람들에게 더욱 강렬하게 인식되는 이유는 일타홍의 죽음이라는 비극적인 결말과 심희수의 悼亡詩가 환기하는 비장함에 있을 것이다.

행복한 결말에 대한 지향은 야담에는 존재하지도 않았던 이응성이라는 서자를 등장시킨다. 이판서와 같은 선량한 노재상에게 후사가 없다는 사실은 유교적 가족주의가 뿌리깊게 자리한 한국인들의 정서와는 잘 맞지 않았을 것이다. 유교적 가족주의에 의하면 후사가 없다는 것은 엄청난 불효로 인식된다.12) 이 같은 의식을 기반으로 형성된 고소설에는 無後를 가장 큰 죄로 인식한 부부의 탄식과 그들의 기자치성, 그리고 만득자 탄생이라는 형태를 주인공 출생의 관용적 구성

---

12) "不孝有三 無後爲大,"『孟子』離婁章句上.

방식의 하나로 설정하고 있을 정도이다. 또한 이같은 의식은 소설결말에 반드시 등장인물들의 후일담을 요약하면서 그들의 자손의 숫자와 그 번창함에 대한 서술을 첨기하는 것으로 나타난다. 신소설에서 새로운 문명의식을 강조하면서 전통에 대한 비판이나 부정들을 제기하는 경우를 볼 수는 있지만, 대부분의 작품에서 발견되는 윤리관의 기저가 전대적인 것에 기반하고 있다는 사실은 부정하기 어렵다.

이응성의 홍련 탈취 시도 모티프는 홍련의 객관적 가치를 돋보이게 하는 구실도 하지만 여권침탈의 또 다른 양상을 보여줌으로써 야만성을 부각한다. 그러나 작품 안에서는 이 같은 시련이 궁극적으로 가족구조 회복이라는 행복한 결말로 나아가기 위한 것으로 설정된 것이다. 응성이 이판서의 아들이며 과거의 행실에 대해 개심했다는 것, 이판서의 의녀인 홍련과의 남매지의를 통해 심·양 두 집안이 통합하여 하나의 문벌로 확대되는 가족번영의 결말을 지향하고 있다는 점 등은 고소설 일반이 보여주는 결말과 매우 가깝다. 이같은 사실은 심화순과 이응성의 벼슬에 대한 설명은 물론, 나아가 홍련이 70세를 향수할 만큼 장수했다는 것과 2남1녀라는 자손에 대한 언급까지 합해지면, 야담에서 일타홍이 금산군수 부인으로 금의환향하여 부모와 만나는 정도의 보상만으로 생을 끝내는 것에 대한 아쉬움을 반증하는 것이다. 그의 행적에 걸맞는 행복한 결말의 향수는 소설 독자들의 보편적 공감을 획득하기 위한 문학적 관습의 차용에 불과한 것이다.

Ⅳ. 개작양상을 통해 본 당대현실과의 상관성

1. 여성인물의 수난을 통해 본 여권침탈

두 작품은 야담을 저본으로 개작한 신소설로서 상당부분에서 유사성을 지니고 있음이 밝혀졌다. 개작부분의 중점내용은 작품 속에서 중심적 역할을 하는 여성인물의 수난양상에 할당되었고, 두 작품에 공통적으로 나타나는 여성수난의 양상은 인신매매를 축으로 하는 여권침탈로 집약될 수 있었다. 동시에 이러한 사실을 문제삼게 됨에 따라 그와 관련된 역할을 수행하기 위한 인물유형이 대량으로 등장하고 있다는 사실도 공통점으로 지적될 수 있다. 이 같은 인물형들은 저본이 되는 야담에서는 전혀 보이지 않던 새로운 유형의 인물들이다.

인신매매의 양상을 구체적으로 살펴보자. 〈우중기연〉에서 이연향이 겪는 수난은 크게 개가 전과 개가 후의 경우로 구분된다. 개가 전의 수난으로는, 그녀를 매음업자에게 팔아먹으려 했던 이생원의 음모를 들 수 있고 개가 후에는 처첩갈등에서 기인한 두 차례의 위기상황, 즉, 본처와 그 하수인에 의한 정절모해극과 매춘업자를 끌어들인 납치시도를 들 수 있다.

이생원의 음모는 연향이 청상과부가 되어 친정으로 되돌아온 후 부모마저 세상을 떠나자 일어난 것이다. 그것은 남편 없는 여자인데다 부모마저 죽어 보호자가 없어졌음을 빌미로 생겨났던 것이다. 이생원은 처음 결혼을 빙자하여 연향을 팔아넘기려 했으나 복동이 신중하게 대처하는 바람에 실패하자 석위원 및 김춘근과 모의하여 복동이 출타한 기간 동안 그녀를 납치하는 데 동조한다. 그러나 납치시도는 실패로 돌아가고, 그것과 관련된 제반사항에 위험을 느낀 복동은 연향을 데리고 개가를 위한 본격적인 탐색여행길에 오르게 된다. 여기에서 여성인물이 처한 위기사항은 복동이라는 오빠가 보호자로 존재하기 때문에 해소되는 것으로 설명된다.

개가 후 제시되는 두 차례 위기상황은 본처의 질투에 기인한 것인데, 연향은 정절모해극에 이어 인신매매업자에게 납치될 위기에 처하게 된다. 전자의 경우는 가장인 김순관이 수동아비가 떨어뜨려 놓았던 최부인 필적의 수표를 통해서 사태의 진상을 파악할 수 있었기 때문에 별다른 문제가 일어나지는 않았다. 후자는 남편이 지방에 있는 동안 일어난 일인데, 마침 다른 사건의 조사차 파견 나왔던 순검들에게 발견되어 위험은 차단된다. 그러나 납치를 단행하는 하수인이 여자장사하는 강보득이라는 것과, 그에게 연향을 넘기려했던 최씨와 수동어미·아비의 의도를 고려한다면 연향이 처했던 위험은 꽤 심각했던 것이다.

여기서 우리는 이들 인물들의 연향에 대한 태도를 통해 그들의 가치관의 일
단을 볼 수 있다. 최씨는 연향을 자신과 남편의 관계를 방해하는 장애물로만 간
주했고, 수동어미·아비에게 연향은 물질적 욕망충족의 대상물로만 인식될 뿐
이다. 이들은 연향과 김순관의 인연을 완전히 끊게 하는 데 목적을 두고 있으므
로, 가능한 모든 방도를 동원하여 연향을 완벽하게 파멸시킬 것만을 꿈꾼다.

연향은 근본적으로 전통적 가치관에 부합되는 선량한 인물로 설정되어 때문
에 그녀 자신의 내적 동기에 의한 도덕적 결함을 기대하기는 어렵다. 그녀에게
설정할 수 있는 문제상황이라면, 일반적으로 통용되는 여성윤리관에 위배되는
윤리적 파탄상황 뿐이다. 악인형 인물들이 꾀하는 바는 연향의 완전한 몰락에
두어져 있으므로 이들의 모해 속에 내재된 비인간적 요소는 필연적인 것이다.
그들은 애초부터 강보득에게 넘겨지게 될 연향의 처지 따위는 문제삼지도 않았
다. 자신들의 협조자로 여자장사를 하는 강보득을 끌어들인 것 자체가 연향에게
결정적인 파탄을 안겨주기 위한 방안이었기 때문이다. 여자를 돈벌이의 수단으
로만 간주하는 강보득이 젊고 아름다운 연향을 어떻게 대할 것인가는 재론할 필
요도 없는 일이다.

홍련도 두 차례의 인신매매를 비롯, 겁탈 및 납치라는 인권침탈의 위기와 대
면한다. 그녀의 인신매매는 작품의 배경적 사건으로 설정되어 있다. 가난한 촌
가의 딸이었던 그녀는 고향 금산에 있을 때 이미 김별감에게 돈 이천 냥에 기생
으로 팔려갔던 것이다. 그런데 그 사실은 연향이 심화순의 집에서 살림하는 동
안은 전혀 문제되지 않다가 그녀가 집을 나와 세상과 대면하자마자 불거져 나온
것이다. 김별감은 집요하게 그녀를 추적한다. 그의 목적은 몸값을 받아내겠다는
것뿐이다. 그는 그동안 홍련이 나이 들었기 때문에 몸을 팔아 돈을 벌 수 없다
고 여겨 그 몸값을 받아 이익을 챙기려든다. 실제로 그는 홍련이 사라진 뒤 여
러 해가 지났음에도 노파를 사서 화상까지 그려주고 방물장수 노릇하며 홍련을
찾게 할 정도로 집요한 인물이다. 그의 집요한 추적은 홍련이 강물에 투신한 이
후에도 계속된다. 마포나루에 절묘한 계집이 있다는 소문을 쫓아 탐문한 뒤 홍

련의 치마를 입고있던 귀득어미를 홍련이라 오인하여 유인해낸 실수까지 행하면서 끝내 김별감은 홍련이 머물고 있던 달삼의 집까지 찾아온다. 달삼을 구슬러서 홍련이 피신해있는 순영의 집을 알아내게 만들고, 순영을 불러내어 홍련을 놓고 담판까지 벌인다. 그의 집요한 추적은 이판서를 통해 홍련의 몸값을 받아낸 뒤에야 끝난다. 이 같은 과정은 김별감이 철저한 이익추구형 인물임을 말해주는 것이다.

순영의 겁탈 시도도 구체적인 여권침탈 양상의 한 예이다. 자기 집에 손님으로 머물면서 도움을 청하는 여성에게 기생출신이라는 선입견만으로 함부로 대하는 사실은 여성의 인권에 대한 근본적인 몰이해를 드러내는 것이다. 이 같은 사실은 이 시대에도 여전히 여성들의 사회적 위상을 가정 내적 존재로 규정하고, 삼종지의를 따르도록 한 유교적 여성윤리의 틀 안에서만 여성의 인권이 보호되고 있는 사정을 반영한다. 가정의 울타리 안에서 남편 또는 그에 준하는 남성보호자의 보호를 받지 못하는 여성들은 근본적으로 제도권 밖에 속한 일탈자로 간주되는 인습을 반영하고 있다.

홍련이 집을 나가자마자 거듭되는 위험상황에 처하게 된다는 것은 여성인물의 시련과 그녀가 처해있는 공간적 위상이 긴밀한 관계에 있다는 사실을 말해준다. 그녀는 팔려간 기생이었기 때문에 몸값 때문에 김별감의 추적을 받았고, 이어서 젊은 여자라는 사실 때문에 귀득어미의 시기로 달삼에게 넘겨지게 되었으며, 미인이었기 때문에 달삼이 술장사를 하려고 그녀를 붙잡아놓았다. 그리고 달삼 아내의 도움으로 피신한 뒤 자신의 처지를 밝혀 주인의 협조를 구했으나 탐심을 품은 집주인에게 겁탈 당할 뻔한 수모까지 겪었다. 이 모든 시련들이 여성이 집을 나가자마자 연속적으로 일어나고 있다는 사실은 여성에 대한 관습적인 시선이 얼마나 굳건한가를 보여주는 것이다.

이런 사정을 참고할 때 여성인물들에게 부과되는 위기 사항은 일단 남성인물로 대변되는 보호자의 부재라는 공통된 상황 속에서 제기되고 있음을 지적할 수 있다. 악인들의 눈에 비친 수탈 대상자 여성들—부모 없는 청상과부인 이연향,

혼자 집밖을 떠다니는 뜨내기 여자 홍련은 통념적 여성관이 지배하는 바깥세상
과 대면하자마자 바로 위험에 노출된다. 그들은 임자 없는 여자들로 규정되기
때문에 함부로 다루어진 것이다.

작품의 많은 부분에서 드러나는 바처럼, 인간적 존엄을 추구하는 유교적 가치
관념들은 상당부분 흔들리고 있는 것에 비해 여성에 대한 관습적 시선만은 매우
굳건하게 지켜지고 있다는 사실은 생각해볼 만한 부분이다. 물질에 대한 집착으
로 인해 발생되는 윤리적 가치관의 혼란양상은 오히려 여성인물들의 현실적 처
지를 더욱 악화시키는 요인으로 작용한다. 대부분의 악한들에게 여성들은 성적
수탈의 대상이자 다방면으로 유용한 생산성을 지닌 노동력이기 때문에 물질적
교환의 수단으로 간주되는 양상을 보인다. 이같은 가치관념의 혼란은 당대사회
에 만연된 인습적 여성관 때문에 불리했던 여성들의 처지를 더욱 억압적인 것으
로 만드는 것이다. 유교적 이념아래 종속적 존재로 규정된 바 있던 여성들은 이
제 구체적으로 돈으로 환산될 수 있는 물질적 교환가치로 간주되는 양상까지도
보여주는 것이다. 인신매매를 시도하는 대부분의 악인들의 행동에서 이같은 태
도를 읽어낼 수 있다.

여권침탈의 또 다른 양상은 이응성이 화순부부의 내당에 나타나서 일방적으
로 홍련을 요구하는 행동에서 찾아볼 수 있다. 내당을 침입하여 남의 아내를 요
구하는 이응성의 태도는 남녀관계가 남성측의 일방적 요구만으로 가능하다고
믿는 폭력적 태도를 반영한다. 그러나 홍련은 기지를 발휘해 그를 생포하고 끝
내 개심시키는데, 작품의 결말에 이르면 그러한 설정이 행복한 결말을 염두에
둔 의도적 장치였음이 밝혀진다.

정절모해도 관습 속의 여성윤리적 관점에서 볼 때 치명적인 것이다. 여성의
도덕적 결백성을 강요하는 사회에서 정절모해는 해당여성을 소속사회에서 완전
히 매장시키기 위한 의도의 소산이다. 이것은 강압적이고 비인간적인 유교적 여
성윤리의 억압적 측면과 악인들의 욕망이 영합하여 쉽게 이용되는 방법으로서
고소설에서부터 빈번하게 나타나고 있다. 신소설에서도 이러한 방식이 재현되

고 있다는 것은 이 시기의 여성윤리자체가 전통적 가치체계를 답습하고 있음을 말해 주는 것이다.

2. 여성수난과 개화기 당대 현실과의 관련성

앞에서 검토한, 두 작품에서 공통적으로 발견되는 현상들은 일단 두 작품의 서지적 상황에서 비롯된 특징으로 간주할 수 있다. 그런데 문제는, 인신매매를 비롯한 여권침탈의 제양상이 두 작품에 한정되는 현상이라기보다 신소설에서 전반적으로 발견되는 공통적인 요소라는 데 있다. 대부분의 신소설은 여성인물을 주인공으로 삼아 그들의 시련과 그 극복이라는 내용을 서술하고 있기 때문에 작중 핵심적인 사건은 여성인물의 수난으로 설정된다.

신소설에서 일반화된 여성수난의 계기는 고부갈등, 처첩갈등, 혼사갈등 등으로 대표된다. 계모와 전실자식간의 갈등이 계모형 고소설에서 흔히 나타나는 갈등형태인 데 비해 신소설에서는 전실아들에 대한 계모의 억압된 적의가 며느리에게로 치환되는 것으로 설정되기 때문에 계모형 신소설의 갈등영상은 일반적으로 繼 시모와 며느리간의 불화라는 고부갈등의 형태로 나타나고 있다.13)

처첩갈등에서 나타나는 변화로는 문제상황이 본처에 의해서 제기된다는 것이다.14) 이것은 모해가 첩 또는 두 번째 부인 이하의 인물들에 의해 이루어지는 고소설에서의 양상과는 구별되는 것이다. 본처 측에서 소실의 존재를 부정하고 제거를 위해 갖은 계교를 동원하는데, 이 과정에서 주인의 뜻을 알아차리고 충동질하는 측근인물들이 등장한다. 이들의 목적은 모두 물질적인 이득을 얻기 위한 것이다. 고소설에서 문제제기자가 첩(처첩관계) 또는 두 번째 부인 이하(多妻

---

13) 물론 계모의 전실자식에 대한 억압된 감정이 적대적 행위로 나타나는 경우도 있다. 전실자식이 장가든 날 자객을 보내 죽이려 했던 〈구의산〉의 계모가 그 예이다. 그러나 고소설에서 유형으로 존재하던 계모-전실자식간의 갈등이 신소설에서는 계시모와 며느리의 고부관계로 치환된 경우로 더 많이 나타난다는 것은 여성수난을 중시하는 신소설의 일반적 특징과 관련하여 설명할 수 있을 것이다.

14) 〈귀의성〉, 〈우중기연〉 등의 작품에서 이 같은 양상이 두드러진다.

關係)로 설정되어 있는 양상은 유교적 여성윤리의 지향방향과 관련되는데 이는 또한 고소설에서 지향하는 가족질서와 여성윤리의 향방을 보여주는 것이다. 가문의식과 예법 등의 형식윤리를 강조하는 유교적 사회에서 남편과의 애정만을 근거로 형성된 첩의 위치는 불안하므로 첩이 자신의 입지를 강화하려고 시도하는 것은 자기보존의 본능에 해당된다. 본처는 유교적 여성윤리의 제약을 받고 있는 탓도 있지만, 특별한 하자가 없는 한 법적으로도 조강지처라는 안정된 자리를 확보하고 있기 때문에 느긋할 수 있다.

신소설에서 현저하게 나타나는 본처 측의 모해현상은 조선후기까지 여성행동의 반경을 강하게 지배했던 부덕으로 대변되는 유교적 여성윤리가 신소설이 제작 유통되던 개화기에 이르면 더 이상 여성인물들의 행동을 제약하는 절대적 규범으로 자리할 수 없는 변화를 반영하고 있는 것으로 보인다. 유사한 현상은 앞의 여러 갈등양상에서 공통적으로 나타나는 바 모해자그룹에 가담하는 악인형 인물들의 행동양상에서도 발견된다. 그들이 거리낌없이 꾀하는 음모들이 인신매매와 납치, 성적 늑탈 등과 같이 반인륜적 차원의 여권침탈을 보여주는 행동들이라는 사실은 주목할 필요가 있다.

그러면 신소설에서 여성수난의 핵심적 구성요소로 간주되고 있는 이러한 여권침탈의 제양상이 신소설의 대표적 사건유형으로 제시되는 것은 어떠한 의미가 있는가? 신소설의 여성수난 양상의 연원을 신화에서부터 찾는 서대석 교수는 지모신 상징인 여성의 수난은 국권이 침탈 당하던 개화기 당대의 정치적 현실을 반영한 것이라고 해석한 바 있다.15) 분명히 여성수난을 기본축으로 설정된 신소설의 일반적 특성은 개화기 당대의 역사적 현실과 밀접한 관계가 있다.16) 그런데 신소설에서 나타나는 현상을 개화기 당대의 역사적 현실과 관련

---

15) 서대석, 『한국무가의 연구』, 문학사상사, 1979, 180쪽.

16) 작품 속에 나타나는 특정현상을 구체적인 역사적 사건과 관련지어 해석하는 경향은 최원식 (1986)에서 발견된다. 신춘자는 또한 〈귀의성〉에서 김승지 부인의 패악행위의 모델을 민비의 그것에서 찾기도 한다. (신춘자, 『개화기소설연구』, 인문당, 1990.) 그러나, 신소설에 나타나는 여성수난의 양상은 특정 작품에만 한정된 것이 아니므로 신소설 형성의 모태가 되어

시켜 이해하면서 신화적 관념의 소산인 지모신 상징과 직접 연결하는 것은 다소 관념적인 발상이 아닌가 싶다. 신소설 형성당시의 역사 사회적 현실을 이해하기 위해서는 좀더 구체적인 당대적 현실에 바탕한 자료들을 살펴볼 필요가 있다. 우리는 신소설에서 일반화된 이러한 현상들의 현실적 근거로 당대의 사회상을 증언하는 당시의 신문기사들을 주목할 수 있다.[17) 신문사회면이 증언하는 여성 수난의 제양상 중 대표적인 사건으로 다양한 형태로 이루어지는 인신매매와 갖가지 형태의 성적 폭력들, 그리고 과부 등 보호자가 없는 여성들의 재산권 침탈 등에 관한 생생한 기록을 확인할 수 있다.

　과부는 신문사회면에서 가장 빈번하게 등장하는 인권침탈의 대상들이다. 먼저 주변의 인물들에 의해서 이루어지는 재산권 침탈에 대해 살펴보자. 과부의 재산을 빼앗기 위해 주변인물들이 행하는 행패들에 대한 다양한 사례들이 나타나고 있다. 시집식구들에게 맨몸으로 쫓겨나는 경우[18)가 많이 발견된다. 친정오빠들이 가해자인 경우도 있다.[19) 벼슬아치의 수탈사례도 많이 나타난다.[20) 후사가 없는 과부의 양자가 되어 재산을 빼앗으려 하는 경우들도 많다. 양자로 들어간 인물들에 의한 재산탕진이나 재산을 노려 원하지 않는데도 양자 되기를 강제로 청하여 과부를 괴롭히는 사례들도 나타나며[21) 문서를 위조하여 과부의 재산을

온 개화기 당대라는 구체적 현실과의 관련아래 논의될 필요가 있다.

17) 이화여자대학교 한국여성연구소편(1979), 『한국여성관계자료집 근대편』(상)(하)는 1896년 독립신문 창간호에서부터 한일합방으로 신문들이 정간되는 1910년까지의 기사 중 여성관계 기사들을 특별히 정리 수록하고 있어 당시의 대여성관과 여성들의 현실적 여건을 살펴보는 데 도움을 준다.

18) 시동생이 형수의 재산을 빼앗기 위해 쫓아낸 경우들이 독립신문 1896년 6월 27일 외 다수 발견된다. 1898.10.14. 황성신문에는 시동생에게 구타당하고 재산을 몰수당한 최소사의 고소사건이 보도되고 있다. 그 외에도 시집식구들이 작당하여 그 정절을 모해한 뒤 음행을 이유로 축출하는 경우 및 시숙이 직접 과부의 처소로 잠입한 사례까지 나타난다.

19) 의탁할 곳이 없어 재가한 누이를 친정오빠들이 폭행 감금, 누이가 달아나자 누이의 재산집물을 빼앗았다는 기사가 1899.5.16. 황성신문에 실려 있다.

20) 독립신문 1896.8.25일자 외 다수 발견된다. 탐관오리들은 수절과부를 뺏어다가 재물만 차지한 뒤 내쫓거나 과부에게 음행했다는 누명을 씌운 뒤 그것을 빙자하여 재산을 빼앗는 등의 방법을 취하고 있다.

빼앗는 사기22)도 종종 나타나는 경우이다. 또 다른 형태로는 과부소유의 재산을 노린 사기결혼행각도 있다.23) 과부에게 가장 흔한 인권침탈의 사례로는 보쌈 등의 방법으로 과부를 납치하거나 겁탈하려 했던 시도를 들 수 있는데, 이 일과 관련하여 자살을 시도한 여성들의 사례가 적지 않게 기록되고 있다.24)

신문사회면에서 찾아볼 수 있는 여권침탈의 대표적인 예는 인신매매의 형태로 나타나고 있다. 가난한 집안에서 딸을 팔아먹는 일은 매우 많이 나타나는 사례이다.25) 딸의 혼인을 이중으로 설정하여 돈을 보다 많이 주는 쪽으로 보내는 부모,26) 속임수를 써서 아내를 되팔아먹는 남편,27) 상습적으로 남의 집 부인을 유인하여 돈을 받고 팔아먹는 사례들도 비일비재하며,28) 혼인을 방자하여 남의 처녀를 데려와 매음녀로 만드는 경우들도 많이 발견된다.29) 심지어 아내를 판 돈으로 옷값을 지불하는 남편에 관한 기사도 있다.30)

이같은 개화기 당대의 신문사회면에 보이는 기사와 신소설에서 설정되는 대표적인 여성수난의 모티프가 인신매매라는 사실은 깊은 상관성이 있을 것으로 보인다.31) 1896년 독립신문이 창간된 이후 초기의 여성관계 기사 중 상당부분이 다양한 형태의 여성침탈에 관한 내용이었다는 사실은 이같은 현실이 당시에 일반화되고 있던 여성적 현실의 단면임을 말해주는 것이다. 그런데 해가 갈수록

---

21) 독립신문 1899.7.3. 외.

22) 독립신문 1897.9.7. 외.

23) 1901.2.2. 황성신문 외.

24) 1898.12.27. 매일신문, 1899.5.18. 제국신문을 비롯, 매우 많이 나타나는 사례의 하나이다.

25) 독립신문 1896.11.12. 기사를 위시하여 매우 많이 나타나는 사례에 해당된다.

26) 황성순보 1898.9.30. 독립신문 1889.9.7. 외.

27) 제국신문 1899.1.11. 외.

28) 독립신문 1896.4.30, 8.22. 매일신문 1898.9.21. 등 많이 나타나는 사례의 하나다.

29) 독립신문 1896.9.10일자에 실린 두 편, 매일신보 1898.8.17. 등 많이 발견되는 사례에 해당된다.

30) 매일신보 1898.9.17일자 기사에는 엽전 30냥을 받아 의복을 해 입었다는 남자에 대한 이야기가 실려 있다.

31) 신소설 중에서 인신매매를 주요 모티프로 설정하고 있는 작품은 본고 대상작품들 외에도 〈봉선화〉, 〈빈상설〉 등 20여 편이 확인되고 있다.

여성관계 기사 중에서 여성침탈양상이 차지하는 비중이 줄어들다가 1904년 이후 인신매매 기사는 보이지 않는다. 그 대신 여성의 대사회 활동에 관한 기사의 비중이 높아지고 있다. 물론 이 시기 이후에 인신매매를 비롯한 여권침탈이 일체 없어진 것으로 볼 수는 없겠지만, 보다 다양해진 여성관계 기사들을 통해 여성의식이 상대적으로 신장되고 여성의 활동영역 또한 확장되어가는 저간의 사정을 짐작할 수 있는 것이다.

이러한 현상은 상대적으로 변화하고 있는 당대사회와 당대인들의 현실인식의 양상을 보여주는 것이다. 이같은 변화의 동인으로는 남녀평등의 기치아래 여성의 인간적 권리 옹호를 환기하고 교육의 가치를 역설하면서 대국민 인식전환을 위해 행했던 적극적 노력들이 그 단서들로 작용했을 것이다. 물론 여성에 대한 일반적 인식이 단지 몇 년 동안의 신문의 계몽이나 개화지식인들의 계몽을 위한 노력만으로 결정적 변화를 이루었으리라고 믿기는 어렵다. 그러나 이같은 매체들을 통한 교육의 효과가 가시적으로 나타나는 예들을 볼 때 당대의 언론매체를 통한 개화지식인들의 신사상이 미친 영향에 대해서 인정하지 않을 수 없다. 가장 현저하게 드러나는 예로서 과부들이 언론매체를 적극 활용하고 있다는 사실을 들 수 있다. 재산권을 일방적으로 침탈 당했던 과부들이 사기 또는 재산탕진을 일삼던 아들 또는 양자들의 패륜을 신문지상을 통해 널리 알리면서 사기 당하지 말 것을 경고하는 기사들이 1900년 이후로 눈에 띄게 나타나기 시작했다는 사실32)은 신문이라는 매체가 갖는 현실적인 힘을 적극적으로 이용하는 그들 나름의 현실대응방식의 변화상을 말해주는 것이다.

따라서 개화기의 현실적 상황들을 감안할 때 신소설에 나타나는 여러 여성수

---

32) 1900.3.29일자 제국신문에 경남 진주 사는 김소사가 '아들이 부량패류로서 주색잡기에 침혹하여 빚을 많이 졌는데 김소사의 전답문권을 위조하여 도매하려 하므로 내외국인은 속지 마라'는 내용의 공고가 실린 것을 필두로 8.21, 9.13, 11.3. 계속해서 유사한 내용의 과부 재산권 수호의지를 반영하는 기사가 나타나고 있다. 이같은 사실은 그 이전에 많이 보이던 바, 재산을 뺏긴 과부들이 울면서 관계기관에 호소하러 다닌다는 내용에 비할 때 여성들의 권리의식이 상당히 높아지고 있음을 보여주는 것이다. 이화여자대학교 한국여성연구소, 앞의 책 참조.

난의 양상들은 공식화되어 상투적인 느낌도 없지 않으나 한편으로는 이같은 내용들이 공식화될 만큼 당대인들에게 현실적인 공감을 주는 설득력을 갖고 있었던 때문으로 생각된다. 그것은 그 나름으로 당대의 현실적 여건을 반영하는 것으로 인식되었기 때문으로 보인다.

또 하나의 요인으로 신소설의 상업적 성향을 들 수 있다. 신문연재, 또는 출판물이라는 상업적 유통구조를 통해 존재했던 신소설의 존재방식상 독자의 반응에 영향받지 않을 수 없었기 때문에 사회의 변화에 따른 독자들의 기대나 취향에 부응할 만한 상황설정이 필요했을 것이다. 따라서 전통적으로 소설의 주된 독자층이었을 여성들의 흥미를 자아낼 만한 전형적 주인공을 설정하고 인물에게 부과되는 사건 내용을 공식화하면서 여성들의 관심과 현실적 공감을 자아낼 만한 설득력을 갖기 위해서 그들의 현실에서 빈번히 일어나기 때문에 익숙해진 사건들에서 단서를 찾아냈던 것으로 보인다. 그 결과, 소설의 주인공인 여성인물의 시련 설정방식에서 보편적으로 나타나는 현상은 당시에 일반화되던 여성문제를 대입시켜 여성들의 동정을 불러일으키려는 방식이다. 이것은 신소설의 상투적인 구성방식처럼 되어버렸지만 그같은 상투성이 여성들에게 공감을 줄 수 있었던 것은 그 나름의 이유가 있었을 것이다. 그것에 대한 이해는 그러한 시대를 살았던 여성독자들의 현실적 근거와 여성들의 처지에 대한 이해가 함께 이루어졌을 때 가능할 것으로 믿는다. 이 문제는 신소설 전반적 현상과 당대의 여성현실과의 관련문제이므로 보다 구체적이고 본격적인 논의를 통해 천착될 필요가 있을 것이다.

3. 욕망추구형 인물을 통해 드러나는 변화된 가치관

야담의 인물들은 인간적 품위를 지니고 있다. 〈고담〉에 등장하는 모든 인물들 - 신의를 아는 권생, 지혜롭고 재치 있는 친구, 인정사리에 밝고, 치가의 법도로 가부장으로서의 권위를 가진 권진사, 맹세를 끝까지 지켜 행동에 책임을 지는 권생 아내, 누이를 진정으로 사랑하고 인간적 존엄을 이해하는 오빠 등 - 은 한

결같이 긍정적인 인간형으로 그려져 있다. 이같은 인물설정양상은 〈일타홍〉에서도 동일하게 나타난다. 그러나 이들을 제재적 원천으로 삼아 개작한 신소설의 인물들은 욕망을 행동의 축으로 삼는 악인과 사리와 인정에 따라 행동하는 인간적 인물들로 대별된다. 악인들은 물질적 가치를 추구하는 이기적인 인물들이며 선인들은 윤리와 도리를 알고 인간적 가치를 존중하는 인물로 그려진다. 그러나 작품에서 보다 비중을 두어 서술하는 것은 악인들이 이익을 추구하기 위해 취하는 구체적인 행동들인데, 이것을 보다 적극적인 태도로 추적하고 있다는 사실은 작가 자신이 의식하고 있던 당대의 현실적 제상황에 대한 문제의식을 반영하는 것이다.

인간 속에 내재해있는 욕망을 중시하고 그것을 추구하고자 하는 움직임은 처첩갈등에서도 나타나고 있다. 처첩갈등은 부덕을 당위로 삼던 유가적 여성윤리규범 때문에 철저히 억제되어야만 했던 질투, 특히 본처 측의 질투를 부각시켜 여성내면에 자리한 인간적 욕망을 문제삼고 있다는 점을 주목할 수 있다. 그러나 이들 인물들을 끝내 파멸에 이르게 함으로써 여성윤리의 당위성을 역으로 강조하고 있다는 한계도 아울러 지적되어야 할 것이다.

〈고담〉은 조선후기라는 사회적 배경아래 당시 중요한 여성문제의 하나이던 과부의 개가와 그 가정내 수용을 문제삼고 있다. 은밀하게 진행된 사대부가 여성인물의 개가와 그것에 대한 남성인물 측의 가정 내적 반응이 인정사리와 투기 제압으로 해결되어 화목한 가정을 이룬다는, 유교적 가족주의 아래 낙관적 결과로 귀결되고 있다. 이에 비해 오히려 신소설에서 개가는 상대적으로 약화된 주제로 나타난다. 개가를 강조하는 것이라면 개가가 이루어진 뒤 여성인물이 처첩갈등으로 수난을 겪는 후반부를 구태여 첨가할 필요는 없을 것이다. 그런데도 〈우중기연〉에서는 욕망추구형 인물들의 돈에 대한 관심 때문에 비롯되는 악행 및 처첩갈등으로 드러나는 또 다른 욕망의 문제가 강조된다. 개가한 여자가 본처의 질투로 수난을 겪는 것은 인간적 욕망이 그렇게 단순하거나 예사로운 현상이 아님을 보여주는 것이다.

〈고담〉에서 권생 아내가 자기맹세를 충실하게 지키는 태도는 당대사회의 저류를 관류하고 있던 유교적 이념과 그에 입각한 여성윤리가 강하게 작용하는 결과였을 것이다. 그러나 〈우중기연〉에서는 자신의 맹세를 어기고 질투에 몸을 맡기는 최씨의 태도에서 인간의 욕망이 그렇게 단순하지 않다는 사실과, 윤리관으로 제압할 수 없는 인간 각자 안에 자리하는 개별적 존재의 욕망을 인정하고 그것을 추구하는데 전념하는 것을 통해서 극기복례를 이상으로 삼던 전대적 가치관의 해체양상을 강하게 느낄 수 있다. 본처의 자기중심적 욕망은 그것을 틈타 개인적 이득을 챙기려는 또 다른 욕망형 인물들의 양산을 낳고 이해관계에 따라 이합집산하는 관계의 고리 속에서 작용하는 어둠의 세계를 만들어낸다. 이러한 형태는 〈천연정〉에서도 동일한 형태로 나타난다.

야담의 작가는 사대부적 여유와 교양 그리고 윤리의식 등에 강한 신뢰를 보이고 있다. 그러나 신소설의 작가는 인간 속에 자리하는 보편적인 욕망이나 현실적으로 존재하는 사회적 악의 양상을 가능한 한 현실적으로 그리려는 의도를 보이는 것으로 이해할 수 있다. 이같은 형태는 유교적 명분이나 윤리관이 사람들을 일방적으로 지배할 수 없는 일탈의 상황에 처해있는 개화기 시대상과 당대인의 의식의 일단을 민감하게 보여주는 부분이다. 돈 욕심을 낸 이생원도 처음에는 조카딸을 결혼시킨다는 명분아래 움직였지만 돈벌이가 뜻대로 되지 않자 석위원이 제의한 파렴치한 인권침탈인 납치에 동조까지 하는 인륜파괴적 양상을 보여주었다. 그것은 그의 출발동인부터가 돈벌이에 있었으며 그것을 위해서라면 수단방법을 가리지 않을 수 있을 만큼 극단적인 배금주의적 상태에 이르고 있음을 보여주는 것이다. 향반출신 이생원의 탐욕으로 인한 반인륜적 작태는 배금주의가 개인적 차원에 국한되지 않는 현상임을 짐작하게 한다. 돈에 집착하여 인간적 윤리나 가치를 저버리는 행태가 도시 주변의 건달층에만 한정된 현상이 아니라 사회적 관계양상을 중시하는 향촌사회의 양반에게도 나타나고 있다는 사실은 가치관의 변화가 사회 전반적으로 확산될 만큼 심각한 정도에 이르렀음을 실감하게 한다.

신소설은 처첩갈등, 계모와 전실자식간의 갈등 등으로 일관된 가정내부의 문제와 관련된 모해자 측의 행동방식이 인신매매를 비롯한 갖가지 여권침탈을 보여주는 사회적 현상, 가족의 이산과 해체를 촉구하는 정치적 사회적 제양상들, 즉 난리, 이민 등으로 가족이 해체되었다가 재건되는 등의 제현상을 놓치지 않고 그리고 있다. 그것은 축첩이 일반화되어 있던 당대까지의 사회적 현상을, 인신매매를 비롯한 여권침탈이 일반화되어 있던 당대적 현실의 일단을, 그리고 정치 사회적 문제로 인한 일반 백성들의 삶의 고통을 다양한 각도로 수용하고 문제삼으려는 개화기 당대의 지식인들의 현실인식에서 비롯된 문제의식에 의한 결과로 볼 수가 있다. 비록 그것을 그려내는 방식에서 한계는 있을지라도, 이같은 문제들을 포착하여 지속적인 갈등상황 속에 인물들을 존재하게 하는 현상자체만으로도 이미 야담을 지탱하던 낙관적 세계관으로는 해결할 수 없는 심화된 현실인식을 내포하고 있는 것이다. 개별화되고 심화된 욕망과 그것을 쉽게 허용하지 않는 현실적 여건과의 만만치 않은 대결을 통해서 우리는 신소설이 형성되던 개화기 당대의 역사적 현실과 나름의 문제의식을 가지고 출구를 모색하던 신소설 작가들의 고민의 일단을 짐작할 수가 있다.

V. 결 론

〈우중기연〉과 〈천연정〉은 야담을 저본으로 하여 개작한 작품이다. 두 작품은 야담에 근원을 둔 기본적인 서사단위에서는 인물의 행동이나 대사, 사건 및 문장까지 모본인 야담과 매우 유사하다. 그러나 이들 작품은 야담에 연원을 두고 있지만 야담과는 다른 소설적 특성을 분명하게 지니고 있다. 신소설은 야담의 기본 줄거리를 바탕으로, 압축된 서사골격에 인물성격을 구체적으로 부여할 뿐 아니라 야담에서 거의 간과되어 있는 개개 인물이 처한 상황을 적극적으로 해석하고 구체화하여 작품 전체를 지탱하는 지속적인 갈등구조를 형성하고 있다는 점에서 근대적 의미의 소설기법에 보다 접근하고 있다. 이들 개작된 작품들은 고전을 통해 당대사회 현실의 단면을 다각적으로 드러내려 했다는 점에서 일단 주목될 수 있다. 특히 여성인물들이 처해있는 현실적인 위기상황과 그것을 조성하는 욕망추구형 인물들의 이면적 모습이 매우 구체적으로 그려지고 있음은 당대의 작가의식들의 사회적 문제의식과 밀접한 관련이 있을 것이다.

〈우중기연〉의 경우 개가의 문제와 관련된 여권침탈의 양상들이 이생원의 욕망과 그것이 불러들인 여러 시정잡배의 모습들을 통해서 매우 생생하게 그려지고 있는 점이나 〈천연정〉의 홍련이 김별감에게 쫓기는 과정에서 개입되는 수많은 이익추구형 인물형의 등장 부분은 이같은 문제의식과 관련하여 주목해 볼 만한 부분이다. 그것은 당대의 신문사회면에서 매우 흔하게 볼 수 있었던 여성억압의 구체적이고 생생한 현장증언과 근본적으로 일치한다. 연향의 경우는 과부들이 인습 속에서 인간적 존엄 대신 폭력적 피납의 대상으로 물건 취급되고 있었던 상황을 말해주는 사례이다. 그것은 과부의 억압된 청춘에 대한 보상이라는 측면에서가 아니라, 상품적 대상으로 간주되어 행해지는 것이다. 여성들은 성적인 면에서나 노동력이라는 측면에서 쓸모가 있을 때 그에 상응하는 가격으로 매매되며, 여성을 통해 이익을 추구하는 업자들은 납치하거나 사들인 여자들이 자신의 이익에 부합되지 않을 때 되팔아 넘기고 있다. 이같은 가치가 지배하는 상황 속에 놓인 여성인물들은 철저하게 상품가치로만 평가되는 시장논리의 희생물이다.

그런데 문제는 이같은 현상이, 이 두 작품에 한정되는 것이 아니라 신소설 전반에서 두루 나타나는 공통적인 현상이라는 점에서 더욱 주목을 요한다. 더구나 신소설중 상당수의 작품에서는 여성인물들에게 부과되는 갈등상황을 여성수난으로 설정하고 그것을 구체적인 속임수나 납치에 위한 인신매매, 재산침탈을 꾀한 강제결혼, 여러 형태의 성폭력 등의 형태로 서술하고 있다. 이같은 현상이 당시 신문기사로 증언되는 여성수난양상과 부합되고 있다는 사실은 신소설 이해에 선행되어야할 작업이 개화기 당대의 여성현실에 대한 보다 구체적인 검토라는 사실을 환기시켜주고 있다. 또한 신소설 구성의 일반적 특징으로 지적할 수 있는 가족구조의 해체와 그로 인한 여성인물의 수난으로 연결되는 도입부의 상황들이 갖는 의미도 주목되어야 한다. 여성인물들의 시련은 모두 가족구조와 가정의 와해로 인해 일어난 것이고, 작중에서 제시되는 문제해결 양상이 가정의 회복과 회복된 가정 안에서 뚜렷하게 자리하는 여성인물의 뚜렷한 위상정립으로 귀결되는 구성방식 또한 개화기 당대의 정치 사회적 현실 및 당대 여성들의 사회적 위상과의 관련성을 다룬 별고를 통해 재검토되어야 할 문제들이다.

강 진 옥   이화여자대학교 교수

근대 야담의 전통 계승 양상과 의미
— 『月刊野談』을 중심으로 —

Ⅰ. 서 론

『月刊野談』은 1934년 10월에 창간되어 1939년 10월까지 통권 제55호까지 발간된, 尹白南(1888~1954) 발행의 야담전문잡지이다.1) 이 시기에는 『월간야담』외에도 金東仁이 1935년 11월에 창간한 『野談』이라는 잡지도 있다. 그렇다면 이 시기에 어떠한 이유로 이미 장르로서의 역사적 소명을 상실한 야담이 문학사의 전면에 재등장하게 되는가에 주목해야 할 것이다.2)

본고에서는 1930년대에 발간된 야담 전문잡지인 『월간야담』을 통해 근대 야담3)의 전통 계승 양상과 그 의미에 대해 살펴볼 것이다. 그런데 『월간야담』을 비롯해서 이 시기에 출현한 근대 야담은 진지한 현실인식을 보여주지 못하고 있다는 등의 선입견으로 인해 그 동안 문학사의 관심 대상에서 제외되어 온 것이

---

1) 『월간야담』은 癸酉社에서 출간된 것으로, 최근에 景文社에서 이를 12권으로 묶어 영인하였다. 이를 보면 소장처를 확인할 수 없는 제5·16·18·26호 등의 결호를 제외한 통권 제55호까지 발간되었음을 알 수 있다. 이 잡지는 1938년 11월, 통권 제46호부터 발행인이 '尹白南'에서 '朴熙道'라는 인물로 바뀌게 된다. 민족대표 33인 중의 한 사람이었던 박희도는 1930년대 후반에 가면 친일경향을 띠게 된다. 그로 인해 『월간야담』의 애국계몽주의적 성격이 일본 야담인 '內地 野談'까지 수록하는 등 급속하게 친일적 성향으로 바뀌게 된다.

2) 『월간야담』을 비롯한 1930년대의 근대 야담이 갖는 역사소설과의 관련 양상, 당대적 위상, 당시 야담의 출간 사항 및 전반적 성격에 대해서는 본인의 「근대 야담의 서사적 전통과 대중지향적 변모-『월간야담』을 중심으로-」, 부산대 석사학위논문, 1999에서 소략하게나마 다룬 바 있다. 본고는 이 논문 중에서 근대 야담의 전통 계승 양상 부분을 집중적으로 부각시켜 독립된 한 편의 논문으로 발표하는 것이다.

3) 본고에서 사용되는 '근대 야담'이라는 말은 우리 문학사에서 근대라고 할 수 있는 시기에 출현한 야담이기에 논의를 여기에 한정하여 사용한 것이다.

사실이다. 그러나 궁극적으로 문학적 현상의 이면에 감추어져 있는 시대 정신의 흐름을 포착하고자 한다면, 『월간야담』으로 대표되는 근대 야담의 존재 또한 1930년대 문학의 흐름을 가늠해 볼 수 있는 긴요한 지표의 하나가 될 수 있을 것이다. 이 시대의 야담이 뛰어난 문학성과 진지함을 갖추었다고 단정할 수는 없을 지라도 이에 대해 장단점을 가감 없이 드러냄으로써 1930년대 문학의 전통 지속적 측면의 실상을 밝히는 작업 또한 그 나름의 의미를 지닌다 할 것이다.4)

Ⅱ. 史話의 수용 및 창작

『월간야담』에는 통권 제55호까지 대략 400여 편 정도의 야담 작품이 수록되어 있는데, 본고에서 이들 모두를 논의의 대상으로 삼는다는 것은 현실적으로 불가능한 일이다. 『월간야담』의 개략적인 내용을 보면, 사화를 수용해서 창작한 경우가 전체의 50%, 전대 야담을 개작한 경우가 15%, 기타가 35% 정도를 차지한다.

그런데 위에서 '사화'의 경우에는 '수용'이란 용어를, '전대 야담'의 경우에는 '개작'이라는 용어를 사용하였는데, 이에 대해 용어의 개념 정립이 필요하다고 생각한다.5) 우리가 문헌전승 관계를 살피고자 할 때에는 보통 '수용'과 '개작'이라는 두 축을 상정할 수 있다. 수용이나 개작이라는 말은 그 자체에서 이미 전

---

4) 임형택 님은 야담의 근대적 변모를 살피면서 '현대적 창작 기법의 개발'과 '통속적 굴곡'이라는 차원에서 근대 야담의 개괄적인 특징을 피력한 바 있다. 이 논의는 이 시기 야담의 전반적 특징에 관한 자리매김을 의도하고 진행한 것이라서(임형택, 「야담의 근대적 변모」, 『한국한문학연구』 학회창립 20주년 기념호, 한국한문학회, 1996, 79-82쪽 참조), 개별 작품의 분석을 바탕으로 한 보다 구체적인 연구가 아니라는 점에서 그 나름의 의의와 한계를 함께 지니고 있다. 따라서 본고에서는 야담의 서사적 전통 지속성을 논의하되, 개별 작품 분석을 중심으로 구체적으로 살펴볼 것이다.

5) 본고의 논의와 관련하여 '수용'과 '개작'의 개념 설정은 임완혁, 「『계서야담』의 서술방식에 대한 일고찰, 『한국한문학연구』 제19집, 한국한문학회, 1996, 401-406쪽에서 많은 시사를 받았음을 밝혀둔다.

대 문헌과의 친연성을 내재하고 있다. 그런데 문제는 사화의 경우 어느 문헌을 토대로 형성되었는지에 대해 단정적으로 말할 수 없을 뿐만 아니라 이를 새롭게 창작하고 있다는 것이며, 전대 야담의 경우는 내용이나 모티프의 유사성이라는 측면에서 그 전승관계를 확인할 수 있다는 점이다.

따라서 본고에서 사용되는 '수용'이라는 말은 역사상에 존재했던 인물이나 역사적 사건이 후대의 작품에 반영된 현상을 의미하며, '개작'이란 전대 문헌을 전재하면서 작가에 의해 의도적으로 바뀌어짐으로써 이루어진 모든 현상을 의미한다. 그런데 '수용'이라는 개념을 설정함에 있어 전대의 인물이나 사건이 후대의 작품의 단순 반영에 그치는 것이 아니라, 이를 새롭게 재창작하고 있다는 점도 아울러 주목해 보아야 한다. 또한 전대 야담을 개작한 경우에는 작가에 의해 전대 야담과는 다른 가공적 상황이 삽입된다거나 구체적인 상황 설정을 통해 서술의 개연성을 확보하고자 한다는 점에서 전대 야담의 단순 전재를 지양하고 있다고 하겠다.

1. 역사적 인물의 재평가

야담을 저술하면서 자신이 그 작품을 짓게 된 동기에 대해 스스로 밝히고 있는 작가는 찾아보기 어렵다. 이런 가운데서도 『야담』이라는 잡지를 창간한 바 있으며, 또한 야담 작가로서 맹활약을 했던 김동인을 주목해 보지 않을 수 없다. 우선 그가 야담에 투신하게 된 배경을 알아볼 필요가 있다.

"1934년 尹白南(敎重)이 내게 무슨 원고를 한 뭉치 보내면서, 그것을 읽어보고 그 이야기에 따라서 원고지 백 매 가량의 소설을 하나 써 달라는 것이었다. 尹白南이 출재자를 얻어서 『月刊野談』이라는 잡지를 시작하는데, 원고를 매호 제공해 달라는 것이다. ……(중략)…… 그때 원고 주문만 받으면 다닥치는 대로 응하여 安懷南에게, 후배에게 길을 터주지 않는다고 욕을 먹던 나는 이 白南의 청도 곧 수락하였다. 그러나 그때 나는 역사소설의 한 선구로 지목 받기는 하는 터이나, 역사에 관해서는 아무 것도 모르는 전 깜깜이었다. 白南이 내게 보내준 원고(〈元斗杓〉였다)를 참고하여, 元斗杓 이야기를 한 편 써서 白南에게 보였다. 이것이 인연이 되어서 史譚 방면으로 손을 벌리게 되었다. 고답적 문학 작품 이외에는 붓 들기를 피해 오던 나는, 이리하여 글로 밥을 마련하기 위하여 온갖 방면으로 진출하였다. 그리고 거기 대한 변명적 이론조차 지어낸 것이다."6)

『월간야담』의 창간호에 실은 〈十里潛行의 元斗杓〉를 짓게 된 동기를 밝히고 있는 대목이다. 이 때부터 그는 이것이 인연이 되어 사담 방면으로 손을 뻗치게 된다. 당시 김동인은 경제적 파산으로 인하여 생활에 어려움을 겪고 있었다. 그리하여 그는 "白南의 『月刊野談』 경영 상태를 보니 수지는 제법 맞는 모양이었다. 『月刊野談』은 거진 내 글로 꾸며진다. 그럴진대 그 내 글로 내가 잡지를 간행하면 매번 구구하게 원고료 받지 않고도 내 살림은 영위가 될 것이다."7)고 하면서 창간비 약간을 마련하여 자신이 직접 『野談』 잡지를 간행하게 된다.

역사에 문외한이라고 자처하면서도 한편으로 김동인은 사화를 저술하면서 자기 나름의 주관을 갖고 역사적 인물을 재해석하고 있다. 그런데 역사소설론에 있어 가장 기초적이면서도 동시에 가장 핵심적인 문제는 역사소설에 표현되는 사실과 역사적 사실에 대한 해명일 것이다.8) 이러한 논의는 역사적 진실성과 관련되는 문제인데, 김동인은 우선 사료의 신빙성에 의문을 제기했다. 즉, 기존의 사료를 무비판적으로 받아들일 것이 아니라 현대적 입장에서 재해석했어야 마땅하다면서 춘원이 『단종애사』에서 남효온의 〈六臣傳〉을 답습한 것을 비난하고 있다. 그가 일종의 논문으로 쓴 「乙卯士禍 再檢討」와 「癸酉·丙子·丁丑-死六臣과 南秋江」은 역사상의 인물에 대해 자기 나름의 재평가를 하고 있어 주목되는 글이다.

"약 一年 전에 本誌(『野談』)에 「乙丑三百年」이라 하여 『乙丑實錄』에 新解釋을 가미한 一文을 발표한 일이 있었다. 그러매 몇몇 讀者에게서 그와 유사 작품을 간간이 揭載하여 달라는 부탁을 받았다. 이에 지금 쓰는 것은 유명한 乙卯士禍에 관하여

---

6) 김동인, 「『野談』·『月刊野談』」, 『金東仁全集』6, 三中堂, 1976, 67-68쪽 참조. 이하 김동인의 글은 이 책을 인용하고 제목과 면수만 표시하겠다.

7) 「『野談』·『月刊野談』」, 68쪽.

8) 최유찬, 「1930년대 역사소설론 연구」, 연세대 석사논문, 1983, 35쪽 참조.

余의 見解를 가미하여 기록하는 바이다."9)

위 인용문은 그가 1938년 2월호『야담』지에 실은 글이다. 그는 사화를 서술함에 있어 왕조실록을 참조하면서 여기에다 자신의 견해를 덧보태 역사적 사건을 새롭게 해석하고 있다. 즉, 그는 기존에 우리가 알고 있는 역사적 인물에 대해 재평가함으로써 역사를 새롭게 인식하고 있다는 점이다.10)

"李朝五百年史 중 단 한 개의 愛君美譚, 端宗의 死六臣의 義勇悲劇은 누구나 모를 사람이 없을 것이다. 그러나 항간에 周知된 사실이라 하는 것은, 본시의 역사적 사실과는 적지 않게 차이가 있다. 世宗朝에 출생하여 布衣로 일생을 지내다가 三十九세라는 청년으로 별세한 南孝溫(號 秋江)이라는 文士가 있다. 그의 작품으로 〈六臣傳〉·〈秋江冷話〉 등의 소설이 있는데 항간에 전하는 것은 이 소설이다."11)

위 인용문은 그가 1941년 12월에서 1942년 1월에 걸쳐『朝光』에 발표한 글의 일부이다. 그는 여기서 史實을 대략 서술한 뒤에 "그런데 이 史實을 南秋江이 먼저 소설화하고, 그 뒤에 또 史實의 野史가 많았고 근년에는 春園이 秋江의 소설을 대본으로 근대소설화하였다."고 하면서 "그런데 그 두 소설(春園의 것은 秋江의 것을 대본으로 하였으니 勢不得已겠지만)과 野史의 공통되는 점은 그때(癸酉·丙子·丁丑)의 사건에 벌받은 사람은(橫厄이건 무엇이건) 모두 聖人君子로 만들고, 그때 부귀를 얻은 사람은 모두 無比한 奸物로 만든 것이다. 그리고 그때의 사건은 國諱에 係하는 사건이니 만치 공공이 言하고 文할 수 없어서 자연 地下所聞으로 化하고, 따라서 流言은 덧붙어서 별별 奇談이 다 생겼다."12)고 주장하고 있다.

또한 그는 특히 남효온을 뛰어난 소설가로 보면서 〈小說家 南孝溫〉이라는

---

9)「乙卯士禍 再檢討」, 310쪽.

10) 스스로 '근대' 소설의 확립자라고 공공연히 표방해 왔던 김동인이 1930년대에 어떻게 야담의 작가로 轉化했는가에 대한 보다 상세한 고찰은 박헌호,「한국 근대 단편양식과 김동인 (Ⅱ)-소설관의 표출양상을 중심으로-」,『한국근대문학연구』, 태학사, 1997를 참고할 것.

11)「癸酉·丙子·丁丑-死六臣과 南秋江」, 315쪽.

12) 김동인, 앞의 책, 316쪽.

글을 이보다 앞서 1938년 6월 1일자 『每日新報』에 싣고 있다. 이것은 물론 남효온이 역사적 사실을 왜곡한 데 대한 동인 자신의 비꼼의 표현으로 볼 수 있다. 그는 "宣祖大王이 南孝溫을 가리켜 我朝의 逆賊이라고 한 것은 결코 과장된 평이 아니었다."[13]고 하면서 남효온의 저술에 대한 신빙성을 의심할 뿐만 아니라 그의 인물됨에 대해서도 부정적인 입장을 견지하고 있다.

이제 김동인이 지은 『월간야담』 소재 작품을 놓고 보다 상세히 살펴보도록 하겠다. 그는 〈般若의 죽엄〉(제6호)이라는 작품에서 辛旽을 아주 뛰어난 정치가로 묘사하고 있다.

> "그것은 일즉이는 옥천사(玉川寺)의 사비의 몸에서 난 한 개의 천승이엇으나 한 번 그가 왕의 부름을 받고 이 나라의 정치게에 발을 들여놓은 뒤에는 그의 업적이 얼마나 놀라왔든가."[14]

우리가 기존에 알고 있는 신돈은 당시의 조정을 문란하게 하고 온갖 음학한 행위를 서슴지 않고 자행했던 인물이다. 그러나 여기서 그는, 위로는 노국공주를 잃었기 때문에 거의 정신을 잃은 사람처럼 된 왕을 소생케 하였으며, 아래로는 학정에 시달리던 백성들이 이 '시민출신의 위대한 정치가' 아래서 그들의 기운을 다시 회복케 한 장본인으로 묘사되어 있다. 이러한 서술은 기존의 역사에 등장하는 신돈의 형상과는 사뭇 다른 것으로 역사적 인물을 새롭게 재평가한 것이라고 할 수 있다. 이런 점들은 그것이 역사적 사실이든 아니든 간에 작가에 의해 새롭게 재조명되었다는 점에서 우선 관심을 끌 만하다.

김동인이 신돈에 대해 개인적인 소견을 밝혀 놓은 글은 다음의 두 편이다.

> ① "무론, 麗末史가 李朝에 들어서면서 全部 改筆된 것임은 衆人이 다 아는 바다. 麗末의 耦와 昌, 이 兩 少年王은 擧皆 旽의 아들이요, 孫子라 하여 辛耦, 辛昌의 惡名을 씌워 놓은 것은 그 가장 酷한 者로서 요행히 불행히 이 두 王께 대해서는 當年의 巨儒 李牧隱의 一言 '前王之子'라 한 것이 있기 때문에 兩 少

---

13) 〈癸酉・丙子・丁丑-死六臣과 南秋江〉, 326쪽.
14) 〈般若의 죽엄〉, 『월간야담』 제6호, 6쪽.

年王을 辛耦, 辛昌이라 全信치는 않고 半信半疑하였다. 그러나 辛旽에게 대
하여는 辨明하여 줄 사람이 없었다."15)

② "대체 역사 기록은 史筆을 잡은 사람의 弄筆 여하로 꽤 차이가 나는 법이니, 麗
末史를 보면 도처에 '辛旽殺某'라는 것이 나온다. 그렇다고 辛旽이 칼이나 몽치
를 들고 죽인 것이 아니고 법이 잡아죽인 것이다. 정당히 史筆을 쓰자면 '憲府論
罪 遂斬'이라야 옳을 것이로되 辛旽을 밉게 보기 때문에 이렇게 된 것이다."16)

글 ①은 1938년 1월 26일자 『毎日申報』에 실린 〈辛旽 再認識〉이라는 제
하의 글이다. 그는 여기서 그 동안 신돈이 역사적으로 얼마나 왜곡되고 있는지
를 밝히고 있다. 그럼에도 불구하고 그를 변명해줄 사람이 없다고 하면서 자신
이 그 대변인을 자처하고 나섰다고 하였다. 그는 신돈이 철저하게 부정적인 인
물로 평가받은 이유에 대해 당시 儒佛이 서로 대치되는 상황에서 공민왕조에
이르러 정권을 佛者인 신돈에게 맡기게 되자 儒者들이 이에 불만을 품고 그를
역사적으로 왜곡한 것이 아닌가 추론하고 있다.17) 그리하여 그는 "그때의 法律
혹은 제도에 의지하여 그때의 法官이며 行刑官들이 行한 일을 모두 그때의 宰
相 辛旽에게 直接 책임 지우려 한 점만 보더라도 얼마나 曲筆인지 짐작이 갈
것이다."18)고 하였다. 그러면서 그는 여기서 한 걸음 더 나아가 이 글의 끝에서
"『東國通鑑』曰, '辛旽의 行政을 보고 愚民들은 聖人이 出現하였다고 기뻐
춤추었다'고 그 중 愚民이란 '愚'자는 史官의 改作일는지 모른다. '全民'의 '全'
자를 '愚'자로 잘못 썼는지도 모른다."19)고 하였다. 이처럼 김동인은 역사상 부
정적인 평가를 받고 있는 신돈을 긍정적으로 재평가함으로써 그의 작품에다 이
를 정당화시키고 있다. 이는 그가 비록 경제적인 문제로 야담에 투신하게 되었
지만 비교적 역사적 사실을 왜곡시키지 않고 당시의 상황에 접근하여 서술하고

---

15) 〈辛旽 再認識〉, 603쪽.

16) 〈癸酉・丙子・丁丑-死六臣과 南秋江〉, 319쪽.

17) 〈辛旽 再認識〉, 603쪽.

18) 〈辛旽 再認識〉, 603쪽.

19) 〈辛旽 再認識〉, 604쪽.

자 노력했음을 은근히 강조한 것이라 볼 수 있다.

글 ②는 앞서 언급한 〈癸酉·丙子·丁丑 - 死六臣과 南秋江〉이라는 글에서 신돈에 관하여 잠깐 언급하고 있는 대목이다. 여기서 김동인은 수양대군이 왕위를 禪位 받은 것에 대해 이것이 강제성을 띤 것이 아니라, 어린 단종이 복잡한 정치 현실의 고통을 이기지 못하고 정신적으로 편안함을 추구하기 위해 스스로 '上王'이 되기를 자청한 것으로 보았다. 그리하여 그는 "乙亥年의 受禪은 君臣이므로 불평 없이 和氣 중에 실행된 것이다."[20]라고 하였는데, 그는 이 글에서 수양대군(세조)이 잔혹한 인물이 아니라 관대하고 너그러운 인물이었음을 강조하였다. 김동인이 세조에 대해 이렇게 재평가하고자 한 것은 신돈을 재평가한 경우와 같이 기록의 이면에 감추어진 역사적 진실을 재구해 보려는 의지의 소산으로 볼 수 있을 것이다. 이를 김동인의 실제 작품을 통해 보다 자세히 살펴보자.

> "그 면적 넓든 평화로운 얼굴. 온화하고 언제든 웃음을 띠든 그 표정. 열성과 충성으로 불붙든 눈. 과단성 있는 입. 활달함을 나타내든 이마와 코-과거 六년간을 신돈의 집에 우거해 있으면서 만날 대하든 그 면영을 생각하며 지금 저 아래 걸려 있을(몸쩝 없는) 머리를 상상할 때에 반야의 마음은 우겨내는 듯하였다."[21]

역사적 인물을 재평가하자면 거기에 걸맞는 인물 묘사가 필요할 것이다. 김동인은 신돈이 역사에 악영향을 끼친 인물이 아니라 시민 사회를 열어 가는데 있어서 중추적인 역할을 한 인물로 보고 있다. 이를 위해 신돈의 외모를 표현함에 있어서도 한없이 온화한 자태를 지닌 것으로 묘사하고 있다. 뿐만 아니라 이러한 사실을 뒷받침하기 위해 "우리 첨의(신돈:필자주)를 살려내라"고 부르짖는 서민들의 함성 부분도 아울러 서술함으로써 논의를 보다 합리적인 방향으로 이끌고 있다. 이러한 사실은 김동인이 『젊은 그들』에서 홍선대원군을 묘사한 것과 동일선상에 놓인다.[22] 김동인은 역사와 대비해서 불합리한 요소가 생기지 않도

---

20) 〈癸酉·丙子·丁丑-死六臣과 南秋江〉, 322쪽.
21) 〈般若의 죽엄〉, 『월간야담』 제6호, 6쪽.

록 소설에 있어서 가급적 합리적인 방향으로 서술을 하고 있을 뿐만 아니라 작중인물인 홍선대원군을 묘사함에 있어서도 현실에 부합하는 인물로 만들려고 노력했다고 하였다. 이러한 작가의 노력은 서술자(작가)에 의한 사건과 인물의 주관적 해석이라고 할 수 있으며 김동인 자신의 역사소설관과도 무관한 것이 아니다.23)

또한 김동인은 〈暗雲의 松京〉(제7·8호)에서 백성들의 민심을 얻지 못하고 고민하는 태조로 하여금 "이것은 전혀 그때 재상 신돈의 위대한 감화력의 소산이었다. 신돈 집정 겨우 六七년간, 그런 짧은 기간임에도 불구하고 그의 덕화는 얼마나 일반민중에게까지 감화되었든가"24)라고 되뇌게 만든다.

> "後日 李太祖와 同力하여 革命한 人物 中의 巨物 全部가 辛旽의 手足이 되어서 恭愍王朝의 治政에 힘쓰던 것이었다. 辛旽 生存時 政界에 重用된 人物로 後日 이름을 史上에 안 남긴 者가 없다. 또한 恭愍王 十四年 辛旽이 逆謀라는 罪名으로 水原서 斬을 당한 後에는 高麗朝는 一變하여 쓰러지는 枯木과 같이 넘어지고 말았다. 큰 기둥 없어짐에 붙들 人物이 없어진 것이었다."25)

김동인은 일관되게 신돈의 역사적·정치적 영향력을 주창하고 있을 뿐만 아니라 부정적인 인물로 잘못 낙인찍혀 온 신돈을 변호하기 위해 자신만의 논리를 세우고 있다. 즉, 위 인용문에서도 볼 수 있듯이 김동인은 신돈이 발탁한 인물들이 조선의 개국에 적극적으로 기여했을 뿐만 아니라 역사상에 그 이름을 남긴 자가 많다고 하였다. 이러한 인식은 〈암운의 송경〉에도 그대로 이어져, 여기서도 김동

---

22) 김동인이 홍선대원군을 현실에 부합하는 방향에서 합리적으로 묘사하고자 한 부분에 대해서는 1939년 12월자 『朝光』에 실린 〈處女長篇을 쓰던 時節〉, 309쪽을 참고할 것.

23) 김동인은 『젊은 그들』이나 『雲峴宮의 봄』, 『大首陽』과 같은 소설들을 통해서도 대상에 대한 새로운 해석을 하고 있다. 이는 곧 김동인 나름의 작품 장악 욕구가 깔려 있기 때문에 가능했던 것이다. 즉, 역사에 대한 '새로운 해석'을 통해 대상에 대한 작가의 조종가능성인 인형조종술의 핵심을 유지할 수 있었다(박헌호, 앞의 논문, 431-439쪽 참조). 사화에 대한 김동인의 입장도 이와 그리 멀지는 않을 것이다.

24) 『월간야담』 제7호, 〈暗雲의 松京〉上, 18쪽.

25) 〈신돈 재인식〉, 604쪽.

인은 신돈이 고려 백성들에게 커다란 감화를 끼친 인물로 묘사하고 있다.[26)]

결국 김동인은 史實의 검증과 재해석에 따른 새로운 판단을 주장하고 있다. 이는 어느 면에서 타당할 수 있지만 오히려 역사를 잘못 오도할 우려도 있다. 그런 우려에도 불구하고 김동인은 그 자신의 경제적인 궁핍으로 인해 야담 사화에 몸담게 되었을 지라도 이들 작품에 나름의 심혈을 기울이고 있음을 강조한 것이라 할 수 있다. 그리고 이러한 그의 노력은 사화가 역사물의 단순한 번역에 그치는 것이 아니라, 이를 창작의 수준으로 끌어올리려는 의지의 소산으로 비쳐지고 있는 점을 간과해서는 안될 것이다.

2. 숨은 인물의 발굴과 이면사

군국주의의 강화와 전쟁체제로의 전환이라는 상황을 겪던 1930년대에 우리의 역사를 되돌아봄으로써 지난 시대의 功過를 반추해 보고자 하는 노력은 어쩌면 당연한 일일지도 모른다. 이런 측면에서 『월간야담』이 표방한 바는 자못 의도하는 것이 크다고 할 수 있다.

> "가을이다. 하눌은 놉고 물은 기리 맑다. 그리고 벗을 燈下에 짝할 째가 왔다. 이 적은 『月刊野談』은 째의 精氣와 째의 利를 어더 奔馬馳空의 勢로 여러분의 품에 안기랴 한다.
> 우리의 企圖는 크다. 얄팍한 現代文明으로서 두툼한 朝鮮在來의 情緖에 잠겨보자. 그리하야 우리의 이저진 아름다운 愛人을 그 속에서 차저보자."-(白南)-[27)](밑줄·강조 : 필자)

여기서 말하는 '얄팍한 현대문명'이란 바로 『월간야담』이며, '우리의 잊혀진

---

26) 그러나 『월간야담』에 실린 다른 작가의 작품에는 신돈이 사회를 어지럽힌 인물로 묘사되어 있기도 하다. 金濯雲의 〈宿命〉(제23호)이란 작품에서는 신돈이 홍국사의 신승인 편조 스님을 자신의 스승이라고 속이고 점쟁이 행세를 하고 다니는 것으로 묘사하고 있다. 그리하여 그는 자신의 조카딸을 이용하여 이 작품의 주인공인 '崔元甫'의 재산을 빼돌리는 인물, 즉 부정적인 인물로 형상화되어 있다.

27) 『月刊野談』(제1호) 卷頭言.

아름다운 애인'이란 우리 역사상에 잊혀진 뛰어난 인물을 의미한다. 따라서 현대 문명의 산물인 '잡지'를 통해 비록 얇지만 이 안에서 조선 재래의 정서에 잠겨봄으로써, 잊혀진 역사상의 뛰어난 인물들을 『월간야담』 속에서 찾아보자는 것이 잡지 창간의 목적이라고 할 수 있다.

이러한 사실은 春琴女史의 〈老宦 金處善〉(제32호)이라는 작품에서도 알 수 있다.

> "연산조의 포학에 희생된 사람 중에 갑자(甲子)·무오(戊午) 량사화의 높고 훌륭한 선비들의 일홈을 기억하는 이는 많아도 조야회통(朝野會通)에 간단히 적혀 잇는 이 김처선의 붉은 고충을 아는 이는 드물다."28)

늙은 환관인 김처선이 연산군의 황음무도함에 염증을 느껴 사직하고 질녀와 단둘이서 살아간다. 그런데 질녀 영옥이 거둥 구경을 나갔다가 연산군의 눈에 띠어 채홍사에게 잡혀가자 김처선은 직접 연산군을 찾아가 충간을 하다 처참한 죽음을 당하게 된다. 연산의 악행에 관한 역사적 서술은 많지만, 작가는 연산의 수많은 악행에 저항하는 인물 중 김처선을 등장시켜 연산의 악행을 폭로함으로써 잘 알려지지 않은 역사의 이면을 서술하고 있다.

이처럼 근대 야담은 지나간 역사 중에서, 특히 잘 알려지지 않은 역사상의 숨은 인물을 발굴하여 당대의 독자들에게 알릴 뿐만 아니라 역사의 전면이 아닌 이면을 통해 역사에 접근하는 방식을 취하고 있는 것이 특징이라고 할 수 있다. 이것은 『월간야담』의 편집방침과도 대체로 일치하는 것으로, 주로 역사의 이면을 중시한 것이다.

이밖에도 연산군의 악행에 대한 이야기, 장희빈에 관한 이야기도 많이 실려 있는 등 사화는 역사적 인물을 재평가하거나 그렇지 않으면 숨은 역사적 인재를 발굴하고 이를 통해 역사의 이면을 서술하고 있는 것이 특징이다. 이는 正史의 인물들보다는 野史와 裏面史의 인물들이 민중에게 보다 쉽게 접근할 수 있다

---

28) 〈老宦 金處善〉, 『월간야담』 제32호, 17쪽.

는 점과도 관련이 있다. 역사적으로 유명한 인물을 서술하자면 史實을 무시할 수 없으며 그로 인해 서술에 장애를 느낄 수도 있다. 그렇기 때문에 역사적으로 유명한 인물보다는 역사상 사장된 인물을 발굴하여 야담을 저술한다는 것이 오히려 작가에게 그만큼 자유로운 필치로 대상에 접근할 수 있게 한다. 이런 측면에서 작가는 무명의 인물에 보다 쉽게 접근할 수 있었으며, 이들에 더 관심을 가졌다고 할 수 있을 것이다.

Ⅲ. 전대 야담의 개작

『월간야담』은 기존에 알려진 야담을 개작한 작품들도 상당수 싣고 있다. 그러나 여기서 중요한 것은 전대 야담을 그대로 번역해서 싣는 것이 아니라 작가에 의해 개작된다는 사실이다. 이러한 작가의 개작은 독자를 염두에 둘 수밖에 없다는 사실과도 무관하지 않을 것이다.『월간야담』의 투고 요령을 보면, 이 중에서 특히 '史迹의 野談化'를 위해 재료는 인물이나 전설, 기담, 신화 중에서 선택해야 함을 명시하고 있다. 알다시피 야담은 인물담이나 사건담 위주로 구성되어 있기 때문에 역사상 흥미로운 일화를 지닌 인물을 선택하기 때문에 전대의 야담이 그 주제재로 유용할 것임은 자명한 사실이다.

1. 가공적 사건의 삽입과 내용의 다양화

근대 야담에 접어들면 전대 야담과 동일한 사건을 다룬 작품이라 하더라도 근대 야담의 것이 전대 야담에 비해 훨씬 다양한 내용을 갖추고 있다는 점이 주목을 끈다. 또 서술기법 상에 있어서도 시간의 역전을 통한 플롯의 강화라든가 작중인물의 심리묘사가 뛰어난 점 등 한층 소설에 가까워진 느낌을 준다.

그 대표적인 예가 김동인의 〈깨여진 물동이〉(제13호)라는 작품이다. 이 작품은 水汲婢인 여주인공이 병사 禹夏亨을 도와서 자기 인생의 보람을 찾으려고 한 한문단편 〈朝報〉29)를 개작한 것이다.

이 작품은 〈조보〉라는 작품에 비해 내용 전개에 있어 상당한 개작이 일어나고 있을 뿐만 아니라 전혀 새로운 내용이 첨가되어 있기도 하다. 〈깨여진 물동이〉는 〈조보〉에서의 평결 부분을 서두 부분에 서술하고 있다. 이는 『월간야담』이 시간의 역전이라는 기법을 두루 활용하고 있다는 증거가 된다. 또한 여주인공의 인물 설정에 있어서 전자는 관비의 딸로 속량하여 현재는 고아로 지내고 있다고 한 반면에, 후자는 退妓였다가 水汲婢의 처지에 있다고 하였다. 그리고 인물의 결연 상황을 보면 전자는 빨래터에서 빨래가 너무 많아 머리에 이지 못하고 있는 그녀에게 용기를 내어 접근하면서 인연이 시작되는 반면, 후자는 수급비 노릇을 하던 여자를 그냥 얻어서 산다고 하였다.

그런데 가장 핵심적인 차이는 표제의 설정방식이다.30) 〈깨여진 물동이〉는 우하형이 빨래터에서 우연히 보게 된 여자를 그리워한 나머지 우물가에서 그녀를 기다리다가 그녀가 우하형을 발견하고 놀라는 바람에 물동이를 깨뜨렸다는 상황을 중시하고 있다. 이리하여 작가는 두 사람이 결정적인 인연을 맺게 되는 것이 '깨어진 물동이'에 있다고 보고 이를 작품의 제목으로 설정하고 있다. 반면에 〈조보〉에서는 수급비가 조보를 보고 우하형의 벼슬 상태를 파악할 뿐만 아니라 이를 통해 조정의 일을 헤아리고 銓官이 누가 될 것인지를 귀신같이 미리 알아 맞혀서 우하형이 다음 전관이 될 사람에게 미리 손을 쓰게 한다는 점에서 조보가 핵심적인 역할을 담당하고 있다.

그런데 문제는 김동인이 왜 이 작품을 이러한 방향으로 개작하게 되었는가 하는 점이다. 임형택31)님은 이와 관련하여 "'신야담'은 우리 야담 전통의 우수

---

29) 『동패락송』에 실린 이 작품은 제목이 없기 때문에 편의상 『李朝漢文短篇集』의 제목을 따르기로 한다.

30) 물론 〈조보〉라는 작품은 원래 제목이 없기 때문에 이를 표제로 볼 수 없는 것이 사실이다. 그러나 『이조한문단편집』에서도 설명하고 있듯이 이 작품에서는 관보의 일종인 '조보'가 두 주인공간의 결연을 형성하는 데 있어서 결정적인 역할을 하고 있다. 그런데 〈깨어진 물동이〉에서는 조보의 역할이 상당히 둔화되어 있어 이러한 관점의 서술도 가능하리라고 생각된다.

31) 임형택, 앞의 논문, 81쪽 참조.

한 성과를 계승하지 못한 것 같다."라고 하면서 김동인의 〈깨어진 물동이〉를 그 예로 들고 있다. 그 이유를 그는 "〈조보〉에서는 여주인공이 작별하면서 헤어져 있는 동안 자기는 다른 남자와 일시 동거하겠음을 분명히 밝힌다."고 하면서 "이는 곧 당시 천인들의 생활상의 논리요, 주인공의 현실주의적 성격을 극명히 보여주는 대목"이라고 하고 있다. 반면에 "김동인은 바로 이 대목을 변조하여 부득이한 훼절로 이야기를 엮어낸 다음, 여자의 한 번 실절은 만회할 수 없는 통한이라는 의미의 '깨어진 물동이'란 말로 제목까지 삼아놓은 것이다."라고 파악하고 있다.

그러나 본고에서는 이와 다른 관점에서 이 작품을 해석해야 된다고 본다. 우선 여주인공은 팔자를 고친다고 속인 편지를 우하형에게 보낸다. 이로 인해 우하형은 분통을 터트리고 더욱 절치부심하여 공부에 매진하게 된다. 이 장면의 개작은 임형택의 논의처럼 '부득이한 훼절'이 아니라, 주인공 우하형이 더욱 분발할 수 있도록 하기 위해 설정한 보다 합리적인 장치로 볼 수 있다. 또한 이 작품의 표제가 의미하는 '깨어진 물동이'란 '여자의 한 번 失節은 만회할 수 없는 통한의 의미'로 사용된 것이 아니라 '깨어진 물동이'로 인해 두 인물이 결연되고 있는 상황을 강조한 것이라고 할 수 있다. 이처럼 김동인은 '조보'를 통해 그 주인공인 우하형을 출세시킨다는 것이 불합리한 것으로 보고 이를 현실에 부합하는 방향으로 개작한 것으로 보인다. 물론 이 작품에서 여주인공 역할이 중대한 점은 〈조보〉와 다름이 없다. 또한 이 작품의 의미를 애정담의 차원으로 격하시킨 일면도 있다. 그러나 두 사람이 결연 하는 과정에서 서로에게서 느끼는 감정의 표출이라는 측면에서 이 작품은 오히려 〈조보〉의 단순한 애정 성취와는 다른 모습을 보인다. 이렇듯 〈깨어진 물동이〉는 현실에 보다 부합하는 차원으로 작가가 개작한 것이라고 할 수 있을 것이다.

尹白南의 〈蛇角傳奇〉(제22호)는 『동야휘집』 권4의 〈鬻蛇角綠林修貢〉을 개작한 작품이다. 이 작품은 ① 遺矢于外 偶得蛇角(뒤보러 나갔다가 우연히 사각을 얻다) ② 橫財十萬 一夜巨富(십만 금을 횡재하니 일야에 거부가 되다) ③ 愼相

零替 使僕徵貢(신대감이 영락하야 노복의 세공을 받다) ④ 綠林有義 歡待厚遺(도적에 도의가 있어 환대하고 후하게 주다) 등 크게 네 개의 단락으로 구성되어 있다.

먼저 단락 ①에서는 본래 부원군 愼守勤의 집 노복이었던 金義童이 奉表使의 말고삐를 잡고 중원을 향해 가고 있는 장면이 제시되어 있다. 그는 19세에 대문 밖에서 고누를 두면서 주인대감의 퇴청을 모르고 정신 없이 있다가 물볼기를 맞고는 그 길로 도망을 치게 된다. 그는 본디 재주가 있는 사람이어서 우연한 기회에 봉표사의 마부가 되었다. 여기까지는 대체로 『동야휘집』의 〈鬻蛇角綠林修貢〉과 대동소이하다. 그러나 이 다음의 서술에 있어서 〈사각전기〉에서는 그가 '사각'을 얻게 되는 과정에 가공적 사건이 등장한다. 즉, 작가는 『동야휘집』의 〈鬻蛇角綠林修貢〉이 간단하게 봉표사의 마부가 되어 뒤보러 나갔다가 우연히 '사각'을 얻었다고 서술한 것을, 여기서는 다음과 같은 가공적 사건을 삽입함으로써 내용을 보다 다양하게 하고 있다.

김의동은 중원으로 향해 가면서 상당한 기대를 걸고 길을 떠나게 된다. 그런데 그가 기대했던 중원의 모습은 후줄그레할 뿐 화려함과는 거리가 먼 데서 실망을 금치 못하고 요동에서 하룻밤을 지내게 된다. 작가는 여기서 봉표사의 일행이 머문 여관을 '永癸神'이라는 객잔이라고 하면서 일류 여관임에도 불구하고 측간의 설비가 완전하지 못하다는 서술을 하고 있다. 이 부분의 서술은 앞으로 의동이 '사각'을 얻는데 복선의 구실을 하게 된다. 의동은 중국 음식에 질려 쌀밥이 먹고 싶어 짧은 중국말로 중국인 요리사와 대화하고는 쌀밥을 얻어먹게 된다. 그러나 쌀밥을 너무 많이 먹고는 탈이 나서 허름한 화장실에 갔다가 파란 인광을 발견하게 된다고 하였다.

단락 ②에서도 의동이 巨富가 되는 과정을 아이러니컬하게 묘사하고 있다. 의동은 주위의 핀잔을 무릅쓰고 사각을 여관 벽에 걸어두었는데, 아침인사차 온 장궤가 이를 보고 보배니 팔라고 하면서 거간을 자청한다. 그리고 그 장궤가 商賈 수삼인을 데리고 오자 의동은 그 값을 몰라 100을 부르자 상대가 100만 냥으로 여기게 된다. 결국 10만 냥이라는 거금에 팔기로 한다. 이러한 상황도 개작의 대상이 된 원 작품에는 없는 가공적 사건이다.

또한 단락 ③에서는 거부가 된 의동이 벼슬을 못한 것이 恨이라고 하면서, 이야기는 그의 상전이었던 신수근의 행적으로 옮겨간다. 『동야휘집』의 「鶯蛇角綠林修貢」에서는 이를 "한편 신정승이 화를 입은 후에 신씨가는 여지없이 치폐하고 말았다. 하인 업산을 시켜 외거노비들의 세공을 받아오게 하였다."[32]라고 간략하게 언급되어 있는데, 윤백남은 '愼相零替 使僕徵貢'라는 부분을 하나의 단락으로 꾸며놓았다. 조선 11대 임금인 연산군의 황음무도한 정사에 연산 愼妃의 오라버니 되는 부원군 신수근과 그의 아우 愼守英은 세도를 누리게 된다. 그러나 반정파에 의해 죽음을 당하고 가문은 몰락하게 된다.

> "의리와 은혜를 모르는 노복 시비들은 제각기 뿔뿔이 헤어지고 다만 두세 노복이 남어 잇는 중 業山이라고 부르는 늙은 하인만은 정성으로 主家의 부흥을 생각하든 것이엇다. 여러 생각크테 業山이는 이전에 주가의 은의를 닙은 사람들을 두루 차저 다니며 약간의 기부의 연을 엇기로 하고 길을 떠낫다."[33]

『동야휘집』의 〈鶯蛇角綠林修貢〉이 단순하게 하인 업산을 시켜 외거노비의 세공을 받아오게 한 반면, 윤백남은 이를 하인 업산의 상전에 대한 자발적인 충성으로 바꿔놓고 있다. 인정과 의리가 없는 세태 속에서 늙은 하인인 업산 만이 主家의 부흥을 위해 그 동안 신수근에게서 은혜를 입은 사람을 찾아다닌다는 사건을 삽입하고는, 벼슬을 못한 것이 한이 되어 녹림 현감으로 있던 의동을 만나게 하는 것으로 처리하고 있다. 그리고는 의동으로 하여금 수천 금을 업산에게 주어 기울어진 옛 主家의 부흥에 힘쓰게 한다.

그렇다면 작가는 왜 이렇게 전대의 야담을 개작한 것일까? 이 작품이 실린 『월간야담』 제22호에는 '一金 壹百圓 懸賞原稿 大募集'이라는 社告가 실려 있다. 여기에는 야담이 갖추어야 할 조건으로 첫째, 야담은 歷史의 根據가 있어야 하고 둘째, 문학적 문체가 있어야 하며 셋째, 읽어서 公衆의 이익이 있어

---

32) "及愼相被禍後 其家零替 使僕業山 徵諸外奴歲貢."
33) 〈蛇角傳奇〉, 『월간야담』 제22호, 10쪽.

야 하고 넷째, 대중적 취미가 있는 것을 택한다 등 네 가지를 들고 있다.

이를 토대로 〈사각전기〉를 보면, 우선 〈사각전기〉는『동야휘집』의 〈鶯蛇角綠林修貢〉이라는 전대의 역사적 근거를 바탕으로 이루어진 작품이다. 더욱이 〈사각전기〉는 〈鶯蛇角綠林修貢〉보다 작중인물의 심리묘사라든가 장면묘사에 있어서 문학성을 더욱더 갖추고 있다. 그리고 읽어서 공중의 이익이 있어야 한다고 했는데, 작가는 여기서 신수근가의 몰락 이후에 노복 업산으로 하여금 신공을 보내게 하는 반면, 인정과 의리가 없는 세태를 비판하면서 업산을 자발적으로 주인집에 충성하는 하인으로 형상화하고 있다. 나아가 김의동으로 하여금 수천 금을 업산에게 주어 기울어진 옛 주인집의 부흥에 힘쓰게 함으로써 비정한 인정세태에서 奴主間의 의리를 강조하고 있다. 이는 물론 중세봉건제 하의 엄격한 主奴관계를 강요함으로써 시대 의식에 뒤지는 한계를 지니지만 은혜를 잊지 않고 보답할 수 있어야 진정한 인간임을 강조하고 있다는 측면에서 공중의 이익과 무관한 것이 아니라고 할 수 있다. 마지막으로 대중적 취미가 있어야 하는데, 이는 다시 말하면 대중에게 흥미를 끌어야 한다는 것이다.

결국 가공적 사건의 설정은 독자들을 겨냥한 흥미와 재미를 끌기 위한 한 장치라고 할 수 있다. 그런 가운데 다양화 된 내용을 통해 그들의 호기심과 기대 심리를 충족시키고 있는 것이다. 이러한 사실은 김동인이 "『젊은 그들』에 있어서 가장 노력한 것은 이야기를 통속적 의미로 흥미 있게 끌어나가는 것이었다."[34]고 한 것과 결코 무관하지 않을 것이다. 대중의 취미에 부합하는 흥미성의 강화는 야담 잡지의 속성상 불가결한 요소라고 하겠다.

2. 구체적인 상황 설정과 서술의 개연성

근대 야담은 전대 야담을 개작하면서 한층 구체적인 상황을 설정하고 있다. 장덕조의 〈禁酒揷話〉(제21호)는『청구야담』 중 〈赦窮儒柳統使受報〉라는 작품을 개작한 것이다. 그런데 〈금주삽화〉는 금주령을 시행한 때가 영묘조 정축년

---

34) 〈處女 長篇을 쓰던 時節〉, 309쪽.

겨울이라고 하고는 우선 南兵使 尹九淵의 일화를 서두 부분에 첨가시키고 있는 것이 특징이다.

우선 이 작품은 다른 야담집에는 보이지 않는 금주령에 얽힌 삽화가 새롭게 첨가되어 있다.35) 이는 금주령이 시행되던 당시의 상황을 효과적으로 제시하기 위해 柳鎭恒의 가장 절친한 친구인 윤구연의 일화를 삽입함으로써 구체적인 상황 설정을 통해 서술의 개연성을 확보하려는 의도로 생각된다. 물론 '三南이면 마지막'이라는 점쟁이의 말이 들어맞는 상황은, 사건 서술의 작품 내적 인과성이 보장되는 반면 현실성은 떨어진다. 그럼에도 불구하고 이 작품에서는 금주령이 시행되던 당시의 엄격한 법 집행 의지와 현실에서의 불가피한 범법행위 및 이의 처벌을 둘러싸고 빚어지는 심적 갈등을 그려내고 있다는 점에서 서술의 개연성을 확보하게 된다. 예를 들면 〈赦窮儒柳統使受報〉에서는 유진항이 解配된 후 탐관오리로서의 모습이 부각되어 있는 반면, 〈금주삽화〉에서는 나름대로 善政을 펼치고 있다고 바꿔놓고 있다. 또한 『청구야담』과 『동패락송』에서는 "이 어사는 少論의 대신인데 그 성명을 잊어버려 기억할 수 없다."36)고 하였는데, 장덕조는 이 어사의 이름이 백규 채제공임을 밝히고 있다. 이는 역사적으로 유명한 인물과의 접목을 통해 서술의 개연성을 확보하는 하나의 수단으로 작용하고 있는 것이다. 이런 일련의 과정을 통해 전대 야담에서는 볼 수 없는 구체적인 상황 설정을 통해 설득력을 강화하고 있는 것이 전대 야담과 구별되는 특징이라고 할 수 있다.

이처럼 『월간야담』 소재의 대부분의 작품들은 구체적인 시간과 공간을 설정함으로써 독자가 받아들일 만한 서술의 개연성을 확보하고 있다. 다시 말하면 작가는 정확한 시간과 공간의 설정에 노력을 기울이고 있으며, 우연성을 가급적

---

35) 윤구연에 대한 언급은 『錦溪筆談』 제129화 〈英宗朝酒禁甚嚴〉에 잠깐 언급되어 있을 뿐 『계서야담』, 『청구야담』, 『동야휘집』, 『기문총화』, 『동패락송』, 『청야담수』에는 보이지 않는다. 또한 윤구연에 대한 언급도 "영조조에 酒禁이 삼엄하였던바, 兵使 尹九淵이 이를 어겼다가 숭례문에 효수되자 朝野가 모두 떨었다."라는 언급만 보인다. 그리고 이 작품에서는 어사가 판서 李益輔라고 되어 있다.

36) "此是少論大臣 而忘其姓名 不得記之."

억제하고 현실을 가능한 한 있는 그대로 설정하고자 한다. 이것은 결국 독자에게 역사적 기담이 사실임을 넌지시 알리려는 목적이 있음에 중요성을 갖는다고 하겠다.

Ⅳ. 결 론

본고는 1934년 10월에 창간된 야담전문잡지인 『월간야담』을 통해 근대 야담의 전통 계승 양상과 그 의미를 살펴보고자 하는 목적에서 쓰여진 것이다. 이는 야담 전통의 계승이라는 부분과 관련되어 있는 것으로, 근대 야담의 전통 계승 양상을 파악하기 위해서는 『월간야담』이 전대 야담의 어떤 부분을 수용하고 어떤 부분을 개작하고 있는가 하는 점을 확인할 필요가 있었다. 이를 위해 본고에서는 근대 야담의 전통 계승 양상을 사화의 수용 및 창작과 전대 야담의 개작을 중심으로 논의를 진행했다.

먼저 사화를 수용해서 창작한 경우에는 인물 중심의 서술을 하고 있는데, 이는 역사적 인물을 현대적 관점에서 재평가할 뿐만 아니라 역사적으로 잘 알려지지 않은 숨은 인물을 발굴하여 역사의 이면을 드러내고 있다. 이러한 사실은 김동인이 소설가에서 야담전문작가로 변신하는 과정에서 보다 선명하게 부각된다. 그는 사화를 저술하면서도 기존의 史實을 비판적으로 수용하여 스스로 새롭게 재해석하고 있다. 그런 한편 사화에 새로운 의미를 부여하면서 현대적 관점에서 역사적 인물에 대해 재평가하거나 숨은 인물을 발굴하는 데 주력하고 있다.

야담 작가는 역사적으로 유명한 인물을 서술하는 것보다 역사상 사장된 인물을 발굴하여 야담을 저술함으로써 그만큼 자유로운 필치로 대상에 접근할 수 있었을 것이다. 이런 측면에서 작가는 무명의 인물에 보다 쉽게 접근할 수 있었으며, 이들에 더 관심을 가졌다고 할 수 있을 것이다. 반면에 전대 야담을 개작한 경우에는 사건 중심의 서술을 하고 있다. 그러나 전대 야담이 각종 문헌에 전승되고 있기 때문에 이를 그냥 번역해서 싣는 것이 아니라 약간 개작하여 서술하고 있다. 이는 근대 야담이 전대 야담을 수용하여 그 인물을 중심으로 논의하면서 여기에 사건을 보다 기이하게 설정한다거나 그렇지 않으면 보다 구체적인 상황설정을 통해 서술의 개연성을 확보하고 있는 것이라 하겠다. 즉, 전대 야담을 개작한 것은 역사적 사실에 근거하면서 이를 문학적으로 형상화해야 한다는 사실을 보여주고 있는 것이다. 여기에다 대중의 취미에 부응하고 교훈을 줄 수 있는 내용으로의 개작을 하고 있다고 하겠다.

『월간야담』은 '야담의 역사화'를 표방하고 있어 이들이 역사소설화 되는 경향을 보여주고 있다. 『월간야담』 중에는 하나의 단편역사소설로 보아도 무방한 작품들이 있는데, 그렇다면 이들 작품과 역사소설을 변별할 수 있는 근거는 무엇인가도 심각하게 따져보아야 한다. 물론 우리가 역사소설이라고 할 때 장편을 염두에 둘 수밖에 없는데, 이는 역사소설이 총체성에 기반을 두고 있다는 사실과 무관하지 않을 것이다. 앞으로 이들이 어떻게 역사소설화 되는가 하는데도 주목해야 할 것이며, 이는 지속적으로 관심을 가져야 할 부분이다. 또한 전대 야담과 근대 야담의 비교를 보다 광범위한 영역으로까지 넓힘으로써 이들의 변별성을 보다 다각적으로 파악해야 할 것으로 생각한다.

정 부 교   부산대학교 강사

『此山筆談』의 현실인식과 야담문학사적 위상

Ⅰ. 서 론

『차산필담』[1]은 김해 출신의 문사인 차산 배전의 작품으로 추정되는 야담집[2]이다. 여기에는 총 16편의 작품이 수록되어 있는데, 이는 『錦溪筆談』『雞鴨漫錄』과 더불어 근대전환기가 시작되는 19세기 말기의 대표적 야담집이라 할 수 있다. 근대전환기가 전대의 문학양식이 재발견되고 신구문학양식이 공존한 시기라는 점을 염두에 둔다면, 이 시기의 야담이 전대 야담을 어떻게 계승하고 당대 상황을 어떻게 바라보며 형상화하는가를 살피는 일은 근대전환기의 문학사적 흐름을 실상에 가깝게 이해하는 한 방안이 된다 할 것이다.

배전과 그의 문학활동에 대한 지금까지의 연구는 크게 그의 생애·사상에 대한 연구[3]와 시사활동에 대한 연구,[4] 『차산필담』에 대한 연구[5]로 나누어 살필

---

1) 정명기 편, 『한국야담자료집성』 8(계명문화사, 1987)

2) 배전이 『차산필담』의 저자라는 직접적인 증거는 찾기 어렵다. 그러나, '차산'이라는 제목이 배전의 호와 일치한다는 점, 『차산필담』에 실린 〈願納異聞〉이 대원군 집권기 원납전의 폐해를 다루고 있기에 배전의 생존 시기와 관계가 있다는 점, 배전은 중인들과 교유가 깊었는데 『차산필담』에서도 장지완의 글을 그대로 옮겨싣고 있다는 점 등에서 『차산필담』이 배전의 작품이 아닐까라는 추정을 할 수 있었다.

3) 이광린, 「『근세조선정감』에 대한 몇 가지 문제」, 「한국개화사연구」(일조각, 1985) ; 김종철, 「차산배전연구(1)-생애와 사상을 중심으로」, 『한국학보』(1987)

4) 정옥자, 『조선후기문화운동사』(일조각, 1988) 및 『조선후기문학사상사』(서울대출판부, 1990) ; 허경진, 『조선시대위항문학연구』(태학사, 1993) 등에서 육교시사의 활동에 대해 언급하면서 배전에 대해서도 간략히 서술하고 있다. 그러나 배전에 대한 자료가 많이 남아있지 않아 배전이 육교시사 내에서 어느 정도의 비중을 차지했는지, 언제 육교시사에 가담했고

수 있다. 먼저, 생애·사상·시사활동에 대한 연구는 주로『近世朝鮮政鑑』에 실린 배전의 평문과 배전이 함께 활동한 육교시사를 중심으로 이루어졌다. 이에 의하면, 배전은 지방에서 출생해 상경한 후 개화파의 일원이라 할 수 있는 강위·이기 등과 함께 육교시사에서 활동하면서 개화파와 교유관계를 맺고, 몇 차례의 해외 여행을 통해 당시 정세에 대한 폭넓으면서도 진보적인 시각을 가지고 있었음이 밝혀졌다.

한편, 『차산필담』에 대해서는 이강옥의 연구가 거의 유일하다. 이강옥은 야담계 작품의 유형을 욕망의 충족, 문제의 해결, 이상향의 추구, 이념의 구현, 운명의 실현으로 나누고, 이 중 조선 후기의 시대상을 적극적으로 반영하는 것은 앞의 세 가지라고 주장한 바 있다. 이러한 주장의 연장선상에서,『차산필담』은 이념에 의해 욕망이 억압되는 양상을 담은 작품들이 다수 실려있기에 야담의 말기적 모습인 보수화 현상을 보여주며, 이처럼 야담이 보수적으로 되는 것은 야담의 가장 중요한 담당층인 중인층이 자신들의 지위가 어느 정도 획득된 조선시대 말기에 이르면 오히려 보수화하는 경향을 보이기 때문이라고 하였다.

배전과『차산필담』에 대한 기존 연구를 살펴본 결과, 필자는 무엇보다도 후기 야담이 시대와의 대응 의식을 상실한 채 보수화 경향을 강하게 보인다는 일방적 해석에 대해서는 동의하기 힘든 부분이 있음을 지적하고자 한다. 즉, 기존의 야담 연구가 18세기에 새롭게 생겨난 야담의 모습을 중심으로 연구하면서 19세기를 18세기의 시각에서 연구하고 평가했다는 생각이 들기 때문이다. 그러다보니 야담계 한문단편소설이 18세기에 활발히 창작되어 어떤 경로를 거쳐 20세기 근대적 단편소설에 이어지느냐에 대해 세밀한 탐구가 이루어지지 않고, 다만 18세기의 리얼리즘적인 성취에서 근대성을 찾을 수 있다는 식으로만 논의될

구체적인 교유양상은 어떠했는지에 대해서는 알기가 어렵다.

5) 이강옥, 「조선후기야담집연구」(서울대 석사논문, 1982) ; 진경환, 「조선후기 야담의 사대부적 성향 연구」(고려대 석사논문, 1983). 진경환의 논문은 조선후기 야담은 당시의 지배층이 구전을 기록했기에 그 과정에서 필연적으로 사대부적인 지배이념이 개입된다고 하면서 차산필담에서도 그 예를 찾고 있다.

따름이었던 것이다. 그러나, 20세기에도 야담은 신문과 잡지 등을 통해 활발히 향유되며,6) 신소설의 모태가 되기도 한다는 연구를7) 비롯해, 20세기 근대 소설 형성 과정에서 단편소설이 적지 않은 역할을 했다는 연구8) 등을 염두에 둔다면, 19세기 야담이 어떤 모습을 가지며, 당대의 시대 현실과 어떻게 관련을 맺고 대응하는가 라는 문제 등을 염두에 두고 이들의 주제의식 및 형상화 방식 등에 초점을 맞추어 다시금 바라볼 필요가 있다고 생각한다. 더욱이 당대 현실과 적극적인 관계를 맺었던 배전이라면 직접적으로 자신의 사상을 형상화하는 데는 한계가 있다 하더라도 어느 정도는 작품을 통해 자신의 현실 인식과 미래에 대한 전망을 표현했다고 보는 것이 타당할 것으로 여겨지기 때문이다.

이 글에서는 이러한 문제의식을 바탕으로 『차산필담』에서 나타나는 현실인식이 어떠한지를 살펴보고 그를 통해 19세기 후반의 야담이 전대 야담의 사실주의적 성취를 어떻게 계승하는지를 정리해보고자 한다.

Ⅱ. 『차산필담』의 현실인식

1. 부패·무능한 통치 현실 비판9)

『차산필담』의 작품들 중에서 〈試権慴將〉〈願納異聞〉(〈興善大院君殺李在㬮事〉〈慶尙監司白徵彦陽童子家産事〉) 등은 지배층 전체의 무능과 구조적 부패상을

---

6) 임형택, 「야담의 근대적 변모」, 『한국한문학연구』 학회창립 20주년 기념호(한국한문학회, 1996) ; 정부교, 「근대야담의 서사적 전통과 대중지향적 변모」(부산대학교 국문학과 석사논문, 1999)

7) 한기형, 「한문단편의 서사적 전통과 신소설」, 『민족문학사연구』4(민족문학사연구소, 1994)

8) 양문규, 『1910년대 한국소설 연구』(국학자료원, 1994) ; 김복순, 『1910년대 한국문학과 근대성』(소명출판, 1999)

9) 『차산필담』에 나타나는 비판의식에 대해서는 이미 이강옥이 말기 야담의 새로운 경향으로 언급한 바 있다. 그런데, 그는 비판의 초점을 대원군 개인의 탐욕에만 맞추었으나 이 글에서는 문제 의식을 좀더 넓혀보고자 한다.

비판적으로 그리고 있다. 이들 작품을 통해『차산필담』에 나타나는 현실비판의
식을 구체적으로 살펴보고자 한다.

〈시각습장〉은 옥갑야화의 〈허생이야기〉를 옮겨 적은 듯한 느낌을 주는 글인
데, 그 세부적 표현까지도 상당부분 일치하는 것으로 보아 배전은 직접적이든
간접적이든간에 연암의 글을 참고로 하여 이 글을 지었다고 생각된다. 그러나
배전은 작품 전체를 전재하는 데 그치지 않고, 이야기의 형상화 방식은 물론이
고 이야기 내용 자체도 약간의 변개를 하고 있는데, 가장 변모가 뚜렷하게 나타
나는 부분이 바로 허생이 이완에게 시사삼책을 일러주는 대목이다. 다른 부분에
서 거의 변모가 일어나지 않은 만큼 이 대목에서의 변개는 작가인 배전의 현실
인식을 잘 보여주는 부분이라 할 수 있을 것이다.

시사삼책 대목의 변화는 첫째, 시사삼책을 일러주는 순서가 원래의 허생 이야
기와는 반대로 되어 있다는 점이고, 둘째, 시사삼책을 하나하나 일러줄 때마다
이완이 그를 실행하기 어려운 이유를 구체적으로 말하고 있다는 점이다. 먼저
시사삼책의 순서부터 살펴보면, 원래 〈허생이야기〉에서 허생은 가장 어려운 방
책으로부터 점차 쉬운 방책을 알려준다고 하면서 ① 임금이 직접 삼고초려하여
인재를 발탁할 것 ② 사대부가와의 혼인정책에 의한 명 유민과의 관계 개선 ③
청의 습속을 익혀 청과 우호적 관계를 유지하면서 실제로는 청의 정세를 탐지할
것을 제시하고 있다. 그런데, 이는 실상 가장 쉬운 방법에서 점차 어려운 방법
으로 나아가는 것으로 연암의 반어적인 창작 기법을 보여주는 독창적 구성이라
하겠다. 그런데, 배전은 이들 방책의 순서를 ③ ② ①의 순서로 바꾸어 놓고
있다. 이는 아마도 허생의 시사 삼책을 원래 순서대로 제시할 경우, 독자들이
분명히 이해하기가 어렵다고 생각했기 때문이 아닐까 한다. 어려운 정책에서부
터 쉬운 정책으로 나아가는 구성을 취함으로써 쉬운 정책 하나도 제대로 실천하
지 못하는 지배층의 무능을 독자들에게 더욱 뚜렷하게 보여줄 수 있다고 생각했
기 때문일 것이다.

한편, 본래의 〈허생이야기〉에서 이완은 ③에 대해서만 예절을 지키려는 사대

부들로서는 실천하기 어려울 것이라고 변명함으로써 허생의 질책을 듣게 된다. 그런데, 〈시각습장〉에서는 작가가 ③의 방책에 대한 이유는 그대로 가져오면서도 나머지 방책에 대해 이완의 변명을 추가하고 있다. 즉, ②에 대해서는 이익과 문벌을 따지는 사대부 집안이 딸을 명나라 유민과 결혼시켜 가난하게 살도록 하겠느냐며 변명을 하고, ①에 대해서는 임금의 권위를 절대시하는 관리들로서는 임금이 한 번 가서 신하가 따르지 않으면 두 번 다시 갈 것도 없이 삼사에서 임금에게 상소를 올릴 것이니 임금이 감히 실행하기 어렵다고 변명을 하고 있다. 이러한 이완의 변명이 추가됨으로써 본래 〈허생이야기〉가 가졌던 지배층에 대한 비판의식이 좀더 심화되고 있다. 지배층이 나라의 운명을 걱정하는 척하면서도 실상은 자신들의 사리사욕만을 우선시하고, 진정 나라를 위하는 길은 생각하지 않은 채 표면적으로만 임금의 권위를 떠받들고 그를 통해 자신들의 권위를 유지해 나가려 한다는 사실을 분명하게 밝히면서 비판하고 있는 것이다.

이러한 비판의식은 비단 작품 내적인 의미만을 지니는 것은 아니라고 생각된다. 배전이 굳이 〈허생이야기〉를 그대로 옮겨 실은 것은 그 나름대로 자신의 현실인식과 허생의 이야기가 부합하는 면이 있기 때문일 것이다. 즉, 배전은 〈허생이야기〉의 지배층 비판 역시 배전이 살고 있던 당대 현실에도 그대로 적용된다고 생각했을 것이다. 그러므로 배전이 〈허생이야기〉의 사대부 비판 부분을 확대 수정한 것은 결국 배전 자신의 현실 비판의식을 보여주기 위한 배려의 결과라 할 수 있을 것이다. 즉, 배전은 당시 개혁을 추진하던 급진 개화파들과 친분을 맺으면서 세도가문의 행태에 대해 비판적 안목을 가지게 되고 그들에 대한 비판의식을 허생 이야기를 빌려 표현한 것이라 생각된다.

한편, 〈흥선대원군살이재후사〉와 〈경상감사백징언양동자가산사〉는 배전이 활동하던 당대의 사건을 다루고 있기에 더욱 중요한 의미를 가진다. 이들 이야기는 모두 대원군 집권기에 원납전을 수취하는 과정에서 일어나는 비리와 수탈을 다루고 있다. 〈흥선대원군살이재후사〉는 박씨의 손자가 족보를 위조해 대원군의 친척 행세를 하며 친분을 쌓음으로써 원납전 수취를 맡게 된 후, 어린 시절 자신이 신세를 졌던 집안의 재산을 마음대로 부풀려 보고해 그 집안의 재산을 몰수하려 했다는 이야기이고, 〈경상감사백징언양동자가산사〉는 경상감사가 대원군의 원납전 핑계를 대고 언양에 사는 한 소년의 재산을 다 삼키려 했다는 이야기이다.

원납전은 대원군이 경복궁을 중건하면서 그 경비를 충당하기 위해 각계각층으로부터 거두어들인 일종의 기부금인데, 본래는 자율기부라는 형식을 띠고 있었으나 그 징수가 원활하지 않자 점차 강제적으로 액수를 할당하여 거두어들이게 되었다. 이 과정에서 여러 가지 문제점이 발생하였는데, 특히『근세조선정감』(상)에는 당시 원납전 징수와 관련하여 일어난 갖가지 폐단이 기술되어 있다.

> 새 궁전이 완성되지 않았는데 재물이 벌써 다 없어져버렸다. 다시 백성에게 강제로 돈을 바쳐서 공역을 돕도록 하면서 원납전이라 일컬었다. 염탐꾼을 널리 포치하여 백성의 살림을 자세히 염탐하고 죽이라도 조금 잇대는 자는 반드시 포청을 신칙하여 그 집 주인을 불러 위압하고 살림의 몇 분의 일을 바치도록 하였다. 그러나 실상인즉 가끔 남에게 무고를 당하기도 한다. 그런 까닭으로 백 냥되는 살림을 가진 자에게 천냥을 바치도록 하니, 비록 살림을 다 내어도 영을 받들 수 없어 자살하는 자도 많았다. 대원군이 자기 집 부림꾼으로서 가장 신임하는 자는 천희연·하정일·장순규·안필주 네 사람인데 세상에서 '천하장안'이라 일컬었다. 그밖에 이승업·유재소는 모두 권세가 도성을 압도하여, 고관대작들도 또환 예대하여서 아첨하였다. 그리고 장순규는 전적으로 원납전 일을 주선하였다. 그런 연고로 그물에 걸린 자는 반드시 장에게 청촉하여 액수를 줄이려고 하였다. 장은 중간에 서서 해결하는 척하면서 뇌물을 헤아릴 수도 없이 거두었다. 장이 이런 까닭으로 탐색하기를 더욱 부지런히 하여, 먼저 새를 숲에 다 몰아넣고는 뒤쪽으로 그물을 슬쩍 튀우니, 도성 사람으로서 옆눈으로 보지 않는 자가 없었다.10)

---

10) 박제형,『근세조선정감』(상)(이익성 역, 탐구당, 1976) 57-58쪽.『근세조선정감』(1883~1884 저술 추정, 1886 간행)은 철종대부터 대원군 집권기까지의 조선의 정세를 기술한 일종의 야사로, 개화파의 일원인 박제경이 본문을 쓰고, 배전이 각 장의 끝에 평문을 썼다.

新宮未成 財已告乏 復勒令民納錢以助工役 稱以願納錢 廣布耳目 細探民産 粗繼饘粥者 必勅捕廳 招其家主以威臨之 令納其産之幾分 而實則往往爲人誣告 故百金之産者 令納千金 雖罄 産 無以奉令 多自殺 大院君之家 令最信任者 千喜然 何靖一 張淳奎 安弼周 四人 世謂千何張安 其他如李承業 劉在韶 皆權傾都下 貴顯縉紳 亦優禮以

　위의 인용문을 통해 우리는 당시 원납전 징수가 제도적으로 철저하게 확립되지 않았으므로 대원군의 신임을 받는 일부 측근들이 자의적으로 원납전 징수에 관여하고 그 과정에서 많은 재물을 포탈했으며, 또 정확한 재산 조사 없이 징수함으로써 이에 시달리다 못한 백성들로 하여금 자살을 하게 하는 등 원납전 징수 과정의 폐단이 심각했음을 알 수 있다. 그리하여 당시 백성들은 원납전을 怨納錢이라 부르기도 했다는 것이다.11) 특히 원납전 징수의 목적이었던 경복궁 중건은 대원군이 왕실의 권위를 재확립하기 위해 수많은 반대의견을 묵살하고 강행한 사업이다. 그리고 왕실의 재정 충당을 위해 원납전 외에도 문세·결두전 등을 백성들에게서 징수하고 백성들을 강제로 공사현장에 동원하여 원성을 샀으며, 급기야 당백전이라는 새로운 화폐까지 주조하여 국가경제의 혼란을 불러일으켰다. 이러한 시대 상황에서, 대통령선거제를 지지할 정도로 진보적인 정치관과 국가관을 지닌 배전으로서는 경복궁 중건이라는 시대착오적인 왕실권위 확립을 위한 사업과 그로 인해 빚어지는 여러 폐단들을 비판적으로 인식할 수밖에 없었을 것이다. 그는 이러한 현실인식의 일단을 〈흥선대원군살이재후사〉와 〈경상감사백징언양동자가산사〉라는 이야기를 통해 구현한 것으로 생각된다.

　두 작품 모두에서 대원군은 재물을 좋아하며 그리하여 원납전을 제대로 바치지 않는 이들을 꾸짖는 것으로 그려진다. 예컨대, 〈흥선대원군살이재후사〉에서 박생은 원납전으로 삼만 냥을 바치라는 명령을 받고 재산 조사가 잘못되었다며 흥선군에게 사정을 한다. 그러나 흥선군은 자신의 친척 행세를 하는 이재후, 즉 박씨의 손자가 올린 보고만을 믿고, 박생의 사정은 무시한 채 다만 "내가 너에게 모아둔 재산이 있음을 알고 바치기를 재촉했는데 어찌 삼만 냥을 바치지 못하고 일만 냥뿐이냐?"라고 호통을 치면서 "며칠 내로 수를 채우지 못하는 자는 법에 의거하겠다."라고 협박을 한다. 또한 〈경상감사백징언양동자가산사〉에서도

媚竈 而張淳奎專爲願納錢周旋 故罹於網者 必囑託張 求其減數 張中立爲之解釋 收賄賂無算 張以故探索愈勤 先敺 雀於叢 而後開一面之網 都人無不側目(『근세조선정감』 卷 上, 18-19)

11) 황현, 『매천야록』(김준 역, 교문사, 1994), 18-19쪽.

흥선군은 자신의 원납전 장부에 이름도 올려져 있지 않은 아이가 원납전을 바치자 다시 돌려주는 것이 아니라 '자기는 원래 돈을 좋아한다'면서 대신 아이가 손해본 부분은 경상감사로 하여금 충당하도록 한다. 이러한 내용들을 통해서 볼 때, 원납전이 표면적으로는 궁궐의 재건을 위해 거두어졌지만 그 이면에는 대원군 개인의 탐욕이 자리하고 있었음을 보여주는 대목들이라 하겠다.

나아가, 이들 이야기는 단순히 대원군 개인의 탐욕스러운 성품을 비판하는 데만 머무르지 않고, 원납전 수취 제도의 구조적 모순과 그로 인한 지배층 전체의 비리에 대한 비판의 목소리를 보이기도 한다. 앞서 살펴보았듯이 원납전의 수취 체계가 제도적으로 정립이 되지 않아, 원납전 징수를 담당하는 관리는 자의적으로 재물을 착취할 수 있게 되고 그에 따라 최상층 지배층으로부터 하층 관속에 이르기까지 관리들 모두가 원납전 수취의 과정에서 자신의 사욕을 채울 수 있게 되는 것이다. 이 두 이야기에서는 원납전 수취의 구조적 모순을 그림으로써 조선 후기 수취제도의 부패상을 축도적으로 비판하고 있는 것이라 할 수 있을 것이다.

요컨대, 『차산필담』의 저자는 기존이야기의 개작이든 새로운 이야기의 수용이든간에 그를 통해 당대 현실에 대한 비판의식을 표현하고 있다고 할 수 있을 것이다.

2. 자기 개척적 삶과 기존 가치관과의 갈등

조선 후기 야담은 현실적 한계를 떨치고 일어나 자신의 삶을 스스로 개척하는 인물들을 그림으로써 전대의 문학과는 다른 새로운 모습을 보여주는데, 『차산필담』에 실려 있는 〈洪女嫁賤致貴錄〉과 〈三難金玉〉 또한 이러한 야담의 전통을 잇고 있는 작품이라 할 수 있다. 즉, 이 두 이야기의 주인공은 모두 기존의 가치관에 얽매이거나 자신이 처한 현실에 안주하지 않고 적극적으로 자신의 인생을 개척하고 자기 성취를 이루어내는 인물들인 것이다. 더욱이 이들 작품은 정도의 차이는 있으나 등장인물이 목표 성취 과정에서 기존 가치관과 갈등을 겪는 모습을 그리고 있다는 점에서 전대 야담에서 한 걸음 더 나아갔다고 할 수 있을 것이다. 이를 작품을 통해 구체적으로 살펴보기로 한다.

〈홍녀가천치귀록〉은 전대 야담 중에서 '이기축 이야기'와 상통하는 이야기로, 중인 이상의 신분과 재력을 지닌 집안의 딸이 하층 남자의 사람됨을 알아보고 자신의 남편으로 삼아 그를 출세시킨다는 이야기를 더욱 확대하여 서술하고 있다.

상당 정도의 재력과 지위를 갖춘 '홍장이'라는 사람이 문벌가의 사위를 구하려 하나 마땅히 마음에 드는 사람을 구하지 못해 걱정하는데, 딸이 자기는 마음에 정한 사람이 있으니 걱정하지 말라고 하면서 가게의 심부름꾼이 바로 자신의 신랑감이라고 말한다. 이 심부름꾼은 떠돌아다니다 가게에 기식하면서 마을의 집집을 다니며 여물감을 거두어다 가게에 갖다주었는데, 그의 잠재능력을 딸이 꿰뚫어본 것이었다.

이 작품에서 우리는 홍녀가 별다른 까닭 없이 그를 남편감으로 정한 것이 아니라 그녀 나름대로 자신의 결정에 대한 소신이 있었음을 알 수 있다. 그러한 딸의 고집을 이기지 못하고 결국 아버지는 눈물을 흘리며 딸의 결혼을 허락하게 된다. 이리하여 결혼 다음날 딸은 아버지에게 집 한 칸과 쓸모 없는 돌밭, 최소한의 세간살이를 마련해 주면 십년을 한하고 밭을 일구어 살겠다고 한다. 홍녀가 '자신이 문벌과 결혼했다면 분명 천금이 들었을 것'이라며 "자신은 헛된 재물은 바라지 않는다."라고 말하는 것으로 보아 그녀는 새로운 출발을 하기 위한 최소한의 경비만을 친정으로부터 지원받으려는 자립의지의 소유자임을 알 수 있다.

이후 홍녀는 친정에 전혀 의지하지 않고 자기 나름의 계획을 세워 남편과 함께 재산을 모아 십년 후에는 몇 만냥의 재산을 이룬 후 남편에게 공부를 하도록 설득한다. 남편이 학문을 쌓고 과거에 합격한 후에도 마을 사람들이 남편을 옛날의 심부름꾼으로만 생각하자 그녀는 그러한 편견으로부터 벗어나기 위해 서울로의 이사를 결심하게 된다. 그 과정에서도 홍녀의 준비는 치밀하기 그지없다. 그는 당시 최고의 권세를 누리던 이이첨의 옆집에 세들어 살면서 육포를 선물하는 등으로 점차 이이첨과 친분을 쌓아 나간다. 그녀의 이러한 행동이 다만 이이첨의 권세를 이용해 부당한 벼슬을 얻으려는 동기에 의한 것이 아님은 벼슬 천거를 받은 이후에 내뱉는 홍녀의 말에서 알 수 있다. 그녀는 이이첨이 세 번 천거를 할 때까지 그대로 있다가 세 번째 천거를 받으면 임금을 배알한 후 곧바로 다시 귀향해 버리자고 한다. 그녀의 말을 따른 남편은 반정 후에 그 지조를 인정받아 더욱 높은 벼슬을 제수받게 된다. 이렇게 볼 때 홍녀가 남편에게 이이첨의 천거를 거부하도록 한 것은 이이첨의 간신적 모습과 함께 당시의 시국상황을 두루 꿰뚫어 본 식견에서 우러나온 행동이라고 봄이 타당할 것이다.

이처럼 〈홍녀가천치귀록〉에서 주인공 홍녀는 부모와 남편에게 자신의 인생을 떠맡겨 그 힘으로 인생을 편히 살려는 것이 아니라 다소 힘들더라도 자기 힘으로 자신의 운명을 개척하려는 의지를 보임을 알 수 있다. 그리고 그러한 개척과정에서 홍녀는 언제나 운수와 요행을 바라지 않고, 치밀한 계획을 세워 미래를 차근차근 준비해 나간다. 타인들의 편견을 불식하고 자신의 인생을 스스로 가꾸기 위해 단계적인 목표를 설정하고 하나 하나 성취해 나가는 것이다. 따라서 홍녀는 지인지감의 소유자라는 면에서 '이기축 이야기'의 여주인공과 상통하면서도 그 행동이 더욱 치밀하고 계획적이라는 점에서 이 이야기는 전대의 이기축 이야기를 발전적으로 계승한 것이라 할 수 있을 것이다.

다음으로 〈삼난금옥〉은 몰락양반 집안 자제 중 한 명이 양반이라는 신분에 얽매이지 않고 적극적으로 치산에 나서 성공하는 내용인데, 이는 『청구야담』에 실려있는 〈致産業許仲子成富〉와 비슷한 이야기라고 할 수 있다. 그러나 〈삼난금옥〉은 〈치산업허중자성부〉에 비해 주인공의 목표 성취 수단이 보다 파격적이고 주인공이 목표 성취 과정에서 기존 가치관과 갈등을 겪는 모습을 지속적이고 세밀하게 그리고 있다는 점에서 차이를 보인다. 먼저 두 작품의 줄거리를 순차단락으로 비교 제시한 후, 이러한 특징을 좀더 구체적으로 살펴보기로 한다.

<치산업허중자성부>

    1. 빈한한 유생인 허생이 친지에게 구걸해 세 아들을 공부시키다.
    2. 부부가 죽은 후 세 아들이 주위 사람들의 도움으로 겨우 삼년상을 치르니 가계

가 더욱 궁핍해지다.

3. 둘째가 생계 대책을 세워야 한다고 하자, 형과 아우는 공부밖에는 할 줄 아는 것이 없다고 하다.

4. 둘째는 '십년 기한으로 형과 아우는 절에 가 구걸하며 공부하고 자신은 종물을 기반으로 영산'하기로 의논하다.

5. 둘째 아들 부부는 죽만 먹으면서 베짜기, 신발삼기 등을 하여 전답을 마련한 후 성의껏 농사지어 풍작이루다.

6. 중간에 첫째와 셋째가 내려오자 둘째는 밥을 대접하려는 아내를 꾸짖고 죽이나 내오라고 하다. 형이 꾸짖자 자신은 10년 동안 죽만 먹기로 했다며 개의치 않다.

7. 형제가 소과에 합격하자 잔치를 벌인 후, 10년 기한이 아직 남았다며 다시 절로 보내다.

8. 10년 후에 만석꾼이 되어 형제를 거두다.

9. 치산에 골몰하느라 우준한 사람이 되어 가슴아프다며, 늙었으니 무업을 해 과거를 보겠다고 하다.

10. 등과 후 벼슬을 제수 받았으나 아내가 죽자 벼슬할 필요가 없다며 하향하다.

<삼난금옥>

1. 조삼난은 명가집 자손이나 대대로 가난하였으며 조실부모하다.

2. 형은 글은 잘했으나 세상사에 어두워 생계를 꾸리지 못하다.

3. 조삼난이 30이 다되어 형 친구들의 도움 얻어 장가간 후, 가난한 살림을 걱정하는 부인에게 멀리 도망가 채단을 판 돈으로 술장사를 하며 돈을 모아 가문을 회복하자고 하다.

4. 아우가 도망간 후 형은 부끄러운 마음으로 살았으나, 5·6년 후 생계는 더욱 어려워져 걸인 형색이 되다.

5. 형은 가족을 돌보지 못하고, 전국을 떠돌아다니며 걸식하다 한 객점에서 제수가 술청에 나와있는 모습을 보고 탄식하다.

6. 동생을 부르니 인사만 간단히 할 뿐 냉대하고 떠나오는 날에는 밥값까지 받게 하다.

7. 동생의 패악함을 탄식하고 아이들을 훈계해 부지런히 치가해 부끄러움을 씻자고 하며, 늘 아우를 원망하면서 세월을 보내다.

8. 아우가 찾아와 전날의 무례함에 이해를 구하면서, 집과 땅을 마련했다며 모시고 가다.

9. 형은 재물을 모은 것이 가상하나 양반가문의 흠이라면서 위로하고 마음 아파하다.

10. 동생은 자신은 모리꾼에 그치기 싫다면서 과거공부를 시작하여 등과 후 벼슬을 제수받다.

우선, 두 이야기는 주인공이 돈을 모으는 수단에서 서로 다르다. 〈치산업허중자성부〉의 동생 역시 〈삼난금옥〉의 동생과 마찬가지로 양반 가문의 자제로서 궁핍의 현실을 벗어나기 위해 적극적으로 돈을 벌지만, 그 방법은 길쌈과 농업이라는 농본주의 사회의 전통적인 치산방법에서 크게 벗어나지 않을 뿐만 아니라 양반으로서 크게 흠이 되는 치부 방법도 아니었다. 그러나 〈삼난금옥〉의 주인공은 술장사를 하면서 부인을 '술청의 꽃'으로 내세운다는 점에서 〈치산업허중자성부〉와는 판이하다. 이런 치산방법은 양반으로서 쉽게 결심하기 어려운 파격적인 행위이다.

다음, 〈삼난금옥〉의 더욱 중요한 의미는 그 서사구조에서 단순히 주인공의 치부과정을 그리는 것이 아니라 주인공이 목표성취과정에서 겪는 기존 가치관과의 갈등을 구체적으로 그린다는 점에 있다. 〈치산업허중자성부〉에서 동생과 다른 형제들은 처음부터 합의하여 각자의 할 일을 시작했기에 형제간에 별다른 갈등이 생길 이유가 없었다. 따라서 이야기는 주인공이 부를 축적해 다시 형제를 거두는 과정을 주인공 한 사람의 행동에 초점을 맞추어 단선적으로 그려나갈 뿐이다. 비록 도중에 형제가 내려와 박대를 받고 섭섭해 하나 이는 박대의 정도에 있어 〈삼난금옥〉에 비할 바가 아니며, 형제간의 감정 다툼도 '동생은 별로 개의치 않는다고 하고 형은 화가 나 죽도 먹지 않고 산사로 돌아갔다'고 서술되어 있어 그 심각성이 크게 부각되지 않는다. 그러므로 동생이 결국 재산을 모은 후에 형제를 모시자 그들은 즐거워할 따름이었다.

이처럼 〈치산업허중자성부〉가 둘째 아들의 치부와 가문회복에만 초점을 맞춘 단선적인 서술을 하는 것과 달리 〈삼난금옥〉은 조삼난 한 사람에만 서술의 초점을 맞추는 것이 아니라 조삼난과 형의 모습을 대비시켜 서술함으로써 서로 다른 가치관을 가진 두 인물이 사회적 변동기에서 어떻게 행동하는가를 좀더 복합적으로 그려내고 있다. 둘의 모습을 대비하면 다음과 같다.

형	동생
문장은 능하나 생계 대책 세우지 못하며, 도망간 아우 부끄러워 함.	결혼 후 도망가 술장사로 가문회복 도모
가난에서 벗어나지 못하고 유리걸식하며 동생 찾다 우연히 동생을 만난 후 동생의 직업과 패악함 한탄, 원망	유리걸식하는 형을 박대
재산축적 기뻐하나 양반가문의 부끄러운 일로 여김	재산 모아 가문회복, 모리배라는 소리 안 듣도록 학업 정진하여 등과

위의 도표에서 알 수 있듯이 형은 철저하게 양반으로서의 관습적인 가치관을 지키는 인물이다. 그는 항상 학문에만 정진하며 별다른 생계 대책을 세우지 않는다. 그러나 조선 후기는 이미 양반이라는 신분만으로 자신의 생존을 유지해 나갈 수 있는 시대가 아니었기에 이에 제대로 적응하지 못한 형은 결국 자기 가정조차 지키지 못하고 유리걸식하며 동생을 찾아 나서는 신세가 된다.

한편, 동생인 조삼난은 이러한 형과 반대로 좀더 적극적인 삶을 꾸려나가려 한다. 앞서 살폈듯 그는 자신이 처한 현실을 가만히 앉아서 받아들이는 것이 아니라 좀더 나은 방향으로 바꾸려 한다. 그러한 목적에 따라 그는 부인과 더불어 술장사로 돈을 벌기로 결심, 고향에서 몰래 도망을 간다. 소설작품에 설정되고 있는 여행은 '혼의 방랑'이라는 지적을12) 염두에 둔다면, 이 도망은 단순히 고향을 떠나 새로운 곳에서 삶의 터전을 찾는다는 의미 이상의 상징성을 지닌다고 할 수 있을 것이다. 즉, 조삼난은 고향을 떠남으로써 고향으로 상징되는 기존의 관습적 가치관의 굴레와 속박에서 벗어나게 되는 것이다. 새로운 가치관이 제대로 인정받지 못하는 현실에서 조삼난의 행동은 다른 사람의 지지를 얻기 어려웠기에 도망이라는 형식으로 고향을 떠나감으로써 외로운 '혼의 방랑'을 실천하는 것이라 하겠다.

이러한 조삼난의 도망을 형은 전혀 이해하지 못한다. 그는 기존의 생활방식을 고수하면서 동생의 행동을 '가문에 누를 끼친 것'이라며 부끄럽게만 여길 뿐이

---

12) 루카치, 『소설의 이론』(반성완 역, 심설당, 1985), 123쪽.

다. 결국 걸인행각으로 전국을 떠도는 과정에서 그는 우연히 동생을 만나게 되는데, 객주 일을 하는 동생의 모습이 그의 눈에는 '취한 사람같이도 보이고 미친 사람 같이도' 보였다. 형의 가치관으로서는 동생이 객주일을 하고 부인이 술청에서 술을 파는 행동을 '미친 짓'으로밖에 볼 수 없었던 것이다. 동생과 형이 지닌 가치관의 괴리는 동생이 형을 박대하는 장면에서 극단적으로 나타난다.

> 이튿날 길손들은 전부 떠났으나 그 형은 차마 뜨지 못하고 망설이고 있는데, 아우가 하는 말이
> "형님 왜 안가고 머뭇거리시우? 얼른 밥값이나 셈하고 일어서요."
> "나는 너를 오래 보지 못하여 못내 마음이 울적하다가 이제 너를 만나니 자연 발걸음이 무거워지는구나. 너는 이 형이 이다지도 미워 내쫓는 거냐? 밥값이라니 해도 너무한다."
> "내가 동기간을 생각했다면 이 지경이 되었겠소?"13)

형은 형제간의 정리를 내세우며 자신을 박대하는 동생에게 서운함을 나타낸다. 그러나 동생은 냉정하게 동기간을 생각했다면 재산을 모으지 못했을 것이라고 대꾸하고 형이 가진 물건을 남김없이 밥값으로 받아낸다. 형이 혈연관계를 기초로 한 공동체 윤리를 고수하고 있다면 동생은 이익을 우선으로 하는 새로운 가치관에 따라 행동하고 있는 것이다. 이러한 박대를 받은 후에도 형은 동생을 원망할 뿐 별다른 대책을 세우지 못하고 세월을 보낸다. 그리고 몇 년 후 동생이 재물을 모아 새로운 삶의 터전을 마련하고 형님을 모시러 오자 그는 기뻐하면서도 동생의 행동이 양반가문에 흠이 된다며 마음 아파한다. 형의 가치관을 기준으로 볼 때 동생은 장사꾼이며 모리배에 지나지 않았기에, 그는 부끄러워할 수밖에 없었던 것이다.

이러한 갈등 상황에서 동생은 다시 새로운 자기 성취를 위해 한 걸음 나아간다. 즉, 자신은 단순한 모리꾼에 머물기 싫다면서 과거공부를 시작하는 것이다.

---

13) 其翼 行人盡發 而其兄不忍舍去 欲行不行 其弟曰 兄長何其不去而遲留也 速出烟價 而起去可也 曰吾久不見汝 心懷 鬱陶 今乃相面 故此遲遲 汝有何竊 余要去 又受供億 之文耶 曰吾有兄弟親 豈至此境乎(365쪽).

이는 단순히 양반의 가치관을 실천하는 것이라기보다는 오히려 자기를 한낱 장사꾼으로만 바라보려는 사람들의 편견에서 나아가 기존의 가치관에 대해 소극적으로나마 도전하는 행동이자 자기 성취를 위한 행동이라고 봄이 타당할 것이다.

이처럼 〈삼난금옥〉은 주인공의 목표성취만을 그리는 것이 아니라 새로운 가치관을 가진 주인공이 자신의 삶을 개척해 가는 과정에서 겪게 되는 기존 가치관과의 갈등과 두 가치관 사이에 가로놓인 거리를 형과 아우의 대비를 통해 세밀하게 그려내고 있다. 더욱이 가장 양반답게 살려고 애쓴 형은 결국 유랑걸식하면서 자기 가정조차 유지하지 못하는 상황으로 전락하는 반면에, 가장 양반답지 못한 방법으로 돈을 모은 동생이 결국 집안을 일으키는 아이러니한 구조를14) 통해 변동기의 사회현실을 사실적으로 그리는 동시에 어떤 삶을 선택해야 할 것인가를 독자들에게 간접적으로나마 암시하고 있다고 하겠다.

한편 〈삼난금옥〉은 주인공과 사회와의 외적 갈등뿐만 아니라, 선택의 상황에서 주인공이 겪는 내적 갈등도 미약하게나마 그려내고 있다. 작품의 발단부에서 술장사를 제안하는 주인공에게 부인은 '어려운 일'이라면서 망설인다. 그러자 주인공은 '어렵지 않으면 어찌 쉬운 일이 있겠는가?'라고 하는데, 이 말은 두 가지 의미를 함축하고 있는 것으로 보인다. 자기 역시 양반으로서 술집을 열고 부인을 술청에 세우는 것이 매우 어려운 일임을 알고 있다는 뜻과, 그럼에도 불구하고 자신의 앞날을 개척하기 위해서는 그러한 어려움을 극복하지 않으면 안 된다는 굳건한 결의를 함께 나타내고 있는 것이다. 즉, 주인공은 기존의 가치관과 자신의 목표 달성 수단 사이의 괴리를 인식한 데서 오는 내적 갈등과 함께 그를 극복하기 위한 결연한 의지를 표현하고 있는 것이다. 이러한 주인공의 갈등과 결심은 이후에도 되풀이되어 나타난다. 비참한 모습으로 찾아온 형을 박대하면서, 그리고 다시금 학업을 시작하기로 하면서도 주인공은 같은 말을 하는데, 이는 모두 내적 갈등을 겪고 일어서는 주인공의 심리를 표현하는 말이라 하겠다.

---

14) 외견과 실재, 등장인물의 의도와 그가 이루는 것, 그의 기대와 실제로 일어난 일이 서로 반대되는 것을 극적 아이러니라고 한다(박덕은, 『현대소설의 이론』, 박영사, 1987, 131-132쪽).

주인공의 내적 갈등은 그가 재산을 모은 후 형님을 다시 찾아가 인사를 드리는 데서도 나타난다. 그는 전날 형님을 박대한 자신의 행동을 용서해 달라고 하는데 이는 단순한 의례적 인사말이 아니라 재산을 모으느라 인정을 끊을 수밖에 없었던 상황에서 겪어야 했던 심리적 갈등을 간접적으로 보여주는 부분이라 할 수 있을 것이다. 이는 〈치산업허중자성부〉에서 보이는 동생의 '개의치 않겠다'는 태도와는 상반되는 것으로 현실과 이상이 일치하지 않는 변동기적 상황을 살아가는 인물들의 심리를 표현한 것이라 할 수 있을 것이다.

요컨대, 〈삼난금옥〉은 전대 야담의 전통을 이어 자신의 삶을 적극적으로 개척해 나가는 주인공의 모습을 형상화하면서도, 전대 야담처럼 주인공의 목표 달성만을 단선적으로 그리는 것이 아니라, 주인공이 새로운 가치관을 선택하고 실천하는 과정에서 겪는 기존 가치관과의 갈등 및 그 자신의 내적 갈등을 세밀하게 표현하여 전대 문학을 발전적으로 계승했다고 할 수 있을 것이다. 또한, 사회의 본질적인 연관관계를 인간 상호간의 관계를 통해 표현하는 것이 서사문학의 총체성이라고 한다면,15) 이 작품은 변동기의 사회에서 필연적으로 발생할 수밖에 없는 가치관의 대립을 형과 아우를 통해 나타냄으로써 당대 현실을 총체적으로 형상화했다고 할 수 있을 것이다. 이런 관점에서 우리는 그 사실주의적 성취를 새롭게 평가해야 할 필요가 있지 않을까 한다.

3. 이념추종적 삶의 극복과 인간적 의리의 실천

기존 연구에서 『차산필담』의 이야기들은 대체로 이념의 구현이라는 서술시각을 바탕으로 전개된다고 해석하였다. 이러한 해석이 타당하기만 한가? 다시 말해 후기 야담은 과연 이념의 구현만이 주도적인 서술시각인가를 확인하기 위해 개별 작품을 살펴보기로 한다.

『차산필담』에는 〈金大涉傳〉, 〈李孝女傳〉, 〈湖中砲士傳〉이라는 세 편의 전 작품이 수록되어 있다.16) 전이라는 갈래 자체가 본래 모범적인 행적을 남긴 사

---

15) 루카치, 『변혁기 러시아의 리얼리즘문학』(동녘, 1986), 196쪽.

람의 단편적인 일화를 중심으로 기술되는 양식이므로 전에서는 이념의 문제가 중요하게 다루어질 수밖에 없었다. 그러나 조선후기에 이르면 전의 양식을 빌려 다양한 인간상을 생동감있게 그려내면서 기존의 이념에 의문을 제기하는 변화가 일어나기도 했는데, 위의 세 작품들도 미약하나마 그러한 모습을 보여주고 있다.

〈김대섭전〉이나 〈이효녀전〉은 모두 표면적으로는 입전인물인 김대섭과 이효녀의 효행을 기리고 있는 작품이다. 이렇게 볼 때 이들 두 작품은 전대의 야담계 작품과 달리 이념의 구현이 주도적 시각이 되는 작품이라고 할 수 있을 것이다. 그러나 그들의 효행은 고정적인 이념의 틀을 벗어나 평민의 발랄한 면모를 보여주거나 혹은 이념에 대한 논쟁을 불러일으키는 모습으로 형상화되고 있다.17)

이념추종적인 모습에서 벗어나 인간의 진솔한 정을 중시하는 태도는 〈返儼贖約〉〈祝螟釋恨〉 등의 야담에서도 살펴볼 수 있다. 〈返儼贖約〉은 난세를 피해 살기좋은 곳을 찾아온 부부의 이야기이다. 이들 부부는 산속에 자리를 잡은 후 그곳에 먼저 와 살고 있던 이씨와 이웃하여 서로 돕고 지내면서 생활의 기반을 잡아가나, 홀연 남편이 병으로 죽게 된다. 여인은 그 동안의 고생을 생각하면서 한탄하나 혼자 힘으로는 남편의 장례를 치를 수 없어 이씨에게 부탁을 하게 되고, 몇 해 전 부인을 잃었던 이씨는 이 여인을 부인으로 맞아들일 생각으로 남편의 장례를 지내주는 대신 자기와 결혼해 달라고 부탁한다. 여인은 "그것이 뭐 어렵느냐?"라고 하면서 다만 남편의 유골을 본댁에 보낼 때까지만 각방을 쓰면서 이씨의 수발만 자기가 들겠다고 한다. 그리하여 남편의 삼년상을 지낸 후 이씨의 도움을 얻어 본댁을 찾아간 여인은 그간의 사정을 말하면서, 집안의 체면을 지키려면 이씨에게 돈을 주어 후취를 얻을 수 있도록 해 달라고 말하고, 결국 본댁에서는 논란 끝에 여인의 말대로 처리한다.

이 이야기를 여인이 정절을 지키는 내용으로 해석한 연구도 있었으나, 과연

---

16) 이 작품들은 장지완의 『침우당집』에 실린 작품을 거의 그대로 옮겨 실은 것들이다.
17) 윤재민, 『조선후기 중인층 한문학의 연구』(고려대학교 민족문화연구원, 1999), 238쪽.

단순히 그러한 이념적 주제를 표현하는 이야기인지에 대해서는 의문이 들지 않을 수 없다. 여인의 행동을 중심으로 하여 이 이야기의 주제를 다시 한 번 생각해 보기로 한다. 먼저 여인이 남편의 유골을 본댁으로 보내는 동기를 생각해 보자. 부인이 남편을 본댁으로 보낸 것은 단순히 중세적 윤리 규범에 따른 행동만은 아니었다. 그는 신혼 첫날밤 남편에게서 "난세에 가정을 지키기 위해서는 다른 곳을 찾아감이 옳다"는 이야기를 듣고 그의 말에 따라 그날 밤 곧 바로 산속으로 옮겨 가 그 곳에서 생활 기반을 마련하기 위해 갖은 고생을 한다. 그러나 결국 남편은 결실을 얻지 못하고 자식 하나 두지 못한 채 병을 얻어 죽게 된다. 그녀의 남편은 잦은 변란으로 미래를 기약할 수 없는 불안정한 시대에 좀더 안정되고 행복한 삶을 누리기 위하여 현실적 삶의 기반을 버리고 첩첩산중에서 새로운 삶의 터전을 닦으려다, 자신의 희망을 이루지 못하고 죽게 되는 것이다. 여인은 두 차례나 자신과 남편의 기구한 삶에 대해 탄식하는 바, 그녀가 이씨의 도움을 얻으면서까지 남편의 유골을 옮겨가는 행동의 이면에는 남편의 기구한 운명에 대한 여인의 인간적 동정심이 크게 자리잡고 있다고 할 수 있다.

또한, 여인이 꼭 정절을 지켜야겠다고 결심하였는지도 의문이다. 여인은 남편의 유골을 본댁으로 옮겨간 후 본댁의 일가들이 다 모인 자리에서 다음과 같이 말한다.

> "이씨는 이미 부인을 잃었고 첩 역시 지아비를 잃었습니다. 그 장례 지내는 절차는 이씨의 손이 아니었으면 지내기 어려웠을 것입니다. 그래서 결국 장례 후에 인연을 맺기로 허락을 하고 손을 빌려 장례를 지냈습니다. …… 감히 이 말을 사뢰고자 합니다. 만약 개가를 허락하시면 마땅히 이씨를 따라 갈 것이고, 허락하지 않으시면 마땅히 수절을 하겠습니다."[18]

이러한 이씨의 말에 숙부가 "우리 집안이 청현의 집안인데, 어찌 그런 말을 할 수 있는가"라고 놀라서 말하니 이씨는 당당하게 다음과 같이 말한다.

---

18) 李旣喪耦 妾且崩城 其斂殯之節 非客手則難治 故遂許葬後結親 而假手治喪……敢此稟白 若許改適 當從客李去 不許而當守也(424-425).

"그렇다면 숙부님은 제가 먼 곳에서 장례를 당해 남과 함께 왔는데 마음에 의아함이 들지 않았습니까?" …… "참으로 이와 같으니 원컨대 삼백만을 내어 주십시오. 객이 이미 나와 같이 살 것을 바라는데 지금 실망을 할 것이고, 또 가난하여 자본이 없으니 …… 이 돈으로 가히 부인을 얻고 생계를 도모하면 첩 역시 그와 더불어 말을 지킬 수 있을 것입니다. 돈이 없으면 약속에서 풀려나기 어렵습니다."19)

이러한 여인의 말로 미루어 볼 때, 그가 지향하는 가치는 烈이라는 유교적 이념을 지키는 것이 아님을 짐작할 수 있다. 그는 자신이 수절하고 안하고의 문제를 그리 중요하게 생각하지 않으며 오히려 힘든 기간동안 자신을 도와준 이웃인 이씨와의 약속을 지키는 문제를 더욱 중요하게 생각한다. 이씨가 여인을 부인으로 삼으려 한 이유 또한 단순히 성적인 호기심 혹은 쾌락의 추구에 있는 것이 아니라 가난한 홀아비로서 자신의 생활을 조금이라도 낫게 할 수 있는 최선의 방안이 과부가 된 여인과 재혼하는 것이라고 판단했기 때문이었다. 그러므로 이씨는 여인이 유골을 본댁으로 옮길 때까지 여인의 말을 모두 받아들이며 여인의 의사를 존중한다. 그리고 여인 역시 이웃으로 살면서 이씨의 힘든 생활과 처지를 익히 보아왔기에 그의 처지를 동정하고 왜 자기와 결혼하고자 하는가에 대해 서로서로 이해할 수 있었다. 따라서 이씨가 지금 자신과 함께 살 수 있을 것이라는 희망을 가지고 있는데 이기적인 생각으로 이씨를 버릴 수는 없다는 것이 여인의 입장인 것이다. 그래서 그는 집안 어른들이 모인 자리에서 사정을 당당히 말하고 놀라는 어른들에게 오히려 핀잔을 주기까지 한다. 그러면서 정히 가문의 체면을 생각한다면 돈을 주어 이씨를 도와줌으로써 자신을 약속에서 풀려나게 해달라고 한다. 따라서 이 이야기의 주제를 단순히 열을 지키려는 여인의 이념추종적 태도로 파악하는 것은 타당성이 부족하다고 판단되며, 윤리적 이념 이전에 인간과 인간 사이의 약속과 의리가 더욱 중요하다는 것을 말하고자 하는 이야기라고 생각된다. 그리고 그러한 약속과 의리 이면에는 무엇보다 서로의 처

---

19) 曰 然則叔不以我遠外當喪 他人同來致訝於心耶……曰固如是 願出三百緡錢 客旣希 我同産 今乃失望 且貧無爲資 爲人傭賃有錢 此數可以娶婦謀生妾亦旣與成言矣 非錢 難贖(425쪽).

지에 대한 동정과 배려가 내재되어 있어야 함을 말하고 있는 것이다. 이러한 주제는 무엇보다 작품의 제목에서 가장 뚜렷이 드러난다.『차산필담』소재 이야기의 제목은 그 작품의 주제를 간략하면서도 분명하게 드러내고 있는바, 이 작품의 제목은 말 그대로 '관을 고향으로 되돌린 후에 속전으로 약속에서 풀려나다'이다. 즉, 배전이 이 이야기를 남긴 가장 주된 의도는 수절에 대한 칭송이 아니라 인간관계에서의 상호배려와 약속은 꼭 지켜야 한다는 의리의 문제인 것이다.

이처럼 윤리적 이념의 문제가 아니라 사람 사이의 정과 의리를 중시하는 작가의 생각은 〈祝螟釋恨〉에서도 분명하게 나타난다. 〈축명석한〉은 후사가 없이 죽은 지아비인 손씨를 위해 세 쌍둥이를 둔 친척집을 찾아가 양자를 달라고 요구한 첩의 이야기이다. 첩은 손씨의 장례식에서 친척들에게 후사가 없는 손씨의 딱한 처지를 말하며 양자를 줄 만한 집이 없는지 가르쳐 달라고 사정한다. 친척은 망설인 끝에 한 집이 있으나 오래도록 사이가 좋지 않았음을 알려주나, 첩은 거리낌 없이 그 집을 찾아가 둘째 아들을 양자로 달라고 사정한다. 그 집이 선뜻 아들을 양자로 주지 않자 결국 첩은 자리를 펴고 음식도 먹지 않은 채 엎드려 빌면서 사정하다가 끝내는 자신이 죽어 원귀가 되어 그 집의 성쇠를 살피겠다고 원망을 한다. 결국 그 집에서 이기지 못하고 아들을 주고 몸을 추스를 것을 부탁하자 첩은 남편의 발상을 마친 후에야 음식을 먹는다. 이러한 첩의 행동에 친척들이 감동하여 관아에 소를 올려 정려문을 내리려 하자 첩은 자신의 행동이 결코 정려문을 받기 위함에서가 아니었다고 말하고 떠나간다.

이 이야기에서 첩은 작가의 의식을 반영하는 인물이라 하겠다. 친척들은 첩의 행동을 기존의 이념인 열의 시각에서만 바라본다. 그러나 열녀문을 내리는 것은 중세적 윤리에 따라 첩의 행동을 표창하는 대신에 앞으로의 첩의 삶을 옥죄는 도구가 될 수도 있다. 이에 대해 첩은 자신이 '기생으로서 관아에 있으면서 수청을 든 것이 적지 않으며 다행히 영감님을 만나 지금까지 살아온 것'이라고 하면서 자신이 죽음을 무릅쓰면서까지 그런 행동을 한 것은 "지금 영감님이 세상을 버리고 대를 이을 자손이 없는 까닭에 첩은 4년 동안 사랑을 입은 은혜를 잊

지 못하여 이같이 은혜를 갚는 일을 한 것인데 이것이 무슨 열이겠습니까?"라고
한다. 즉, 자신의 행동은 그동안 받은 애정에 대한 인간적 정리의 표현이지 결
코 이념으로서 재단할 수 있는 행동이 아니라는 의미이다. 사람의 정을 표현하
면서도 이념적 구속에 매이지 않으려는 첩의 생각은 삼년상을 지낸 후의 그의
행동에서 더욱 분명히 나타난다.

> 첩은 아름다운 옷을 입고 눈썹을 그리고 말하기를 "첩이 만약 아이가 있으면 마땅히
> 수절을 하면서 가지 않겠습니다. 이미 혈육이 없고 또 부실이 되어 임금이 정렬문을
> 내린들 또한 무슨 이익이겠습니까? 나이가 아직 젊으니 다른 살만한 한 두 남자를 만
> 나 살겠습니다. ……어찌 삼거리에 정문 하나보다 낫지 않겠습니까? 첩은 사사로이
> 정한 바가 있으니 지금 마땅히 따라 가겠습니다."[20]

그는 자신이 그동안 손씨와의 정을 생각해 보은을 위해 그러한 행동을 했으
며, 이제 굳이 열이라는 이념에 구속되어 살기를 원하지 않음을 밝히고 있다.
사랑하는 사람을 만나 사는 것이 정문 하나보다 낫다는 말은 이 여인의 생각을
단적으로 보여주는 것이라 하겠다.

이상에서 살펴보았듯이 차산필담 소재 이야기들은 단순히 이념을 구현하는
내용이라고만 볼 수는 없을 것으로 생각된다. 이들 이야기의 주인공은 이념에
구속되기 이전에 사람 사이의 진솔한 정과 배려를 생각하며, 그에 따라 의리를
지키고자 애쓴다. 이러한 행동은 중세적 윤리를 넘어서서 근대적인 공동체 윤리
를 모색하려는 작가의식의 소산이라 할 수 있을 것이다.

4. 극한 상황에서의 이타정신과 새로운 삶의 시작

〈拯艶行媒〉, 〈受恩殖貨〉, 〈求喪受報〉는 어려운 처지에 놓인 인물을 도와
주는 사람들의 이야기이다. 이들 이야기 역시 기존 연구에서는 단순히 이념구현

---

20) 妾乃 華衣裳飾眉黛以告曰 妾若有育當守而不去 旣無血矣 又其副矣 天降旋烈之典
　　亦奚益哉 年幾尙强 適他可生 一二男子 生而爲有主之人 死而爲有主之鬼 豈不愈於三
　　亭上 一旋門哉 妾有所私 今當從往 乃恬然而去(429-439쪽).

적 시각에 입각한 서사물로만 평가된 바 있으나 필자는 이들에서 보다 새로운 의미를 읽어낼 수 있지 않을까 한다. 이들 이야기를 통해 배전이 나타내려는 작가의식이 무엇인가를 검토해 보도록 한다.

〈증염행매〉는 제목과 작가의 논찬에서도 드러나듯이 조득철이라는 - 재산이 약간 있는 평민 또는 중인 정도의 신분을 지닌 - 사람이 위기에 처한 양반 가문의 처녀를 구해주고 중매를 섰다는 내용이 중심 줄거리이다. 이러한 줄거리만을 읽을 경우 이 이야기는 단순히 양반을 도와준 평민의 선행담에 그칠 뿐 별다른 의미가 발견되지 않는다. 작품 속에서는 왜 조득철이 이 처녀를 끝까지 도와주는지에 대한 별다른 설명도 나와있지 않기에 다른 작품들에 비해 설득력도 떨어지게 된다. 과연 배전은 단순히 이러한 중인의 행동을 기리기 위해 이 글을 지었을까? 이러한 의문은 작품 이해의 초점을 양반 처녀에게 옮겨봄으로써 어느 정도 풀릴 수 있을 것이다. 즉 표면적으로는 조득철의 선행을 그린 이야기이지만, 속이야기는 양반 신분의 처녀가 보조자의 도움을 얻어 새로운 가정을 이루는 내용으로 정리할 수 있는 것이다. 이러한 전제에 따라 양반 처녀의 상황을 중심으로 이야기를 다시 살펴보면 이 이야기는 탐색의 실패 - 탐색의 성공이라는 2중 탐색의 구조를 지니고 있음을 알 수 있다. 그리고 이는 곧 거짓 가치의 탐색과 실패 - 참된 가치의 탐색과 성공 - 새로운 출발이라고 다시 정리할 수 있다.

이 양반 처녀는 서울의 고관댁 자녀로서 어려서 부모를 잃고 여종과 함께 숙부댁에서 자라게 된다. 그러나 어느 날 홍경래란이 발생하고 그에 따라 세상이 어지러운 중 피해를 두려워한 숙부가 밤에 자기 가족들만을 데리고 몰래 피난을 가게 된다. 이미 혈육을 돌보아야 한다는 기존의 윤리는 아무런 현실적 지배력이 없는 상황이 된 것이다. 이러한 변을 당한 처녀는 앉아서 기다릴 수가 없어 여종과 함께 숙부를 찾으러 뒤따라가나 쉽게 찾을 수 없었다. 숙부라는 인물은 이 처녀의 인생에서 진정한 가치를 지닌 존재가 아니었기에 숙부를 찾는 처녀의 탐색은 실패로 끝날 수밖에 없었다. 처녀는 이제 숙부와 질녀 관계라는 가족의 굴레에서 벗어나 자기 스스로의 새로운 삶을 찾지 않으면 안 되는 상황에 처한 것이다. 그리하여 그녀는 인생항로에서 새로운 탐색을 시작하게 된다. 처녀는 조득철의 도움을 얻어 남장을 하고서는 자신의 신랑이 될 사람을 찾아 나서게 된다. 마침 어느 골짜기에서 영민해 보이는 남자를 만나게 되는데, 조득철은 그 남자가 비록 한미한 가문이지만 인물이 비범함을 알아보고 그의 할아버지와 의논하여 결국 둘을 결혼시킨다. 청년의 할아버지가 자신의 가문이 한미한데 어찌 혼인을 할 수 있겠냐고 묻자, 조득철은 시대가 바뀌어 더 이상 예전처럼 혼인할 수가 없다고 하였다. 이 말을 통해 볼 때, 둘의 결혼은 본래 가문으로의 복귀가 아니라 새로운 가정의 형성을 의미한다고 봄이 더욱 타당할 것이다. 어쩔 수 없는 변란의 틈바구니 속에서 처녀는 과거의 자기 신분과는 어울리지 않는 신랑을 만나 새로운 삶을 시작하게 되는 것이다. 요컨대, 이 이야기를 처녀를 중심으로 재구성해 본다면 한 처녀가 변란을 만나 다른 사람의 도움을 받아 새로운 삶을 시작하게 되는 과정을 그리고 있는 작품이라 할 수 있을 것이다.

〈구상수보〉 또한 보은을 주제로 한 이야기이다. 정읍의 韓 진사는 어려서 고아가 되었는데, 몸이 매우 약해 스스로 생계를 도모하지 못하고 부유한 숙부의 집에서 일을 거들며 살고 있었다. 서른이 넘어 결혼을 한 후에도 별다른 생계 대책을 갖지 못한 채 해가 갈수록 살기가 힘들어지자 부인은 남편에게 마을 사람들처럼 소장사를 해서 돈을 벌자고 제의한다. 그러나 당장 밑천이 없으므로 그들은 숙부에게 죽는 수밖에 없다고 사정하여 돈을 빌린다. 이렇게 빌린 돈을 들고 한씨는 시장에 가는 도중에 어려운 처지에 놓인 이씨를 만나 돈을 다 털어주고 결국 빈손으로 돌아와서는 도둑을 만났다고 거짓말을 한 후, 밭두렁에다 움막을 짓고 신을 삼아 팔아서 생계를 이어간다. 10여 년이 지나 이씨가 찾아와 은혜를 갚고 대리시험으로 과거급제를 도와주고 자신의 녹봉도 모두 주니 한씨는 마침내 천석꾼이 되었다.

이 이야기는 단순히 착하게 살면 복을 받는다는 주제를 전달하는 데 그치고 있는가? 작품의 줄거리는 분명 그러한 권선징악적 내용을 담고 있는 듯하지만 꼼꼼히 읽어보면 그렇게 단순한 의미만은 아닌 듯하다. 그 까닭을 한씨와 이씨의 처지를 중심으로 살펴보기로 하자. 한씨는 부유한 숙부를 두었으면서도 별다른 도움을 받지 못하고 날마다 끼니 걱정을 하다가 애원 끝에 겨우 숙부로부터 소장사 밑천을 얻는다. 〈증염행매〉에서도 언급한 바 있거니와 이 시기는 친척간의 도리 혹은 혈육이기에 도와주어야 한다는 등의 윤리 자체가 현실적인 상황 앞에서 힘을 갖지 못하는 지경에 이르른 것이다. 그토록 힘들게 돈을 얻어 장사길에 나섰지만 한씨는 힘이 약하고 길이 서툴러 다른 장사꾼들을 따라가지 못하고 그만 뒤에 혼자 처진 채 저녁을 맞게 된다. 한씨의 상황은 완전한 고독과 고통의 순간이었던 것이다. 이때 그는 길 옆의 대숲에서 나는 통곡 소리를 듣는다. 울음소리를 따라 찾아가 보니 웬 사람이 시체를 앞에 놓고 울고 있기에 사연을 물으니 처음에는 쉽게 알려주려 하지 않다가 결국 사정을 말하게 되는데, 그 사정이 간단히 요약적으로 제시되는 것이 아니라 독립된 작품을 이룰 만큼 절절하다. 〈구상수보〉가 문학적으로 감동을 주는 것은 바로 이러한 개인적인 사정 하나하나를 매우 자세하고 세밀하게 묘사하고 있는 데 가장 큰 이유가 있다고 하겠거니와 그의 사정은 다음과 같다.

몰락양반인 이씨는 늙은 부친을 모시고 근근히 살아가고 있었는데, 굶주림을 이기지 못하자 부친은 해남에서 관직을 맡고 있는 자신의 사촌형님을 찾아가게 된다. 그러나 형님의 심한 박대에 집에서보다 살기가 어려워진 부친은 다시 자기를 데려다 달라고 아들에게 편지를 쓴다. 이씨가 부친과 함께 돌아가려 하니 큰아버지는 노자로 겨우 세 냥을 주면서 돈이 부족하면 빌어먹으라고 말한다. 이씨 부자는 갖은 고생을 겪으며 귀향하다가 결국에는 부친이 돌아가게 된다. 타향에서 장례조차 제대로 지낼 수 없게 된 이씨는 부친을 따라 함께 죽으려는 순간에 한씨를 만나게 된 것이다. 한씨의 상황과 마찬가지로 이씨 역시 생의 막바지에 다다른 절망의 순간을 맞았다고 할 수 있다. 이 이야기를 들은 한씨는 코를 훌쩍거리면서 이씨를 달래고 자신이 가진 돈을 내어 이씨를 돕는다. 〈구상수보〉가 단순히 선의 실행이라는 이념의 구현으로 볼 수 없는 이유는 바로 여기에 있다. 한씨는 자신도 어렵지만 자기보다 더 어려운 사람의 입장을 동병상련의 처지에서 이해하고 도와준 것이지 결코 어떤 이념적 규범에 따른 선행을 실천한 것이 아니다. 그보다는 오히려 친척 혹은 가족에게서 버림받은 두 외로운 사람끼리 서로의 처지를 이해하고 도움을 주고 받은 것이라고 해석하는 것이 보다 타당할 것으로 생각된다.

이러한 도움의 주고 받음이 중요한 의미를 가지는 까닭은 이 때의 상호부조가 두 사람의 이후의 삶을 바꿔 놓기 때문이다. 한씨는 이씨를 도와준 후 숙부에게 다시는 도움을 청할 수 없는 절박한 상황에 놓이게 되자 전보다는 더욱 적극적으로 생계를 꾸려나가게 된다. 물론 가난은 여전하지만 이전의 무기력한 모습에서 조금은 벗어나 토막을 짓고 그 안에서 신을 만들어 팖으로써 집안을 꾸려나가는 것이다. 그러나 이러한 도움은 이씨에게는 매우 큰 의미가 있었다. 이후 이씨가 한씨를 찾아가서 하는 말을 통해 이씨의 심리를 잘 알 수 있다.

> 소자가 어릴 적에 어리석어서 일을 하나도 풀지 못하다가, 공의 은혜를 입어 다시 살아난 후에 문득 한층 더 깨달음을 얻었습니다. 배우지 않으면 은혜를 알 수 없고 재산이 없으면 덕을 갚을 수 없다는 생각으로 마침내 과거문을 배우고 재산을 늘렸습니다.[21]

죽음의 기로에서 자신 못지 않게 어려운 처지에 있던 이의 도움을 받게 된 이씨는 예전처럼 양반이라는 체면에만 구애를 받는 삶을 살아가는 것이 아니라 적극적으로 자신의 삶을 개척해나가게 된 것이다. 물론 이 이후의 이야기가 과거를 대신 쳐주고, 녹봉을 다 주는 등 구전설화처럼 다소 비현실성을 띠는 부분이 있다고 하더라도, 그로 인해 두 인물의 상호부조가 가진 의미를 폄시해서는 안 될 것이다. 이러한 도움의 주고 받음은 절박한 상황에 놓인 인물로 하여금 새로운 삶을 시작할 수 있게 하는 계기가 되는 것이기에 그만큼 미래지향적인 의미를 지닌다고 생각할 수 있을 것이다.

이는 〈수은식화〉에서도 마찬가지이다. 재산만 믿고 권력가와 친분을 쌓아 벼

---

21) 客曰 小子少日疎迂不解事一自荷公恩再造之後輒生一層慧悟思以不學難以知恩無財難以報德遂業程文殖貨財(414쪽).

슬을 얻으려 하던 김기연은 결국 재산을 모두 탕진하고 빚더미에 오른 순간에야 자신의 꿈이 헛된 것이었음을 깨닫고 고향에 남겨진 노모와 처자를 돌보기 위해 귀향을 한다. 귀향을 결심한 날 그가 보게 되는 광경은 흉년으로 굶주려 곧 죽을 지경에 처한 어느 모자의 모습이었다. 그는 자신이 가진 돈의 일부를 그 여인에게 나눠준다. 노름과 유흥으로 세월을 보내던 김기연은 최악의 상황에서 오히려 주변의 이웃을 돌아볼 수 있게 되었으며, 따라서 이러한 도움을 계기로 김기연은 새로운 삶을 살 수 있는 가능성을 가지게 되었다고 할 수 있다. 한편, 김기연의 도움으로 여인은 굶주려 죽을 위기에서 벗어날 수 있게 되었다는 점에서 이 작품은 앞서의 〈구상수보〉와 동일한 구조를 지닌다고 할 수 있다. 여인은 김기연이 준 약간의 돈을 밑천으로 하여 장사를 시작, 결국 수만 냥의 재산을 가진 거부가 된다. 그리고 김기연에게 받은 도움을 돌려주기 위해 그녀는 김기연의 행방을 탐문하여, 경주관아에서 허드렛일을 하고 있던 그를 찾아 재산을 나눠주게 된다.

이처럼 『차산필담』의 보은담이 단순한 이념추종적 삶의 표현만이 아님은 전대 야담집 소재 보은담과의 비교를 통해서도 확인할 수 있다. 먼저, 〈구상수보〉와 〈수은식화〉의 서사단락을 유형구조화하여 제시한 후, 이와 유사한 보은담인 『동야휘집』의 〈恤三葬遇女登仕〉와 비교해 보기로 한다.

〈구상수보〉〈수은식화〉

   1) 어려운 처지에 놓인 사람이 자신보다 더 어려운 사람을 동정하고 돕는다.
   2) 그를 계기로 두 사람은 삶의 태도를 바꾸어 적극적으로 살아간다.
   3) 도움을 받았던 사람이 노력하여 크게 성공한 후 자신의 은인을 찾아 은혜를 갚는다.

〈휼삼장우녀등사〉

   1) 서울에 올라와 벼슬을 구하려던 무인이 돈만 허비하고는 고향에 돌아와 다시 재산을 처분해 서울로 가던 중, 돈이 없어 가족의 장례를 치르지 못하는 양반 처녀를 도와주다.
   2) 무인은 계속 벼슬을 구하나 성공하지 못하다가 처녀를 우연히 만나다.
   3) 처녀는 이조전형의 후실이었기에, 무인은 그녀의 도움으로 벼슬을 구하다.

이를 통해 〈휼삼장우녀등사〉는 도와주는 사람의 처지가 그리 절박하지 않으며 처녀를 도와준 후에도 자신의 삶의 방식이 바뀌지 않고, 처녀 역시 은혜를 갚기 위해 적극적으로 노력하는 것이 아니라 우연히 무인을 만나고 자기 남편의 힘으로 벼슬을 구해줌을 알 수 있다. 이에 반해 『차산필담』의 보은담에서 남을 돕는 행위는 극한적인 상황에 처한 인물의 처지를 이해하고 그를 도움으로써 도움을 받는 이로 하여금 새로운 삶을 살 수 있게 하는 의미를 지니고 있었다. 또한 남을 돕는 사람 역시 그 행위를 계기로 삶의 태도를 일신하게 된다. 이는 혈연을 기초로 한 이념과 윤리가 더 이상 현실 속에서 권위를 가지고 있지 못한 상황 속에서 한 공동체의 성원들이 어떠한 윤리를 가지고 살아가야 하는가를 탐구하는 이야기이자, 절망 속에서 다시금 앞으로 나아가는 미래에의 전망을 제시하는 이야기라 할 수 있을 것이다. 따라서 이런 이야기는 단순히 윤리적 이념의 구현이라는 주제만을 담고 있는 것이 아니라 하겠다.

지금까지 『차산필담』의 이야기들에 나타난 현실인식을 살펴보았다. 그 결과 배전은 당시 제도의 구조적 모순이나 지배층의 부패·무능을 비판적인 시각으로 바라보고 있었다. 그는 전대 야담의 전통을 이어 자신들의 삶을 스스로 개척하는 인물을 통해 미래지향적인 태도를 보이면서도 현실에 존재하는 기존 가치관과의 갈등을 그림으로써 그 인물의 행위에 사실성을 더하고 있었다. 또한 그는 전대의 이념 구현 중심의 획일적 서술시각에서 벗어나 사람 사이의 윤리를 어떻게 재정립할 것인가를 탐구하였는바, 그것은 무엇보다 서로의 처지에 대한 이해를 바탕으로 한 인간적 정과 의리라고 할 수 있다. 『차산필담』에 수록된 세 편의 보은담에서 이런 점들을 보다 특징적으로 파악할 수 있다. 그 구체적 내용은 윤리적 이념으로서의 선행이라기보다는 공동체 속에서 서로 도와가면서 새로운 삶을 다시 시작하는 과정을 그린 이야기이며 미래에의 전망을 담고 있는 이야기라고 할 수 있을 것이다. 요컨대, 배전은 전대 야담의 사실주의적인 성취를 계승하면서 자기 나름의 비판의식과 미래를 향한 전망을 바탕으로 새로운 이야기를 창조하였다고 하겠다.

Ⅲ. 『차산필담』의 야담문학사적 위상

지금까지 『차산필담』의 이야기들이 지닌 현실인식을 살펴본 결과, 『차산필담』에 실린 이야기들은 현실비판의식과 미래에 대한 전망을 그리고 있었음을 알 수 있었다. 이제, 19세기 후반에 창작된 다른 야담집, 즉 『금계필담』이나 『계압만록』 등과 비교할 때 『차산필담』이 어떠한 독자성을 가지고 있는가를 간단히 살펴본 후 그를 바탕으로 차산필담의 야담문학사적 의의를 정리해 보고자 한다.

『금계필담』은 서유영이 1870년대에 찬술한 야담집이며, 『계압만록』은 편찬자는 알 수 없으나 1884년부터 1892년 사이에 편찬된 야담집이다. 이 글의 목적이 이들 야담집의 성격을 구체적으로 탐구하는 것이 아니기에 야담집에 나타나는 현실인식을 중심으로 세 야담집의 변별성을 살펴보기로 한다. 먼저 『금계필담』은 전대의 윤리적 인물 특히 절의를 지킨 인물들의 일화를 주로 담고 있다. 그리고, 이러한 인물들의 행동은 단순히 과거의 일로만 머무르는 것이 아니라 서유영이 살던 당대 현실에 일정한 귀감을 주기 위한 목적으로 서술되었다.22) 즉, 조선 후기의 현실에 대해 비판적인 의식을 가진 작가가 현실에 대한 본보기를 제시하기 위해 이러한 인물들의 행동을 그리고 있는 것이다. 현실에 대한 비판적 인식과 전망의 제시라는 점에서 『금계필담』은 『차산필담』과 비슷한 부분이 있다. 그러나 『금계필담』 소재 서사물들은 미래를 지향하는 인물들을 그리기보다는 중세적 이념을 고수하는 인물들의 모습을 중심으로 그리고 있다. 이는 중세적 이념에 얽매이지 않고 새로운 윤리를 탐색하려는 『차산필담』의 인물들과 비교해 볼 때 중대한 차이라 할 수 있을 것이다.

한편, 『계압만록』의 작품이 보여주는 현실인식양상은 좀더 복합적이다. 편찬자는 자신이 살아가는 현실을 태평성대였던 과거와 비교하여 타락한 시대로 인식하고 있으며, 때문에 그는 한 시대가 끝이 날 것임을 감지하면서 그에 따르는

---

22) 장효현, 『서유영문학의 연구』 (아세아문화사, 1988), 227쪽.

불안감을 표현하고 있다.23) 그러나 그의 비판은 올바른 현실인식에 바탕을 하고 있는 것이 아니다. 그가 세도정권을 긍정적으로 인식하는 것은『계압만록』편찬자의 의식이 가진 한계를 보여주는 대표적인 예라고 할 수 있다.24) 전망이나 이상이 존재하지 않으며 현실을 통제할 별다른 이념적 가치관도 가지고 있지 않기에『계압만록』의 서사물은 한편으로는 전대의 윤리적 규범에서 자유로운 모습을 보이면서도 그것이 현실을 개선하는 데까지 나아가지 못하고 단순히 유희적인 성격이나 일시적인 일탈에 머무르는 경우가 대부분이며,25) 서사물 자체의 논리성도 떨어지게 된다. 예컨대,『계압만록』에는 〈수은식화〉의 김기연처럼 서울로 벼슬을 구하러 온 인물들의 이야기를 다룬 〈嶺有一人〉이라는 작품이 실려 있다.26) 그런데, 김기연이 과거에 급제한 후 서울에 와서 재산을 다 탕진하면서도 관리들의 얼굴 한 번 못 봤다고 하는 것과는 달리 이 작품의 주인공은 쉽게 자신의 목적을 달성한다. 온갖 계교를 내어서 당시의 세도가인 조병구의 신임을 얻음으로써 과거에 급제하고 벼슬까지 제수받기에 이르는 것이다. 만약 그가 벼슬을 제수받고 출세를 했다면 이 이야기는 당대 세도가의 부패상을 고발하는 비판적인 작품이 될 수 있었을 것이다. 그러나 이 부분에서 주인공은 갑자기 욕심을 버리고 귀향한다. 작가의 현실인식이 철저하지 못함으로써 논리성이 떨어지고 주제가 모호한 서사물을 만들어내게 된 것이다.

또한,『계압만록』의 작자는 19세기에 일어난 각종 변란을 운수 혹은 우연에 의한 것으로만 생각할 뿐 그 변란의 원인을 올바로 인식하지 못하고, 다만 그에 대한 지배층으로서의 불안감만을 나타낼 뿐이다.27) 홍경래란에 연루될 뻔한 재

---

23) 〈肅宗私語閔中殿〉(『계압만록』, 정명기 편,『한국야담자료집성』8, 계명문화사, 1987, 63쪽, 이하 면수만 표기), 〈金汗出來時〉(226)

24) 〈自古權不十年云〉(152)

25) 〈鄭相公陽坡娶妻〉(39), 〈中人某有一女〉(40), 〈成廟嘗令〉(122), 〈翼宗庚寅五月〉(154), 〈尹認卽戊午廢母時〉(170)

26) 〈嶺儒一人〉(199)

27) 〈凡人家之興亡〉(143), 〈壬午六月初〉(143), 〈辛未冬〉(151), 〈憲宗己酉后〉(154), 〈金相載瓚〉(231), 〈南朝鮮者〉(272), 〈正廟聞〉(272)

상이 점쟁이의 도움으로 겨우 위기에서 벗어났다거나, 홍경래난이 일어나자 서울의 양반들이 피난 가기에 바빴다는 이야기는 모두 19세기의 변란에 대해 작자를 비롯한 지배층이 느꼈던 불안감을 표현한 것이라 할 수 있다. 이는『차산필담』의 〈증염행매〉가 새로운 삶을 시작하는 계기로 홍경래난을 그리고 있는 점과 사뭇 대조적이며, 두 야담집이 가진 현실인식의 차이를 보여주는 대목이라 할 수 있겠다.

이렇게 볼 때, 19세기 말기의 야담은 동일한 경향을 보이는 것이 아니라 시대와 편찬자의 성향에 따라 다양한 모습으로 나타난다.『차산필담』에 실린 작품들은 중세적인 한계를 완전히 떨쳐버리지는 못했다고 하더라도 비판적인 현실인식과 미래에 대한 전망을 사실적으로 형상화했다는 점에서 말기 야담집 중에서도 리얼리즘적인 성취를 상당히 이루어낸 작품집이라고 생각된다. 그리고 이러한 작품의 성격은 개화기의 진보적 지식인과 교유하면서 개화사상을 체득해나간 배전의 진보적이고 미래지향적인 의식과도 관련이 있을 것으로 보인다.

그렇다면『차산필담』이 이룬 리얼리즘적 성취가 가지는 야담문학사적 의의는 무엇일까? 그것은 바로 19세기 초기까지 야담계 단편소설이 이루어낸 리얼리즘적 성과를 20세기 근대적 사실주의 단편소설과 이어주는 교량적 역할을『차산필담』이 수행했다고 할 수 있을 것이다. 들머리에서 살펴보았듯이 기존의 연구는 19세기 말기의 전통적 서사물이 문학적 추동력을 상실하고 보수화, 고식화, 이념화의 방향으로 흘렀다는 주장이 대부분이었고 그리하여 과연 19세기 초기까지의 문학적 성과가 어떻게 20세기로 이어지는가에 대해서 뚜렷한 답을 해내지 못한 경우가 많았다. 그러기에 개화기에 야담이 당대 현실의 반영과 새로운 문학양식 탄생 과정에서 적지 않은 역할을 했음을 인정하면서도 그 구체적인 근거를 제시하지는 못하였다. 그러나『차산필담』이 일방적인 보수화의 방향이 아니라 당대 현실과 적극적인 관련을 맺으면서 부족하나마 사실주의의 전통을 발전적으로 계승했다는 점을 생각한다면, 우리문학사의 연속적인 서술이 어느정도 가능해지지 않을까 생각한다.

Ⅳ. 결 론

지금까지 『차산필담』의 현실인식과 서사문학사적 위상에 대해 살펴보았다. 『차산필담』의 이야기들은 비판적인 현실인식과 미래에 대한 전망, 새로운 윤리에 대한 모색을 미흡하게나마 그려내고 있다는 점에서 전대 야담의 사실주의적 성취를 계승했다고 할 수 있을 것이다. 따라서, 『차산필담』은 말기 야담집이 과거 회고적 지향 혹은 전망 부재 경향을 보여주는 데 비해 분명한 현실 인식을 바탕으로 한 미래지향적인 태도를 보여준다는 점에서 독자적 의의가 있으며, 『차산필담』의 사실주의적 성취는 전대 야담계 소설을 계승하면서 근대 사실주의적 단편소설이 형성될 수 있는 기반이 되었다는 점에 그 의의가 있다 하겠다.

하 미 경   부산대학교 강사

6. 연구사

야담문학연구의 현단계

야담 연구의 비판적 검토와 연구전망

I.

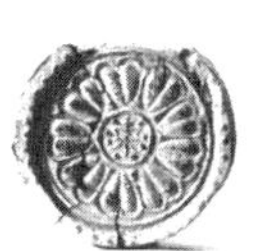야담집과 야담집 소재 서사체들에 대한 연구는 1973년『李朝漢文短篇集』이 출판되면서 본격화되었다고 하겠으나 아직 주장이 엇갈리는 부분을 많이 남기고 있다. 그 이유로는 우선 연구의 연륜이 짧다는 점을 지적할 수 있겠지만 무엇보다도 야담집이라는 것이 전대와 당대에 입으로나 책으로 전해지던 이야기들을 가능한 한 다양하게 수록한 성격이 강하다는 점을 지적할 수 있다. 그리하여 야담집 속에는 사대부 일상생활의 자질구레한 일화, 여항에 구전되던 황당무계한 전설, 민담, 한시를 둘러싼 생각 및 사건인 詩話, 유가이념 등이 생경하게 피력된 일종의 교술적 산문 등으로부터 당대 현실을 심각한 문제의식에 입각하여 반영하고 작품 내적 대립구조를 형상화한 소설에 이르기까지 다양한 장르들이 공존하고 있다. 지금까지 야담계 서사체에 대한 논의에 있어서 가장 큰 한계와 문제점은 바로 이 야담집의 복잡한 장르구성에 대한 명확한 인식을 갖지 못한 데서 비롯된 경우가 많다. 장르 구분 없이 그 전체를 '야담'이라는 모호한 개념으로 뭉뚱그려 그 정체와 본질, 구조, 형성과정 등을 논의한다는 것은 출발부터 한계를 지니는 것이다.

또 다른 난제는 '야담계'라는 한정사의 의미를 규정하는 것이다. 야담집에 실린 이야기들은 여타의 기록문학작품들과 어떤 점에서 구분되는가? 당시에 구전되던 설화들과는 어떤 관계를 가지는가? 그래서 야담계 서사체의 형성과정과 야담집 편찬자의 개입정도가 문제된다. 적층문학으로서 다양한 계층들의 세계관이 수용된 정도와 편찬자가 기록과정에서 구연물을 변개한 정도를 어떻게 어

느 정도 전제하는가에 따라 서사체의 의미구조에 대한 해석은 크게 달라진다.

II.

1. 장 르

야담집 소재 서사체들을 장르 면에서 동질적인 것으로 보는 입장은 그것을 전대 및 당대 설화와 다름없는 것으로 간주하고 그것을 설화를 분류·분석하는 방식으로 검토하는 쪽(1,28)과 전대의 설화와는 구분되지만 그렇다고 그것과 완전하게 구분되는 것도 아닌, 즉 야담의 양면성을 부각시키는 쪽(2,3)으로 나눌 수 있다. 李京雨는 야담을 서사문학사적으로 보아 초기 양태인 설화와 설화에서 발전된 단편으로 되어있다는 점을 지적하기는 하나 그 두 국면을 야담집에 실린 작품군들을 구분하는 장르규정에 원용하기보다는 어떤 한 작품 나아가 전체 야담의 성격을 규정하는 틀로 이용한다. 玄吉彦은 야담을 서민층의 생활감정과 사회 문제를 그대로 진솔하게 표현한, 소설로 발전하는 과정에 있는 것이라는 의견에 동의 하지만 동시에 그것이 갖는 설화적 성격을 도외시해서는 안 된다고 했다. 나아가 전설, 민담과 야담의 차이를 논하고 있는데(3) 이 논의가 생산적일 수 없었던 것은 '야담' 속에 전설과 민담이 포함되었기에 결과적으로 동일한 장르를 놓고 그 차이를 찾고자 한 경우까지 생겼기 때문이다. 林熒澤은 야담집의 다양한 장르구성을 암묵적으로 전제했지만 그 중 18·9세기 구체적 현실을 충실하게 반영하면서 구성상으로도 뛰어나 '소설적'인 것에 가까운 것을 '한문단편'이란 개념으로 포괄하여 논의를 전개시키고 있다.(4,5) 이 경우 야담집의 전반적 성격이 어떤 것인가 하는 문제보다는 야담집에 실려있는 작품들 중 소설적인 것이 어떤 성격을 갖고 있느냐가 주된 관심의 대상이 되며, 그럴 때 야담계 서사체의 다양한 성격 중 어느 한 면만이 부각될 것이다. 사실 이런 경향은 『이조한문단편집』의 편집방침에서 이미 마련된 것으로서 이 책에 번역된 자료들을 근거로 한 이후의 논문들은 근본적으로 이러한 경향에서 크게 벗어나지 않는다.(6, 7, 8, 9, 10, 11) 李愼成도 구체적 근거를 제시하지는 않지만 야담계 서사체가 다른 한문단편소설이나 군담소설과 다르고 근대소설과도 다른 측면이 있으므로 '한문단편'이란 독특한 문학장르로 규정되어야 한다고 했다.(7)

이에 반해 朴熙秉은 야담집의 장르혼합적 성격을 본격적으로 설명했다. 먼저 야담계 단편소설을 전대의 (열)전계 및 전기계 소설과 구분하고 있는 바, 후자들이 사대부의 필요성에 따라 사대부적 세계관에 대응되어 사대부에 의해 성립된 것이라면, 전자는 애초 당대 민중(도시시정인)의 필요성에 따라 민중적 세계관에 대응되어 민중들에 의해 발생, 발달한 소설적 이야기들이 특정 작자의 손을 거쳐 기록으로 옮겨진 것이라고 구분하고 있다.(12, 30) 이러한 규정은 거시적인 관점에서 한문소설군에 대해 질서를 부여한 것으로 상당한 설득력을 갖지만 표기방식을 작품구조에 앞서는 자질로 간주하여 야담계 소설을 전형적인 한문소설과만 비교하여 동일차원으로 대비했다는 점은 검토될 필요가 있을 듯 하다. 그런데 그의 야담계 단편소설장르는 『청구야담』소재 단형서사장르들을 규정하는 과정에서 먼저 설정된 것이다. 즉 민담, 전설, 笑話, 일화, 야담계 단편소설 등으로 구분하였는데, 그 중 민담과 전설이 초현실적인 데 관심을 쏟는 장르라면 소화, 일화, 야담계 단편소설은 현실적인 데 관심을 쏟는 장르라는 점에서 본질적 차이가 있다고 했다. 『청구야담』속에는 전설, 민담 등의 전대 단형서사장르는 물론 소화, 일화 등도 포함되어 있다고 간파하고 그 구조적 특질을 야담계 단편소설과 대비시켜 구명한 작업은 야담연구의 새로운 국면을 개척한 것이라 하겠다. 李康沃은 이러한 장르규정을 세분화하여 구체화했다. 즉 전설, 민담, 소담, 사대부일화 및 야사, 평민일화 및 평민단편소설, 야담계 일화 및 야담계 소설로 나누고 있는데, 특징적인 점은 일화를 평민일화, 사대부일화, 야담계 일화로 세분하고 그것을 근간으로 야담계 소설을 규정하고 있다는 사실이다. 이는 일화에 해당되는 작품이 조선후기 야담집에 많지 않다는 박희병의 생각과는 달리 조선후기 야담집에서도 일화의 비중이 대단히 크다는 생각을 전제로 한 것이다. 일화를 '하나의 첨예한 중심점'을 가지고 주체의 능력이나 재치, 개성을 부각시키기 위해 문제제기 보다는 해답을 더 중요시하는 것이라 규정한 (12) 데 비해 그것을 양식담당층과 작품의 의미구조를 관련시켜 규정했다. 즉 사대부일화가 기존정황 속에서의 충족상태를 전제로 하여 사건의 잠정적 발발과 그 안이한 해결을 요약적으로 서사하는 것이라면 평민일화는 사대부일화에 대한 장르적 대립항으로서 사대부일화의 작품배경 및 세계관상의 폐쇄성을 극복하고 보다 개방적 배경 및 세계관을 포용하여 사건의 응축된 전개과정을 보여준다. 사대부일화가 사대부의 사회경제적 여유를 기반으로 했기에 기존 정황이 지속되고 세계가 전혀 회의의 대상이 되지 않는데 반하여 평민일화는 평민들의 현실적 여유 없음을 기반으로 하기에 기존정황이 고수되지 않는다. 야담계 일화는 그 형성과정상 집단적, 지속적으로 구연되었으며 조선 중·후기라는 당대적 특수성을 반영하고, 전형적 상황에 대응하는 계층들(특히 농민, 도시시정인, 몰락양반)의 전형적 세계관을 유형화된 '서술시각'으로 보여준다는 점에서 앞의 두 일화와 구분된다고 보았다.(13) 金正錫은 체계적 장르론을 전개하지는 않았지만 『청구야담』소재 개별 작품들을 꼼꼼하게 분석한 결과에 기대어 야담은 교술적 사실담, 시화담을 약간 포함하지만 주로 구전설화의 기록, 개작, 그리고 구전설화의 범위를 넘어선 창작의 복합물이라 규정하고 후자가 소설에 근접되는 요소를 지니는가는 검토될 필요가 있다고 판단을 유보하였다. 어떻든 『청구야담』에는 위 세 경우의 비중이 155 : 89 : 57 정도라 밝히고 있다.(25)

　장르론은 이상의 수준 이상으로 진척되지 않은 듯 하다. 아직까지도 여전히 '야담'을 문헌설화로 보는 입장, '야담'을 설화와는 다른 그러나 소설은 아니라는 입장(이행적 장르), '한문단편'이라 지칭하여 '소설적' 수준에 이른 것만을 언급하는 입장, '야담'을 다양한 하위장르로 구분하려는 입장들이 공존하고 있는 듯 하다.

　80년 초반에 장르에 대한 원론적 논의가 활발했던 반면 그 뒤로는 그것이 거의 이어지지 않고 있다. 이는 후속조치를 취하지 못한 80년 초반 연구자들의 책임이기도 하겠지만 80년 후반 이후로 형식적 실증적 면에 치우치면서 원론적 논의들을 기피하는 경향이 생겼기 때문이기도 할 것이다. 어떤 시점에서 어떤 가설적 주장이 제기되면 그 다음 논의들은 그에 대해 긍정적이든 부정적이든 학문적 답변이 이루어져야 하겠지만, 야담장르론에서는 그러한 학문적 담론이 활기있게 이루어지지는 않은 것 같다. 특히 소위 '설화' 전공자들은 야담연구자들의 단형 서사장르 규정을 외면하고 80년 이전의 장르 분류와 개념을 그대로 통용하는 경향이 있다.

2. 형성과정

임형택은 조선후기 제반 사회변화와 관련하여 직업화, 전문화된 이야기꾼의 존재를 부각시킨 뒤 '한문단편'의 형성과정을 '근원사실 → (口演化) → 이야기 → (記錄化) → 한문단편'으로 요약하고 있다. 이때 구연화는 이야기꾼 혹은 講談師에 의해 수행된 과정이고, 기록화는 야담집 편찬자에 의해 수행된 과정이다. 그리고 편찬자의 개입 정도는 단순한 기록이거나 필치의 가미, 생각의 소극적 개입 정도라 파악한 뒤 연암의 경우와 같은 작가의식의 적극적 개입은 특수한 경우로 보았다.(5) 기록단계보다 구연단계를 중시하는 이러한 입장은 많은 연구자들에 의해 수용되었다.(6, 7, 8, 9, 10, 11, 14) 이에 대해 鄭明基는 분명한 원전에 기초하여 야담으로 발전된 경우를 제시하며('표해록' 이야기) 한문단편이 구연과정과 기록과정을 거치며 그중 구연과정에서 그 꼴이 거의 결정된다는 일원적 설명방식에 대해 이의를 제기했다.(26) 박희병은 대부분의 경우 형상력의 발전이나 구성의 치밀도에 있어서 변화는 있지만, 원이야기에 대한 편찬자의 적극적 이념개입은 없다고 했다. 그리하여 야담은 근본적으로 민중적 세계관을 기반으로 하고 있는 것이다.(11, 12)

이에 반해 李明學은 〈삽교만록〉의 편찬자인 安錫儆을 저자로 간주하고 작품에 반영된 작가의식을 '인간성의 긍정', '새로운 인간형의 발견', '민중의 저항과 士意識', '북벌론과 주체의식' 등으로 규정했다. 안석경은 민중의 저항적 움직임에 대해서 그 신분적 한계로 인해 긍정적으로 형상화하는 단계에 이르지는 못했지만, 현실에 대한 비판의식을 근간으로 예술성이 뛰어난 사실적 작품을 창작했다는 것이다.(15) 이러한 이명학의 해석은 오히려 편찬자가 작품형성에 더 적극적이고 긍정적인 역할을 했다고 보는 입장의 소산으로서 앞의 주장들과 차이가 있다.

秦京煥은 구연단계의 이야기를 기록하는 과정에 사대부이념이 개입하여 그것이 부정적으로 변개되었다고 보았다. 즉 구비설화의 '좌절·갈등의 구조'가 야담으로 양식화되면서 '해결의 구조'로 변개되는데, 이 과정의 이념적 지향은 구비설화가 지닌 경험적 질량을 관념적으로 조작하려는 고착화된 봉건적 유가이념이라고 했다. 이같은 사대부적 지향의 개입으로 인해 야담은 구비설화가 지닌 자생적 기반인 경험적 질량의 약화와 함께 현실적 토대 혹은 맥락에서의 이탈현상을 초래했다고 결론내렸다.(16)

이강옥은 구연단계와 기록단계의 요소들, 민중적 세계관과 사대부적 세계관 중 어느 한쪽 만이 수용되는 경우는 드물며 수용된다 하더라도 확연하게 구분되어 수용되지는 않는다고 했다. 즉 그것들은 일반적으로 대립관계를 형성하며 한 작품(야담계소설) 속에서 공존하기에 여기서도 소설의 갈등구조가 형성된다고 보았다.(13)

김정석은 『청구야담』 소재 작품들을 ①구전설화와 일치하는 야담 ②구전설화와 유사한 야담 ③구전설화에 없는 야담으로 분류하여 전체적으로는 기록화되는 과정에서 구전설화의 민중의식이 약화되는 대신 현실의 경험적 구체성이 확대됨에 따라 시민의식이 성장했음을 보여준다고 했다.(25)

요컨대 야담의 형성과정에서 구연단계와 기록단계(민중의 세계관과 사대부의 세계관) 중 어느 쪽이 결정적으로 중요한 역할을 했는가를 두고 주장들이 먼저 갈린다. 구연단계를 중시하는 입장은 민중의 세계관을 '현실적이다' '진보적이다' '비판적이다'는 등의 이유로 높이 평가한다. 기록단계를 중시하는 입장은 사대부의 세계관이 야담형성에 긍정적으로 기여했다는 쪽(이명학, 김정식)과 부정적으로 작용했다는 쪽(진경환)으로 나뉜다.

여기서 문제가 되어야 할 점은 구연이 오로지 민중들 사이에서만 이루어진다는 주장이다. 사대부사회에서도 구연이 이루어진다. 그리고 사대부적 취향에 맞도록 구연과정에서 변개가 이루어지기도 하는 것이다. 그렇다면 구연단계에서 발견되는 제반 요소들을 오로지 민중적 취향의 소산이라 볼 수는 없다. 똑같은 논리를 기록단계에 적용시킬 수 있다. 야담집 편찬자가 기록하는 과정에서 변개한 부분이 전적으로 사대부적 세계관의 소산일 수는 없다. 아울러 민중은 언제나 경험적이고 반이념적이며 현실적이고 진보적이기만 하다는 주장도 언제나 타당한 것은 아니다. 민중들은 때로는 반경험적이고 이념적이며 환상적이고 보수반동적이기도 하다. 그래서 야담작품에 나타나는 환상적이고 이념적이며 보수반동적인 부분이 모조리 기록과정에 개입된 사대부적 취향의 소산이라고 보아서는 안될 것이다. 그러한 부분은 구연단계에 개입한 민중들의 의식적 한계에 기인된 것일 수 있다. 이런 점에서 텍스트가 적당한 것인가를 검토해야 한다. 상기논저들은 민중의식이 반영된 구전설화자료를 주로 정신문화원이 간행한 『한국구비문학대계』에서 뽑고 있다. 이 책 속의 설화들은 비록 오늘날 수집된 것이기는 하지만 기본골격은 크게 바뀌지 않았다는 전제에서 야담집이 편찬된 조선후기의 구전설화와 별 차이가 없다고 본 것이다. 그러나 이런 생각은 조선후기 구전설화를 정확하게 전하는 자료를 갖지 못한 처지에서의 희망사항일 가능성이 크다. 적어도 이런 주장이 설득력을 갖기 위해서는 일부분이라도 조선후기 구전설화를 변개 없이 정확하게 채집한 자료와 오늘날 채집된 설화자료가 별 차이가 없음을 보여주어야 할 터이다.

조선후기 야담집 자료와 『한국구비문학대계』 자료의 차이는 조선후기 사대부에 의해 변개된 야담작품과 조선후기 구전설화의 차이가 아니라, 조선후기 구전설화나 일화(혹은 사대부에 의해 변개된 설화나 일화)와 오늘날 구전설화와의 차이일 수도 있다. 이런 맥락에서 기록단계의 특별한 양상과 처지는 다시 검토되어야 하겠다. 그 일환으로 먼저 각 야담집의 개별적 특징들이 소상하게 밝혀져야 할 것이다. 설사 야담에서의 사대부적 변개를 인정한다 하더라도 그 정도나 방향은 야담집에 따라 그리고 그 야담집에 실려있는 개별 작품에 따라 큰 차이가 있는 것이다.

3. 유형설정

權太乙은 『동야휘집』소재 260편의 작품을 크게 결말을 중심으로 충족형과 좌절형으로 나누고 충족형을 ①기대 → 충족형 ②고난 → 충족형 ③충족 → 충족형 ④좌절 → 충족형으로 나누고 좌절형을 ①기대 → 좌절형 ②고난 → 좌절형 ③충족 → 좌절형으로 나눈 뒤 각각의 하위유형을 다시 50개로 설정하였다.(17) 방대한 양의 야담작품들에 나름대로의 질서를 부여하려는 유형설정의 동기는 높이 평가할 만 하다. 그러나 기대, 충족, 좌절 등의 개념들이 지나치게 함축적이고 작품의 해석에 있어 부분적인 면을 과장하거나 전체적 면을 무시하는 경우가 적지 않다. 무엇보다 문제가 되는 것은 동일유형에 속한 작품들이 공유하는 의미의 층이 두텁지 않다는 점이다.

金東浩는 유형의 지나친 세분화를 지양하고 ①고난 → 극복 ②고난 → 좌절로 양분한 뒤 ①유형의 세계관적 기반을 '황폐화 현실과 反運命적 세계관'으로 ②유형의 세계관적 기반을 '봉건해체의 소극성과 패배주의'로 지적하고 있다.(18) 이러한 해석은 진경환과는 정반대가 되는 바 소위 '좌절', '해결', '극복' 등의 정확한 개념규정과 그것의 현실적 의미부여 등에 대해 더 체계적인 논의가 필요할 듯하다.

이강옥은 '서술시각'이란 개념을 만들어 ①욕망의 성취과정 ②문제의 해결과정 ③이상향의 추구과정 ④운명의 실현 ⑤이념의 실현 등의 유형을 설정했다. 작품에서는 이것들이 조합·착종되며 그 각각은 특정 계층의 어떤 처지를 기반으로 하고 있는 바, ①이 조선 후기에 떠오르던 상승계층(농민의 일부와 상인의 일부, 중인)의 낙관적 세계관 혹은 그 현실적 자신감을 기반으로 한 것이라면 ②는 위기상황에 처했거나 몰락단계에 있는 양반의 현실과 꿈을 기반으로 한 것이며 ③은 현실의 삶에서는 어떠한 형태로든 바람직한 처지를 확보할 수 없었던 일반

농민들이 그 현실의 테두리를 넘어선 공간에 새로운 세계를 상정함으로써 기대되는 정황을 형성하려는 초월의지의 소산이라 규정했다. ④⑤는 이와는 달리 전대부터 지속되어 오던 것으로서 야담계 작품들의 서사적 추동력이 위축될 때 드러나는 전자들의 대체 서술시각이라 했다.(13) '욕망', '문제' 등을 계층적 세계관의 차원에서 더 명확하게 구분할 수 있을 것인가. 그 외의 서술시각도 있을 터인데 그것을 이 체계 속으로 어떻게 수용할 것인가 등에 대한 검토가 요청된다.

김정석은 『청구야담』작품의 유형을 설정함에 趙東一의 '설화유형분류법'에 의존한다. 조동일은 구전설화의 상위유형을 ①이기고 지기 ②알고 모르기 ③속이고 속기 ④바르고 그르기 ⑤움직이고 멈추기 ⑥오고 가기 ⑦잘되고 못되기 ⑧잇고 자르기 등으로 구분한 뒤 ①-④까지는 주체가 특이한 것이고 ⑤-⑧까지는 상황이 특이한 것이라 했다. 이를 기반으로 하여 김정석은 『청구야담』에는 주체가 특이한 야담이 68.4% 상황이 특이한 야담이 31.6%를 차지해 주체가 특이한 유형이 많다고 했다.(25)

徐大錫은 야담작품들의 제재를 중심으로 하여 먼저 인물의 성품이나 능력 등에 초점을 맞춘 것과 사람들에게 벌어지는 사건에 초점을 맞추는 것을 나누고, 내용이 神異한 것인가 일상적인가 등을 배려하여 ①인물담 ②사건담 ③雜話 등으로 나눈 뒤 다시 ①을 行實, 性情, 才藝, 法術, 異物로 ②를 勝負, 善惡, 離合, 笑事, 怪事로 ③을 史話. 逸話, 雜識, 論評 등으로 나누었다.(28) 이는 자료를 그 자체로 존중하고 실제 분류작업에 도움이 될 수 있는 것을 우선적으로 배려한 것이다.

이상과 같은 유형설정작업은 그것이 작품의 해석에 얼마나 적절한 기여를 하며 한 장르 내의 작품들 사이에 어느 정도 질서를 부여할 수 있는가에 따라 그 의의가 결정될 것이다. 분명한 사실은 유형화 방법 자체에 야담을 어떤 방향으로 해명하고자 하는가 하는 연구자의 의도가 들어있다는 사실이다. 야담을 역사 현실로부터 떼어내어 그 자체의 형식, 내용상의 특징을 드러내고자 하는가, 아니면 그것의 역사 현실적 의의나 위상을 드러내고자 하는가는 유형을 설정하는 방식에 직결되는 사안이다. 그런 점에서 야담을 연구하는 목표와 자세에 대한 반성은 야담의 유형을 설정하거나 검토하는 작업과 함께 이루어져야 할 것이다.

III.

야담연구의 역사는 길지 않기에 아직도 자료정리를 비롯한 실증적 작업들조차 아직 만족스런 단계에 이르지 못하고 있다. 그런 점에서 서대석, 이현택, 정명기의 작업의 의의는 크다 하겠다.(야담작품의 분류 및 서사단락요약:28, 『계서야담』의 편찬자 바로잡음 : 20, 『청구야담』의 편찬자 및 편찬시기 추정:29) 앞으로 이러한 실증적 작업은 계속되어야 할 것인 바 특히 야담집 뿐만 아니라 여러 다른 문헌에 산재된 작품들을 찾아내어 체계적으로 정리하는 작업이 이루어져야 할 것이며 이런 작업은 몇몇 개인연구자들의 힘만으로는 어렵다.

야담집 소재 작품들이 하나의 장르 속으로 들어가기는 어렵다는 것은 분명하다. 야담장르론에서는 이 점을 인정하고서 조선 후기의 고유한 장르들과 이전 시기의 장르들을 구분할 수 있을 것인가에 대한 전반적 점검이 필요하다. 그 구분이 분명하다면, 장르론은 조선 후기 야담집에서만 나타나는 작품군들의 전형적 특징을 무시하지 말아야 하겠다.

야담집의 일부작품을 소설로 규정하는데 인색한 것도 문제가 있다. 만일 그런 작품들을 소설로 인정하지 않으면 기존연구에서 당연하게 소설로 규정된 많은 작품들이 소속처를 잃게 된다. 혹 우리는 소설이란 장르를 지나치게 완전한 것으로 보고 있는 것은 아닌가? 소설이 서사장르의 궁극적인 단계에 있는 것으로 보는 것은 문제가 된다. 근대문학 이전의 경우는 더욱 그러하다. 그런 점에서 소설로 귀결되는 하나의 선만을 서사문학사의 흐름이라 보아서도 안될 것이다.

또한 개별장르가 역사적으로 어떻게 존재하고 그 과정에서 인접장르와는 어떤 관계를 맺어가는가를 보여주는 개별장르史도 시도되어야 하겠다. 야담집을 구성하는 장르들의 비중이 역사적으로 변화할 뿐만 아니라(30) 개별장르 자체도 역사적으로 변모하기 때문이다. 가령 일화史 같은 것이 서술될 필요가 있다.

구연단계와 기록단계의 구별을 전제로 야담작품의 형성과정을 논하고 그 전반적 성격을 해명하는 작업은 우선 현전 작품 속에서 양자의 흔적을 분명하게 구분할 수 있는 방안이 있는가를 성찰하는 데서부터 시작해야 하겠다. 적어도 야담작품의 評結부분은 기록단계의 흔적이라 분명하게 말할 수 있지만, 본 이야기에서 두 단계의 흔적을 구분하려 할 때는 신중해야 한다. 그리고 구연단계에는 반드시 민중의 세계관이 반영되고 기록단계에는 사대부의 세계관이 반영된다고 보기도 어려울 것이다. 사대부 사회의 이야기판에서 형성된 사대부일화가 그 반증의 근거가 된다. 아울러 막연한 민중이 아니라 그 처지에 따라 하위구분된 민중, 막연한 사대부가 아니라 처지에 따라 하위 구분된 사대부의 세계관이 문제되어야 할 것이다. 또 편찬자의 신분과 처지가 모두 사대부도 아니고 사대부인 경우도 전형적 사대부의식을 견지하지 않은 경우가 있기에 기록단계가 사대부의 의식만을 반영했다고 도식적으로 판단하는 것도 삼가해야 할 것이다. '사대부적이다'는 규정은 작품 자체를 근간으로 해야 하겠지만, 한 작품에서 발견되는 봉건 이데올로기적 요소가 반드시 민중적인 것에 대한 반동으로서 왜곡된 것이거나 첨가된 것만은 아닐 터이다. 민중은 지배 이데올로기로부터 완전하게 자유롭지는 않으며 또 철저히 현실적일 수도 없다. 민중들은 삶을 이념적으로 왜곡하기도 할 뿐만 아니라(그 계기가 설사 민중 자신에게 있지 않다 하더라도) 때로는 환상과 꿈을 통하여 현실적 결핍을 보상하고자 한다. 야담작품에 나타나는 고식적이며 보수적이고 환상적인 요소는 민중들의 이같은 의식적 한계와 전적으로 무관하지 않다. 그런 점에서 야담계 서사체의 현실성, 진보성 여부는 연구자가 가진 기준에 의해 심판받을 것이 아니라 야담집이 편찬되던 조선후기 여러 계층들의 의식수준과 관련되어 평가받거나 당대의 다른 문학장르들의 경우와 비교되어 검토되어야 할 것이다. 예를 들어 야담계 서사체의 어떤 요소 중 보수반동적이라 규정되는 것을 국문통속소설과 비교해보면 오히려 전자가 더 진보적일 수도 있는 것이다. 고식화되고 보수화된 당대의 문학전통을 그만큼이라도 벗어났다는 점을 과소평가해서는 안될 듯하다. 이는 우리 문화의 긍정적인 면을 가능한 한 적극적으로 인정해 줌으로써 민족문화에 대한 허무주의적 시각을 극복하는 의미를 가지는 것이기도 하다. 편찬자의 개입정도를 논함에 있어서도 ①개별야담집의 특수성 ②야담집의 사적 전개과정이라는 두 국면을 아울러 고려해야 할 것이다.

모든 작품들에 대해 근원사실을 상정하는 것도 문제가 있다. 사실적 근거가 없는 작품들도 야담집에 분명히 있기 때문이다. 이런 점에서 주관-객관의 관계에서 『청구야담』의 이야기들의 세 가지 轉化방식을 체계화하려한 시도(12)가 시사하는 바는 크다. 그런데 환상적·초현실적이라는 것도 구체적·현실적인 처지와 무관한 것이라 단정할 수는 없다. 상상력이 비현실적으로 발현되는 계기가 현실적 삶에 대한 극단적 절망감일 수도 있기 때문이다. 아울러 근원사실이 있다 하더라도 구연과정을 거치지 않고 작품화된 것도 있다. 즉 문헌전재과정을 통해 체계화된 것이다. 그런 점에서 『삼국유사』나 『파한집』, 『보한집』에서부터 『대동야승』류에 이르기까지, 단형 서사작품들의 문헌전재를 통한 체계화 과정을 정리하여야 할 것이다. 혹 이렇게 형성된 작품들 나름의 고유한 서사문법이 있는가도 검토할 필요가 있다. 또 꼭 서사물 뿐만 아니라 '교술적 산문'의 일정한 서술원리들을 체계화 할 수 있는 여지도 없지 않다. 그것은 비슷한 처지에 있는 문헌전재 서사체들의 위상을 정립시키는데 중요한 기여를 할 수 있을 것이다. 더욱이 조선 후기 이전의 문헌들은 대체로 그 편찬시기가 알려져 있기 때문에 거기에 실린 개별서사양식들의 형성과정이나 변모양상을 역사적으로 살필 수 있을 것이다.

야담의 형성과정을 검토함에 있어서 무엇보다 주의를 기울여야 할 사항은 야담계 서사체 중 어떤 경우(특히 야담계 일화)는 '체험자의 자기진술'을 근간으로 하고 있다는 점이다. 체험자가 절실한 자기체험을 진술했을 때 먼저 있는 그대로의 현실이 핍진하게 반영된다. 그리고 그 체험을 잊어버리거나 머리 속에서만 기억하지만 않고 구태여 언어화하여 남에게 진술하기까지 했다는 것은 그만큼 그 행위에 강렬한 의미부여를 하고 그 행위를 통하여 어떤 보상을 받고자 했다고 볼 수 있다. 그런 점에서 구체적 현실체험에 입각한 소망이 작품에 반영되었다고 하겠다. 야담계 작품에서 현실성을 강조할 수 있는 가장 분명한 근거는 이러한 체험자의 자기진술이 그 형성과정에 중요한 역할을 하였다는 점이다. 앞으로의 연구는 이 부분을 보다 개별작품을 통하여 정교하게 추출해내어 다양한 경우들을 검토해야 하겠다.

유형이나 장르는 개별작품들을 일정하게 추상화함으로서만 설정될 수 있다. 개별작품을 어떤 방향으로 어느 정도 추상화하는가는 야담계 작품의 의미를 더욱 초역사적·초현실적으로 규정하는가 아니면 그것을 역사현실적인 차원에서 더욱 체계화하여 규정하는가를 결정할 것이다. 한가지 눈을 끄는 현상은 야담 연구의 자세가 바뀌고 있다는 점이다. 즉, 70년 후반 80년 초반 야담연구자들(임형택, 이진성, 서경희, 박희병, 이명학, 이강옥, 진경환 등)이 야담의 현실성이나 역사적 의미에 대해 천착하거나 적어도 그러한 것을 염두에 두면서 논의를 전개시켰는데 반하여 80년 후반 야담연구자(정명기, 두정님, 김정석)들은 야담계 서사체의 조선 후기적 특수성을 분명하게 인정하지 않거나 야담집이 전대 구전설화를 수집하여 조금 변개시킨 것으로 파악하거나, 아예 야담계 사사체가 전대 구전설화와 별 차이가 없다는 입장을 취함으로써 야담의 역사성이나 현실성을 과소평가하거나 부정한다. 80년대 후반부터 생겨난 이러한 연구 경향이 야담의 본질에 연구자들이 가까이 다가갔기 때문에 나타난 것인가, 국문학연구 방법론의 대세에 따른 것인가, 80년대 후반 90년대의 정치현실상황과 그에 연계된 지적 풍토와 관련되는 것인가, 하는 점들에 대해 반성해 볼 필요가 있다. 이런 반성의 결과를 기반으로 하여 야담 연구의 새 길을 개척해야 할 때다.

▌참 고 논 저 목 록

1. 조희웅, 조선후기문헌설화의 연구(형설출판사, 1981)
2. 이경우, 어우야담연구(서울대 대학원, 1976)
3. 현길언, 야담의 문학적 의의와 성격(한국언어문학 15, 1977)
4. 임형택, 18.9세기 이야기꾼과 소설의 발달(한국학논집2, 계명대, 1975)
5. 임형택, 한문단편 형성과정에서의 강담사(한국소설탐구, 일조각, 1978)
6. 김재환, 한문단편의 연구(어문학교육1, 부산국어교육회, 1978)
7. 이신성, 이조후기 이야기꾼과 한문단편의 구성에 대한 연구(어문학교육1, 1978)
8. 서경희, 한문단편에 나타난 이조후기의 여성상(한국한문학연구3.4집, 1979)
9. 임철호, 이조후기한문소설에 나타난 인간상1,2(전주대 논문집10, 11, 1981, 1982)
10. 유기옥, 조선후기 한문단편에 나타난 평민의식(자하어문논집1집, 상명대, 1981)
11. 송 번, 조선후기 한문단편의 민중기질연구(동아대 대학원, 1982)
12. 박희병, 청구야담연구(서울대 대학원, 1981)
13. 이강옥, 조선후기야담집연구(서울대 대학원, 1982)
14. 정하영, 한문단편소고(전북대 인문 창간호, 1981)
15. 이명학, 삽교만록연구(성균관대 대학원, 1982)
16. 진경환, 야담의 사대부적 지향과 그 변개양상(고려대 대학원, 1983)
17. 권태을, 동야휘집 소재 야담의 유형적 연구(영남대 대학원, 1979)
18. 김동호, 조선후기 한문단편의 서사구조(한문학1집, 전주대 한문교육과, 1982)
19. 정명기, 奴-主의 어울림과 맞섬(한국언어문학21, 1982)
20. 이현택, 계서야담연구 상,하(국어교육 46.47합집, 51.52합집, 1983, 1985)
21. 박희병, 한문소설의 발전(한국문학연구입문, 1982)
22. 이강옥, 육미당기와 금계필담의 비교분석을 통한 소설과 야담계서사체의 관계 양상
     고찰(한국학보 42, 1986 봄)
23. 이석래, 문헌소재 한문소화연구(성심어문논집7집, 성심여대, 1983)
24. 이석래, 고대소설에 미친 야담의 영향(성곡논총 3집, 1972)
25. 김정석, 청구야담과 구전설화의 관련양상(한국학대학원, 1987)
26. 정명기, 야담의 변이양상과 의미연구(연세대 대학원, 1988)
27. 두정님, 동야휘집연구(서울대 대학원, 1990)
28. 서대석 편저, 조선조문헌설화집요(1)(집문당, 1991)
29. 정명기, 청구야담의 편자와 그 이원적 변모(조선조후기문학과 실학사상, 정음사, 1987)
30. 박희병, 야담과 한문단편장르 규정의 몇 가지 문제에 대하여(한국한문학연구 8집, 1985)

이 강 옥   영남대학교 교수

野譚 研究史

서 론

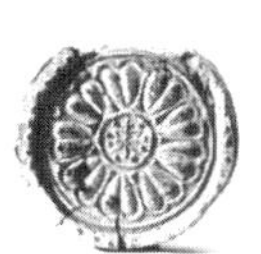

이우성·임형택이 역편한『이조한문단편선』은[1] 우리 문학사에서 다루어지지 않았던 '야담'이라는 한 문학 갈래에 대해 주목을 하게끔 하였다. 물론 이전에도 야담에 대한 연구가 없었던 것은 아니다. 일찍이 김태준은 야담의 기원에 대해 주목을 하였고, 金東旭 등 초기 국문학 연구자들도 설화의 보조 자료로 야담 자료를 주목하였다. 그러나『이조한문단편선』이 출간되면서 야담 연구가 본격화되었다는 점에서 야담 연구의 출발점은 여기서부터라고 해도 과언은 아니다. 그리고『이조한문단편선』이 새삼 주목되는 것은 그 속에 담겨진 작품들의 성격에서도 찾을 수 있다. 이 책에 담겨진 작품들은 문학 외적인 측면에서는 그 당시 역사의 한 단면을 잘 보여주고 있으며, 문학 내적인 면에서는 현실성이 강조된 것이 중심을 이룬다. 이 점은 우리 고전소설·고전서사 문학은 천편일률적이라는 주장에 반기를 드는 것으로 신선한 충격을 주는 것이었다. 또한 시기적으로도 독재정권 아래 있던 암울했던 때였기에『이조한문단편선』속에 담겨져 있던 민중들의 발랄한 모습은 곧 그에 항거하는 한 양상으로 이해되기도 하였다. 이처럼『이조한문단편선』은 편역자의 기준, 곧 사회·역사주의적인 방법에 기초하여 선별한 걸작이라 하겠다. 때문에 초창기 야담 연구는 이 편역서를 중심으로 진행되어 왔다. 곧『이조한문단편선』안에 들어있는 개별 작품을 선정하여 그 작품과 당시 사회상과 연결시켜 논의를 하고 그것은 곧 근대로 이행하는 모습을 보인다고 하고, 또한 그 속에 담겨진 민중 기질에 관심을 표명하며 생기 발랄한 모습에 관심을 보이고자 한

것이 이 시기를 관통하던 주된 연구 경향이라 하겠다.

그러나 1980년 후반기에 접어들면서 야담은 『이조한문단편선』에 수록되어 있는 내용, 곧 사상성보다는 작품 그 자체에 주목을 해야한다는 반성이 일어났다. 물론 이러한 주장은 80년대 초반부터 있었다. 하지만 이 때에 와서 주된 연구 동향이 작품의 주제나 역사성에 대한 관심보다는 이야기 자체가 어떻게 생성되고, 어떻게 변이되어 가는가에 관심을 표명하게 된 듯하다. 실사에서 이야기가 되고, 그 이야기가 옮겨지는 과정에서 변모되는 양상에 주된 초점을 두는 작업이 이 시기에 주된 관심라 할 것이다. 때문에 이야기의 가장 완정된 형태라 할 수 있는 소설에 관심을 두고, 개별 야담이 얼마만큼 소설에 근접해가고 있는가에 대한 관심이 높아지는 것은 당연한 일이었다. 즉 야담의 소설화 과정에 많은 관심을 보였던 것이다.

사회·역사주의적인 방식과 문예학적인 방식이라 할 만한 두 연구 방법을 통해 야담의 정체가 얼마간 드러난 것은 사실이다. 그러나 두 방법 모두 한 야담 작품집 속의 개별 이야기 중 논의의 필요에 의해 선별된 몇 개의 이야기만을 가지고 논의가 전개되었다. 그렇기 때문에 야담집 전체를 보지 못했던 것이 아닌가 하는 반성을 하게 된다. 1990년대 후반기 이후의 연구는 이러한 반성을 토대로 한 사적 전개 양상에 초점을 맞춘 논의가 많아졌다. 사적 전개 양상을 고찰하기 위해서는 그 선후과정을 밝힐 필요가 있기 때문에 문헌학적 연구 방법이 큰 비중을 차지한다. 때문에 이본고, 전대 야담집 수용양상, 야담집 간의 선후관계 등에 초점이 놓여저 있다.

시기별로 야담 연구는 크게 위와 같은 연구 방법에서 진행되어 왔다고 할 수 있다. 그런데 특이하게도 야담 연구는 '사상 → 변이 → 문헌학'으로 진행되어, 일반적인 연구 경향과는 달리 연구의 순서가 거꾸로 이루어져 온 감이 없지 않다. 이는 그만큼 절실한 상황에서 야담 연구가 필요했고, 지금은 또한 어느 정도 야담 연구가 탄탄한 토대 위에 서 있음을 반증하는 한 예이기도 하다. 때문에 야담 연구가 앞으로 나아가야 할 방향을 새롭게 모색할 필요가 있는 것이다.

이 글은 이러한 목적에서 쓰여진다. 즉 야담 연구의 새로운 도약을 위해 지금까지의 야담 연구를 되돌아보고자 하는 것이다. 물론 기존에도 야담 연구사는 더러 나와있다. 이 글은 그 연구 성과를 긍정적으로 수용하면서, 주요 쟁점이 되고 있는 몇 가지 문제를 중심으로 쓰여진다.

1. 형성론

야담은 어떻게 형성되었는가? 이 물음에 대해 일찍이 김태준은[2] 직업적인 說書家를 주목한 적이 있다. 그의 논의는 소략하고 다분히 감상적이었지만, 야담의 형성에 직업적인 說書家의 역할을 처음으로 언급했다는 점에서 일정한 의의를 갖는다.

김태준 이후 반세기가 지난 후 야담의 형성에 대한 논의는 임형택에 의해[3] 비로소 다시 제기되었다. 임형택은 조선 후기 사회 제반에 걸친 변동과 함께 등장한 직업적인 이야기꾼의 등장에 주목한다. 직업적인 이야기꾼들은 야담집 편찬자에게 직접적인 영향을 주고, 야담집 편찬자는 강담을 그대로 기록하면서 한문단편〔야담〕이 형성되었다는 것이다. 이를 도식화 하면 '근원사실 →(구연화)→ 이야기 →(기록화)→ 한문단편〔야담〕'이 되는 것이다. 구연화는 이야기꾼에 의한 과정이고, 기록화는 야담집 편찬자에 의한 과정이다. 이 중 임형택은 구연 단계를 더 높이 평가하며, 기록 단계는 연암과 같이 고도의 작가 의식을 가진 작가를 제외하고는 거의 찾을 수 없다고 보았다. 이처럼 구연 단계를 높이 평가함으로써 자연히 야담은 민중적 세계관이 두드러진 갈래로 인식하게 된 계기가 된 것이다. 임형택의 도식에 대해서는 부분적인 비판도 있었지만,[4] 이 주장은 여전히 유효하고 의미있게 진행되어 왔다.

그러나 임형택의 주장은 야담의 소재원을 제공한 이야기꾼의 존재에 논의의 초점이 맞추어져 있기 때문에, 기록화 과정에 대해서는 소홀할 수밖에 없었던 것으로 보인다. 이 때문에 야담이 구연단계에서 기록단계로 전개된다는 일원론적 방식에 대한 반론은 충분히 예견되는 것이었다. 그 한 예로 정명기는[5] 개별 이야기들의 변이 양상에 주목하면서 전대 문헌에 있는 많은 이야기들이 야담으로 변개·정착되었음을 실증적으로 밝혀 놓으면서 임형택의 논의에 부분적인 반론을 제기하였다.

김상조는[6] 이보다 더 나아가 야담은 필기와 패설의 영향에서 형성된 갈래라고 주장하며, 임형택의 주장을 전면으로 반박한다. 그는 ① 조선 후기에 전문적인 이야기꾼이 과연 존재했는가, ② 직업적이 아닌 이야기꾼이 야담 형성에 일정 정도 기여했다 하더라도 이야기를 문자로 기록하면서 과연 연암의 경우를 제외하고는 단순히 강담의 기록에 그쳤겠는가 라는 두 가지 문제점을 제기한다. 이 점에 대해 그는 그렇지 않다라는 답변을 하면서 야담은 오히려 전대 문헌의 영향을 입고 형성된 갈래임을 주장한다. 그리고 실제 '계서야담계'는 필기와 패설의 영향 아래 형성되었음도 밝혔다.

이 외에도 『동야휘집』에 수록된 전대 문헌을 밝혀낸 작업이라든가,[7] 잡록집 소재 일화들이 야담으로 정착되는 양상을 밝혀낸 작업,[8] 『청구야담』에 수용된 『학산한언』 작품을 밝혀낸 작업,[9] 『동패락송』 소재 작품이 후대의 문헌으로 문헌 전승되는 양상을 밝혀낸 작업,[10] 『기문총화』에 수용된 필기류의 작품을 밝혀낸 작업[11] 등 후속 연구들을 보면 야담은 임형택이 제기한 것처럼 야담이 구연단계를 거쳐 기록단계로 전개된다는 일원론적 방식은 일정한 한계를 가질 수밖에 없다.

하지만 이러한 제 반론에도 임형택의 주장은 여전히 신빙성을 갖는다. 야담 소재 개별 작품들 중에는 또한 많은 작품들이 임형택의 도식에 정확하게 일치되는 작품도 많기 때문이다. 이 점은 야담이 지닌 속성이 그만큼 다양하기 때문에 생긴 현상이라 하겠는데, 야담은 구비문학적 속성과 기록문학적 속성을 공유하고 있다. 따라서 어느 쪽을 중시하는가에 따라 그 성격 역시 구연 단계에 주목할 수도 있고, 기록 단계에 주목할 수도 있는 것이다. 실제로 야담은 문헌으로 유전되는 과정에서 동일한 이야기가 다른 문헌에 그대로 전재되는 경우도 허다하며, 이와는 반대로 하나의 이야기가 여러 유형의 이야기로 변모되어 유전되는 경우도 많다. 이 점에서 야담은 구비 전승적인 면과 문헌 전승적인 면이 한데 어울려 존재할 수밖에 없는, 야담의 구비 전승과 문헌 전승은 상보적인 것임이 다시금 확인되는 것이다. 야담의 지닌 성향 중 어느 한 쪽 면만을 지나치게 강조하면 오히려 야담의 실체와는 멀어질 수밖에 없는 것이다. 따라서 야담의 형성에 대한 논의는 이야기꾼에 의한 구연물의 정착이라는 측면과 전대문헌의 영향을 동시에 고려하면서 이해해야 할 것이다. 이 점에서 최근 조선조 초·중기 士大夫家에서 벌인 이야기판에서 이야기하기를 통한 일화의 일탈 등이 조선 후기 야담의 형성에 지대한 영향을 미쳤다는 문화론적인 접근은 야담의 실상에 더 근접한 논의라 하겠다.[12]

2. 갈래론

야담의 갈래에 대한 논의는 '야담은 하나의 갈래로 설정할 수 있는가?'라는 물음에서부터 시작된다. 그러나 이 물음에 대해서는 분명한 답을 내리고 있는 논의는 드물다. 그 이유는 야담집에는 실로 다양한 갈래들이 혼효되어 있어서 야담을 단일한 하나의 갈래로 설정하기에는 주저되기 때문이다. 그렇다고 우리 문학사에 실재했던 야담을 부정할 수도 없기 때문에 하나의 갈래로 설정하지 않을 수도 없기 때문이다. 이러한 이유로 야담의 갈래에 대한 논의는 다분히 피상적일 수밖에 없었다.

야담을 문헌설화로 이해하거나,[13] 설화에서 소설로 이행해 가는 과도적 갈래로 인식하는[14] 경우는 야담을 하나의 갈래가 아닌 이미 주어진 선험적인 하나의 갈래, 즉 소설이나 설화의 하위 유형으로 묶어두고자 한 경우라 할 수 있다. 이들 주장은 주로 야담이 설화나 소설과 공유되는 면을 부각시키고 있다. 물론 야담집에는 소설이나 설화와 공유되는 작품이 다양하게 수록되어 있다. 이 점에서 야담은 소설이나 설화와 일정한 관련을 갖는다는 주장은 일정한 의의를 갖는다. 하지만 문제는 야담집 안에는 설화와 소설뿐만 아니라, 그 외 다른 갈래도 다양하게 존재하고 있다는 점이다. 이러한 문제로 인해 야담집은 여러 하위 갈래의 복합체로 보려는 견해가 제기되었다.

박희병이[15] 『청구야담』 소재 작품을 분석하여 그 안에는 민담·전설·소화·일화·단편소설 등과 같은 갈래가 수록되어 있음을 밝힌 것이나, 이강옥이[16] 야담집 속에는 전설·민담·소담·사대부일화 및 야사·평민일화 및 평민단편소설·야담계일화 및 야담계소설 등의 갈래가 복합적으로 이루어져 있다고 밝힌 것은 야담이 지닌 갈래적 성격이 다기함을 명확하게 지적한 것이다.

그러나 야담을 박희병이나 이강옥이 제기한 몇 갈래의 복합체라고 하기도 어렵다. 왜냐하면 야담집에는 이들이 제기한 갈래 외에 傳 작품이나 소설 작품이 여과 없이 수록되기도 하며, 중국 작품이 야담집에 수용되는 경우도 있다. 이렇게 된다면 야담집은 논자에 따라서는 수많은 하위 갈래를 포함하게 될 것이다. 그렇게 된다면 다양성이 갈래를 설명하는 것인가, 혹은 갈래는 고정 불변의 것인가 하는 원론적인 물음에 다시 봉착할 수밖에 없게 된다. 또한 야담집이 몇 갈래의 복합체라고 한다면 야담은 어디에 있는가 하는 물음에도 자유로울 수는 없을 듯하다. 즉 '야담집은 존재하는데, 야담은 존재하지 않는다'는 모호한 결론이 도출될 수도 있기 때문이다.

이러한 문제로 인해 야담의 갈래를 다른 시각에서 접근하는 경우도 있다. 즉 필기나 패설과 동일한 갈래, 혹은 필기의 하위 갈래로 인식하는 경우가 그것이다. 일찍이 임형택이[17] 작품의 지향이 사대부적인 것인가 평민인가에 따라 필기와 패설을 구분한 이래, 김상조는[18] 야담을 필기와 패설과 동일한 하나의 갈래로 설정하였다. 그러나 야담이 필기와 패설과 구별되는 구조적인 특징이 제시되지 않는다는 점에서 오히려 야담은 이들과 동등한 위치에 설 수 없음이 더욱 부각되고 있는 듯하다.

이러한 이유로 인해 예전에 잡록·잡기·만록 등으로 명명되던 '잡록'이 한문학 문체의 하나인 '筆記'임을 밝히고, 야담 역시 필기의 하위 범주에 속해 있다는 주장이 이래종과[19] 김정숙에[20] 의해 제기되었다. 이들 주장은 신라, 혹은 고려 시대부터 근세에까지 이어진 잡록을 필기라는 하나의 갈래로 이해한다. 그러나 오랜 시간 그 안에서 살아 움직이는 문학 양식을 하나로 이해했을 때 가질 수밖에 없는 한계, 즉 문학사를 정태적인 것으로 이해할 수밖에 없는 일정한 한계는 남기 마련이다.

야담의 갈래에 대한 논의는 근래에는 다소 머뭇거리고 있는 듯하다. 물론 야담집 서발문을 통해 古談과 야담의 차이를 밝히면서 갈래론을 진행한 경우도[21] 없지 않지만, 일반적인 논의는 없는 듯하다. 야담의 갈래가 어떠한가를 올바르게 밝히는 일은 비단 야담의 귀소성을 찾는 데 한정되는 것은 아니다. 야담이 어떻게 향유되고, 어떻게 다른 문학 갈래들과 넘나들면서 존재하고 있는가 등을 밝히기 위한 기초적인 바탕이 되어야 하기 때문이다. 최근 야담 논문은 구비문학〔민속학〕, 한문학, 고전소설 등 구별화된 잡지 중 아무데나 수록되고 있음을 볼 수 있다. 야담은 이들 중 어느 쪽에 가까운 갈래인가? 왜 야담은 자신의 정체성을 갖지 못하고 이처럼 헤매고 있는가? 이는 야담이 지닌 복합성에서 비롯되는 것이기는 하지만, 갈래론적인 접근이 미흡함을 보여주는 한 예이기도 하다.

3. 찬자론

지금까지의 야담 찬자론에 대한 연구는 크게 세 방향에서 이루어져 왔다. 첫째, 찬자를 알 수 없었던 상황에서 찬자를 새롭게 밝혀내는 경우. 둘째, 잘못 알려진 찬자를 새롭게 고증하는 경우. 셋째, 이미 알려진 찬자의 의식이나 그 문화적 배경을 고증하는 경우 등이 그것이다.

『동패락송』의 찬자를 盧命欽(1713~1775)으로 밝힌 임형택,[22] 『雜記古談』

의 편자를 任邁(1711~1779)로 밝힌 진재교의 논의는[23] 찬자를 알 수 없었던 상황에서 새롭게 찬자를 밝혀낸 대표적인 것이라 하겠다. 김영진이[24] 근래 소개된 『綺里叢話』의 찬자를 李玄綺(1796~1846)로 밝혀 놓은 연구도 중요한 성과라 하겠다. 한편 정명기는[25] 동경대본 『청구야담』에 수록된 서문을 통해 『청구야담』의 편자를 金敬鎭(1815~1873)으로 밝히고 있다. 그러나 동경대본 『청구야담』에 붙은 서문은 『청구야담』의 서문이 아니라 『靑邱異聞』에 대한 서문이다.[26] 따라서 김경진이 1843년에 『청구이문』을 편찬하였음은 부정할 수 없으나, 『청구야담』의 찬자와 편찬 시기는 더 명확한 기록이 나올 때까지는 미정으로 두어야 할 듯하다.

잘못 알려진 찬자를 새롭게 고증한 경우는 주로 『천예록』과 『계서잡록』에 한정된다. 『천예록』의 편찬자는 大谷森繁에[27] 의해 李山甫의 증손들 중 한 사람일 것으로 추정한 이래 많은 연구자들이 이를 답습하였다. 이신성이[28] 大谷森繁의 주장을 심화시켜 『천예록』의 찬자를 李商雨(1621~1685)라고 확정한 것이 그 한 예이다. 그러나 김동욱과[29] 진재교는[30] 모두 『水村集』과 『계서잡록』의 서문 등을 통해 『천예록』 찬자를 任壁(1640~1724)으로 정정하였다. 그 편찬 시기에 대해서는 김동욱이 1689년 이후 그의 졸년인 1724년으로 폭넓게 추정하는 반면, 진재교는 1717~1724년으로 그 범위를 좁히고 있다.

『계서잡록』은 국문학 연구 초기부터 『계서야담』과 동일한 책으로 인식하였고, 그 작가는 李羲準(1775~1842)이라는 데에 아무런 의심을 두지 않았다. 때문에 『계서야담』의 찬자로 알려졌던 이희준의 생애가 자세히 다루어지기도 하고, 이 생애를 토대로 『계서야담』의 편찬 시기는 1833년에서 이희준의 歿年인 1842년 사이로 추정되기도 하였다.[31] 그 후 이현택은[32] 『過庭錄』을 새로이 소개하고, 『과정록』과 『계서야담』의 기록을 대비하여 溪西는 이희준의 號가 아닌 그의 형인 李羲平(1772~1839)의 號임을 밝혔다. 이에 따라 『계서야담』의 편자도 자연히 이희평으로 정정할 수 있었다. 이후 김상조는[33] 『계서잡록』과 『계서야담』은 별개의 작품집임을 밝혔다. 편찬 시기에 대해서는 『계서잡록』

이 1833년이며, 『기문총화』는 1850년 이전으로 추정하고, 『계서야담』은 확인할 수 없다고 하였다. 김준형은[34] 『계서잡록』은 1828년에, 『기문총화』는 이희평 집안에 대해 잘 알며 당파에 대해 완곡했던 사람이 1833∼1869년에, 『계서야담』은 1880년 이후에 편찬된 것으로 추정하였다.

이미 알려진 찬자의 의식이나 그 문화적 배경을 고증한 논의도 있다. 일찍이 김종철은 그간에 『此山筆談』의 찬자인 裵婰의 신분을 재정립하였다. 그 결과 배전은 경제력을 갖춘 향반층 출신으로 부를 축적하였고, 19세기 변혁의 주체자인 개화당으로 활동한 사람들과도 긴밀한 관련을 맺고 있음을 밝혔다. 또한 개화파와 연결됨으로써 대원군 집정기를 개화파의 시각으로 평가하는 작업도 시행하였다고 주장하였다. 김영진은[35] 『동패락송』의 찬자인 노명흠이 당시 재상인 洪鳳漢家의 私塾으로 있으면서 그 집안 사람들과 교유하며 그 과정에서 야담도 향유했음을 실증적으로 밝혀 놓았다. 또한 洪就榮(1759∼1833) 및 洪樂受(1755∼1819) 등이 노명흠과의 정분 때문에 스스로 쓴 『동패락송』의 서문도 소개하였다. 김준형은[36] 이희평에 대한 작가론을 펼쳤는데, 전대의 야담 작가들은 야담집을 통해 자신의 우의를 드러내고자 하는 의도가 있었지만, 이희평 때에 와서 야담은 유희적인 글쓰기로 변모했음을 주장하였다.

또한 찬자론과 함께 편찬 시기에 대한 고찰도 필요하다. 그 대표적인 예로 이신성의[37] 논의를 들 수 있다. 그는 『양은천미』의 이야기 중에 "이 때는 조선 이태왕 임오군란 때였다〔朝鮮李太王壬午軍亂也〕"라는 기록에 주목하였는데, '太王'은 고종이 왕위에서 물러났으며 아직 승하하기 전에 쓴 용어라는 점을 들어 『양은천미』의 형성시기를 1907∼1919년으로 밝힌 논의 역시 야담 연구에서 중요한 성과라 하겠다.

찬자론은 야담 연구에서 고증적인 작업이 필요한 분야이다. 때문에 이에 대한 논의가 활발히 이루어져야 후속적인 논의가 그만큼 의미있게 진행될 수 있는 것이다. 때문에 찬자론에 대한 논의는 아직 밝혀지지 않은 찬자를 밝히는 일에서부터 밝혀진 찬자의 의식을 고증하는 작업까지 계속적으로 이루어져야 할 것이다.

4. 유형론

문학 연구에서 유형 설정은 작품 해석에 생산적인 기여를 하고, 그 유형 내의 작품들간에 질서를 부여하기 위한 것이다.[38] 따라서 분류 체계는 논리적 명징성, 자료의 포괄성, 이용의 효율성 등을 두루 갖추고 있어야 할 것이다. 야담의 유형론에 관해서는 크게 세 가지 방향에서 논의가 진행되어 왔다. 첫째, 야담 전체를 포괄하는 유형론. 둘째, 한 야담집을 대상으로 한 유형론. 셋째, 비슷한 소재를 갖춘 여러 이야기를 한데 모아 질서를 부여한 논의 등이 그것이다.

먼저 야담 전체를 포괄하는 유형론은 이강옥, 서대석 등에 의해 제기되었다. 이강옥은[39] 서술시각과 의미지향을 주시하여 유형분류를 시도하였다. 그에 따르면 서술시각과 의미지향에 따라 ① 욕망의 성취과정, ② 문제의 해결과정, ③ 이상향의 추구과정, ④ 운명의 실현, ⑤ 이념의 구현으로 5분하고 있다. 그의 유형론은 단순 분류가 아닌 작가의 의식과 작품의 내용을 아우르고 있다는 점에서 의의를 갖는다. 하지만 이 5가지 유형으로는 야담집 소재 이야기를 모두 포괄할 수 없다는 일정한 한계를 갖는다. 또한 그 자신도 지적하고 있듯이, 작품집에 내재된 세계관 역시 평민적 세계관과 사대부적 세계관을 함께 아우르는 보다 확대된 유형 분류가 있어야 할 것이다. 이와는 달리 서대석은[40] 제재에 따라 야담을 분류하였다. 그 기본 방침을 ① 인물의 성품이나 능력 자체에 초점을 맞춘 것, ② 사람들에게 벌어지는 사건에 흥미의 초점을 맞추고 있는 것, 그리고 ③ 설화로서의 결구를 갖추었다고 보기 힘든 설명 논설류의 자료들은 따로 분류하여 잡화류로 3분하였다. 그의 유형분류는 야담과 구비문학(설화)을 포괄하는 것으로 의의있는 것이라 할 만하다. 그러나 개별 야담 작품의 제재를 무엇으로 보느냐 하는 것에 따라 유형 분류의 소속이 달라질 수밖에 없는데, 제재를 선택하는 것은 다분히 주관적이기 때문이다. 그리고 많은 개별 야담은 두 가지 이상의 제재를 갖추고 있는데, 이들을 어떻게 다룰 것인가 하는 일정한 한계는 안고 있다 하겠다.

한 야담집을 대상으로 한 유형론도 있다. 권태을은[41] 『동야휘집』 소재 야담을 대상으로 유형론을 펼쳤다. 그는 『동야휘집』 소재 야담을 7유형으로 대분하고, 그 하위유형을 다시 50개로 설정하였다. 7유형은 결말이 충족으로 끝나는가, 좌절로 끝나는가에 따라 세분한 것이다. 즉 충족형은 ① 기대→충족, ② 곤난→충족, ③ 충족→충족, ④ 좌절→충족으로 나누고, 좌절형은 ① 기대→좌절, ② 고난→좌절, ③ 충족→좌절로 나눈 것이 그것이다. 그러나 그가 설정한 유형은 지나치게 번다하다는 비판이 있을 수 있다. 물론 『동야휘집』 소재 야담이 매우 다양하기 때문에 이처럼 번다해졌다고 하지만, 이용의 효율성을 위해서라면 보다 간결한 유형론을 설정할 필요가 있다고 하겠다. 이와는 달리 『청구야담』을 이미 존재하던 설화 유형 분류법에 의존해 설정한 경우도 있다. 김정석은[42] 조동일이 설정한 분류법에[43] 의해 『청구야담』 소재 야담을 대입하였다. 그 결과 『청구야담』에는 주체가 특이한 야담이 68.4%, 상황이 특이한 야담이 31.6%에 해당함을 밝혔다. 이는 야담과 구비설화의 차이를 보여주고 있다는 일정한 의의가 있다. 그러나 조동일이 설화유형에도 많은 문제점이 지적되고 있다는 것을 감안하고 한다면, 먼저 조동일이 설화 유형분류에 대한 정당한 평가가 내려져야만 이 분류안은 의의를 가질 수 있으며, 그렇지 않다면 분류를 위한 분류로 남을 우려도 있을 수밖에 없다.

이상의 유형론이 거시적인 관점에서 야담을 분류하고자 한 작업이라면 비슷한 내용을 갖춘 야담의 각편을 모아 유형 분류를 시도한 경우가 많았다. 그 한 예로 추노담과 관련하여 유형 분류를 한 경우가 있다. 정명기는[44] 奴와 主의 어울림과 맞섬이라는 두 유형으로 나누었으며, 김석배는[45] 노주절대우위형, 노주상대우위형, 반노상대우위형, 반노절대우위형으로 4분하였다. 김정석은[46] 집단 반노일 경우, 개인 반노일 경우, 그리고 집단과 개인반노가 공존해 있을 경우로 3분하였다. 집단 반노일 경우 역사적으로는 실패하는 일이지만 야담에서는 성공을 이룬다고 하였고, 개인 반노일 경우는 경제적인 대가를 얻는 것으로 나타나며, 공존해 있을 경우는 혼인으로서 문제가 해결된다고 보았다. 정준식은[47] 노주를 바라보는 시각은 공존해 있으며 노비에 비판적인 양상으로는 ① 추노 간 주인이 무리를 이루어 저항하는 반노 일당을 단신으로 처리함, ② 죽을 위기에 처한 주인이 반노 딸의 대리희생으로 위기를 모면하고 관의 도움으로 반노 처단, ③ 주인이 기지를 써서 위기를 모면한 뒤 관노를 처단하는 것이 있다. 그리고 주인에 대해 부정적인 시각을 보이는 것은 ④ 위기에 처한 주인이 오로지 도망노비의 도움으로 목숨을 건지고 재산을 얻음, ⑤ 주인의 비리추노를 선명히 부각시킴으로써 비판적 시각을 유지함은 물론, 정당한 속량가를 지불한 노비의 신분 상승을 인정하는 것 등으로 나눈 것이 그 대표적인 경우라 하겠다. 이외에도 사술담, 보은담, 의적담, 송사담, 훼절담, 군도담, 애정담, 기녀 결연담, 여성지위변동야담 등으로 명명된 다양한 작품들의 유형론도 존재하지만, 논의의 번거로움을 피해 이 글에서는 이에 대한 논의는 생략한다.

이상에서 확인되듯, 유형 분류는 연구자의 연구 방향과 관련하여 다양하게 제시되어 있다. 유형 분류란 실제로 이야기의 구체성을 훼손하지 않는 범위 안에서 그 구성 요소를 가능한 한 추상화시키는 것이 그 개요라 할 것이다. 기존 연구 성과에서 보여지듯 많은 연구자들이 이 때문에 많은 고심을 해 온 것은 충분히 인정된다. 그러나 어느 한 유형에 선뜻 호응할 수 없는 것은 유형 설정에서의 포괄성을 갖추지 못한 때문이라 하겠다. 작중화자와 내용, 그리고 형식까지 아우르는 야담 유형 설정이 필요하다는 것은 주지의 사실이다. 그러나 이러한 포괄적인 유형 분류를 하는 일은 거의 불가능한 일이라 하겠다. 그렇지만 그에 가까운 접근은 있어야 함은 분명하다.

5. 문헌학적 연구

고전문학 연구의 가장 기초적인 분야는 문헌학적 연구라 할 수 있다. 현존하는 자료들을 수합하여 하나의 계통을 정하는 것은 비단 어느 한 작품의 존재 양상만을 밝히는 것이 아니라, 다른 작품들과도 긴밀한 관련을 보여줄 수 있다는 점에서 그 의의는 크다 하겠다.[48] 하지만 문헌학적 연구가 기본적으로 가질 수밖에 없는 한계, 즉 현존하는 모든 작품을 수합할 수 없는 한계는 가질 수밖에 없다. 하지만 모든 자료를 수합한 후에 이본 고찰을 한다는 것은 한 개인의 연구자로서는 벅찬 일일 아닐 수 없다. 때문에 정밀하게 고찰한 문헌학적 연구 역시 후대에 最善本이 소개될 경우에는 그 의미가 줄어들 수밖에 없는 일정한 한계를 갖을 수도 있는 것이다. 하지만 보다 진전된 논의를 위해서는 그 기초를 닦아두고서 출발해야 하기에 이에 대한 논의는 지속적으로 요구되는 것이다.

일찍이 조희웅은[49] 당시 조사된 야담집들을 소개하였다. 이로써 야담집 이본들이 어떻게 존재하고 있는가에 대한 기초적인 질서가 잡히게 되었다. 그렇지만 이후 본격적인 문헌학적 연구는 거의 이루어지지 않다가 최근에 와서야 비로소 이 분야에 일정한 의의를 갖는 논의가 진행되었다. 이 분야의 연구 방향도 크게 두 가지로 나누어 볼 수 있다. 그 하나는 이본을 고찰하여 이본들간의 질서를 부여하는 경우라 하겠고, 다른 하나는 전대 문헌을 수용하는 양상에 대한 고찰을 하는 경우라 하겠다.

먼저 이본을 고찰하여 이본들간에 질서를 부여하는 경우는 문헌학적 연구의 일반적인 형태라 하겠다. 먼저 『어우야담』에 대한 고찰은 신익철의 논의를[50] 들 수 있다. 그는 『어우야담』의 이본을 고찰하여, 그 계열이 ① 靑丘稗說本 계열, ② 도남본 계열, ③ 국립중앙도서관본 계열, ④ 野乘本 계열, ⑤ 기타 계열로 나누었다. 그러나 그가 다룬 이본 수가 12종밖에 되지 않는다는 점에서 더 많은 자료를 대상으로 한 고찰이 필요하다 할 것이다.[51] 또한 그는 다섯 계열 중에 '기타 계열'을 설정하고, 그 범주 안에 다른 각 계열에 속하는 이본 수보다 많은 4종의 이본을 포함하고 있다. 이 때 '기타 계열'에 속하는 이본 수가 다른 계열의 이본수보다 많을 수 있는가 하는 의문 외에도 과연 '기타 계열'이 다른 계열과 동일한 자리에서 설정할 수 있는가 하는 문제 역시 남을 수밖에 없다.

『동패락송』의 이본에 대한 고찰은 정명기에[52] 의해 수행되었다. 그는 현존하는 연세대본과 이대본은 原『東稗洛誦』에서 분파되었다고 보았다. 그리고 연대본은 천리대본에 영향을 주었으며, 이대본은 임형택본으로, 임형택본은 다시 동양문고본에 영향을 주었을 것으로 보았다. 그의 논의는 실증적인 것으로 논의의 타당성을 인정받을 수 있다. 그러나 최근『동패락송』과 관련된 이본들이 많이 소개되었고, 또한『동패락송』의 작가에 대한 논의도 다양하게 이루어져 있기 때문에 이에 대한 정밀한 재검토도 있어야 할 것으로 보인다.

『계서잡록』·『기문총화』·『계서야담』을 비롯한 '기문총화계'에 대한 고찰은 김준형의[53) 논의를 들 수 있다. 그는 기문총화계에 해당하는 이본 48종을 대상으로 이본 고찰을 하였다. 그 결과 원『계서잡록』은 1권은 성대본, 2권과 3권은 연민본, 4권은 일사문고본에 해당함을 밝혔다. 『기문총화』는 원 책이 3권 3책일 가능성을 제시하고, 현존하는『기문총화』는 동양문고이 중심이 된 이본과 연세대본이 중심이 된 이본으로 크게 양분됨을 밝혔다. 『계서야담』은 3종의 이본이 있음을 밝히고, 그 중 규장각본과 천리대본은 같은 줄기에서 나왔고, 연세대본은 다른 줄기에서 나왔음을 밝혔다. 이 논의는 그 동안 가장 복잡하게 얽혀 있는 '기문총화계'의 이본을 한데 모아 일정한 질서를 부여했다는 데에서 그 의의를 인정받을 수 있다. 그러나 세 계열 간 이본은 어떻게 연결되는가에 대한 논의는 앞으로 계속 진행되어야 할 과제라 하겠다.

정명기는[54)『계서잡록』은 세 계열이 있음을 밝히고 있다. 그는 가장 일반적인 형태를 갖춘 1계열, 〈이사관 이야기〉를 담고 있는 2계열, 그리고 〈부안기 계생이야기〉를 담고 있는 3계열이 곧 그것이라 하겠다. 그의 논의 역시『계서잡록』의 실상을 잘 드러낸 것이라 하겠다. 그러나 이처럼 세 계열이 나타나게 된 요인에 대한 고찰도 수반되어야 할 것이다.

『청구야담』한문분에 대한 고찰은 임완혁에[55) 의해 이루어졌다. 그는『청구야담』이『학산한언』, 『계서잡록』, 『厚齋全書』등의 이야기를 수용해 왔음을 밝혔다. 그리고 현존하는 이본 중에서는 버클리대본『청구야담』이 가장 善本임도 주장하고 있다. 하지만 국문본『청구야담』과의 비교가 되지 않았다는 점이나 전대의 문헌을 어떻게 수용하고 있는가가 명확하지 않다는 점 등이 일정한 한계로 지적될 수 있다.

『금계필담』에 대한 이본 고찰은 장효현에[56] 의해 제기된 이래, 최근 임완혁에[57] 의해 다시 이루어졌다. 장효현은 5종의 『금계필담』 이본을 대상으로 고찰하였는데, 이 중 국립중앙도서관본을 가장 선본으로 설정하였다. 그러나 임완혁은 국립중앙도서관본은 하나의 이본일 뿐이며, 최선본은 그보다 2일 앞선 10월 26일에 나온 연세대본으로 설정해야 함을 밝히고 있다. 특히 연세대본은 후손가에서 소장되어 왔던 본이기 때문에 그 가능성은 더 높다고 주장하고 있다.

다음으로 전대 문헌을 수용하는 양상에 대한 논의도 있었다.

정명기는 『청구야담』이 『학산한언』을 수용하는 양상에 대해 고찰하였다. 그는 『청구야담』에서 『학산한언』을 수용한 이야기는 총 32화임을 밝히고, 수용 양상에 대해서는 세 가지 기준이 있음을 밝히고 있다. 그것은 곧 ① 사건에 중심을 두고 人定記述은 별다른 의미를 두지 않음, ② 제보자에 관심을 두지 않음, ③ 객관적인 논평을 무시함 등이 그것이다. 그 이유는 『청구야담』 찬자가 이야기의 주변적 정황에 관심을 표명하기 보다는 이야기 자체에 초점을 맞추기 때문이라고 밝히고 있다. 이 논의는 『청구야담』과 『학산한언』의 관계를 실증적으로 밝히고 있다는 점 외에도 지금까지 '『청구야담』이 가장 서사성을 잘 갖춘 야담집이다' 라는 기존 평가를 실제로 입증한 한 예라 할 만하다. 김준형은[58] 『기문총화』 1권에서 전대의 필기류를 수용한 양상에 대한 고찰을 하였다. 그 결과 『기문총화』 1권 183편 중에 158편은 전대 문헌에서 전재한 것임을 밝혔다. 또한 전대 문헌을 수용하는 양상은 세 가지로 나타나는데 전대 문헌의 단순 전재, 일부 전재, 그리고 변개 전재가 있음도 주장하였다.

『동야휘집』은 李源命이 서문에서 직접 『어우야담』과 『기문총화』에서 일정 부분 이야기를 수용했음을 밝힌 이래 『동야휘집』에 영향을 준 『어우야담』·『기문총화』 소재 이야기와의 관련 양상에 대한 논의가 있었다. 이 논의는 조희웅이 『동야휘집』이 『어우야담』과 『기문총화』를 수용하는 다섯 양상, 즉 ①

『어우야담』의 한 이야기 전체가 그대로 『동야휘집』에 옮겨진 경우, ②『어우야담』의 한 인물에 대한 독립된 두 이야기가 『동야휘집』에는 한 제목으로 묶인 것, ③『어우야담』 속의 어떤 인물에 대한 이야기가 『동야휘집』에는 다른 인물로 바뀐 것, ④『어우야담』 속의 한 이야기 일부만이 『동야휘집』 속의 한 이야기 일부로 옮겨진 것, ⑤『어우야담』의 단편적인 삽화가 『동야휘집』 속의 삽화로 된 것 있음을 밝힌 이래 이 틀은 후대 연구자인 두정님,[59] 윤세순,[60] 홍성남[61] 등에 수용되어 심화되었다. 또한『동야휘집』에 수용된 중국 필기집인『偕鐸』과의 관련 양상을 밝힌 김영화,[62] 이강옥,[63] 이병찬의[64] 논의도『동야휘집』의 형성과 관련하여 중요한 논의라 할 것이다.

문헌학적 연구는 앞서 지적한 대로 문학 연구의 가장 기초적인 분야이다. 때문에 이에 대한 고찰은 앞으로도 계속 이루어져야 할 것이다. 그래야만 야담 연구가 보다 탄탄한 초석 위에서 실질적인 성과를 거둘 수 있을 것이다.

6. 전개양상론

현전하는 야담집들은 과연 전대 문헌들과 어떠한 관련을 맺으면서 존재하고 있는가? 어떠한 문헌이든 전대의 문학적 전통 없이 독자적으로 존재하는 것은 없다. 특히 야담은 전대의 문헌들과 긴밀한 관련을 맺으면서 유전되어 왔다. 때문에 야담 연구에서 어떤 한 야담집이 전대 문헌을 어떻게 수용하고 있으며, 또 어디로 어떻게 전이되고 있는가를 밝히는 작업은 야담의 사적 흐름을 읽어낼 수 있기에 그 중요성은 십분 강조해도 모자람이 없다.

일찍이 조희웅은[65] 여러 야담집 이본을 소개하고, 야담집 간의 관계를 약술하였다. 그 중『학산한언』·『청구야담』·『해동야서』의 관계라든가, 『기문총화』와『계서야담』 등과의 관련 양상을 논의한 것은 지금까지도 일정한 의의를 갖는다. 그리고 정밀한 고증에 의한 것은 아니지만 야담집 간의 소박한 사적 계보도[66] 작성하였다. 그의 논의는 야담집 간에 일정한 질서를 부여했다는 점에서 후대 연구자들에게 많은 영향을 미쳤다고 할 것이다. 그러나 실제로 야담집 간에 어떠한 관련이 있는가를 밝힌 논의는 최근에 와서야 비로소 이루어지기 시작하였다.

비교적 이른 시기에 김동석은[67] 『동패락송』 소재 작품 중 일부가 『계서야담』, 『청구야담』, 『동야휘집』과 긴밀한 관련이 있음을 밝혔지만 그에서 더 나아간 논의를 보이지 못하였다. 이후 임완혁은[68] 『계서야담』은 『동패락송』의 29편의 이야기를 수용하였음을 밝혀 놓았다. 그리고 『계서야담』은 『동패락송』의 이야기를 ①평이한 문장 표현, ② 묘사의 구체성, ③ 대화의 확장, ④ 허구적 정황의 삽입, ⑤ 문장의 俗化 등과 같이 다섯 가지 양상으로 수용하고 있다고 밝혔다. 실제 『계서잡록』은 『동패락송』의 이야기 중에 23편만을 수용하고 있다는 주장도[69] 있지만, 임완혁의 주장은 실제 야담집들 간에는 문헌전승이 되는 이야기들이 있고, 이들의 수용 양상도 구체적으로 밝히고 있다는 것을 밝혔다는 점에서 그 의의를 갖는다. 임완혁은[70] 또 이를 토대로 야담의 중심점에 있는 『동패락송』 소재 자료들이 다른 야담집에 어떻게 문헌 전승되고 있는가도 심도 있게 고찰하였다. 그는 『동패락송』 소재 자료들과 『계서야담』, 『청구야담』, 『동야휘집』의 자료를 비교하여, 『동패락송』의 자료들이 이들 야담집에 큰 영향을 미치고 있음을 밝혔다. 그의 논의는 야담 연구에서 초석이 될만한 전개 양상을 적절하게 제시하고 있다는 점에서 그 의의가 자못 크다. 그러나 '문헌 전승의 관계'가 무엇인가, 어떠한 것이 문헌 전승인가에 대한 의문은 여전히 남는다. 그리고 임완혁의 논의 중 원 텍스트가 확정되지 않은 상태에서 『계서야담』을 다루고 있기 때문에 일정한 오류가 나타나고 있다. 특히 『계서야담』이 『기문총화』보다 선행한다는 논의는 같은 시기에 나온 김준형의 논의와 정면으로 배치된다. 김준형은[71] 현존하는 기문총화계의 야담 자료 48종의 자구를 모두 검토하여 기문총화계의 형성과정은 『계서잡록』 → 『기문총화』 → 『계서야담』으로 보고 있다.

임완혁은[72] 또한 문헌으로 전승되는 자료에만 주목하지 않고 구전 전승되는 자료에도 관심을 보였다. 즉『동패락송』소재 자료들과 다른 문헌에 수록된 그와 비슷한 내용을 갖는 이야기는 구전으로 전승되었을 것이라는 전제 하에 그 양상을 다섯 가지로 정리하였다. ① 정보의 차이에 의해 이야기의 구성이 달라진다. ② 구연자의 정서에 따라 세부 정황의 변화한다. ③ 구연 과정에서 세부 정황뿐 아니라 서사성이 발현되기도 한다. ④ 현실에 대한 의식이 반영될 경우에는 주제 의식이 변화되기도 한다. ⑤ 구연 과정은 기존 내용을 유지하려는 쪽과 새로운 것을 보충하려는 경향이 있다가 그것이다. 그의 주장은 다소 일반론적인 면이 없지 않으나『동패락송』이 후대의 야담집과 맺고 있는 관련 양상을 상당 부분 밝혔다는 점에서 그 의의를 인정할 수 있다.

정명기는[73] 『청야담수』를 고찰하였는데, 『청야담수』는 8종의 원천 자료의 영향을 입으면서 형성되었음을 밝혔다. 또한 그는[74] 현존하는 야담 자료 목록을 제시하고, 야담 연구에서의 자료의 문제와 야담의 사적 전개 양상을 고려한 논의가 필요함을 역설한 주장 역시 야담을 이해하는 이정표가 된다는 점에서 그 의의를 갖는다.

7. 개별야담집론

개별 야담집에 대한 논의는 한 야담집의 성격을 어떻게 설정한 것인가와 관련한 논의인데, 뚜렷한 쟁점은 없어 보인다. 그 이유는 일단 개별 야담집에 대한 성격을 부여한 논의가 적기 때문이라 하겠다. 이 글에서도 어떠한 쟁점을 소개하기보다는 개별야담집에 관한 주요한 몇 논의를 정리하기로 한다.

먼저『어우야담』에 대한 논의로는 이경우를[75] 들 수 있다. 그는 '야담의 일차적인 고찰 대상은 문학성'이라는 전제 하에 『어우야담』을 고찰하였다. 그 결론은 크게 네 가지로 요약할 수 있다. 첫째, 유몽인은 다른 사람의 기록을 바탕에 두지 않고, 자신의 경험을 바탕으로 한 著述家의 입장에 있다는 점. 둘째, 『어우야담』의 구조적인 특징은 인물담·사건담·雜話로 나눌 수 있다는 점. 셋째, 『어우야담』에는 홍미성과 교훈성 모두를 중시하고 있다는 점. 넷째, 사실성과 허구성의 문제인데, 『어우야담』은 기본적으로 事實性을 추구하고 있다는 점 등으로 요약할 수 있다. 이경우의 논의는 다소 일반적인 내용을 담고 있기는 하지만, 거질인 『어우야담』이 갖는 특수성을 고려할 때, 그 성격을 적절하게 설명하고 있다고 하겠다.

이신성은[76] 『천예록』을 대상으로 하였는데, 그 중에서도 여성이 중심이 된 야담 작품 10편을 대상으로 하였다. 그 결과 『천예록』에는 하층 신분의 꿈을 투영하기 위해 여성인물을 등장시켜 문학적으로 형상화하였음을 주장하고 있다. 김동욱은[77] 『천예록』은 傳奇的 내용을 담은 야담이 중심이 되고, 갈래적으로는 인물전설이 많으며, 등장인물은 대부분 양반이라는 점을 특징으로 설정하였다.

이원걸은[78] 『잡기고담』에는 여성들의 행동에 관심을 많이 보이고 있다는 점, 인재유기책에 대한 관심을 보인다는점, 하층민에 대한 관심을 보이지만 자신의 신분적 이유로 인해 이중적인 성향을 보인는 특징을 지적하였다. 진재교도[79] 『잡기고담』을 고찰하였는데, 『잡기고담』에는 시정에서 벌어지는 소재를 취하여 문학적으로 형상화했음을 밝혔다. 또한 『잡기고담』의 특징으로는 제명을 부기하는 점, 이야기의 계통을 밝히고 있는 점, 그리고 評語를 담고 있다는 점을 들고 있다.

이명학은[80] 『삽교만록』 소재 작품을 검토하여, 그 안에 투영된 작가의식을 밝히기도 하였다. 그것은 곧 인간성 긍정, 새로운 인간 유형이 창조, 민중적 저항과 士意識, 북벌론과 주체의식 등이라 하겠다. 하지만 안석경은 士라는 신분에 대한 자부심과 강렬한 사의식으로 인하여 민중의 저항적 움직임을 느끼면서도 긍정적으로 인식하지 못하고 있다고 본다.

임형택은[81] 『동패락송』을 분석하였다. 그는 『동패락송』에만 한정된 것이 아니라 초기 야담의 특성을 설명하는 틀로 『동패락송』을 설정하고 있다. 『동패락송』의 특징은 대개 4가지로 요약되는데, ①『동패락송』에는 신이한 이야기가 많음을 들어 이 시기 야담은 아직 전기적 색채를 말끔하게 씻은 단계는 아니었음을, ②『동패락송』에는 유교적 세계관이 지배적이었지만 소설 형식에 대한 욕구로 인해 사실과 허구의 문제가 혼효되어 있음을, ③『동패락송』은 닫힌 구조에서 탈피하지 못하였지만, 이것은 ④寫實의 성취와 함께 창조의 변증법이 그 안에 담겨있음을 지적하고 있다.

김상조는[82]『학산한언』에는 기이한 이야기인 신선담이나 이인담이 많고, 또한 일상적인 인간의 이야기는 철지한 명분론에 의거하고 있음을 주장하였다. 또한 그는[83] '계서야담계'에 대한 논의도 하였는데, '계서야담계'에는 ① 운명적인 삶, ② 당색의식의 노골적 표출, ③ 임병 양난에 대한 퇴영적 시각, ④ 몰락 양반의 현실 인식, ⑤ 근대 지향적인 여성 의식이 담겨져 있음을 주장하였다.

박희병은[84]『청구야담』에서 찾을 수 있는 내용적 특질로 ① 새로운 사회 관계의 형성, ② 지배층의 부패, ③ 몰락 양반의 현실, ④ 신흥 사회층의 대두, ⑤ 농민의 빈궁화와 저항, ⑥ 민중의 유토피아 희구, ⑦ 세태와 풍속의 드러나고 있음을 제시하였다.

이강옥은[85]『동야휘집』에 나타난 세계관을 고찰하였는데,『동야휘집』에는 크게 낙관주의·보수주의·현실주의적 세계관이 담겨져 있음을 밝혔다. 그는 이러한 세계관이 전대 야담집과는 분명한 차이를 보이는 것이라고 하면서 ① 양반의식의 표출, ② 민간적 삶의 역동성 및 다양성의 위축, ③ 형식 구성에서의 합리적 조치 등이 나타나고 있음을 밝히고 있다.

장효현은[86]『금계필담』을 대상으로 작품론을 펼쳤다. 그는『금계필담』에서 ① 節義 정신의 가치, ② 지배층의 賢德과 정치 상황, ③ 미천한 인물의 비범한 능력, ④ 善惡報應의 초월적 섭리, ⑤ 운명과 예시의 실현, ⑥기타 비범한 능력을 지닌 인물 및 인간사의 흥미로운 단면을 보여주는 이야기가 수용되고 있다고 보았다. 또한 서유영은 인간사회의 이상적 희구하는 찬술 의식 아래『금계필담』이 이루어졌기에 교술성이 강조될 수밖에 없음도 주장하였다.

이상에 제시한 논의는 개별야담집을 대상으로 한 주요 논의라 할 수 있다. 그 중에는 작품론에 치중이 된 경우도 있고, 형식이나 사적 위상에 초점을 두는 경우도 있었다. 따라서 개별 작품론이 어떻게 전개되어 왔는가는 연구자의 시각에 따라 그 중심점도 달라질 수밖에 없는 것이다. 하지만 이러한 논의가 있었기에 개별 야담집의 성격이 어느 정도 밝혀진 것이다. 그 점만으로도 선행 연구가 갖는 의의는 자못 크다고 하겠다. 그렇지만 아직도 많은 부분에서 개별 야담집에 대한 논의는 공백처럼 느껴지는 것은 그만큼 앞으로 진행되어야 할 논의가 많음을 반증하는 한 요인이 아닌가 한다.

8. 개별 야담 작품론

현전하는 개개의 야담집에는 많은 개별 야담 작품이 수록되어 있다. 이들 개별 작품에 대한 미시적인 접근 역시 야담 연구에서는 많은 관심의 대상이 되어 왔다. 특히 사회사적인 의미를 갖는 작품이나 반봉건적인 의미를 갖는 작품들은 민중의 항거와 진보, 즉 근대로의 이행이라는 측면에서 많은 주목을 받았다. 이는 이우성·임형택에 의해 편역된 『이조한문단편집』이[87] 출간되면서 나타난 영향이라 하겠다. 이들은 여러 야담집 중 사회·경제사적인 의미를 담고 있는 작품을 주로 선별하여 이를 '한문단편'이라 지칭하였다. 후대의 연구자들은 이들이 선별한 작품들 중에서 사회·경제사적인 의미를 갖는 작품을 대상으로 한 논의가 많았는데, 그 대부분은 조선 후기의 사회상을 보여주고, 야담 작품 역시 이러한 사회 배경에서 나왔으며, 이러한 작품은 결국 근대지향적인 의미를 갖는 소중한 작품으로 귀결되는 경우가 많았다. 이들 연구는 그동한 천편일률적이라는 고전소설과는 달리, 살아 움직이는 인간을 그리고 있는 작품이 우리 문학사에도 존재하고 있었고, 또한 사회·역사와 문학이 갖는 의미를 심층적으로 분석했다는 점에서 일정한 의의를 갖는다. 그러나 야담이 조선 후기의 특수한 사회상과 밀접한 관련을 맺는 것은 인정하더라도, 야담 그 자체를 역사의 편린으로 보는 방법은 지양되어야 할 것이다.

사회·역사주의적 시각으로 야담을 접근한 논의는 매우 많다. 때문에 모든 연구 성과를 소개할 수는 없고, 그 대표적인 몇 가지 논의만을 들어보이기로 한다. 먼저 야담이 당시 사회를 반영하고 있다는 측면에서 접근한 대표적인 논의로 이병로를[88] 들 수 있다. 그는 〈광작〉을 분석하였는데, 〈광작〉의 배경이 된 여주 지역의 실상과 주인공 許珙의 실상이 부합함을 밝혔다. 그 결과 허공은 중세적 인습과 타성에서 일탈한 근대지향적 인물이라고 주장하였다. 그는 또한 『동패락송』 소재 개별 야담 작품에 수록된 이야기를 대상으로, 그 속에 담겨진 지리적·사회경제적 배경이 寫實的임을 밝혀내기도 하였다.[89] 이원걸은[90] 한문단편 〈고담〉을 분석하여, 이 안에는 여성의 개가에 대한 의식이 긍정적으로 이해되고 있음을 밝혀, 이 역시 근대적인 사유에서 비롯된 것임을 밝힌다. 이외에도 이신성에 의해 이루어진 일련의 연구[91] 등도 이에 해당한다.

사회·역사주의 시각을 견지하되 하나의 작품을 대상으로 하는 것이 아니라, 같은 주제를 보이고 있는 작품을 하나의 유형으로 한데 묶어 논의를 전개한 경우도 있다. 예컨대 치부 의식을 다룬 것, 여성 의식, 혹은 여성의 지위 변동을 다룬 것, 민중 의식을 다룬 것, 群盜이야기를 다룬 것 등이 그 대표적인 것이라 하겠다. 이들의 논의 역시 대개는 근대지향적인 작품으로 결말을 맺고 있다는 점은 큰 차이가 없다. 이와는 달리 야담을 분석하되 근대지향으로 설명하지 않고 있는 그대로를 보여준 경우도 있는데, 그 한 예로 김동욱의[92] 논의를 들 수 있다. 그는 『기문총화』에는 몰락양반의 양상이 세 가지 형태, 즉 ① 양반의 신분적 특권을 내던지고 생산적인 일에 뛰어드는 경우, ② 기존 양반 세력에 저항하면서 일탈하려는 경우, ③ 명색뿐인 양반의 처지를 자조하면서 타락해 가는 경우가 보인다고 지적한 것이 한 예라 하겠다.

이와는 달리 야담에는 근대성을 지향하는 작품도 있지만, 그와는 반대로 흐른 경우도 있음을 보여준 논의도 보인다. 김경숙은 조선후기의 신분 변동 양상과 실제 야담에 그려진 신분 변동과는 괴리를 일으키고 있음을 들어 야담은 보편적인 현상을 반영하는 것이 아니라, 어느 특정 집단의 욕망을 반영하고 있음을 밝힌다.[93] 또한 김상조[94] 역시 계서야담계에는 근대적인 여성이 그려지기도 하지만, 봉건적인 여성이 그려지기도 한다는 점을 분명히 밝히고 있다. 사회·역사주의적인 시각이 아닌 측면에서 개별야담 작품론을 전개한 경우도 있다. 이신성은 『양은천미』 소재 작품을 대상으로 분석을 하고 있는데, 『양은천미』에 드러난 사랑과 죽음의 문제를 밝힌 것이나,[95] 〈김영랑 이야기〉를 분석한 것[96] 등이 대표적인 논의라 하겠다.

이상에서 확인할 수 있듯이 개별 야담 작품의 분석은 대체로 사회·역사주의적인 시각이 중심이 되어 왔다. 이는 앞서 지적한 것처럼 야담이 가질 수밖에 없는 사회(현실)과의 문제를 도외시할 수 없었던 이유 때문인 것으로 보인다. 하지만 야담은 사회·역사주의적인 시각 외에 또다른 시각을 통한 접근이 있어야만 편협화된 야담이 아닌, 전체로서의 야담을 읽어낼 수 있을 것이다. 이러한 한계를 충분히 인식하면서 야담에 담겨진 상징적 의미에 관심을 보인 경우도 있다. 성기동은[97] 『청구야담』 소재 작품인 〈肆舊習與熊鬪江中〉을 분석하였는데, 주인공 노귀찬은 영웅적 인물로 곰으로 상징되는 봉건사회와 대항하고 있음을 밝힌다.

개별작품론이라고 하기는 어렵지만, 야담 해석의 새로운 가능성을 제시한 방법은 이강옥에[98] 의해 제시되었다. 그는 야담에서 등장인물의 말과 수화자의 관계, 속이야기와 겉이야기의 관계, 속이야기의 성격과 기능 및 의의 등을 조선후기라는 당대 현실과 관련하여 고찰하였다. 물론 서술자와 발화자의 관계는 다른 서사문학에도 존재하는 것이기는 하지만, 과학적인 야담 연구를 할 수 있는 기틀을 마련하였다는 점에서 그의 논의가 갖는 의의는 자못 크다고 할 것이다.

9. 변이양상 및 소설화과정

야담의 변이 양상에 대한 논의는 대체로 근원사실이 어떻게 이야기화되며, 개별 이야기들은 어떻게 변모하는가에 초점을 두고 접근한다. 그런데 고찰 대상이 되는 개별 야담 작품은 대체로 소설로 존재하는 작품이 있거나, 혹은 소설에 근접한 작품이 있을 경우가 많다. 따라서 이 글에서는 변이양상과 소설화 과정에 대한 그간의 논의를 한데 묶어 정리하기로 한다.

야담의 변이양상에 대한 논의는 대체로 문헌들 간에서의 변이 요인을 밝히는 경우가 많다. 그러나 구비문학에서 기록문학으로 정착되는 과정에서 생길 수 있는 변이 요인에 대한 관심도 필요하다. 이에 대한 논의는 일찍이 진경환에[99] 의해 이루어졌다. 그는 구비문학과 야담의 교섭 양상에 주목하였는데, 구비설화가 야담 담당층에 의해 문헌으로 수용되면서 구조적인 층위가 바뀜을 밝혔다. 예컨대 구비 설화로서 〈남사고 이야기〉는 좌절·갈등의 구조인데 반하여, 야담집 소재 〈남사고 이야기〉는 해결의 구조로 변개되는데, 이는 야담집 편찬자의 봉건적 유교 이념에 기인한 것으로, 구비 설화가 지닌 경험적 질량을 관념적으로 조작한 것으로 파악한다. 진경환의 논의는 구비문학이 기록문학으로 정착되면서 변모되는 한 양상을 적실하게 지적한 논의라 하겠다.

하지만 대부분은 문헌들 간의 차이에서 생기는 변이 요인을 밝히는 데에 초점이 놓여졌다.

개별 야담 작품 중 변이양상에 대한 가장 많은 관심을 보인 작품은 단연 〈홍순언 이야기〉라 하겠다. 〈홍순언 이야기〉는 다양한 문집에 실려 있을 뿐 아니라, 변이의 폭도 크고, 소설화된 작품도 여럿 존재한다. 이 때문에 지속적으로 연구자의 관심을 불러일으켰던 것으로 보인다.

이신성은[100] 근원사실이 『어우야담』으로 쓰여지면서 단순한 사실 전달에 그쳤다면, 『서포만필』에서는 이야기가 일화와는 다른 허구적인 면이 가미되었음을 밝히고, 이러한 현상이 『삽교만록』이나 『晚醒先生文集』에서처럼 소설적으로 확장될 수 있었음을 밝히고 있다. 정명기는[101] 〈홍순언 이야기〉는 40여 종의 문헌에 수록되어 있음을 밝히고, 공시적·통시적인 측면을 모두 고찰하여 〈홍순언 이야기〉의 전체적인 윤곽을 드러내게 하였다. 김석회는[102] 정명기의 논의를 수용하면서 그 중 서술시각과 서사전략에 초점을 두고 〈홍순언 이야기〉를 다루었다. 그는『삽교만록』과『서포만필』에 수록된 기사를 통해 〈홍순언 이야기〉 변이의 의미를 찾았다.『서포만필』소재 〈홍순언 이야기〉는 김만중이라는 한 작가에 의한 '인과의 변이'라 하겠지만 서사체로 전승되지는 못하였고,『삽교만록』소재 〈홍순언 이야기〉는 구비전승의 맥락에서 이루어졌기 때문에 여러 야담집에 다양하게 수록되어 있음을 밝혔다. 박일용은[103] 〈홍순언 일화〉와 그 일화가 소설화된 작품들에 따르는 갈래론적 의미에 초점을 두고 접근하였다. 그 결과 홍순언 일화는 예외적인 특이한 행위에 따른 특이성에 초점을 두고 있는 반면, 소설에서는 등장인물의 행위는 당연한 것으로 여기며 그것을 구체화하려고 한다는 차이점이 있음을 밝히고 있다. 〈홍순언 이야기〉에 대한 논의는 야담의 변이 양상이 나아가야 할 방향을 지적한 모범적인 사례가 아닌가 한다. 문헌적인 측면에서부터 서사전략 및 갈래론적인 의미까지 폭넓게 진행되었다는 점에서 야담의 변이 양상에 대한 높은 성취를 이루었다 하겠다.

이외에도 야담의 변이양상에 대한 전반적인 논의를 한 경우도 있다. 정명기는[104] 〈홍순언 이야기〉, 〈조충의 이야기〉, 〈정향 이야기〉 등의 변이 양상을 살피고, 그 원리를 크게 4가지 측면에서 찾아낸다. 곧 ① 양식을 달리 하더라도 뼈대는 계속 준용된다는 점. ② 삽화의 분리와 결합의 작용과 편자(화자)의 개변적 창조력(의도)의 소산으로 서사 구조상의 변이가 나타날 수 있다는 점, 그러나 변이된 변이물의 의미는 야담의 그것에서 벗어나는 것으로는 보이지 않는다는 제약 조건을 지니는 것으로 파악한다. ③ 인물의 성격에 대한 형상화가 보다 구체화된다는 점. ④ 사건의 확장이나 개변이 나타날 수밖에 없다는 점이 그것이다. 그의 논의는 야담의 변이 양상에 대한 구체적인 접근을 시도한 것이라 하겠다. 하지만 야담의 틀 안에서 형성된 소설이 아닐 경우, 즉 당시 문화적인 관습에 의해 야담을 부분적으로 이용한 경우는 그 해석의 틀이 달라져야 할 것이다. 때문에 〈홍순언 이야기〉를 토대로 형성된 『마원철녹』이 소개되자, 그것은 작가의 개입에 의한 변이 결과로 형성된 것이 아니라 '전통적 관습의 얼개'를 강조하게 된 것이[105] 아닌가 한다.

강영순은[106] '여성지인담'이라는 하나의 유형을 설정하고, 여성이 기생인가 아닌가에 따라 이야기의 전개도 달라짐을 밝히고 있다. 하지만 두 형태 모두 지감의 실체가 이인적인 신비감을 띤 것에서 관상을 위주로 하는 합리적인 일상인으로 변이됨을 밝히고 있다. 이러한 요인은 향유층의 확산과 다변화에서 기인한다고 본다. 또한 『백년전』과 『옥단춘전』은 현실적 세계관에 의거하여 처지를 개선하려는 문제를 다루고 있다는 점에서 야담에 근거하지만, 권선징악적인 윤리적 주제를 드러낸다는 점에서 소설로 변용되어 있음을 밝히고 있다.

김정석은[107] 단명담과 추노담이 소설로 변용되는 양상을 살폈다. 그는 단명담이나 추노담을 수용한 소설은 일반적인 설화의 소설화와는 달리 당대의 현실적 의미를 부각하고 있음을 밝히고 있다. 단명담은 사회적 현실과 유리되면서 대중의 취향에 부합되지 못하지만, 추노담은 개인 역경을 사회적인 문제와 결부시키고 있다는 점도 지적하였다. 정준식은[108] 추노담만을 대상으로 소설화 과정을 설명하였다. 그는 추노담이 소설로 변용되는 형태는 세 가지, 즉 ① 추노 實事가 소설로 된 경우로 黃東老 실사가 『김씨남정기』로, ② 추노 설화가 소설로 된 경우로는 〈복수설〉이 『김학공전』과 『살신성인』으로, ③ 전대 소설을 개작한 경우로는 『살신성인』을 개작한 『삼강문』, 『김학공전』을 개작한 『신계후전』, 『신계후전』을 개작한 『탄금대』가 있음을 밝혔다.

이강옥은[109] 〈사대부─기생 관계담〉을 통해 일화가 소설화하는 과정에 주목하였다. 그는 현실에서 실제로 있었던 사건을 사랑의 쟁취, 혹은 사회적 처지의 상승이라는 요인이 결합되어 하나의 갈등이 생기고 이로써 소설화됨을 밝히고 있다. 이러한 요인은 곧 야담이 인간의 일상적 삶에 대한 진지한 관점을 취한 결과라고 해석하였다.

김준형은[110] 〈옥소선 이야기〉의 변이양상을 통해 작가의 몫을 주목하였다. 야담 작가는 대체로 야담을 변개하지 않으려 하지만, 일부는 동양문고본『청구야담』처럼 소극적으로 변개를 하는 경우도 있기도 하고, 『월하선전』처럼 전대의 소설 양식을 수용하면서 적극적으로 개작을 하는 경우도 있음을 밝혔다. 김승호는[111] 〈쫓겨난 공주 이야기〉가 세조에 대한 부정적인 서유영의 시각과 맞물려 〈세조공주담〉이『금계필담』에 수록될 수 있음을 밝힌 논의도 작가의 몫을 비교적 높이 평가한 것이라 하겠다.

야담의 소설화 과정에 대한 논의는 개별 야담 작품이 어떻게 소설로 이행해 가는가를 다양한 경로로 설명하고 있다. 하지만 많은 논의가 진화론적 입장에서 '야담의 내용에 또 다른 내용이 첨가되고 부연되면 그것이 곧 소설'로 소설화 과정을 설명하였다는 한계를 갖는다. 즉 귀납적인 연구 방법 대신 미리 '이 작품은 소설이다' 라는 답을 정해 두고 접근하기 때문에 어떠한 점에서 소설과 야담의 차이를 보이며, 어떻게 다른 갈래로 이행하게 되었는가에 대한 구명은 없었다. 물론 이는 야담과 소설의 갈래적인 특성을 어떻게 설명할 것인가와 맞물려 있는 것으로, 쉽게 해답을 내릴 수 있는 성질의 것은 아니다. 하지만 좀더 정치하게 야담과 소설에 대한 접근이 필요하리라 본다.

10. 다른 갈래와의 관련 양상

야담과 다른 갈래와의 관련 양상은 대체로 야담과 소설에 집중되어 있다. 따라서 소설 이외의 갈래와 야담과의 관련 양상을 밝힌 논의는 많지는 않다. 하지만 야담집 안에는 다기한 갈래들이 수용되어 있다. 따라서 야담과 다른 갈래와의 관련 양상을 밝히는 노력은 곧 야담의 독자적인 갈래로서의 위상을 제시할 수 있다는 점에서 계속 진행되어야 할 것이다. 특히 야담과 다른 갈래와의 관련을 밝히는 논의는 주로 傳에 집중되었다.

김혜숙은[112] 서사와 전과 야담의 갈래적 특성을 대비하였는데, 주된 논의가 서사와 전에 맞추어져 있고 야담은 부수적으로 논의되었다. 그는 書事的 소재가 되는 사건들이 기록을 거치지 않고 구전되는 경우에는 야담으로 변모하며, 한 인물의 특성을 드러낼 때에는 傳으로 나타난다고 주장하고 있다. 이동근은[113] 전·야담·소설의 기술방법에 대한 고찰을 하였다. 그 결과 야담은 논증보다는 설명이나 서사의 방법이 주로 활용된다는 점에서 소설에 가깝지만, 형식적인 면에서는 서두 - 전개 - 결말부 구조를 보인다는 점에서 전과 유사하다고 주장하였다. 이들 주장은 전과 야담을 대비하고 있다는 점에서 일정한 공통점을 갖는다. 하지만 그들의 주장이 실제에 적용을 할 수 있는가에 대해서는 부정적으로 보인다. 그것은 야담의 범위가 실제에는 더 넓고 복잡함을 고려해야 할 것이다. 이와는 달리 정명기는[114] 사실지향적인 전과 허구지향적인 야담간의 갈래 교섭양상에 대해 구체적인 접근을 시도하였다. 그 결과 전은 서두부와 논평부를 온전하게 갖추고 있고, 야담은 서두부가 약화되며 논평 부분은 탈락되고 있음을 밝히고 있다. 또한 현장재현적 서술방식은 전과 야담을 구별하는 또 한 가지의 차이임도 지적하였다.

김태준은[115] 조선후기 인물전들 중에는 입전된 인물의 신분, 현실 인식 태도, 세태 중심의 서술, 장면제시적 서술 방식, 그리고 서술 시점의 다양성 등에서 야담 취향적임을 밝혔다. 이는 조선 후기 실제로 전과 야담이 복잡하게 엇물린 현상을 정확하게 짚어낸 것이라 하겠다. 하지만 전의 입장에서 야담을 바라보고 있기 때문에 야담은 어떠한 모습으로 존재하는가에 대한 물음은 없었던 것이 아닌가 한다.

11. 근대문학과의 관련 양상

야담과 근대문학과의 관련 양상은 비교적 최근에 와서야 관심의 대상이 되었다. 물론 간헐적으로 야담과 근대문학의 관련양상을 구명코자 한 업적이 없는 것은 아니다. 특히 야담과 근대 단편소설과의 전통 계승에 대한 논의는 일정한 관심이 표명되었다.

김현실은[116] 1920년대에 나온 많은 단편소설이 전통 서사에 빚진 바가 많다고 하면서, 그 한 예로 賢婦型 致富談의 전통을 이은 〈인력거꾼〉, 〈빈선랑의 일미인〉, 〈빈처〉 등을 통해 그를 증명하고 있다. 한기형은[117] 『황성신문』 소재 〈少侍從偸新香 老參領泣舊緣〉과 신소설 〈박정화〉와의 관련 양상을 살펴, 〈박정화〉의 현실적 결말이 가능한 것은 조선 후기 한문단편을 긍정적으로 수용한 것임을 밝혔다. 강진옥은[118] 신소설 〈雨中佳人〉과 〈천연정〉이 각기 야담 〈안동 권진사 이야기(古談)〉과 〈一朶紅 이야기〉에 뿌리를 둔 작품임을 밝히고, 신소설로 개작되면서 나타난 여성 수난에 대한 의미를 분석하였다.

이들 논의는 각기 조선 시대의 개별 야담 작품이 근대 전환기 이후 신소설로 수용되면서 나타나는 현상들을 파악하고자 한 논의에서 비롯된 것이라 하겠다. 이는 곧 전통의 계승이라는 측면에서 중요한 의미가 있다. 우리 문학사에서 고전과 신문학이 단절되었다는 주장은 근래에는 의미가 없다. 그만큼 우리 문학사는 고전에서 현대까지 면면이 이어져왔다는 데에 동의하고 있는 것이다. 그렇다면 '어떻게 그것을 설명할 수 있는가?'라는 질문에 봉착하면 적잖이 당혹스러운 것도 사실이다. 조동일은 고전소설의 '영웅의 일생' 구조가 신소설에도 그대로 이어진다는 점에서[119] 고전과 현대의 斷續을 설명하고 있지만, 임형택이 적절하게 지적하고 있듯이, 단순히 정태적인 방법으로 유형화시킬 것이 아니라 살도 붙어 있고 살아 움직이는 실체로 드러내기 위해 구체적인 접근 방식이 필요한 것이다.[120] 따라서 그 움직임을 읽어내는 한 방향으로 야담이 설정되고 있다는 점은 단순한 전통의 계승이라는 측면 외에, 우리 문학사의 실체를 보다 잘 보여줄 수 있다는 점에서 지속적인 논의가 이루어져야 할 것이다. 이러한 점에서 근대의 야담의 정체를 분명하게 드러내고자 한 임형택의 논의는[121] 매우 중요한 의의를 갖는다.

임형택은 1910년 이후 야담은 ①전래 야담류가 그대로 출간되는 경우, ② 신구의 견문으로 새로 엮는 경우, ③ 신·구소설의 형식에 야담이 결합되는 경우, ④ 소화집이 새로 엮이는 경우 등이 있었음을 밝히고, 대중적 기반이 그만큼 확대되었음을 밝힌다. 그리고 1920년 후반에 사회적인 요청에 의해 '야담운동'이 있었고, 1930년대에는 『월간야담』과 『야담』이란 잡지로 통속화되는 양상도 밝혀냈다. 임형택의 논의는 1910년대부터 1930년대까지 야담이 어떻게 근대적으로 변모하는가를 폭넓게 고증하였다. 이 논의는 이 당시 야담의 실상을 확연히 보여주었다는 점에서 그 의의를 갖는다. 그러나 그는 야담과 사회와의 관계에 초점을 두었기 때문에 전통적인 야담의 변모 양상이라든가 존재 양상에 대한 논의는 다소 미흡했던 것이 아닌가 한다. 예컨대 1900년 후반의 『양은천미』라든가 구활자본 야담의 변모에 대한 논의는 앞으로의 과제라 하겠다.

임형택의 논의 이후, 조선조 야담과 『월간야담』과의 관계에 대한 관심도 있었다. 정부교는[122] 『월간야담』 소재 작품은 조선조 야담과는 달리 세 가지 측면에서 대중지향적으로 변모했음을 밝히고 있다. 즉 ① 국문표기로 전화, ② 다양한 창작기법과 독자의 기대 심리를 충족시키려는 쪽으로 진행, ③ 통속성으로 굴절되는 것이 그것이다. 그의 논의는 다소 일반적이기는 하지만, 조선조 야담과 근대 잡지와의 관련 양상에 대해 관심을 보였다는 점에서 의의를 갖는다.

결 론

지금까지 성글게나마 야담 연구가 어떻게 진행되어 왔는가에 대해 되돌아 보았다. 그 결과 야담 연구는 실로 다양한 방면에서 많은 성과가 축적되었음을 알 수 있었다. 이들 연구는 우리 문학사에서 야담이 차지하는 위상을 그만큼 높였음을 부정할 수 없다. 하지만 의미 있게 진행된 많은 연구 성과를 돌아보면서도 다시금 '야담은 무엇인가' 라는 질문을 던져보게 되는 것은 비단 필자뿐만이 아닐 것이다. 야담의 정체는 보일 듯하다가도 보이지 않기 때문이다. 이는 달리 말하면 앞으로 야담 연구에서 남겨진 과제가 그만큼 많음을 반증하는 것이기도 하다. 야담에 대한 진지한 물음, 이것은 곧 우리 연구자의 몫이 아닐까 한다.

　연구사를 쓰면서 필자는 야담의 범위를 어디까지 잡아야 할 것인가에 대해 오랫동안 생각하였다. 연구에 따라서는 범위가 매우 확대되기도 하고, 그와는 반대로 축소시키는 경우도 있다. 필자는 이 중 야담의 범위를 가능한 한 보편적으로 잡고자 하였지만, 아무래도 필자의 시각에 경도될 수밖에 없었다. 때문에 이 글에서는 의미 있게 진행된 일화에 대한 연구나 필기에 대한 연구는 소략하게 다루어질 수밖에 없었다. 또한 패설, 혹은 소화로 불리는 숱한 논의는 이 글에서는 검토의 대상으로 삼지 않았다. 이 점에 대해 여러 연구자들의 양해를 바란다. 또한 주요한 연구 성과인데도 누락된 경우도 있을 것으로 보인다. 이는 필자의 게으름과 잘못에서 기인한 것이지, 연구자의 논문의 가치를 폄하코자 한 것이 아님도 밝혀두고자 한다.

▌참 고 논 저 목 록

1. 이우성·임형택, 『이조한문단편선』 상·중·하, 일조각, 상(1973), 중·하(1978).
2. 김태준, 「야담의 기원에 대하야」, 『비판』 4권 3호, 1936. (『김태준전집』 2, 보고사, 1990 영인)
3. 임형택, 「18·9세기 이야기꾼과 소설의 발달」, 『고전문학을 찾아서』, 문학과지성사, 1976.
   임형택, 「한문단편 형성과정에서의 강담사」, 『창작과비평』 49, 1978.
4. 박희병은 임형택의 주장 중 기록자의 몫에 대해 관심을 표방하면서도 민중의 세계관에 주목하였고, 이명학은 임형택의 도식 중 기록 단계에 초점을 두어 기록자의 의식이 개입되기도 하였다고 보았다. 박희병, 「청구야담 연구」, 서울대 석사학위논문, 1981. 이명학, 「삽교만록 연구」, 성균관대 석사학위논문, 1983.
5. 정명기, 「이야기의 개변양상과 그 의미」, 『원광한문학』 2, 원광한문학회, 1985.
6. 김상조, 「계서야담계 연구」, 고려대 박사학위논문, 1991.
7. 조희웅, 『조선후기 문헌설화의 연구』, 형설출판사, 1981.
8. 이강옥, 『조선시대 일화 연구』, 태학사, 1998.
9. 정명기, 「청구야담의 전대문헌 수용양상 연구」, 『연민학지』 2집, 연민학회, 1994.

10. 임완혁, 「문헌전승에 의한 야담의 변모양상」, 성균관대 박사학위논문, 1997.

11. 김준형, 「기문총화의 전대문헌 수용양상」, 『한국문학논총』 26, 한국문학회, 2000.

12. 이강옥, 「조선시대 일화의 일탈」, 『국문학연구 1997』, 태학사, 1997.

13. 조희웅, 『조선후기 문헌설화의 연구』, 형설출판사, 1981.
　　　서대석, 「문헌설화와 고전소설의 대비연구」, 『한국문화』 14, 서울대 한국문화연구
　　　　　소, 1993.

14. 이경우, 「어우야담 연구」, 서울대 석사학위논문, 1976.
　　　성기동, 「조선후기 야담 연구」, 중앙대 박사학위논문, 1993.

15. 박희병, 「청구야담 연구」, 서울대 석사학위논문, 1981.

16. 이강옥, 「조선후기 야담집 연구」, 서울대 석사학위논문, 1982.

17. 임형택, 「이조 전기의 사대부 문학」, 『한국문학사의 시각』, 창작과비평사, 1984.

18. 김상조, 「필기·패설·야담」, 『김흥식교수화갑기념논총』, 동간행위, 1990.

19. 이래종, 「선초 필기의 전개 양상에 관한 연구」, 고려대 박사학위논문, 1997.

20. 김정숙, 「몽유야담 연구」, 고려대 석사학위논문, 1997.

21. 김화경, 「야담의 장르적 성격에 관한 고찰」, 『인하어문연구』 4, 인하대 국어국문학
　　　　과, 1999.

22. 임형택, 「동패락송 해제」, 『동패락송 외 5종』, 아세아문화사, 1985. 이 논의는 최
　　　　근 「동패락송 연구」(『한국한문학연구』 23, 한국한문학회, 2000.에 정리되
　　　　어 수록되었다.

23. 진재교, 「잡기고담 저작연대와 작가에 대하여」, 『서지학보』 12, 한국서지학회,
　　　　1994.

24. 김영진, 「기리총화에 대한 일고찰」, 한국한문학회 춘계학술발표대회 발표요지문,
　　　　2001. 4. 성균관대.

25. 정명기, 「청구야담의 편자와 그 이원적인 면모」, 『연민이가원선생칠질송수기념논
　　　　총』, 1987.

26. 乃領略其耳聞目見之事 鳩聚於家傳戶說之書 集爲若干閱 弁之曰『靑邱異聞』

27. 大谷森繁, 「천예록 해제」, 『조선학보』 91, 조선학회.

28. 이신성, 「천예록 연구」, 동아대 박사학위논문, 1993.

29. 김동욱, 「천예록 연구」, 『반교어문연구』 5, 반교어문연구회, 1994.

30. 진재교, 「천예록의 작가와 저작연대」, 『서지학보』 17, 1996.

31. 조희웅, 『조선후기 문헌설화의 연구』, 형설출판사, 1981.

32. 이현택, 「계서 이희평 문학 연구」, 국민대 석사학위논문, 1983.

33. 김상조, 「계서야담계 연구」 고려대 박사학위논문, 1991.

34. 김준형, 「기문총화계 야담집의 문헌학적 연구」, 고려대 석사학위논문, 1997.

35. 김영진, 「조선후기 사대부의 야담 창작과 향유의 일양상」, 『어문논집』 37, 안암어문
    학회, 1998.
36. 김준형, 「19세기 야담작가의 존재양상」, 『민족문학사연구』 15, 민족문학사연구소,
    1999.
37. 이신성, 「양은천미 소재 여성인물야담에 대하여」, 『부산한문학연구』 8, 부산한문학
    회, 1994.
38. 이강옥, 「한문단편 연구사의 비판적 검토와 연구전망」, 민족문학사연구소 월례발표
    요지, 1991. 1월.
39. 이강옥, 「조선후기 야담집 연구」, 서울대 석사학위논문, 1982.
40. 서대석, 「문헌설화의 제재별 분류안」, 『조선조문헌설화집요』 1, 집문당, 1991.
41. 권태을, 「동야휘집 소재 야담의 유형적 연구」, 영남대 석사학위논문, 1979.
42. 김정석, 「청구야담과 구전설화의 관련양상」, 한국학대학원 석사학위논문, 1987.
43. ① 이기고 지기, ② 알고 모르기, ③ 속이고 속기, ④ 바르고 그르기, ⑤ 움직이고
    멈추기, ⑥ 오고 가기, ⑦ 잘되고 못되기, ⑧ 잇고 자르기, ⑨ 비설화.
44. 정명기, 「노-주 어울림과 맞섬」, 『한국언어문학』 21, 한국언어문학회, 1982.
45. 김석배, 「추노계 한문단편 연구」, 『문학과언어』 7, 문학과언어연구회, 1986.
46. 김정석, 「문학작품에 나타난 신분대립 고찰」, 『계명어문학』 5, 계명어문학회, 1990.
47. 정준식, 「추노계 야담의 서사적 양상과 의미」, 『초전장관진교수정년기념 국문학논
    총』, 동간행위, 1995.
48. 이러한 이유로 정명기는 꼼꼼한 자료 읽기의 중요성에 대한 역설을 하기도 하였다.
    정명기, 「야담 연구를 위한 한 제언」, 『열상고전연구』 10, 열상고전연구회, 1997.
49. 조희웅, 『조선후기 문헌설화의 연구』, 형설출판사, 1981.
50. 신익철, 「어우야담 이본고」, 『청범진태하교수화갑기념논문집』, 동간행위, 1997.
51. 대표적으로 고려대에도 3~4종이 이본이, 연세대에도 4책짜리 『어우야담』이, 국립
    중앙도서관과 서울대에도 수 종이 이본이 더 존재한다. 그리고 그 자신이 한계로 지
    적하고 있지만 외국에 소장된 『어우야담』 역시 고려의 대상이 되어야 할 것이다.
52. 정명기, 「동패락송 연구(1)」, 『원광한문학』 4, 원광한문학회, 1991.
53. 김준형, 「기문총화계 야담집의 문헌학적 연구」, 고려대 석사학위논문, 1997.
54. 정명기, 「야담집의 간행과 전승양상」, 『설화문학연구』(상), 단국대출판부, 1998.
55. 임완혁, 「청구야담에 대한 문헌학적 연구」, 『한국한문학연구』 25, 한국한문학회,
    2000.
56. 장효현, 『서유영 문학의 연구』, 아세아문화사, 1988.
57. 임완혁, 「금계필담 이본고」, 『한국한문학연구』 23, 한국한문학회, 1999.
58. 김준형, 「기문총화의 전대문헌 수용양상」, 『한국문학논총』 26, 한국문학회, 2000.

59. 두정님, 「동야휘집 연구」, 서울대 석사학위논문, 1990.

60. 윤세순, 「동야휘집의 성격 고찰」, 성균관대 석사학의논문, 1991,

61. 홍성남, 「동야휘집연구」, 단국대 석사학위논문, 1992.

62. 김영화, 「偕鐸與東野彙輯」, 『모산학보』 6, 모산학술연구소, 1994.

63. 이강옥, 「동야휘집의 해탁 수용양상」, 『구비문학연구』 2, 한국구비문학회, 1995.

64. 이병찬, 「동야휘집 연구」, 성균관대 박사학위논문, 1994.

65. 조희웅, 『조선후기 문헌설화의 연구』, 형설출판사, 1981.

66. 어우야담(1621) → 학산한언 → 기문총화 → 계서야담 → 청구야담 → 해동야서 (1864寫) → 동야휘집(1869)가 그것이다.

67. 김동석, 「동패락송 연구」, 성균관대 석사학위논문, 1991.

68. 임완혁, 「계서야담의 서술방식에 대한 일고찰」, 『한국한문학연구』 19집, 한국한문학회, 1996.

69. 김준형, 「19세기 야담작가의 존재양상」, 『민족문학사연구』 15, 민족문학사연구소, 1999.

70. 임완혁, 「문헌전승에 의한 야담의 변모양상」, 성균관대 박사학위논문, 1997.

71. 김준형, 「기문총화계 야담집의 문헌학적 연구」, 고려대 석사학위논문, 1997.

72. 임완혁, 「동패락송 관련 자료의 검토」, 『한문학보』 1, 우리한문학회, 1999.

73. 정명기, 「청야담수의 원천과 변이양상 연구」, 『조선학보』 170, 조선학회, 1999.

74. 정명기, 「야담 연구에서의 자료의 문제」, 『한국문학논총』 26, 한국문학회, 2000.

75. 이경우, 「초기야담의 문학성에 관한 연구」, 서울대 박사학위논문, 1991.

76. 이신성, 『천예록 연구』, 보고사, 1994.

77. 김동욱, 「천예록 연구」, 『반교어문연구』 5, 반교어문학회, 1994.

78. 이원걸, 「잡기고담 연구」, 『안동한문학논집』 5, 안동한문학회, 1995.

79. 진재교, 「잡기고담 연구」, 『죽부이지형교수정년퇴직기념논문집』, 동간행위, 1996.

80. 이명학, 「삽교만록 연구」, 성균관대 석사학위논문, 1982.

81. 임형택, 「동패락송 연구」, 『한국한문학연구』 23, 한국한문학회, 1999.

82. 김상조, 「학산한언 연구」, 『국문학보』 13, 제주대 국어국문학과, 1995.

83. 김상조, 「계서야담계 연구」, 고려대 박사학위논문, 1991.

84. 박희병, 「청구야담 연구」, 서울대 석사학위논문, 1981.

85. 이강옥, 「동야휘집의 세계관 연구」, 『한국문화』 13, 서울대 한국문화연구소, 1992.

86. 장효현, 『서유영문학의 연구』, 아세아문화사, 1988.

87. 이우성·임형택, 『이조한문단편선』 상·중·하, 일조각, 1973~1978.

88. 이병로, 「한문단편 광작의 연구」, 성균관대 석사학위논문, 1985.

89. 이병로, 「한문단편의 지리적·사회경제적 배경의 사실성」, 『반교어문연구』 6, 반교

어문학회, 1995.

90. 이원걸, 「한문단편 고담 연구」, 『안동한문학연구』 1, 안동대 한문학과, 1990. 「한
    문단편 고담 소고」, 『한국한문학과 유교문화』, 아세아문화사, 1991.
91. 이신성, 「한문단편 김령의 연구」, 『한국한문학연구』 3·4합, 1979. 「한문단편 고담
    의 연구」, 『어문학교육』 4, 부산국어교육학회, 1981. 등
92. 김동욱, 「기문총화 이야기와 조선후기 몰락양반층의 향방」, 『반교어문연구』 9, 반
    교어문학회, 1998.
93. 김경숙, 「신분변동야담연구」, 서울대 석사학위논문, 1990.
94. 김상조, 「계서야담계에 나타난 여인상」, 『근재양순필박사화갑기념 어문학논총』, 학
    문사, 1993.
95. 이신성, 「양은천미에 나타난 사랑과 죽음의 문제」, 『부산한문학연구』 9, 부산한문
    학회, 1995.
96. 이신성, 「김영랑이야기에 나타난 신분상승의 실현과 그 의미」, 『어문학』 55, 한국
    어문학회, 1994.
97. 성기동, 「문헌설화의 상징적 해석 가능성 연구」, 『연구논집』 11, 중앙대, 1992.
98. 이강옥, 「야담의 속이야기와 등장인물의 자기경험 진술」, 『고전문학연구』 13, 한국
    고전문학회, 1998.
99. 진경환, 「야담의 사대부적 지향과 그 개변 양상」, 고려대 석사학위논문, 1983.
100. 이신성, 「서포만필에 실린 홍순언 일화의 문학사적 의의」, 『우리말교육』 1, 부산교
    육대학 국어과, 1986.
101. 정명기, 「야담의 변이양상과 의미 연구」, 연세대 박사학위논문, 1988.
102. 김석회, 「서사전략의 측면에서 본 홍순언 일화의 변이 양상」, 『인하어문연구』 4,
    인하대 국어국문학과, 1999.
103. 박일용, 「홍순언 고사를 통해 본 일화의 소설화 양상과 그 의미」, 『국문학연구』 5,
    국문학회, 2001.
104. 정명기, 「야담의 변이양상과 의미연구」, 연세대 박사학위논문, 1988.
105. 정명기, 「조선후기 야담과 소설의 관계」, 『한국야담문학연구』, 보고사, 1996.
106. 강영순, 「조선후기 여성지인담 연구」, 단국대 박사학위논문, 1995.
107. 김정석, 「단명담·추노담의 소설적 변용과 그 성격」, 성균관대 박사학위논문, 1994.
108. 정준식, 「추노계 서사문학의 전개양상과 사회적 의미」, 부산대 박사학위논문, 1998.
109. 이강옥, 「조선초기 사대부일화가 조선후기 야담계 일화 및 소설로 발전하는 한 양
    상」, 『영남국어교육』 3, 영남대 국어교육과, 1993.
110. 김준형, 「옥소선이야기의 변이양상과 의미」, 『한국민속학』 30, 민속학회, 1998.
111. 김승호, 「세조공주담의 야담화 과정과 사대부의식」, 『동악어문논집』 33, 동악어문

학회, 1998.

112. 김혜숙, 「傳·書事(記事)·野談의 대비적 고찰」, 『한국 판소리·고전문학 연구』, 아세아문화사, 1983.

113. 이동근, 「전·소설·야담의 기술방법에 관한 연구」, 『조선후기 전문학 연구』, 태학사, 1991.

114. 정명기, 「전과 야담의 엇물림(1)」, 『한국언어문학』 33, 한국언어문학회, 1994.

115. 김태준, 「조선후기 인물전의 야담취향성 고찰」, 『한국한문학연구』 12, 한국한문학연구회, 1989.

116. 김현실, 「근대 단편소설의 전통계승에 관한 일고찰」, 『이화어문논집』 11, 이화여대 한국어문학연구소, 1990.

117. 한기형, 「한문단편의 서사전통과 신소설」, 『민족문학사연구』 4, 민족문학사연구소, 1993.

118. 강진옥, 「야담소재 신소설의 개작양상에 나타난 여성수난과 그 의미」, 『이화어문논집』 15, 이화어문학회, 1997.

119. 조동일, 『신소설의 문학사적 성격』, 서울대출판부, 1990(5쇄).

120. 임형택, 「20세기 초 소설의 신구양상의 관련 양상」, 『한국 고전소설과 서사문학』 (상), 집문당, 1998. 327쪽.

121. 임형택, 「야담의 근대적 면모」, 『한국한문학연구』 특집호, 한국한문학회, 1996.

122. 정부교, 「근대 야담의 서사적 전통과 대중지향적 변모」, 부산대 석사학위논문, 1999.

김 준 형　　고려대학교 강사

1995년 이후 야담관련논문

단행본

1. 김명선. 『조선조 문헌설화 연구』. 이회. 2001.
2. 신익철. 『유몽인 문학 연구』. 보고사. 1998.
3. 이강옥. 『조선시대 일화 연구』 태학사. 1998.
4. 이경우. 『한국 야담의 문학성 연구』. 국학자료원. 1997.
5. 이신성. 『한국고전산문연구』. 보고사. 2001.
6. 정명기. 『한국야담문학연구』. 보고사. 1996.
7. 황인덕. 『한국기록소화사론』. 태학사. 1999.

박사학위논문

8. 김명선. 조선조 야담의 신이성 연구 – 불승 관련 야담을 중심으로. 우석대 박사학위논문. 1997.
9. 이래종. 선초 필기의 전개 양상에 관한 연구. 고려대 박사학위논문. 1997.
10. 이병찬. 동야휘집 연구 – 청대 문언소설집 諧鐸의 修潤을 중심으로. 성균관대 박사학위논문. 1995.
11. 임완혁. 문헌전승에 의한 야담의 변모양상 – 동패락송과 계서야담・청구야담・동야휘집의 관계를 중심으로. 성균관대 박사학위논문. 1997.
12. 정준식. 추노계 서사문학의 전개양상과 사회적 의미. 부산대 박사학위논문. 1998.

석사학위논문

13. 강호영. 한문단편의 현실주의적 성격. 성균관대 석사학위논문. 1996.
14. 권지영. 소문쇄록의 편찬태도와 서사문학상의 위치. 광운대 석사학위논문. 1999.
15. 김근태. 19세기 야담의 문학적 특징 연구. 강원대 석사학위논문. 2000.
16. 김영주. 정절문제를 다룬 한문단편의 서사구조와 문제의식. 경북대 석사학위논문. 1996.
17. 김영진. 효전 심노숭 문학 연구. 고려대 석사학위논문. 1996.
18. 김재웅. 조선후기 야담계 한문단편소설 연구. 계명대 석사학위논문. 1995.
19. 김정숙. 몽유야담 연구. 고려대 석사학위논문. 1997.
20. 김준형. 기문총화계 야담집의 문헌학적 연구. 고려대 석사학위논문. 1997.

21. 동두봉. 야담집 소재 치부담의 양상과 의미. 동의대 석사학위논문. 1999.
22. 류정월. 트릭스터담의 문화기호학적 연구. 서강대 석사학위논문. 1998.
23. 박은경. 조선후기 도적 야담 연구. 효성여대 석사학위논문. 2000.
24. 박현숙. 천예록 연구. 인하대 석사학위논문. 2000.
25. 이금회. 청구야담의 여성의식 구현 연구. 강원대 석사학위논문. 1999.
26. 이명회. 조선후기 여성지위변동 야담 연구. 부산대 석사학위논문. 1996.
27. 이선혜. 조선조 후기 귀신담 형성의 사회적 동인 연구. 부산대 석사학위논문. 1998.
28. 임명걸. 용재총화 소재 소화 연구. 강남대 석사학위논문. 2001.
29. 장은경. 소문쇄록의 문헌적 특성과 작품세계. 부산대 석사학위논문. 1999.
30. 정부교. 근대 야담의 서사적 전통과 대중지향적 변모. 부산대 석사학위논문. 1999.
31. 정원이. 명엽지해의 골계적 성격과 의미. 부산대 석사학위논문. 2000.

교육대학원 석사학위논문

32. 권성임. 고등학교 국어과 한문단편 교육 연구. 이화여대 교육대학원 석사학위논문. 1997.
33. 권영만. 조선후기 야담의 현실인식 연구. 영남대 교육대학원 석사학위논문. 1998.
34. 김재석. 유몽인의 어우야담 연구. 공주대 교육대학원 석사학위논문. 1999.
35. 김현실. 어우야담에 대한 일고찰. 성균관대 교육대학원 석사학위논문. 2000.
36. 김현철. 어우야담에 나타난 사회상 연구. 원광대 교육대학원 석사학위논문. 2001.
37. 손병욱. 청구야담에 나타난 치부담의 연구. 명지대 교육대학원 석사학위논문. 1997.
38. 송봉자. 조선후기 한문단편에 나타난 평민의식 연구. 인하대 교육대학원 석사학위논문. 1996.
39. 이종혜. 어우야담의 우언적 성격에 관한 연구. 인하대 교육대학원 석사학위논문. 1996.
40. 이현주. 조선후기 한문단편에 나타난 여성상 연구. 영남대 교육대학원 석사학위논문. 1997.
41. 정유생. 조선후기 야담집의 교역담 연구. 영남대 교육대학원 석사학위논문. 1999.
42. 정은정. 조선후기 야담의 계급갈등 해결양상 고찰. 영남대 교육대학원 석사학위논문. 1996.
43. 조윤형. 야담집 소재 풍수담 연구. 한국교원대 석사학위논문. 1999.
44. 최경화. 야담계 한문단편에 나타난 웃음의 양상과 그 기능. 영남대 교육대학원 석사학위논문. 1996.
45. 최영진. 청구야담의 신분변동 연구. 영남대 교육대학원 석사학위논문. 1999.
46. 최은정. 동야휘집 연구. 단국대 교육대학원 석사학위논문. 1997.
47. 한경아. 청구야담에 나타난 남녀결연담 유형 연구. 경희대 교육대학원. 석사학위논문. 1997.
48. 한시은. 용재총화의 문학성 연구. 연세대 교육대학원 석사학위논문. 1998.

개별논문

49. 강진옥. 야담소재 신소설의 개작양상에 나타난 여성수난과 그 의미. 「이화어문논집」 15. 이화어문연구회. 1997.

50. 김동욱. 천예록 評日을 통해 본 임방의 사상. 「어문학연구」 3. 상명대 어문학연구회. 1995.

51. ──. 조선후기 야담집의 유변양상과 유형. 「반교어문연구」 6. 반교어문연구회. 1995.

52. ──. 연세대 4책본 기문총화의 문헌적 특성 고찰 (1). 「자하어문논집」 11. 상명대 국어국문학과. 1996.

53. ──. 야담 국역의 현황과 과제. 「어문학연구」 6. 상명대 어문학연구회. 1997.

54. ──. 연세대 4책본 기문총화의 문헌적 특성 고찰 (2). 「개암조규수선생화갑기념 국어국문학논총」. 동간행위. 1998.

55. ──. 김영복 소장본 천예록에 실린 〈지리산노미진〉에 대하여. 「문헌과해석」 2호. 태학사. 1998. 봄.

56. ──. 기문총화 이야기와 조선후기 몰락 양반층의 향방. 「반교어문연구」 9. 반교어문연구회. 1998.

57. 김명선. 조선조 야담의 신이성 연구. 「우석어문」 8. 우석대 국어국문학과. 1998.

58. 김상조. 중국의 필기 연구 동향. 「대동한문학」 12. 대동한문학회. 2000.

59. ──. 엉터리 題主文 이야기를 통해 본 이야기의 형성. 「한국민속학」 32. 민속학회. 2000.

60. 김석회. 서포만필의 글쓰기 전략. 「고전문학과교육」 1. 청관고전문학회. 1999.

61. ──. 서사전략의 측면에서 본 홍순언 일화의 변이 양상. 「인하어문연구」 4. 인하대 국어국문학과. 1999.

62. 김수업. 문헌설화 속의 임격정. 『한국서사문학사의 연구』 Ⅴ. 중앙문화사. 1995.

63. 김승호. 쫓겨난 공주 설화의 야담적 승계와 그 의미. 「동국어문학」 9. 동국대 국어국문학과. 1997.

64. ──. 세조공주담을 통해서 본 야담화 과정과 사대부의식. 「동악어문연구」 33. 동악어문학회. 1998.

65. 김영준. 이야기책 소고. 「한국문학논총」 26. 한국문학회. 2000.

66. 김영진. 조선후기 사대부의 야담 창작과 향유의 일양상. 「어문논집」 37. 안암어문학회. 1998.

67. ──. 유만주의 한문단편과 기사문에 대한 일고찰. 「대동한문학」 13. 대동한문학회. 2000.

68. 김재웅. 조선후기 야담계 한문단편소설 연구. 「고소설연구」 2. 고소설학회. 1996.

69. ──. 조선후기 야담계 소설에 나타난 갈등 극복 과정 연구. 「고소설연구」 3. 고소설학회. 1997.

70. 김준형. 옥소선이야기의 변이양상과 의미. 「한국민속학」 30. 민속학회. 1998.

71. ———. 19세기 야담작가의 존재양상 - 계서이희평론. 「민족문학사연구」 15. 민족문학
사연구소. 1999.

72. ———. 기문총화의 전대문헌 수용양상. 「한국문학논총」 26. 한국문학회. 2000.

73. ———. 유록 해제 및 역주. 「민족문학사연구」 17. 민족문학사학회. 2000.

74. 김현실. 조선조 후기 야담의 여성주의적 접근. 『우리 한문학사의 새로운 조명』. 집문
당. 1999.

75. 김현주. 야담의 사실적 성격. 「한국고전연구」 1. 한국고전연구회. 1995.

76. 김화경. 야담의 장르적 성격에 관한 고찰. 「인하어문연구」 4. 인하대 국어국문학과. 1999.

77. 나종면. 계서야담 편찬자의 현실인식에 관한 고찰. 「동양고전연구」 4. 동양고전연구회.
1995.

78. 박기석. 허생전의 형성과 저술에 관련된 몇 가지 문제. 「국어교육」 92. 한국국어교육
연구회. 1996.

79. 박경신. 태평한화골계전 이본고. 『한국고전소설과 서사문학』 (하). 집문당. 1998.

80. ———. 서거정의 설화문학. 『서거정문학의 종합적 검토』. 한국정신문화연구원. 1998.

81. ———. 태평한화골계전의 문학사적 의의. 「울산어문논집」 13 · 14합집. 울산대 국어국
문학과. 1999.

82. 박일용. 홍순언 고사를 통해 본 일화의 소설화 양상과 그 의미. 「국문학연구」 5. 국문
학회. 2001

83. 변종현. 어우야담. 『설화문학연구』 (하). 단국대출판부. 1998.

84. 손정희. 상녀재가형 야담 연구. 「문화전통논집」 4. 경성대. 1996.

85. 손찬식. 한문단편에 나타난 몰락양반의 형상. 「국어교육」 92. 1996.

86. 신선희. 어우야담에 나타난 여성인물의 양상. 「한국고전연구」 2. 한국고전연구회. 1996.

87. ———. 어우야담의 언술양상과 작가의식. 『한국고전소설과 서사문학』(하). 집문당. 1998.

88. ———. 태평한화골계전 연구. 「한국고전연구」 5. 한국고전연구회. 1999.

89. 신영주. 조선후기 한문단편에 나타난 富의 추구양상. 『한국고전문학이해』. 보고사. 2001.

90. 신익철. 어우야담 이본고. 「청범진태하교수화갑기념논문집」. 동간행위. 1997.

91. ———. 어우야담의 창작정신과 서사방식. 「고전문학연구」 12. 한국고전문학회. 1997.

92. 신해진. 홍도이야기의 수용 부연양상과 그 의미. 『한국고소설사의 시각』. 국학자료원. 1996.

93. ———. 야담 연구의 현황과 그 과제. 「고소설연구」 2. 고소설학회. 1996.

94. 심호택. 패설의 사상적 성격. 「대동한문학」 12. 대동한문학회. 2000.

95. 이강옥. 고려후기 일화의 형성과 조선 초 · 중기 일화의 전개 양상. 『한국서사문학사의
연구』 IV. 중앙문화사. 1995.

96. ———. 동야휘집의 해탁 수용 양상. 「한국한문학연구」 특집호. 한국한문학회. 1996.

97. ———. 조선시대 일화의 일탈. 『국문학연구 1997』. 서울대 국문학연구회. 태학사. 1997.

98. ──── . 일화 연구의 현황과 과제.『설화문학연구』(상). 단국대출판부. 1998.

99. ──── . 야담의 속이야기와 등장인물의 자기경험 진술.「고전문학연구」13. 한국고전 문학회. 1998.

100. ──── . 용재총화의 형성과 제보자.『한국고전소설과 서사문학』(하). 집문당. 1998.

101. ──── . 용재총화의 장르구성과 서술구조에 관한 연구.「구비문학연구」6. 한국구비 문학회. 1998.

102. ──── . 조선시대 일화의 유형과 그 서술원리.「한국학보」99. 일지사. 2000. 여름.

103. ──── . 士大夫家의 이야기하기와 일화의 형성.『국문학과 문화』. 월인. 2001.

104. 이동찬. 문헌설화에 담긴 유민적 삶의 모습.「초전장관진교수정년기념국문학논총」. 동간행위. 1995.

105. 이래종. 용재총화의 문헌적 검토.「국학논총」1. 경산대 국학연구소. 1995.

106. ──── . 필기의 개념에 대한 몇몇 문제에 대하여.「대동한문학」8. 대동한문학회. 1996.

107. ──── . 선초 필기 유행의 제 배경.「국학논총」2. 경산대 국학연구소. 1997.

108. ──── . 선초 필기의 특성에 대한 고찰.「태동고전연구」14. 태동고전연구회. 1997.

109. ──── . 태평한화골계전의 일화적 성격 연구.「대동한문학」9. 대동한문학회. 1997.

110. 이병로. 한문단편의 지리적·사회경제적 배경의 사실성.「반교어문논집」6. 반교어문 학회. 2000.

111. 이병찬. 동야휘집의 史平 연구.「대진논총」3. 대진대. 1995.

112. ──── . 동야휘집의 傳 지향성 연구.「반교어문연구」11. 반교어문회. 2000.

113. 이신성. 양은천미에 나타난 사랑과 죽음의 문제.「부산한문학연구」9. 부산한문학회. 1995.

114. ──── . 전관불 이야기에 나타난 일편단심의 의미.「초등교육연구」6. 부산교대 초등 교육연구소. 1995.

115. ──── . 서포만필 소재 홍순언 일화의 문학사적 의의.「어문학교육」21. 한국어문교 육학회. 1999.

116. 이우경. 요로원야화기 연구.「이화어문논집」15. 이화어문연구회. 1997.

117. 이원걸. 파수추의 골계 양상과 웃음 유발 기법.「한문학보」2. 우리한문학회. 2000.

118. 이월영. 야담집 소재 여성담 연구.「한국언어문학」39. 한국언어문학회. 1997.

119. ──── . 야담집 소재 재가담 연구.「한국언어문학」42. 한국언어문학회. 1999.

120. ──── . 야담집 소재 여성신분상승담 연구.「한국언어문학」45. 한국언어문학회. 2000.

121. 이택동. 소화에 대한 인식의 편차.「한국고전연구」5. 한국고전연구회. 1999.

122. 임완혁. 계서야담의 서술방식에 대한 일고찰.「한국한문학연구」19. 한국한문학회. 1996.

123. ──── . 동야휘집과 동패락송의 관련양상 (1).「한국한문학연구」20. 한국한문학회. 1997.

124. ──── . 근원사실의 서사화 과정과 그 의미.「한문교육연구」12. 한국한문교육학회. 1998.

125. ———. 한문단편 척검과 그 유화의 존재 양상. 「고전문학연구」 14. 한국고전문학회. 1998.
126. ———. 동패락송 관련 자료의 검토. 「한문학보」 1. 우리한문학회. 1999.
127. ———. 금계필담 이본고. 「한국한문학연구」 23. 한국한문학회. 1999.
128. ———. 19세기 말 야담의 변모에 대한 일고찰. 「한문교육연구」 13. 1999.
129. ———. 역옹패설류 양식에 대한 북한에서의 연구 동향. 「대동한문학」 12. 대동한문
      학회. 2000.
130. ———. 청구야담의 문헌학적 연구. 「한국한문학연구」 25. 한국한문학회. 2000.
131. ———. 영남효열부전 연구. 「한문교육연구」 16. 2001.
132. 임형택. 야담의 근대적 변모. 「한국한문학연구」 특집호. 한국한문학회. 1996.
133. ———. 기리총화 소재 한문단편. 「민족문학사연구」 11. 민족문학사연구소. 1997.
134. ———. 동패락송 연구. 「한국한문학연구」 23. 한국한문학회. 2000.
135. 장은경. 소문쇄록의 서술구조와 작품세계. 「문창어문논집」 36. 문창어문학회. 1999.
136. 장시광. 기관의 자료적 성격. 「온지논총」 6. 온지학회. 2000.
137. 장장식. 조선후기 문헌설화집과 풍수설화의 수용양상. 『한국서사문학사의 연구』Ⅴ.
      중앙문화사. 1995.
138. 전성운. 사금갑 이야기의 수용양상과 서술태도. 「한국민속학」 31. 민속학회. 1999.
139. 정명기. 동패락송 연구 (2). 「연민학지」 5. 연민학회. 1997.
140. ———. 파수(이가원님 소장본) 해제. 「연민학지」 5. 연민학회. 1997.
141. ———. 야담연구를 위한 한 제언. 「열상고전연구」 10. 열상고전연구회. 1997.
142. ———. 해제 계서잡록 卷之利. 「열상고전연구」 10. 열상고전연구회. 1997.
143. ———. 야담집의 간행과 전승양상. 『설화문학연구』 (상). 단국대출판부. 1998.
144. ———. 청야담수의 원천과 변이양상의 연구. 「조선학보」 170. 1999.
145. ———. 야담 연구에서의 자료의 문제. 「한국문학논총」 26. 한국문학회. 2000.
146. 정부교. 근대 야담의 전통 계승 양상과 의미. 「국어국문학」 35. 부산대 국어국문학
      과. 1998.
147. 정용수. 파수록 연구 - 이본·편자·편찬연대를 중심으로. 「한국한문학연구」 18. 한
      국한문학회. 1995.
148. ———. 파수록 연구 - 문학적 성격을 중심으로. 「반교어문연구」 7. 반교어문연구회.
      1995.
149. ———. 홍만종의 고금소총 고. 「동양한문학연구」 10. 동양한문학회. 1996.
150. 정원이. 명엽지해에 나타난 골계의 성격. 「문창어문논집」 36. 문창어문학회. 1999.
151. 정준식. 추노계야담의 서사적양상과 그 의미. 「초전장관진교수정년기념국문학논총」.
      동간행위. 1995.
152. ———. 주노갈등 - 복수의 서사적 양상과 의미. 「국어국문학」 32. 부산대 국어국문

학과. 1995.

153. ───. 추노계 야담의 소설화와 살신성인.「한국문학논총」19. 한국문학회. 1996.

154. ───. 추노계 소설의 개작양상 연구.「국어국문학」34. 부산대 국어국문학과. 1997.

155. ───. 추노계 소설의 갈등양상과 소설사적 의의.「고소설연구」7. 고소설학회. 1999.

156. 정출헌. 야담의 세계.『민족문학사강좌』(상). 민족문학사연구소. 1995.

157. 정하영. 의적설화 盜宰相考.「고소설연구」9. 한국고소설학회. 2000.

158. 진재교. 천예록의 작자와 저작년대.「계간 서지학보」17. 한국서지학회. 1996.

159. ───. 잡기고담 연구.「죽부이지형교수정년퇴직기념논문집」. 동간행위. 1996.

160. ───. 구연전통과 이조후기 서사양식의 변모.「한국한문학연구」22. 한국한문학회.
    1998.

161. ───. 구비전통과 이조후기 한시의 변모.「고전문학연구」14. 한국고전문학회. 1998.

162. ───. 한문소설과 기록전통과의 관련성에 대한 몇 가지 문제.「고소설연구」11. 한
    국고소설학회. 2001.

163. 현혜경. 명장담 연구.「고소설연구」5. 한국고소설학회. 1998.

164. ───. 16세기 잡록 연구.「한국고전연구」6. 한국고전연구학회. 2000.

165. ───. 어우야담 소재 골계담의 웃음 창출 기법과 의미.「고전문학연구」17. 한국고
    전문학회. 2000.

166. 홍성남. 이원명론.「한문학논집」15. 근역한문학회. 1997.

167. ───. 동야휘집.『설화문학연구』(하). 단국대출판부. 1998.

168. 황인덕. 16세기 소화사론.「어문연구」27. 어문연구회. 1995.

169. ───. 파수록의 특징과 소화사적 의의.「한국언어문학」37. 한국언어문학회. 1996.

170. ───. 한국의 소화.『설화문학연구』(상). 단국대출판부. 1998.

영인 및 번역서

171. 권영대·이정섭·조명근.『조선왕조 오백년의 선비정신』상·중·하. 화산문화.
    1995~1997.

172. 김동욱.『국역 동패락송』. 아세아문화사. 1996.

173. ───.『국역 기문총화』1~5. 아세아문화사. 1996~1999.

174. 김성언.『대동기문』상·하. 국학자료원. 2001.

175. 박경신.『태평한화골계전』1~2. 국학자료원. 1998.

176. 박명희 외.『어우야담』1. 전통문화연구회. 2001.

177. 사회과학원.『야담삼천리』. 현암사. 2000.

178. ─────.『야담삼천리』2. 현암사. 2000.

179. 서울대 규장각.『청구야담』1~6. 서울대 규장각. 2000.

180. 시귀선·이월영.『어우야담』. 한국문화사. 1996.
181. 윤석산.『어면순』. 문학세계사. 1999.
182. 이강옥.『말이 없으면 닭을 타고 가지』. 학고재. 1999.
183. 이래종.『태평한화골계전』. 태학사. 1998.
184. 이민수.『대동기문』상·중·하. 명문당. 2000.
185. 이상진.『이향견문록』상·하. 자유문고. 1996.
186. 이신성·정명기.『양은천미』. 보고사. 2000.
187. 이월영.『어우야담 보유』. 한국문화사. 2001.
188. 이월영·시귀선.『고금소총』. 한국문화사. 1999.
189. 정용수.『국역 소문쇄록』. 국학자료원. 1997.
190. ━━━━.『고금소총·명엽지해』. 국학자료원. 1998.
191. 최 웅.『주해 청구야담』1~3. 국학자료원. 1996.
192. 최인황.『조선조말구전설화집』. 박이정. 1999.

엮은이

정 명 기

1955년 서울 출생
연세대학교 문과대학 국어국문학과 졸업
동 대학원 국어국문학과 졸업(문학박사)
현재 원광대학교 사범대학 국어교육과 교수

。저서
『한국 야담문학 연구』(보고사, 1996)
『교주 청구야담』(上,下)(교문사, 1996)

。편저
『한국 야담 자료집성』 全23권(계명문화사, 1992)
야담국역총서1『양은천미』(보고사, 2000)

。논문
「청야담수」의 원천과 변이양상 연구 外 多數

　　e-mail : yadam@hanmail.net

야담문학연구의 현단계 

2001년 11월 5일 1판 1쇄 인쇄
2001년 11월 10일 1판 1쇄 발행

엮은이 ·정 명 기
발행인 ·김 홍 국

발행처 ·도서출판 **보고사**
등 록 ·1990년 12월(제6-0429)
주 소 ·서울시 성북구 보문동 7가 11번지
전 화 ·922-5120~1　팩스 : 922-6990
e-mail ·kanapub3@chollian.net
home-page ·www.bogosabooks.co.kr

잘못된 책은 저희 출판사나 구입처에서
직접 바꿔 드립니다.

정가 20,000원
ISBN 89 - 8433 - 101 - 5